歷代論詞絕句箋注

程郁缀　李静　著

北京大学出版社
PEKING UNIVERSITY PRESS

图书在版编目（CIP）数据

历代论词绝句笺注 / 程郁缀，李静著．—北京：北京大学出版社，2014.7
ISBN 978-7-301-23903-2

I. ①历⋯ II. ①程⋯ ②李⋯ III. ①词（文学）-诗歌评论-中国 IV. ① I207.23

中国版本图书馆CIP数据核字（2014）第 020495 号

书　　　　名：	历代论词绝句笺注
著作责任者：	程郁缀　李静　著
责任编辑：	于海冰
标准书号：	ISBN 978-7-301-23903-2/I·2713
出版发行：	北京大学出版社
地　　　　址：	北京市海淀区成府路205号　100871
网　　　　址：	http://www.pup.cn　新浪官方微博：@北京大学出版社 @培文图书
电子信箱：	pw@pup.pku.edu.cn
电　　　　话：	邮购部 62752015　发行部 62750672　编辑部 62750883
	出版部 62754962
印刷者：	三河市国新印装有限公司
经销者：	新华书店
	650毫米×980毫米　16开本　44.25印张　566千字
	2014年7月第1版　2014年7月第1次印刷
定　　　　价：	80.00元

未经许可，不得以任何方式复制或抄袭本书之部分或全部内容。
版权所有，侵权必究
举报电话：010-62752024　电子信箱：fd@pup.pku.edu.cn

前　言……………………………………………………程郁缀 1

一　元明时期论词绝句

元　淮 《读李易安文》………………………………………… 3
瞿　佑 《易安乐府》…………………………………………… 4
吴　宽 《易安居士画像题辞》………………………………… 5
王象春 《题〈漱玉集〉》……………………………………… 6
张娴婧 《读李易安〈漱玉集〉》……………………………… 7
王　鸿 《柳絮泉诗二首》……………………………………… 8

二　清代前中期论词绝句

曹　溶 《题周青士词卷四首》………………………………… 13
李澄中 《易安居士画像题辞》………………………………… 16
叶舒崇 《评朱彝尊词》………………………………………… 17
查　惜 《题李清照》…………………………………………… 18
陈聂恒 《读宋词偶成绝句十首》……………………………… 19
王时翔 《酬姚鲁思太史枉题中州所制〈青绡乐府〉四绝句次原韵》 25
李其永 《读历朝词杂兴》……………………………………… 28

· 1 ·

钱陈群	《宋百家诗存题词》	44
厉 鹗	《论词绝句十二首》	45
	《书柘湖张龙威长短句后二首》	54
郑方坤	《论词绝句三十六首》	56
江 昱	《论词十八首》	83
汪 筠	《读〈词综〉书后二十首》	95
	《校〈明词综〉三首》	108
章 恺	《论词绝句八首》	111
冯 浩	《题汪孟鋗〈理冰词〉》	116
汪孟鋗	《题本朝词》	119
朱方蔼	《论词绝句二首》	125
汪仲鈖	《题陆南香〈白蕉词〉后》	127
沈 初	《编旧词存稿，作论词绝句十八首》	130
朱依真	《论词绝句二十二首附六首》	143
陆锡熊	《题〈问云词〉十二首》	164
吴蔚光	《词人绝句》	171
陈石麟	《书张皋文填词后二首》	177
石韫玉	《读蒋心馀彭湘涵郭频伽词草各系一诗》	179
席佩兰	《〈小湖田乐府〉题辞》	182
赵同钰	《〈小湖田乐府〉题辞》	185
潘际云	《题〈断肠词〉》	187
尤维熊	《评词八首》	188
	《续评词四首》	192
屈秉筠	《〈小湖田乐府〉题辞》	195
孙尔准	《论词绝句》	197
黄承吉	《观史邦卿词》	219
程恩泽	《题周稚圭前辈〈金梁梦月词〉》	220
陈文述	《题〈漱玉集〉》四首	226
沈道宽	《论词绝句四十二首》	229

| 郭书俊 《题南唐后主宫词后》 | 256 |

侯云松 《题蒋敦复填词图》 259
汤贻汾 《赠蒋敦复四绝句》 260
宋翔凤 《论词绝句二十首》 263
周之琦 《题心日斋十六家词》 278
方　熊 《题李清照〈漱玉集〉朱淑真〈断肠集〉》 291
张祥河 《论词绝句十首专赋闺人》 293
王僧保 《论词绝句三十六首》 299
谭　莹 《论词绝句一百首》 325
　　　《又三十六首·专论岭南人》 426
　　　《又四十首·专论国朝人》 448

三　晚清近代论词绝句

华长卿 《论词绝句》 485
范　坰 《柳絮泉诗》 506
陈　澧 《论词绝句》 507
刘熙载 《歌张志和词为绝句以当和》 512
沈世良 《案头杂置诸词集戏题四绝句》 513
汪　芑 《题〈林下词〉》 516
冯　煦 《论词绝句十六首》 519
王鹏运 《校刊〈稼轩词〉成率成三绝于后》 532
潘飞声 《论岭南词绝句二十首》 534
　　　《词家四咏》 545
　　　《题〈淮海词〉四首》 547
余云焕 《论词绝句三首》 551
高　旭 《论词绝句三十首》 553
　　　《十大家词题词》 571

· 3 ·

王国维 《题敦煌所出唐人杂书六绝句》之三	576
张　岳 《论词绝句三首》	577
吴　灏 《〈名媛词选〉题辞》	579
《重印〈名媛词选〉题辞》	584
沙曾达 《易安词女》	586
姚锡均 《际了公论词绝句十二首》	587

附录一　被论词人小传	593
附录二　域外论词绝句辑录	616
（1）仇元吉《题菊庄词》一首	616
（2）徐良崎《题弹指侧帽词》一首	616
（3）高野竹隐《小病读词，得十六首》	617
附录三　现当代部分论词绝句辑录	619
（1）陈声聪《论近代词绝句》	619
（2）夏承焘《瞿髯论词绝句》	636
（3）缪钺《论词绝句》	651
（4）启功《论词绝句》	656
（5）叶嘉莹《论词绝句》	659
附录四　部分论词词辑录	665
（1）朱祖谋《望江南·杂题我朝诸名家词集后》	665
（2）卢前《望江南·饮虹簃论清词百家》	669
附录五　论论词绝句论文索引	684
附录六　论词绝句所论词人索引	686

| 后　记 | 693 |

前　言

　　论词绝句者，以绝句论词之谓也。论其源起，当始于元明之世。以目今所辑元人元淮的《读李易安文》与明人瞿佑的《易安乐府》等数家六首绝句而论，其时虽然题目上没有显现论词绝句的字样，但就这些绝句所论的实际内容看，其实质则大体同于后来的论词绝句，故可视为论词绝句之肇兴。而且，元明时所出现的吴宽的《易安居士画像题辞》、王象春的《题〈漱玉集〉》、张娴婧的《读李易安〈漱玉集〉》等，可视为后世题辞类论词绝句之滥觞。

　　嗣后，清代前期，论词绝句有所发展，产生了诸如曹溶的《题周青士词卷四首》等论词绝句，在类属上仍以题辞类为主，可看作是对前代题辞类论词绝句的一种继承；而在规模上以组诗面目出现，则体现了此时论词绝句的发展和对前人的超步。

　　乾嘉以还的清代中期是论词绝句的定型与成熟期，论词绝句呈现出勃兴之势，不但在数量上远远超轶前人，且在形制、内容和批评特征上，也呈现出多样化的特点。其时，就论词绝句的作者总数而言，约有三十人，绝句数量在二百八十首左右，而其中有超过三分之一的作者所作绝句超过十首，尤其是李其永、郑方坤、汪筠、朱依真、孙尔准等人则超过了二十首。如果说作者人数和绝句数量在一定程度上说明了其时论词绝句的快速发展的话，那么在诗题中直接标示"论词绝句"字样，则表明论词绝句这种新的词学批评形式的定型，标志着论词绝句的创作已由原来的偶兴式的感发，而发展成为一种自觉的词学批评的新样式。这种新样式开始的标志，便是厉鹗的论词绝句。

身为"浙派中坚的厉鹗并无词话之作,但他的《论词绝句十二首》,与他的《绝妙好词笺》一样,同样在词论史上具有重要影响"①。厉鹗的《论词绝句》虽然只有十二首,但却是"我国古典词学批评史上最早明确标示所作诗歌为'论说'之体的系列绝句";"其论说的特点主要有三:一是在论说形式上,一人一评,这导引了后世论词绝句的基本路径;二是在论说体式上,于诗下有注,十二首诗中有注的就有七首,超过总数的一半,其所注或对诗中所用事典、语典进行解说,或对诗作所涉内容予以补充说明,为人们更好地把握诗作意旨提供了方便。……三是在论说水平上,十二首绝句在整体上呈现出论说较为平正、识见较为深入的特征,能够抓住所评对象的特点从不同的方面予以把握,为后人对论词绝句的运用起了典范作用。"②厉鹗的这十二首《论词绝句》,涵盖了词学批评的诸多领域,既有对词人词作的评析,又有对词籍文献的考量,特别是确立了一种以绝句形式来论词的新的词学批评范式,奠定了论词绝句的基本格局和学术地位。

自兹以后,论词绝句之创制渐成蔚然之势,继踵者不绝如缕。以"论词"、"论词绝句"等字样直接标示于诗题的,就有郑方坤《论词绝句三十六首》、江昱《论词十八首》、章恺《论词绝句八首》、沈初《编旧词存稿,作论词绝句十八首》、朱依真《论词绝句二十二首附六首》、孙尔准《论词绝句》二十二首等等。

厉鹗的影响不仅仅限于国内,甚至传到了遥远的东瀛。日本著名学者神田喜一郎先生在《日本填词史话》中,记录了"明治二十年(1887)三月,(高野)竹隐去了伊势,对(森)槐南敛戈休战后,因偶染微恙,闭门休养,无奈中模拟厉樊榭的《论词绝句》,以《小病读词,得十六首》为题,创作了论词绝句,与前一年槐南的填词论进行了堂堂的对抗。但那十六首,在明治二十年四月发行的《新新文诗》第二十三集中,仅采

---

① 吴熊和:《吴熊和词学论集》,杭州:杭州大学出版社1999年版,第133页。
② 胡建次:《清代论词绝句的运用类型》,《广西社会科学》,2009年第2期。

录了五首,至今也未能见到其全部,甚是遗憾。"①

道、咸以始的清代后期,延至民国前期,堪称论词绝句的繁荣时期。其时的论词绝句作者和数量更趋繁夥,且更加呈现出相当专业化的特征。这种专业化最为显见的一个特征,即是批评对象更加集中,批评对象的群体性特征也更为明显。在群体的选择上,此一时期的论词绝句或以朝代、或以地域、或以性别等为系联,以组诗的方式加以品评,而从这一时期诸家所作论词绝句的成果看,论词绝句的组诗观照对象更加明确、具体,尽管其中有些论词绝句组诗或有因词选的编刻而撰成者,并非为论词绝句之专论,但也多能集中于某一群体进行,如周之琦的《题心日斋十六家词》,所论温庭筠、李煜、韦庄、李珣、孙光宪、晏几道、秦观、贺铸、周邦彦、姜夔、史达祖、吴文英、王沂孙、蒋捷、张炎、张翥等十六家,因《心日斋十六家词录》的辑录,而于每一家之"末各缀一绝句,皆能得其真诠"(陈匪石《声执》卷下)。吴灏的《〈名媛词选〉题辞》十首与《重印〈名媛词选〉题辞》四首,亦因其选录《历代名媛词选》而作,该词选辑录历代女词人四百八十家,词二百七十五调,一千五百六十四首,共十六卷;其十四首题辞,择取了李清照、朱淑真、叶小鸾、徐灿、吴藻、顾太清等著名词人,分别进行了评述。而在更多的论词绝句作者那里,用绝句这样一种批评体式来对某一群体进行批评的情况则更为明显,如张祥河有《论词绝句十首专赋闺人》,其专门之特点由诗题即可见出;潘飞声的《论岭南词绝句二十首》以岭南词人为专论对象,遍论自五代黄损以迄晚清陈澧等二十位岭南籍词人。

而这一时期论词绝句,规模上最为宏大的则非谭莹莫属。谭氏一生所著论词绝句甚夥,总数达一百七十七首,堪称历代创作论词绝句数量之最,包括《论词绝句一百首》(实则101首)、《又三十六首·专论岭南人》、《又四十首·专论国朝人》,其中《论词绝句一百首》虽未标明专论,

---

① 神田喜一郎著,程郁缀、高野雪译:《日本填词史话》,北京:北京大学出版社2000年版,第319页。

所论为自唐代李白以始的近百位唐宋时期词人、词集，实则所论对象亦有所专指；而三十六首专论岭南词人、四十首专论国朝人，则分别以岭南籍词人和清代词人为专门的评品对象，其批评的群体性特征更为明显，论述也多切中肯綮。

"自宋代以来，词论的形式，大体有四类，词话仅是其中之一。另外三类，一是词集序跋……二是词集评点……三是论词绝句。从论诗绝句演化而来。从杜甫《戏为六绝句》之后，论诗绝句代有名作，论词绝句则至清始盛。"① 从大的范畴来说，作为中国古代文学批评的一种别格，论词绝句与论诗绝句属性相同，只是品评的对象有所区别：论词绝句所论对象为词，而论诗绝句所论对象则为诗。

而从形制与批评特征上看，论词绝句同论诗绝句也有着很多的相似之处。就具体的体式而言，论词绝句有五言、六言、七言三种不同体式，其中七言占绝大多数，五言、六言所占甚少（就目今所辑情况看，五言仅见查惜的《题李清照》一首，六言仅见高旭《十大家词题词》十首）。就论词绝句的批评对象而言，内容较为复杂多样，或统论历代，如李其永《读历朝词杂兴》等；或专论一代，如汪孟铕《题本朝词》等；或论某一群体，如张祥河《论词绝句十首专赋闺人》、谭莹《论词绝句》三十六首专论岭南人、四十首专论清代词人等。就中或论词人、词作，或论词集、词话等，所涉内容颇为丰富。至若论词绝句之词学价值，亦可见于以下数端：

简约而形象的词学批评特征。

作为一种独特的词学批评形式，论词绝句既具有中国古代文学批评重印象、尚简约的批评特征，同时又因其形制为绝句，因而又具有诗歌所具有的独特的形象美。故而论词绝句在批评特征上一个显见的特点，便是简约而形象；每首论词绝句虽仅有二十余字，但言约而意丰，所关

---

① 吴熊和：《吴熊和词学论集》，第132－133页。

涉的内容十分丰富。如厉鹗《论词绝句十二首》其二："张柳词名枉并驱，格高韵胜属西吴。可人风絮堕无影，低唱浅斟能道无。"绝句谓人们枉将张先、柳永并称，其实张先词格高韵胜，而二人高下之分野在何处？厉氏举了二人两首词中颇有创作本事的两句作比较，雅俗之辨不言自明。

具有宏通的词学批评视野。

论词绝句虽仅四句，体制短小，但清代以来的论词绝句多以组诗的形式出现，这就摆脱了单首论词绝句批评范围狭小的局限，而在批评的视阈上大大拓展，为词学批评带来了广阔的空间。清代不少论词绝句组诗即是如此，不管清代前期陈聂恒的《读宋词偶成绝句十首》、李其永的《读历朝词杂兴》（30首）、郑方坤的《论词绝句三十六首》，还是清代中后期厉鹗的《论词绝句十二首》、江昱的《论词十八首》、朱依真的《论词绝句二十二首附六首》、沈道宽的《论词绝句四十二首》以及谭莹的《论词绝句》（177首）等，虽不能将所有的词人都纳入到自己的批评对象中，但大都能够择取一些重要的词家或词学现象，以一种宏阔的词史观去评述历代词人词作，体现为一种宏通的词学批评视野。

反映了词坛不同时期的风气时尚。

有清一代，词派林立，其中浙西与常州二派，影响甚巨，在清词史上有着重要的地位。而其时词坛的不少作手，都有论词绝句组诗存世。这些论词绝句的产生，某种意义上反映了其时的词坛趣尚，甚至有为本词派张帜者。以厉鹗为例，即可略见一斑。厉氏为浙派后期之中坚，其《论词绝句十二首》所选论者和所论述的观点，即秉持雅正，推尊姜张，体现出浙派主导的词学倾向。至如乾嘉、道咸乃至其后的其他论者的论词绝句，也大都能看到或受浙西词派影响，或受常州词派影响，从中反映出一时词坛之风气时尚。

保存和丰富了词学批评史料。

论词绝句在所论对象上多有所选择,一般而言,诗人论词多选择词坛大家或有影响、有代表性的作家作品加以品论;然而也有不少论词绝句组诗,间或论及了一些二三流、甚至不入流的词人词作。如谭莹的《论词绝句一百首》中,就对宋代的郑文妻孙氏、天台妓严蕊甚至无名氏分别给予了论述,这就延展了词学批评的对象,丰富了词学批评史料。而在更多的情况下,论家在论词绝句之后多以自注的方式,对所论对象作相关的背景交代,这些都保存和丰富了词学研究的文献史料。如吴蔚光的《词人绝句》(9首),每首下都有自注,试看其四评赵文哲词的绝句:"蕴藉风流妍雅才,郎君邀我共登台。月斜烟瘦留家法,压倒高三十五来。"其绝句下自注谓:"《妍雅堂词》,赵璞函丈作也。令子少钝亦善倚声。辛卯九日,偕余及高东井登黑窑厂,填《摸鱼儿》一调,高甚倾折。今高已下世,其词稿虽多,全散失矣。"其中所交代的史料信息甚为丰富。而《附录》中所附今人陈声聪的《论近代词绝句》(45首),诗后作者自注的内容,则更为丰富。所注涉及词人的字号生平、仕履著述,甚或词学贡献等,几乎尽数囊括其中,不啻为所论词人的小传,其史料价值不言自明。

论词绝句之搜辑始于民国,"(二十世纪)三十年代,唐圭璋先生《词话丛编》拟目中有赵尊岳辑论词绝句一卷(见《词学季刊》第二卷第一号《词坛消息·〈词话丛编〉之校印》),后竟未见刊出,颇为憾事。"[①]自兹以后,虽有夏承焘先生于70年代出版《瞿髯论词绝句》一书(后收入《夏承焘集》第二册),然辑录诸家之作的书籍未见面世。直至本世纪初,始有吴熊和等诸方家予以辑录。吴熊和、陶然所辑《清人论词绝

---

① 陶然:《论清代孙尔准、周之琦两家论词绝句》,《文学遗产》1996年第1期。

句》自曹溶以迄黄承吉凡28家595首①，其中仇元吉、徐良崎二家为域外词人，实得清人论词绝句26家593首。孙克强所辑清人论词绝句组诗凡45家712首（附于《清代词学批评史论》书后），然其中所列姚锡均、木石居士诸人为民国时人，不宜以清人论。除此而外，台湾成功大学王伟勇亦于海峡彼岸从事清人论词绝句的搜辑，其所搜得清人论词绝句133家1067首，命曰《清代论词绝句初编》，由台湾里仁书局2010年出版，然其中亦偶有失于宽泛之处，有些论词绝句仅涉词人或词牌之名，主体却非论词，似未可作论词绝句观。

90年代中期，余应邀东渡扶桑讲学，其间在翻译日本著名学者神田喜一郎所著《日本填词史话》时，见到其中论及高野竹隐之《论词绝句》，遂留意于对国人论词绝句之搜辑，并于1997年撰成《论词绝句笺评——论苏轼词》一文，刊于日本神户大学文学部年刊《未名》之上。嗣后，随捡随录，并略加笺注，至今已近廿载矣。这期间日积月累，渐于盈箧，遂萌生付诸剞劂之意。适李静君从余读博，对论词绝句亦兴趣浓厚，欣欣然愿倾力相助，共襄好事。春秋数易，爬梳剔抉，悉心董理，遂成此编。

本书所辑之论词绝句，凡70余家850余首。限于眼界与学力，定有不全和疏舛之处，敬祈方家教正。从去取之标准看，本书所辑之论词绝句尽可能从严，所按标准有以下几点：一是内容必须是论词。虽题有"论词"等字样，然于词仅止于简单涉及或未有涉及的绝句，不予录入，如谢乃实《用词名绝句》130首，仅止于将词名嵌入绝句之中，于词作品或词人未予深论，兹未予辑入；二是形式上必须是绝句。虽内容为论词，然非绝句之体，亦不予以录入，如韩崇《蒋大令（因培）燕园为李易安故宅赋此柬赠》一首为七律，潘际云《题〈漱玉词〉》二首中一首为五古，潘曾玮《与小珊论词》一首为五古，虽为论诗词，然非绝句，故亦未录；三是所辑对象限于国人。至于域外学者如仇元吉、徐良崎、高野竹

---

① 详见吴熊和主编《唐宋词汇评·两宋卷》第五册附录，杭州：浙江教育出版社2004年版，第4386—4439页。

隐等，虽有论词绝句之作品，然只作为附录，列于篇末。四是本书所辑对象的时间段，起于元明迄于民国。虽当代诸方家亦多有论词绝句陆陆续续见诸于世，然一者希望有一个学术沉淀的过程，二者限于本书的篇幅不宜太大，故只取陈声聪、夏承焘、缪钺、启功、叶嘉莹等五家论词绝句，作为附录，列于篇后；其余时见当今报刊和今人著作中的诸方家论词绝句，眼下一概未录，敬请鉴谅。光阴如流水，往来成古今，敬俟后来者继续努力，接续增补，发扬光大。

又，词学批评之别格中，与论词绝句堪称姊妹的尚有"论词词"一体，本书撷取朱祖谋、卢前两家已经发表的论词词，亦作为附录，列于篇后，以供参酌。

最后，要特别说明的就是，因为论词绝句只有短短四句二十八个字，十分简练；有的论词绝句注明了此绝句所论对象，这样的绝句笺注起来有案可稽，比较有把握；但还有一些论词绝句，或者十分概括抽象，所指模糊不明，意旨难以寻绎；或者只是摘取所论词人词作中的某一句词、或半句词、或仅仅某一词中的某一语词，衍成一绝，笺注起来犹如大海捞针，令人茫茫然归趣难求；这些都令我们"战战兢兢，如临深渊，如履薄冰"。本着宁缺毋错（或者尽可能少错）的审慎态度，对这样的论词绝句少注或者不注。所有这些尚未笺注出来遗漏了的、或者笺注不准确的、甚至笺注错了的，在此，我们一并诚恳地希望博雅读者和饱学方家，善意鉴谅，真诚指正，仁德赐示！

程郁缀

2013年金秋于北京大学静园一院

两棵冠盖交互硕果累累的银杏树下

一 元明时期论词绝句

元 淮
《读李易安文》

作者简介

　　元淮（生卒年不详），字国泉，号水镜，临川（今江西抚州）人，徙家邵武。元世祖至元（1264—1294）初以军功显于闽，官至溧阳路总管。有《水镜集》一卷，《四库全书总目提要》谓其诗"有《击壤集》之风，而理趣不逮"。

　　绿肥红瘦有新词，画扇文窗遣兴时。
　　象管鼠须书草帖，就中几字胜羲之。

笺注

　　"绿肥"句：李清照《如梦令》词有"应是绿肥红瘦"句。

　　文窗：刻镂文彩的窗。〔唐〕元稹《连昌宫词》："舞榭欹倾基尚在，文窗窈窕纱犹绿。"

　　象管：象牙制的笔管。亦指珍贵的毛笔。〔唐〕罗隐《清溪江令公宅》诗："蛮笺象管夜深时，曾赋陈宫第一诗。"

　　鼠须：鼠须笔的省称。〔晋〕王羲之《笔经》："鼠须用未必能佳，甚难得。"〔唐〕长孙佐辅《相和歌辞·宫怨》："看笼不记熏龙脑，咏扇空曾秃鼠须。"

　　羲之：王羲之（303—361，一作321—379），字逸少，东晋书法家。原籍琅琊（今山东临沂）人，居会稽山阴（今浙江绍兴）。官至右军将军、会稽内史，人称"王右军"。

瞿 佑
《易安乐府》

作者简介

瞿佑（1347—1433），字宗吉，号存斋。钱塘（今浙江杭州）人。历任浙江临安教谕、河南宜阳训导、周王府右长史等职。有《存斋诗集》《存斋遗稿》《乐府遗音》《归田诗话》《剪灯新话》等。

清献名家厄运乖，羞将晚景对非才。

西风帘卷黄花瘦，谁与赓歌共一杯。

笺注

清献：当为"清宪"之误，清宪，赵挺之谥清宪，为李清照丈夫赵明诚之父。〔清〕王士禛《香祖笔记》卷九："《闲中今古录》论李易安晚节改适，云'翁则清献，为时名臣'，又引瞿佑《诗话》'清献名家厄运乖，羞将晚景对非才'云云。以挺之为抃，谬矣。盖以阅道谥清献，而挺之谥清宪，故致此舛讹耳。"按：北宋赵抃，字阅道，谥清献，时称"铁面御史"。

"羞将"句：当指李清照晚年流落南方相传改嫁张汝舟之事。非才，无能，不才。指才不堪任。此指张汝舟。

"西风"句：李清照《醉花阴》词："薄雾浓云愁永昼，瑞脑消金兽。佳节又重阳，玉枕纱厨，半夜凉初透。　东篱把酒黄昏后，有暗香盈袖。莫道不消魂，帘卷西风，人比黄花瘦。"

赓歌：酬唱和诗。〔唐〕李白《明堂赋》："千里鼓舞，百寮赓歌。"

吴　宽
《易安居士画像题辞》

作者简介

　　吴宽（1435—1504），字原博，号匏庵，人称匏庵先生，长洲（今江苏苏州）人，成化八年（1472）进士第一，官至礼部尚书，谥文定。工诗文，善书。入《明史·文苑传》。

　　　　金石姻缘翰墨芬，文箫夫妇尽能文。
　　　　西风庭院秋如水，人比黄花瘦几分。

笺注

　　"金石"句：李清照、赵明诚夫妇同嗜金石，赵明诚有《金石录》三十卷，李清照《金石录后序》谓："每获一书，即同共勘校，整集签题。得书、画、彝、鼎，亦摩玩舒卷，指摘疵病，夜尽一烛为率。故能纸札精致，字画完整，冠诸收书家。"

　　文箫：传奇中的人名。传说唐大和年间，书生文箫中秋日游钟陵西山游帷观，遇见一美丽少女，口吟："若能相伴陟仙坛，应得文箫驾彩鸾。自有绣襦兼甲帐，琼台不怕雪霜寒。"双方相互爱慕，忽有仙童到来宣布天判："吴彩鸾以私欲而泄天机，谪为民妻一纪。"两人遂成夫妇，后来双双骑虎仙去。见唐裴铏《传奇·文箫》。

王象春
《题〈漱玉集〉》

作者简介

王象春（1578—1632），字季木，号虞求，别号嵧湖居士。济南府新城（今山东桓台）人。王士禛从祖。明神宗万历三十八年（1610）中进士，位居榜眼。官至南京吏部考功郎中。后因受"阉党"迫害，名列"东林党"，被削职归里。有《问山亭集》十二卷。

宋朝名迹此中稀，剸水黥山感异时。

唯有女郎风雅在，又随兵舫泣江蓠。

笺注

"剸水"句：指1127年的靖康之难导致的宋人山河破碎，淮河以北的大好河山沦入金人之手。剸，割。剸黥，指毁坏。

江蓠：又名蘼芜。〔汉〕刘向《九叹·惜贤》："怀芬香而挟蕙兮，佩江蓠之斐斐。"〔清〕李廷棨《易安居士故里诗》："自随兵舫去，谁更续江蓠。"

张娴婧
《读李易安〈漱玉集〉》

作者简介

张娴婧,字蓼仙,六安(今属安徽)人,闵西学妻。有《蕉窗遗韵》诗一卷词一卷。

从来才女果谁俦,错玉编珠万斛舟。
自言人比黄花瘦,可似黄花奈晚秋。

笺注

俦:比,相比。

"错玉"句:错玉,打磨玉。编珠,编列着的一串明珠。《初学记》卷一引《尚书中候》:"日月若悬璧,五星若编珠。"

万斛:极言容量之多。古代以十斗为一斛,南宋末年改为五斗。杜甫《夔州歌十绝句》诗:"蜀麻吴盐自古通,万斛之舟行若风。"

王　鸿

《柳絮泉诗二首》

作者简介

王鸿,明人,生平事迹不详。

一

扫眉才子笔玲珑,蓑笠寻诗白雪中。

絮不沾泥心已老,任他蜂蝶笑东风。

笺注

柳絮泉:济南名泉之一。《历城县志》记:"柳絮泉在金线泉东南角,泉沫纷翻如絮飞舞。"故名。

扫眉才子:旧指有才华的女子。扫眉,妇女画眉毛。〔唐〕王建《寄蜀中薛涛校书》诗:"万里桥边女校书,枇杷花里闭门居。扫眉才子知多少,管领春风总不如。"这里指李清照。

"蓑笠"句:〔宋〕周煇《清波杂志》载:"顷见易安族人,言明诚在建康日,易安每值天大雪,即顶笠披蓑,循城远览以寻诗,得句必邀其夫赓和。明诚每苦之也。"

二

名园曾访历亭西,一碧寒泉泻野溪。

欲觅遗诗编《漱玉》,多情转觉逊山妻。

笺注

历亭：即历下亭，济南名亭之一，因其南临历山（千佛山），故名历下亭。

漱玉：李清照有词集《漱玉集》。

山妻：隐士之妻。〔晋〕皇甫谧《高士传·陈仲子》："楚相敦求，山妻了算，遂嫁云踪，锄丁自窜。"后多用为自称其妻的谦词。〔唐〕李白《赠范金卿》诗之一："只应自索漠，留舌示山妻。"

二 清代前中期论词绝句

曹　溶
《题周青士词卷四首》

作者简介

曹溶（1613—1685），字秋岳，一字洁躬，亦作鉴躬，号倦圃、钽菜翁，秀水（今浙江嘉兴）人。明崇祯十年（1637）进士，官御史。后仕清，历官户部右侍郎等职。有《静惕堂诗词集》等。

一

霜丝猎猎不胜簪，结友来过碧玉潭。

便许平分春色看，此生谁遣别江南。

笺注

周青士：周篔（1623—1687），初名筠，字青士、公贞，号筜谷，浙江嘉兴人。著有《采山堂集》24卷，编有《词纬》30卷、《今词综》10卷等。

霜丝：喻指白发。

猎猎：形容物体随风飘拂的样子。〔南唐〕陈陶《海昌望月》诗："猎猎谷底兰，摇摇波上鸥。"这里指白发飘动。

不胜簪：杜甫《春望》诗："白头搔更短，浑欲不胜簪。"不胜，承担不了。

碧玉潭：《明一统志》载，碧玉潭，在响应山下，亦名响潭。《吴兴备志》载："武康响应山下有碧玉潭，神龙所居，神龙八年，令刘汭祷雨而应。"

二

南山一夜老双螺，拾得云笺意较多。

抛却少年燕市酒，愁来常拟和清歌。

笺注

双螺：指少女头上的两个螺形发髻。〔宋〕姜夔《少年游·戏张斗甫》词："双螺未合，双蛾先敛，家在碧云西。"

云笺：有云状花纹的纸。〔宋〕周邦彦《蕙兰芳引》词："更花管云笺，犹写寄情旧曲。"

"抛却"句：顺治初，曹溶起用河南道御史，督学顺天，累迁户部侍郎等职。此当言其年轻时为官京师。燕市，战国时燕国的国都。《史记·刺客列传》："荆轲嗜酒，日与狗屠及高渐离饮于燕市。"

清歌：清亮的歌声。

三

名士由来属布衣，旧家花柳半依稀。

未妨红豆相思切，□取轻轺访洛妃。

笺注

"名士"句：周筼终身未仕，以布衣终老。布衣，借指平民。古代平民不能衣锦绣，故称。

"未妨"句：王维《红豆》诗："红豆生南国，春来发几枝。愿君多采撷，此物最相思。"

轻轺：轻车。轺，小车。

洛妃：传说中的洛水女神宓妃。〔南朝梁〕刘令娴《答外诗》之二："夜月方神女，朝霞喻洛妃。"

四

□床写恨满青衫,道字须教彩凤衔。

知尔梦中贪忆我,断肠秋气五湖帆。

笺注

青衫:古时学子所穿之服。〔南朝梁〕江淹《丽色赋》:"楚臣既放,魂往江南。弟子曰:玉释佩,马解骖。濛濛绿水,袅袅青衫。乃召巫史:兹忧何止?"

道字:一种将字拆开的文字游戏。

彩凤:即凤凰。〔唐〕李商隐《无题》诗之一:"身无彩凤双飞翼,心有灵犀一点通。"

秋气:指秋日凄清、肃杀之气。《吕氏春秋·义赏》:"春气至,则草木产,秋气至,则草木落。"

五湖:春秋末越国大夫范蠡,辅佐越王勾践,灭亡吴国,功成身退,乘轻舟以隐于五湖。见《国语·越语下》。后因以"五湖"指隐遁之所。

李澄中
《易安居士画像题辞》

作者简介

李澄中（1629—1700），字渭清，号渔村，山东诸城人。康熙十八年（1679）试中"博学鸿儒"，授翰林院检讨。又充明史纂修官，历充云南乡试正考官，清廉却贿。寻迁侍读，告老归，退居潍上。有《卧象山房集》三卷附录二卷、《日云村集》八卷等。

小窗帘卷早凉初，幸傍词人旧里居。

吟到黄花人瘦句，买丝争绣女相如。

笺注

"小窗"句：李清照《醉花阴》词有"帘卷西风"、"半夜凉初透"句。

"幸傍"句：《李清照研究资料汇编》辑录田雯《柳絮泉访李易安故宅》诗下有按语曰："此诗云清照故居在柳絮泉，不知何据。查元于钦《齐乘》、明崇祯《历城县志》、清康熙三十一年刻《济南府志》俱无此说。然田氏诗出，后人（如俞正燮、任宏远、高宅旸等）多有沿袭者，甚至据此而定历城为清照里籍，实误。"

"吟到"句：李清照《醉花阴》词有"人比黄花瘦"句。

女相如：汉司马相如长于辞赋，后人因称有才华能诗文的女子为女相如。〔唐〕冯贽《南部烟花记》："炀帝以合欢水果赐吴绛仙，绛仙以红笺进诗谢。帝曰：'绛仙才调，女相如也。'"

叶舒崇
《评朱彝尊词》

作者简介

叶舒崇（生卒年不详），字元礼，号宗山，叶绍袁与沈宜修之子，叶小鸾之兄。江苏吴江人。康熙十五年（1676）进士，官内阁中书。有《宗山集》《谢斋词》。

> 鸳鸯湖口推朱十，代北汶西词客衰。
> 弄笔偶然工小令，人间断肠贺方回。

笺注

鸳鸯湖：即嘉兴南湖，古称陆渭池，又称滮湖。南湖又分为东、西两湖，形似鸳鸯交颈，古时湖中常有鸳鸯栖息，故又名鸳鸯湖。

朱十：即朱彝尊，排行第十。

代北：古地区名。泛指汉、晋代郡和唐以后代州北部或以北地区。当今山西北部及河北西北部一带。

"人间"句：〔宋〕王灼《碧鸡漫志》卷二："贺方回初在钱塘，作《青玉案》，（黄）鲁直喜之，赋绝句云：'解道江南断肠句，只今惟有贺方回。'"贺方回，贺铸（1052—1125），北宋词人，字方回，号庆湖遗老，有《庆湖遗老集》。

按：〔清〕冯金伯《词苑萃编》卷八"品藻"：徐菊庄（釚）曰："锡鬯天才踔厉，诗文脍炙海内，填词与柳七、黄九争胜。叶元礼尝作骈体文序之，缀以绝句云云。"又卷十八引《词苑丛谈》云："朱锡鬯彝尊在代州，与伎小字白狗者狎，一日晚，往访之不值，戏投一词云：'疏篱日影才铺地，却早被、金铃唤起。朝云一片出巫山，盼不到、黄牛峡里。 仙源乍入重门闭。任闲杀、桃花春水。刘郎自去阮郎归，算只有、相如伴你。'盖《步蟾宫》调也。"

查 惜
《题李清照》

作者简介

查惜（生卒年不详），字淑英，浙江海宁人，诸生马思赞妻。有《南楼吟香集》六卷。

间气钟闺秀，偏输一段情。

雨疏风骤后，曾忆赵明诚。

笺注

间气：旧谓英雄伟人，上应星象，禀天地特殊之气，间世而出，故称。《太平御览》卷三六○引《春秋孔演图》："正气为帝，间气为臣，宫商为姓，秀气为人。"宋均注："间气则不苞一行，各受一星以生。"〔唐〕曹唐《勐剑》诗："垂情不用将间气，恼乱司空犯斗牛。"

钟：汇聚，集中。杜甫《望岳》诗："造化钟神秀。"

雨疏风骤：李清照《如梦令》词有"昨夜雨疏风骤，浓睡不消残酒"句。

赵明诚：(1081－1129)，字德甫（或德父），密州诸城（今属山东）人，宋徽宗崇宁年间宰相赵挺之第三子，李清照之夫。历官鸿胪少卿、莱州、淄州知州、江宁知府。宋高宗建炎三年（1129）移知湖州，未赴，病逝于建康。

陈聂恒
《读宋词偶成绝句十首》

作者简介

陈聂恒（生卒年不详），字曾起，一字秋田，号栩园。武进（今江苏常州）人，家有且朴斋、秋田苹堂。康熙三十九年（1700）进士，历官广西荔浦知县、刑部主事、检讨。有词集《栩园词弃稿》。

一

不道曹刘须降格，可知乐府有同声。

无题也与填词近，说是填词笑已生。

笺注

"不道"句：〔唐〕皎然《诗式》："假使曹刘降格来作律诗，与二子并驱，未知孰胜。"曹，曹植；建安诗人，字子建。刘，刘桢；"建安七子"之一，字公干。严羽《沧浪诗话》："曹、刘体，子建、公干也。"

同声：指言语腔调相同。

无题：诗文有用"无题"为题的，表示无题可标或不愿标题。〔宋〕陆游《老学庵笔记》卷八："唐人诗中有曰'无题'者，率杯酒狎邪之语，以其不可指言，故谓之'无题'，非真无题也。"

二

漫向人间求解事，候虫时鸟自哀鸣。

物外有时闲堕泪，华堂只爱管弦声。

笺注

解事：通晓事理。

"候虫"句：苏轼《答李端叔书》："人苦不自知，既以此得，因以为实能之，故诐诐至今，坐此得罪几死。所谓'齐虏以口舌得官'，真可笑也。然世人遂以轼为欲立异同，则过矣。妄论利害，搀说得失，此正制科人习气。譬之候虫时鸟，自鸣自已，何足为损益。"

物外：世外。谓超脱于尘世之外。〔汉〕张衡《归田赋》："苟纵心于物外，安知荣辱之所如！"

三

宫调当年已不传，只今音节见天然。

梦窗度曲玉田和，旧谱零落绝可怜。

笺注

宫调：戏曲、音乐名词。我国历代称宫、商、角、变徵、徵、羽、变宫为七声，其中任何一声为主均可构成一种调式。凡以宫为主的调式称宫，以其他各声为主的则称调，统称"宫调"。以七声配十二律，理论上可得十二宫、七十二调，合称八十四宫调。但实际音乐中并不全用。如隋唐燕乐系根据琵琶的四根弦作为宫、商、角、羽四声，每弦上构成七调，得二十八宫调；南宋词曲音乐只用七宫十一调；元代北曲用六宫十一调；明清以来，南曲只有五宫八调，通称十三调，而最常用者不过五宫四调，通称九宫。在一般人的话中，宫调亦常指乐曲。

"梦窗"二句：张炎《西子妆慢》词序谓："吴梦窗自制此曲，余喜其声调妍雅，久欲述之而未能。甲午春，寓罗江，与罗景良野游江上。绿阴芳草，景况离离，因填此词。惜旧谱零落，不能倚声而歌也。"

四

张子论词先所志，不为物役正且平。

乃知道也进乎技，书之座右箴诸生。

笺注

"张子"二句：〔宋〕张炎《词源》卷下谓："古之乐章、乐府、乐歌、乐曲，皆出于雅正。""词欲雅而正，志之所之，一为情所役，则失其雅正之音。"物役，《荀子·正名》："故向万物之美而盛忧，兼万物之利而盛害……夫是之谓以己为物役矣。"〔唐〕杨倞注："己为物之役使。"后谓为外界事物所役使为"物役"。

"乃知"句：《庄子·养生主》："臣之所好者，道也，进乎技矣。"

箴：规谏，告诫。

五

细意自然兼熨帖，象床玉手最相宜。

裁缝须灭针线迹，不尔裂帛即可为。

笺注

"细意"句：杜甫《白丝行》有"美人细意熨帖平"句。熨帖：贴切，妥帖。

象床玉手：杜甫《白丝行》有"象床玉手乱殷红，万草千花动凝碧"句。〔宋〕无名氏《九张机》："轻丝象床，玉手出新奇。千花万草光凝碧，裁缝衣著，春天歌舞，飞蝶语黄鹂。"

"裁缝"句：杜甫《白丝行》："裁缝灭尽针线迹。"

不尔：不如此，不然。

裂帛：指撕裂缯帛发出的清厉声。

六

敢言豪气全无与,诗论天然非所宜。

千古风流归蕴藉,此中安用莽男儿。

笺注

"诗论"句:〔清〕谢章铤《赌棋山庄词话》续编三:"东坡词诗、稼轩词论,肮脏激扬之调,尤为世所诟病。即秋田《论词绝句》亦云:'敢言豪气全无与……'"

蕴藉:谓含蓄而不显露。

七

赋就闲情瑕白璧,到今征士尚垂声。

小词只作闲情看,不为温公辨嫁名。

笺注

"赋就"句:〔明〕杨慎《升庵诗话》卷三:"陶渊明《闲情赋》'瞬美目以流盼,含言笑而不分',曲尽丽情,深入冶态,裴硎《传奇》,元氏《会真》,又瞠乎其后矣,所谓'词人之赋丽以淫'也。"闲情,即陶渊明的《闲情赋》。

征士:指不接受朝廷征聘的隐士。《昭明文选·颜延之〈陶征士诔〉》:"有晋征士,寻阳陶渊明,南岳之幽居者也。"张铣题注:"陶潜隐居,有诏礼征为著作郎,不就,故谓征士。"

"小词"二句:〔明〕杨慎《词品》卷三:"世传司马温公有席上所赋《西江月》词云:'宝髻松松绾就,铅华淡淡妆成。红颜翠雾罩轻盈。飞絮游丝无定。 相见争如不见,有情还似无情。笙歌散后酒微醒。深院月明人静。'仁和姜明叔云:'此词决非温公作。宣和间,耻温公独为君子,作此诬之，不待识者而后能辨也。'"〔清〕沈雄《古今词话》"词话下卷"：" 《柳塘词话》曰：姜明叔云，宣和间，耻温公独为君子，诬之以《西江月》云：'相见争如不见，有情还似无情。笙歌散后酒微醒。深夜月明人静。'蒋一葵曰：欧阳公试士时，钱穆父恨之，诬之以《望江南》云：'十四五，闲处觅知音。堂上簸钱堂下走，恁时相见已留心，何况到而今。'愚按两公遭谤，尽人知之。所谓高明之家，鬼瞰其室也。"

八

三影郎中老放颠，自标好句与人传。

尚书红杏词人耳，何事欧公也见怜。

笺注

"三影"二句：〔北宋〕词人张先，号"张三影"。〔宋〕胡仔《苕溪渔隐丛话》前集卷三十七引《古今诗话》曰："有客谓子野曰：'人皆谓公张三中，即心中事，眼中泪，意中人也'。子野曰：'何不目之为"张三影"？'客不晓，公曰：'云破月来花弄影；娇柔懒起，帘压卷花影；柳径无人，堕风絮无影；此余生平所得意也。'"以其曾官郎中，故称"三影郎中"。放颠，放纵颠狂。〔唐〕杜甫《绝句》之九："设道春来好，狂风大放颠。"

尚书红杏：宋祁官至兵部尚书，因其《玉楼春》有"红杏枝头春意闹"之句，故称"红杏尚书"。〔宋〕胡仔《苕溪渔隐丛话》前集引《遁斋闲览》载：张先呼宋祁为"红杏枝头春意闹尚书"。

欧公：欧阳修，字永叔，有《六一词》一卷。

九

南唐小令怜凄惋，南宋之时句亦工。

肯爱自然遗刻画，勒成一卷纪吴风。

笺注

吴风：吴地风俗。这里指南唐和南宋的风情。

十

神女生涯原是梦（义山句），但教是梦即为真。

与君同作痴人看，句拟《高唐》更有神。

笺注

"神女"句：李商隐《无题》诗："重帏深下莫愁堂，卧后清宵细细长。神女生涯原是梦，小姑居处本无郎。风波不信菱枝弱，月露谁教桂叶香？直道相思了无益，未妨惆怅是清狂。"

"与君"二句：黄庭坚的《小山词序》："余尝论叔原，固人英也，其痴亦自绝人。爱叔原者，皆愠而问其目，曰：仕宦连蹇，而不能一傍贵人之门，是一痴也；论文自有体，不肯一作新进士语，此又一痴也；费资千百万，家人寒饥而面有孺子之色，此又一痴也；人百负之而不恨，已信人终不疑其欺己，此又一痴也。乃共以为然。至若此，至其乐府，可谓狭邪之大雅，豪士之鼓吹，其合者，高唐、洛神之流，其下者，岂减桃叶、团扇。……若乃妙年美士，近知酒色之娱；苦节癯儒，晚悟裙裾之乐。鼓之舞之，使宴安酖毒而不悔，则叔原之罪也哉。"按：叔原，晏几道之字，号小山。

王时翔
《酬姚鲁思太史枉题中州所制〈青绡乐府〉四绝句次原韵》

作者简介

　　王时翔（1675—1744），字皋谟，又字抱翼，号小山，镇洋（今江苏太仓）人。雍正六年（1728）由诸生荐举，授晋江县知县，官至成都知府。有《小山全稿》二十卷，凡诗稿八卷，诗馀四卷，文稿八卷。诗稿分初、续、后三稿；诗馀分五集：《香涛》《绀寒》《青绡乐府》《初禅绮语》《旗亭梦呓》。

一

　　广寒无路鹊无枝，散诞浮踪只自痴。

　　驱马孝王园外过，凌云气尽少雄词。

笺注

　　姚鲁思：姚之骃，字鲁斯，钱塘（今浙江杭州）人。康熙六十年（1721）进士，官至监察御史。

　　青绡乐府：王时翔于中州所作，王恪《青绡乐府序》谓："梁，故词赋地也。家小山先生少以诗文名，间倚声填词，清绮婉约，原本温、韦，而推波助澜，入南宋名家之室。向有《香涛词》数卷，久脍炙人口，今佐中州文幕，迹遍两河，得词若干首，题曰《青绡乐府》，盖取白香山诗中语也。予偶客梁，出此编以见示，讽咏之馀，缥缈葱茜，泂如嵩云之半卷矣。标举拟似雅善，自评觉半山之凭吊金陵，东坡之寄怀赤壁，犹未免一往豪上。兹编也，寓激昂于蕴藉，发沉郁于遥深，可以挹白石之袂，拍梦窗之肩，虽曰诗馀，殆与枚、马诸贤先后辉映，转愧予亦游梁而不能出片语以嗣响也。"

白居易《菩提寺上方晚眺》诗中有"嵩烟半卷青绡幕,伊浪平铺绿绮衾。"

广寒:道家所谓北方仙宫。又为山名,亦称"广霞"。《黄庭内景经·口为》:"审能修之登广寒。"梁丘子注:"广寒,北方仙宫之名。又云,山名,亦曰广霞。《洞真经》云:冬至之日,月伏于广寒之宫,其时育养月魄于广寒之池,天人采青华之林条,以拂日月光也。"

散诞:放诞不羁,逍遥自在。

孝王园:也称梁园,兔园。在今河南商丘县东。〔汉〕梁孝王刘武所筑。为游赏与延宾之所。《西京杂记》卷二:"梁孝王好营宫室苑囿之乐,作曜华之宫,筑兔园。"〔南朝宋〕谢惠连《雪赋》:"梁王不悦,游于兔园。"谢榛《留别张德隆》诗:"桂树花开如有兴,紫骝嘶过孝王园。"

二

邮亭落叶旅情多,涴壁频遭候吏诃。

那晓仙班竞传看,浊河原不隔天河。

笺注

邮亭:驿馆,递送文书者投止之处。《墨子·杂守》:"筑邮亭者圜之。"《汉书·薛宣传》:"过其县,桥梁邮亭不修。"颜师古注:"邮,行书之舍,亦如今之驿及行道馆舍也。"

涴壁:污染弄脏墙壁。

候吏:即候人。古代掌管整治道路稽查奸盗或迎送宾客的官员。《韩非子·外储说左下》:"臣居齐荐三人,一人得近王,一人为县令,一人为候吏。及臣得罪……候吏者追臣至境上,不及不止。"多指驿吏。〔唐〕刘禹锡《秋日送客至潜水驿》诗:"候吏立沙际,田家连竹溪。"

诃:大声斥责,责骂。

仙班:天上仙人的行列。《云笈七签》卷一〇三:"仙班既退,光明遍彻诸天焉。"〔清〕陈维崧《贺新郎·毛卓人示我满江红词数首中多养生家言作此戏柬》词："我自人间能倔强，碧霄宫，懒逐仙班走。"

浊河：混浊的河流。特指黄河。《史记·苏秦列传》："天时不与，虽有清济、浊河，恶足以为固！"

三

北宋词高未极工，渡江白石启江东。

汴京遗迹闲题遍，调落吴兴一卷中。

笺注

白石：姜夔，字尧章，号白石道人。

江东：长江在芜湖、南京间作西南、东北流向，隋唐以前，是南北往来主要渡口的所在，习惯上称自此以下的长江南岸地区为江东。

汴京：五代梁、晋、汉、周以及北宋的都城。在今河南省开封市。

四

中原逐鹿古今争，七子徒留邺下名。

慷慨吟成声激越，洛波风起岳云生。

笺注

中原逐鹿：即逐鹿中原，比喻争夺天下。〔明〕骆用卿《题韩信庙》诗："逐鹿中原汉力微，登坛频蹙楚军威。"

"七子"句：即建安七子，汉末建安（献帝年号）时期孔融、陈琳、王粲、徐干、阮瑀、应玚和刘桢七人，同时以文学齐名，曹丕《典论·论文》云："斯七子者，于学无所遗，于辞无所假，咸以自骋骥騄于千里，仰齐足而并驰。"后世因称为"建安七子"。又以同居邺中，也称"邺中七子"。

激越：高亢清远。

李其永
《读历朝词杂兴》

作者简介

李其永（生卒年不详），字漫翁，卢龙人。吴县籍诸生，充武英殿校书，卒年八十七，善书法，有《贺九山房集》。

一

风流天宝老词坛，羯鼓能挝胜管弦。

不道淋铃皆入调，蜀山秋雨李龟年。

笺注

天宝：唐玄宗李隆基的年号（742—756），共计15年。

"羯鼓"句：《太平广记》第二〇五："李龟年善羯鼓，玄宗问：'卿打多少杖。'对曰：'臣打五十杖讫。'上曰：'汝殊未，我打却三竖柜也。'后数年，又闻打一竖柜，因锡一拂杖羯鼓棬。"羯鼓，古代打击乐器的一种。起源于印度，从西域传入，盛行于唐开元、天宝年间。《通典·乐四》："羯鼓，正如漆桶，两头俱击。以出羯中，故号羯鼓，亦谓之两杖鼓。"挝，击，敲打。管弦，管乐器与弦乐器；亦泛指乐器。

"不道"句：〔宋〕王灼《碧鸡漫志》卷五："《雨淋铃》，《明皇杂录》及《杨妃外传》云：'帝幸蜀，初入斜谷，霖雨弥旬。栈道中闻铃声，帝方悼念贵妃，采其声为《雨淋铃》曲以寄恨。时梨园弟子惟张野狐一人，善筚篥，因吹之，遂传于世。'予考史及诸家说，明皇自陈仓入散关，出河池，初不由斜谷路。今剑州梓桐县地名上亭，有古今诗刻记明皇闻铃之地，庶几是也。罗隐诗云：'细雨霏微宿上亭，雨中因感雨淋铃。贵为天子犹魂断，穷着荷衣好涕零。剑水多端何处去，巴猿无赖不堪听。少年辛苦今飘荡，空愧先生教聚萤。'世传明皇宿上亭，雨中闻牛铎声，怅然而起，问黄幡绰：'铃作何语？'曰：'谓陛下特郎当。'特郎当，俗称不整治也。明皇一笑，遂作此曲。《杨妃外传》又载上皇还京后，复幸华清，从官嫔御多非旧人。于望京楼下，命张野狐奏《雨淋铃》曲。上四顾凄然，自是圣怀耿耿，但吟'刻木牵丝作老翁，鸡皮鹤发与真同。须臾弄罢寂无事，还似人生一世中'。杜牧之诗云：'零叶翻红万树霜，玉莲开蕊暖泉香。行云不下朝元阁，一曲淋铃泪数行。'张祜诗云：'雨淋铃夜却归秦，犹是张徽一曲新。长说上皇和泪教，月明南内更无人。'张徽即张野狐也。或谓祜诗言上皇出蜀时曲，与《明皇杂录》《杨妃外传》不同。祜意明皇入蜀时作此曲，至雨淋铃夜却又归秦，犹是张野狐向来新曲，非异说也。元微之《琵琶歌》云：'泪垂捍拨朱弦湿，冰泉呜咽流莺涩。因兹弹作雨淋铃，风雨萧条鬼神泣。'今双调《雨淋铃慢》，颇极哀怨，真本曲遗声。"

李龟年：唐玄宗李隆基时的乐工。

二

元和才子一时豪，爱着苏州刺史袍。

不信解诗皆老妪，砚边樊素有樱桃。

笺注

元和：唐宪宗李纯的年号（806—820）。

"爱着"句：白居易，字乐天，太原人。唐敬宗宝历（825—827）中出为苏州刺史。

"不信"句：〔宋〕彭乘《墨客挥犀》："白乐天每作诗，令一老妪解之，问曰：'解否？'妪曰'解'，则录之；不解，则又复易之。"

"砚边"句：《旧唐书·白居易传》："初，居易罢杭州，归洛阳。于履道里得故散骑常侍杨凭宅，竹木池馆，有林泉之致。家妓樊素、蛮子者，能歌善舞。"〔唐〕孟棨《本事诗·事感》："白尚书姬人樊素善歌,妓人小蛮善舞,尝为诗曰:樱桃樊素口,杨柳小蛮腰。"

三

凤笙冷落旧宫臣,隐隐伤心到晚春。

欲问江南知好否,断花飞絮正撩人。

笺注

"凤笙"二句:李煜《望江南》词其二:"多少泪,断脸复横颐。心事莫将和泪说,凤笙休向泪时吹,肠断更无疑。"〔宋〕王铚《默记》卷下:"龙衮《江南录》有一本删润稍有伦贯者云:李国主小周后随后主归朝,封郑国夫人,例随命妇入宫。每一入辄数日而出,必大泣骂后主,声闻于外,多宛转避之。又韩玉汝家有李国主归朝后与金陵旧宫人书云:'此中日夕,只以眼泪洗面。'"

"欲问"二句:李煜《望江梅》(一作《望江南》)词:"闲梦远,南国正芳春。船上管弦江面渌,满城飞絮辊轻尘。忙杀看花人。"

四

薄罗衫子缝金泥,梦里阳台意亦迷。

只有故宫如梦令,夜深残月唱还低。

笺注

"薄罗"二句:〔唐〕李存勖《阳台梦》词:"薄罗衫子金泥缝,困纤腰怯铢衣重。笑迎移步小兰丛,弹金翘玉凤。娇多情脉脉,羞把同心拈弄。楚天云雨却相和,又入阳台梦。"

"只有"二句:李存勖有《如梦令》词:"曾宴桃源深洞,一曲清歌舞凤。长记别伊时,和泪出门相送。如梦,如梦,残月落花烟重。"

五

说到钱唐苏小楼,旧游因忆隔前秋。

不须重听凭阑曲,湖上青山齾齾愁。

笺注

"说到"二句:〔元〕邵亨贞《凭阑人·题曹云西翁赠妓小画》词:"谁写江南一段秋?妆点钱塘苏小楼。楼中多少人愁。楚山无断头。"钱唐,即钱塘,今浙江杭州。苏小,即苏小小,南朝齐时钱塘名妓。

齾齾:参差起伏貌。〔宋〕苏轼《九日黄楼作》诗:"烟消日出见渔村,远水鳞鳞出齾齾。"

六

夫人妙语遣闺情,手洗胭脂和墨成。

今日海棠谁写得,自怜细雨湿流莺。

笺注

夫人:即花蕊夫人,徐氏,青城人。幼能文,尤长于宫词。得幸蜀主孟昶,赐号花蕊夫人。

"今日"二句:李玉箫《宫词》:"鸳鸯瓦上瞥然声,昼寝宫娥梦里惊。元是我王金弹子,海棠花下打流莺。"一作花蕊夫人作。

七

可堪时候又黄梅,无数闲愁得得来。

直把年华等风絮,断肠宁独贺方回。

笺注

"可堪"二句：贺铸《横塘路》（即《青玉案》）词有"若问闲情都几许？一川烟草，满城风絮，梅子黄时雨"句。得得，频频，频仍。〔唐〕王建《洛中张籍新居》诗："云山且喜重重见，亲故应须得得来。"

"直把"二句：贺铸《横塘路》词有"锦瑟华年谁与度"、"彩笔新题断肠句"等句。

八

年年风致上元词，明月花灯饮散时。

不少翠翘人共坐，晓窗梳裹笑侬痴。

笺注

风致：风格，韵味。

上元：节日名。俗以农历正月十五日为上元节，也叫元宵节。《旧唐书·中宗纪》："（景龙四年春正月）丙寅上元夜，帝与皇后微行观灯。"

"不少"二句：晁冲之《上林春慢》词："帽落宫花，衣惹御香，凤辇晚来初过。鹤降诏飞，龙擎烛戏，端门万枝灯火。满城车马，对明月、有谁闲坐。任狂游，更许傍禁街，不扃金锁。　玉楼人、暗中掷果。珍帘下、笑著春衫袅娜。素蛾绕钗，轻蝉扑鬓，垂垂柳丝梅朵。夜阑饮散，但赢得、翠翘双軃。醉归来，又重向、晓窗梳裹。"翠翘，古代妇人首饰的一种。状似翠鸟尾上的长羽，故名。〔唐〕韦应物《长安道》诗："丽人绮阁轻飘飖，头上鸳钗双翠翘。"

九

停云老子擅风流，醉便狂歌不惯愁。

任是蒲萄高索价，一年浑觅酒交游。

笺注

停云老子：指辛弃疾。辛弃疾《雨中花慢》词中有"停云老子"句，见下。停云，辛弃疾退居上饶时，在瓢泉新居筑堂，取陶渊明《停云》诗题为名，曰"停云堂"。

"任是"二句：辛弃疾《雨中花慢》词云："马上三年，醉帽吟鞭，锦囊诗卷长留。怅溪山旧管，风月新收。明便关河杳杳，去应日月悠悠。笑千篇索价，未抵蒲萄，五斗凉州。　停云老子，有酒盈尊，琴书端可消忧。浑未办、倾身一饱，渐米矛头。心似伤弓塞雁，身如喘月吴牛。晚天凉也，月明谁伴，吹笛南楼。"

十

今春依旧旧春思，春思伤人一旧时。
不见年年三月病，桃花柳絮草窗词。

笺注

"不见"句：周密《声声慢·柳花咏》词："燕泥沾粉，鱼浪吹香，芳堤十里新晴。静惹游丝，花边袅袅扶春。多情最怜飘泊，记章台、曾绾青青。堪爱处，是扑帘娇软，随马轻盈。　长是河桥三月，做一番晴雪，恼乱诗魂。带雨沾衣，罗襟点点离痕。休缀潘郎鬓影，怕绿窗、年少人惊。卷春去，剪东风、千缕碎云。"

草窗：周密（1232—1298），字公谨，号草窗。有《草窗词》。

十一

人生何事只言愁，莫遣凄惶又感秋。
看罢柳枝衰飒了，夕阳还到酒家楼。

笺注

凄惶：悲伤惶恐；困苦难堪。

衰飒：衰落萧索。〔唐〕张九龄《登古阳云台》诗："庭树日衰飒，风霜未云已。"

十二

大江豪气已都非，芳草天涯未许归。

独有闲愁偏惹恨，朝云又作柳绵飞。

笺注

"大江"句：苏轼《念奴娇·赤壁怀古》有"大江东去，浪淘尽、千古风流人物"句。

"芳草"三句：苏轼《蝶恋花·春景》词云："花褪残红青杏小。燕子飞时，绿水人家绕。枝上柳绵吹又少，天涯何处无芳草。　墙里秋千墙外道。墙外行人，墙里佳人笑。笑渐不闻声渐悄，多情却被无情恼。"〔清〕沈雄《古今词话》引《冷斋夜话》云："东坡词云：'花褪残红青杏小。……'东坡过海南，诸姬惟朝云随行，日咏枝上柳绵二句，每到流泪。及病亟，犹不释口也，东坡为作《西江月》悼之。"〔清〕张宗橚《词林纪事》卷五引《林下词谈》云："子瞻在惠州，与朝云闲坐。时青女初至，落木萧萧，凄然有悲秋之意。命朝云把大白，唱'花褪残红'，朝云歌喉将啭，泪满衣襟。子瞻诘其故，答曰：'奴所不能歌者，是"枝上柳绵吹又少，天涯何处无芳草"也！'子瞻翻然大笑曰：'是吾正悲秋，而汝又伤春矣。'"

十三

豫章老子最诗狂，纤语偏能写断肠。

醉去烛花红豆里，鬓边忘却有新霜。

笺注

豫章老子：指宋黄庭坚。〔宋〕陈鹄《耆旧续闻》卷二："极风雅之变，尽比兴之体，包括众作，本以新意者，唯豫章一人。"按：黄庭坚为江西人。豫章，古郡名，治所在今江西南昌。

"醉去"句：黄庭坚《忆帝京·私情》词："银烛生花如红豆。占好事、而今有。人醉曲屏深，借宝瑟、轻招手。一阵白蘋风，故灭烛、教相就。花带雨、冰肌香透。恨啼乌、辘轳声晓。岸柳微凉吹残酒。断肠时、至今依旧。镜中消瘦。那人知后，怕夯你来僝僽。"

十四

淡淡花朝天气新，风光闲过寂寥人。

输他娇小东邻女，细嚼桃花有绛唇。

笺注

花朝：指百花盛开的春晨。亦泛指大好春光。

"输他"句：毛滂《浣溪沙》词："小圃韶光不待邀。早通消耗与含桃。晚来芳意半寒梢。　含笑不言春淡淡，试妆未遍雨萧萧。东家小女可怜娇。"

十五

黄鹤矶头载酒过，昔年旧事问如何。

渔舟不少江山色，烟雨空濛剩一蓑。

笺注

"黄鹤"二句：刘过《唐多令·重过武昌》词："芦叶满汀洲，寒沙带浅流。二十年、重过南楼。柳下系舟犹未稳，能几日、又中秋。　黄鹤断矶头，故人今在不。旧江山、浑（浑，一作总）是新愁。欲买桂花同（同，一作重）载酒，终不似（似，一作是）、少年游。"

十六

可喜当时小宋名,清词一一见风情。

银筝罢后微吟在,先到花间教乳莺。

笺注

小宋:宋祁(998-1061),字子京。安州安陆(今湖北安陆)人。天圣二年(1024)与兄宋庠同举进士,累迁同知礼仪院、尚书工部员外郎,知制诰。又改龙图学士、史馆修撰,拜翰林学士承旨。卒谥景文。与兄宋庠当时称为"二宋",或"大小宋"。

清词:清丽的词句。

银筝:用银装饰的筝或用银字表示音调高低的筝。《花间集》中收毛熙震《何满子》词:"寂寞芳菲暗度,岁华如箭堪惊。缅想旧欢多少事,转添春思难平。曲槛丝垂金柳,小窗弦断银筝。 深院空闻燕语,满园闲落花轻。一片相思休不得,忍教长日愁生。谁见夕阳孤梦,觉来无限伤情。"

乳莺:小莺。毛熙震词中有"春暮黄莺下砌前"、"幽闺欲曙闻莺啭"、"香暖熏莺语"、"莺对语,蝶交飞"、"满院莺声春寂寞"、"莺啼燕语芳菲节"、"春残日暖莺娇懒"、"莺啼芳树暖"等句。

十七

不惜貂裘换钓篷,一身来往绿波中。

渔竿长在桃花树,春色山阴陆放翁。

笺注

"不惜"句:陆游《恋绣衾》词:"不惜貂裘换钓篷。嗟时人、谁识放翁。归棹借、樵风稳,数声闻、林外暮钟。 幽栖莫笑蜗庐小,有云山、烟水万重。半世向、丹青看,喜如今、身在画中。"

十八

风流八十尚书郎,花月吟多鬓亦香。

扶杖归来忘己老,自穿红影入茅堂。

笺注

"风流"句:张先(990—1078)字子野,乌程(今浙江湖州)人。天圣八年(1030)进士。历任宿州掾、吴江知县、嘉禾判官、永兴军通判等,治平元年(1064)以尚书都官郎中致仕,元丰元年卒,年八十九。叶梦得《石林诗话》:"张先郎中字子野,能为诗及乐府,至老不衰。居钱塘,苏子瞻作倅时,先年已八十余,视听尚精强,家犹畜声伎,子瞻尝赠以诗云:'诗人老去莺莺在,公子归来燕燕忙。'盖全用张氏故事戏之。"

"花月"句、"自穿"二句:张先《木兰花》词:"人意共怜花月满。花好月圆人又散。欢情去逐远云空,往事过如幽梦断。　草树争春红影乱。一唱鸡声千万怨。任教迟日更添长,能得几时抬眼看。"

十九

饮残杯酒渍苔衣,感慨春光上鬓稀。

又是荼蘼开欲了,小园片片见花飞。

笺注

苔衣:泛指苔藓。〔南朝宋〕谢灵运《岭表赋》:"萝蔓绝攀,苔衣流滑。"

"又是"句:王淇《暮春游小园》诗:"一从梅粉褪残妆,涂抹新红上海棠。开到荼蘼花事了,丝丝天棘出莓墙。"荼蘼,落叶小灌木,有刺,夏季开白花,洁美清香。

二十

春到花朝忍不酤，也思薄醉去提壶。

黄金莫为亲朋散，未必多情胜酒垆。

笺注

花朝：指百花盛开的春晨。亦泛指大好春光。

酒垆：卖酒处安置酒瓮的砌台。亦借指酒肆、酒店。

二十一

重翻双燕曲犹新，到得歌残又一春。

莫管呢喃声不住，柳昏花暝是何人。

笺注

"莫管"二句：史达祖《双双燕·咏燕》词："过春社了，度帘幕中间，去年尘冷。差池欲住，试入旧巢相并。还相雕梁藻井。又软语、商量不定。飘然快拂花梢，翠尾分开红影。　芳径。芹泥雨润。爱贴地争飞，竞夸轻俊。红楼归晚，看足柳昏花暝。应自栖香正稳。便忘了、天涯芳信。愁损翠黛双蛾，日日画阑独凭。"呢喃，燕鸣声。〔五代〕刘兼《春燕》诗："多时窗外语呢喃，只要佳人卷绣帘。"

二十二

碧簟琉璃称晚凉，戏调小语促残妆。

可怜幽梦谁还觉，肯逐流萤过短墙。

笺注

碧簟琉璃：李益《避暑女冠》诗："雾袖烟裾云母冠，碧琉璃簟井冰寒。"

"肯逐"句：吴文英《双双燕》词有"落花风软，戏促乱红飞舞。多少呢喃意绪，尽日向、流莺分诉。还过短墙，谁会万千言语"句，语本郑谷《燕》诗"千言万语无人会，又逐流莺过短墙。"

二十三

无限思量去故宫，岂知双燕意难通。

居然小令南唐好，一晌贪欢是梦中。

笺注

"无限"二句：宋徽宗赵佶《燕山亭》词下阕："凭寄离恨重重，这双燕，何曾会人言语。天遥地远，万水千山，知他故宫何处。怎不思量，除梦里、有时曾去。无据。和梦也、有时不做。"

"一晌贪欢"句：南唐后主李煜《浪淘沙令》词有"梦里不知身是客，一晌贪欢"句。

二十四

巷南巷北亦随缘，狎客生平绝可怜。

剩得晓风残月里，如今一说柳屯田。

笺注

狎客：旧称嫖客。〔唐〕韩偓《六言》诗之一："春楼处子倾城，金陵狎客多情。"〔宋〕孟元老《东京梦华录·驾回仪卫》："妓女旧日多乘驴，宣政间惟乘马……少年狎客往往随后。"

"剩得"句：柳永《雨霖铃》词有"杨柳岸、晓风残月"句。

柳屯田：柳永，曾任屯田员外郎。〔宋〕叶梦得《避暑录话》卷三载："（柳）永为举子时，多游狭邪，善为歌辞。"

二十五

真成名士一壶冰，新得春娇水不胜。

爱杀玉奴眉目句，夫人小字擘红绫。

笺注

一壶冰：《昭明文选》卷二十八《乐府下·白头吟》："直如朱丝绳，清如玉壶冰。"王昌龄《芙蓉楼送辛渐》诗："洛阳亲友如相问，一片冰心在玉壶。"

玉奴：南朝齐东昏侯妃潘氏，小名玉儿，诗词中多称"玉奴"。〔宋〕苏轼《次韵杨公济奉议梅花》诗之四："月地雪阶漫一樽，玉奴终不负东昏。"

小字：小名，乳名。

擘：分开，剖裂。

红绫：红绫饼餤。古代一种珍贵的饼饵，以红绫裹之，故名。〔宋〕叶梦得《避暑录话》卷下："唐御膳以红绫饼餤为重。昭宗光化中，放进士榜，得裴格等二十八人，以为得人。会燕（宴）曲江，乃令太官特作二十八饼餤赐之。"

二十六

沧海尘飞去梦间，梨园旧曲未全删。

春光流落何戡老，一听胡笳泪满颜。

笺注

梨园：因唐玄宗时于梨园教习艺人，后以"梨园"泛指戏班或演戏之所。

何戡：唐长庆时著名歌者。〔唐〕刘禹锡《与歌者何戡》诗："旧人唯有何戡在，更与殷勤唱《渭城》。"借指遭逢世乱后幸存的歌者。

胡笳：我国古代北方民族的管乐器，传说由汉张骞从西域传入，汉魏鼓吹乐中常用之。〔唐〕岑参《胡笳歌送颜真卿使赴河陇》诗："君不闻胡笳声最悲，紫髯绿眼胡人吹。"

二十七

犹说宣和事可哀，琼楼玉管夜颇催。

南朝宫女皆新选，谁见霓裳法部来。

笺注

宣和：宋徽宗赵佶的最后一个年号（1119—1125），共7年。

"琼楼"句：赵佶《眼儿媚》词："玉京曾忆昔繁华，万里帝王家。琼林玉殿，朝喧弦管，暮列笙琶。 花城人去今萧索，春梦绕胡沙。家山何处，忍听羌笛，吹彻梅花。"

南朝：我国南北朝时期，据有江南地区的宋、齐、梁、陈四朝的总称。

霓裳：《霓裳羽衣曲》的略称，是唐代宫廷乐舞的代表作。〔唐〕白居易《琵琶行》："轻拢慢捻抹复挑，初为《霓裳》后《绿腰》。"（绿腰，又作六幺。）

法部：唐时皇宫梨园训练和演奏法曲的部门。后借指教坊或法曲。《新唐书·礼乐志十二》："梨园法部，更置小部音声三十馀人。"〔唐〕王建《舞曲歌辞·霓裳辞十首》其八："传呼法部按霓裳，新得承恩别作行。应是贵妃楼上看，内人扇下彩罗箱。"

二十八

击筑高歌比渐离，西风皂帽醉还歌。

可堪重到中原望，荒草连村一酒旗。

笺注

击筑：筑，古代一种弦乐器，似筝，以竹尺击之，声音悲壮。《史记·刺客列传》："至易水之上，既祖，取道，高渐离击筑，荆轲和而歌，为变徵之声，士皆垂泪涕泣。"后以"击筑"喻指慷慨悲歌或悲歌送别。

渐离：即战国燕人高渐离。善击筑。《后汉书·延笃传》："虽渐离击筑，傍若无人，高凤读书，不知暴雨，方之于吾，未足况也。"

皂帽：亦作"阜帽"，黑色帽子。

可堪：犹言那堪，怎堪。〔唐〕李商隐《春日寄怀》诗："纵使有花兼有月，可堪无酒又无人。"

二十九

繁华谁记昔时恩，说与东风有泪痕。

如此落花春不管，飘零还过故宫门。

笺注

东风：东面刮来的风，指春风。

三十

娟娟霜月夜如何，欲比梅花清更多。

犹有雪儿能耐冷，近人弦索爱摩挲。

笺注

娟娟：姿态柔美貌。

霜月：寒夜的月亮。

雪儿：〔唐〕李密爱姬。能歌舞。密每见宾僚文章有奇丽入意者，即付雪儿叶音律歌之。事见《太平广记》卷二百引宋孙光宪《北梦琐言·韩守辞》。

弦索：弦乐器上的弦。指弦乐器。〔唐〕元稹《连昌宫词》："夜半月高弦索鸣，贺老琵琶定场屋。"

摩抄：同"摩挲"。抚摸。

钱陈群

《宋百家诗存题词》

作者简介

钱陈群（1686—1774），字主敬，号香树，又号集斋，又号柘南居士，浙江嘉兴人。钱陈群周历诸府县，五迁右通政，督顺天学政，官至刑部右侍郎。卒谥文端。有《香树斋诗文集》。

      铁面粗豪度曲才，庆湖湖畔老方回。

      最怜梅子黄时雨，零落秦淮旧酒杯。

笺注

诗存：诗的选集。有别集，有总集。

铁面：贺铸字方回，相貌丑陋，"长七尺，面铁色，眉目耸拔。"（《宋史·文苑传》）人称贺鬼头。

庆湖：鉴湖的前身叫"庆湖"。到东汉，为避汉帝父河清王讳，庆湖改名为"镜湖"。"庆"改名为"镜"，一说因谐音，一说因会稽盛产铜镜。贺铸自称远祖本居山阴，是唐贺知章后裔，以知章居庆湖，故自号庆湖遗老。

"最怜"句：贺铸《青玉案》词有"梅子黄时雨"句。

厉 鹗
《论词绝句十二首》

作者简介

厉鹗（1692—1752），字太鸿，又字雄飞，号樊榭、南湖花隐等，钱塘（今浙江杭州）人，康熙五十九年（1720）举人，屡试进士不第。家贫，性孤峭。乾隆初举博学鸿词，报罢。有《宋诗纪事》《樊榭山房集》等。

一

美人香草本《离骚》，俎豆青莲尚未遥。

颇爱《花间》肠断句，夜船吹笛雨潇潇。

笺注

美人香草：喻国君及诸贤臣。〔汉〕王逸《〈离骚〉序》："《离骚》之文，依《诗》取兴，引类譬谕，故善鸟香草，以配忠贞；恶禽臭物，以比谗佞；灵修美人，以媲于君。"后因称《离骚》文为美人香草之辞，并以美人香草象征忠君爱国思想。

俎豆：俎和豆。古代祭祀、宴飨时盛食物用的两种礼器。亦泛指各种礼器。引申指崇奉。

青莲：李白，号青莲居士。

《花间》：即《花间集》，五代时词总集名，收录温庭筠等18位词人500首词作。

"夜船"句：皇甫松《梦江南》词有"闲梦江南梅熟日，夜船吹笛雨潇潇"句。

二

张柳词名枉并驱,格高韵胜属西吴。

可人风絮堕无影,低唱浅斟能道无。

笺注

"张柳"二句:谓人们枉将张先柳永并称,其实张先词格高韵胜。〔清〕陈廷焯《白雨斋词话》云:"张子野词,古今一代转移也。前此则为晏、欧,为温、韦,体段虽具,声色未开;后此则为秦、柳,为苏、辛,为美成、白石,发扬蹈厉,气局一新,而古意渐失。子野适得其中,有含蓄处,亦有发越处;但含蓄不似温、韦,发越不似豪苏、腻柳。规模虽隘,气格却近古。自子野后一千年来,温、韦之风不作矣,益令我思子野不置。"西吴,指张先;因张乃吴兴人,故称。按:厉氏论词持进雅黜俗观,故扬张抑柳。

"可人"二句:张先《剪牡丹·舟中闻双琵琶》词中有句:"柳径无人,堕絮飞无影。"柳永《鹤冲天》词结句曰:"忍把浮名,换了浅斟低唱。"按:厉氏认为柳永写不出张先那样的可人词句。

三

鬼语分明爱赏多,小山小令擅清歌。

世间不少分襟处,月细风尖唤奈何。

笺注

"鬼语"句:〔宋〕邵博《邵氏见闻后录》卷十九谓:"程叔微云:伊川(程颐)闻诵晏叔原'梦魂惯得无拘检,又踏杨花过谢桥'长短句,(按:晏几道《鹧鸪天》云:"小令尊前见玉箫,《银灯》一曲太妖娆。歌中醉倒谁能恨,唱罢归来酒未消。 春悄悄,夜迢迢,碧云天共楚宫遥。梦魂惯得无拘检,又踏杨花过谢桥。")笑曰:'鬼语也。'意亦赏之。"(又见沈雄《古今

词话》引)

"小山"句：晏几道字叔原，号小山，词作以小令为主。〔宋〕王灼《碧鸡漫志》卷二："叔原如金陵王谢子弟，秀气胜韵，得之天然，将不可学。"

"世间"二句：晏几道《蝶恋花》词云："碧玉高楼临水住，红杏开时、花底曾相遇。一曲《阳春》春已暮，晓莺声断朝云去。 远水来从楼下路，过尽流波、未得鱼中素。月细风尖垂柳渡，梦魂长在分襟处。"

四

贺梅子昔吴中住，一曲横塘自往还。

难会寂音尊者意，也将绮障学东山。

(洪觉范有和贺方回《青玉案》词，极浅陋)

笺注

"贺梅子"二句：贺铸崇宁五年(1106)致仕后，定居苏州，故曰"吴中住"。 贺铸《青玉案》："凌波不过横塘路，但目送，芳尘去。锦瑟华年谁与度？月台花榭，琐窗朱户，只有春知处。 碧云冉冉蘅皋暮，彩笔新题断肠句。试问闲愁都几许？一川烟草，满城风絮，梅子黄时雨。"〔宋〕周紫芝《竹坡诗话》曰："贺方回尝作《青玉案》，有'梅子黄时雨'之句，人皆服其工，士大夫谓之'贺梅子'。" 又曰："郭功父有《示耿天骘》一诗，王荆公尝为书之。其尾云：'庙前古木藏训狐，豪气英风亦何有？'方回晚倅姑孰，与功父游，甚欢。方回寡发，功父指其髻，谓曰：'此真贺梅子也。'方回捋其须曰：'君可谓郭训狐。'功父髯而胡，故有是语。"〔宋〕罗大经《鹤林玉露》："贺方回有'试问闲愁都几许？一川烟草，满城风絮，梅子黄时雨'。盖以三者比愁之多也，尤为新奇，兼兴中有比，意味更长。"〔明〕沈际飞《草堂诗馀正集》："叠写三句闲愁，真绝唱！"〔清〕沈谦《填词杂说》："'一川烟草，满城风絮，梅子黄时雨。'不特善于喻愁，正以琐碎为妙。"〔清〕先著、程洪《词洁辑评》："(方回《青玉案》词)工妙之至，无迹可寻,语句思路亦在目前,而千人万人不能凑泊。"〔清〕刘熙载《艺概》:"贺方回《青玉案》词收四句云:'试问闲愁都几许?一川烟草,满城风絮,梅子黄时雨。'其末句好处全在'试问'呼起,及与上'一川'二句并用耳。"

"难会"二句:厉鹗此诗原注:"洪觉范有和贺方回《青玉案》词,极浅陋。"惠洪(1071—1128),字觉范,后易名德洪,号寂音尊者,著名诗僧。惠洪和贺铸《青玉案》词云:"绿槐烟柳长亭路。恨取次、分离去。日永如年愁难度。高城回首,暮云遮尽,目断人何处。　解鞍旅舍天将暮。暗忆丁宁千万句。一寸柔肠情几许。薄衾孤枕,梦回人静,彻晓潇潇雨。"绮,佛教称涉及闺门、爱欲等华艳词藻及一切杂秽语为绮语。障,佛教语。业障,烦恼。东山,贺铸词集名《贺方回词》,一名《东山词》,又名《东山寓声乐府》。

五

旧时月色最清妍,香影都从授简传。

赠与小红应不惜,赏音只有石湖仙。

笺注

"旧时月色"句:姜夔《暗香》词:"旧时月色,算几番照我,梅边吹笛。唤起玉人,不管清寒与攀摘。何逊而今渐老,都忘却、春风词笔。但怪得、竹外疏花,香冷入瑶席。　江国,正寂寂。叹寄与路遥,夜雪初积。翠尊易泣。红萼无言耿相忆。长记曾携手处,千树压、西湖寒碧。又片片、吹尽也,几时见得?"

"香影"句:〔清〕沈雄《古今词话》"词话上卷":"姜尧章自叙曰:淳熙辛亥(1191)之冬,予载雪诣石湖上。匝月,授简索句,且征新声,作仙吕宫二曲。石湖把玩不已,使工妓隶习之,音节谐婉。乃命之曰《暗香》《疏影》。小红者,青衣也,色艺俱妙。姜归,以小红赠焉。"〔清〕叶申芗《本事词》卷下:"范石湖归老日,姜尧章尝于雪中过访,款留经月。时值湖墅梅花盛开,石湖授简索词,且征新声。尧章为特制二曲以呈,盖自度腔也。范赏玩不已,命家妓工歌者习之,音节谐婉,命之曰《暗香》《疏影》……范之家妓善歌者,以小红为最,姜颇顾之。姜告归,范即以小红赠之。归舟夜过垂虹,适复大雪,姜令小红唱新词,自撅笛以和之。乃赋诗云:"自作新词韵最娇,小红低唱我吹箫。曲终过尽松陵路,回首烟波十四桥。"〔清〕李佳《左庵词话》卷上:"白石词笔致骚雅,非他人所及,最多佳作。石湖咏梅二词,尤为空前绝后,独有千古。《暗香》云:'……'《疏影》云:'……'清虚婉约,用典亦复不涉呆相。风雅如此,老倩小红低唱,吹箫和之,洵无愧色。"授简,给予简札。谓嘱人写作。语出南朝宋谢惠连《雪赋》:"梁王不悦,游于兔园……授简于司马大夫,曰:'抽子秘思,骋子妍辞,侔色揣称,为寡人赋之。'"

赏音:知音。〔三国魏〕曹植《求自试表》:"夫临博而企竦,闻乐而窃抃者,或有赏音而识道也。"

六

头白遗民涕不禁,补题风物在山阴。

残蝉身世香莼兴,一片冬青冢畔心。

(《乐府补题》一卷,唐义士玉潜与焉)

笺注

"**残蝉**"句:宋亡后,唐珏等人结吟社,赋《乐府补题》,托意蝉莼诸物,寄托亡国之痛。

"**一片**"句:宋亡后,杨琏真伽尽发在绍兴之宋帝陵寝。唐珏出家资,招里中少年潜收遗骸,葬兰亭山,移宋故宫冬青树植其上。事见元张孟兼《唐珏传》:"唐珏字玉潜,会稽(今浙江绍兴)人。……至元戊寅(1278),浮屠杨琏真珈利宋殡宫金玉,故为妖言以惑主,听而发之。珏独怀痛忿,乃货家具行赀,得白金若干,为酒食,阴召诸恶少享于家。……收贮遗骸瘗兰亭山后,上种冬青树为识。"

七

玉田秀笔溯清空，净洗花香意匠中。

羡杀时人唤春水，源流故自寄闲翁。

（邓牧心云：张叔夏词本其父寄闲翁，翁名枢，字斗南，有作在周草窗《绝妙好词》中）

笺注

"玉田"句：张炎，字叔夏，号玉田，一号乐笑翁，临安人，张循王五世孙。宋亡后，纵游浙东西，落拓而卒。工长短句。张炎《词源》力主清空。

"净洗"句：张炎《南浦·春水》词有"甚年年净洗，花香不了"句。

"羡杀"句：厉鹗《山中白云词题辞》曰："邓牧心又云：'叔夏《春水》一词，绝唱今古，人号之曰张春水'。"

寄闲翁：张枢字斗南，一字云窗，号寄闲。

八

《中州乐府》鉴裁别，略仿苏黄硬语为。

若向词家论风雅，锦袍翻是让吴儿。

笺注

"中州"二句：《中州乐府》，元好问所辑金人词作，附于《中州集》后。鉴裁，指审察识别人物的优劣。〔宋〕欧阳修《礼部贡院阅进士就试》诗："自惭衰病心神耗，赖有群公鉴裁精。"苏黄，指苏轼和黄庭坚。硬语，刚劲的语言，生硬的词句。〔宋〕辛弃疾《贺新郎·同父见和再用韵答之》词："硬语盘空谁来听，记当时，只有西窗月。"

"若向"二句：此二句反用元好问《自题〈中州集〉后五首》其一"邺下曹刘气尽豪，江东诸谢韵尤高。若从华实评诗品，未便吴侬得锦袍"诗意，谓金人词作不及南宋。〔清〕沈雄《古今词话》："《中州乐府》曰：'宇文太学虚中、蔡丞相伯坚、蔡太常珪、党承旨怀英、赵尚书秉文、王内翰庭筠，其所制乐府，大旨不出苏、黄之外。要之直于宋而伤浅，质于元而少情也。'"

九

送春苦调刘须溪，吟到壶秋（罗志仁）句绝奇。

不读凤林书院体，岂知词派有江西。

（元《凤林书院词》三卷，多江西人）

笺注

"送春"句：刘辰翁词中多有以"送春"为题之作，如《菩萨蛮·丁丑送春》《减字木兰花·庚辰送春》等。刘辰翁，号须溪。

壶秋：罗志仁字寿可，号秋壶，清江（今江西樟树）人。罗志仁与刘辰翁俱为江西籍词人。《草堂诗馀》选刘辰翁词四首，罗志仁词七首。

凤林书院：即《凤林书院草堂诗馀》，又名《名儒草堂诗馀》，为元初无名氏所编词选。所选62位词人多为江西人。

十

寂寞湖山尔许时，近来传唱六家词。

偶然燕语人无语，心折小长芦钓师。

（朱竹垞检讨《静志居琴趣》中语）

笺注

尔许：犹言如许、如此。

六家词：即《浙西六家词》，清龚翔麟辑，其中所收为朱彝尊等六家词作。

"偶然"句：朱彝尊《卜算子》词曰："残梦绕屏山，小篆消香雾。镇日帘栊一片垂，燕语人无语。　庭草已含烟，门柳将飘絮。听遍梨花昨夜风，今夜黄昏雨。"郭麐《灵芬馆词话》卷一："近见凌仲子论词云：'词以南宋为极，能继之者朱竹垞，至厉樊榭则更极其工，后来居上。……'及至谓樊榭胜竹垞，鄙意大不谓然。樊榭《论词绝句》云：'偶然燕语无人语，心折小长芦钓师。'愚谓竹垞小令固佳，即长调纡馀宕往中，有藻华艳耀之奇，斯为极至。即小令中佳者，亦未必惟此语可心折也。大抵樊榭之于词，专学姜、张，竹垞则兼收众体也。"

"心折"句：朱孝臧题《樊榭山房词》《忆江南》云："南湖隐，心折小长芦。拈出空中传恨语，不知探得颔珠无，神悟亦区区。"况周颐《蕙风词话》卷五："或问国初词人，当以谁氏为冠。再三审度，举金风亭长对。问佳构奚若。举《捣练子》云：'思往事……'"心折，佩服。小长芦钓师，朱彝尊又号金风亭长、小长芦钓师。

十一

闲情何碍写云蓝，淡处翻浓我未谙。

独有藕渔工小令，不教贺老占江南。

（锡山严中允荪友《秋水词》一卷）

笺注

闲情：指男女之情。唐昭宗《巫山一段云》词云："青鸟不来愁绝，忍看鸳鸯双结。春风一等少年心，闲情恨不禁。"

云蓝：纸名。〔唐〕段成式在九江自制。见段成式《寄温飞卿笺纸》诗序。

"独有"二句：〔清〕陈廷焯《词坛丛话》："藕渔小令之妙，独绝一时，与渔洋南北并峙可也。"〔清〕陈廷焯《白雨斋词话》卷三："樊榭论词云：'独有藕渔工小令，不教贺老占江南。'余观荪友词色泽有馀，措词亦闲雅，虽不能接武方回，固出电发（徐釚）之右。严荪友《双调望江南》云：'歌宛转，风日渡江多。柳带结烟留浅黛，桃花如梦送横波。一觉懒云窝。　曾几日,轻扇掩纤罗。白发黄金双计拙,绿阴青子一春过。归去意如何。'情词双绝,似此真有贺老意趣。"〔清〕吴绮《秋水词序》曰:"至于才情拟月,言蘂成花;具庾鲍之幽思,用钱刘之妙格,因人著胜,多濠濮间情;使我犹怜,是风尘外物。无不仰追骚雅,共振藻于葩坛;并使旁及声歌,总揽香于兰畹。洞庭落叶,凄清葭菼之声;湘浦层波,澹荡芙蓉之影,此《秋水》一集所由名也。"〔清〕沈雄《古今词话》"词评下卷":"《柳塘词话》曰:余于《秋水词》中,见荪友所制,娟娟静好,行役寄情如此,亦词品之最上乘也。"〔清〕冯金伯《词苑萃编》卷八"品藻"引张渔川曰:"国初词家,小长芦而外,断推秋水,小词精妙,一时作者未亦几也。樊榭《论词绝句》曰:'……'斯言当矣。"〔清〕丁绍仪《听秋声馆词话》卷二:"康熙己未召试博学鸿词,吾乡严荪友中允适病甚,只成《省耕》一诗,不得进呈,圣祖久知其名,谓史馆不可无此人,引唐人祖咏'南山阴岭秀'二十字入选故事,特授检讨,预修《明史》,为四布衣之一。旋转中允,乞病归家,居藕荡桥,自称藕渔。夙擅三绝称,诗词尤鲜洁。"

十二

去上双声子细论,荆溪万树得专门。

欲呼南渡诸公起,韵本重雕菉斐轩。

(近时宜兴万红友《词律》严去、上二声之辨,本宋沈伯时《乐府指迷》。予曾见绍兴二年刊《菉斐轩词林要韵》一册,分东红、邦阳等十九韵,亦有上去入三声作平声者)

笺注

荆溪万树:万树,字花农,一字红友,宜兴人,宜兴古称荆溪,故云。

"韵本"句:〔清〕陈廷焯《白雨斋词话》卷七:"《菉斐轩词韵》,以上、去、入三声均隶于平韵中。盖专为北曲而设,决非宋人所订正。惜大晟乐府久已失传,无从考证其谬。樊榭遽以为宋人词韵,失之未考也。"〔清〕吴衡照《莲子居词话》卷一:"《菉斐轩词韵》,不著撰者姓氏。平声立十九韵,次以上、去声,其入声即配隶三声,不另立韵,厉樊榭诗所谓'欲呼南渡诸公起,韵本重雕菉斐轩'也。顾其书无入声韵,究似北曲。且既为南宋时所刊,尤不应有一百六部目也。"〔清〕陆莹《问花楼词话》:"《菉斐轩词韵》,见于厉太鸿《论词绝句》云:'欲呼南渡诸公起,韵本重雕菉斐轩。'芸台先生家藏是本,秦敦复为刊行之。跋曰:此书旧题宋本,然考其分韵,无入声,疑为北曲而设,或元明时好事者伪作耳。坊刻词韵如林,如沈谦之《词韵略》、吴烺之《学宋斋词韵》、郑春波之《绿漪轩词韵》,皆其最著者。然讹谬百端,去取寡当。渔洋谓毛氏曲韵,与宋词暗合,可以据为词韵。毛名先舒,字稚黄,著有《填词图谱》行世。"

《书柘湖张龙威长短句后二首》

一

踪迹江湖燕尾船,一回相见一流连。

新词合付兜娘唱,可惜红牙久寂然。

(《词苑萃编》卷十八引厉鹗云:"龙威有和予《续乐府补题》五阕,其《天香》赋薛镜云:'粉洁休磨,尘轻不染,识取夜来名字。'深有感于余怀也。题二绝句其后云云。")

笺注

流连:留恋不止,依恋不舍。

兜娘:代指歌伎。〔宋〕赵令畤《侯鲭录》载:"张子野云:往岁吴兴守滕子京席上见小妓兜娘,子京赏其佳色。后十年,再见于京口,绝非顷时之容态,感之,作诗云:'十载芳洲采白苹,移舟弄水赏青春。当时自倚青春力,不信东风解误人。'"

红牙:乐器名。檀木制的拍板,用以调节乐曲的节拍。

寂然：形容寂静的状态。《易·系辞上》："易，无思也，无为也，寂然不动，感而遂通天下之故。非天下之至神，其孰能与于此？"

龙威：张云锦（1704—1769），字龙威，号铁珊，又号艺舫，平湖人。

二

乐笑翁今不可回，补题五阕属清才。

薛家镜子尘昏后，凄绝何人唤夜来。

笺注

乐笑翁：张炎等南宋遗民词人有《乐府补题》，备受浙西词派推崇。

清才：卓越的才能。

"薛家"二句：即厉鹗所谓"其《天香》赋薛镜云：'粉洁休磨，尘轻不染，识取夜来名字。'"尘昏，尘积昏暗。〔明〕刘基《夜夜曲》诗："故镜尘昏难远照，故衣絮敝无新暖。"凄绝，谓极度凄凉或伤心。《东周列国志》第八十回："工人思归，皆有怨望之心，乃歌《木客之吟》曰：'……木客何辜兮，受此劳酷？'每深夜长歌，闻者凄绝。"

郑方坤

《论词绝句三十六首》

作者简介

郑方坤（1693—？），字则厚，号荔乡，福建长乐人。雍正元年（1723）进士，曾官邯郸县令、兖州知府、登州知府等。有《经稗》六卷、《补五代诗话》十卷、《全闽诗话》十二卷、《国朝诗钞小传》二卷、《岭海文编》等，合计近百卷，又《蔗尾诗集》十五卷、文集二卷等。

一

长词短调制纷淆，检点真烦十手钞。

细取色丝别朱紫，蚍蜉撼树任相嘲。

笺注

纷淆：混淆杂乱。《新唐书·魏元忠传》："自苏定方平辽东，李勣破平壤，赏既不行，勋亦淹废，岁月纷淆，真伪相错。"

色丝：〔南朝宋〕刘义庆《世说新语·捷悟》："魏武尝过曹娥碑下，杨修从。碑背上见题作'黄绢幼妇外孙齑臼'八字。魏武谓修曰：'解不？'……修曰：'黄绢，色丝也，于字为绝；幼妇，少女也，于字为妙；外孙，女子也，于字为好；齑臼，受辛也，于字为辤：所谓绝妙好辞也。'"按，辤，则"辞"。辤是"辞"之繁体。后因以"色丝"指绝妙好辞，犹言妙文。

朱紫：比喻辞采。《南齐书·周颙传》："颙音辞辩丽，出言不穷，宫商朱紫，发口成句。"〔南朝梁〕刘勰《文心雕龙·定势》："是以括囊杂体，功在铨别，宫商朱紫，随势各配。"

蚍蜉：大蚁。《礼记·学记》"蛾子时术之"〔汉〕郑玄注："蛾，蚍蜉也，蚍蜉之子微虫耳，时术蚍蜉之所为，其功乃复成大垤。"韩愈《调张籍》诗："蚍蜉撼大树，可笑不自量。"

二

青莲雅志存删述，魏晋而来弃不收。

却向词林作初祖，心伤暝色入高楼。

（李太白《忆秦娥》《菩萨蛮》二调，为千古填词之祖）

笺注

雅志：平素的意愿。《三国志·魏志·高贵乡公髦传》："关内侯王祥履仁秉义，雅志淳固。"

删述：相传孔子序《书》删《诗》，又自称"述而不作"（《论语·述而》）。后以"删述"谓著述。

"却向"句：传李白有《忆秦娥》与《菩萨蛮》二词，宋黄升谓其为"百代词曲之祖"（《花庵词选》）。

"心伤"句：李白《菩萨蛮》词："平林漠漠烟如织，寒山一带伤心碧。暝色入高楼，有人楼上愁。　玉阶空伫立，宿鸟归飞急。何处是归程，长亭更短亭。"

三

新声古意爱西昆，锦瑟华年最荡魂。

为少《金荃》词一卷，当今此事合推袁。

（温、李齐名，温实不及李，李不作词，而温为《花间》弁冕，古人善于用长如此）

笺注

新声：指新乐府辞或其他不能入乐的诗歌。

古意：犹拟古、仿古。讽咏前代故事以寄意的诗题。如唐卢照邻有《长安古意》、宋苏轼有《古意》。

西昆：北宋初期诗坛盛行西昆体，以杨亿、刘筠、钱惟演等人为代表，其诗宗法晚唐诗人李商隐，以雕润密丽见长。

锦瑟华年：李商隐《锦瑟》诗："锦瑟无端五十弦，一弦一柱思华年。"

荡魂：激荡心魂。

《金荃》：温庭筠有词集《金荃集》。

四

梧桐深院诉情悰，夜雨罗衾梦尚浓。

一种哀音兆亡国，燕山又寄恨重重。

（宋徽宗北狩赋《燕山词》云："凭寄离恨重重，这双燕，何曾会人言语"。"梧桐"、"夜雨"，俱李后主词句）

笺注

"梧桐"句：李煜《相见欢》词："无言独上西楼，月如钩，寂寞梧桐深院锁清秋。　剪不断，理还乱，是离愁。别是一般滋味在心头。"情悰，犹情怀、情绪。〔前蜀〕李珣《临江仙》词："引愁春梦，谁解此情悰。"

"夜雨"句：李煜《浪淘沙令》词："帘外雨潺潺，春意阑珊。罗衾不耐五更寒。梦里不知身是客，一晌贪欢。　独自莫凭栏，无限江山。别时容易见时难。流水落花春去也，天上人间。"

"燕山"句：宋徽宗被俘北上赋《燕山亭》词："凭寄离恨重重，这双燕，何曾会人言语。"

五

三唐诗卷集菁英，作者如林各善鸣。

生面别开长短句，山花池水尽干卿。

（南唐主谓冯延巳曰："'风乍起，吹绉一池春水'，亦复干卿何事？"对曰："未若陛下'小楼吹彻玉笙寒'也。"按，"小楼"句见唐元宗《山花子》词）

笺注

三唐：诗家论唐人诗作，多以初、盛、中、晚分期，或以中唐分属盛、晚，谓之"三唐"。〔清〕顾有孝《江左三大家诗钞序》："虽体要不同，莫不源流六义，含咀三唐，成一家之言，擅千秋之目。"

菁英：精华，精英。〔五代〕齐己《因览支使孙中丞看可准大师诗序有寄》诗："一千篇里选，三百首菁英。"

山花：南唐中主李璟《山花子》词："菡萏香消翠叶残，西风愁起绿波间。还与韶光共憔悴，不堪看。　细雨梦回鸡塞远，小楼吹彻玉笙寒。多少泪珠何限恨，倚栏干。"

池水：冯延巳《谒金门》有"风乍起，吹皱一池春水"句。

按：南唐中主李璟，庙号元宗。

六

相公曲子雅知名，小令南唐掷地声。

拨置四郊多垒辱，别将骚雅竖长城。

（和凝号"曲子相公"）

笺注

"相公"句：〔宋〕孙光宪《北梦琐言》卷六："晋相和凝，少年时好为曲子词，布于汴洛。洎入相，专托人收拾焚毁不暇。然相国厚重有德，终为艳词玷之。契丹入夷门,号为'曲子相公'。"〔清〕李渔《闲情偶寄·演习·授曲》:"予作一生柳七,交无数周郎,虽未能比'曲子相公',身都通显,然论其生平制作,塞满人间。"

"小令"句:〔南唐〕李璟、李煜及冯延巳等人长于小令,颇为后世所激赏。

拨置:废置,搁置。〔晋〕陶潜《还旧居》诗:"拨置且莫念,一觞聊可挥。"

四郊多垒:多用以形容外敌侵迫,国家多难。〔南朝宋〕刘义庆《世说新语·言语》:"今四郊多垒,宜人人自效,而虚谈废务,浮文妨要,恐非当今所宜。"

骚雅:指诗文之才。这里指南唐二主一相之词才。冯煦《阳春集序》曰:"词虽导源李唐,……南唐起于江左,祖尚声律,二主倡于上,翁(延巳)和于下,遂为词家渊薮。"

长城:喻指可资倚重的人或坚不可摧的力量。

七

范韩司马汉三君,绮语翻题数幅裙。

更唱《望江南》一曲,太清未遽浑微云。

(三公俱有艳词传世,而欧阳以《江南柳》一调,遂来谗慝之口)

笺注

范韩司马:指北宋前期的范仲淹、韩琦、司马光。三人俱有艳词传世。

"绮语"句:典出《宋书·羊欣传》:"(王)献之尝夏月入县,(羊)欣著新绢裙昼寝,献之书裙数幅而去。"绮语,指纤婉言情之辞。

"更唱"句:欧阳修《望江南》词:"江南柳,叶小未成阴。人为丝轻那忍折,莺嫌枝嫩不胜吟。留著待春深。 十四五,闲抱琵琶寻。阶上簸钱阶下走,恁时相见早留心。何况到如今。"〔宋〕钱世昭《钱氏私志》:"欧(阳修)后为人言其盗甥,《表》云:丧厥夫而无托,携孤女以来归。张氏此时年方七岁,内翰伯见而笑云:'七岁正是学簸钱时也。'欧词云:'江南柳……恁时相见已留心，何况到如今？'"〔明〕蒋一夔《尧山堂外纪》卷中亦有所载，与此相类。

"太清"句：语出南朝宋刘义庆《世说新语·言语》："司马太傅斋中夜坐，于时天月明净，都无纤翳，太傅叹以为佳。谢景重在坐，答曰：'意谓乃不如微云点缀。'太傅因戏谢曰：'卿居心不净，乃复强欲滓秽太清邪！'"后遂用"微云滓太清"为吟咏天月明净的典故。〔宋〕陆游《七月十四夜观月》诗："不复微云滓太清，浩然风露欲三更。"

八

天涯芳草有清音，庭院深深岂呕心。

辛苦尚书咏红杏，枝头一字费沉吟。

(宋子京以"红杏枝头春意闹"句得名，号"红杏尚书")

笺注

"庭院"句：欧阳修《蝶恋花》词："庭院深深深几许？杨柳堆烟，帘幕无重数。玉勒雕鞍游冶处，楼高不见章台路。　雨横风狂三月暮，门掩黄昏，无计留春住。泪眼问花花不语，乱红飞过秋千去。"呕心，形容构思诗文时的劳心苦虑。典出《新唐书·李贺传》。

"辛苦"二句：宋祁《玉楼春》词："东城渐觉风光好，縠皱波纹迎客棹。绿杨烟外晓寒轻，红杏枝头春意闹。　浮生长恨欢娱少，肯爱千金轻一笑。为君持酒劝斜阳，且向花间留晚照。"王国维《人间词话》："着一'闹'字而境界全出。"沉吟，深思。或低声反复吟味。

九

坡公馀技付歌唇，摆脱秾华笔有神。

浪比教坊雷大使，那知渠是谪仙人。

(陈无己云：东坡词如教坊雷大使，虽极工，要非本色)

笺注

"坡公"二句：〔宋〕王灼《碧鸡漫志》："东坡先生以文章馀事作诗，溢而作词，高处出神入天，平处尚临镜笑春，不顾侪辈。"秾华，繁盛艳丽。

"浪比"句：〔宋〕陈师道《后山诗话》："退之以文为诗，子瞻以诗为词，如教坊雷大使之舞，虽极天下之工，要非本色。"浪，表示否定。相当于"莫"、"不要"。

谪仙人：李白《对酒忆贺监诗序》："太子宾客贺公，于长安紫极宫一见余，呼余为'谪仙人'，因解金龟，换酒为乐。"

十

小楼连苑伤春意，高盖妨花吊古怀。
独把瓣香奉淮海，寿陵馀子漫肩差。

（海虞毛氏合刻《秦张诗馀》，生乃与哙等伍，窃为淮海抱不平矣。张名蜒，万历间人）

笺注

"小楼"句：秦观《水龙吟》词："小楼连远横空，下窥绣毂雕鞍骤。朱帘半卷，单衣初试，清明时候。破暖轻风，弄晴微雨，欲无还有。卖花声过尽，斜阳院落，红成阵，飞鸳甃。　玉佩丁东别后，怅佳期、参差难又。名缰利锁，天还知道，和天也瘦。花下重门，柳边深巷，不堪回首。念多情但有，当时皓月，向人依旧。"

"高盖"句：秦观《望海潮》词："梅英疏淡，冰澌溶泄，东风暗换年华。金谷俊游，铜驼巷陌，新晴细履平沙。长记误随车。正絮翻蝶舞，芳思交加。柳下桃蹊，乱分春色到人家。　西园夜饮鸣笳。有华灯碍月，飞盖妨花。兰苑未空，行人渐老，重来是事堪嗟。烟暝酒旗斜。但倚楼极目，时见栖鸦。无奈归心，暗随流水到天涯。"

瓣香：佛教语。犹言一瓣香。佛教禅宗长老开堂讲道，烧至第三炷香时，长老即云这一瓣香敬献传授道法的某某法师。后以"一瓣香"指师承或仰慕某人。

寿陵馀子：《庄子·秋水》："且子独不闻夫寿陵馀子之学行于邯郸与？未得国能，又失其故行矣，直匍匐而归耳。"

肩差：肩相差次。指并立。〔唐〕韩愈《奉和杜相公太清宫纪事陈诚上李相公十六韵》："四真皆齿列，二圣亦肩差。"

十一

随风柳絮剧颠狂，浅淡梅妆体自香。

纵笔俳谐怪黄九，早将院本漏春光。

（山谷情至之语，风雅扫地。又多阑入俚词，殆为北曲先声矣）

笺注

俳谐：诙谐戏谑；诙谐戏谑的言辞。

院本：金元时，行院（妓院）演唱用的戏曲脚本。体制与宋杂剧相同，是北方的宋杂剧向元杂剧过渡的形式。演时仅用五人，又称"五花爨弄"。作品都已失传，仅《辍耕录》载有院本名目七百余种。明清泛指杂剧、传奇。〔明〕陶宗仪《辍耕录·院本名目》："唐有传奇，宋有戏曲、唱诨、词说。金有院本、杂剧、诸宫调。院本、杂剧，其实一也。"

十二

黄花五字播闺吟，和笔真惭阁藁砧。

谁嗣徽音向萝屋，海棠开后到而今。

（李易安《醉花阴》词云："帘卷西风，人比黄花瘦。"其夫赵明诚谢弗如也。秀州孙氏寄外词有"海棠开后，望到而今"之句，一时伎馆酒楼争传诵焉）

笺注

藁砧：古代处死刑，罪人席藁伏于砧上，用铁斩之。铁、"夫"谐音，后因以"藁砧"为妇女称丈夫的隐语。〔唐〕权德舆《玉台体》："铅华不可弃，莫是藁砧归。"

徽音：犹德音，指令闻美誉。《诗·大雅·思齐》："大姒嗣徽音，则百斯男。"郑玄笺："徽，美也。"

"海棠"句：郑文妻《忆秦娥》词："花深深。一钩罗袜行花阴。行花阴。闲将柳带，细结同心。　日边消息空沉沉。画眉楼上愁登临。愁登临。海棠开后，望到如今。"〔清〕叶申芗《本事词》卷下评郑文妻《忆秦娥》曰："太学生郑文，秀州人。其妻孙氏，善词章，寄郑平韵《忆秦娥》云：'花深深……'郑每为人诵之，一时歌楼妓馆，咸传唱焉。"

十三

歌管钱塘赋胜游，荷花十里桂三秋。

流连景物终南渡，不记中原有汴州。

（柳耆卿《望海潮》一词，极赋钱塘形胜，流传久之，遂启敌人南牧之衅，然逆亮即于是役殒命，未足恨也。惟是铺张湖山佳丽，使士大夫狃于逸乐，遂忘中原，则庐陵罗大经所见要不为无见也已）

笺注

"歌管"二句：柳永《望海潮》词有"有三秋桂子，十里荷花。羌管弄晴，菱歌泛夜，嬉嬉钓叟莲娃"句。

"流连"二句：〔宋〕罗大经《鹤林玉露》卷十三曰："孙何帅钱塘，柳耆卿作《望海潮》词赠之云：'东南形胜'云云。此词流播，金主亮闻之，欣然有慕于'三秋桂子，十里荷花'，遂起投鞭渡江之志。近时谢处厚诗云：'谁把杭州曲子讴，荷花十里桂三秋。那知卉木无情物，牵动长江万里愁。'余谓此词虽牵动长江之愁，然终为金主送死之媒，未足恨也。至于荷艳桂香，妆点湖山之清丽，使士夫流连于歌舞嬉游之乐，遂忘中原，则深可恨耳。"

汴州：北宋都城汴梁，在今河南开封市。

十四

贺家梅子句通灵，学士屯田比尹邢。

只字单词足千古，不将画壁美旗亭。

（贺铸有"梅子黄时雨"之句，号"贺梅子"。东坡云："山抹微云秦学士，露花倒影柳屯田。"）

笺注

学士屯田：秦观与柳永。〔宋〕叶梦得《避暑录话》曰："苏子瞻于四学士中最善少游，故他文未尝不极口称善，岂特乐府。然犹以气格为病，故尝戏云：'山抹微云秦学士，露花倒影柳屯田。'""露花倒影"，柳永《破阵子》词句。

尹邢：汉武帝宠妃尹夫人与邢夫人的并称。因同时被宠幸，汉武帝有诏二人不得相见。事见《史记·外戚世家》。后即以尹邢之事作彼此不相谋面的典故。

"不将"句：典出唐薛用弱《集异记》卷二所载开元中王昌龄、王之涣、高适三人旗亭画壁的故事。画壁，在壁上划记号。旗亭，酒楼。悬旗为酒招，故称。〔唐〕刘禹锡《武陵观火》诗："花县与琴焦，旗亭无酒濡。"

十五

乌台诗案艾如张，箕舌谁欤巧簸扬。

偏下郁金裙子泪，固应孔雀有文章。

（舒亶，字信道，以诗案罗织坡公者。王阮亭先生极赏其"空得郁金裙，酒痕和泪痕"之句，谓此等语乃出渠辈手，岂不可惜！王弇州《乐府变》云："孔雀虽有毒，不能掩文章。"）

笺注

艾如张：汉乐府旧题，属于铙歌十八曲。题目意思是铲除草木而张网捕鸟。这里指罗织罪名。

箕舌：指簸箕底伸展向前之宽广处，其状如舌。《礼记·曲礼上》："坐毋箕"。〔唐〕孔颖达疏："坐毋箕者，箕谓舒展两足，状如箕舌也。"〔清〕魏源《筹漕篇上》："山东之登莱二州，斗出海中，长如箕舌，由南赴北，舟行必绕出其外。"

簸扬：宣扬，张扬。

"偏下"二句：见作者自注。文章，错杂的色彩或花纹。〔宋〕梅尧臣《赋孔雀送魏生》诗："一身粲烂文章多，引声笙竽奈远何。"

十六

周郎慧业溯当年，识曲听真孰比肩。

待制风流岂苗裔，新词一一奏钧天。

（周美成官待制，以知音名。管领大晟乐府，所奏新词，常动帝听）

笺注

慧业：佛教语，指智慧的业缘。《维摩经·菩萨品》："知一切法，不取不舍，入一相门，起于慧业。"《太平广记》卷一一四引《法苑珠林·释僧护》："高齐时，有释僧护，守道直心，不求慧业，愿造丈八石像。"

识曲：谓通晓音乐。《文选·古诗·〈今日良宴会〉》："令德唱高言，识曲听其真。"吕延济注："识曲，谓知音人听其真妙之声。"

苗裔：子孙后代。《离骚》："帝高阳之苗裔兮，朕皇考曰伯庸。"王逸注："苗，胤也；裔，末也。"朱熹集注："苗裔，远孙也。"《史记·周本纪》："汉兴九十有馀载，天子将封泰山，东巡狩至河南，求周苗裔，封其后嘉三十里地，号曰周子南君，比列侯，以奉其先祭祀。"《新唐书·窦建德传》：

"窦建德,贝州漳南人,世为农,自言汉景帝太后父安成侯充之苗裔。"引申指学术上派生之支流。

钧天:天的中央。古代神话传说中天帝住的地方。《吕氏春秋·有始》:"中央曰钧天。"高诱注:"钧,平也。为四方主,故曰钧天。"〔宋〕苏轼《潮州韩文公庙记》:"钧天无人帝悲伤,讴吟下招遣巫阳。"引申为帝王。

十七

红牙铁板画封疆,墨守输攻各挽强。

莫向此间分左袒,黄金留待铸姜郎。

(东坡问幕士云:"我词比柳何如?"对曰:"柳郎中词只好十七八女郎,执红牙拍,歌'杨柳岸晓风残月',学士词须关西大汉,持铁绰板,唱'大江东去'。"姜尧章所著《石帚词》戛玉敲金,得未曾有)

笺注

"红牙"句:俞文豹《吹剑续录》:"子瞻在玉堂日,有幕士善歌。因问:'我词何如柳七?'对曰:'柳郎中词,只合十七八女郎,执红牙板,歌"杨柳岸晓风残月"。学士词,须关西大汉,铜琵琶、铁绰板,唱"大江东去"。'东坡为之绝倒。"

墨守输攻:战国时,墨翟善于守城。后因称善于防守为墨翟之守,简称"墨守"。公输善于攻城,故称"输攻"。《墨子·公输》:"公输盘为楚造云梯之械,成,将以攻宋。子墨子闻之,起于齐,行十日十夜而至于郢,见公输盘……子墨子解带为城,以牒为械;公输盘九设攻城之机变,子墨子九拒之。公输盘之攻械尽,子墨子之守圉有馀。"

挽强:谓拉硬弓。〔唐〕杜甫《前出塞》诗之六:"挽弓当挽强,用箭当用长。"

左袒:汉高祖刘邦死后,吕后擅政,大封吕姓以培植势力。吕后死,太尉周勃谋诛诸吕,行令军中说:"为吕氏右袒,为刘氏左袒。"军中皆左袒。事见《史记·吕太后本纪》《孝文本纪》。后因以称偏护一方为左袒。

"黄金"句：《吴越春秋》："范蠡既去，……于是越王乃使良工铸金，象范蠡之形，置之坐侧。"〔金〕元好问《论诗三十首》其八："论功若准平吴例，合著黄金铸子昂。"姜郎，姜夔。

十八

待将春恨付春潮，又逐杨花过谢桥。

持较香奁更韶雅，就中索解亦寥寥。

（上句蒋竹山词，次句晏同叔词）

笺注

"待将"句：蒋捷《行香子·舟宿兰湾》词："红了樱桃。绿了芭蕉。送春归、客尚蓬飘。昨宵谷水，今夜兰皋。奈云溶溶，风淡淡，雨潇潇。　银字笙调。心字香烧。料芳悰、乍整还凋。待将春恨，都付春潮。过窈娘堤，秋娘渡，泰娘桥。"

"又逐"句：晏几道《鹧鸪天》词："小令尊前见玉箫。银灯一曲太妖娆。歌中醉倒谁能恨，唱罢归来酒未消。　春悄悄，夜迢迢。碧云天共楚宫遥。梦魂惯得无拘检，又踏杨花过谢桥。"按：郑方坤以为此词为晏殊词，误。

香奁：〔宋〕张侃《拙轩词话》："《香奁集》，唐韩偓用此名所编诗，南唐冯延巳亦用此名所制词，又名《阳春》。偓之诗淫靡，类词家语。"

韶雅：俊美优雅。

十九

故山松竹梦难寻，半壁东南已陆沉。

最是鄂王写哀愤，欲将心事付瑶琴。

（岳武穆《小重山》词云："白首为功名。故山松竹梦。阻归程。欲将心事付瑶琴，知音少，弦断有谁听。"伤和议已成，举朝无与同恢复之志也）

笺注

"故山"句：见作者自注。

陆沉：比喻国土沦陷于敌手。〔南朝宋〕刘义庆《世说新语·轻诋》："桓公入洛,过淮泗,践北境,与诸僚属登平乘楼,眺瞩中原,慨然曰：'遂使神州陆沉,百年丘墟,王夷甫诸人,不得不任其责！'"

鄂王：南宋抗金英雄岳飞被害后,于孝宗淳熙年间谥武穆,宁宗嘉定年间追封鄂王。

瑶琴：用玉装饰的琴。〔南朝宋〕鲍照《拟古》诗之七："明镜尘匣中,瑶琴生网罗。"

二十

崔子鸳鸯郑鹧鸪,描头画角总常奴。

追魂得似梅溪燕,软语商量一句无。

（史邦卿咏燕词云："入旧巢相并。还相雕梁藻井。又软语商量不定。"）

笺注

崔子鸳鸯：唐人崔珏有《和友人鸳鸯之什》,以赋鸳鸯著称,时号"崔鸳鸯"。

郑鹧鸪：唐诗人郑谷以《鹧鸪》诗出名,人称"郑鹧鸪"（见《唐才子传·郑谷》）。

描头画角：刻意模仿,喻毫无新意。

常奴：平庸的奴仆。《晋书·刘惔传》："郗愔有伧奴善知文章,羲之爱之,每称奴于惔。惔曰：'何如方回邪？'羲之曰：'小人耳,何比郗公！'惔曰：'若不如方回,故常奴耳。'"〔宋〕陆游《追怀胡基仲》诗："门庭谢残客,薪水斥常奴。"

二十一

回文独木总珠玑，三八清斋托意微。

草木更堪听驱使，苦参商后盼当归。

（词家有回文、独木诸体，无名子赠妓崔念四取行第作隐语："拚三八清斋，望永同鸳被"，其警句也。又陈亚集药名词有"分明记得约当归"及"字字苦参商"之句）

笺注

　　回文：即回文体，指词体中语句可以倒读或通体回环的一种特殊体式。其源当本于回文诗。

　　独木：即独木桥体，也叫福唐体或福唐独木桥体，词体名称。指一首词中用同一字押韵或同韵字占半数以上的一种特殊词体。

　　"三八清斋"句：〔宋〕吴曾《能改斋词话》卷二："政和间，一贵人未达时，尝游妓崔念四之馆，因其行第作《踏青游》词云：'识个人人，恰正二年欢会。似赌赛、六只浑四。向巫山、重重去，如鱼水。两情美。同倚画楼十二。倚了又还重倚。　两日不来，时时在人心里。拟问卜、常占归计。拚三八清斋，望永同鸳被。到梦里。蓦然被人惊觉，梦也有头无尾声。'都下盛传。"

　　"苦参商"句：〔清〕冯金伯《词苑萃编》卷二十二引苕溪渔隐曰："宋陈亚，性滑稽，常用药名作闺情《生查子》三首。其一曰：'相思意已深，白纸书难足。字字苦参商，故要檀郎读。　分明记得约当归，远至樱桃熟。何事菊花时，犹未回乡曲。'其二曰：'小院雨馀凉，石竹风生砌。罢扇尽从容，半夏纱厨睡。　起来闲坐北亭中，滴尽珍珠泪。为念婿辛勤，去折蟾宫桂。'其三曰：'浪荡去未来，踯躅花频换。可惜石榴裙，兰麝香销半。　琵琶闲后理相思，必拨朱弦断。拟续断朱弦，待这冤家面。'予谓此等词，偶一为之可耳，毕竟不雅。"参商，参星和商星。参星在西，商星在东，此出彼没，永不相见。因用以比喻彼此隔绝。

二十二

稼轩笔比镆铘铦，醉墨淋浪侧帽檐。

伏枥心情横槊气，肯随儿女斗秾纤。

（稼轩长才，遘斯末运，具《离骚》之忠愤，有越石之清刚。如金筑成器，自擅商声，枥马悲鸣，不忘千里，而陋者顾于音响声色间掎摭利病，无乃斥鷃之视鹫鹏矣乎）

笺注

镆铘：亦作"镆邪"、"镆釾"。即莫邪。剑、戟之属。常指利剑。或谓春秋吴莫邪善铸剑，故称。

铦：锋利。《墨子·亲士》："今有五锥，此其铦，铦者必先挫。"

淋浪：泼染，挥洒。形容书写流畅。〔宋〕苏轼《和张子野见寄三绝句·见题壁》："狂吟跌宕无风雅，醉墨淋浪不整齐。"

侧帽：斜戴帽子。《周书·独孤信传》："（信）在秦州，尝因猎，日暮，驰马入城，其帽微侧，诘旦，而吏人有戴帽者，咸慕信而侧帽焉。"后以谓洒脱不羁的装束。〔宋〕陈师道《南乡子》词："侧帽独行斜照里，飕飕，卷地风前更掉头。"

伏枥：〔三国魏〕曹操《步出夏门行》诗："老骥伏枥，志在千里；烈士暮年，壮心不已。"后用为壮志未酬，蛰居待时的典故。

横槊：横持长矛，指从军或习武。〔唐〕元稹《唐故工部员外郎杜君墓系铭》："建安之后，天下文士遭罹兵战，曹氏父子鞍马间为文，往往横槊赋诗，故其抑扬怨哀悲离之作，尤极于古。"

秾纤：艳丽纤巧。〔宋〕罗大经《〈鹤林玉露〉补遗》："自陈黄之后，诗人无逾陈简斋，其诗由简古而发秾纤。"

二十三

偷声减字费吟哦，小技真来长者诃。

牵率晦翁张壁垒，不愁香粉倒前戈。

（朱子有《晦庵词》一卷）

笺注

偷声减字：指通过对一首词原有词调词体的乐句、韵律及句式、字数进行减损或调整而形成的一种新的词调词体。于原有去掉的乐句声调有所减损，称之为"偷声"；于原有词体的句式字数有所减损，称之为"减字"。

吟哦：写作诗词；推敲诗句。

"牵率"句：〔清〕张德瀛《词徵》卷五："范文正、岳武穆，名臣也，真西山、朱晦庵，大儒也，而皆工于词。"〔清〕王奕清《历代词话》卷七引《读书续录》："晦庵先生回文词，几于家弦户诵矣。其隐括杜牧之《九日齐山登高》诗《水调歌头》一阕，气骨豪迈，则俯视辛、苏，音韵谐和，则仆命秦、柳，洗尽千古头巾俗态。词云：'江水浸云影，鸿雁欲南飞。携壶结客何处，空翠渺烟霏。尘世难逢一笑，况有紫萸黄菊，堪插满头归。风景今朝是，身世昔人非。 酬佳节，须酩酊，莫相违。人生如寄，何用辛苦怨斜晖。不尽今来古往，多少春花秋月，那更有危机。与问牛山客，何必泪沾衣。'"牵率，牵拉。壁垒，军营的围墙，作为进攻或退守的工事。《六韬·王翼》："修沟堑，治壁垒，以备守御。"比喻事物间的对立和界限。

二十四

天山遁客激清商，故国衣冠感御香。

荷盖莼丝雨萧瑟，蝉声凄咽蟹无肠。

（《乐府补题》有赋龙涎香、赋白莲、赋莼、赋蝉、赋蟹诸作，凡若干人，人若干首，皆赵宋遗老云）

笺注

　　天山遁客:《易·遁》:"天下有山,遁。"此天山为字面借用,非实指。遁客,避隐之士。

　　清商:商声,古代五音之一。古谓其调凄清悲凉,故称。《韩非子·十过》:"公曰:'清商固最悲乎?'师旷曰:'不如清徵。'"

　　"荷盖"二句:见作者自注。〔清〕冯金伯《词苑萃编》卷二十一引《词笺》云:"《乐府补题》,宛委山房赋龙涎香,调《天香》;浮翠山房赋白莲,调《水龙吟》;紫云山房赋莼,调《摸鱼儿》;馀闲书院赋蝉,调《齐天乐》;天柱山房赋蟹,调《桂枝香》。倡和者为玉笋王沂孙圣与、蘋洲周密公谨、天柱王易简理得、友竹冯应瑞祥父、瑶翠唐艺孙英发、紫云吕同老和父、筼房李彭老商隐、宛委陈恕可行之、菊山唐珏玉潜、月洲赵汝钠真卿、五松李居仁师吕、玉田张炎叔夏、山村仇远仁近,皆宋遗民也。按陈恕可别本作练,非。陈旅《安雅堂集》有陈行之墓志云:'会稽陈恕可,古灵先生述古之后,有《乐府补题》一卷。'其为姓陈无疑。"

二十五

竹翠梅香低唱词,相逢不是少年时。

王孙有泪如红蜡,直至歌筵始一垂。

　　　　(《松雪集》载"赠歌者"一词,最凄惋)

笺注

　　"竹翠"二句:赵孟頫《浣溪沙·李叔固丞相会间赠歌者贵贵》词:"满捧金卮低唱词,樽前再拜索新诗。老夫惭愧鬓成丝。　罗袖染将修竹翠,粉香须上小梅枝。相逢不似少年时。"〔清〕叶申芗《本事词》卷下:"赵松雪以承平王孙,而遭世变,故其词多感慨。尝于李叔固丞相席上,赠其歌姬贵贵云:'满捧金杯低唱词……'"

二十六

一规蟾魄尚囷圆，搓玉凝香事渺然。

留与词人感倾国，铜仙清泪泻如铅。

（元詹玉有咏宣和宝镜词）

笺注

"一规"句：〔清〕冯金伯《词苑萃编》卷二十三引《词》："詹玉至元间，监醮长春宫，见羽士丈室古镜，状似秋叶，背有金刻'宣和御宝'四字，有感，因赋《霓裳中序第一》词：'一规古蟾魄。瞥过宣和几春色。知那个柳松花怯。曾搓玉团香，涂云抹月。龙章凤刻。是如何、儿女消得。便孤了、翠鸾何限，人更在天北。　磨灭。古今离别。幸相从、蓟门仙客。萧然林下秋叶。对云淡星疏，眉青影白。佳人已倾国。谩赢得、痴铜旧画，兴亡事，道人知否，见了也华发。'"

"铜仙"句：〔唐〕李贺《金铜仙人辞汉歌》诗中有句曰："忆君清泪如铅水。"诗序曰："魏明帝青龙元年八月，诏宫官牵车西取汉武帝捧露盘仙人，欲立置前殿。宫官既拆盘，仙人临载乃潸然泪下。"

二十七

《草堂》册子较《花庵》，错杂薰莸总不堪。

别采蘋洲帐中秘，不妨高阁束双函。

（《草堂》词最劣最传，《花庵》虽较胜，然亦雅郑更唱也。蘋洲周氏词选，今藏书家有存者）

笺注

"草堂"句：〔清〕陈廷焯《白雨斋词话》卷八："《花间》《草堂》《尊前》诸选，背谬不可言矣。所宝在此，词欲不衰，得乎？"草堂，即《草堂诗馀》；花庵，即《花庵词选》。

薰莸：香草和臭草。喻善恶、贤愚、好坏等。语本《左传·僖公四年》："一薰一莸，十年尚犹有臭。"杜预注："薰，香草；莸，臭草。十年有臭，言善易消，恶难除。"

蘋洲：周密有词集《蘋洲渔笛谱》，并编有词选《绝妙好词》。

二十八

尚短柳如新折后，已残梅似半开时。

眉庵诗格清羸甚，合付红儿与雪儿。

（孟载又有句云："春色自来皆梦里，人生何必在尊前。""立近晚风迷蛱蝶，坐临秋水乱芙蓉。"诸如此类，不一而足，试谱入《浣溪沙》，令二八女郎按红牙拍长，皆所云"绝妙好词"也已）

笺注

"尚短"二句：〔明〕王世贞《艺苑卮言》卷五："杨孟载（基）有一起一联，甚足情致，而不及之者。'判醉望愁醉，愁因醉转增'，是词中《菩萨蛮》调语；'尚短柳如新折后，已残花似未开时'，是《浣溪沙》调语故也。"

眉庵：明杨基有《眉庵集》。

清羸：清瘦羸弱。清龚自珍《己亥杂诗》之一五二："浙东虽秀太清羸，北地雄奇或犷顽。"

红儿与雪儿：古之善歌者。红儿，杜红儿。唐代名妓。广明中，罗虬为李孝恭从事。籍中有善歌者杜红儿，虬令之歌，赠以彩。孝恭以红儿为副戎所盼，不令受。虬怒，手刃红儿。既而追其冤，作《比红儿》诗百首为一卷。见《全唐诗·罗虬〈比红儿诗〉序》。后亦用以泛称歌妓。雪儿，唐李密爱姬。能歌舞。密每见宾僚文章有奇丽入意者，即付雪儿叶音律歌之。事见《太平广记》卷二百引宋孙光宪《北梦琐言·韩守辞》。〔清〕孙枝蔚《对酒》诗："莺歌雪儿曲，榆坠沈郎钱。"后亦以"雪儿"泛指歌女。〔宋〕

苏轼《浣溪沙·有感》词："有客能为《神女赋》，凭君送与雪儿书。"〔宋〕史弥宁《郡圃红白莲竞放斐然短歌呈似席间诸丈》诗："红儿雪儿俱绝奇，安用底苦相嘲嗤。"

二十九

有明一代孰邹枚，兰畹风流坠劫灰。

解事王杨仍强作，颓唐下笔况粗才。

（谓弇州、升庵二公）

笺注

邹枚：西汉邹阳、枚乘的并称。〔北魏〕郦道元《水经注·睢水》："梁王与邹、枚、司马相如之徒极游于其上。"两人皆以才辩著名当时。后因以"邹枚"借指富于才辩之士。

兰畹：兰畹，语出《离骚》"滋兰九畹"。〔明〕王世贞《艺苑卮言》："温飞卿所作词曰《金荃集》，唐人词有集曰《兰畹》，盖皆取其香而弱也。然则雄壮者，固次之矣。"

劫灰：本谓劫火的馀灰。〔南朝梁〕慧皎《高僧传·译经上·竺法兰》："昔汉武穿昆明池底，得黑灰，问东方朔。朔云：'不知，可问西域胡人。'后法兰既至，众人追以问之，兰云：'世界终尽，劫火洞烧，此灰是也。'"后因谓战乱或大火毁坏后的残迹或灰烬。〔宋〕陆游《数年不至城府丁巳火后始见》诗："陈迹关心已自悲，劫灰满眼更增欷。"

解事：通晓事理。《南齐书·幸臣传·茹法亮》："法亮便辟解事，善于奉承。"

王杨：即王世贞与杨慎。

粗才：粗俗之才。〔唐〕白居易《赴苏州至常州答贾舍人》诗："一别承明三领郡，甘从人道是粗才！"〔清〕陈廷焯《白雨斋词话》卷三："发扬蹈厉，而无馀蕴，究属粗才。"

弇州：即王世贞，号弇州山人，有《弇州四部稿》。

升庵：杨慎，号升庵。

三十

云间设色学花间，汴宋馀波着意删。

和者国中二三子，笙璈未觉寂尘寰。

（明季陈大樽先生偕同里李舍人、宋征士唱倚声之学于江左，一以花间为宗，不涉宋人一笔）

笺注

"云间"句：云间词派是明清之际的重要词派，其前期的领袖人物是陈子龙、李雯、宋征舆。〔清〕蒋敦复《芬陀利室词话》卷一："国初盛称云间陈李三宋词，一以花间为宗。至王述庵司寇续辑《词综》，瓣香竹垞，沿于浙派矣。"

笙璈：乐器名。

尘寰：人世间。〔唐〕权德舆《送李城门罢官归嵩阳》诗："归去尘寰外，春山桂树丛。"

三十一

图谱金科守啸馀，移宫换徵果何居。

迩来词律严师律，三复宜兴廿卷书。

（《啸馀谱》纰缪特甚，顾俎豆百年不替，《词律》二十卷最精核，阳羡万红友著）

笺注

"图谱"句：明程明善有《啸馀谱》十一卷。〔清〕田同之《西圃词说》："士大夫帖括之外，惟事于诗，至于长短之音，多置不论。即间有强作解事者，亦止依稀仿佛耳。故维扬张氏据词为图，钱塘谢氏广之，吴江徐氏去图著谱，新安程氏又辑之，于是啸馀一谱，靡不共称博核，奉为章程矣。而岂知触目瑕瘢，通身罅漏，有不可胜言哉。"《声执》卷上："万树《词律》，作于清康熙中。前乎万氏者，明有张綖《诗馀图谱》、程明善《啸馀谱》。清有沈际飞《词谱》、赖以邠《填词图谱》，触目瑕瘢，为万氏所指摘。"

居（jǔ）：通"举"。

师律：《易·师》："象曰：师出以律，失律，凶也。"后以指军队的纪律。《南史·徐勉传》："军旅不以礼，则致乱于师律。"〔宋〕周密《齐东野语·岳武穆逸事》："飞曰：'吾命汝坚守根本，天不能移，地不能动，汝今不待吾令，擅自动摇，是无师律也。'"〔清〕龙致瑞《大冈埠团练公局记》："行之期年，什伍有法，少长有序，人知师律，无哗于乡。"

廿卷书：指万树所著《词律》二十卷。

俎豆：谓祭祀，奉祀。引申指崇奉。

三十二

耳食纷纷互击撞，填词一技藐男邦。

锦衾摹拟桐花凤，未害渔洋笔力扛。

（阮亭和《漱玉词》云："忆共锦衾无半缝，郎似桐花，妾似桐花凤。"时目为"王桐花"）

笺注

耳食：谓不加省察，徒信传闻。《史记·六国年表序》："学者牵于所闻，见秦在帝位日浅，不察其终始，因举而笑之，不敢道，此与以耳食无异。"司马贞索隐："言俗学浅识，举而笑秦，此犹耳食不能知味也。"《明史·邹元标传》："论一事当惩前虑后，毋轻试耳食。"〔清〕李楷《〈嵞山集〉序》："后之学者，不得其精神之所存，而皮相之，耳食之，群而吠之，以轻、俗、寒、瘦概古人之一生，古之人其心折乎！"后以"耳食"指传闻。

"锦衾"句：见作者自注。

渔洋：即王士禛，字子真、贻上，号阮亭，又号渔洋山人。

笔力扛：即笔力扛鼎。谓王士祯虽模拟李清照词，却颇有词才，有功于词坛。

三十三

长芦朱叟捧珠盘，琴趣编成秀可餐。

力为词场斩榛楛，老年花不雾中看。

（竹垞词矜秀芊绵，直造白石佳境，所辑《词综》一书，尤大有功于倚声家，说者谓可一洗《草堂》之陋云）

笺注

长芦：朱彝尊字锡鬯，号竹垞。一号金风亭长、小长芦钓鱼师。

珠盘：珠饰的盘。古代盟会所用。亦指盟文或订盟。

"琴趣"句：朱彝尊辑有《词综》，所收词作甚夥。〔清〕陈廷焯《白雨斋词话》卷一："词兴于唐，盛于宋，衰于元，亡于明，而再振于我国初，大畅厥旨于乾嘉以还也。国初诸老，多究心于倚声。取材宏富，则朱氏（彝尊）《词综》。"琴趣，词的别名。词原可配乐歌唱，其音动听，故有此称。〔宋〕欧阳修词集名《醉翁琴趣》，黄庭坚词集名《山谷琴趣》。朱彝尊亦有《静志居琴趣》一卷。

榛楛：榛木与楛木。泛指丛生的杂木。《诗经·大雅·旱麓》："瞻彼旱麓，榛楛济济。"《山海经·西山经》："上申之山，上无草木，而多硌石；下多榛楛，兽多白鹿。"喻平庸之物。

三十四

词人事迹最萧骚，博雅徐卿荟萃劳。

日暮一编下浊酒，强如左手剥双螯。

（徐菊庄太史撰《词苑丛谈》，极为该博）

笺注

萧骚：萧条凄凉。〔唐〕祖咏《晚泊金陵水亭》诗："江亭当废国，秋景倍萧骚。"〔宋〕范成大《公辨再赠复次韵》诗："书生活计极萧骚，爝火微明似束蒿。"

"博雅"句：〔清〕冯金伯《词苑萃编》序："吴江徐虹亭太史，著有《词苑丛谈》一书，尤西堂序之，谓其撮前人之标，而搜新剔异，更有闻所未闻者，洵倚声之董狐矣。"《词学集成》卷一："《词苑丛谈》，吴江徐电发〔钪〕所辑，共十二卷，内分七条，一体制、二音韵、三品藻、四纪事、五辨证、六谐谑、七外编。前人词话本少，此编比诗话而略变其例，然搜采多而论断少。其体制一卷，泛而不当。音韵一卷，粗而不精。品藻以下十卷，则仍诗话之例矣。"

"强如"句：《晋书·毕卓传》："右手持酒杯，左手持蟹螯，拍浮酒船中，便足了一生矣。"

三十五

阳羡才情冠古今，光腾万丈影千寻。

人间乃有迦陵鸟，白纻红盐尽觳音。

（陈其年检讨以迦陵名词）

笺注

"阳羡"二句：陈维崧字其年，号迦陵。宜兴（今属江苏，秦汉时称阳羡）人。〔清〕胡薇元《岁寒居词话》："清初词人，如吴骏公、梁玉立、龚孝升、曹洁躬、陈其年、朱竹垞、严荪友诸家，词采精善，美不胜收。中间先征君稚威、吴榖人、洪北江、钱晓徵，均称后劲。嘉道以来，则以龚定庵、恽子居、张皋文辈为足继雅音也。"〔清〕陈廷焯《白雨斋词话》："国初词家，断以迦陵为巨擘……迦陵词气魄绝大，骨力绝遒，填词之富，古今无两。"

迦陵鸟：迦陵，"迦陵频伽"的省称。鸟名，意译为好声鸟。佛教传说中的妙禽。《正法念处经·观天品》："（天子）复诣普林。其普林中，有七种鸟……珊瑚银宝，为迦陵频伽，其声美妙，如婆求鸟音，众所闻乐，翱翔空中，游戏自如。"《敦煌变文集·降魔变文》："九品随愿往来生，迦陵频伽空里扬。"〔唐〕玄应《一切经音义》卷一："迦陵频伽……迦陵者，好；毗伽者，声：名好声鸟也。"亦作"迦陵毗伽"。刘商《咏双开莲花》："西方采画迦陵鸟，早晚双飞池上来。"叶玉森《印度故宫词》："啼春夜夜迦陵苦，望帝年年孔雀冤。"

白纻：乐府吴舞曲名。〔南朝宋〕鲍照《白纻歌》之五："古称《渌水》今《白纻》，催弦急管为君舞。"《新唐书·礼乐志下》："清乐三十二曲中有《白纻》，吴舞也。"〔宋〕张先《天仙子·公择将行》词："瑶席主，杯休数，清夜为君歌《白苎》。"〔明〕陈汝元《金莲记·就逮》："黄帽雨中游，《白苎》闲时听。"吴梅《检点》诗之一："《白纻》三千才谱曲，碧城十二未开门。"

红盐：食盐的一种。〔宋〕苏轼《橄榄》诗："纷纷青子落红盐，正味森森苦且严。"〔宋〕陈鹄《耆旧续闻》卷二："徐师川云：'……世只疑红盐二字，以为别有故事，不知此即《本草》论盐有数种：北海青，南海赤。橄榄生于南海，故用红盐也。'"

嗀音：幼鸟叫声。嗀，由母哺食的幼鸟。《汉书·东方朔传》："声嗷嗀者，鸟哺嗀也。"

三十六

束发谐声辨齿牙，度腔未熟笑蒸沙。

他年愿作伶官老，豪气应无屈宋衙。

笺注

束发：古代男孩成童时束发为髻，因以代指成童之年。〔汉〕贾谊《新书·容经》："古者年九岁入就小学，蹍小节焉，业小道焉；束发就大学，蹍大节焉，业大道焉。"

蒸沙：比喻事情不可能成功。《楞严经》曰："是故阿难若不断淫，修禅定者，如蒸沙石，欲其成饭，经百千劫只名热沙。"

伶官：乐官。《诗经·邶风·简兮》序："卫之贤者，仕于伶官。"郑玄笺："伶官，乐官也。伶氏世掌乐而善焉，故后世多号乐官为伶官。"伶，一本作"泠"。后以称供职宫廷的伶人。〔宋〕王谠《唐语林·补遗一》："自兵寇覆荡，伶官分散，外方始有此技。"又，《新五代史》有《伶官传》。

屈宋：战国时楚辞赋家屈原、宋玉的并称。〔南朝梁〕刘勰《文心雕龙·辨骚》："屈宋逸步，莫之能追。"

江 昱
《论词十八首》

作者简介

江昱（1706—1775），字宾谷，号松泉，广陵（今江苏仪征）人。乾隆二十一年（1756）至二十八年（1763）聘为石鼓书院主教。长于诗文，尤好词章，有《梅鹤词》四卷、《集外词》一卷、《松泉诗集》六卷等。

一

巴歈里社各纷然，法曲飘零五百年。

只恨无人追正始，广陵何必遽无传。

笺注

巴歈：指巴渝舞或巴渝歌。〔汉〕桓宽《盐铁论·刺权》："鸣鼓《巴歈》，作于堂下。"

里社：古代里中祭祀土地神的处所，借指乡里。〔元〕麻革《王子寿乡友生朝》诗："讲学诗书义，论交里社情。"

法曲：一种古代乐曲。东晋南北朝称作法乐。因其用于佛教法会而得名。原为含有外来音乐成分的西域各族音乐，后与汉族的清商乐结合，并逐渐成为隋朝的法曲。其乐器有铙钹、钟、磬、幢箫、琵琶。至唐朝又搀杂道曲而发展至极盛阶段。著名的曲子有《赤白桃李花》《霓裳羽衣》等。

正始：三国魏齐王芳的年号（240—249）。当时玄风渐兴，士大夫唯老庄是宗，竞尚清谈，世称"正始之风"。当时诗人嵇康、阮籍等的诗，称为"正始体"。

广陵：指《广陵散》，琴曲名。三国魏嵇康善弹此曲，秘不授人。后遭逮被害，临刑索琴弹之，曰："《广陵散》于今绝矣！"见《晋书·嵇康传》。后亦称事无后继、已成绝响者为"广陵散"。

二

临淄格度本南唐，风雅传家小晏强。

更有门墙欧范在，春兰秋菊却同芳。

笺注

临淄：晏殊字同叔，封临淄公，谥元献。〔清〕刘熙载《艺概》卷四曰："冯正中词，晏同叔得其俊，欧阳永叔得其深。"

"风雅"句：晏殊第七子晏几道亦长于填词，其词有出蓝之誉，与其父合称"大小晏"，或并称"二晏"。

"更有"二句：与晏殊并称词坛还有欧阳修、范仲淹等著名词人，其词风与晏殊不同，在北宋前期亦各卓然一家。门墙，指学术的门径。春兰秋菊，春天的兰花和秋天的菊花。多比喻物擅其长，各具其美。《楚辞·九歌·礼魂》："春兰兮秋菊，长无绝兮终古。"洪光祖补注："古语云：春兰秋菊，各一时之秀也。"

三

红杏尚书艳齿牙，郎中更与助声华。

天生好语秦淮海，流水孤村数点鸦。

笺注

"红杏"二句：〔宋〕胡仔《苕溪渔隐丛话》引《遁斋闲览》："张子野（张先）郎中以乐章擅名一时，宋子京（宋祁）尚书奇其才，先往见之，遣将命者谓曰：'尚书欲见云破月来花弄影郎中乎？'子野屏后呼曰：'得非红杏枝头春意闹尚书耶？'遂出，置酒尽欢。盖二人所举，皆其警策也。"

"天生"二句：〔宋〕吴曾《能改斋漫录》载：晁无咎评本朝乐章，不具诸集，今载于此云：……"近世以来，作者皆不及秦少游（秦观）。如'斜阳外，寒鸦万点，流水绕孤村'，虽不识字人，亦知是天生好言语。"

四

一扫纤秾柔软音，海天风雨共阴森。

分明铁板铜琶手，半阕杨花冠古今。

笺注

纤秾：指富丽优美的文艺风格。

"海天"句：〔宋〕陆游《老学庵笔记》谓："公（指苏轼）非不能歌，但豪放，不喜剪裁以就声律耳。试取东坡诸词歌之，曲终，觉天风海雨逼人。"又陆游《跋东坡〈七夕词〉后》谓："东坡此篇，居然是星汉上语。歌之，曲终，觉天风海雨逼人。"

"分明"句：〔宋〕俞文豹《吹剑续录》载："子瞻在玉堂日，有幕士善歌。因问：'我词何如柳七？'对曰：'柳郎中词，只合十七八女郎，执红牙板，歌杨柳岸晓风残月。学士词，须关西大汉，铜琵琶、铁绰板，唱大江东去。'东坡为之绝倒。"

"半阕"句：苏轼有《水龙吟·和章质夫杨花词》。王国维《人间词话》谓："东坡《水龙吟》咏杨花，和韵而似原唱。章质夫词，原唱而似和韵。才之不可强也如是。"又说："咏物之词，自以东坡《水龙吟》为最工，邦卿《双双燕》次之。白石《暗香》《疏影》，格调虽高，然无一语道着，视古人'江连一树垂垂发'等句何如耶。"

五

绮语消除变老苍，着腔诗句欠悠扬。

如何鼻祖江西社，不受词坛一瓣香。

笺注

"绮语"句：〔宋〕惠洪《冷斋夜话》卷十："法云秀，关西铁面严冷，能以理折人。鲁直名重天下，诗词一出，人争传之。师尝谓鲁直曰：'诗多作无害，艳歌小词可罢之。'鲁直笑曰：'空中语耳，非杀非偷，终不至坐此堕恶道。'师曰：'若以邪言荡人淫心，使彼逾礼越禁，为罪恶之由，吾恐非止堕恶道而已。'鲁直颔之，自是不复作词曲。"

"着腔"句：〔宋〕吴曾《能改斋漫录》引晁补之评本朝乐章云："黄鲁直间作小词，固高妙，然不是当行家语，是着腔子唱好诗。"

"如何"句：吕本中作《江西诗社宗派图》推黄庭坚为诗派鼻祖。后方回又有"一祖三宗"之说。

一瓣香：犹一炷香。佛教禅宗长老开堂讲道，烧至第三炷香时，长老即云这一瓣香敬献传授道法的某某法师。后以"一瓣香"指师承或仰慕某人。

六

词坛领袖属周郎，雅擅风流顾曲堂。

南渡诸贤更青出，却亏蓝本在钱塘。

笺注

"词坛"二句：周邦彦，字美成，号清真，钱塘（今浙江杭州）人。以词擅名，号为一代词宗。〔清〕王弈清《历代词话》卷六引强焕语曰："美成词摹写物态，曲尽其妙，自题所居曰顾曲堂。"

"南渡"二句：〔清〕先著、程洪《词洁辑评》："词家正宗，则秦少游、周美成。然秦之去周，不止三舍。宋末诸家，皆从美成出。"蓝本，著作所根据的底本。

七

辛家老子体非正,有时雅音还特存。

卓哉二刘并才俊,大目底缘规孟贲。

(二刘谓后村、龙洲)

笺注

"辛家"句:〔明〕王世贞《艺苑卮言》:"《花间》以小语致巧,《世说》靡也。《草堂》以丽字取妍,六朝隃也。即词号称诗馀,然而诗人不为也。何者,其婉娈而近情也,足以移情而夺嗜。其柔靡而近俗也,诗嗢缓而就之,而不知其下也。之诗而词,非词也。之词而诗,非诗也。言其业,李氏、晏氏父子、耆卿、子野、美成、少游、易安至矣,词之正宗也。温韦艳而促,黄九精而险,长公丽而壮,幼安辨而奇,又其次也,词之变体也。"

"有时"句:辛弃疾虽以豪放名家,其词却多种风格并存。〔宋〕张炎《词源》卷下谓:"辛稼轩《祝英台近》云:'宝钗分,桃叶渡。烟柳暗南浦。怕上层楼,十日九风雨。断肠片片飞红,都无人管,凭谁劝、啼莺声住。鬓边觑。试把花卜归期,才簪又重数。罗帐灯昏,哽咽梦中语。是他春带愁来。春归何处。却不解带将愁去。'皆景中带情,而存骚雅。"

"卓哉"句:刘过、刘克庄词学苏、辛,号为辛派后劲。

孟贲:战国时勇士。《孟子·公孙丑上》:"若是,则夫子过孟贲远矣。"孙奭疏引《帝王世说》:"秦武王好多力之人,齐孟贲之徒并归焉。孟贲生拔牛角,是谓之勇士也。"

八

石帚高情自度工,孤云无迹任西东。

乐书不赏张兄死,只合吹箫伴小红。

笺注

"石帚"句：姜夔词多自度曲。石帚，乃宋末元初杭州士子，并非姜白石之别称，清人多有误用，此处即为江氏之误用，详参夏承焘先生《姜白石词编年笺校》之《行实考·石帚辨》。

"孤云"句：〔宋〕张炎《词源》卷下："词要清空，不要质实。清空则古雅峭拔，质实则凝涩晦昧。姜白石词如野云孤飞，去留无迹。"

张兄：南宋名将张俊之孙张鉴。姜夔《姜尧章自叙》谓："旧所依倚，惟张兄平甫（按，即张鉴），其人甚贤。十年相处，情甚骨肉。而某亦竭诚尽力，忧乐同念。平甫念其困踬场屋，至欲输资以拜爵，某辞谢不愿，又欲割锡山之膏腴以养其山林无用之身。惜乎平甫下世，今惘惘然若有所失。"

"只合"句：〔元〕陆友仁《砚北杂志》载："尧章归吴兴，公（范成大）寻以小红赠之；其夕大雪过垂虹（桥），赋诗曰：'自作新词韵最娇，小红低唱我吹箫。曲终过尽松陵路，回首烟波十四桥。'"

九

莲花博士浣铅华，风味萧疏别一家。

便使时时掉书袋，也胜康柳逐淫哇。

笺注

"莲花博士"二句：〔清〕徐釚《词苑丛谈》："陆放翁恃酒颓放，一夕梦故人语曰：'我为莲花博士，镜湖新置官也。'陆遂赋《鹊桥仙》感旧词云：'华灯纵博，雕鞍驰射，谁记当年豪举？酒徒一半取封侯，独去作、江边渔父。 轻舟八尺，低篷三扇，占断苹洲烟雨。镜湖元自属闲人，又何必官家赐与。'"〔清〕吴衡照《莲子居词话》卷二"补订《词苑丛谈》"条："徐釚《词苑丛谈》，其所引书不注所出，殊嫌攘瀚。脱漏错谬，全未经雠勘。如卷三《漫叟词话》'襁褓'一条，卷六《耆旧续闻》'榴花'一条，卷七'陆放翁梦莲花博士'一条、仲殊《踏莎行》一条，尤其甚者。余为补订十之六七,未及遍也。"〔明〕杨慎《词品》卷五:"放翁词纤丽处似淮海,雄慨处似东坡。其感旧《鹊桥仙》一首:'华灯纵博……'英气可掬,流落亦可惜矣。"〔清〕江顺诒《词学集成》卷五:"白石词幽韵冷香,令人挹之无尽。拟诸形容,在乐则琴,在花则梅也。陆放翁词安雅清澹。"〔清〕许昂霄《词综偶评》:"南渡后,唯放翁为诗家大宗。词亦扫尽纤淫,超然拔俗。"

掉书袋:讥讽人爱引用古书词句,卖弄才学。〔清〕王奕清《历代词话》卷八引刘克庄语曰:"放翁、稼轩,一扫纤艳,不事斧凿,高则高矣,但时时掉书袋,要是一癖。"

康柳:指宋代词人康与之与柳永。〔宋〕沈义父《乐府指迷》:"康伯可、柳耆卿音律甚协,句法亦有好处,然未免有鄙俗语。"

淫哇:淫邪之声。

十

织绡泉底去氛埃,省吏翩翩绝世才。
具有锦囊幽艳笔,固应平睨贺方回。

笺注

"织绡"句:〔宋〕张镃《题梅溪词》:"盖生之作,辞情俱到。织绡泉底,去尘眼中,妥贴轻圆,特其馀事。……有瑰奇、警迈、清新、闲婉之长,而无诡荡、污淫之失。"

省吏:此处指史达祖。〔宋〕叶绍翁《四朝闻见录》载:"韩侂胄为平章,专倚省吏史达祖奉行文字,拟帖拟旨,俱出其手,侍从柬札,至用申呈。韩败,遂黥焉。"

"固应"句:〔宋〕张镃《题梅溪词》:"史生词织绡泉底,……端可分镳清真,平睨方回。"

十一

四稿何人解问津，空怜字面细推寻。

要知金碧煌煌处，七宝楼台运匠心。

笺注

四稿：吴文英字君特，四明人。有词集《梦窗甲乙丙丁四稿》四卷。

七宝楼台：〔宋〕张炎《词源》卷下："吴梦窗词如七宝楼台，眩人眼目，碎拆下来，不成片段。"

十二

碧山花外韵悠然，意度还追白石仙。

怊怅埋云空玉笥，一灯后此竟谁传。

笺注

"碧山"句：王沂孙，字圣与，号碧山、中仙、玉笥山人。有《花外集》，又名《碧山乐府》。

"意度"句：〔清〕王弈清《历代词话》卷八："叔夏《琐窗寒》自序云：王碧山又号中仙，越人也。其诗清峭，其词闲雅，有姜白石意趣，今绝响矣，因作此以悼之。"

怊怅：犹惆怅。

一灯：佛家谓佛法犹如明灯，能破除迷暗。故用传灯指传法。

十三

潜夫雅志足风流，象管蛮笺庾信愁。

三昧此中谁会得，数声渔笛起蘋洲。

笺注

潜夫：周密（1232—1298），字公谨，号草窗，又号四水潜夫、弁阳老人、华不注山人。有词集《蘋洲渔笛谱》。

"象管蛮笺"句：李彭老《踏莎行·题草窗十拟后》词："紫曲迷香，绿窗梦月，芳心如对春风说。蛮笺象管写新声，几番曾试琼壶觖。 庾信书愁，江淹赋别，桃花红雨梨花雪。周郎先自足风流，何须更拟秦箫咽。"象管蛮笺，象牙管的笔与高丽或蜀地所产的纸。泛指名贵的纸笔。〔五代〕刘兼《春宴河亭》诗："蛮笺象管休凝思，且放春心入醉乡。"庾信，南北朝时诗人，初仕梁，后奉元帝之命出使西魏被留，有《哀江南赋》等。

三昧：佛教语，意思是使心神平静，杂念止息，是佛教的重要修行方法之一。借指事物的奥妙，诀窍。〔唐〕李肇《唐国史补》卷中："长沙僧怀素好草书，自言得草圣三昧。"

十四

落魄王孙可奈何，暮年心事泣山河。

宫商岂是人间调，一片凄凉不忍歌。（玉田）

笺注

"落魄"句：张炎（1248—1320？），字叔夏，号玉田，又号乐笑翁。循王张俊六世孙。宋亡后，家道中落。

"宫商"二句：五音中的宫音与商音。泛指音乐、乐曲、音律。张炎词宋亡后多黍离麦秀之悲。〔清〕胡薇元《岁寒居词话》："《山中白云词》，张炎玉田撰。循王张俊五世孙（按：当为六世孙），宋亡遁迹。工词，以春水得名。生淳祐戊申，当宋恭帝时已中年，曾见南宋盛时，故所作苍凉激楚，即景抒情，备写其身世盛衰之感，非徒然翦红刻翠。至其研究声律，尤得神解，以之接武克昌，居然后劲。"

十五

幼年有癖老知难,铅汞知应到九还。

妙诀究非高远得,日湖平正费跻攀。

笺注

铅汞:铅和汞。道家炼丹的两种原料。

九还:犹九转,九次提炼。道教谓丹的炼制有一至九转之别,而以九转为贵。

"日湖"句:陈允平有《日湖渔唱》一卷。〔宋〕张炎《词源》卷下谓:"近代陈西麓所作,本制平正,亦有佳者。"

跻攀:犹攀登。〔唐〕杜甫《白水县崔少府十九翁高斋三十韵》诗:"清晨陪跻攀,傲睨俯峭壁。"

十六

漱玉便娟态有馀,赵家芙草梦非虚。

最怜重九销魂句,吟瘦郎君总不如。

笺注

漱玉:李清照有《漱玉词》。

便娟:轻盈美好貌。《楚辞·大招》:"丰肉微骨,体便娟只。"

"赵家"句:〔元〕伊世珍《琅嬛记》卷中:"赵明诚幼时,其父将为择妇。明诚昼寝,梦诵一书,觉来惟忆三句,云:言与司合,安上已脱,芝芙草拔。以告其父,其父为解曰:汝殆得能文词妇也。言与司合是词字,安上已脱是女字,芝芙草拔是之夫二字。非谓汝为词女之夫乎?后李翁以女女之,即易安也,果有文章。"

"**最怜**"二句：李清照有《醉花阴》重阳词。〔元〕伊世珍《琅嬛记》卷中："易安以重阳《醉花阴》词函致明诚。明诚叹赏，自愧弗逮，务欲胜之。一切谢客，忘食忘寝者三日夜，得五十阕，杂易安作，以示友人陆德夫。德夫玩之再三，曰：'只三句绝佳。'明诚诘之。答曰：'莫道不消魂，帘卷西风，人似黄花瘦。'政易安作也。"

十七

别裁伪体亲风雅，毕竟花庵逊草窗。

何日千金求旧本，一时秀句入新腔。

（弁阳选词今止七卷，且有讹阙，意非原本）

笺注

"**别裁**"句：〔唐〕杜甫《戏为六绝句》其六："未及前贤更勿疑，递相祖述复先谁。别裁伪体亲风雅，转益多师是汝师。"意谓对待前人的诗歌要分别裁定，加以取舍。风雅，指《诗经》中的《国风》和《大雅》《小雅》。亦用以指代《诗经》。

花庵：黄升，字叔旸，号玉林，又号花庵词客，建安（今属福建建瓯）人。有《散花庵词》，编有《绝妙词选》二十卷，上部为《唐宋诸贤绝妙词选》，十卷；下部为《中兴以来绝妙词选》，十卷。后人统称《花庵词选》。

草窗：周密字公谨，号草窗，又号霄斋、蘋洲、萧斋，晚年号四水潜夫、弁阳老人、弁阳啸翁、华不注山人，有词集《蘋洲渔笛谱》，编有南宋词集《绝妙好词》。

十八

暗香疏影静生春，绿意红情迥出尘。

寂寂自开还自落，人间谁是别花人。

笺注

"**暗香疏影**"二句:〔宋〕张炎《红情》词序谓:"《疏影》《暗香》,姜白石为梅著语,因易之曰《红情》《绿意》以荷花、荷叶咏之。"〔清〕丁绍仪《听秋声馆词话》卷十三:"《暗香》《疏影》二调,为白石自度腔,以咏梅花。张玉田易名《红情》《绿意》,分咏荷花、荷叶。"

汪　筠

《读〈词综〉书后二十首》

作者简介

汪筠（1715-?），字珊立，一字斡翁，号谦谷。秀水（今浙江嘉兴）人。诸生。乾隆元年（1736）举博学鸿词不遇，以附贡生授光禄寺署正，官至长沙知府。卒于任。工诗善画，为钱载所称。著有《谦谷集》。

一

一曲黄河《菩萨蛮》，赵家真本出《花间》。

梧桐叶叶声声雨，忍对明灯付小鬟。

笺注

"一曲"二句：谓《花间集》所载温庭筠《菩萨蛮》词开宋词之河源。〔清〕陈廷焯《白雨斋词话》："飞卿词大半托词帷房，极其婉雅而规模自觉宏远。周、秦、苏、辛、姜、史辈，虽姿态百变，亦不能越其范围。本原所在，不容以形迹胜也。"陈廷焯《词坛丛话》："飞卿词，风流秀曼，实为五代两宋导其先路。后人好为艳词，那有飞卿风格。"赵家，代指宋朝。

"梧桐"句：温庭筠《更漏子》词："梧桐树，三更雨，不道离情正苦。一叶叶，一声声，空阶滴到明。"

忍对：犹怎忍对，不忍对。

小鬟：旧时用以代称小婢。〔唐〕李贺《追赋画江潭苑》诗："小鬟红粉薄，骑马佩珠长。"

二

摩诃池上已秋声，毕竟流年换暗中。

一样落花归不去，人生长恨水长东。

笺注

"摩诃池"二句：〔清〕王奕清《历代词话》卷三引《温叟词话》："蜀主孟昶令罗城上尽种芙蓉，盛开四十里，语左右曰：'以蜀为锦城，今观之，真锦城也。'尝夜同花蕊夫人避暑摩诃池上，作《玉楼春》词云：'冰肌玉骨清无汗，水殿风来暗香满。绣帘一点月窥人，欹枕钗横云鬓乱。起来琼户启无声，时见疏星渡河汉。屈指西风几时来，只恐流年暗中换。'"

"一样"句：李煜《浪淘沙》词："帘外雨潺潺。春意阑珊。罗衾不耐五更寒。梦里不知身是客，一响贪欢。独自莫凭栏，无限江山。别时容易见时难。流水落花春去也，天上人间。"

"人生"句：李煜《乌夜啼》词："林花谢了春红，太匆匆。无奈朝来寒雨晚来风。胭脂泪，留人醉，几时重。自是人生长恨水长东。"

三

南唐凄惋太痴生，吞吐春风不自明。

一拍一杯还一梦，直他亡国为新声。

笺注

春风：李煜《望江南》词："多少恨，昨夜梦魂中。还似旧时游上苑，车如流水马如龙。花月正春风。"

一拍：李煜《玉楼春》词："晚妆初了明肌雪。春殿嫔娥鱼贯列。笙箫吹断水云间，重按霓裳歌遍彻。临春谁更飘香屑。醉拍阑干情味切。归时休照烛花红，待放马蹄清夜月。"

一杯：李煜《一斛珠》词："晓妆初过。沈檀轻注些儿个。向人微露丁香颗。一曲清歌，暂引樱桃破。　罗袖裛残殷色可。杯深旋被香醪涴。绣床斜凭娇无那。烂嚼红茸，笑向檀郎唾。"

一梦：李煜《菩萨蛮》词："人生愁恨何能免。销魂独我情何限。故国梦重归。觉来双泪垂。　高楼谁与上。长记秋晴望。往事已成空。还如一梦中。"

新声：新作的乐曲；新颖的乐音。

四

浣花端己添惆怅，仆射阳春且奈何。

小令未应夸北宋，乱来哀怨觉情多。

笺注

"浣花"句：韦庄（836？—910），字端己，有《浣花集》。

"仆射"句：冯延巳（903—960）一名延嗣，字正中，广陵（今江苏扬州）人。曾官拜左仆射，同平章事，其词原名《香奁集》，又名《阳春集》。

"小令"句：〔元〕陆辅之《词旨》："词肇于唐，盛于五代，时皆小令。北宋之时，慢曲乃作。"

五

处士深怜碧草芳，情钟我辈讵相忘。

叔原子野多新制，题向尊前总断肠。

笺注

"处士"句：林逋（967或968—1028）字君复，后人称为和靖先生，北宋初年著名隐逸诗人，人称"林处士"。林逋有《点绛唇·草》词："金谷年年，乱生春色谁为主。馀花落处。满地和烟雨。　又是离歌，一阕长亭暮。

王孙去。萋萋无数。南北东西路。"

叔原：晏几道（1030？—1106？），字叔原，号小山，晏殊第七子。

子野：张先（990—1078），字子野，乌程（今浙江湖州）人。

六

浅斟低唱何心换，海雨天风特地豪。

待唤女儿春十八，红牙明月一声高。

笺注

浅斟低唱：〔宋〕吴曾《能改斋词话》："仁宗留意儒雅，务本理道，深斥浮艳虚薄之文。初，进士柳三变，好为淫冶讴歌之曲，传播四方。尝有《鹤冲天》词云：'忍把浮名，换了浅斟低唱。'及临轩放榜，特落之曰：'且去浅斟低唱，何要浮名。'景祐元年方及第。后改名永，方得磨勘转官。"

海雨天风：陆游《跋东坡〈七夕词〉后》云："歌之曲终，觉天风海雨逼人。"

"待唤"二句：〔宋〕俞文豹《吹剑续录》："子瞻在玉堂日，有幕士善歌。因问：'我词何如柳七？'对曰：'柳郎中词，只合十七八女郎，执红牙板，歌杨柳岸晓风残月。学士词，须关西大汉，铜琵琶、铁绰板，唱大江东去。'东坡为之绝倒。"

七

梅溪白石漫声名，鼓吹王孙极胜情。

西麓萧斋花外在，白云终竟去人清。

笺注

梅溪：史达祖（1163—1220？），字邦卿，号梅溪，汴（今河南开封）人，有词集《梅溪词》。

白石：姜夔（1155—1221），字尧章，自号"白石道人"，江西鄱阳人，有词集《白石道人歌曲》。

西麓：陈允平，字君衡，一字衡仲，号西麓。四明（今浙江宁波）人，有词集《西麓继周集》《日湖渔唱》二种。

萧斋：周密（1232—1298），字公谨，号草窗、萧斋、四水潜夫、弁阳老人等，有词集《蘋洲渔笛谱》。

花外：王沂孙（？—1290？），字圣与，号碧山、中仙、玉笥山人，会稽（今浙江绍兴）人。有词集《花外集》。

白云：张炎（1248—1320？），字叔夏，号玉田，又号乐笑翁。循王张俊六世孙。有词集《山中白云词》。与姜夔并称为"姜张"。《人间词话》："梅溪、梦窗、玉田、草窗、西麓诸家，词虽不同，然同失之肤浅。虽时代使然，亦其才分有限也。近人弃周鼎而宝康瓠，实难索解。"

八

花月何须秋复春，酒旗歌板旋成尘。

番番检阅无名氏，语语分明本恨人。

笺注

花月：花和月，泛指美好的景色。

酒旗：即酒帘。酒店的标帜。〔唐〕刘长卿《春望寄王涔阳》诗："依微水戍闻钲鼓，掩映沙村见酒旗。"

歌板：即拍板。乐器。歌唱时用以打拍子，故名。〔唐〕李贺《酬答》诗之二："试问酒旗歌板地，今朝谁是拗花人？"

"番番"二句：《词综》卷二十四收无名氏词45首，多为相思伤别之作。番番，一次又一次。〔宋〕苏轼《新滩》诗："白浪横江起，槎牙似雪城。番番从高来，一一投涧坑。"恨人，失意抱恨之人。〔南朝梁〕江淹《恨赋》："于是仆本恨人，心惊不已。"

九

漱玉天才韵最娇，魏夫人亦解清谣。

晦庵定不轻相许，闺阁能文属本朝。

笺注

漱玉：李清照（1084—1155？）号易安居士，齐州章丘（今山东济南）人，有词集《漱玉词》。

魏夫人：名玩，字玉汝，北宋女词人。曾布之妻，魏泰之姊，封鲁国夫人。襄阳（今属湖北）人。《词综》选其词三首。

清谣：指秦汉时四皓所作之歌。〔晋〕陶潜《赠羊长史诗》："驷马无贳患，贫贱有交娱。清谣结心曲，人乖运见疏。"陶澍集注："'无贳患'，言其患不可贷也，即四皓歌'驷马高盖，其忧甚人'意。"又引何孟春曰："清谣指四皓所作歌。"

"晦庵"二句：〔清〕王奕清《历代词话》引《古今词话》云："朱晦庵曰：'本朝妇人能词者，惟李易安、魏夫人二人而已。'"〔清〕陈廷焯《白雨斋词话》卷三："朱晦庵谓宋代妇人能文者，惟魏夫人及李易安二人而已。魏夫人词笔颇有操迈处，虽非易安之敌，然亦未易才也。"晦庵，朱熹（1130—1200），字元晦，号晦庵。

十

宣和殿里小宫姬，沦落相逢泪湿时。

好是彦高能大曲，一天春草碧离离。

笺注

"宣和殿"二句：〔元〕刘祁《归潜志》："先翰林尝谈国初宇文太学叔通（宇文虚中字）主文盟时，吴深州彦高（吴激字）视宇文为后进，宇文止呼为小吴。因会饮,酒间有一妇人,宋宗室子,流落,诸公感叹,皆作乐章一阕。宇文作《念奴娇》,有'宗室家姬,陈王幼女,曾嫁钦慈族。干戈浩荡,事随天地翻覆'之语。次及彦高,作《人月圆》词云:'南朝千古伤心事,犹唱《后庭花》。旧时王谢,堂前燕子,飞向谁家?恍然一梦,仙肌胜雪,宫鬓堆鸦。江州司马,青衫泪湿,同是天涯。'宇文览之,大惊,自是,人乞词,辄曰:'当诣彦高也。'"〔宋〕洪迈《容斋随笔》载:"先公在燕山,赴北人张总侍御家集。出侍儿佐酒,中有一人,意状摧抑可怜,叩其故,乃宣和殿小宫姬也。坐客翰林直学士吴激赋长短句纪之,闻者挥涕。"

"**好是**"二句:〔清〕陈廷焯《白雨斋词话》卷三谓:"陶九成云:'近世所谓大曲,苏小小《蝶恋花》、苏东坡《念奴娇》、晏叔原《鹧鸪天》、柳耆卿《雨霖铃》、辛稼轩《摸鱼子》、吴彦高《春草碧》、蔡伯坚《石州慢》、张子野《天仙子》、朱淑真《生查子》、邓千江《望海潮》。'按:其中惟稼轩《摸鱼子》一篇,为古今杰作。叔原《鹧鸪天》,为艳体中极致,馀亦泛泛,不知当时何以并重如此。余独爱彦高《人月圆》。"按:《春草碧》词,唐圭璋《全金元词》认为乃完颜璹词,杨朝英《阳春白雪》误以为吴彦高词。《春草碧》词曰:"几番风雨西城陌,不见海棠红、梨花白。底事胜赏匆匆,正自天付、酒肠窄。更笑老东君、人间客。 赖有玉管新翻,罗襟醉墨。望中倚栏人,如曾识。旧梦回首何堪,故苑春光又陈迹。落尽后庭花,春草碧。"

十一

元家野史断知音,亭绕鸥波欲溅襟。

并向春风歌一曲,不知亡国恨谁深?

笺注

元家野史:金亡后元好问在自己院子里修建了一座野史亭。《金史·文艺传下·元好问》:"晚年尤以著作自任,以金源氏有天下,典章法度几及汉唐,国亡史作,已所当任。时金国实录在顺天张万户家,乃言于张,愿为撰述,既而为乐夔所沮而止。好问曰:'不可令一代之迹泯而不传。'乃构亭于家，著述其上，因名曰'野史'……纂修《金史》，多本其所著云。"吴梅《自题风洞山传奇八绝句》之七："野史亭中秋草没，桂林云气胜临安。"

鸥波：鸥鸟生活的水面。比喻悠闲自在的退隐生活。〔宋〕陆游《杂兴》诗："得意鸥波外，忘归雁浦边。"

"并向"二句：元好问有《南乡子》词："风雨送春忙，烂醉花时得几场。枝上桃花吹尽也，残芳。一片春风一片香。　少日为花狂，老去逢春只自伤。回首十年欢笑处，难忘。一曲悲歌泪数行。"

十二

鼻祖鄱阳竟不祧，玉田未信后尘销。

蜕岩赖有清声在，一为莺花破寂寥。

笺注

鄱阳：指姜夔（1155？—1221），字尧章，别号白石道人。饶州鄱阳（今江西鄱阳县）人。

不祧：古代帝王的宗庙分家庙和远祖庙，远祖庙称祧。家庙中的神主，除始祖外，凡辈分远的要依次迁入祧庙中合祭；永不迁移的叫作"不祧"。〔唐〕元稹《迁庙议状》："若以为后代有功有德者，尽为不迁之庙，则成康刑措，宣王中兴，平王东周之始王，并无不祧之说，岂非有功有德哉？"

玉田：张炎（1248—1320？），字叔夏，号玉田。

蜕岩：张翥（1287—1368），字仲举，晋宁（今山西临汾）人，有词集《蜕岩词》二卷。

清声：清亮的声音。〔汉〕扬雄《太玄赋》："听素女之清声，观宓妃之妙曲。"〔宋〕梅尧臣《秋日咏蝉》诗："薄蜕聊依叶，清声已出林。"

莺花：莺啼花开。泛指春日景色。〔唐〕杜甫《陪李梓州等四使君登惠义寺》诗："莺花随世界，楼阁倚山巅。"张翥《八声甘州·秋日西湖泛舟，午后遇雨》词："向芙蓉湖上驻兰舟，凄凉胜游稀。但西泠桥外，北山堤畔，残柳依依。追忆莺花旧梦,回首冷烟霏。惟有盟鸥好,时傍人飞。 听取红筵象板,尽歌回彩扇,舞换仙衣。正白萍风急,吹雨暗斜晖。空惆怅、离怀未展,更酒边、忍又送将归。江南客、此生心事,只在渔矶。"

十三

黄九何如秦七佳,莫教犁舌泥金钗。

东堂略与东山近,风雨江南各恼怀。

笺注

"**黄九**"句:〔清〕徐釚《词苑丛谈》卷四引彭孙遹说:"词家每以秦七、黄九并称,其实黄不及秦远甚,犹高之视史,刘之视辛,虽齐名一时,而优劣自不可掩。"〔清〕冯煦《蒿庵论词》:"后山以秦七、黄九并称,其实黄非秦匹也,若以比柳,差为得之。盖其得也,则柳词明媚,黄词疏宕。而褻诨之作,所失亦均。"

"**莫教**"句:〔宋〕胡仔《苕溪渔隐丛话》前集卷五十七引《冷斋夜话》云:"法云秀老,关西人,面目严冷,能以礼折人。李伯时画马东坡第,其笔当不减韩幹,都城黄金易致,而伯时画不可得。归让之曰:'伯时士大夫,而以画马之名,行已可耻,矧又画马。人夸以为得妙,入马腹中亦足可惧。'伯时大惊,不自知身去坐榻曰:'今当何以洗其过。'师劝画观音像,以赎其罪。黄鲁直作艳语,人争传之,秀呵曰:'翰墨之妙,甘施于此乎。'鲁直笑曰:'又当置我于马腹中邪。'秀曰:'公艳语荡天下淫心,不止于马腹,正恐下泥犁耳。'鲁直颔应之。故一时公卿伏师之善巧也。苕溪渔隐曰:余读鲁直作晏叔原《小山集序》云:'余少时间作乐府以使酒玩世,道人法秀独罪予以笔墨劝淫,于我法中当下犁舌之狱,特未见叔原之作邪。'观鲁直此语,似有憾于法秀,不若伯时之能伏善也。"

东堂:毛滂有《东堂词》。元符二年(1099)知武康县,就县舍改筑东堂,故以名集。政和中,知秀州,与贺铸唱和。

东山:贺铸有《东山词》,又称《东山寓声乐府》。

十四

知音尽妙数清真，换骨能将古句新。

风月漫夸天上有，莺花长发意中春。

笺注

"知音"二句：周邦彦（1056—1121），字美成，号清真居士，钱塘（今浙江杭州）人，有《清真居士集》，后人改名为《片玉集》。〔宋〕沈义父《乐府指迷》："凡作词，当以清真为主。盖清真最为知音，且无一点市井气。下字运意，皆有法度，往往自唐宋诸贤诗句中来，而不用经史中生硬字面，此所以为冠绝也。学者看词，当以周词集解为冠。"换骨，喻作诗文活用古人之意，推陈出新。〔宋〕葛立方《韵语阳秋》卷二："诗家有换骨法，谓用古人意而点化之，使加工也。"

风月：清风明月，泛指美好的景色。

莺花：莺啼花开，泛指春日景色。

十五

滨老深情不自持，希真潇洒亦仙姿。

愁他滴粉搓酥后，悟到褰帘一梦时。

笺注

滨老：吕渭老，一字滨老，有《圣求词》。〔明〕杨慎《词品》卷一谓："圣求在宋人不甚著名，而词甚工。如《醉蓬莱》《扑胡蝶近》《惜分钗》《薄幸》《选冠子》《百宜娇》《豆叶黄》《鼓笛慢》，佳处不减秦少游。"〔清〕冯煦《蒿庵论词》："千里和清真，亦趋亦步，可谓谨严。然貌合神离，且有袭迹，非真清真也。其胜处则近屯田，盖屯田胜处，本近清真，而清真胜处，要非屯田所能到。赵师岇序吕滨《老圣求词》，谓其婉媚深窈，视美成、耆卿伯仲。实只其《扑蝴蝶》近之，上半在周、柳之间，其下阕已不称。此外佳构，亦不过《小重山》《南歌子》数篇，殆又出千里下矣。"

希真：朱敦儒（1081—1159），字希真，洛阳人，有词集《樵歌》。〔明〕杨慎《词品》卷四："朱希真，名敦儒，博物洽闻，东都名士也。天资旷远，有神仙风致。其《西江月》二首，词浅意深，可以警世之役役于非望之福者。《草堂》入选矣。"

滴粉搓酥：形容妇女肌肤白腻，打扮艳丽。〔宋〕王明清《玉照新志》卷四："钱塘幕府乐籍，有名姝张足女名浓者，名艺妙天下，君（按：指左誉，字与言。）颇顾之。如'无所事，盈盈秋水，淡淡春山'……及'堆云剪水，滴粉搓酥'，皆为浓而作。当时都人有'晓风残月柳三变，滴粉搓酥左与言'之对。"

十六

清雄端合让辛苏，忠敏牢愁绝代无。

花落小山亭上酒，怨春不语为春孤。

笺注

清雄：清峻雄浑。〔宋〕苏轼《与米元章书》："独念吾元章迈往凌云之气，清雄绝世之文。"

忠敏：辛弃疾（1140—1207），字幼安，号稼轩，历城（今山东济南）人。德祐初，以谢枋得请，赠少师，谥忠敏。

牢愁：忧愁，忧郁。

"花落"二句：辛弃疾《摸鱼儿·淳熙己亥，自湖北漕移湖南，同官王正之置酒小山亭，为赋》："更能消、几番风雨。匆匆春又归去。惜春长恨花开早，何况落红无数。春且住。见说道、天涯芳草迷归路。怨春不语。算只有殷勤，画檐蛛网，尽日惹飞絮。　长门事，准拟佳期又误。蛾眉曾有人妒。千金纵买相如赋，脉脉此情谁诉。君莫舞。君不见、玉环飞燕皆尘土。闲愁最苦。休去倚危楼，斜阳正在，烟柳断肠处。"

十七

南渡江山未可凭,诸君哀怨尽情能。

一从白石箫声断,谁倚琼楼最上层。

笺注

"南渡"句:〔清〕陈廷焯《白雨斋词话》卷二:"南渡以后,国势日非。白石目击心伤,多于词中寄慨。"

白石:姜夔,号白石道人。蒋兆兰《词说》:"南渡以后,尧章崛起,清劲遒峭,于美成外别树一帜。张叔夏拟之野云孤飞,去留无迹,可谓善于名状。继之者亦惟花外与山中白云,差为近之。然论气格,迥非敌手也。"

十八

绮语流传也复豪,清真得替后来高。

梦窗竹屋俱坛坫,未便梅溪得锦袍。

笺注

绮语:指纤婉言情之辞。〔清〕李渔《怜香伴·香咏》:"贫尼少时也学拈毫,自摩顶以来,十年不作绮语了。"〔清〕陈廷焯《白雨斋词话》卷五:"近人为词,习绮语者,托言温韦。"

梦窗:吴文英(1200?—1260?),字君特,号梦窗,晚年又号觉翁,四明(今浙江宁波)人,有《梦窗词》。

竹屋:高观国,南宋词人。字宾王,号竹屋。山阴(今浙江绍兴)人,有词集《竹屋痴语》。

坛坫:会盟的坛台。引申指文坛。〔清〕陈康祺《郎潜纪闻》卷八:"康熙间,萧山毛西河奇龄、钱唐毛稚黄先舒、遂安毛会侯际可,俱以文章雄长东南坛坫。"

"未便"句：此句翻用元好问《自题〈中州集〉后五首》其一"未便吴侬得锦袍"句意，谓吴文英与高观国俱为周邦彦之后的词坛巨擘，其成就不在史达祖之下。锦袍，语本《新唐书·文艺传中·李白》："白自知不为亲近所容，益骜放不自修，与知章、李适之、汝阳王李琎、崔宗之、苏晋、张旭、焦遂为'酒八仙人'。恳求还山，帝赐金放还。白浮游四方，尝乘月……着宫锦袍坐舟中，旁若无人。"〔宋〕姚勉《水调歌头·寿赵倅》词："长庚入梦，间生采石锦袍仙。"梅溪，史达祖，号梅溪。

十九

江山吴越泪沾衣，斗尽才华事总非。

一曲丽真收拾了，渔阳却送水云归。

笺注

"江山"句：〔清〕朱彝尊、汪森编《词综》卷三十三辑宋宫人章丽真《长相思·送汪水云归吴》词："吴山秋，越山秋，吴越两山相对愁。长江不尽流。　风飕飕，雨飕飕，万里归人空白头。南冠泣楚囚。"

二十

檀槽生涩雨风知，拍遍千回合付谁。

个是人间断肠句，只应庄整写乌丝。

笺注

檀槽：檀木制成的琵琶、琴等弦乐器上架弦的槽格。亦指琵琶等乐器。〔唐〕李贺《感春》诗："胡琴今日恨，急语向檀槽。"王琦汇解："唐人所谓胡琴，应是五弦琵琶耳。檀槽，谓以紫檀木为琵琶槽。"

乌丝：即乌丝栏。指上下以乌丝织成栏，其间用朱墨界行的绢素。后亦指有墨线格子的笺纸。〔唐〕李肇《唐国史补》卷下："宋亳间，有织成界道绢素,谓之乌丝栏、朱丝栏。"〔宋〕袁文《瓮牖闲评》卷六:"黄素细密,上下乌丝织成栏,其间用朱墨界行,此正所谓乌丝栏也。"

《校〈明词综〉三首》

先大父碧巢先生既偕竹垞朱先生有《词综》之刻,后数年,复偕蓝村沈先生取有明一代之词,搜逸订讹,仍质诸竹垞,以续前辑。犹虑甄综未备,迟之晚年,竟愆剞劂。暇日出手钞本重校之,愿有以成先志也。因书其后。

一

洪武名流未可双,中间才调亦心降。

不应宴乐新书失,解事翻多自度腔。

笺注

洪武:明太祖朱元璋年号,公元1368-1398年。

才调:犹才气。多指文才。《晋书·王接传论》:"王接才调秀出,见赏知音,惜其夭柱,未申骥足。"

心降:犹心服。〔唐〕黄滔《答陈磻隐论诗书》:"自向叨希畋珠邱金穴、口讽心降之言,其复家传奥言、身周雄文者乎?"〔前蜀〕韦庄《和人岁晏旅舍见寄》:"意合论文后,心降得句初。"

"解事"句:明人多有自度曲。〔清〕沈雄《古今词话》"明人自度曲"条谓:"曹秋岳曰:乙丑夏日集澄晖堂,江子丹崖问,明词去取以何为则。余曰,自花间至元季调已盈千,安得再收自度。如王世贞之《怨朱弦》《小诺皋》、杨慎之《落灯风》《灼灼花》、屠隆之《青江裂石》《水漫声》。丹崖平日留心古调,询及明词如此。至若滕克恭有《谦斋稿》,陈谟有《海桑集》,俱元人而入明者。小词仅一二见,故亦不收也。"

二

用修元美迭称佳,那必琵琶调各谐。

末叶春风吹略遍,试携檀板教吴娃。

笺注

用修:杨慎(1488—1559),字用修,号升庵,新都(今四川成都)人。《岁寒居词话》:"明人词,以杨用修升庵为第一。"〔清〕冯金伯《词苑萃编》:"杨用修少时善琵琶,每自为新声度之。"

元美:王世贞(1526—1590),字元美,号凤洲,又号弇州山人,太仓(今江苏太仓)人。

"末叶"句:指明代后期词多写春风春雨之作。

吴娃:吴地美女。《文选·枚乘〈七发〉》:"使先施、征舒、阳文、段干、吴娃、闾娵、傅予之徒……嬿服而御。"李善注:"皆美女也。"《资治通鉴·周赧王二十年》:"主父初以长子章为太子,后得吴娃,爱之。"胡三省注:"吴楚之间谓美女曰娃。"

三

粉蠹精华卅载馀,赏心犹见手钞初。

正须枣木流传亟,幼妇尊前续一书。

笺注

赏心:心意欢乐。

枣木:指枣树的木材。质地坚硬,木纹细密,虫不易蛀,古代刻书多用枣木雕版。〔唐〕杜甫《李潮八分小篆歌》:"峄山之碑野火焚,枣木传刻肥失真。"

幼妇：少女。借指"妙"字。〔南朝宋〕刘义庆《世说新语·捷悟》："幼妇，少女也，于字为妙。"〔唐〕唐彦谦《送樊管司业归朝》诗："甾辛寻幼妇，醴酒忆先王。"

尊前：在酒樽之前。指酒筵上。〔唐〕马戴《赠友人边游回》诗："尊前语尽北风起，秋色萧条胡雁来。"〔南唐〕李煜《虞美人》词："笙歌未散尊前在，池面冰初解。"

章　恺
《论词绝句八首》

作者简介

　　章恺（1718—1770），字虞仲，号北亭，浙江嘉善人。乾隆十年（1745）进士，改庶吉士，授编修。有《北亭丛稿》《蕉雨秋房》《杏花春雨楼》词。

一

　　　　花间馀韵已销沉，俗调流传易浸淫。

　　　　要洗寻常筝笛耳，须凭天外玉箫音。

笺注

　　花间：即《花间集》，后蜀赵崇祚所编，辑录温庭筠等18位词人500首词作。

　　销沉：犹消沉，谓衰退没落。

　　浸淫：浸染、濡染。《汉书·食货志下》："富者不得自保，贫者无以自存，起为盗贼，依阻山泽，吏不能禽而覆蔽之，浸淫日广，于是青、徐、荆、楚之地往往万数。"〔唐〕韩偓《荷花》："浸淫因重露，狂暴是秋风。"

　　玉箫：玉制的箫或箫的美称。

二

　　　　玉柱钢筝雁作行，罗敷一曲艳歌长。

　　　　一池春水关何事，枉向东风暗断肠。

笺注

"**玉柱**"**句**：比喻筝上的弦柱斜如雁行。

罗敷：古代美女名。〔晋〕崔豹《古今注·音乐》："《陌上桑》出秦氏女子。秦氏，邯郸人，有女名罗敷，为邑人千乘王仁妻。王仁后为越王家令，罗敷出采桑于陌上，赵王登台见而悦之，因饮酒欲夺焉。罗敷乃弹筝，乃作《陌上歌》以自明焉。"或谓"罗敷"为女子常用之名，不必实有其人。

"**一池春水**"**句**：〔清〕冯金伯《词苑萃编》卷三引《南唐书》谓："元宗乐府云：'小楼吹彻玉笙寒。'延巳有'风乍起，吹皱一池春水'之句，皆为警策。元宗尝戏延巳曰：'吹皱一池春水，干卿何事。'延巳对曰：'未如陛下"小楼吹彻玉笙寒"。'元宗悦。"

三

柳岸风情尽自夸，繁声无奈近淫哇。

佳人自有阳关曲，莫信儿童汲井华。

笺注

"**柳岸**"**句**：柳永《雨霖铃》词有"杨柳岸、晓风残月"句。

"**繁声**"**句**：〔清〕邓廷桢《双砚斋词话》："柳耆卿以词名景祐、皇祐间。《乐章集》中，冶游之作居其半，率皆轻浮猥媟，取誉筝琶。如当时人所议，有教坊丁大使意。惟《雨霖铃》之'今宵酒醒何处，杨柳岸晓风残月'，《雪梅香》之'渔市孤烟袅寒碧'，差近风雅。《八声甘州》之'渐霜风凄紧，关河冷落，残照当楼'，乃不减唐人语。'远岸收残雨'一阕，亦通体清旷，涤尽铅华。昔东坡读孟郊诗作诗云：'寒灯照昏花，佳处时一遭。孤芳擢荒秽，苦语馀诗骚。'吾于屯田词亦云。"淫哇，淫邪之声（多指乐曲诗歌）。《文选·嵇康〈养生论〉》："目惑玄黄，耳务淫哇。"李善注："《法言》曰：'哇则郑'；李轨曰：'哇，邪也。'"

阳关曲：琴曲名。即《阳关三叠》，又称《渭城曲》。因唐王维《送元二使安西》诗"渭城朝雨浥轻尘，客舍青青柳色新。劝君更尽一杯酒，西出阳关无故人"而得名。后入乐府，以为送别之曲，反复诵唱，遂谓之《阳关三叠》。

"莫信"句：〔宋〕叶梦得《避暑录话》谓："尝见一西夏归朝官云：凡有井水饮处，即能歌柳词。"儿童汲井华，杜甫《大云寺赞公房》诗："童儿汲井华，惯捷瓶上手。"井华，清晨初汲的水。

四

罗衫画扇可怜春，花底吹笙韵绝尘。

传语教坊雷大使，铜琶铁板太惊人。

笺注

罗衫：丝织衣衫。

"传语"句：〔宋〕陈师道《后山诗话》："退之以文为诗，子瞻以诗为词，如教坊雷大使之舞，虽极天下之工，要非本色。"

"铜琶"句：〔宋〕俞文豹《吹剑续录》："子瞻在玉堂日，有幕士善歌。因问：'我词何如柳七？'对曰：'柳郎中词，只合十七八女郎，执红牙板，歌杨柳岸晓风残月。学士词，须关西大汉，铜琵琶、铁绰板，唱大江东去。'东坡为之绝倒。"

五

秀骨清魂画亦难，千秋白石压词坛。

暗香疏影春风意，淡月黄昏一笛寒。

笺注

秀骨：不凡的气质。

清魂：纯洁的魂魄。

白石：姜夔，号白石道人。

"暗香"句：姜夔有《暗香》《疏影》二词。

"淡月"句：姜夔《暗香》词有"旧时月色，算几番照我，梅边吹笛"句。

六

七宝楼台耀眼光，半空飞影入云长。

玉田妙境谁能会，万里冰壶月正凉。

笺注

七宝楼台：〔宋〕张炎《词源》卷下："吴梦窗词如七宝楼台，眩人眼目，碎拆下来，不成片段。"

玉田：张炎（1248—1320？），字叔夏，号玉田，又号乐笑翁。

"万里"句：张炎《凄凉犯·北游道中寄怀》词："待击歌壶，怕如意、和冰冻折。且行行，平沙万里尽是月。"

七

自唱清词依玉箫，花梢枝上彩霞高。

锦鲸去后风流绝，漫谱新声《小诺皋》。

笺注

"锦鲸"句：周密《玉漏迟·题吴梦窗〈霜花腴词集〉》词上阕："老来欢意少。锦鲸仙去，紫霞声杳。怕展金奁，依旧故人怀抱。犹想乌丝醉墨，惊俊语、香红围绕。闲自笑。与君共是，承平年少。"

小诺皋：词牌名，王世贞自度曲。见第108页注。

八

南渡风流唱和齐,清才只在浙东西。

一尊剩载江湖酒,苍玉丛寒梦未迷。

笺注

"**南渡**"句:南宋末年王沂孙、周密等人相与唱和,成《乐府补题》,为清代浙西词派所推崇。

"**清才**"句:清代前期,朱彝尊等浙西词人,推尊南宋姜、张,标举风雅,遂成浙西词派。清才,卓越的才能。〔唐〕刘禹锡《裴相公大学士见示因命追作》诗:"不与王侯与词客,知轻富贵重清才。"

"**一尊**"句:朱彝尊有词集《江湖载酒集》。

冯 浩

《题汪孟鋗〈理冰词〉》

作者简介

冯浩（1719—1801），字养吾，号孟亭，浙江桐乡人。乾隆十三年（1748）进士。由编修官至山东道监察御史。有《孟亭文集》。

一

纵横文阵逞雄师，馀事犹矜绮丽为。

倚得新声成绝调，好拈斑管写乌丝。

笺注

绮丽：形容辞藻华丽。〔汉〕刘桢《公宴》诗："投翰长叹息，绮丽不可忘。"唐李白《古风》之一："自从建安来，绮丽不足珍。"

新声：新作的乐曲；新颖美妙的乐音。

斑管：毛笔。以斑竹为杆，故称斑管。〔唐〕王邕《怀素上人草书歌》："铜瓶锡杖倚闲庭，斑管秋毫多逸意。"

乌丝：即乌丝栏。指上下以乌丝织成栏，其间用朱墨界行的绢素。后亦指有墨线格子的笺纸。

二

遗书万卷细披寻，裘杼楼中有嗣音。

自执红牙轻按拍，酒阑灯炧一微吟。

笺注

"遗书"二句：〔清〕朱彝尊《曝书亭集·小方壶存稿序》："休宁汪晋贤氏，徙居梧桐乡。营碧巢当吟窝，筑华及之堂，以燕兄弟宾客。建裘杼楼，以藏典籍。其曰小方壶者，郡城东角里之书屋也。……晋贤仕为桂林通判，调太平，迁知郑州事，未赴。"《嘉兴府志》："秀水汪孟鋗，字康古，弟仲鈖，字丰玉。家故饶，至孟鋗时渐落，而先世裘杼楼万卷之藏书故在，孟鋗兄弟搜讨其间。乾隆庚午（1750），孟鋗兄弟举于乡。丙戌（1766），孟鋗成进士，有《厚石斋诗集》。仲鈖有《桐石斋诗集》。"

红牙：乐器名。檀木制的拍板，用以调节乐曲的节拍。〔宋〕司马光《和王少卿十日与留台国子监崇福宫诸官赴王尹赏菊之会》："红牙板急弦声咽，白玉舟横酒量宽。"

灯灺：灯烛熄灭。

三

曲江犹未啖红绫，名士风流野态增。

标格诗才都耐冷，头衔合署一条冰。

笺注

"曲江"句：〔宋〕叶梦得《避暑录话》卷下："唐御膳以红绫饼餤为重。昭宗光化中，放进士榜，得裴格等二十八人，以为得人。会燕曲江，乃令太官特作二十八饼餤赐之。卢延让在其间。后入蜀为学士。既老，颇为蜀人所易。延让诗素平易近俳，乃作诗云：'莫欺零落残牙齿，曾吃红绫饼餤来。'"

标格：风范，风度。《艺文类聚》卷七七引北魏温子昇《寒陵山寺碑序》："大丞相渤海王，命世作宰，惟机成务。标格千仞，崖岸万里。"

"头衔"句：宋时陈彭年在翰林院当官，所兼十余职，俱是文翰清秘之类，时人称其署衔为一条冰，意味官职清贵。

四

摊书觅句足相伴,人海中间只影藏。

忧尔情同冰氏子,不烦得热乞良方。

笺注

摊书:摊开书本,谓读书。〔唐〕杜甫《又示宗武》诗:"觅句知新律,摊书解满床。"

相伴:亦作"相羊"。亦作"相佯"。徘徊,盘桓。《楚辞·离骚》:"折若木以拂日兮,聊逍遥以相羊。"洪兴祖补注:"相羊,犹徘徊也。"

"忧尔"二句:〔晋〕王沉《释时论》:"东野丈人观时以居,隐耕污脽之墟。有冰氏之子者,出自沍寒之谷,过而问途。丈人曰:'子奚自?'曰:'自涸阴之乡。''奚适?'曰:'欲适煌煌之堂。'丈人曰:'入煌煌之堂者,必有赫赫之光,今子困于寒而欲求诸热,无得热之方。'冰子瞿然曰:'胡为其然也?'丈人曰:'融融者皆趣热之士,其得炉冶之门者,惟挟炭之子。苟非斯人,不如其已。'"(转引自《晋书·文苑列传·王沉传》)

汪孟锴
《题本朝词》

作者简介

汪孟锴（1721—1770），字康古，号厚石，汪森之孙，秀水（今浙江嘉兴）人。乾隆三十一年（1766）进士，官吏部主事。有《厚石斋集》。

一

落魄江湖载酒行，首低心下玉田生。

《洞仙歌》冷平生梦，绮语尤难字字清。

（朱检讨彝尊）

笺注

"落魄"句：杜牧《遣怀》："落魄江湖载酒行，楚腰纤细掌中轻。十年一觉扬州梦，赢得青楼薄倖名。"朱彝尊有词集《江湖载酒集》。

"首低"句：朱彝尊标举南宋，推尊姜张。玉田生，张炎。

洞仙歌：朱彝尊《洞仙歌》："隔年芳信，要同衾元夕。比及归时小寒食。怅鸭头船返，桃叶江空，端可惜、误了兰期初七。　易求无价宝，惟有佳人，绝世倾城再难得。薄命果生成，小字亲题，认点点、泪痕犹浥。怪十样、蛮笺旧曾贻，只一纸私书，更无消息。"

二

画壁旗亭意兴淹，青山泪墨一时沾。

须眉傅粉人言激，谁个风骚似此髯。

（陈检讨维崧）

笺注

画壁旗亭：见前第65页注。

"须眉"句：陈维崧《满江红·怅怅词》有"誓从今傅粉上须眉，簪歌钏"句。

"谁个"句：陈维崧多须髯，人称"陈髯"。徐珂《近词丛话》："宜兴陈其年检讨维崧，少清臞，冠而于思，须浸淫及颧准，侪辈号为陈髯。"

三

多情结托后生缘，已已今生倍惘然。

怪道鸡林等声价，人间重见柳屯田。

（顾舍人贞观与纳兰侍卫成德交最善也）

笺注

结托：结交依托。〔晋〕陶潜《神释》诗："结托善恶同，安得不相语。"

已已：已，休止。迭用以加重语气。〔晋〕王羲之《杂帖》："岂图凶问奄止，痛惋情深，半年之中，祸毒至此，寻念相催，不能已已。"

"怪道"句：〔清〕冯金伯《词苑萃编》卷十八："礼部定例，每年，宁古塔人应往朝鲜国会宁地方交易一次。……康熙十七年，吴江吴孝廉兆骞，因丁酉科场事，久戍宁古塔，将《菊庄词》及成容若《侧帽词》、顾梁汾《弹指词》三本，与骁骑校带至会宁地方。有东国会宁都护府记官仇元吉、前观察判官徐良崎见之，用金一饼购去，乃各题一绝于左。"鸡林，古国名。即新罗。东汉永平八年（65），新罗王夜闻金城西始林间有鸡声，遂更名鸡林。元稹《白氏长庆集序》："鸡林贾人求市颇切。自云：本国宰相，每以一金换一篇，其甚伪者，宰相辄能辨别之。自篇章已来，未有如是流传之广者。"

柳屯田：柳永。

四

吾州最数侍郎曹,伯仲苏辛尽自豪。

独立秋风愁绝晚,浙江潮影一时高。（曹侍郎溶）

> **笺注**
>
> **侍郎曹**：曹溶入清后历官户部右侍郎等职。
>
> **"伯仲"句**：曹溶《〈古今词话〉序》："豪旷不冒苏辛,秾褻不落周柳者,词之大家也。"伯仲,比喻人或事物不相上下,难分优劣高低。
>
> **"独立"二句**：曹溶《满江红·钱塘观潮》词："浪涌蓬莱,高飞撼、宋家宫阙。谁盈激、灵胥一怒,惹冠冲发。点点征帆都卸了,海门急鼓声初发。似万群、风马骤银鞍,争超越。 江妃笑,堆成雪。鲛人舞,圆如月。正危楼湍转,晚来愁绝。城上吴山遮不住,乱涛穿到严滩歇。是英雄、未死报仇心,秋时节。"

五

江南只今贺梅子,不是涪翁信笔夸。

直得渔洋一诗老,也填小令占桐花。（王尚书士禛）

> **笺注**
>
> **"江南"二句**：黄庭坚《寄贺方回》诗："解作江南断肠句,只今唯有贺方回。"涪翁,黄庭坚号。
>
> **"直得"二句**：王士禛《蝶恋花·闺怨》词有"郎似桐花,妾似桐花凤"之句,颇为时人所赏,有"王桐花"之誉。陈廷焯《白雨斋词话》："渔洋小令,能以风韵胜,仍是做七绝惯技耳。然自是大雅,但少沉郁顿挫之致。昔人谓渔洋词为诗掩抑,又过矣。"

六

百家宜较六家赅，二李清新总别裁。

拟向庐陵花萼集，忖量犹欠长君才。

（李征士武曾及其弟分虎）

笺注

百家：南宋时有词集丛刻《百家词》。

六家：清前期龚翔麟辑朱彝尊、李良年、李符、沈皞日、沈岸登、龚翔麟等六人词集，刻为《浙西六家词》。

二李：李良年（1635—1694），字武曾，号秋锦，浙江秀水人。李符（1639—1689），字分虎，号耕客，又号桃乡，李良年之弟。

别裁：别出心裁。

庐陵花萼集：〔宋〕陈振孙《直斋书录解题》："《李氏花萼集》五卷，庐陵李氏兄弟五人：洪子大、漳子清、泳子永、浍子召、涮子秀，皆有官阀。"

七

风情宛与宋人俱，秋水如云定有无。

零落遂初存几阕，擅场未必后来输。（严中允绳孙）

笺注

"风情"二句：严绳孙（1623—1702），字荪友，号藕渔，又作藕塘渔人，无锡人，有词集《秋水词》。严绳孙工于小令，厉鹗《论词绝句》谓："独有藕渔工小令，不教贺老占江南。"

遂初：早先，以前。

擅场：压倒全场。指技艺高超出众。

八

红豆词人谱艺香,扬州花月尽商量。

不知何预春闺女,酒祝东风寸断肠。（吴太守绮）

笺注

"红豆"句：吴绮（1619—1694），字薗次，一字丰南，号绮园，又号听翁。江都（今江苏扬州）人，有《艺香词》。吴绮小令多写风月，其《醉花间·春闺》词有"种出双红豆"句，颇为流传，因有"红豆词人"之称。

"不知"二句：吴绮《醉花间·春闺》词："思时候，忆时候，时与春相凑。把酒祝东风，种出双红豆。　鸦啼门外柳，逐渐教人瘦。花影暗窗纱，最怕黄昏又。"

九

稀闻日下倚声客,词馆当时剔蹶休。

寂寞犹存老参政,旧于宫调得源流。（楼参政俨）

笺注

日下：指京都。古代以帝王比日，因以皇帝所在地为"日下"。

剔蹶：犹纠缠。〔南朝宋〕刘义庆《世说新语·政事》："阁东，有大牛，和峤鞅，裴楷秋，王济剔蹶不得休。"

"旧于"句：楼俨颇工词乐，著有《四声二十八调考略》《白云词谱考略》《词韵入声考略》《吴江沈氏宫谱》《蓑笠轩仅存稿》等词书。

楼参政俨：楼俨（1669—1745），字敬思，号西浦，浙江义乌人。官至江西按察使。

十

宋元甄综有余师,潜采方壶共主持。

漫浪人间寻野鹤,扣桐自味一家词。

(先碧巢公著《桐扣词》)

笺注

甄综:综合分析,鉴定品评。

方壶:汪莘,字叔耕,号方壶居士,有《方壶词》三卷。《蕙风词话》卷二:"方壶居士词,其独到处,能淡而瘦。"

野鹤:汪森《词综序》:"窃谓白石一家,如闲云野鹤,超然物外,未易学步。"

桐扣:江森字晋贤,一字碧巢。官户部郎中。有《小方壶存稿》十五卷、《桐扣词》三卷。

朱方蔼
《论词绝句二首》

作者简介

朱方蔼（1721—1786），字吉人，号春桥，浙江桐乡人。彝尊族孙。贡生。有《春桥草堂诗集》。

一

酒阑蟋蟀语秋塘，信是愁吟伴庾郎。

赋物却能超物外，苔枝缀玉写疏香。

笺注

"**酒阑**"二句：姜夔《齐天乐》词序谓："丙辰岁，与张功父会饮张达可之堂。闻屋壁间蟋蟀有声，功父约予同赋，以授歌者。"其词有"庾郎先自吟愁赋，凄凄更闻私语"句。酒阑，谓酒筵将尽。《史记·高祖本纪》："酒阑，吕公因目固留高祖。"裴骃集解引文颖曰："阑言希也。谓饮酒者半罢半在，谓之阑。"

庾郎：庾信。庾信有《愁赋》，今本庾集不载。

物外：世外，谓超脱于尘世之外。

"**苔枝**"句：〔宋〕姜夔《疏影》词首句："苔枝缀玉，有翠禽小小，枝上同宿。"疏香，指姜夔自度曲《暗香》《疏影》。

二

梅溪竹屋共中仙,妙笔终应让玉田。

不独当时唤春水,相思孤雁亦流传。

笺注

梅溪:史达祖,号梅溪。

竹屋:高观国,号竹屋。

中仙:王沂孙,号中仙。

玉田:张炎,字叔夏,号玉田。

"不独"句:〔清〕冯金伯《词苑萃编》卷五:"叔夏《春水》一词,绝唱今古,人以'张春水'目之。"

"相思"句:张炎有《解连环》咏孤雁词,亦颇有名。〔清〕冯金伯《词苑萃编》卷五引《草窗词选》云:"乐笑翁张炎词,如'荒桥断浦,柳阴撑出渔舟小',赋春水入画。其咏孤雁云:'自顾影,欲下寒塘,正沙净草枯,水平天远。写不成书,只寄得相思一点。'如此等语,虽丹青难画矣。"

汪仲铅
《题陆南香〈白蕉词〉后》

作者简介

汪仲铅,字丰玉,号桐石,秀水(今浙江嘉兴)人。乾隆十五年(1750)举人。有《桐石草堂集》。

一

词派相沿异实同,传心两字是清空。

擅场如此今安有,一瓣香呈乐笑翁。

笺注

陆南香:陆培(1686—1752),字翼凤,号南香,平湖人,雍正二年(1724)进士。先东流县令,后主讲当湖、九峰两书院,善填词,致力于诗,著《白蕉词》四卷。

"词派"句:陆培词亦推尊南宋。

传心:佛教禅宗指传法。初祖达摩来华,不立文字,直指人心,谓法即是心,故以心传心,心心相印。见唐希运《传心法要》。

清空:空灵神韵。谓摄取事物的神理而遗其外貌,特指词的境界。〔宋〕张炎《词源·清空》:"词要清空,不要质实;清空则古雅峭拔,质实则凝涩晦昧。姜白石词如野云孤飞,去留无迹。"又,《词源·意趣》:"东坡中秋《水调歌》云:'明月几时有,……'姜白石《暗香》赋梅云:'旧时月色,……'《疏影》云:'苔枝缀玉,……'此数词皆清空中有意趣,无笔力者未易到。"

擅场:《文选·张衡〈东京赋〉》:"秦政利嘴长距,终得擅场。"薛综注:"言秦以天下为大场,喻七雄为斗鸡,利喙长距者终擅一场也。"谓强者胜过弱者，专据一场。后谓技艺超群。

"一瓣"句：陈廷焯《白雨斋词话》卷四："陆南芗《白蕉词》四卷，全祖南宋，自是雅音。但无宋人之深厚，不耐久讽也。"一瓣香，犹一炷香。后以"一瓣香"指师承或仰慕某人。〔宋〕陈师道《观宠文忠公家六一堂图书》诗："向来一瓣香，敬为曾南丰。"乐笑翁，张炎，号乐笑翁。

二

凭将好景袚清愁，岸柳汀芦占断秋。

九派寒潮一九月，倚声人在弄珠楼。

笺注

"凭将"句：〔宋〕姜夔《翠楼吟》词下阕："此地，宜有词仙，拥素云黄鹤，与君游戏。玉梯凝望久，叹芳草萋萋千里，天涯情味。仗酒袚清愁，花销英气。西山外，晚来还卷，一帘秋霁。"袚，扫除，解除。清愁，凄凉的愁闷情绪。〔宋〕陆游《枕上作》诗："犹有少年风味在，吴笺著句写清愁。"

九派：平湖东湖由九条河流汇聚而成，故曰九派。

弄珠楼：平湖旧有弄珠楼，万历三十三年（1605）萧鸣甲就任平湖知县，在大瀛洲建成五间新楼，他请曾在平湖教过书的董其昌题写匾额，为"弄珠楼"，董其昌又写了《寄题萧使君弄珠楼二首》，诗中有"一自明珠还海曲，采风应到弄珠谣"的佳句。

三

履綦来印绿苔纹，棐几筠帘对夕曛。

最爱名谭车炙輠，桂花如霰欲留君。

笺注

履綦：足迹，踪影。《汉书·外戚传下·孝成班婕妤》："俯视兮丹墀，思君兮履綦。"颜师古注："言视殿上之地，则思履綦之迹也。"

棐几：用棐木做的几桌。亦泛指几桌。《晋书·王羲之传》："尝诣门生家，见棐几滑净，因书之，真草相半。"

筠帘：竹帘。

炙輠：本作"炙毂过"。过为"輠"的假借字。輠，古时车上盛贮油膏的器具。輠烘热后流油，润滑车轴。比喻言语流畅风趣。《史记·孟子荀卿列传》："谈天衍，雕龙奭，炙毂过髡。"〔宋〕宋祁《钤辖冒上阁就移知雄州》诗："背剑车炙輠，径秦骖舞綷。"

"桂花"句：〔唐〕王维《崔九弟欲往南山马上口号与别》诗："城隅一分手，几日还相见。山中有桂花，莫待花如霰。"

四

甄综卷分三十六，缥厨手泽故依然。

搜遗群玉群珠外，梨枣端须续续镌。

（君有词选名《丽则集》，多补余家所刻《词综》未备）

笺注

甄综：综合分析，鉴定品评。《三国志·蜀志·庞统传》："顾子（顾劭）可谓驽牛能负重致远也。"裴松之注引晋张勃《吴录》："劭就统宿，语，因问：'卿名知人，吾与卿孰愈？'统曰：'陶冶世俗，甄综人物，吾不及卿。论帝王之秘策，揽倚伏之要最，吾似有一日之长。'"

手泽：犹手汗。后多用以称先人或前辈的遗墨、遗物等。

梨枣：旧时刻版印书多用梨木或枣木，故以"梨枣"为书版的代称。

沈　初
《编旧词存稿，作论词绝句十八首》

作者简介

沈初（1729—1799），字景初，号萃岩，又号云椒，浙江平湖人。少有异禀，乾隆二十七年（1762），南巡，召试，赐举人，授内阁中书。历官礼部右侍郎、福建学政、兵部侍郎、顺天学政、三通馆副总裁、兵部、吏部、户部尚书、实录馆副总裁等，有《兰韵堂诗文集》等。

一

南朝乐府最清妍，建业伤心万树烟。

谁料简文宫体后，李王风致更翩翩。

笺注

清妍：美好。

建业：今江苏南京市。汉秣陵县，三国吴改为建业。晋愍帝司马邺即位，以避讳改为建康。吴、东晋、南朝都建都于此，南唐亦都于此。

简文：南朝梁简文帝萧纲。

宫体：一种诗体，内容度描写宫廷生活和男女私情。形式上追求词藻靡丽，始于梁简文帝萧纲。"纲辞藻艳发，所为诗伤于轻艳，当时号为宫体。"〔明〕陆时雍《诗镜总论》卷五云："简文诗多滞色腻情，读之如半醉憨情，恹恹欲倦。"

李王：指南唐中主李璟、后主李煜。

风致：风神韵致。

翩翩：形容风采、文辞的美好。

二

助教新词《菩萨蛮》，司徒绝调《醉花间》。

晚唐诗格无过此，莫道诗家降格还。

笺注

助教：温庭筠曾为国子助教。南宋绍兴十八年（1148）所刻晁谦之跋本《花间集》中收温庭筠词时，题作"温助教庭筠"。《花间集》中收其《菩萨蛮》词十四首，历来评价较高。如明人汤显祖曰：温庭筠《菩萨蛮》词"如芙蓉浴碧，杨柳浥青，意中之意，字外之言，无不巧隽而妙入"。（汤评本《花间集》卷一）

司徒：毛文锡，曾官翰林学士承旨，拜司徒，其《醉花间》词曰："休相问，怕相问，相问还添恨。春水满堂生，鸂鶒还相趁。　昨晚雨霏霏，临明寒一阵。偏忆戍楼人，久绝边庭信。"

三

蓝罗裙子束纤腰，特地吟魂几度消。

曲子相公和学士，可如江令在南朝。

笺注

"蓝罗裙子"句：和凝《何满子》词："正是破瓜年几，含情惯得人饶。桃李精神鹦鹉舌，可堪虚度良宵。却爱蓝罗裙子，羡他长束纤腰。"李冰若《栩庄漫记》："'却爱蓝罗裙子，羡他长束纤腰'为和词名句。其源盖出于张平子《定情诗》，陶公《闲情赋》尚在其后。"

"曲子相公"：〔宋〕孙光宪《北梦琐言》卷六曰："凝少年时，好为曲子词，布于汴、洛，洎入相，专托人收拾焚毁不暇。契丹入夷门，号为'曲子相公'。"

江令：南朝梁江淹、陈江总皆有文名，淹为建平王记室，带东武令，总官至尚书令，后来诗文中称为江令。李商隐《南朝》诗："满宫学士皆颜色，江令当年只费才。"指江总。〔元〕王恽《梦升天》诗："彤管梦传江令第，紫袍归抱上岩端。"指江淹。江淹少时，梦人授五色笔；《南史·江淹传》中载，"晚年才思微退。……尝宿于冶亭，梦一丈夫自称郭璞，谓淹曰：'吾有笔在卿处多年，可以见还。'淹乃探怀中得五色笔一以授之。尔后为诗，绝无美句，时人谓之才尽。"也就是后人所谓"江郎才尽"。

四

晏家父子擅清华，欧九风神更足夸。

若准沧浪论诗例，须从开宝数名家。

笺注

"晏家"句：晏家父子，指晏殊与其子晏几道。〔宋〕王灼《碧鸡漫志》卷二云："晏元献公、欧阳文忠公，风流蕴藉，一时莫及，而温润秀洁，亦无其其匹。……叔原词如金陵王谢子弟，秀气胜韵，得之天然，将不可学。"〔清〕冯煦《六十一家词选·例言》云："晏同叔去五代未远，馨烈所扇，得之最先，故左宫右徵，和婉而明丽，为北宋倚声家初祖。"况周颐《蕙风词话》云："《小山词》从《珠玉》出，而成就不同，体貌各具。《珠玉》比花中牡丹，《小山》其文杏乎？"清华，清丽华美。多指文章。

"欧九"句：欧九，宋欧阳修，因其在兄弟行次居九，故称。〔宋〕曾慥《乐府雅词序》云："欧公一代儒宗，风流自命，词章窈眇，世所矜式。"〔清〕冯煦《宋六十一家词选例言》："宋至文忠公始复古，天下翕然师尊之，风尚为之一变。即以词言，亦疏隽开子瞻，深婉开少游。"

"若准"句：沧浪，南宋严羽字仪卿，号沧浪逋客，所著《沧浪诗话》是宋代最系统、最有理论深度之作。论诗例，指严羽在《沧浪诗话》中第一次将唐代诗歌按历史发展时期，分为初唐体、盛唐体、大历体、元和体、晚唐体等五体，影响很大。

"须从"句：开宝，宋太祖年号（968—976）。开宝时词坛上尚无名家，惟王禹偁、寇准勉强可入此时；而范仲淹（989—1052）、柳永（980？—1053？）、张先（990—1078）、晏殊（991—1055）等，都是开宝以后才登上词坛的名家。

五

处士高风不近时，却看山色解相思。

东篱亦有《闲情赋》，何必江郎管别离。

笺注

"处士"二句：〔明〕杨慎《词品》卷三："林君复惜别《长相思》词云：'吴山青，越山青，两岸青山相送迎。谁知离别情。 君泪盈，妾泪盈，罗带同心结未成。江头潮已平。'甚有情致。"〔清〕彭孙遹《金粟词话》云："林处士梅妻鹤子，可称千古高风矣。乃其惜别词，如，'吴山青，越山青'一阕，何等风致，《闲情》一赋，讵必玉瑕珠颣耶。"

东篱：〔晋〕陶渊明《饮酒》诗之五："采菊东篱下，悠然见南山。"后常指种菊之处。这里代指陶潜。

闲情赋：晋陶渊明作。此赋写爱情之流荡，乃言情之作。

"何必"句：江郎，南朝梁江淹，少有文名，世称江郎。有《别赋》。

六

山抹微云秦学士，露花倒影柳屯田。

就中气韵差分别，始信文章品最先。

笺注

"山抹"二句：山抹微云，秦观《满庭芳》词首句："山抹微云，天粘衰草。"露花倒影，柳永《破阵乐》词首句："露花倒影，烟芜蘸碧。"〔宋〕叶梦得《避暑录话》卷三曰："秦观少游亦善为乐府，语工而入律，知乐者谓之作家歌。……《满庭芳》词，而首言'山抹微云，天粘衰草'尤为当时所传。苏子瞻于四学士中最善少游，故他文未尝不极口称善，岂特乐府。然犹以气格为病，故常戏云：'山抹微云秦学士，露花倒影柳屯田。'"

气韵：指文章、书画的风格、意境或韵味。〔清〕方东树《昭昧詹言》曰："读古人诗，须观其气韵。气者，气味也；韵者，态度风致也。如对名花，其可爱处，必在形式之外。气韵分雅俗，意象分大小高下，笔势分强弱，而古人妙处十得六七矣。"

差：尚；略。

七

南渡名流间世才，眉山以后一宗开。

江淮满眼神州泪，笑杀刘生见鬼来。

笺注

"南渡"二句：谓南渡以后，辛弃疾等人继轨东坡，蔚为一宗，成稼轩词派。苏轼眉州眉山人。晁无咎云："眉山公之词短于情，盖不更此境耳。"（引自王若虚《滹南诗话》）〔明〕毛晋《龙洲词跋》云："宋子虚称为天下奇男子。平生以气义撼当世，其词淑然，读者感然。" 又，"好谈古今治乱，喜论兵。曾上书陈献恢复之策。一生未入仕（故以名流称之），但始终不忘恢复国土。"

"笑杀"句：〔宋〕岳珂《桯史》卷二："嘉泰癸亥岁，改之在中都，时辛稼轩弃疾帅越，闻其名，遣介招之。适以事不及行，作书归辂者。因效辛体《沁园春》一词，并缄往，下笔便逼真。其词曰：'斗酒彘肩，醉渡浙江，岂不快哉！被香山居士，约林和靖，与苏公等，驾勒吾回。坡谓西湖正如西子，浓抹淡妆临照台。诸人者，都掉头不顾。只管传杯。 白云天竺去来，图画里、峥嵘楼观开，看纵横一涧，东西水绕，两山南北，高下云堆。

逋曰不然，暗香疏影，只可孤山先探梅。蓬莱阁访稼轩未晚，且此徘徊。'辛得之大喜，致馈数百千，竟邀之去。馆燕弥月，酬唱亹亹，皆似之，逾喜。垂别，周之千缗，曰：'以是为求田资。'改之归，竟荡于酒，不问也。词语峻拔，如尾腔，对偶错综，盖出唐王勃体而又变之。余时与之饮西园，改之中席自言，掀髯有得色，余率然应之曰：'词句固佳，然恨无刀圭药，疗君白日见鬼证耳！'坐中烘堂一笑。既而别去，如昆山，大姓某氏者爱之，女焉。余未及瓜，而闻其讣。"〔宋〕张炎《词源》卷下："辛稼轩、刘改之作豪气词，非雅词也。于文章馀暇戏弄笔墨，为长短句之诗耳。"〔清〕张宗橚《词林纪事》卷十一引俞文豹《吹剑录》："此词虽粗而局段高。与三贤游，固可睨视稼轩。视林、白之清致，则东坡所谓'淡妆浓抹'已不足道。稼轩富贵，焉能浼我哉？"刘熙载《艺概》卷四："刘改之词狂逸之中自饶俊致，虽沉着不及稼轩，足以自成一家。"

八

后来都爱玉田词，似水洮洮意态随。

难得梦窗才调富，又教脂粉污天姿。

笺注

玉田：张炎，字叔夏，号玉田。

洮洮：即淘淘，大水貌。

梦窗：吴文英，字君特，号梦窗。

"又教"句：谓吴文英词伤于词采过富，失其自然之美。脂粉，胭脂和香粉。比喻诗文中的艳丽风格。天姿，天赋之资质；天然之材质。

九

梅溪竹屋斗清新，体物幽思妙入神。

那及鄱阳姜白石，天然标格胜于人。

笺注

梅溪：史达祖，号梅溪。

竹屋：高观国号竹屋。与史达祖友善，常互相唱和，其词亦与史达祖齐名。〔宋〕陈造《竹屋词》序云："高竹屋与史达祖皆周、秦之词。所作要是不经人道语。其妙处，少游、美成亦未及也。"（见毛晋《宋六十名家词·竹屋词跋》）

"那及"句：〔清〕陈廷焯《词坛丛话》："白石词如白云在空，随风变灭，独有千古。同时史达祖、高观国两家，直欲与白石并驱，然终让一步……惟玉田词，风流疏快，视白石稍逊，当与梅溪、竹屋并峙千古。"〔清〕陈廷焯《白雨斋词话》卷二："竹屋、梅溪并称，竹屋不及梅溪远矣。梅溪全祖清真，高者几于具体而微。论其骨韵，犹出梦窗之右。又彭骏孙云：'南宋词人如白石、梅溪、竹屋、梦窗、竹山诸家之中，当以史邦卿为第一。'……此论推扬太过，不当其实，……然则梅溪号佳，亦何能超越白石，而与清真抗哉？"蒋兆兰《词说》："史梅溪词，以幽秀胜。张功甫称其有环奇警迈、清新闲远之长，良是。戈顺卿列之七家，允为无忝。"

十

百行何堪绳晚世，独于闺阁检行藏。

黄昏却下潇潇雨，终使词人为断肠。

笺注

百行：各种品行。《诗·卫风·氓》"士之耽兮，犹可说也"，汉郑玄笺："士有百行，可以功过相除。"

绳：约束。

晚世：末世。

行藏：指出处或行止。《论语·述而》："用之则行，舍之则藏。"

"黄昏"句：朱淑真《蝶恋花》（一题作送春）词："楼外垂杨千万缕，欲系青春，少住春还去。犹自风前飘柳絮，随春且看归何处。　绿满（一作满目）山川闻杜宇。便做无情，莫也愁人意（一作苦）。把酒送春春不语，黄昏却下潇潇雨。"〔清〕李佳《左庵词话》卷上："朱淑真词《蝶恋花》云：'楼外……黄昏却下潇潇雨。'情致缠绵，笔底竟无沉闷。"

十一

词曲源流大不同，舞筵翻唱玉玲珑。

谁教儳入词林里，不信《离骚》补《国风》。

笺注

玉玲珑：形容清越的声音。〔唐〕白居易《筝》诗："甲鸣银玓瓅，柱触玉玲珑。"

离骚：战国时期屈原长篇抒情诗。

国风：《诗经》中的重要组成部分。包括周南、召南、邶、鄘、卫、王、郑、齐、魏、唐、秦、陈、郐、曹、豳，共160篇。

十二

弯弯月子照湖州，裙衩芙蓉一段秋。

听去江城风调古，宛然张泌是青丘。

笺注

"弯弯"二句：高启《江城子·江上偶见》词："芙蓉裙钗最宜秋。柳边头。自撑舟。一道眼波，斜共晚波流。蓦地逢人回首笑，不识恨，却知羞。　夕阳犹在水西楼。慢归休。欲相留。教唱弯弯，月子照湖州。不怕鸳鸯惊起了，怕江上，有人愁。"

张泌：字子澄，花间词人，今存词27首，多为艳情之作。

青丘：高启（1336—1373），字季迪，自号青丘子，长洲（今江苏苏州）人。曾作有《青丘子歌》。

十三

作家本色最难能，骚雅谁兼谱慢声。

绝倒诗人杨孟载，弇州只解作词评。

笺注

杨孟载：杨基（1326—1378?），字孟载，号眉庵，原籍嘉州（今四川乐山）。生长于吴中（今江苏苏州），元末，曾入张士诚幕府，为丞相府记室，后辞去。明初为荥阳知县，累官至山西按察使，后被谗夺官，罚服劳役，死于工所。〔清〕陈廷焯《词坛丛话》："词至于明，而词亡矣。明初如杨孟载、高季迪、刘伯温辈，温丽芊绵，去两宋不远。"

"弇州"句：〔明〕王世贞有《弇州山人词评》。弇州，王世贞（1526—1590），字元美，号凤洲，又号弇州山人，太仓（今属江苏）人。有《弇州山人四部稿》等。

十四

一编漱玉总工愁，零落残魂黯不收。

却唱桐花新乐府，扬州司理最风流。

笺注

漱玉：李清照有词集《漱玉词》。

桐花：〔清〕陈廷焯《白雨斋词话》卷三："渔洋小令，能以风韵胜，仍是做七绝惯技耳。然自是大雅，但少沉郁顿挫之致。昔人谓渔洋词为诗掩抑，又过矣。" 又卷六："'把酒嘱东风，种出双红豆。'吴蘭次词也。当时有"红豆词人"之号，"妾是桐花，郎是桐花凤"，王阮亭词也，京师人呼为'王桐花'。此类皆一时情艳语，绝无关于词之本原。而当时转以此得名，何其浅也。"桐花，李德裕《书桐花凤扇赋序》："成都夹岷江玑岸，多植紫桐，每至春暮，有灵禽五色，来集桐花，以饮朝露，谓之桐花凤。"〔清〕陈廷焯《词坛丛话》："王渔洋词，风流闲雅，小令之妙，空绝古今。" 又云："渔洋小令，每以诗为词，虽非本色，然自是词坛一帜。西堂小令亦工，然终不及也。" 况周颐《蕙风词话》卷五："渔洋冶春红桥，风流文采，炤映湖山。《倚声初集》（渔洋、程村同辑）录红桥怀古，《浣溪沙》十阕，末注云：'红桥词即席赓唱，兴到成篇，各采其一，以志一时胜事。当使红桥与兰亭并传耳。'"

扬州司理：王士禛，顺治十二年（1655）进士，授扬州府推官。

十五

羡门彭十老风情，延露新词盛著名。

何似长芦朱太史，无弦琴趣有馀声。

笺注

羡门：彭孙遹（1631—1700），字骏孙，号羡门。词工小令，王士禛称其"吹气如兰，每当十郎，辄自愧伧父"（《晚晴簃诗汇·诗话》引）。

延露：彭孙遹有词集《延露词》。〔清〕邹祗谟《远志斋词衷》："词至金粟，一字之工，能生百媚，虽欲怫然不受，岂可得耶。"〔清〕王士禛《花草蒙拾》："近日名家，如程村咏蝶、咏草、咏美人蕉、白鹦鹉诸作，金粟咏萤、咏莲诸作，可谓前无古人。"〔清〕沈雄《古今词话》"词话下卷"："《今世说》曰：羡门惊才绝艳，词家独步。阮亭称其'吹气如兰，每当十郎，辄自愧伧父'。故其词绰然有生趣，又诞甚，耐人长想。如'旧社酒徒零乱，添得红襟燕。落花一夜嫁东风，无情蜂蝶轻相许'（按：彭词《踏莎行·春暮》），无理而入妙，非深于情者不办。"〔清〕冯金伯《词苑萃编》卷八"品藻"："严秋水曰：羡门惊才绝艳，长调数十阕，固当独步江左。至其小词，啼香怨粉，怯月凄花，不减南唐风格。"〔清〕谭莹《论词绝句》称彭为"开国填词第一人"。〔清〕丁绍仪《听秋声馆词话》："或推为本朝第一，或訾为浪得才名，皆非笃论。"

长芦朱太史：朱彝尊，晚号小长芦钓鱼师，又号金风亭长。〔清〕吴衡照《莲子居词话》卷三："吾浙词派三家，羡门有才子气，于北宋中最近小山、少游、耆卿诸公，格韵独绝。竹垞有名士气，渊雅深稳，字句密致，……樊榭有幽人气，惟冷故峭由生得新。"

十六

安邱舍人致潇洒，酒酣横槊有家风。

悲歌最爱陈阳羡，跋扈飞扬气概中。

笺注

安邱舍人：曹贞吉（1634—1698），字升六，号实庵，安丘（今属山东）人。曹贞吉词风遒炼，论词谓："离而得合，乃为大家。若优孟衣冠，天壤间只生古人已足，何用有我？"（《珂雪词话》）其词宁为创，不为述，宁失之粗豪，不甘为描写。王炜《珂雪词序》云："《珂雪词》肮脏磊落，雄浑苍茫，而语多奇气，惝恍傲睨，有不可一世之意。至其珠滑玉润，迷离哀怨，于缠绵款至中，自具潇洒出尘之致，绚烂极而平淡出，不事雕镂，俱成好诣。"陈维崧《珂雪词序》："……事皆磊砢以魁奇，兴自颠狂而感激；槌床叫绝，蛟螭夭矫于胸中；踞案横书，蝌蚪盘旋于腕下。谁能郁郁，常束缚于七言四韵之间；对此茫茫，姑放浪于减字偷声之内。……仆每怪夫时人，词则呵为小道，傥非杰作，畴雪斯言。以彼流连小物之怀，无非淘洗前朝之恨。人言燕市，实悲歌慷慨之场；我识曹君，是文采风流之裔。狂歌讽沓，聊凭凤纸以填来；老兴淋漓，亟命鸾笙为谱去。"〔清〕沈雄《古今词话》"词评下卷"："实庵词，久从南溪读其一二，恨未窥其全豹。《珂雪》新笺，欲想见其丰采而未可得。兹览陈检讨题词云：'爱佳词一编《珂雪》，雄深苍稳,算蝶板莺簧不准。多少词场谈文藻,向豪苏腻柳寻蓝本。吾大笑,比蛙黾。'君词更出其望外。"〔清〕田同之《西圃词说》:"本朝大夫,词笔风流,自彭、王、邹、董,以及迦陵、实庵、蛟门、方虎、并浙西六家等,无不追宗两宋,掉鞅后先矣。而其间惟实庵先生,不习闺襜靡曼之音,即细咏之,反觉妩媚之致,更有不减于诸家者,非其神气独胜乎。由是知词之一道,亦不必尽假裙裾,始足以写怀送抱也。"〔清〕冯金伯《词苑萃编》卷八"品藻":"王阮亭曰:曹实庵不为闺襜靡曼之音,而气韵自胜,其淡处绝似宋人。"〔清〕陈廷焯《白雨斋词话》卷三:"曹升六《珂雪词》,在国初诸老中,最为大雅,才力不逮朱、陈,而取径较正。国朝不乏词家,四库独取《珂雪》,良有以也。"又,卷三:"'万马齐瘖蒲牢吼',此迦陵题《珂雪词》语,然直似先生自品其词,吾恐升六尚谦让未遑也。其后叠云:'耳热杯阑无限感,目送塞鸿归尽。又眼底群公衮衮。'其年胸中,不知吞几许云梦。下云:'作达放颠无不可,劝临淄且传当筵粉。城柝沸、夜乌紧。'悲极愤极,如闻其声。"

"酒酣"句:曹氏中有曹操"横槊赋诗,固一世之雄"(苏轼语),故称曹贞吉有曹氏家风。

陈阳羡:陈维崧,阳羡人,故称。

十七

清溪梅里知名士,二沈名于二李偕。

高韵一时推黑蝶,就论诗笔也清佳。

笺注

梅里:即今浙江嘉兴王店镇,五代王逵居此,喜梅,以植梅著称,故镇亦名梅里、梅汇、梅会里。

"二沈"句:二沈与二李俱为康熙时浙西词人。二沈,沈皞日,有《柘西精舍集》,沈岸登,有《黑蝶斋词》。二李,李良年,有《秋锦山房词》,李符,有《耒边词》。〔清〕谢章铤《赌棋山庄词话》卷十一:"余谓竹垞超伦绝群,以匹迦陵,洵无愧色,馀子皆当敛衽。然而李氏武曾(按:李良年字武曾,浙江秀水人)、分虎(按:李符字分虎,浙江嘉兴人)、沈氏融谷(按:沈皡日字融谷,浙江平湖人)、覃九(按:沈岸登字覃九,号南渟,一字黑蝶)机云竞爽,咸籍并称。"

黑蝶:沈岸登有《黑蝶斋词》,朱彝尊序之曰:"词莫善于姜夔,宗之者张辑、卢祖皋、史达祖、吴文英、蒋捷、王沂孙、张炎、周密、陈允平、张翥、杨基,皆具夔一体。基之后,得其门者寡矣。其惟吾友沈覃九乎。……其《黑蝶斋词》一卷,可谓学姜氏而得其神明者矣。"

十八

少年习气耽词句,半为伤春刻意成。

不学道人持戒律,夙闻妙喻玉溪生。

笺注

耽:迷恋,酷嗜。杜甫《江上值水如海势聊短述》诗:"为人性僻耽佳句,语不惊人死不休。"

戒律:宗教禁止教徒某些不当行为的法规。如道教有五戒、十戒、一百八十戒等类。

夙闻:早知道;素所知闻。

玉溪生:晚唐诗人李商隐号玉溪生。

朱依真
《论词绝句二十二首附六首》

作者简介

朱依真（生卒年不详），字小岑，临桂人。乾隆时袁枚客游桂林时，钦佩其诗才，常与唱和。嘉庆三年（1798），应聘主纂《临桂县志》。有诗集《九芝堂集》行世。

一

南国君臣艳绮罗，梦回鸡塞欲如何。

不缘邻国风闻得，璧月琼枝未讵多。

笺注

南国君臣：指南唐二主一相。

绮罗：形容诗风华丽柔靡。

"梦回"句：李璟《摊破浣溪沙》词其二曰："菡萏香销翠叶残，西风愁起绿波间。还与韶光共憔悴，不堪看。 细雨梦回鸡塞远，小楼吹彻玉笙寒。多少泪珠何限恨，倚阑干。"

"不缘"：陆游《避暑漫钞》云："李煜归朝后，郁郁不乐，见于词语。在赐第，七夕命故妓作乐，声闻于外，太宗怒。又传'小楼昨夜又东风'及'一江春水向东流'之句，并坐之，遂被祸。"

璧月：月圆像璧一样，对月亮的美称。李煜《浪淘沙》词中有"晚凉天静月华开"句。

琼枝：李煜《破阵子》词中有"琼枝玉树作烟萝"句。

二

天风海雨骇心神，白石清空谒后尘。

谁见东坡真面目，纷纷耳食说苏辛。

笺注

"天风海雨"句：见前第85页注。

"白石"句：姜夔，字尧章，号白石道人。〔宋〕张炎《词源》下："词以意趣为主，要不蹈袭前人语意。如东坡中秋《水调歌》云：'明月几时有，……'夏夜《洞仙歌》云：'冰肌玉骨，……'王荆公金陵怀古《桂枝香》云：'登临送目，……'姜白石《暗香》赋梅云：'旧时月色，……'《疏影》云：'苔枝缀玉，……'此数词皆清空中有意趣，无笔力者未易到。"

"纷纷"句：朱依真认为，苏与辛不是相同的。耳食，谓不加省察，轻信传闻的话。《史记·六国年表序》："学者牵于所闻，见秦在帝位日浅，不察其终始，因举而笑之，不敢道，此与以耳食无异。"司马贞索隐："言俗学浅识，举而笑秦，此犹耳食不能知味也。"〔清〕陈廷焯《白雨斋词话》卷一云："苏辛并称，然两人绝不相似。魄力之大，苏不如辛。气体之高，辛不逮苏远矣。东坡词寓意高远，运笔空灵，措语忠厚，其独至处，美成、白石亦不能到。昔人谓东坡词非正声，此特拘于音调言之，而不究本原之所在。眼光如豆，不足与之辩也。"

三

柳绵吹少我伤春，杜宇声声不忍闻。

十八女郎红拍板，解人应只有朝云。

笺注

"柳绵"句：苏轼《蝶恋花》词："花褪残红青杏小，燕子飞时，绿水人家绕。枝上柳绵吹又少,天涯何处无芳草。墙里秋千墙外道,墙外行人,墙里佳人笑。笑渐不闻声渐悄,多情却被无情恼。"

"杜宇"句:李重元《忆王孙·春词》词:"萋萋芳草忆王孙,柳外楼高空断魂,杜宇声声不忍闻。欲黄昏,雨打梨花深闭门。"

"解人"句:〔清〕叶申芗《本事词》卷上:"朝云姓王氏,钱塘名妓也。子瞻守杭,纳为侍妾,朝云敏而慧……子瞻南迁,家姬多散去,独朝云愿侍行,子瞻念怜之。"又载:"子瞻在惠州,朝云侍坐。维时青女初降,落木萧萧,凄然有宋玉之悲。因命朝云捧觞,唱'花褪残红'词以遣愁。朝云珠喉将转,粉泪满襟,子瞻诘其故,答曰:'奴所不能歌,是"枝上柳绵吹又少,天涯何处无芳草"也。'子瞻大笑曰:'我正悲秋,汝又伤春矣。'遂罢。未几,朝云殁,子瞻为之终身不复闻此词。"〔清〕沈雄《古今词话》"词辨下卷"引《冷斋夜话》云:"东坡词云:'花褪残红……'东坡过海南,诸姬惟朝云随行,日咏'枝上柳绵'二句,每到流泪。及病亟,犹不释口也。东坡作《西江月》悼之。"〔清〕冯金伯辑《词苑萃编》卷十一引《东坡集》云:东坡制《蝶恋花》词云:"花褪残红青杏小,……多情却被无情恼。"常令朝云歌之。云唱至柳绵句,辄为掩抑,惆怅如不自胜。坡问之,曰:"妾所不能竟者,'天涯何处无芳草'句也。"

四

贫家好女自娇妍,彤管讥评岂漫然。

若向词家角优劣,风流终胜柳屯田。

笺注

"贫家"句:李清照《词论》:"秦(观)即专主情致,而少故实,譬如贫家美女,虽极妍丽丰逸,而终乏富贵态。"

彤管:杆身漆朱的笔。古代女史记事所用。《诗·邶风·静女》:"静女其娈,贻我彤管。"毛传:"古者后夫人必有女史彤管之法,史不记过,其罪杀之。"郑玄笺:"彤管,笔赤管也。"陈奂传疏引董仲舒曰:"彤者,赤漆耳。"一说指乐器（见高亨《诗经今注》），一说指红色管状的初生植物（见余冠英《诗经选译》）。《后汉书·皇后纪序》："女史彤管，记功书过。"李贤注："彤管，赤管笔也。"指女子文墨之事。〔清〕陈康祺《郎潜纪闻》卷九："三闺秀时代相近，并有功是书。彤管清徽，一时鼎峙，韵矣哉！"元好问《论诗绝句》论秦观诗曰："有情芍药含春泪，无力蔷薇卧晓枝。拈出退之山石句，始知渠是女郎诗。"

漫然：随便貌。

柳屯田：柳永，字耆卿，官至屯田员外郎，故曰"柳屯田"。

五

词场谁为斩荆榛，双手难扶大雅轮。

不独俳谐缠令体，铺张我亦厌清真。

笺注

"词场"二句：张炎《词源》卷下："迄于崇宁，立大晟府，命周美成诸人讨论古音，审定古调，沦落之后少得存者。由此八十四调之声稍传。美成诸人又复增演慢曲、引、近，或移宫换羽，为三犯、四犯之去，按月律为之，其曲遂繁。"荆榛，泛指丛生灌木，多用以形容荒芜情景。扶大雅轮，扶翼才德高尚者之车轮。扶轮，扶翼车轮。〔南朝宋〕颜延之《迎送神歌》："月御案节，星驱扶轮。"〔唐〕高彦休《〈唐阙史〉序》："皇朝济济多士，声名文物之盛，两汉才足以扶轮捧毂而已。"大雅，称德高而有大才的人。《文选·班固〈西都赋〉》："大雅宏达，于兹为群。"

俳谐：诙谐戏谑，游戏之作。〔清〕冯金伯《词苑萃编》卷二十二"谐谑"引《客亭类稿》："周邦彦亦有《红窗迥》词云：'几日来、真个醉。不知道窗外，乱红已深半指。花影被风摇碎。拥春醒乍起。　有个人人，生得济楚，来向耳畔问道，今朝醒未。情性儿慢腾腾地。恼得人又醉。'此亦词中俳体，而尚饶情趣，迥异柳七、黄九诸阕。"

缠令：宋代民间说唱艺术中的一种曲调。〔宋〕灌圃耐得翁《都城纪胜·瓦舍众伎》："唱赚在京师日，有缠令、缠达：有引子、尾声为'缠令'；引子后只以两腔互迎，循环间用者，为'缠达'。"

铺张：铺叙、渲染、夸张。

按：〔清〕谢元淮《填词浅说》云："自度新曲，必如姜尧章、周美成、张叔夏、柳耆卿辈，精于音律，吐词即叶宫商者，方许制作。若偶习工尺，遽尔自度新腔，等于自欺而欺人，真不足当大雅之一哂。"〔清〕陈廷焯《白雨斋词话》卷一："美成词极其感慨，而无处不郁，令人不能遽窥其旨。如《兰陵王·柳》云：'登临望故国，谁识京华倦客'二语，是一篇之主。上有'隋堤上，曾见几番，拂水飘绵送行色'之句，暗伏倦客之恨，是其法密处。故下接云：'长亭路，年去岁来，应折柔条过千尺。'久客淹留之感，和盘托出。他手至此，以下便直抒愤懑矣，美成则不然。'闲寻旧踪迹'二叠，无一语不吞吐。只就眼前景物，约略点缀，更不写淹留之故，却无处非淹留之苦。直至收笔云：'沉思前事，似梦里、泪暗滴。'遥遥挽合，妙在才欲说破，便自咽住，其味正自无穷。《六丑·蔷薇谢后作》云：'为问家何在。'上文有'怅客里，光阴虚掷'之句，此处点醒题旨，既突兀又绵密，妙只五字束住。下文反复缠绵，更不纠缠一笔，却满纸是羁愁抑郁，且有许多不敢说处，言中有物，吞吐尽致。大抵美成词一篇皆有一篇之旨，寻得其旨，不难迎刃而解。否则病其繁碎重复，何足以知清真也。"又云："美成词有前后若不相蒙者，正是顿挫之妙。如《满庭芳·夏日溧水无想山作》上半阕云：'人静乌鸢自乐。小桥外、新绿溅溅。凭栏久，黄芦苦竹，拟泛九江船。'正拟纵乐矣，下忽接云：'年年。如社燕，飘流瀚海，来寄修椽。且莫思身外，长近尊前。憔悴江南倦客，不堪听、急管繁弦。歌筵畔，先安枕簟，容我醉时眠。'是乌鸢虽乐，社燕自苦。九江之船，卒未尝泛。此中有多少说不出处，或是依人之苦，或有患失之心。但说得虽哀怨，却不激烈。沉郁顿挫中，别饶蕴藉。后人为词，好作尽头语，令人一览无馀，有何趣味？"王国维《人间词话》云："美成深远之致不及欧、秦。唯言情体物，穷极工巧，故不失为第一流之作者。但恨创调之才多，创意之才少耳。"《人间词话删稿》云："长调自以周、柳、苏、辛为最工。美成《浪淘沙慢》二词，精壮顿挫,已开北曲之先声。"《人间词话附录》云:"美成词多作态,故不是大家气象。若同叔、永叔,虽不作态,而一笑为媚生矣。此天才与人力之别也。"

六

合是诗中杜少陵,词场牛耳让先登。

《暗香》《疏影》精神在,夜月清寒照马塍。

(白石墓在马塍)

笺注

杜少陵:杜甫,字子美,自号少陵野老。

牛耳:古代诸侯会盟时,割牛耳取血盛敦中,置牛耳于盘,由主盟者执盘分尝诸侯为誓,以示信守。《周礼·夏官·戎右》:"赞牛耳,桃茢。"郑玄注:"尹盟者与割牛耳取血助为之,及血在敦中,以桃茢沸之又助之也。"后用以指在某方面居于领袖地位的人。

马塍:姜夔卒于苏州,葬于西马塍,苏泂窘挽以诗云:"所幸小红方嫁了,不然啼损马塍花。"〔清〕吴衡照《莲子居词话》:"窃意南宋朝如姜尧章,尤不可不立传。……尧章葬杭之西马塍,在钱唐门外,今莫识其处,清明挈榼,欲访花山吊柳会,不可得也。"〔清〕张德瀛《词徵》卷五:"白石殁后,葬西马塍,苏石挽诗曰:'幸是小红方嫁了,不然啼损马塍花。'考《梦粱录》云,钱塘门外东西马塍,诸圃皆置怪松异桧,奇花巧果,多为龙蟠凤舞之状,每日市于都城,此杭之马塍也。唐陆鲁望住淞陵,家近马塍,诸艺花户在焉,是又吴郡之马塍也。"

七

香泥垒燕卢申之,澹月疏帘绮语词。

何似山阴高竹屋,独标新意写乌丝。

笺注

"香泥"句：卢祖皋，字申之，号蒲江，又字次夔。卢有《倦寻芳》词："香泥垒燕。"又《宴清都·初春》词中有句："啼春细雨，笼愁澹月，恁时庭院。"

绮语：指纤婉言情之词，亦指华美的语句。

"何似"句：高观国，字宾王，号竹屋。〔宋〕张炎《词源》卷下："秦少游、高竹屋、姜白石、史邦卿、吴梦窗，此数家格调不侔，句法挺异，俱能特立清新之意，删削靡曼之词，自成一家，各名于世。"〔清〕周济《宋四家词选目录序论》："竹屋、蒲江，并有盛名，蒲江窘促，等诸自郐，竹屋硁硁，亦凡响耳。"〔清〕冯煦《蒿庵论词》："陈造序高宾王词，谓竹屋、梅溪，要是不经人道语。玉田亦以两家与白石、梦窗并称。由观国与达祖叠相唱和，故援与相比。平心论之，竹屋精实有馀，超逸不足。以梅溪较之，究未能旗鼓相当。今若求其同调，则唯蒲江差足肩随耳。"

乌丝：即乌丝栏。指上下的乌丝织成栏，其间用朱墨界行的绢素。后亦指有墨线格子的笺纸。〔唐〕李肇《唐国史补》卷下："宋、亳间，有织成界道绢素，谓之乌丝栏、朱丝栏。"

八

质实何须诮梦窗，自来才士惯雌黄。

几人真悟清空旨，错采填金也不妨。

笺注

"质实"句：〔宋〕张炎《词源》卷下："词要清空，不要质实。清空则古雅峭拔，质实则凝涩晦昧。姜白石词如野云孤飞，去留无迹。吴梦窗词如七宝楼台，眩人眼目，碎拆下来，不成片段。此清空质实之说。梦窗《声声慢》云：'檀栾金碧，婀娜蓬莱，游云不蘸芳洲。'前八字恐亦太涩。如《唐多令》云：'何处合成愁，离人心上秋。纵芭蕉不雨也飕飕。都道晚凉天气好,有明月、怕登楼。 年事梦中休,花空烟水流。燕辞归、客尚淹留。垂柳不萦裙带住,漫长是,系行舟。'此词疏快,却不质实。如是者集中尚有,惜不多耳。"

才士:有才德之士;有才华的人。

雌黄:在中国古代,雌黄经常用来修改错字。雌黄有篡改文章的意思。引申为胡说八道。指妄加评论;谬论。

错采填金:喻修饰词藻华丽精美。

九

雕梁软语足形容,柳暝花昏意态中。

项羽不知兵法诮,也应还著贺黄公。

(贺裳字黄公,著《皱水轩词筌》,谓史邦卿咏燕词,白石不取其"软语商量",而取其"柳昏花暝",不免项羽不知兵法之讥)

笺注

"雕梁"二句:史达祖《双双燕》词:"过春社了,度帘幕中间,去年尘冷。差池欲住,试入旧巢相并。还相雕梁藻井,又软语、商量不定。飘然快拂花梢,翠尾分开红影。 芳径,芹泥雨润。爱贴地争飞,竞夸轻俊。红楼归晚,看足柳昏花暝。应自栖香正稳。便忘了、天涯芳信。愁损翠黛双蛾,日日画阑独凭。"〔明〕王世贞《艺苑卮言》:"史邦卿题燕曰:'差池欲住,试入旧巢相并。还相雕梁藻井,又软语商量不定。'可谓极形容之妙。"〔清〕贺裳《皱水轩词筌》:"史邦卿咏燕,几于形神俱似矣。……常观姜论史词不称其'软语商量',而赏其'柳昏花暝',不免项羽学兵法之恨。" 王国维《人间词话删稿》:"贺黄公谓:'姜论史词不称其"软语商量",而赏其"柳昏花暝",固知不免项羽学兵法之恨。'然'柳昏花暝'自是欧、秦辈句法,前后有画工、化工之殊,吾从白石,不能附和黄公矣。"

十

半湖春色少人窥,夜月蘋洲渔笛吹。

深悔钝根闻道晚,廿年始读草窗词。

笺注

半湖春色:周密《曲游春·禁烟湖上薄游,施中山赋词甚佳,余因次其韵。盖平时游舫,至午后则尽入里湖,抵暮始出断桥,小驻而归,非习于游者不知也。故中山极击节余"闲却半湖春色"之句,谓能道人之所未云》词:"禁苑东风外,飏暖丝晴絮,春思如织。燕约莺期,恼芳情偏在,翠深红隙。漠漠香尘隔。沸十里、乱弦丛笛。看画船,尽入西泠,闲却半湖春色。 柳陌。新烟凝碧。映帘底宫眉,堤上游勒。轻暝笼寒,怕梨云梦冷,杏香愁幂。歌管酬寒食。奈蝶怨、良宵岑寂。正满湖、碎月摇花,怎生去得。"

蘋洲渔笛:周密字公谨,号草窗,有词集《蘋洲渔笛谱》。

钝根:佛教语。谓根机愚钝,不能领悟佛法。《法华经·药草喻品》:"正见邪见,利根钝根。"

十一

莲子结成花自落,清虚从此悟宗门。

西湖山水生清响,鼓吹尧章岂妄言。

笺注

"莲子"句:姜夔《八归》词:"芳莲坠粉,疏桐吹绿,庭院暗雨乍歇。无端抱影销魂处,还见筱墙萤暗,藓阶蛩切。送客重寻西去路,问水面、琵琶谁拨。最可惜、一片江山,总付与啼鴂。 长恨相从未款,而今何事,又对西风离别。渚寒烟淡,棹移人远,缥缈行舟如叶。想文君望久,倚竹愁生步罗袜。归来后、翠尊双饮,下了珠帘,玲珑闲看月。"

清虚：清洁虚空。

宗门：本门教派。

清响：清脆的响声。孟浩然《夏日南亭怀辛大》诗："荷风送香气，竹露滴清响。"

十二

儿女痴情迥不侔，风云气概属辛刘。

遗山合有出蓝誉，寂寞横汾赋雁邱。

笺注

迥不侔：谓相差很远。迥，差得远。侔，相当。

辛刘：辛弃疾、刘过。

"遗山"句：〔宋〕张炎《词源》卷下："元遗山极称稼轩词，及观遗山词，深于用事，精于炼句，有风流蕴藉处，不减周、秦。如双莲、雁邱等作，妙在模写情态，立意高远，初无稼轩豪迈之气。岂遗山欲表而出之，故云尔。"〔清〕陈廷焯《白雨斋词话》卷八："东坡一派，无人能继。稼轩同时，则有张、陆、刘、蒋辈，后起则有遗山、迦陵、板桥、心馀辈。然愈学稼轩，去稼轩愈远，稼轩自有真耳。不得其本，徒逐其末，以狂呼叫器为稼轩，亦诬稼轩甚矣。"出蓝，《荀子·劝学》："青，取之于蓝而青于蓝。"

"寂寞"句：〔明〕陈霆《渚山堂词话》："元遗山尝赴试并州，道逢捕生者，且获一雁，杀之。其一脱网，然悲鸣不能去，竟自投于地而死。元因买得之，葬之汾水之上，累石为识。复作词吊之云：'问人间情是何物，直教生死相许。天南地北双飞客，老翅几回寒暑。欢乐趣。离别苦。就中更有痴儿女。君应有语。渺万里层云，千山暮雪，只影为谁去。　横汾路。寂寞当年箫鼓。荒烟依旧平楚。招魂楚些何嗟及，山鬼暗啼风雨。天也妒。未信与、莺儿燕子俱黄土。千秋万古。为留待骚人，狂歌痛饮，来访雁邱处。'其腔盖《摸鱼儿》也。是篇既出，其地遂名雁邱云。"

十三

蜕岩乐府脱浮嚣，又见梅溪谱六幺。

莫笑凋零草窗后，宋人风格未全消。

笺注

蜕岩：张翥（1287—1368），字仲举，晋宁（今山西临汾）人，有《蜕岩词》二卷。

浮嚣：浮躁，不踏实。

梅溪：史达祖，字邦卿，号梅溪。

六幺：唐教坊曲名，后用为词牌。又名《绿腰》。幺是小的意思，因此调羽弦最小，节奏繁急，故名。其词为双调九十四字，仄韵。

草窗：周密，字公谨，号草窗。

"宋人"句：《词徵》卷六："蜕岩词无自制腔，其词腴于根，而盖于华，直接宋人步武。于元之一代，诚足以度越诸子，可谓海之明珠，鸟之凤皇矣。"〔清〕陈廷焯《白雨斋词话》卷三："元词日就衰靡，愈趋愈下。张仲举规模南宋，为一代正声。高者在草窗、西麓之间，而真气稍逊。"又，卷七："词至张仲举后，数百年来，邈无嗣响南宋者。"〔清〕刘熙载《词概》："张仲举词，大抵导源白石，时或以稼轩济之。"陈洵《海绡说词》："自元以来，若仇仁近、张仲举，皆宗姜、张者。以至于清竹垞、樊榭极力推演，而周、吴之绪几绝矣。竹垞至谓梦窗亦宗白石，尤言之无理者。"

十四

已是金元曲子遗，风流全失《草堂》词。

端须忘尽昆仑手，更向楼前拜段师。

（论明代）

笺注

草堂：即《草堂诗馀》，宋陈振孙《直斋书录解题》载："《草堂诗馀》二卷，书坊编集者。"

"端须"二句：典出〔唐〕段安节《琵琶录》："建中（一作贞元）中，有康昆仑称第一手。始遇长安大旱，诏两市祈雨，及至天门街。市人广较胜负，斗声乐东街，则有康昆仑琵琶最上，必谓街西无敌也，遂请昆仑登彩楼弹一曲新翻谓录安以为名。（误称六幺）至街西，豪侠阅乐，东市稍诮之，而亦于彩楼上出女郎抱乐器，先云我亦弹是曲，兼移于风香调中，及拨声如雷，其妙绝入神。昆仑惊愕，乃拜为师，女郎遂更衣出见，乃僧也。庄俨寺僧，本俗姓段也。翌日德宗召入内，令教授昆仑。段师奏曰：'请令弹一调。'及弹，师曰：'本领何杂？兼带邪声。'昆仑惊曰：'师神人也，臣少年初掌艺时，侧于邻家女巫处授一品弦调。后乃累易数师之艺。今段师精识，如此玄妙也。'段师奏曰：'且遣昆仑不近乐器十年，候忘其本态。然后可教。'许之，后果尽段师之艺也。"

十五

燕语新词旧所推，中兴力挽古风颓。

如何拈出清空语，强半吴郎七宝台。

（词至前明音响殆绝，竹垞始复古焉，第嫌其《体物集》不免叠垛耳）

笺注

"如何"二句：〔宋〕张炎《词源》卷下："词要清空，不要质实。清空则古雅峭拔，质实则凝涩晦昧。姜白石词如野云孤飞，去留无迹。吴梦窗词如七宝楼台，眩人眼目，碎拆下来，不成片段。此清空质实之说。"

按：沈雄《古今词话》"词评下卷"："汪晋贤盛称竹垞新词，贻我一卷。读之如梦窗之丽情幽思，不可梯接，但下语用事处，浅人固不易知。"〔清〕陈廷焯《词坛丛话》："昔人谓吴梦窗词，如七宝楼台，拆碎下来，不成片断。余谓张玉田词，如镜花水月，万籁空虚。兼两家之妙者，竹垞也。"〔清〕陈廷焯《白雨斋词话》卷三："竹垞《江湖载酒集》，洒落有致，《茶烟阁体物集》，组织甚工。《蕃绵集》运用成语，别具匠心，然皆无甚大过人处。惟《静志居琴趣》一卷，尽扫陈言，独出机杼。艳词有此，即李后主、牛松卿亦未尝梦见，真古今绝构也。惜托体未为大雅。"又，卷四："艳词至竹垞，仙骨珊珊，正如姑射神人，无一点人间烟火气。"

十六

陈髯怀抱亦堪悲，写入青衫怅怅词。

记得中州乐府体，岂知肖子属吴儿。

笺注

陈髯：徐珂《近词丛话》："宜兴陈其年检讨维崧，少清臞，冠而于思，须浸淫及颧准，侪辈号为陈髯。性好雅游，以文章钜丽，为海内推重。相与蹴角坛坫者，吴江吴汉槎、云间彭古晋也。吴梅村有江左三凤凰之目。其年未达时，尝自中州入都，与朱竹垞合刻所著，曰《朱陈村词》，流传入禁中，曾蒙圣祖赐问褒赏。"

青衫：陈维崧《摸鱼儿》词有"君不见、青衫已是人迟暮"句。

按：〔清〕郭麐《灵芬馆词话》卷二："迦陵填词图，前后题词者夥矣，皆用其体，多为激扬奋末之音。唯汪云鹤修撰《洞仙歌》二阕，别自为格，极宛转之致。天风海涛之馀，忽闻吹叶嚼蕊，殊能移人情也。词云：'戟髯潇洒，认书生阳羡，和泪朝朝洗愁面。算覆巢身世，醇酒生涯，何处是、天上红云香案。 青衫真落拓，四壁归来，剩对芙蓉远山远。细雨梦回初，楼外轻寒，酿多少、玉箫幽怨。怕咽住愁簧不成声，待拥髻挑镫，夜深谈倦。'"〔清〕陈廷焯《白雨斋词话》卷六："其年《水调歌头·雪夜再赠季希韩》云：'纵不神仙将相，但遇江山风月，流落亦为佳。岂意有今日，侧帽数哀筝。'流落亦为佳，已是难堪。今则并此不能矣。岂意五字，悲极愤极，如闻熊啼兕吼。"

十七

樊榭仙音未易参，追踪姜史复谁堪。

一时甘下先生拜，合与词家作指南。

笺注

"樊榭"二句：〔清〕蒋敦复《芬陀利室词话》："浙派词，竹垞开其端，樊榭振其绪，频伽畅其风，皆奉石帚、玉田为圭臬，不肯进入北宋人一步，况唐人乎？"〔清〕陈廷焯《词坛丛话》："厉樊榭词，异色生香，正如万花谷中，杂以幽兰。别于其年、竹垞外，自成一家。""读诸家词后，读竹垞词，令人神观飞越。读竹垞词后，读其年词，令人拔剑悲歌；读其年词后，读樊榭词，令人神闲意远，时作濠濮上想。国朝有此三绝，所以度越前代欤。"〔清〕陈廷焯《白雨斋词话》卷四："厉樊榭词，幽香冷艳，如万花谷中，杂以芳兰。在国朝词人中，可谓超然独绝者矣。""樊榭词拔帜于陈、朱之外，窈曲幽深，自是高境。然其幽深处，在貌不在骨，绝非从楚骚来。故色泽甚饶，而沉厚之味终不足也。""樊榭措词最雅，学者循是以求深厚，则去姜、史远矣。"〔清〕谭献《复堂词话》："太鸿思力可到清真，苦为玉田所累。填词至太鸿，真可分中仙、梦窗之席，世人争赏其饾饤窳弱之作，所谓微之识碱砆也。《乐府补题》，别有怀抱。后来巧构形似之言，渐忘古意，竹垞、樊榭不得辞其过。浙派为人诟病，由其以姜张为止境，而又不能如白石之涩，玉田之润，录乾隆以来慎取之。"（《箧中集》）况周颐《蕙风词话》卷一："作词至于成就，良非易言。……若厉太鸿，何止成就而已，且浙派之先河矣。"

十八

侯鲭都不解疗饥，癖嗜疮痂笑亦宜。

一夜梨花惊梦破，何如春草谢家诗。

（吾乡谢良琦《醉白堂词》一卷，首二句括其自序语："昨夜梨花惊梦破，而今芳草伤心碧。"其词中佳句也）

笺注

侯鲭：精美的荤菜。鲭，鱼和肉合烹而成的食物。

癖嗜疮痂：原指爱吃疮痂的癖性，后形容怪癖的嗜好。《南史·刘穆之传》："邕性嗜食疮痂，以为味似鳆鱼。"

春草谢家诗：谢灵运《登池上楼》诗有"池塘生春草，园柳变鸣禽"句。

十九

十载无能读父书，摩挲遗谱每唏嘘。

词人竞美遗山好，蕴藉风流那不如。

（先大夫有《补闲词》二卷）

笺注

遗山：元好问，字裕之，号遗山，金末元初诗人。

补闲词：朱若炳（1715—1755），字彤章、桐庄，号云亭，乾隆二年（1737）进士，历官长山知县、胶州、德州、九江、南昌等地知府。有《补闲词偶存》。

二十

岭西宗派颇纷挐，谁倚新声仿竹垞。

独有春山冷居士，闭门窗下咏枇杷。

（吾友冷春山昭有词一卷，《咏枇杷》词最工）

笺注

纷挐：亦作"纷拏"，混乱貌，错杂貌。〔汉〕王逸《九思·悼乱》："嗟嗟兮悲夫，肴乱兮纷挐。"

竹垞：朱彝尊字锡鬯，号竹垞，晚号小长芦钓鱼师。

春山冷居士：冷昭，字春山，广西临桂（今桂林）人，乾隆三十五年（1770）举人，有《春山词》。

咏枇杷：《临桂县志》："（冷）昭能诗，尤工填词，其《咏枇杷花》及《新雁词》，人艳称之。"

二十一

红杏梢头宋尚书，较量闺阁韵全输。

无端叶打风窗响，肠断人间词女夫。

（闺秀唐氏，吾友黄南溪元配也。自号"月中逋客"，早卒。有诗词集若干卷，其《杏花天》词为时所称。予最喜其"试听飘坠声声，风际吹来打窗叶"，飒然有鬼气）

笺注

"红杏"句：〔宋〕宋祁《玉楼春》词有"红杏枝头春意闹"句，有"红杏尚书"之称。

词女夫：典出元伊世珍《琅嬛记》，见前江昱《论词十八首》之十六注。

二十二

零膏剩粉可能多，啧啧才名梁月波。

叵耐断肠天不管，香销帘影卷银河。

（梁月波，宦门女，有才思，早卒。"香烬香烬，帘卷银河波影"，其《如梦令》中语也）

笺注

啧啧：叹词，表示赞叹、叹息、惊异等。《飞燕外传》："音词舒闲清切，左右嗟赏之啧啧。"

按：况周颐《玉栖述雅》："乡先辈朱小岑布衣依真，《论词绝句》云：

'红杏梢头宋尚书,较量闺阁韵全输。无端叶打风窗响,肠断人间词女夫。'自注,闺秀唐氏,吾友黄南溪原配也,自号月中遁客,早卒。有词诗集若干卷,其杏花天词,为时所称。予最喜其'试听飘坠声声,风际吹来打窗叶',飒然有鬼气。绝句又云:'零膏剩粉可能多。……'两词全阕,今不可得,见'零膏剩粉'云云,似乎梁媛之作。当日小岑先生,亦仅得见断句。唯曾见唐媛全集耳。"

二十三

仆少有《论词绝句》,迄今二十年,灯下读诸家词,有志此数家之意,复缀六章,于前论无所出入也。

刚道霓裳指下声,天风海雨倏然生。

不逢郢匠挥斤手,楮叶三年刻未成。

笺注

霓裳:《霓裳羽衣曲》的略称,唐代著名法曲,为开元中河西节度使杨敬忠所献,初名《婆罗门曲》,经唐玄宗润色并制歌词,后改用今名。

天风海雨:苏轼《鹊桥仙·七夕送陈令举》:"缑山仙子,高情云渺,不学痴牛騃女。凤箫声断月明中,举手谢、时人欲去。 客槎曾犯,银河波(一作微)浪,尚带天风海雨。相逢一醉是前缘,风雨散、飘然何处。" 陆游《渭南文集》云:"世言东坡不能歌,故所作乐府,多不协律。晁以道谓:'绍圣初,与东坡别于汴上,东坡酒酣,自歌《阳关曲》。'则公非不能歌,但豪放,不喜裁剪以就声律耳。试取东坡诸词歌之,曲终,觉天风海雨逼人。"

郢匠挥斤:《庄子·徐无鬼》:"郢人垩漫其鼻端,若蝇翼,使匠石斫之。匠石运斤成风,听而斫之,尽垩而鼻不伤,郢人立不失容。"后因以"郢匠挥斤"比喻纯熟、高超的技艺。〔唐〕崔融《嵩山圣母庙碑序》:"周官置臬,郢匠挥斤,异态神行,全模化造。"

楮叶：《韩非子·喻老》："宋人有为其君以象为楮叶者，三年而成。丰杀茎柯，毫芒繁泽，乱之楮叶之中而不可别也。此人遂以功食禄于宋邦。"比喻模仿逼真。

二十四

范陆诗名自一时，江南江北鬓成丝。

遗声莫讶多骚屑，不任空城晓角吹。

笺注

范陆：指南朝诗人范晔和陆凯。陆凯《赠范晔》诗："折梅逢驿使，寄与陇头人。江南无所有，聊赠一枝春。"

骚屑：凄清悲苦。〔唐〕元稹《遣病》诗之三："今来渐讳年，顿与前心别。白日速如飞，佳晨亦骚屑。"

空城晓角吹：姜夔《淡黄柳》词："空城晓角，吹入垂杨陌。马上单衣寒恻恻。看尽鹅黄嫩绿，都是江南旧相识。　　正岑寂。明朝又寒食。强携酒、小桥宅，怕梨花落尽成秋色。燕燕飞来，问春何在，唯有池塘自碧。"

按：〔元〕陆辅之《词旨》："蕲王孙韩铸，字亦颜，雅有才思，尝学词于乐笑翁。一日，与周公谨父买舟西湖，泊荷花而饮酒杯半。公谨父举似亦颜学词之意，翁指花云：'莲子结成花自落。'《词源》云'清空'二字，亦一生受用不尽。《指迷》之妙，尽在是矣。学者必在心传耳传，以心会意，当有悟入处。然须跳出窠臼外，时出新意，自成一家。若屋下架屋，则为人贱仆矣。"〔清〕先著、程洪《词洁辑评》卷四评周邦彦《应天长慢》（"条风布暖"）："空淡深远，较之石帚作，宁复有异，石帚专得此种笔意，遂于词家另开宗派。"〔清〕陈廷焯《词坛丛话》："贺方回之韵致，周美成之法度，姜白石之清虚，朱竹垞之气骨，陈其年之博大，皆词坛中不可无一，不能有二者。"〔清〕陈廷焯《白雨斋词话》卷二："姜尧章词，清虚骚雅。每于伊郁中饶蕴藉，清真之劲敌，南宋一大家也。梦窗、玉田诸人，未易接武。" 蔡嵩云《柯亭词论》:"白石词在南宋,为清空一派开山祖,碧山、玉田皆其法嗣。其词骚雅绝伦,无一点浮烟浪墨绕其笔端,故当时有词仙之目,野云孤飞,去留无迹,有定评矣。"

二十五

妙手拈来意匠多,云中真有凤衔梭。

读书未敢因人废,奈尔天南小吏何。

笺注

意匠:谓作文、绘画、设计等事的精心构思。〔晋〕陆机《文赋》:"辞程才以效伎,意司契而为匠。"

凤衔梭:神话传说,织女织绡,凤鸟传梭。〔唐〕戴叔伦《织女辞》:"凤梭停织鹊无音。"

二十六

杂拟江淹笔有花,效颦不辨作东家。

等闲渲出西湖色,欲倩旁人写鹊华。

笺注

江淹:江淹,少有文名,世称江郎。〔南朝梁〕钟嵘《诗品》卷中:"初,淹罢宣城郡,遂宿冶亭,梦一美丈夫,自称郭璞,谓淹曰:'我有笔在卿处多年矣,可以见还。'淹探怀中,得五色笔以授之。尔后为诗,不复成语,故世传'江淹才尽'。"

鹊华:月光。

二十七

欲起琅琊仔细论,机锋拈出付儿孙。

禾中选体荆溪律,一代能扶大雅轮。

(阮亭云:"'无可奈何花落去,似曾相识燕归来',必不是《香奁》诗;'良辰美景奈何天,赏心乐事谁家院',必不是《草堂》词。"确论也)

笺注

琅琊:王士祯(1634—1711),原名士禛,字子真、贻上,号阮亭,又号渔洋山人,人称王渔洋,谥文简。新城(今山东桓台县)人。王象晋《重修王氏族谱原序》:"王氏之徙新城二百馀年矣,琅琊公基之。"

机锋:佛教禅宗用语。指问答迅捷锐利、不落迹象、含意深刻的语句。泛指机警锋利的语句。

禾中选:指朱彝尊与汪森所选《词综》三十六卷。禾中,今浙江嘉兴之故称。朱彝尊为秀水(今浙江嘉兴)人。

荆溪律:指荆溪(今江苏宜兴)人万树所编《词律》二十卷。

扶大雅轮:见前第 146 页注。

二十八

琴趣言情尚汴音,独将骚雅写秋林。

当年姜史皆回席,辛苦无从觅绣针。

(《秋林琴雅》,樊榭词)

笺注

"琴趣"二句:厉鹗有《秋林琴雅》四卷,《樊榭山房词》二卷,续词一卷,集外词一卷。汴音,北宋词风。

绣针：刺绣用的针，即金针。比喻秘法、诀窍。典出唐冯翊子《桂苑丛谈》：(采娘)七夕夜陈香筵祈于织女。是夕，梦云舆雨盖蔽空。驻车命采娘曰："吾织女，祈何福？"曰："愿丐巧耳。"乃遗一金针，长寸馀，缀于纸上，置裙带中，令："三日勿语，汝当奇巧。"〔金〕元好问《论诗》诗之三："鸳鸯绣了从教看，莫把金针度与人。"

按：况周颐《广蕙风词话》："临桂布衣朱小岑先生（依真）《九芝草堂诗存》《论词绝句》二十八首，宋人于周清真、国朝于朱锡鬯并有微词，颇不为盛名所慑。惟推许樊榭甚至，观其所为词，固不落浙西派也。（小岑所著《纪年词》及《分绿窗人间世杂剧》久佚，检邑志得《绛都春》《念奴娇》两调，录入《国朝词综续补》）其论同时人词，意在以诗传人，不得以论古之作例之。"

陆锡熊

《题〈问云词〉十二首》

作者简介

陆锡熊（1734—1792），字健男，号耳山，上海人，乾隆二十六年（1761）进士。以文学受知高宗，初奉命编《通鉴辑览》，继为《四库全书》总纂官。又编《契丹国志》等书，有《篁村集》等。

一

少小关心碧玉楼，十年一梦断扬州。

可怜旧曲安公子，还倚琵琶和白头。

笺注

碧玉楼：犹玉楼，翠楼。亦为楼阁的美称。

"十年"句：杜牧《遣怀》诗有"十年一觉扬州梦，赢得青楼薄倖名"句。

安公子：〔宋〕王灼《碧鸡漫志》卷四："《安公子》，《通典》及《乐府杂录》称，炀帝将幸江都，乐工王令言者，妙达音律，其子弹胡琵琶作安公子曲。令言惊问那得此。对曰：'宫中新翻。'令言流涕曰：'慎毋从行。宫，君也，宫声往而不返，大驾不复回矣。'据《理道要诀》，唐时《安公子》在太簇角，今已不传。其见于世者，中吕调有《近》，般涉调有《令》，然尾声皆无所归宿，亦异矣。"

二

侍儿新录记初呈，语到前身忆姓名。

控鹤芝田旧相识，蔚蓝天上董双成。

笺注

控鹤：相传周灵王太子王子乔喜吹笙，学凤鸣，道士浮丘公接他上嵩山。三十年后，有人找到他，他说：叫我家里人在七月七日那天在缑氏山等我。到时候，王子乔骑着白鹤在山顶上向大家招手。见西汉刘向（托名）《列仙传·王子乔》。后因以"控鹤"指得道成仙。

芝田：传说中仙人种灵芝的地方。〔三国魏〕曹植《洛神赋》："尔乃税驾乎蘅皋，秣驷乎芝田。"

董双成：神话中西王母侍女名。见《汉武帝内传》。〔唐〕白居易《长恨歌》诗："金阙西厢叩玉扃，转教小玉报双成。"

三

后堂侵晓故淹留，亲瀹茶枪送碧瓯。

小婢隔帘呼捧镜，几回欲入又停眸。

笺注

侵晓：拂晓。

淹留：逗留，停留。

瀹：煮。〔南朝宋〕鲍照《园葵赋》："曲瓢卷浆，乃羹乃瀹。"

茶枪：茶未展的嫩芽。〔宋〕苏轼《儋州》诗之一："茶枪烧后出，麦浪水前空。"

碧瓯：碧玉杯，亦为杯的美称。〔唐〕萧祐《游石堂观》诗："甘瓜剖绿出寒泉，碧瓯浮花酌春茗。"

四

草草临风语未终，云鬟亲擘玉玲珑。

碧桃树下三更月，珍重人间许侍中。

笺注

云鬟：高耸的环形发髻。〔唐〕李白《久别离》诗："至此肠断彼心绝，云鬟绿鬓罢梳结。"

擘：拨弹琴弦的指法。用拇指抬弦称擘。引申为弹奏。

玉玲珑：相传为传世古琴。

"珍重"句：〔唐〕曹唐《萼绿华将归九疑留别许真人》诗有"蓝丝重勒金条脱，留与人间许侍中"句。

五

东风深院葳蕤钥，小立花阴特地听。

管是玉罗窗格下，自裁黄纸写《心经》。

笺注

葳蕤：据《太平广记》卷三一六引《录异传·刘照》载：建安中河间太守刘照妇亡，后太守梦见一妇人，往就之，又遗一双锁，太守不能名，妇曰："此萎蕤锁也。以金缕相连，屈伸在人，实珍物。吾方当去，故以相别，慎无告人！""萎蕤"亦写作"葳蕤"。后因以"葳蕤"借指锁。

玉罗：莹白的丝织品。《黄庭内景经·心部》："丹锦飞裳披玉罗，金铃朱带坐婆娑。"

心经：《摩诃般若波罗蜜多心经》。略称《般若心经》《心经》。现以唐玄奘译本为最流行。收于《大正藏》第八册。

六

双钩样窄线痕香，几叠红罗手自藏。

恨杀玉郎频索看，累侬颠倒缕金箱。

笺注

红罗：红色的轻软丝织品。

玉郎：女子对丈夫或情人的爱称。《敦煌曲子词·鱼歌子》："雅奴卜，玉郎至，扶不（下）骅骝沉醉。"

缕金箱：对衣箱的美称。唐太原妓《寄欧阳詹》诗："自从别后减容光，半是思郎半恨郎。欲识旧来云髻样，为奴开取缕金箱。"

七

舞腰漂泊向江津，憔悴桓公泪湿巾。

十载手攀杨柳叶，只今青眼向谁人。

笺注

江津：江边渡口。

桓公：《世说新语·言语》："桓公北征，经金城，见前为琅琊时种柳，皆已十围，慨然曰：'木犹如此，人何以堪！'攀枝执条，泫然流泪。"

青眼：指对人喜爱或器重。与"白眼"相对。

八

谷阳门外送青骢，一去红颜逐断蓬。

身是锦溪桥下水，出山长共浊流东。

笺注

谷阳门：松江府老西门。正德《松江府志》卷十六注文："古谷阳门，在今听鹤亭侧，秀野园在亭之西也，今其地有秀野桥。"

青骢：毛色青白相杂的骏马。

断蓬：犹飞蓬。比喻漂泊无定。

锦溪桥：在上海。《江南通志》卷二十五载："锦溪桥在（福泉）县（今青浦）东南凤凰山东。"

九

妆阁沉沉掩夕曛，苔痕零落砑罗裙。

巫山晓梦风吹散，小字空教唤阿云。

笺注

妆阁：妇女的居室。〔唐〕王维《班婕妤》诗之三："怪来妆阁闭，朝下不相迎。"

夕曛：落日的馀辉。

砑罗裙：用砑罗制的裙。〔唐〕崔怀宝《忆江南》词："平生愿，愿作乐中筝。得近玉人纤手子，砑罗裙上放娇声。"砑罗，一种砑光的丝织品。

小字：小名，乳名。

十

艓子春潮燕尾催，锦屏还为故人开。

早知重见翻惆怅，只合羞郎不出来。

笺注

艓子：小船。〔唐〕杜甫《最能行》诗："富豪有钱驾大舸，贫穷取给行艓子。"

锦屏：指妇女居处，闺阁。〔唐〕温庭筠《蕃女怨》词："年年征战，画楼离恨锦屏空，杏花红。"

十一

微步凌波罗袜寒，蘅皋回望水漫漫。

感甄不赋陈王懒，刻意伤春是五官。

笺注

"微步"句：《文选·曹植〈洛神赋〉》："凌波微步，罗袜生尘。"吕向注："步于水波之上，如尘生也。"比喻美人步履轻盈，如乘碧波而行。

蘅皋：长有香草的沼泽。《文选·曹植〈洛神赋〉》："尔迺税驾乎蘅皋，秣驷乎芝田。"刘良注："蘅皋，香草之泽也。"

感甄：〔三国魏〕曹植，封陈王，求甄逸女不遂，废寝与食。甄女后归曹丕，被谗死。黄初中植入朝，丕示以甄后遗物玉镂金带枕。植还，将息洛水上，思甄后，遂作《感甄赋》。丕子明帝讳其事，改为《洛神赋》。见《文选·曹植〈洛神赋〉》李善题注。后用为追思恋人之典。

五官：指五官中郎将。汉时五官中郎将署下的属官有五官中郎、五官侍郎、五官郎中，泛称"五官郎"。曹丕建安中曾任五官中郎将。

十二

杜曲章台恨有馀，伤心重写衍波书。

《懊侬》一曲凄凉调，《子夜》《欢闻》总不如。

笺注

杜曲：地名，在今陕西省西安市东南，樊川、御宿川流经其间。唐大姓杜氏世居于此，故名。〔唐〕唐彦谦《长溪秋望》诗："寒鸦闪闪前山远，杜曲黄昏独自愁。"

章台：汉长安街名。《汉书·张敞传》："敞无威仪，时罢朝会，过走马章台街，使御史驱，自以便面拊马。"颜师古注："孟康曰：'在长安中。'臣瓒曰：'在章台下街也。'"

懊侬：即《懊侬歌》，乐府吴声歌曲名，产生于东晋和南朝吴地民间。

子夜：即《子夜歌》，乐府《吴声歌曲》名。《宋书·乐志一》："《子夜哥》（哥，同歌，下同）者，有女子名子夜，造此声。晋孝武太元中，琅邪王轲之家有鬼哥《子夜》。殷允为豫章时，豫章侨人庾僧度家亦有鬼哥《子夜》。殷允为豫章，亦是太元中，则子夜是此时以前人也。"

欢闻：即《欢闻歌》。《古今乐录》曰："《欢闻歌》者，晋穆帝升平初歌毕辄呼'欢闻'，不以为送声，后因此为曲名。今世用'莎持乙子'代之，语稍讹异也。"

吴蔚光
《词人绝句》

作者简介

吴蔚光（1743—1803），字悊甫，一字执虚，自号竹桥。昭文（今江苏常熟）人。有《素修堂诗集》《执虚词钞》《小湖田乐府》等。

一

鸳湖遗响妙犹闻，清似寒泉丽似云。

老向梧桐乡里住，当时樽酒共论文。

（桐乡朱方霭春桥刊有《小长芦渔唱》）

笺注

鸳湖：即鸳鸯湖，为嘉兴名胜。朱彝尊有《鸳鸯湖棹歌》。

梧桐乡：即桐乡，朱方霭（1721—1786），字吉人，号春桥，浙江桐乡人。彝尊族孙，有词集《小长芦渔唱》。

二

琴画楼钞廿五家，金针绣线论无加。

湖田欸乃都阑入，恐是先生老眼花。

（王述庵先生辑纂《琴画楼词》，首列樊榭，收及鄦制。先生词宗玉田，尝谓诗如已嫁之妇，针黹虽工，不免粗略；词则十五六女子，学绣既成，细意熨贴时也）

笺注

琴画楼钞：即王昶所编《琴画楼词钞》。收录张梁、厉鹗、陆培、张四科、陈章、朱方蔼、王又曾、吴烺、汪士通、吴泰来、江昱、储秘书、赵文哲、张熙纯、陆文蔚、过春山、朱昂、江立、朱泽生、吴元润、王初桐、宋维藩、吴锡麒、吴蔚光、杨芳灿二十五家词集，人各一卷。

湖田：吴蔚光有词集《小湖田乐府》，收入《琴画楼词钞》中。

欸乃：王初桐有词集《杯湖欸乃》，收入《琴画楼词钞》中。

按：先生指王述庵。王昶（1725—1806），字德甫，号述庵，又号兰泉，青浦（今上海市青浦区）人。乾隆十九年（1754）进士，历官内阁中书、刑部郎中、副都御史、江西按察使、陕西按察使、江西布政使、刑部侍郎等职。作者认为王述庵辑纂《琴画楼词》，缺乏辨别好坏的能力，显得老眼昏花。

三

浙西词格胜于诗，歌吹琴言自得师。

谏果甘回馀味好，薄寒肠断落花时。

（家谷人《有正味斋集》中《伫月楼琴言》一卷、《竹西歌吹》一卷、《燕市词》一卷，颇多妍雅，今但记"况近落花时节有些寒"九字）

笺注

浙西：清代影响最大的一个词学流派，其前期代表人物为朱彝尊等，吴锡麒是浙西词派后期的代表之一。

"歌吹"句：见其自注。

谏果：橄榄的别称。

谷人：吴锡麒（1746—1818），字圣征，号谷人。钱塘（今浙江杭州）人。乾隆四十年（1775）进士。有《有正味斋集》73卷。凡诗集16卷，诗续集8卷，外集5卷；骈体文集24卷，骈体文续集8卷；词集8卷，词续集2卷，词外集2卷。

四

蕴藉风流妍雅才,郎君邀我共登台。

月斜烟瘦留家法,压倒高三十五来。

(《妍雅堂词》,赵璞函丈作也。令子少钝亦善倚声。辛卯九日,偕余及高东井登黑窑厂,填《摸鱼儿》一调,高甚倾折。今高已下世,其词稿虽多,全散失矣)

笺注

妍雅:赵文哲有词集《妍雅堂词》。

赵璞函:赵文哲(1725—1773),字升之,一字损之,号璞函,上海人。由廪生应乾隆二十七年(1762)南巡召试,赐举人,授内阁中书,在军机章京上行走。以原任两淮盐运使卢见曾查抄案通信寄顿,褫职。时大军征缅甸,署云南总督阿桂奏请随军。入温福幕。三十八年(1773),小金川降者叛,与温福同死。

高东井:高文照,字润中,号东井,武康(今浙江省德清县)人。乾隆三十九年(1774)举人。有《东井山人遗诗》。

五

《乌丝》(陈其年检讨词)《弹指》(顾梁汾舍人词)剧苍凉,豪隽今推江夏黄。

却有南唐风韵在,晚霞一抹影池塘。(黄仲则词也韵绝)

笺注

乌丝:陈维崧有词集《乌丝词》。

弹指:顾贞观有词集《弹指词》。

南唐:五代十国之一。937年李昪代吴称帝,建都金陵(今江苏南京市),国号唐,史称南唐。

"晚霞"句：黄景仁《虞美人·闺中初春》词："绣罢频呵拈线手，昨夜交完九。问春何处最多些？只在浅斟低唱那人家。　半枝嫩柳当窗放，偷得新眉样。晚霞一抹影池塘，那有者般颜色做衣裳？"

黄仲则：黄景仁（1749—1783），字汉镛，一字仲则，自号鹿菲子，阳湖（今江苏省常州市）人。有《竹眠词》。〔清〕张德瀛《词徵》卷六："黄仲则小令，情辞兼胜。慢声颇多楚调，岂以有诗无幽、并豪士气，而于词一泄之邪？"

六

滴粉搓酥句最工，瓣香绝妙弁阳翁。

红衾如水莲花寺，传唱新声《一萼红》。

（汪剑潭平时喜讽《绝妙好词》，所著新艳凄惋。庚子正月寓京师莲花寺，填《一萼红》调索和）

笺注

滴粉搓酥：形容妇女打扮艳丽，这里指刻意辞章。见前第105页注。

绝妙弁阳翁：宋周密编有《绝妙好词》。周密，自号弁阳啸翁。

汪剑潭：汪端光（1748—1826），字剑潭、涧昙，仪征人，历官国子监助教官、广西南宁府同知、庆远、镇安府知府等。著有《汪剑潭诗稿》。

七

舍人明府竞雕章，玉季金昆数二杨。

记得重阳怀弟句，故乡对酒也凄凉。

（杨蓉裳《九日寄弟荔裳》有"故乡对酒也凄凉，何况他乡"二语，读之令人凄黯。《蓉裳词》已梓于甘肃任所，荔裳官中书）

笺注

舍人：官名。《周礼·地官·舍人》："舍人掌平宫中之政，分其财守，以法掌其出入者也。"本为宫内人之意，后世以为亲近左右之官。秦汉有太子舍人，为太子属官；魏晋以后有中书通事舍人，掌传宣诏命；隋唐又置起居舍人，掌修记言之史，置通事舍人，掌朝见引纳；明清内阁中书科设中书舍人，掌书写诰敕。杨揆曾官内阁中书，故称。

明府：汉以"明府"称县令，唐以后多用以专称县令。《后汉书·吴佑传》："国家制法，囚身犯之。明府虽加哀矜，恩无所施。"王先谦集解引沈钦韩曰："县令为明府，始见于此。"〔唐〕杜甫《北邻》诗："明府岂辞满，藏身方告劳。"杨芳灿曾官羌县知县，故称。

杨蓉裳：杨芳灿（1753—1815），字才叔，号蓉裳，江苏金匮人。历官羌县知县、户部员外郎等，好为诗，兼善词，有《真率斋稿》《芙蓉山馆词钞》。

荔裳：杨揆（1760—1804），字同叔，号荔裳，杨芳灿之弟。累官四川布政使。以积劳卒官，有《藤花馆稿》。

八

减字偷声几系思，清新喜见鲍家词。
月明如水门深闭，可似小长芦钓师。

（鲍受和以词见质予，亟赏此七字）

笺注

减字：唐宋曲子词中的术语。词的句度和声韵，都须按谱填写，不能变换。但当时音乐家在声腔方面，仍有所伸缩，因旧曲为新声。如《木兰花》原为七言八句，后将一、三、五、七句各减去末三字，成为《减字木兰花》。

偷声：即在一句中偷去一字。如唐张志和《渔歌子》词第三句"青箬笠，绿蓑衣"，刘禹锡《潇湘神词》第一句"斑竹枝，斑竹枝"，都是把七字句省去一字，分为三字二句。因而偷声、减字常连用。

小长芦钓师：朱彝尊晚号小长芦钓师。

九

穆堂词曲别源流，千里毫厘谬细纠。

心折嚼塘王竹所（王初桐字竹所，词极雅正），绿阴槐夏阁兼收。

（许穆堂精于词曲，辨别甚严。谓词中语可入曲，曲中语断不可入词，犹诗中语可入词，词中语断不可入诗。虽一字一句，便宜慎核出之。其论最确。《绿阴槐夏阁词》，朱适庭著）

笺注

穆堂：许宝善，字敩虞，一字穆堂，青浦人。生卒年均不详，乾隆进士。累官监察御史，有《自怡轩词》。〔清〕蒋敦复《芬陀利室词话》卷一："国初盛称云间陈李三宋词，一以花间为宗。至王述庵司寇续辑《词综》，瓣香竹垞，沿于浙派矣。许穆堂侍御著《自怡轩词》五卷，独能得小山父子风格，则其宗尚，雅在北宋。"

千里毫厘：即差之毫厘谬以千里，开始相差一小点，结果就会造成很大的错误。

王竹所：王初桐，原名王丕烈，字于阳，嘉定人，生卒年不详。监生，乾隆中官至齐河县丞，后又历新城、淄川等知县。其字号及室名甚多，计有赓仲、耿仲、无言、竹所、思玄、古香堂、杏花村、羹天阁、红豆痴侬、囕埜山人、红犁翠竹山房等。

朱适庭：朱昂，字德基，号适庭，长洲人，有《养云亭诗抄》《绿阴槐夏阁词》四卷等。

陈石麟

《书张皋文填词后二首》

作者简介

陈石麟，字宝摩，海盐人。乾隆三十八年（1773）举人，官山阴教谕。有《小信天巢诗钞》。

一

低晴浅雨送年华，燕子魂归梦里家。

无限天涯芳草思，断肠遗唱到杨花。

笺注

"低晴"句：张惠言《传言玉女》词："多谢东风，吹送故园春色。低晴浅雨，做清明时节。昨夜花影，认得江南新月，一枝枝漾，春魂如雪。　却问东风，怎都来伴闺寂。绣屏绮陌，有春人浓觅。闲庭闭门，翻锁一丝愁绝，梦儿无奈，又随春出。"

"断肠"句：张惠言《木兰花慢·杨花》词："尽飘零尽了，何人解当花看？正风避重帘，雨回深幕，云护轻幡。寻他一春伴侣，只断红，相识夕阳间。未忍无声委地，将低重又飞还。　疏狂情性，算凄凉耐得到春阑。便月地和梅，花天伴雪，合称清寒。收将十分春恨，做一天、愁影绕云山。看取青青池畔，泪痕点点凝斑。"

二

愁绝东风小病侵,乌阑黄绢误沉吟。

游丝一缕江南影,写出三春寸草心。

笺注

乌阑:即乌丝栏。指上下以乌丝织成栏,其间用朱墨界行的绢素。后亦指有墨线格子的笺纸。

黄绢:黄绢幼妇之省称,"绝妙"二字的隐语。

"游丝"二句:张惠言《青门引·上巳》词:"花意催春醒,和雨做成云性。流杯不敢趁轻阴,游丝一缕,个是江南影。　无端燕子呼残病,说道春将尽。出门却看芳草,青青放出垂杨径。"

石韫玉
《读蒋心馀彭湘涵郭频伽词草各系一诗》

作者简介

石韫玉（1756—1837），字执如，号琢堂，吴县（今江苏苏州）人。乾隆五十五年（1790）进士，授翰林院修撰。历官福建乡试正考官、提督湖南学政、日讲起居注官、四川重庆知府、兼护川东道、陕西潼商道、山东按察使等。有《独学庐诗文集》《花韵楼诗馀》《微波词》等。

一、蒋心馀

诗到江西气象新，元卿才调轶群伦。

铜琶铁板粗豪甚，要与苏辛作替人。

笺注

蒋心馀：蒋士铨（1725—1784）字心馀、苕生，号藏园，又号清容居士，晚号定甫，铅山（今属江西）人，有《忠雅堂诗集》《铜弦词》。

诗到江西：刘迎《题吴彦高诗集后》诗："万里山川悲故国，十年风雪老穷边。名高冀北无全马，诗到江西别是禅。"

"铜琶"二句：〔清〕陈廷焯《白雨斋词话》卷四："其年词沉雄悲壮，是本来力量如此。又如以身世之感，故涉笔便作惊雷怒涛，所少者，深厚之致耳。板桥、心馀，未落笔时，先有意为刘、蒋，金刚努目，正是力量歉处。"又："板桥诗境颇高，间有与杜陵暗合处，词则已落下乘矣。然毕竟尚有气魄，尚可支持。心馀则力弱气粗，竟有支撑不住之势。后人为词，学板桥不已，复学心馀，愈趋愈下，弊将何极耶。"替人，接替的人。

二、彭湘涵

龙堆马邑数经过，曾和天山《敕勒歌》。

万卷纷纶奔腕下，从来名士患才多。

笺注

彭湘函：彭兆荪（1768—1821），字湘函，一字甘亭，晚号忏摩居士，江苏镇洋人，有《小谟觞馆集》。〔清〕丁绍仪《听秋声馆词话》卷十五："'问何物金钱，恁无情、尽天上人间，坐他离别。'此镇洋彭甘亭上舍（兆荪）七夕《洞仙歌》后结也，意为人所同具，语则人所未有，一坐字意尤沉痛。所著《小谟觞馆词》，视之如古锦斑斓，仍运以疏宕之气。"

龙堆：白龙堆的略称，古西域沙丘名。〔汉〕扬雄《法言·孝至》："龙堆以西，大漠以北，鸟夷兽夷，郡劳王师，汉家不为也。"李轨注："白龙堆也。"《周书·异域传序》："是知雁海龙堆，天所以绝夷夏也；炎方朔漠，地所以限内外也。"

马邑：秦汉马邑县在今山西朔州市。唐置马邑县在今朔县东北。清嘉庆时废。又隋唐马邑郡即朔州，治善阳（今朔县）。

"万卷"句：郭曾炘《杂题国朝诸名家诗集后》："万卷《谟觞》恣抱揿，甘亭老未换青衿。兰鲸同贵非同调，只有频伽共命禽。"纷纶，杂乱貌；众多貌。

三、郭频伽

新声宛转谱红牙，姜史传薪又一家。

但有井华堪汲处，无人不解唱频伽。

笺注

郭频伽：郭麐（1767—1831），字祥伯，号频伽，因右眉全白，又号白眉生、郭白眉,又有邃庵居士、苎萝长者等号,江苏吴江人,有《灵芬馆诗集》等。

"**新声**"二句:〔清〕吴衡照《莲子居词话》卷三:"频伽词专摹小长芦,清折灵转,几于具体而又过之。"〔清〕陈廷焯《白雨斋词话》卷五:"频伽艳体,惟《忆少年》结句云:'当时已依约,况梦中寻路。'颇似竹垞手笔,集中不可多得。又《好事近》云:'犹认堕钗声响,却梧桐叶落。'措词甚雅,亦频伽词中罕见者。"

井华:井华水的省称,清晨初汲的水。〔北魏〕贾思勰《齐民要术·法酒》:"秫米法酒:糯米大佳。三月三日,取井花水三斗三升,绢筛曲末三斗三升,秫米三斗三升。"石声汉注:"清早从井里第一次汲出来的水。"〔宋〕苏轼《赠常州报恩长老》诗之一:"碧玉盌盛红马瑙,井花水养石菖蒲。"

席佩兰

《〈小湖田乐府〉题辞》

作者简介

席佩兰（1760—?），名蕊珠，字月襟，一字浣云、道华、韵芬等，善画兰，自号佩兰，遂以字行。昭文（今江苏常熟）人。袁枚女弟子，内阁中书席宝箴孙女，常熟孙原湘妻。有《长真阁集》。

一

诗坛久已领群雄，争捧珠槃败下风。

铁板铜琶歌水调，又传绝唱大江东。

笺注

珠槃：珠饰的盘。古代盟会所用。亦指盟文或订盟。

铁板铜琶：见前第113页注。

按：本绝句所论《小湖田乐府》，乃清人吴蔚光撰，嘉庆二年（1797）素修堂刻本。

二

竞呼玉笛按银筝，谁似吴家乐府清。

夜半月明天籁起，半兼飞瀑半松声。

笺注

玉笛：玉制的笛子。笛的美称。

乐府：诗体名。初指乐府官署所采制的诗歌，后将魏晋至唐可以入乐的诗歌，以及仿乐府古题的作品统称乐府。宋以后的词、散曲、剧曲，因配乐，有时也称乐府。这里指词。

天籁：自然界的声响，如风声、鸟声、流水声等。亦以"天籁"指诗文天然浑成得自然之趣。〔清〕袁枚《随园诗话》卷五："而近体之妙，须不著一字，自得风流；天籁不来，人力亦无如何。"

三

借花寄草托微波，风调原如白石多。

三十六陂秋色里，冷香飞出小红歌。

笺注

白石：姜夔，号白石道人。

"三十六"二句：姜夔《念奴娇》词上阕："闹红一舸，记来时、尝与鸳鸯为侣。三十六陂人未到，水佩风裳无数。翠叶吹凉，玉容销酒，更洒菰蒲雨。嫣然摇动，冷香飞上诗句。" 又，姜夔《过垂虹》诗："自作新词韵最娇，小红低唱我吹箫。曲终过尽松陵路，回首烟波十四桥。"

四

不师柳七兼秦七，肯学草窗和梦窗。

一片野云飞不定，并无清影落秋江。

笺注

柳七：柳永，原名三变，字景庄。后改名永，字耆卿。排行第七，又称柳七。

秦七：秦观，字少游，因排行第七，故称。

草窗：周密（1232—1298），字公谨，号草窗。

梦窗：吴文英，字君特，号梦窗。

"一片"句：〔宋〕张炎《词源》卷下："姜白石词如野云孤飞，去留无迹。"

五

画中书屋万千椽，空结鸥盟与鹭缘。

钓叟渔娃农子弟，春风唱遍小湖田。

笺注

鸥盟与鹭缘：犹鸥鹭盟。谓与鸥鸟白鹭为友。比喻隐退。

钓叟：钓翁；渔翁。

小湖田：即吴蔚光的《小湖田乐府》。

六

小字簪花写未成，蔷薇香露几回倾。

秋灯愿擘红蚕茧，亲绣曹娥八字评。

笺注

簪花：古代书体的一种。〔明〕王彦泓《有女郎手写余诗数十首笔迹柔媚纸光洁滑玩而味之》诗之二："江令诗才犹剩锦，卫娘书格是簪花。"

红蚕：老熟的蚕，体呈红色，故称。

曹娥八字评：即曹娥碑上的"黄绢幼妇外孙齑臼"八字，即"绝妙好辞"之隐语。事见《世说新语·捷悟》。

赵同钰
《〈小湖田乐府〉题辞》

作者简介

赵同钰（生卒不详），字子梁，常熟（今属江苏）人，与席世昌、席煜、孙原湘并称"虞山四才子"，有《邻淬阁集》。

一

蓬山仙吏旧词臣，归作骚坛领袖人。

彩笔一枝闲不得，小中长调更翻新。

笺注

蓬山：即蓬莱山。相传为仙人所居。

彩笔：江淹少时，曾梦人授以五色笔，从此文思大进，晚年又梦一个自称郭璞的人索还其笔，自后作诗，再无佳句。后人因以"彩笔"指词藻富丽的文笔。

二

姜张风格本超然，写遍蛮方十样笺。

一洗人间筝笛耳，玉箫吹彻彩云边。

笺注

姜张：姜夔、张炎。

蛮方十分笺：谓蜀笺。唐时指四川地区所造彩色花纸。〔元〕费著《笺纸谱》："谢公（师厚）有十色笺。……杨文公（亿）《谈苑》载韩浦寄弟诗云:'十样蛮笺出益州,寄来新自浣花头。'"

筝笛耳:即世俗之审美习惯,苏轼《听杭僧惟贤琴》诗:"归家且觅千斛水,净洗从前筝笛耳。"

三

几拍红牙调绝殊,小湖田水碧萦行。

拥书万卷花三面,合写双鬟入画图。

笺注

红牙:乐器名。檀木制的拍板,用以调节乐曲的节拍。〔宋〕司马光《和王少卿十日与留台国子监崇福宫诸官赴王尹赏菊之会》诗:"红牙板急弦声咽,白玉舟横酒量宽。"

双鬟:古代年轻女子的两个环形发髻。〔唐〕白居易《续古诗》之五:"窈窕双鬟女,容德俱如玉。"

潘际云
《题〈断肠词〉》

作者简介

潘际云（1763—？），字人龙，号春洲，江苏溧阳人，嘉庆十年（1805）进士，官安徽霍山知县。有《藏芸阁书目》《春洲札记》《清芬堂文集》《清芬堂古今体诗》正续集等。

幽栖一卷《断肠词》，家世文公擅淑姿。

谁把庐陵真本误，柳梢月上约人时。

（朱淑真，海宁女子，自称幽栖居士，著有《断肠词》一卷，前有《纪略》一篇，称为文公侄女。今按其词止二十七阕。杨慎升庵《词品》载其《生查子》一阕，有"月上柳梢头，人约黄昏后"之语。毛晋遂指为白璧微瑕。然此词今载欧阳公《庐陵集》第一百三十一卷中，不知何以窜入淑真集内，诬以桑濮之行。慎收入《词品》，既不为考，而晋刻《宋名家词》六十一种，《六一词》既在其内，乃于《六一词》漏注"互见《断肠词》"，已乱其例，而于淑真集更不一置辨，且实证为白璧微瑕，益为卤莽之甚。今其集已收入《四库》书而刊去此篇，庶不致厚诬古人矣）

笺注

幽栖：朱淑真，号幽栖居士。

文公：朱文公，朱熹。据传，朱淑真为朱熹之侄女。故此诗谓"家世文公"。

淑姿：优美的体态；美好的姿容。

"谁把"二句：见作者自注。

尤维熊

《评词八首》

作者简介

尤维熊（1766—1809），字祖望，号二娱，长洲（今江苏苏州）人。乾隆拔贡生，官云南蒙自知县，工诗词。有《二娱小庐诗词钞》。

一

《金荃》丽制流传后，作手南唐有几人。

可惜翻香歌小令，淋浪蒜发老汪伦。（长洲汪槐村炘）

笺注

《金荃》：《金荃词》，一作《金筌词》，温庭筠词集名。

蒜发：壮年人的花白头发。亦泛指斑白的头发。《北齐书·慕容绍宗传》："吾自年二十已还，恒有蒜发，昨来蒜发忽然自尽。"〔宋〕张淏《云谷杂记·蒜发》："今人言壮而发白者，目之曰蒜发，犹言宣发也。"

汪伦：唐黟县人，曾任泾县县令，卸任后由于留恋桃花潭，特将其家由黟县迁往泾县。李白游历泾县桃花潭，他以美酒待客。临别时，李白作《赠汪伦》诗："桃花潭水深千尺，不及汪伦送我情。"

二

娄东一隽工长调，神力追还北宋能。

未必前身是青兕，天生璨骨瘦凌竞。（镇洋彭甘亭兆荪）

笺注

娄东：彭兆荪（1769—1821），字湘涵，号甘亭居士，江苏镇洋（今太仓，又称娄东）人，著有《小谟觞馆诗馀》。〔清〕蒋敦复《芬陀利室词话》卷一："吾州彭甘亭征君擅长骈体，小谟觞馆文集，几与石笥山房卷葹阁争胜。诗亦古藻纷披。词不多作，《台城路·题汪紫珊碧梧山馆》云：'十年梦想汪伦久，相逢秣陵羁旅。璧月词人，微云女婿，家住石帆深处。药阑花漵，有翠凤栖檐，冷蛩当户。一片吟情，秋声都在最高树。　才闻踏歌岸上，又东劳西燕，相背飞去。江草黏天，杨花滚雪，愁听离亭津鼓。银床小坞，问甚日闲踪，再圆鸥侣。写我西窗，剪灯同话雨。'宗旨似在梦窗、草窗间。"

青兕：青兕牛。古代犀牛类兽名。一角，青色，重千斤。《楚辞·招魂》："君王亲发兮惮青兕。"王逸注："言怀王是时亲自射兽，惊青兕牛而不能制也。"洪兴祖补注："《尔雅》：兕，似牛。注云：一角，青色，重千斤。"《宋史·辛弃疾传》："僧义端者，喜谈兵，弃疾间与之游。及在（耿）京军中，义端亦聚众千馀，说下之，使隶京。义端一夕窃印以逃，京大怒，欲杀弃疾。弃疾曰：'乞我三日期，不获，就死未晚。'揣僧必以虚实奔告金帅，急追获之。义端曰：'我识君真相，乃青兕也，力能杀人，幸勿杀我。'"

凌兢：也作"凌竞"，形容寒凉。《汉书·扬雄传上》："登椽栾而羾天门兮，驰阊阖而入凌兢。"

三

老伴斋郎二十年，此心如玉费雕镌。

新词近播长安市，写出春阴似墨天。（仪征汪剑潭端光）

笺注

斋郎：掌宗庙社稷祭祀的小吏。魏始置，属太常。唐宋亦皆置之。

雕镌：犹雕刻。比喻刻意修饰文辞。〔唐〕韩愈《奉和仆射裴相公》诗："摆落遗高论，雕镌出小诗。"

四

蛮鼓春场迎小社，玉笙清夜忆江南。

伤心蘅梦楼头梦，天遣飘零郭十三。（吴江郭频伽麐）

笺注

蛮鼓：南方一种大鼓。也叫蜀鼓。

玉笙：饰玉的笙。亦用为笙之美称。

"伤心"二句：蘅梦，郭麐有词集《蘅梦》二卷。郭麐（1767—1831），字祥伯，号频伽，排行十三，江苏吴江人。少有神童之目。所作诗词古文，皆清婉颖异，有古人法度。著有《灵芬馆集》。

五

琴趣三千调不同，清真第一老词宗。

梅溪风调尧章笔，略见情禅谩语中。（北平邵寿民葆祺）

笺注

清真：周邦彦，号清真居士。

梅溪：史达祖字邦卿，号梅溪。

尧章：姜夔字尧章，别号白石道人。

情禅：〔清〕丁绍仪《听秋声馆词话》卷五："《沤尘集》中，附大兴邵寿民中翰（葆祺）《情禅词》数阕。《好事近》云：'曲项旧琵琶，记听玉盘珠落。又见玉人纤手，压当场弦索。　一声水调暮江秋，秋鬓已非昨。剩有青衫馀泪，为胆娘抛却。'《虞美人》云：'天涯词客飘蓬惯，笔借江花暖。也知烟月了无痕，祇觉扬州依旧占三分。　野塘处处鸳鸯偶，冷蝶惟增瘦。渭城歌罢向燕台，从此双心一影渺红埃。'惜全稿未见。"

六

才人馀事孙平叔,词可雕云调遏云。

香草灵源寻一脉,风流落落顾梁汾。（金匮孙平叔尔准）

笺注

"才人"二句:孙尔准(1770—1832),字平叔、莱甫,号戒庵,江苏金匮人,孙永清子。嘉庆十年(1805)进士,选翰林院庶吉士,授编修。历官知福建汀州府、福建布政使、广东布政使、安徽巡抚、福建巡抚等职。有《泰云堂诗集》十八卷、《泰云堂文集》二卷、《雕云词》一卷、《荔香乐府》一卷、《海棠巢乐府拈题》一卷等。遏云,使云停止不前。形容歌声响亮动听。

灵源:对水源的美称。

顾梁汾:顾贞观(1637—1714),原名华文,字华峰,号梁汾,无锡人。

七

玉田最善倚新声,渔笛蘋洲两擅名。

争似花桥词客好,冰蚕小字按银筝。（元和孙湘云宗朴）

笺注

玉田:张炎字叔夏,号玉田,又号乐笑翁。

渔笛蘋洲:周密有词集《蘋洲渔笛谱》。

花桥:孙宗朴有《花桥词钞》三卷(据《贩书偶记续编》卷二十)。〔清〕孙兆溎《片玉山房词话》:"家湘云(宗朴),苏郡人。少负大志,久客山左。能骑射,有拳勇,精申、韩之学。历佐大幕,所至争迎。性好音律篆刻,尤工长短句。"

冰蚕:古代传说中的一种蚕。〔晋〕王嘉《拾遗记·员峤山》:"有冰蚕长七寸,黑色,有角有鳞,以霜雪覆之,然后作茧,长一尺,其色五彩,织为文锦,入水不濡,以之投火,经宿不燎。"

八

古愚拔帜伽陵后,心识伽陵气格粗。

幼眇心声谁可继,金风亭长小长芦。（元和陈古愚本直）

笺注

拔帜:犹言另树一帜。

伽陵:即迦陵,陈维崧号。

幼眇:幽微,微妙。《汉书·中山靖王刘胜传》:"今臣心结日久,每闻幼眇之声,不知涕泣之横集也。"颜师古注:"幼眇,精微也。"

金风亭长:朱彝尊字锡鬯,号竹垞,晚号小长芦钓鱼师,又号金风亭长。

陈古愚:陈本直(？—1838),字畏三,号古愚,元和人。贡生。有《覆瓿诗草》。

《续评词四首》

一

藕花今日吴君特,欲把黄金铸易安。

《漱玉》一编摊夜半,共谁人赌写冰纨。（秀水吴秋鹤友松）

笺注

藕花:即荷花。

吴君特：吴文英，字君特，号梦窗。

易安：李清照，号易安居士。

《漱玉》：李清照词集名。

冰纨：细密洁白的丝织品，以色素鲜洁如冰，故称。

吴秋鹤：吴友松字秋鹤，秀水（今浙江嘉兴）人，诗才清逸，尤工填词，著有《野花词话》。自少幕游山左，以瘵疾卒，年仅三十六。

二

黄门豪迈似髯苏，却与铜琶铁板殊。

旧谱红牙今白发，风情还似昔年无。（青浦许穆堂宝善）

笺注

髯苏：宋苏轼的别称，以其多髯故。〔宋〕苏轼《客位假寐》诗："同僚不解事，愠色见髯苏。"

铜琶铁板：形容豪迈激越的文章风格。也作"铁板铜弦"、"铁板铜琶"。

许穆堂：许宝善，字敩虞，一字穆堂，青浦人。生卒年均不详，乾隆进士。累官监察御史，有《自怡轩词》。

三

桃花庵壁句如仙，记读新词又一年。

残月晓风何处也，风流忆杀柳屯田。（歙县汪瀚云梅鼎）

笺注

残月晓风：柳永《雨霖铃》有"杨柳岸晓风残月"句。

柳屯田：柳永，官至屯田员外郎、故称柳屯田。

汪梅鼎（？—1815）：字映雪，一作映琴，号畹云，一号瀚云，又号蓼塘。安徽休宁人。乾隆五十八年（1793）进士，官御史。

四

每听旗亭唱渭城，却将古意度新声。

平生未识人才面，只记江南张渌卿。（张渌卿）

笺注

旗亭：指酒楼，古代酒家筑亭道旁，挑旗门前，故称。

渭城：乐府曲名。亦名《阳关》。〔唐〕王维《送人使安西》诗："渭城朝雨浥轻尘，客舍青青柳色新。劝君更尽一杯酒，西出阳关无故人。"后来谱入乐府，便以诗中"渭城"名曲。

张渌卿：张诩，字渌卿，仁和（今浙江杭州）人。〔清〕郭麐《灵芬馆词话》卷一："张渌卿诩，与余定交浙江学使云台先生署中。渌卿好为词，亦兼作香奁诸诗。余以辛稼轩事告之，劝其专致力于倚声，渌卿颇韪余言。其词好为秾纤侧艳之体，而清气自不可掩。有秋夜偕频伽定香亭小饮，感赋云：'隔院催残点。西风急、雁声卷起清怨。金波荡树，荷香渐歇，翠盘敧软。安仁此日肠断。判付与、清尊汗漫。念醮堤、衰柳依依，今宵泣瘦啼眼。　忍将银字重钩，新词自谱，灯下同看。鸣蛩颤冷，高梧坠叶，泪花惊散。流光暗里偷换。更荏苒、天长梦短。便悄然、凭暖阑干，沈腰又减。'定香亭，学署荷池之亭也，余与渌卿时对饮于此。"

屈秉筠
《〈小湖田乐府〉题辞》

作者简介

屈秉筠（1767—1810），字宛仙，江苏常熟人，赵同钰妻，有《蕴玉楼诗集》。

一

乌丝传写遍词坛，多少名流抗手难。

七尺瑶琴千尺雪，仙人端坐碧云潭。

笺注

乌丝：即乌丝栏。指上下以乌丝织成栏，其间用朱墨界行的绢素。〔唐〕罗隐《谢江都郑长官启》："保持所切，已高黄绢之名；传写可知，旋长乌丝之价。"后亦指有墨线格子的笺纸。〔宋〕陆游《雪中怀成都》诗："乌丝阑展新诗就，油壁车迎小猎归。"

抗手：犹匹敌。〔清〕邹弢《三借庐笔谈·蒲留仙》："盖脱胎于诸子，非仅抗手于左史、龙门也。"

瑶琴：用玉装饰的琴。〔南朝宋〕鲍照《拟古》诗之七："明镜尘匣中，瑶琴生网罗。"

二

六家绮丽一齐删,瑶草琼沙秀莫攀。

肯向旗亭夸画壁,清音只落水云间。

笺注

六家:清前期龚翔麟辑朱彝尊等六家词为一集,是为《浙西六家词》。浙西词派由此得名。

旗亭:典出唐人薛用弱《集异记》,所载为王昌龄、高适、王之涣"旗亭画壁"之轶事。旗亭,酒楼;悬旗为酒招,故称。

清音:清越的声音。《淮南子·兵略训》:"夫景不为曲物直,响不为清音浊。"〔晋〕左思《招隐诗》之一:"非必有丝竹,山水有清音。"

三

纷纷红豆记当筵,新谱湖田近玉田。

作个人间老词客,自家忘却玉堂仙。

笺注

湖田:指吴蔚光的《小湖田乐府》。

玉田:张炎字叔夏,号玉田。

玉堂仙:翰林学士的雅号。〔宋〕苏轼《舟行至清远县见顾秀才极谈惠州风物之美》诗:"到处聚观香案吏,此邦宜著玉堂仙。江云漠漠桂花湿,海雨翛翛荔子然。"

孙尔准
《论词绝句》

作者简介

孙尔准（1770—1832），字平叔，江苏金匮人，广西巡抚永清子。嘉庆十年（1805）进士，选庶吉士，授编修。历汀州知府、江西按察使、福建布政使，安徽、福建巡抚，至闽浙总督，加太子少保，卒赠太子太师，谥文靖。有《泰云堂集》《雕云词》等。

一

风会何须判古今，含商嚼徵有知音。

美人香草源流在，犹是当时屈宋心。

笺注

风会：风气，时尚。《明史·乔允升曹于汴等传赞》："虽其材识不远，耳目所熟习，不能不囿于风会，抑亦一时之良也。"

美人香草：喻国君及诸贤臣。〔汉〕王逸《〈离骚〉序》："《离骚》之文，依《诗》取兴，引类譬谕，故善鸟香草，以配忠贞；恶禽臭物，以比谗佞；灵修美人，以媲于君。"后因称《离骚》文为美人香草之辞，并以美人香草象征忠君爱国思想。

屈宋：战国时楚辞赋家屈原、宋玉的并称。〔南朝梁〕刘勰《文心雕龙·辨骚》："屈宋逸步，莫之能追。"

二

草窗绝妙胜遗编，碎玉风琴韵半天。

一曲水仙瀛海阔，刺船何处觅成连。

笺注

"草窗"句：周密有《绝妙好词》，收132家390首词作。

"一曲"句：周密有《绣鸾凤花犯·赋水仙》词："楚江湄，湘娥乍见，无言洒清泪。淡然春意。空独倚东风，芳思谁寄。凌波路冷秋无际，香云随步起。谩记得，汉宫仙掌，亭亭明月底。　冰弦写怨更多情，骚人恨，枉赋芳兰幽芷。春思远，谁叹赏、国香风味。相将共、岁寒伴侣。小窗净、沉烟熏翠袂。幽梦觉，涓涓清露，一枝灯影里。"瀛海，大海。〔汉〕王充《论衡·谈天》："九州之外，更有瀛海。"〔宋〕贺铸《海月谣》词："楼平叠巘。瞰瀛海、波三面。"

"刺船"句：传说春秋时，著名琴师成连教伯牙学琴三年，伯牙情志仍未能专一，于是用船把伯牙送到荒僻无人的岛上，让他从自然界的音响中悟得琴理。事见《乐府古题要解》。后因以"刺船"为使人移情之典。

三

凤林书院纪新收，最爱书棚读画楼。

犹识金元盛风雅，不知谁洗《草堂》羞。

笺注

凤林书院：即元代江西庐陵凤林书院无名氏选辑《凤林书院草堂诗馀》，一名《名儒草堂诗馀》。

风雅：风流儒雅。〔晋〕陆机《辩亡论上》："风雅则诸葛瑾、张承、步骘，以名声光国。"〔宋〕赵令畤《侯鲭录》卷一："坡云：'这汉病中瘦则瘦，俨然风雅。'"

四

词场青兕说髯陈,千载辛刘有替人。

罗帕旧家闲话在,更兼蒋捷是乡亲。

笺注

青兕:王煜《迦陵词钞》评语曰:"沉雄壮阔,秾丽苍凉,合称转世青兕。清初词家,断为巨擘。"

髯陈:陈维崧。陈维崧多须髯,人称"陈髯"。徐珂《近词丛话》:"宜兴陈其年检讨维崧,少清臞,冠而于思,须浸淫及颧准,侪辈号为陈髯。"

替人:接替的人。〔唐〕封演《封氏闻见记推证》:"准例,替人五月五日以前到者得职田。"

"罗帕"句:蒋捷《女冠子·元夕》词:"蕙花香也,雪晴池馆如画。春风飞到,宝钗楼上,一片笙箫,琉璃光射。而今灯谩挂。不是暗尘明月,那时元夜。况年来、心懒意怯,羞与蛾儿争耍。 江城人悄初更打。问繁华谁解,再向天公借。剔残红灺。但梦里隐隐,钿车罗帕。吴笺银粉砑。待把旧家风景,写成闲话。笑绿鬟邻女,倚窗犹唱,夕阳西下。"罗帕,丝织的方巾。旧时女子既作随身用品,又作佩戴饰物。

"更兼"句:陈维崧和蒋捷都是江苏宜兴人,故称。

五

姑山句好尚书称,一代词家尽服膺。

人籁定输天籁好,长芦终是逊迦陵。

笺注

服膺:铭记在心;衷心信奉。

人籁：指人力精工制作的作品。〔清〕袁枚《随园诗话》卷七："无题之诗，天籁也；有题之诗，人籁也。天籁易工，人籁难工。"

天籁：指诗文天然浑成得自然之趣。〔唐〕陆龟蒙《奉和因赠至一百四十言》："唱既野芳坼，酬为天籁疏。"

"长芦"句：作者认为朱彝尊不及陈维崧。〔清〕王士禛《花草蒙拾》："云间数共论诗拘格律，崇神韵。……友人中，陈其年工哀艳之辞，彭金粟擅清华之体，董文友善写闺襜之致，邹程村独标广大之称，仆所云，近愧真长矣。"〔清〕谢章铤《赌棋山庄词话》卷十："余谓竹垞超伦绝群，以近迦陵，洵无愧色，馀子皆当敛衽。"〔清〕陈廷焯《词坛丛话》："词至国朝，直追两宋，而等而上之，作者如林，要以竹垞、其年为冠。朱、陈外，首推太鸿。譬之唐诗，朱、陈犹昌黎，作者虽多，无出三家之右。"〔清〕冯金伯《词苑萃编》卷八"品藻"："曹秋岳曰：其年与锡鬯并负轶师才，同举博学鸿词，交又最深，其为词亦工力悉敌。《乌丝》《载酒》，一时未易轩轾也。（《乌丝》，陈维崧词集；《江湖载酒集》，朱彝尊词集。）"蒋兆兰《词说》："宋代词家，源出五代，皆以婉约为宗。自东坡以浩瀚之气行之，遂开豪迈一派。南宋辛稼轩，运深沉之思于雄杰之中，遂以苏辛并称。他如龙洲、放翁、后村，皆嗣响稼轩，卓卓可传者也。嗣兹以降，词家显分两派，学苏辛者所在皆是。至清初陈迦陵，纳雄奇万变于令慢之中，而才力雄富，气概卓荦。苏辛派至此可谓竭尽才人能事。后之人无可措手，不容作、亦不必作也。"〔清〕张德瀛《词徵》卷六："陈其年冠而于思，须浸淫及额准，天下学士大夫号为陈髯。王西樵语弟子曰：'其年短而髯，吾只觉其妩媚可爱，以伊胸中有数千卷书耳。'朱竹垞词曰：'池塘梦里，试寻髯也消息。'李分虎词：'髯也风流玉田侣。'蒋苕生词：'一丈清凉界，倚高梧、解衣盘薄，髯其堪爱。'盖本于诸葛武侯答关云长书，犹未及'髯之绝伦逸群'一语。"又，"恽寿平《瓯香馆集》，题雪山图和陈其年韵'吴生擎扇向我笑，好游髯客望归鞭。'"王煜《迦陵词钞》评语曰："沉雄壮阔，秾丽苍凉，合称转世青兕。清初词家，断为巨擘。"

六

七宝楼台隶事骈，雪狮儿句咏衔蝉。

清空婉约词家旨，未必新声近玉田。

笺注

隶事：以故事相隶属，谓引用典故。《南史·王谌传》："谌从叔摛，以博学见知。尚书令王俭尝集才学之士，总校虚实，类物隶之，谓之隶事，自此始也。俭尝使宾客隶事多者赏之，事皆穷。"

骈：聚集，罗列。

"雪狮"句：朱彝尊《雪狮儿·钱葆酚舍人书咏猫词索和赋得三首》词其二："胜酥入雪，谁向人前，不仁呼汝。永日重阶，恒把子来潜数。痴儿騃女。且莫漫、彩丝牵住。一任却、食鱼捕雀，顾蜂窥鼠。 百尺红墙能度，向檀郎谢媛，春眠何处。金缕鞋边，惯是双瞳偏注。玉人回步。须听取、殷勤分付。空房暮。但唤衔蝉休误。"衔蝉，衔蝉奴之省称。猫名。黄庭坚《从随主簿乞猫》诗："闻到狸奴将数子，买鱼穿柳聘衔蝉。"〔明〕王志坚《表异录·羽族》："后唐琼花公主，有二猫，一白而口衔花朵，一乌而白尾，主呼为衔蝉奴、昆仑妲己。"

"未必"句：〔清〕吴衡照《莲子居词话》卷二："竹垞自云：'倚新声，玉田差近。'其实玉田词疏，竹垞谨严。玉田词淡，竹垞精致。殊不相类。窃谓小长芦擅有南宋人之胜，而其圆转浏亮，应得力于乐笑翁耳。"〔清〕钱裴仲《雨华庵词话》："吾乡朱竹垞先生自题其词曰：'不师秦七，不师黄九，倚新声，玉田差近。'余窃以为未然。玉田词清高灵变，先生富于典籍，未免堆砌。咏物之作，尤觉故实多而旨趣少。咏物之题，不能不用故实。然须运化无迹，而以虚字呼唤之，方为妙手。"〔清〕陈廷焯《词坛丛话》："竹垞自题词云：'不师秦七，不师黄九，倚新声，玉田差近。'此犹其论词也。其实，取法玉田，不过借径，至其自得之妙，虽玉田亦当逊一席。"〔清〕冯金伯《词苑萃编》卷八"品藻"："朱竹垞曰：词莫善于姜夔、梅溪、玉田、碧山诸家，皆具夔之一体。"

七

笛家南渡慢词工，静志题评语最工。

不分梁汾夸小令，一生周柳擅家风。

笺注

"**静志**"句：朱彝尊《静志居琴趣》有《临江仙·和成容若见寄秋夜词》词："倦柳愁荷陂十里，一丝一雁络晴空。酸鸡渐逼小亭中。鱼云难掩月，豆叶易吟风。　才子年来相忆数，经秋离思安穷。新词题就蜀笺红。雪儿催未付，先寄玉河东。"

不分：没有料到。不服气。

梁汾：顾贞观《通志堂词序》："容若天资超逸，倏然尘外，所为乐府小令，婉丽凄清，使读者哀乐不知所主，如听中宵梵呗，先凄婉而后喜悦。"〔清〕郭麐《灵芬馆词话》卷二："顾梁汾与成容若友善，容若专工小令，慢词间一为之。惟题梁汾栉香小影'德也狂生耳'一首，最为佚宕。"〔清〕冯金伯《词苑萃编》卷十八"纪事"引叶舒璐记云："康熙十七年，吴江吴孝廉兆骞，因丁酉科场事，久戍宁古塔，将《菊庄词》及成容若《侧帽词》、顾梁汾《弹指词》三本，与骁骑校带至会宁地方。有东国会宁都护府记官仇元吉，前观察判官徐良崎见之，用金一饼购去，仍各题一绝于左。其仇元吉词云：'中朝寄得《菊庄词》，读罢烟霞照海湄。北宋风流何处是，一声铁笛起相思。'徐良崎题《弹指》《侧帽》二词云：'使车昨渡海东偏，携得新词二妙传。谁料晓风残月后，而今重见柳屯田。'以高丽纸书之，仍令骁骑带回中国，遂盛传之。"况周颐《蕙风词话》卷五："饮水词有云：'吹花嚼蕊弄冰弦。'又云：'乌丝阑纸娇红篆。'容若短调，轻清婉丽，诚如其自道所云。"蔡嵩云《柯亭词论》："纳兰小令，丰神迥绝。学后主未能至，清丽芊绵似易安而已。悼亡诸作，脍炙人口。尤工写塞外荒寒之景，殆扈从时所身历，故言之亲切如此。其慢词则凡近拖沓，远不如其小令，岂词才所限欤？"

八

吊雨花台万口传,平安季子语缠绵。

东风野火鸳鸯瓦,才是平生第一篇。

笺注

吊雨花台：顾贞观《金缕曲·秋暮登雨花台》词："此恨君知否。问何年、香消南国,美人黄土。结绮新妆看未竟,莫报诸军飞渡。待领略倾城一顾。若使金瓯常怕缺,纵繁华千载成虚负。琼树曲,倩谁谱。　重来庾信哀难诉。是耶非、乌衣朱雀,旧时门户。如此江山刚换得,才子几篇词赋。吊不尽人间今古。试上雨花台上望,但寒烟衰草秋无数。听嘹唳,雁行度。"

"平安"句：顾贞观《金缕曲·寄吴汉槎宁古塔,以词代书,丙辰冬寓京师千佛寺冰雪中作》词："季子平安否。便归来、平生万事,那堪回首。行路悠悠谁慰藉,母老家贫子幼。记不起、从前杯酒。魑魅搏人应见惯,总输他、覆雨翻云手。冰与雪,周旋久。　泪痕莫滴牛衣透。数天涯、依然骨肉,几家能够。比似红颜多薄命,更不如今还有。只绝塞、苦寒难受。廿载包胥承一诺,盼乌头马角终相救。置此札,君怀袖。"

"东风"句：顾贞观《青玉案》词："天然一帧荆关画,谁打稿、斜阳下？历历山残水剩也,乱鸦千点,落鸿孤咽,中有渔樵话。　登临我亦悲秋者,向蔓草平原泪盈把。自古有情终不化。青娥冢上,东风野火,烧出鸳鸯瓦。"

按：〔清〕沈雄《古今词话》"词评下卷"录顾茂伦曰："梁汾舍人,吾家之司马散骑也。翩翩风采,久不作等夷观矣。其词亦为世所竞赏。"　又,"沈偶僧曰：余同吴季子北游,与梁汾谛交于芙蓉江上,此三十年事也。伯劳飞燕,已成白首。兹读《弹指词》,妙丽胜人,及寄季子《金缕曲》,叹其多情,于词亦无欲尽之病。"〔清〕郭麐《灵芬馆词话》卷二："顾梁汾与成容若友善,容若专工小令,慢词间一为之。惟题梁汾杵香小影'德也狂生耳'一首，最为佚宕。梁汾寄汉槎塞外'季子平安否'一首，久已脍炙人口。"〔清〕谢章铤《赌棋山庄词话》卷七："顾梁汾短调隽永，长调委宛尽致，得周、柳精处。迹其生平，与吴汉槎最称莫逆，《秋笛》之诗，《弹指》之词，固是骚坛二妙。其寄汉槎宁古塔《贺新郎》云云，浓挚交情，艰难身世，苍茫离思，愈转愈深，一字一泪。吾想汉槎当日，得此词于冰天雪窖间，不知何以为情。"〔清〕陈廷焯《白雨斋词话》卷三："华峰《贺新郎》（寄吴汉槎宁古塔，以词代书）两阕，只如家常说话，而痛快淋漓，宛转反覆，两人心迹，一一如见。虽非正声，亦千秋绝调也。……二词纯以性情结撰而成，悲之深，慰之至。丁宁告戒，无一字不从肺腑流出。可以泣鬼神矣。"

九

严顾同熏北宋香，清词前辈数吾乡。

珠帘细雨今犹昔，贺老江南总断肠。

笺注

"清词"句：严绳孙、顾贞观与孙尔准都是无锡人，故曰"吾乡"。

珠帘：严绳孙《小重山·桂花》："一夜檀心怨广寒。西风吹不尽，小窗闲。汉宫黄额画来难。珠帘卷、惆怅夕阳山。　可记晓妆残。有人亲插与、鬓云弯。露华依旧湿阑干。何曾是、寂寞泪珠弹。"

细雨：严绳孙《望江南》："江南好，一片石头城。细雨飞来矶燕小，暖风扶上纸鸢轻。依约是清明。"

"贺老"句：黄庭坚《寄方回》："解道江南断肠句，只今惟有贺方回。"

按：〔清〕谢章铤《赌棋山庄词话·续编三》："凌廷堪论词云：我朝斯道（按：指填词）复兴，若严荪友、李秋锦、彭羡门、曹升六、李畊客、陈其年、宋牧仲、丁飞涛、沈南渟、徐电发诸公，率皆雅正，上宗南宋，然风气初开，音律不无小乖，词意微带豪艳，不脱草堂前明习染。"

十

新来艳说六家词,秋锦差能步钓师。

云月西昆挦扯遍,防他笑齿冷伶儿。

笺注

艳说:艳羡地评说。

六家词:指朱彝尊、李良年、龚翔麟、李符、沈皞日、沈岸登六家之词,由龚翔麟所选,题为《浙西六家词》。

"秋锦"句:此句谓其略能步武朱彝尊。李良年,号秋锦;钓师,朱彝尊号小长芦钓鱼师;差能,略微能。〔清〕陈廷焯《白雨斋词话》卷三:"二李词绝相类,大约皆规模南宋,羽翼竹垞者。" 徐珂《近词丛话》:"彝尊词一宗姜张,其弟子李良年、李符辅佐之,而其传弥广。"

西昆挦扯:〔宋〕刘攽《中山诗话》:"祥符天禧中,杨大年、钱文僖、晏元献、刘子仪以文章立朝,为诗皆宗尚李义山,号'西昆体'。后进多窃义山语句。赐宴,优人有为义山者,衣服败敝,告人曰:'我为诸馆职挦扯至此。'闻者欢笑。"后以比喻割裂文义剽窃词句。这里用此典批评浙派末流只知摹仿姜、张,正如宋代杨亿诸人的西昆体,徒得其形而失其神。

十一

作者谁能按谱填,乐章琴趣调三千。

谁知万首连城璧,眼底无人说畹仙。

笺注

乐章:古代指配乐的诗词。后亦泛指能入乐的诗词。〔宋〕张端义《贵耳集》卷上:"自宣政间,周美成、柳耆卿辈出,自制乐章。"

琴趣:词的别名。词原可配乐歌唱,其音动听,故有此称。〔宋〕欧阳修词集名《醉翁琴趣》,黄庭坚词集名《山谷琴趣》。

连城璧:价值连城之玉。

畹仙:王一元(1658—?),字畹仙,江苏无锡人。〔清〕吴衡照《莲子居词话》卷四:"无锡王宛先(一元)占籍铁岭中,康熙癸未进士。生平有词癖,顾大半散失。晚年自订其所存一千六百馀首,釐为二十卷,名《芙蓉舫集》。兰泉先生《词综》未及采录,亟登数章,附见梗概。《卜算子》云:'无计遣春愁,帘外红成阵。绣对鸳鸯配并头,花下长交颈。 欲绣漫停针,心上还重省。数尽归期又不归,绣着鸳鸯怎。'……宛先,初为钱唐赵恒夫给谏(吉士)扬州观风所拔士,久居寄园,后官内阁中书。无子,以女适给谏孙。今《芙蓉舫集》二十卷,在钱塘赵氏。"〔清〕丁绍仪《听秋声馆词话》卷二十:"孙文靖(尔准)论词绝句云:'作者谁能按谱填。……'盖为吾乡王畹仙中翰(一元)作。畹仙寄籍奉天,冒吴姓,举京兆,康熙癸未捷南宫,工骈体文,善倚声,所作几万首。顾自来选家,咸未录及,里中人鲜有知其姓氏者,余亦仅见咏物词一卷。……言外均有意在,非漫然咏物而已。"

十二

史笔梅村语太庄,雕华不解定山堂。

要从遗老求佳制,一曲观潮最擅场。

笺注

"**史笔**"句:〔清〕王士禛《花草蒙拾》:"娄东驱使南北史,澜翻泉涌,妥贴流丽,正是公歌行本色,要是独绝。"〔清〕沈雄《古今词话》"词评下卷"引江尚质曰:"祭酒神于使事,又得一唱三叹之旨。若其艳情动色,岂真效樊川风致,所谓'正是客心愁绝处,见人红袖倚高楼',亦复未能免此。"〔清〕陈廷焯《词坛丛话》:"吴梅村诗名盖代,词亦工绝。以易代之时,欲言难言,发为诗词,秋月春花,满眼皆泪。若作香奁词读,失其旨矣。"〔清〕张德瀛《词徵》卷六:"吴梅村祭酒,为本朝词学之领袖,其出处皆类元之许衡。慢声诸词,吟叹颓息,苍莽无尽,盖所谓有为言之者也。"〔清〕邹祇谟《远志斋词衷》："词至稼轩，经子百家，行间笔下，驱斥如意。近则娄东善用南北史，江左风流，惟有安石，词家妙境，重见桃源矣。"

"雕华"句：龚鼎孳（1615—1673），字孝生，号芝麓，安徽合肥人。与吴伟业、钱谦益并称为"江左三大家"，有《香严词》《定山堂诗馀》。〔清〕王士禛《花草蒙拾》："合肥乃备极才情，变化不测。"〔清〕彭孙遹《金粟词话》："今人作词，中小调独多，长调寥寥不概见，当由兴寄所成，非专诣耳。唯龚中丞芊绵温丽，无美不臻，直夺宋人之席。"〔清〕沈雄《古今词话》"词辨下卷"引《梅墩词话》云："近代芝麓龚宗伯有《催妆词》云：'一挹芙蓉，闲情乱似春云发。凌波背立笑无声，学见生人法。此夕欢娱几许，唤新妆佯羞浅答。算来好梦，总为今番，被他猜杀。'则已极此调之工艳矣。" 又，"词评下卷"引《倚声集》曰："南宋诸词以进奉故，未免浅俗取妍。《香严》一集，如此雕搜采致，仍归生色真香，所谓妙音难文，未易为浅人索解。"〔清〕谢章铤《赌棋山庄词话》卷八："蒋子宣曰：'吴梅村、龚芝麓、曹秋岳、梁苍岩诸人词，俱名家，然取冠本朝，殊乖教忠之道，一概置而不录，于体为宜。'其说甚正，然谭艺非讲学比也。"

"一曲"句：〔清〕陈廷焯《白雨斋词话》卷六："国初曹洁躬《满江红·钱塘观潮》：'城上吴山遮不住，乱涛穿到严滩歇。是英雄、未死报仇心，秋时节。'沉雄悲壮，笔力千钧，读之起舞。竹垞和作，已非敌手，何论馀子。"朱彝尊《曝书亭词》"静志居琴趣"集中《满江红·钱塘观潮进和曹侍郎韵》词云："罗刹江空，设险有、海门双阙。日未午、樟亭一望，树多于发。乍见云涛银屋涌，俄惊地轴轰雷发。算阴阳、呼吸本天然，分吴越。 遗庙古，馀霜雪。残碑在，无年月。讶扬波重水，后先奇绝。齐向属卢锋下死，英魂毅魄难消歇。趁高秋、白马素车来，同弭节。"

十三

炊闻玉友二乡亭，山左才人未径庭。

只有曹家珂雪句，白杨凉雨耐人听。

笺注

炊闻：王士禄，山东新城人，有《炊闻词》二卷。

玉友：玉友金昆，亦作金昆玉友，兄弟的变称。《南史·王铨传》："铨虽学业不及弟锡，而孝行齐焉。时人以为铨、锡二王，可谓玉昆金友。"这里指王士禄与弟士祜、士禛，并称三王。

二乡亭：宋琬词集名，基调近《花间》，擅以短章小令写艳情闺思。

径庭：门外小路和庭院。《庄子·逍遥游》："大而无当，往而不返，吾惊怖其言，犹河汉而无极也。大有径庭，不近人情焉。"因以喻相距甚远或有差距。

"只有"句：曹贞吉字升六，号实庵，安丘人。有《珂雪词》。

白杨凉雨：曹贞吉《摸鱼儿·西直门外作》词有："白杨老树，战一片秋声，向人头上，飒飒作凉雨"句。又曹贞吉《望江南·代泉下人语二首》词其一曰："黄炉杳，寂寂恨无穷。荒草路迷寒食雨，白杨声乱纸钱风。掩泪拜残钟。　繁华歇，金屋梦魂中。陌上人归翁仲语，林边火入宝衣空。土气蚀青铜。"

十四

丽农延露衍波笺，一世才名只浪传。

妾是桐花郎是凤，倚声谁辟野狐禅。

笺注

丽农：邹祗谟有《丽农词》。

延露：《延露词》，彭孙遹词集名。

衍波：《衍波词》，王士禛词集名。

"妾是"二句：〔清〕李佳《左庵词话》卷上："王渔洋词有云：'郎是桐花，妾是桐花凤。'人呼之为王桐花。吴石华云：'瘦尽桐花，苦忆桐花凤.'不让渔洋山人,专美于前也。"〔清〕丁绍仪《听秋声馆词话》卷四:"山左王阮亭尚书,诗为国初冠。顾身后尊之者与诋之者各半。所著《衍波词》,颇沾沾自喜,幸无异说。乃吾乡孙文靖论词,谓'妾是桐花郎是凤,倚声谁辟野狐禅',一经拈出,令人爽然。盖靠刻意求新,不免流于纤仄,然平心而论,亦未可全非。"〔清〕冯金伯《词苑萃编》卷十七"纪事"引《词苑丛谈》云:"长沙女子素音,有'可怜魂魄无归处,应向枝头化杜鹃'之句,辞旨酸楚。王司州士禛,用其意作《减字木兰花》吊之曰:'离愁满眼,日落长沙秋色远。湘竹湘花,肠断南云是妾家。掩啼空驿,魂化杜鹃无气力。乡思难裁,楚女楼空楚燕来。'"〔清〕吴衡照《莲子居词话》卷三:"彭羡门少宰,生前止自刻《延露词》及《南往集》。……与王阮亭倾盖,订金石交。……先生楷法近董香光,读书无他嗜好。词极艳,而终其身无妾媵之御,不类其词。"〔清〕谢章铤《赌棋山庄词话》卷八:"阮亭沿凤洲、大樽绪论,心摹手追,半在花间,虽未尽倚声之变,而敷辞选字,极费推敲。且其平日著作,体骨俱秀,故入词即常语浅语,亦自娓娓动听。其'郎是桐花,妾是桐花凤'之句,最为擅名,然起结少味,殊非完璧。《忆江南》云:'江南好,画舫听吴歌。万树垂杨青似黛,一湾春水碧于萝。懊恼是横波'。《浣溪沙》云:'雨后虫丝罥碧纱,朝来鹊语斗檐牙。日痕红曙一阑花。 残梦未遥犹眷恋,篆烟初袅半天邪。消魂应忆泰娘家。'《菩萨蛮》云:'玉阑花发清明近,花间小蝶黏香鬓。邀伴捉迷藏,露微花气凉。 花深防暗逻,潜向花阴躲。蝉翼惹花枝,背人扶鬓丝。'又云:'梦残鬓枣垂香枕,芙蓉髻坠蒲桃锦。翠色碧如烟,小星将曙天。 起来双黛浅,绣阁抛金剪。憔悴鼠姑红,玉阶三月风。'真所谓极哀艳之深情,穷倩盼之逸趣者,不但'绿杨城郭是扬州'一语之神韵独绝也。"

十五

问讯枫江旧钓矶,当时未解盛名归。

丛谈他日传词苑,一片残阳在客衣。

笺注

"问讯"句：〔清〕冯金伯《词苑萃编》卷十八纪事引《词苑丛谈》云："余旧属谢彬画《枫江渔父图》，王阮亭题云：'十载吴江狎钓丝，笔床茶具似天随。朝来宣称彭池鲙，却忆鲈乡亭畔时。'施愚山云：'秋云漠漠水漫漫，一色芙蓉十里宽。不向长安饥索米，那知回首忆渔竿。'……皆能极道江湖之乐。长白成容若为余作《渔父词》云：'收却纶竿落照红，秋风宁为剪芙蓉。人淡淡，水蒙蒙。吹入芦花短笛中。'同人以为可与张志和并传。"

丛谈：〔清〕徐釚有《词苑丛谈》一书。李调元《雨村词话序》："近日徐釚有《词苑丛谈》一书，聚古今之词话，汇集成编，虽不著出处，而掇拾大备，可谓先得我心矣。" 丁炜序《词苑丛谈》曰："徐釚所辑《词苑丛谈》，或词以人传，或人因事显，分门别类，为目有七：详体制，审音韵，复加辨正，品藻与谐谑兼罗，记事与外编并载。自唐宋迄今，上下千馀年间，无不搜讨。" 尤侗《词苑丛谈》序曰："徐釚《词苑丛谈》一书，盖撮前人之标而搜新剔异，更有闻所未闻者，洵倚声之董狐矣。"

"一片"句：徐釚《减字木兰花·客途》词："垂鞭欲暮，踏遍天涯芳草路。割面西风，昨夜浓香是梦中。　远山几点，牵惹离愁浑欲断。哀柳鸦啼，一片残阳在客衣。"〔清〕沈雄《古今词话》"词评下卷"引李容斋曰："菊庄词藻则远取诸古，而情思则近得乎真，故无掭撼粉饰之迹。"〔清〕冯金伯《词苑萃编》卷八"品藻"引徐野君曰："兹披《菊庄词》一卷，更觉翰墨流香。尤悔庵曰：词之佳者，正以本色渐近自然，不在镂金错采为工也。读电发诸作，故得此意。至'一片残阳在客衣'，直是神到语，虽秦七复生，亦当绝倒。曹掌公曰：词贵离合，不粘本题，方得神情绵邈。菊庄《踏莎行·赋愁》云：'脉脉红楼，萋萋绿野，一江春水茫茫泻。'不言愁而愁自至，非离合之妙乎？"〔清〕谢章铤《赌棋山庄词话》卷二："徐电发菊庄，词名重一时，卷首题赠诸家，重叹增欷，不能竟其誉。然辗转应拍，绵丽宜人，求其回味馀香，辄觉不足。……《满江红·吴越故宫吊钱武肃王用岳忠武韵》云：'电马霜戈……'则与悔庵所赏之'一片残阳在客衣'，掌公所赏之'脉脉红楼，萋萋绿野，一江春水茫茫泻'，同为神到。会宁饼金，宜仇元吉、徐良琦之破行囊哉。电发所纂《词苑丛谈》，采撷宏富，为倚声家所必读之书,惜其条下不标出处,几有掠美之嫌。"〔清〕陈廷焯《白雨斋词话》卷三:"徐电发词,当时盛负重名,至于流传海外,可谓荣矣。其规模北宋,却有似处,唯气格不高,只堪作晏、欧流亚。至周、秦深处,尚未梦见。"

十六

钱郎一曲托湘灵,锦瑟声声也爱听。

二十五弦清怨极,楚天如水数峰青。

笺注

"钱郎"句:唐人钱起有《省试湘灵鼓瑟》试帖诗。

"锦瑟"句:〔清〕沈雄《古今词话》"词话下卷"引吴园次曰:"词家旧推云间,次数兰陵,近则广陵亦称极盛。……近如《锦瑟》《溉堂》,亦足旗鼓中原也。"〔清〕冯金伯《词苑萃编》卷十七引《闲情集》曰:浙中查伊璜妙解音律,其家姬柔些尤擅绝一时。广陵汪舍人蛟门制《春风袅娜》遗查君,兼赠柔些云:"看先生老矣……" 徐釚《锦瑟词》序:"或曰,锦瑟,大乐器也。宋人诗馀皆被弦管,故设大晟乐正,所以协宫徵而宜音律,自金元院本继兴,挡筝劈阮,遂不复能弦旧词。今蛟门以锦瑟名集,亦欲按红牙檀板,与柳郎中争胜于歌头犯尾之下欤?或曰,锦瑟,令狐丞相家青衣也,当时义山少受知于令狐,复为王茂元、郑亚所辟,令狐绹心恨之,不相款洽,故托《锦瑟》及《无题》诸诗,冀其感动,岂蛟门亦有所托欤?皆不必深求。要之,温柔昵语,宜弹拨于鹍鸡雁柱中,至其豪迈宕往,淋漓感激,直欲上掩和凝,下凌温尉,非仅花间酒边,夸为丽句已也。" 崇元鼎《锦瑟词序》曰:"尝读少陵《曲江值雨》诗云:'何时诏此金钱会,暂醉佳人锦瑟傍。'……无怪乎义山赋'锦瑟无端',又曰:'归来不见,锦瑟长于人'也。……同里汪子蛟门,制科文章外,名久著于古学诗歌,……其情词缱绻,唾月羞花,尤于诗馀一道,沈眠周柳。……孰知蛟门昵语温柔,从十指冰弦中,不异轻调锦瑟消长昼乎?集成而命以'锦瑟',以汪自科甲得之早岁,将来勋业名位,正未易量也。" 尤侗《临江仙·题汪蛟门锦瑟图》

词:"二十四桥佳丽地,砚斋十二平分。(汪有十二砚斋以梦中所得名之)江郎梦笔助奇文,情深聊尔尔,才妙漫云云。 二十五弦弹夜月,花间锦瑟横陈。春风鬓影看文君,一窗三妇艳,谁雨复谁云。"

二十五弦:古代由二十五根弦组成的一种琴瑟。《淮南子·泰族训》:"琴而不鸣,而二十五弦各以其声应。"〔唐〕钱起《归雁》诗:"二十五弦弹月夜,不胜清怨却飞来。"

"楚天"句:钱起《省试湘灵鼓瑟》诗结句为"曲终人不见,江上数峰青"。

十七

流传遮莫笑吴儿,蓉渡真凭谰语为。

若向兰陵论风斾,解嘲赖有柳园词。

笺注

遮莫:尽管,任凭。

蓉渡:清沈谦《填词杂说》:"彭金粟在广陵,见予小词及董文友《蓉渡集》,笑谓邹程村曰:泥犁中皆若人,故无俗物。夫韩偓、秦观、黄庭坚及杨慎辈,皆有郑声,既不足以害诸公之品,悠悠冥报,有则共之。"〔清〕邹祗谟《远志斋词衷》:"余向序阮亭词云:'同里诸子,好工小词,如文友之儇艳,其年之矫丽,初子之清扬,无不尽东南之瑰宝。'"〔清〕王士祯《花草蒙拾》:"董文友善写闺襜之致。"〔清〕沈雄《古今词话》"词话下卷"引黄九烟曰:"兰陵邹祗谟、董以宁辈,分赋十六艳等词。" 又,"沈偶僧曰:余读文友词极其儇巧,恰合屯田待制得意处。《国仪》一集,几四百首,又恐其以喁喁儿女语,渐沦落于渔樵问答也,故欲力为芟而存之。"〔清〕郭麐《灵芬馆词话》卷二:"毗陵郭、董,各以词名,文友词淫言媟语,不免秀铁面所呵。"〔清〕陈廷焯《白雨斋词话》卷三:"董文友《苏幕遮》诸篇,皆能曲折传神,扑入深处,词中之妖也。学词者一入其门,念头差错,终身不可语于大雅矣。同时如梅村、阮亭、迦陵、菌次、蛟门、程村、西堂、西铭、荔裳、顾庵辈，多心折《蓉渡词》，每首下各缀以评语，亦不可解。"又，卷六："董文友词只能言情，不堪论事。其《望梅花·过鹦鹉洲》《贺新郎·淮阴祠》两调，偶为慷慨之词，立见其蹶。措语固不能圆健，平仄亦有颠倒处。"

谰语：妄语。

兰陵：东晋初侨置兰陵县，治所在今江苏常州市西北。南朝梁改武进县置兰陵县，治所同。

风疋：犹风雅。指诗文教化。疋，"雅"的古字。指纯正、合乎规范的。

栩园词：陈聂恒有《栩园词弃稿》。陈聂恒，江苏武进人。况周颐《蕙风词话续编》："陈聂恒《栩园词弃稿》四卷，（佚）。按《栩园词弃稿》，曩余得于海王邨，镂版精绝，前有顾梁汾先生书，于词学盛衰之故，慨乎言之。略云：'自国初辇毂诸公，尊前酒边，借长短句以吐其胸中。始而微有寄托，久则务为诣畅。香岩、倦圃，领袖一时。唯时戴笠故交，担簦才子，并与咽游之席，各传酬和之篇。而吴越操觚家闻风竞起，选者，作者，妍媸杂陈。渔洋之数载广陵，实为斯道总持。二三同学，功亦难泯。最后，吾友容若，其门地才华，直越晏小山而上之。欲尽招海内词人，毕出其奇，远方骎骎，渐有应者，而天夺之年，未几，辄风流云散。渔洋复位高望重，绝口不谈。于是向之言词者，悉去而言诗、古文辞。回视花间、草堂，顿如雕虫之见耻于壮夫矣。虽云盛极必衰，风会使然。然亦颇怪习俗移人，凉燠之态，浸淫而入于风雅，为可太息。假令今日，更得一有大力者起而倡之，众人幡然从而和之，安知衰者之不复盛邪。故余之于词，不能无感。而于栩园实不能无望。'（书止此）《栩园》词格在《饮水》《弹指》之间。早岁抱安仁之戚，有《金缕曲》十阕。梁汾题云：'人因慧极难兼福，天与情多却费才。'余亦美不胜收。随意录数阕如左，可以概全编矣。陈聂疑系复姓。恒字曾起，一字秋田。"

十八

德也清才却执殳，棠村未许便齐驱。

风流侧帽天然好，莫向铜街拟独孤。

笺注

执殳：《诗经·卫风·伯兮》："伯也执殳，为王前驱。"后以指为皇室效力或作士兵。按：纳兰性德康熙十五年（1676）进士，官至一等侍卫。

棠村：梁清标有《棠村词》。〔清〕沈雄《古今词话》"词评下卷"："梁冶湄曰：叔父（梁清标）家法，自理学经济诸书外，稗官野史，不许子弟浏览。然使其涉猎诗词者，所以发其兴观群怨，使知古来美人芳草，皆有寄托也。故得从间窃观《蕉林集》，凡乐章小令，必一一从纨素间志之。"

侧帽：纳兰容若有《侧帽词》。

铜街：洛阳铜驼街的省称。借指闹市。〔南朝梁〕沈约《丽人赋》："狭斜才女，铜街丽人。"

十九

浪将左柳说淫哇，学步姜张便道佳。
雪竹冰丝谁解赏，改虫斋与小眠斋。

笺注

浪：轻易，随便。

左柳：左誉与柳永。左誉，字与言，天台人。大观三年（1109）进士，仕宦湖州通判，寻弃官为浮屠。吟咏诗句，清新妩丽。词不传，有失调词断句三句，其中有"无所事，盈盈秋水，淡淡春山。"〔清〕沈雄《古今词话》"词话上卷"引王仲言曰："天台左誉字与言，成进士，与妙妓张秾善。如'盈盈秋水，淡淡春山'与'一段离愁堪画处，横风斜雨拖衰柳'，皆为秾作也。当时有'晓风残月柳三变，滴粉搓酥左与言'之称。"

淫哇：淫邪之声，多指乐曲诗歌。

"学步"句：当时词坛浙派一统，崇尚典雅清空，取径较狭，有些字面典雅却往往不知所云。彭兆荪《小谟觞馆诗馀序》云："填词至近日，几乎家祝姜、张，户尸朱、厉。"故此句即批评此风。

雪竹冰丝：〔清〕袁枚《随园诗话》卷九："诗有音节清脆，如雪竹冰丝，非人间凡响，皆由天性使然，非关学问。"

改虫斋：高层云，字二鲍、谡苑、谡园，号菰村，江苏华亭人。有《改虫斋词》。〔清〕丁绍仪《听秋声馆词话》卷十七："国初睿亲王摄政，诸大臣谒见，咸行跪礼，后沿为例。华亭高谡苑太常层云以为尊无二上，奏言非礼，始奉旨饬禁。……太常风节如此，而所著《改虫斋词》，丁当清逸，殊不类其为人。如题画《淡黄柳》云：'层湖远碧……'"

小眠斋：史承谦有《小眠斋词》。

二十

红友宫商去上严，偷声减字尽排签。

石亭畅好韩欧笔，一字何妨直一缣。

笺注

"**红友**"句：万树，字红友，一字花农，江苏宜兴人。有《词律》二十卷。〔清〕杜文澜《憩园词话》卷一："阳羡万氏红友，独求声律之原，广取唐宋十国之词，折衷剖白，精撰《词律》二十卷。虽不免尚有遗漏舛误，而能于荆棘之内，力辟康庄，实为词家正轨。……故今之为词者，必依谱律所定字句，辨其平仄，更于平声中分为入声所代，上声所代，于仄声中分为宜上、宜去、宜入，音声允洽，始为完词。"〔清〕沈祥龙《论词随笔》："沈伯时谓上去不宜相替，故万氏《词律》于仄声辨上去最严。其曰上声舒徐和软，其腔低。去声激厉劲远，其腔高。此说本诸明沈璟去声当高唱，上声当低唱也。词必用上去者，如白石'哀音似诉'句之'似诉'字。必用去上者，如西窗'又吹暗雨句'句之'暗雨'字。"〔清〕沈雄《古今词话》"词评下卷"："读红友词，已见细心微诣。近得《词律》一书，留情倚声，服其上下千载，有功词学，固当以公瑾望之。"〔清〕吴衡照《莲子居词话》卷一："万红友当镠辖榛楛之时，为词宗护法，可谓功臣。旧谱编类排体，以及调同名异，调异名同，乖舛蒙混，无庸议矣。其于段落句读，韵脚平仄间，尤多模糊。红友《词律》，一一订正，辩驳极当。所论上、去、入三声，上、入可替平，去则独异。而其激厉劲远，名家转折跌荡，全在乎此，本之伯时。煞尾字必用何音方为入格，本之挺斋。均造微之论。"〔清〕陈廷焯《白雨斋词话》卷三："万红友《香胆词》颇多别调，语欠雅驯，音律亦多不协处。与所著《词律》，竟如出两人手。真不可解。"

排签：并列的竹签。

石亭：万树有《金缕曲·游石亭记》。〔清〕吴衡照《莲子居词话》卷三："今人学辛稼轩，叫嚣打乖，堕入恶趣。无迦陵先生才，不可作耳。万红友《金缕曲》云：'……'（《三野先生传赞》）又云：'乙巳春之季，与吴君（原注：吴天石天篆）、曹君（原注：曹南耕）诸子，会于槐里。遂往游于石亭硎，少长群贤毕至。兴不减兰亭修禊。此地崇山多峻岭，有茂林修竹清流水。堪畅叙，坐其次。气清天朗风和惠，共欣然、形骸放浪，兴怀托寄。俯仰彭觞皆妄作，莫问世殊事异。且一觞一咏相继。客曰斯游真足乐，不可无韵语传于世。予曰诺，是为记。'（《游石亭记》）二词犹不失为刘改之。"

畅好：正好，甚好。

韩欧：指"唐宋八大家"中的韩愈、欧阳修。

"一字"句：犹一字值千金。极言文章价值的高贵。直，价值。缣，双丝织的浅黄色的细绢，很贵重。

二十一

定瓯练果试新茶，樊榭清吟漱齿牙。

付与小红歌一阕，鬓云颤落玉簪花。

笺注

定瓯：宋定窑所烧的瓷瓯。

"樊榭"句：厉鹗，字太鸿，又字雄飞，号樊榭、南湖花隐等，钱塘（今浙江杭州）人，有《樊榭山房集》。〔清〕冯金伯《词苑萃编》卷八"品藻"

引陈玉几曰:"词于诗同源而殊体,风骚五七字之外,另有此境。而精微诣极,惟南渡德祐、景炎间,斯为特绝。吾杭若姜白石、张玉田、周草窗、史梅溪、仇山村诸君所作,皆是也。吾友樊榭先生起而遥应之,清真雅正,超然神解,如金石之有声,而玉之声清越。如草木之有花,而兰之味芬芳。登培嵝以揽崇山,涉潢污以观大泽。致使白石诸君,如透水月华,波摇不散。吴越间多词宗,吾以为叔田之后,无饮酒矣。"〔清〕钱裴仲《雨华庵词话》:"本朝词家,我推樊榭。佳叶虽不多,而清高精炼,自是能手。"〔清〕江顺诒《词学集成》:"徐紫珊云:樊榭词生香异色,无半点烟火气,如入空山,如闻流泉。"〔清〕陈廷焯《白雨斋词话》卷四:"樊榭《百字令·月夜过七里滩》:'万籁生山,一星在水,鹤梦疑重续。橹音遥去,西岩渔父初宿。'无一字不清俊。下云:'林净藏烟,莽危限月,帆影摇空录。随风飘荡,白云还卧深谷。'炼字炼句,归于纯雅,此境亦未易到也。"

"付与"二句:厉鹗《风入松·忆茶》词:"陆家休更说遗经,负了雨前盟。当时风月花瓷畔,馀甘漱、几许看承。戏语从佗欧九,困人不止春醒。为茶作病病皆清,关鬲有凝冰。而今却费闲姜桂,闻芳焙、可是忘情。一盏微闻兰气,半帘时梦松声。" 又《露华·玉簪秋海棠同置小瓶词以写之》词:"楚云梦远。觅鬓底瑶肪,悄在秋苑。素萼乍歆,遮住青鸾轻扇。最怜付与红儿,只隔幔纱遥见。凉飔度,嫣然笑拈,闹扫初绾。 明河坠露分半。称香浸铜瓶,胭粉零乱。几点唾壶情泪,翠襟吹溅。倚妆静看搔头,又恐一枝敲断。丹白想,亭亭夜深自遣。"

二十二

马赵陈吴记合并,响山四壁变秦声。

便入宛委山房里,筼玉蝉弦字字清。

笺注

"马赵"句:马曰琯、马曰璐兄弟,赵文哲、陈章、吴焯等都是与厉鹗相唱酬、受其影响的词人。

"**响山**"句：张四科，字喆士，号渔川，山西临潼人，寓扬州，与马氏兄弟诗酒唱和，有《宝闲堂集》《响山词》。厉鹗尝云："读《响山》一编，觉《白云》未远也。"又云："渔川词删削靡曼，归于骚雅，其研词炼意，以乐笑翁（张炎号）为法"。此谓作《响山词》的张四科，虽原籍陕西，但流寓江都，亦是浙派健将，其词师法张炎，所谓"变秦声"即指此。

"**便入**"二句：〔清〕冯金伯《词苑萃编》卷二十一"辩证二"引《词笺》云："《乐府补题》，宛委山房赋龙涎香，调《天香》；浮翠山房赋白莲，调《水龙吟》；紫云山房赋莼，调《摸鱼儿》；馀闲书院赋蝉，调《齐天乐》；天柱山房赋蟹，调《桂枝香》。倡和者为玉笋王沂孙圣与、蘋洲周密公谨、天柱王易简理得、友竹冯应瑞祥父、瑶翠唐艺孙英发、紫云吕同老和父、筼房李彭老商隐、宛委陈恕可行之、菊山唐珏玉潜、月洲赵汝钠真卿、五松李居仁师吕、玉田张炎叔夏、山村仇远仁近，皆宋遗民也。"宛委山房，曹仁虎（1731-1787），字来殷，号习庵，嘉定（今属上海）人，著有《宛委山房诗集》。

黄承吉
《观史邦卿词》

作者简介

黄承吉（1771—1842），字谦牧，号春谷，江苏江都人。嘉庆十年（1805）进士。历官广西兴安、岑溪等县知县。有《梦陔堂文集》十卷，诗集五十卷等。

窗前燕子觅巢时，正忆梅溪一卷词。

为有回环清韵在，持将比拟右丞诗。

笺注

梅溪一卷词：史达祖有《梅溪词》一卷；其《双双燕·咏燕》词，为人称道。

清韵：清雅和谐的声音或韵味。〔三国魏〕曹植《白鹤赋》："聆雅琴之清韵，记六翮之末流。"〔唐〕白居易《官舍小亭闲望》诗："风竹散清韵，烟槐凝清姿。"

右丞：王维，字摩诘，官尚书右丞，故称王右丞。

程恩泽
《题周稚圭前辈〈金梁梦月词〉》

作者简介

程恩泽(1785—1837),字云芬,号春海,安徽歙县人。嘉庆十六年(1811)进士,授翰林院编修,历官贵州学政、侍读学士、内阁学士,官至户部侍郎。有《程侍郎遗集》。

一

绿酒初尝元献醉,月华如练范公吟。

由来将相兼才调,不是吴儿木石心。

笺注

周稚圭:周之琦(1782—1862),字稚圭,号退庵,开封人。嘉庆十三年(1808)进士,官至刑部右侍郎、广西巡抚。能词,有《金梁梦月词》二卷,《怀梦词》二卷,《鸿雪词》二卷,《退庵词》一卷,总名《心日斋词》。辑有《心日斋十六家词录》。

"**绿酒**"句:晏殊《清平乐》词有"绿酒初尝人易醉,一枕小窗浓睡"句。

"**月华**"句:范仲淹《御街行》词有"年年今夜,月华如练,长是人千里"句。

"**由来**"句:晏殊与范仲淹俱为北宋前期著名的政治家,晏殊曾官同平章事兼枢密使,范仲淹则官至参知政事。才调,犹才气,多指文才。

木石:树木和石头,比喻无知觉、无感情之物。

二

高才延巳追端己,小令中唐溢晚唐。

更用骚心为乐府,漫天哀艳李重光。

笺注

延巳:冯延巳,字正中,南唐词人。

端己:韦庄,字端己,晚唐五代词人。

哀艳:谓文词悽恻绮丽。

李重光:李煜字重光,南唐后主。

三

涩体清真掩抑弦,飞腾石帚五通仙。

君能并作洪炉铸,更把馀金范玉田。

笺注

涩体:指艰涩难读、自成一格的文章体式。宋计有功《唐诗纪事·徐彦伯》:"彦伯为文,多变易求新,以'凤阁'为'鹓阁'、'龙门'为'虬户'……进士效之,谓之徐涩体。"

清真:周邦彦,字美成,号清真居士。

石帚:见前第88页注。

五通仙:谓得五神通之仙人也。天竺外道修有漏禅定而得五通者多,独极三乘之证果者。于五通之上,得漏尽通(尽断烦恼),而具六通。《维摩经》"不思议品"曰:"或现离淫欲,为五通仙人。"

洪炉:大火炉。

范:型范,俗称模子。铸造器物先得制作模和范。

玉田:张炎,字叔夏,号玉田。

四

镂云缝月具心裁,不是庄严七宝台。

竹屋梅溪都抹倒,故应平睨贺方回。

笺注

镂云缝月:雕刻云霞,剪裁明月,比喻施展高超精巧技艺,润饰词藻,描绘新巧。

七宝台:即七宝楼台,传说中神仙所居之处。〔清〕王韬《淞隐漫录·陆月舫》:"广寒宫阙皆以水晶筑成,内外通明,表里透澈……西偏峥嵘耸霄汉者,曰七宝楼台,乃以诸天宝贝所建造者,盖即嫦娥所居也。"〔宋〕张炎《词源》卷下:"吴梦窗词如七宝楼台,眩人眼目,碎拆下来,不成片段。"

竹屋:高观国(生卒年不详)字宾王,号竹屋,山阴(今浙江绍兴)人。

梅溪:史达祖字邦卿,号梅溪,汴(今河南开封)人。

"故应"句:〔宋〕张镃《梅溪词序》"史达祖词织绡泉底,去尘眼中,妥贴轻圆,情词俱到。有瑰奇警迈清新闲婉之长,而无诡荡污淫之失。端可分镳清真,平睨方回。"平睨,平视;贺方回,贺铸,字方回,号庆湖遗老,卫州(今河南卫辉)人。

五

平园大集冠中州,岂止蘋渔玉笛秋。

十里珠帘千步柳,即论谈笑亦风流。

笺注

平园:周必大,字子充、弘道,号平园老叟。江西庐陵人。官至左丞相。有《益国周文忠公全集》200卷,其中包括《省斋文稿》《平园续稿》《省斋别稿》《二老堂诗话》等。

中州：指中原地区。这里指金国。

蘋渔玉笛：〔宋〕周密有《蘋洲渔笛谱》词。

十里珠帘：杜牧《赠别》诗："春风十里扬州路，卷上珠帘总不如。"

千步柳：杜牧《扬州》诗："街垂千步柳，霞映两重城。"

谈笑亦风流：戴复古《会李择之其父名丙字南仲著丁未录丙申录》："吟边逢李白，谈笑亦风流。"

六

仙山瑶草已辞根，尘梦稠桑欲返魂。

云锦凤罗都湿遍，万行情泪哭天孙。

笺注

瑶草：传说中的香草。

尘梦：尘世的梦幻。〔五代〕齐己《送禅者游南岳》诗："尘梦是非都觉了，野云心地更何妨。"

云锦凤罗：织有云纹和彩凤图案的丝织品。

天孙：星名，即织女星。

七

难赓春月夫人调，怕读微云女婿书。

忆向红牙双顾误，当年公瑾定何如。

笺注

"难赓"句：〔宋〕赵德麟《侯鲭录》卷四："元祐七年正月，东坡在汝阴，州堂前梅花大开，月色鲜霁。先生王夫人曰：'春色月胜如秋色月。秋色月令人凄惨,春色月令人和悦。何如召赵德麟辈来,饮此花下。'先生大喜曰:'吾不知子能诗耶,此真诗家语耳。'遂相召,与二欧饮,用是语作《减字木兰花》词云。"按:苏轼词中有《减字木兰花·春月》词曰:"春庭月午,摇荡香醪光欲舞。步转迴廊,半落梅花婉娩香。 轻云薄雾,总是少年行乐处。不似秋光,只与离人照断肠。"赓,犹赓和,续用他人原韵或题意唱和。

微云女婿:〔宋〕蔡絛《铁围山丛谈》卷四:"范内翰祖禹,作《唐鉴》,名重天下,坐党锢事久之。其幼子温(按《东都事略》作仲温),字元实,与吾善。……温尝预贵人家会,贵人有侍儿,善歌秦少游长短句,坐间略不顾。温亦谨,不敢吐一语。及酒酣欢洽,侍儿者问'此郎何人耶?'温遽起,叉手而对曰:'某乃山抹微云女婿也。'闻者多绝倒。"

红牙:乐器名。檀木制的拍板,用以调节乐曲的节拍。〔宋〕司马光《和王少卿十日与留台国子监崇福宫诸官赴王尹赏菊之会》:"红牙板急弦声咽,白玉舟横酒量宽。"

"当年"句:周瑜字公瑾。《三国志·吴书·周瑜传》:"瑜少精意于音乐,虽三爵之后,其有阙误,瑜必知之,知之必顾。故时人谣曰:'曲有误,周郎顾。'"

八

月娇一砚费捋扯,我亦偷声学里哇。

近就清空求妙理,不邀青兕鼓铜琶。

笺注

捋扯:拉撕剥取。特指在写作中对他人的著作率意割裂,取用。

清空:空灵神韵。谓摄取事物的神理而遗其外貌。特指词的境界。〔宋〕张炎《词源》卷下:"词要清空,不要质实。清空则古雅峭拔,质实则凝涩晦昧。姜白石词如野云孤飞,去留无迹。吴梦窗词如七宝楼台,眩人眼目,碎拆下来，不成片段。此清空质实之说。"

青兕：青兕牛。古代犀牛类兽名。一角，青色，重千斤。见前第189页注。

铜琶：亦作铁板铜琶、铁板铜弦，形容豪迈激越的文章风格。事见宋俞文豹《吹剑录》。见前第113页注。

陈文述

《题〈漱玉集〉》四首

作者简介

陈文述（1771—1843），初名文杰，字谱香，又字隽甫、云伯、英白，后改名文述，别号元龙、退庵、云伯，又号碧城外史、颐道居士、莲可居士等，钱塘（今浙江杭州）人。嘉庆时举人，官昭文、全椒等知县。有《碧城诗馆诗钞》《颐道堂集》《秣陵集》《西泠怀古集》等。

一

漱玉新词入大家，卫娘风貌亦芳华。

柳阴闲话芝芙梦，第一消魂是斗茶。

笺注

漱玉：李清照有词集《漱玉词》。

卫娘：指汉武帝皇后卫子夫。她以发美得宠。事见《汉武故事》。后因以"卫娘"借指冶容女子。〔唐〕李贺《浩歌》："漏催水咽玉蟾蜍，卫娘发薄不胜梳。"

芝芙梦：〔元〕伊世珍《琅嬛记》卷中："赵明诚幼时，其父将为择妇。明诚昼寝，梦诵一书，觉来惟忆三句，云：言与司合，安上已脱，芝芙草拔。以告其父，其父为解曰：汝殆得能文词妇也。言与司合是词字，安上已脱是女字，芝芙草拔是之夫二字。非谓汝为词女之夫乎？后李翁以女女之，即易安也，果有文章。"

"第一"句：李清照《金石录后序》云："余性偶强记，每饭罢，坐归来堂烹茶，指堆积书史，言某事在某书某卷第几叶第几行，以中否角胜负，为饮茶先后。中即举杯大笑，至茶倾覆怀中，反不得饮而起。"

二

解赋凌云擅别裁,连线玉镫竞龙媒。

一篇《打马》流传遍,如此婵娟是异才。

笺注

玉镫:马镫之美称。〔南朝梁〕简文帝《紫骝马》诗:"青丝悬玉镫,朱汗染香衣。"借指马。〔唐〕张祜《少年乐》诗:"醉把金船掷,闲敲玉镫游。"

龙媒:《汉书·礼乐志》:"天马徕龙之媒。"颜师古注引应劭曰:"言天马者乃神龙之类,今天马已来,此龙必至之效也。"后因称骏马为"龙媒"。

《打马》:李清照有《打马赋》。〔宋〕陈振孙《直斋书录解题》谓:"《打马赋》一卷,易安李氏撰。"

婵娟:指美人。〔唐〕方干《赠赵崇侍御》诗:"却教鹦鹉呼桃叶,便遣婵娟唱《竹枝》。"这里指李清照。

三

玉堂争是红闺好,柏帐金环写早春。

解别贵妃春帖子,翰林倒有捉刀人。

笺注

玉堂:官署名。汉侍中有玉堂署,宋以后翰林院亦称玉堂。

"柏帐"句、"解别"二句:李清照《贵妃阁春帖子》:"金环半后礼,钩弋比昭阳。春生百子帐,喜入万年觞。"

"翰林"句:李清照作有端午帖子与春帖子。〔宋〕周密《浩然斋雅谈》卷上载:"李易安,绍兴癸亥在行都,有亲联为内命妇,因端午进帖子……时秦楚材在翰苑,恶之,止赐锦而罢。"捉刀人,这里指顶替人做事或作文的人。

四

归来堂上灿银釭,纱幔传经少影幢。

愁绝红楼诗弟子,一篷寒雨过盱江。

(女士韩玉父受诗法于清照,见《四朝诗集》)

笺注

归来堂:李清照与赵明诚所居青州私宅之主厅为"归来堂"。

银釭:银白色的灯盏、烛台。南朝梁元帝《草名》诗:"金钱买含笑,银釭影梳头。"一本作"银缸"。

纱幔:即纱帐。《晋书·列女传·韦逞母宋氏》:"(苻坚)于是就宋氏家立讲堂,置生员百二十人,隔绛纱幔而受业。"

"愁绝"二句:宋椠《醉翁谈录》卷二乙集载《韩玉父寻夫题漠口铺》诗及本事谓:"妾本秦人,先大父尝仕,朝乱离落,因家钱塘。儿时,易安居士教以学诗。及笄,方择所从。有一上舍林君子建,为言者有终身偕老之约,妾信之。去年夏,林得官归闽,妾倾囊以助其行,林许:'秋冬间遣骑迎汝。'久之杳然。何其食言耶!不免携女拏自钱塘而之三山。至夏,林已官盱江矣。因而复回延平,经由顺昌,假道昭武而去。叹客履之可厌,笑人事之可乖。因理发漠口铺,漫题数语,留于壁间。妇人从夫者也,士君子其无诮:南行逾万山,复入武阳路。黎明与鸡兴,理发漠口铺。盱江在何所?极目烟水暮。生平良自珍,羞为浪子负。知君非秋胡,强颜且西去。"

沈道宽
《论词绝句四十二首》

作者简介

沈道宽（1772—1853），字栗仲，大兴（今属北京市）人，先世鄞县（今浙江宁波）。嘉庆九年（1804）举人，二十五年（1820）进士，历官湖南宁乡、道州、茶陵、耒阳、鄹县、桃源知县。工书，善画山水，有《话山草堂文集》一卷，《话山草堂诗钞》四卷，《话山草堂词钞》一卷。

一

探源乐府溯虞廷，要把诗馀比再赓。
大晟伶官工制谱，王孙已道永依声。

（有声病对偶之诗乃有词。近人苦为诗馀二字辨，欲比之唐赓歌、商周雅颂，误矣）

笺注

"探源"二句：〔宋〕张侃《拙轩词话》："陆务观自制《近体乐府》，叙云：'倚声起于唐之季世。'后见周文忠题谭该《乐府》云：'世谓乐府起于汉魏，盖由惠帝有乐府令，武帝立乐府，采诗夜诵也。'唐元稹则以仲尼《文王操》、伯牙《水仙操》、齐牧犊《雉朝飞》、卫女《思归引》为乐府之始。以予考之，乃赓载歌，薰兮解愠，在虞舜时，此体固已萌芽，岂止三代遗韵而已。二公之言尽矣。然乐府之坏，始于玉台杂体。而《后庭花》等曲流入淫佚，极而变为倚声，则李太白、温飞卿、白乐天所作《清平调》《菩萨蛮》《长相思》。我朝之士，晁补之取《渔家傲》《御街行》《豆叶黄》作五七字句，东莱吕伯恭编入《文鉴》，为后人矜式。又见学舍老儒云：诗三百五篇可谐律吕，李唐送举人歌《鹿鸣》，则近体可除也。"（《张氏拙轩集》卷五）虞廷，指虞舜的朝廷。

大晟：指大晟府。〔宋〕王明清《挥麈后录》卷三："宣和元年八月丁丑，皇帝诏大晟作景钟。"郑文焯《鹤道人论词书》："至美成提举大晟，演为曼声，变调綦繁，美且备已。"

永依声：赵令畤《侯鲭录》卷七："荆公云：古之歌者，皆先为词，后有声，故曰'诗言志，歌永言，声依永，律和声'。如今先撰腔子，后填词，却是'永依声'也。"

二

嗜欲将开有必先，出云曾说见山川。

轻风细雨香来句，已为词人著祖鞭。

笺注

"嗜欲"二句：《礼记·孔子闲居》："嗜欲将至，有开必先。天降时雨，山川出云。"孔颖达疏曰："嗜欲将至"者，"嗜欲"，谓王位也。王位是圣人所贪，故云"嗜欲"。方欲王天下，故云"将至"。"有开必先"者，言圣人欲王天下，有神开道，必先豫为生贤知之辅佐。"天降时雨，山川出云"者，此譬其事由如天将降时雨，山川先为之出云。言文、武将王之时，豫生贤佐。

"轻风"二句：《先秦汉魏晋南北朝诗·魏诗卷十一》："王子年《拾遗记》曰：文帝所爱美人薛灵芸，常山人也，年十五，容貌绝世。咸熙中，文帝选良家子女，以入六宫。常山太守习谷以千金宝赂聘之以献。至京师，帝以文车十乘迎之，道侧烧石叶之香，未至数十里，膏烛之光，相续不灭，车徒咽路，尘起蔽于星月。又筑土为台，基高三十丈，列烛于台下。远望如列星之坠地。又于大道之旁，一里一铜表，高五尺，以志里数。故行者歌曰：'青槐夹道多尘埃，龙楼凤阙望崔嵬。清风细雨杂香来，土上出金火照台。'"此谓魏文帝时之《行者歌》已开后世词人之先河。祖鞭，即祖生鞭，语出南朝宋刘义庆《世说新语·赏誉下》"刘琨称祖车骑为朗诣"刘孝标注引晋虞预《晋书》："刘琨与亲旧书曰：'吾枕戈待旦，志枭逆虏，常恐祖生（指祖逖）先吾著鞭耳。'"

三

六朝词客最多情,一语从教百媚生。

可惜清新庾开府,词坛未获主齐盟。

笺注

六朝:三国吴、东晋和南朝的宋、齐、梁、陈,相继建都建康(吴名建业,今南京市),史称为六朝。

从教:从此使得,从而使。〔唐〕韩偓《偶见》诗:"千金莫惜旱莲生,一笑从教下蔡倾。"

百媚:形容极其妩媚。《乐府诗集·横吹曲辞五·淳于王歌》:"百媚在城中,千媚在中央。"白居易《长恨歌》诗:"回眸一笑百媚生,六宫粉黛无颜色。"

"可惜"句:杜甫《春日忆李白》诗:"清新庾开府,俊逸鲍参军。"

齐盟:犹同盟。《左传·襄公二十二年》:"寡君尽其土实,重之以宗器,以受齐盟。"杜预注:"齐,同也。"

四

野录湘山起论端,词家三李信疑间。

可应直自开天世,豫咏中兴《菩萨蛮》。

(太白词只《桂殿秋》语气略近,《客窗夜话》辨其为李赞皇作)

笺注

"野录"句:〔宋〕释文莹《湘山野录》卷上:"'平林漠漠烟如织,寒山一带伤心碧。暝色入高楼,有人楼上愁。 玉阶空伫立,宿鸟归飞急。何处是归程,长亭连短亭。'此词不知何人写在鼎州(今湖南常德市)沧水驿楼,复不知何人所撰。魏道辅泰见而爱之。后至长沙,得古集于子宣内翰

（按：指曾布）家，乃知李白所作。"

"词家"句：〔清〕王又华《古今词论·沈去矜词论》："男中李后主，女中李易安，极是当行本色。前此太白，故称词家三李。"

开天世：唐玄宗开元、天宝时，为李唐王朝中兴之世。

五

中唐刘白导词源，五季风流格律存。

踵事增华夸丽藻，可将大辂笑椎轮。

笺注

"中唐"句：中唐时刘禹锡、白居易等人开始了文人词的创作，有《忆江南》《竹枝词》《长相思》等词作传于今。

"踵事增华"二句：〔南朝梁〕萧统《〈文选〉序》："若夫椎轮为大辂之始，大辂宁有椎轮之质，增冰为积水所成，积水曾微增冰之凛，何哉？盖踵其事而增华，变其本而加厉，物既有之，文亦宜然。"后以"踵事增华"指继续以前的事业并更加发展。大辂，古代华美的大车。椎轮，无辐条的原始车轮。谓大辂由椎轮逐步演变而成，比喻事物的进化，由简到繁，由粗至精。后人亦称始创者为大辂椎轮。

六

南朝令主擅风流，吹彻寒笙坐小楼。

自是词章称克肖，一江春水泻江愁。

笺注

令主：贤德的君主。

"吹彻"句：南唐中主李璟《摊破浣溪沙》词有"细雨梦回鸡塞远，小楼吹彻玉笙寒"句。

克肖：相似。

"一江"句：南唐后主李煜《虞美人》词有"问君能有几多愁,恰似一江春水向东流"句。

七

国胜身危赋小词,无愁天子写愁时。

倚声本是相思调,除却宫娥欲对谁。

（此时不应作小词,宋人讥其对宫娥之非,可谓不揣其本）

笺注

国胜：犹胜国。指被灭亡的国家。胜,指被灭亡的。

无愁天子：北齐后主高纬生活荒淫,无心朝政,并附庸风雅,作《无愁曲》,民间怨声顿起,称之为"无愁天子"。此处指南唐后主李煜。

"除却"句：李煜《破阵子》词："四十年来家国,三千里地山河。凤阁龙楼连霄汉,玉树琼枝作烟萝。几曾识干戈。　一旦归为臣虏,沈腰潘鬓消磨。最是苍惶辞庙日,教坊犹奏别离歌。垂泪对宫娥。"〔宋〕苏轼《东坡志林》卷四："后主既为樊若水所卖,举国与人,故当恸哭于九庙之外,谢其民而后行,顾乃挥泪宫娥,听教坊离曲！"

八

紫陌莺花梦旧京,无情风雨太纵横。

乌衣不会君王意,愁绝寥天五国城。

笺注

"紫陌"二句：宋徽宗赵佶《燕山亭·北行见杏花》词："裁剪冰绡,打叠数重,冷淡燕脂匀注。新样靓妆,艳溢香融,羞杀蕊珠宫女。易得凋零,更多少、无情风雨。愁苦。闲院落凄凉,几番春暮。 凭寄离恨重重,这双燕,何曾会人言语。天遥地远,万水千山,知他故宫何处。怎不思量,除梦里、有时曾去。无据。和梦也、有时不做。"

"乌衣"句:上引《燕山亭》词中有"这双燕,何曾会人言语"句。乌衣,指燕子。〔元〕杨维桢《题边鲁生梨花双燕图》诗:"春风歌《白雪》,夜月梦乌衣。"

寥天:辽阔的天空。唐姚月华《怨诗》:"登台北望烟雨深,回身泣向寥天月。"

五国城:在今黑龙江依兰县。1127年金人灭北宋,俘获徽、钦二帝北上,囚于五国城内。1135年宋徽宗病死于五国城。

九

珠玉新编逸韵饶,仙郎仙笔更飘飘。

世儒也爱玲珑句,梦踏杨花过谢桥。

笺注

珠玉:晏殊(991-1055),字同叔,临川人,有《珠玉词》传世。

逸韵:高逸的风韵。《艺文类聚》卷三六引晋庾亮《翟徵君赞》:"禀逸韵于天陶,含冲气于特秀。"

仙郎:年轻的男仙人,借称俊美的青年男子。这里指晏殊之子晏几道。

仙笔:形容高超俊逸的诗文。〔前蜀〕贯休《古意》诗之八:"常思李太白,仙笔驱造化。"

"世儒"二句:〔清〕王弈清《历代词话》卷四引程书彻语:"伊川(按:北宋理学家程颐,世称伊川先生。)闻诵叔原词'梦魂惯得无拘检,又踏杨花过谢桥',笑曰:'鬼语也。'意颇赏之。"

十

浅斟低唱柳屯田，肯把浮名换绮筵。

身后清声谁会得，墓门红袖拜年年。

笺注

"浅斟"二句：柳永《鹤冲天》词："忍把浮名，换了浅斟低唱。"绮筵，华丽丰盛的筵席。〔唐〕陈子昂《春夜别友人》诗之一："银烛吐青烟，金樽对绮筵。"

"身后"二句：〔宋〕曾敏求《独醒杂志》卷四："柳耆卿风流俊迈，闻于一时。既死，葬于枣阳县花山。远近之人，每遇清明，多载酒肴，饮于耆卿墓侧，谓之吊柳会。"〔明〕冯梦龙《喻世明言》第十二卷"众名姬春风吊柳七"："自（柳永）葬后，每年清明左右，春风骀荡，诸名姬不约而同，各备祭礼，往柳七官人坟上，挂纸钱拜扫，唤做'吊柳七'，又唤做'上风流家'。"（按：小说家语，录之聊备参阅。）清声，清美的声誉。〔汉〕蔡邕《陈太丘碑文》："奉礼终没，休矣清声。"〔唐〕元稹《遣病》诗："李三三十九，登朝有清声。"

十一

草堂遗选备唐风，古调高弹六一翁。

谁把肤词充法曲，尽教筝笛涧丝桐。

（《六一集》最多赝作）

笺注

草堂：即《草堂诗馀》。南宋何士信所编的一部词选，以宋词为主，兼收一小部分唐五代词。

古调：古代的乐调。〔唐〕刘长卿《听弹琴》诗："古调虽自爱，今人多不弹。"〔宋〕王灼《碧鸡漫志》卷一:"隋氏取汉以来乐器、歌章、古调并入清乐,余至李唐始绝。"

六一翁:宋代词人欧阳修。欧阳修《六一居士传》:六一居士初谪滁山,自号醉翁。既老而衰且病,将退休于颍水之上,则又更号六一居士。客有问曰:"六一,何谓也?"居士曰:"吾家藏书一万卷,集录三代以来金石遗文一千卷,有琴一张,有棋一局,而常置酒一壶。"客曰:"是为五一尔,奈何?"居士曰:"以吾一翁,老于此五物之间,是岂不为六一乎?"按:参阅《三朝言行录》。

肤词:肤浅空泛的言辞。

法曲:一种古代乐曲。东晋南北朝称作法乐。因其用于佛教法会而得名。原为含有外来音乐成分的西域各族音乐,后与汉族的清商乐结合,并逐渐成为隋朝的法曲。其乐器有铙钹、钟、磬、幢箫、琵琶。至唐朝又搀杂道曲而发展至极盛阶段。著名的曲子有《赤白桃李花》《霓裳羽衣》等。

"尽教"句:谓欧阳修词中多有俗词赝作混杂入。筝笛,喻俗曲。丝桐,喻雅音。丝桐,指琴。古人削桐为琴,练丝为弦,故称。《史记·田敬仲完世家》:"若夫治国家而弭人民,又何为乎丝桐之间?"〔汉〕王粲《七哀诗》:"丝桐感人情,为我发悲音。"

十二

相思清泪落悲笳,酒入愁肠叹鬓华。

谁识穹边穷塞主,心如铁石赋梅花。

笺注

"相思"二句:范仲淹《苏幕遮·怀旧》词:"碧云天,黄叶地。秋色连波,波上寒烟翠。山映斜阳天接水。芳草无情,更在斜阳外。 黯乡魂,追旅思。夜夜除非,好梦留人睡。明月楼高休独倚。酒入愁肠,化作相思泪。"

"谁识"句:〔宋〕魏泰《东轩笔录》卷十一:"范文正公守边日,作《渔家傲》乐歌数阕,皆以'塞下秋来'为首句,颇述边镇之劳苦。欧阳公尝呼之为穷塞主之词。及王尚书素出守平凉,文忠亦作《渔家傲》一词以送之,其断章曰:'战胜归来飞捷奏,倾贺酒,玉阶遥献南山寿。'顾谓王曰:'此真元帅之事也。'"

"心如"句:刘禹锡《献权舍人书》:"昔宋广平(宋璟字)之沉下僚也,苏公味道时为绣衣直使者,广平投以《梅花赋》,苏盛称之,自是方列闻人之目,名遂振。" 皮日休《梅花赋序》曰:"余尝慕宋广平之为相,贞姿劲质,刚态毅状,疑其铁肠石心,不解吐婉媚辞。然睹其文,而有《梅花赋》,清便富艳,得南朝徐庾体,殊不类其为人也。"〔宋〕张邦基《墨庄漫录》卷三:"(晁)无咎叹曰:'人疑宋开府铁石心肠,及为《梅花赋》,清艳殆不类其为人。'"

十三

六字犹人一字殊,春风红杏宋尚书。

何当更遇张三影,好句交称一笑初。

笺注

"六字"二句:宋祁(998—1061),字子京,安陆(今属湖北)人,徙居开封雍丘(今河南杞县)。仁守天圣二年(1024)与其兄宋庠同举进士。历官龙图阁学士、史馆修撰、知制诰、工部尚书、翰林学士承旨。曾与欧阳修同修《新唐书》。与其兄庠齐名,时呼"小宋、大宋"。因其词《玉楼春》中有"红杏枝头春意闹"之句,尤为警策,人称红杏尚书。

"何当"二句:〔宋〕胡仔《苕溪渔隐丛话》前集卷三十七引《遁斋闲览》云:张子野郎中以乐章名擅一时。宋子京尚书奇其才,先往见之。遣将命者曰:"尚书欲见'云破月来花弄影'郎中。"子野屏后呼曰:"得非'红杏枝头春意闹'尚书耶。"遂出,置酒尽欢。盖二人所举,皆其警策也。张三影,张先的别称。〔宋〕李颀《古今诗话·有客谓张三影》:"有客谓张子野曰:'人皆谓公为张三中,即"心中事"、"眼中泪"、"意中人"也。'公曰:

'何不目我三影?'客不晓。公曰:'"云破月来花弄影","娇柔懒起,帘压卷花影","柳径无人,坠风絮无影"。此予平生所得意也。'"

十四

佳士还须好客陪,匠心惟有贺方回。

一川烟草漫天絮,梅子黄时细雨来。

（或谓"梅黄"句袭莱公,不知二句敷衬得好也）

笺注

匠心：工巧的心思。多指文学艺术中创造性的构思。〔唐〕王士源《〈孟浩然集〉序》："文不按古，匠心独妙。"

"一川"二句：贺铸《青玉案》词有"一川烟草，满城风絮，梅子黄时雨"句。〔清〕王奕清《历代词话》卷六引潘子真语谓："寇莱公诗云：'杜鹃啼处血成花，梅子黄时雨如雾。'世推方回'梅子黄时雨'为绝唱，盖莱公语也。"按：寇莱公，寇准，封莱国公。

十五

不受靰羁见逸才，审音协律未全乖。

教坊我欲呼雷大，铁板铜弦写壮怀。

笺注

靰羁：马缰绳和络头。比喻束缚。《楚辞·离骚》："余虽好修姱以靰羁兮，謇朝谇而夕替。"王逸注："靰羁，以马自喻。缰在口曰靰，革络头曰羁，言为人所系累也。"

逸才：指出众的人才。《后汉书·蔡邕传》："伯喈旷世逸才，多识汉事，当续成后史，为一代大典。"

审音：辨别音调。《礼记·乐记》："是故审声以知音，审音以知乐，审乐以知政。"

协律：调和音乐律吕，使之和谐。《汉书·公孙弘卜式儿宽传赞》："协律则李延年，运筹则桑弘羊。"

"教坊"句：〔宋〕陈师道《后山诗话》："退之以文为诗，子瞻以诗为词，如教坊雷大使之舞，虽极天下之工，要非本色。"

"铁板"句：〔宋〕俞文豹《吹剑录》载：东坡在玉堂日，有幕士善歌，因问："我词何如柳七？"对曰："柳郎中词，只合十七八女郎，执红牙板，歌'杨柳岸晓风残月'；学士词须关西大汉，铜琵琶，铁绰板，唱'大江东去'。东坡为之绝倒。

十六

后山谈艺举秦黄，诡俊轻圆各擅场。

绮语任他犁舌狱，尊前且唱《小秦王》。

笺注

"后山"句：〔宋〕陈师道《后山诗话》云："今代词手，唯秦七黄九耳，唐诸人不逮也。"

"绮语"句：〔宋〕胡仔《苕溪渔隐丛话》前集卷五十七引《冷斋夜话》云："法云秀老，关西人，面目严冷，能以礼折人。李伯时画马东坡第，其笔当不减韩干，都城黄金易致，而伯时画不可得。师让之曰：'伯时士大夫，而以画著名，行已可耻，矧又画马。人夸以为得妙，入马腹中亦足可惧。'伯时大惊，不自知身去坐榻曰：'今当何以洗其过。'师劝画观音像，以赎其罪。黄鲁直作艳语，人争传之，秀呵曰：'翰墨之妙，甘施于此乎？'鲁直笑曰：'又当置我于马腹中耶。'秀曰：'公艳语荡天下淫心，不止于马腹，正恐下泥犁耳。'鲁直颔应之。故一时公卿伏师之善巧也。"绮语，佛教语。涉及闺门、爱欲等华艳辞藻及一切杂秽语。十善戒中列为四口业之一。南朝梁武帝《答〈菩提树颂〉手敕》："但所言国美，皆非事实，不无绮语过也。"亦指纤婉言情之辞。

"尊前"句：黄庭坚《题古乐府后》云："古乐府有'巴东三峡巫峡长，猿鸣三声泪沾裳'，但以抑怨之音，和为数叠。惜其声今不传。予自荆州上峡入黔中，备尝山川险阻，因作二叠与巴娘，令以《竹枝》歌之。前一叠可和云：'鬼门关外莫言远，五十三驿是皇州。'后一叠可和云：'鬼门关外莫言远，四海一家皆弟兄。'或各用四句，入《阳关》《小秦王》亦可歌也。"（《山谷集》卷二十六）

十七

内庭开馆聚才人，供奉词章字字新。

更欲就中求巨擘，故应有客和清真。

笺注

内庭：宫禁以内。〔唐〕韩偓《甲子岁夏五月自长沙抵醴陵聊寄知心》诗："职在内庭宫阙下，厅前皆种紫薇花。"

供奉：指以某种技艺侍奉帝王的人。

巨擘：大拇指。比喻杰出的人物。《孟子·滕文公下》："于齐国之士，吾必以仲子为巨擘焉。"赵岐注："巨擘，大指也。"

"故应"句：〔清〕王奕清《历代词话》卷六引《古今词话》云："周邦彦以进《汴都赋》得官，徽庙时提举大晟乐府，每制一词，名流辄为赓和。东楚方千里、乐安杨泽民全和之，或合为《三英集》行世。"

十八

巷语街谈点化难，却教闺秀据骚坛。

断肠已尽凄凉调，更辟町畦李易安。

笺注

巷语街谈：街巷中的谈说议论，即民间的俗语舆论。

骚坛：诗坛词坛。

断肠：宋代女词人朱淑真有词集《断肠词》，语多凄凉。

町畦：犹蹊径，途径。〔宋〕罗大经《鹤林玉露》卷一："至于诗，则山谷倡之，自为一家，并不蹈古人町畦。"

李易安：李清照，号易安居士。

十九

稼轩格调继苏髯，铁马金戈气象严。

我爱分钗桃叶渡，温柔激壮力能兼。

笺注

"稼轩"句：苏轼以横放杰出之才，自树立于北宋词坛，遂开豪放一宗。南宋中期，辛弃疾继轨其后，并称苏辛。

"铁马"句：铁马金戈，本以形容威武雄壮的士兵和战马，这里喻指苏辛词风豪迈奔放，气象壮严。辛弃疾《永遇乐》词有"想当年，金戈铁马，气吞万里如虎"句。

"我爱"二句：辛弃疾《祝英台近·晚春》词："宝钗分，桃叶渡，烟柳暗南浦。怕上层楼，十日九风雨。断肠片片飞红，都无人管，倩谁唤、流莺声住。 鬓边觑。试把花卜心期，才簪又重数。罗帐灯昏，呜咽梦中语。是他春带愁来，春归何处。却不解、将愁归去。"〔宋〕张炎《词源》谓此词"景中带情，而存骚雅"。〔宋〕魏庆之《魏庆之词话》谓此词"风流妩媚，富于才情，若不类其为人矣"。〔清〕沈谦《填词杂说》云："稼轩词以激扬奋厉为工，至'宝钗分，桃叶渡'一曲，昵狎温柔，魂销意尽，才人伎俩，真不可测。昔人论画云：'能才人豆马，可作千丈松。'知言哉！"

二十

赍恨于湖笔气遒，隔江猎火望毡裘。

符离取败张中令，忍听歌头唱《六州》。

笺注

"赍恨"二句：张孝祥《六州歌头》词："长淮望断，关塞莽然平。征尘暗，霜风劲，悄边声。黯销凝。追想当年事，殆天数，非人力。洙泗上，弦歌地，亦膻腥。隔水毡乡，落日牛羊下，区脱纵横。看名王宵猎，骑火一川明。笳鼓悲鸣。遣人惊。 念腰间箭，匣中剑，空埃蠹，竟何成。时易失，心徒壮，岁将零。渺神京。干羽方怀远，静烽燧，且休兵。冠盖使，纷驰骛，若为情。闻道中原遗老，常南望、羽葆霓旌。使行人到此，忠愤气填膺。有泪如倾。"赍恨，抱恨。《后汉书·冯衍传上》"由是为诸王所聘请"李贤注引汉冯衍《与阴就书》："衍年老被病，恐一旦无禄，命先犬马，怀抱不报，赍恨入冥。"于湖，张孝祥（1132－1170），字安国，号于湖居士。

"符离"二句：张孝祥有《六州歌头》词，清沈辰垣等《历代诗馀》卷一百十七引《朝野遗记》载："张孝祥紫微雅词，汤衡称其平昔未尝著稿，笔酣兴健，顷刻即成，却无一字无来处。一日，在建康留守席上作《六州歌头》，张魏公（张浚）读之，罢席而入。"符离取败，指南宋隆兴元年（1163），宋军渡淮北伐，于符离（今安徽宿州北）被金军打败。

二十一

白石清声自一家，尽芟雕饰洗铅华。

流传衣钵归初祖，提倡宗风到竹垞。

笺注

白石：姜夔，字尧章，号白石道人。

清声：清亮的声音。这里指词风清空。

栞：砍，削除。《汉书·地理志上》引《尚书·禹贡》："禹敷土，随山栞木，奠高山大川。"颜师古注："栞，古刊字也。"今本《尚书·禹贡》作"刊"。

铅华：比喻虚浮粉饰之词。

"流传"二句：朱彝尊推尊姜夔，其《黑蝶斋词序》谓："词莫善于姜夔。宗之者张辑、卢祖皋、史达祖、吴文英、蒋捷、王沂孙、张炎、周密、陈允平、张翥、杨基，皆具夔之一体。"宗风，原指佛教各宗系特有的风格、传统，多用于禅宗。有时也用以泛指道教或文学艺术各流派独有的风格和思想。竹垞，朱彝尊字锡鬯，号竹垞，晚号小长芦钓鱼师，又号金风亭长。秀水（今浙江嘉兴市）人。

二十二

孰云王后孰卢前，《花外》《蒲江》各一编。

若把衰蝉方蟋蟀，故应嗣法属中仙。

笺注

"孰云"二句：王沂孙（生卒年不详），字圣与，又字咏道，号碧山，又号中仙、玉笥山人，会稽（今浙江绍兴）人。有词集《碧山乐府》，又名《花外集》。卢祖皋，字申之，又字次夔，号蒲江，永嘉（今属浙江）人。庆元五年（1199）进士。历官秘书省正字、校书郎、秘书郎等。有《蒲江词》一卷。

"若把"二句：王沂孙有《齐天乐·蝉》词，姜夔有《齐天乐》咏蟋蟀词，俱为南宋咏物名作，沈道宽将二者并论，以为王沂孙乃继承姜夔之衣钵者。〔清〕李调元《雨村词话》卷二："白石自制词在南宋另为一派，盛行于时，学之而佳者有二人。王沂孙字圣与，号中仙，有《碧山乐府》二卷，一名《花外集》，盖取比《花间集》而名也。……（张）炎自号乐笑翁，有《玉田词》三卷，郑思肖为作序，亦白石一派也。"方，等同，相当。嗣法，谓继承法度或方法。

二十三

红牙按拍谱新声,顾曲周郎共此情。

东泽还馀绮语债,心香一瓣为先生。

笺注

"红牙"句:北宋前期柳永大作俗词,倡为新声。〔宋〕俞文豹《吹剑续录》载:东坡在玉堂日,有幕士善歌,因问:"我词何如柳七?"对曰:"柳郎中词,只合十七八女郎,执红牙板,歌'杨柳岸晓风残月'。学士词须关西大汉,铜琵琶,铁绰板,唱'大江东去'。"东坡为之绝倒。

顾曲周郎:泛指通音乐戏曲的人。典出《三国志·吴书·周瑜传》:"瑜少精意于音乐,虽三爵之后,其有阙误,瑜必知之,知之必顾,故时人谣曰:'曲有误,周郎顾。'"这里指周邦彦。周邦彦妙解音律,有"顾曲周郎"之称。

"东泽"句:张辑,字宗瑞,号东泽,鄱阳人。有《东泽绮语债》词二卷。

二十四

流水缄愁带落红,梅溪写出态怡融。

试临断岸看新绿,信是毫端有化工。

笺注

"流水"句:史达祖《绮罗香·咏春雨》词有"是落红、带愁流处"句。

"试临"句:史达祖《绮罗香·咏春雨》词有"临断岸、新绿生时"句。

毫端:犹言笔底,笔下。〔南朝梁〕庾肩吾《〈书品〉序》:"其转注、假借之流,指事、会意之类,莫不状范毫端,形呈字表。"〔宋〕王安石《赠李士云》诗:"毫端出窈窕,心手初不著。"

化工:自然形成的工巧。

二十五

七宝楼台说梦窗,珠玑碧带落金釭。

美成嗣响多新曲,好听词家自度腔。

笺注

七宝楼台:传说中神仙所居之处。泛指堂皇华丽的楼台。〔宋〕张炎《词源》卷下:"吴梦窗词如七宝楼台,眩人眼目,碎拆下来,不成片段。"

珠玑:珠宝,珠玉。《墨子·节葬下》:"诸侯死者,虚车府,然后金玉珠玑比乎身。"

碧带:碧玉带。

金釭:古代宫殿壁间横木上的饰物。《汉书·外戚传下·孝成赵皇后》:"壁带往往为黄金釭,函蓝田璧。"颜师古注:"服虔曰:'釭,壁中之横带也。'晋灼曰:'以金环饰之也。'壁带,壁之横木露出如带者也。于壁带之中,往往以金为釭,若车釭之形也。其釭中着玉璧、明珠、翠羽耳。"

"美成"句:〔宋〕沈义父《乐府指迷》:"梦窗深得清真之妙。其失在用事下语太晦处,人不可晓。"蒋兆兰《词说》:"继清真而起者,厥惟梦窗。英思壮采,绵丽沉警,适与玉田生清空之说相反。"

自度腔:即自度曲,谓在旧有曲调外,自行谱制新曲。

二十六

渔笛清歌付玉箫,天涯沦落寄情遥。

杜郎旧事花能说,一梦扬州廿四桥。

笺注

"渔笛"二句:周密有词集《蘋洲渔笛谱》。其《解语花》词云:"晴丝胃蝶，暖蜜酣蜂，重檐卷春寂寂。雨萼烟梢，压阑干、花雨染衣红湿。金鞍误约，空极目、天涯草色。阆苑玉箫人去后，惟有莺知得。　余寒犹掩翠户，梁燕乍归，芳信未端的。浅薄东风，莫因循、轻把杏钿狼藉。尘侵锦瑟，残日绿窗春梦窄。睡起折花无意绪，斜倚秋千立。"

"杜郎"二句：杜牧《寄扬州韩绰判官》诗："青山隐隐水迢迢，秋尽江南草未凋。二十四桥明月夜，玉人何处教吹箫。"又《遣怀》诗："落魄江南载酒行，楚腰肠断掌中轻。十年一觉扬州梦，赢得青楼薄倖名。"周密《踏莎行》词："远草情锺，孤花韵胜。一楼耸翠生秋暝。十年二十四桥春，转头明月箫声冷。　赋药才高，题琼语俊。蒸香压酒芙蓉顶。景留人去怕思量，桂窗风露秋眠醒。"

二十七

竹屋痴情太俊生，惜花难觅护花铃。

愁边新句无人道，十二阑干六曲屏。

笺注

竹屋：高观国，字宾王，号竹屋，山阴（今浙江绍兴）人。有词集《竹屋痴语》一卷。

护花铃：为保护花朵驱赶鸟雀而设置的铃。〔五代〕王仁裕《开元天宝遗事·花上金铃》："至春时，于后园中纫红丝为绳，密缀金铃，系于花梢之上。每有鸟鹊翔集，则令园吏掣铃索以惊之，盖惜花之故也。"

"愁边"句：高观国《喜迁莺》词："试省唤回幽恨，尽是愁边新句。"

"十二"句：高观国《卜算子·泛西湖坐间寅斋同赋》词："屈指数春来，弹指惊春去。檐外蛛丝网落花，也要留春住。　几日喜春晴，几夜愁春雨。十二雕窗六曲屏，题遍伤春句。"

二十八

潜夫别调写相思,且尽尊前酒一卮。

舞错《伊州》浑不顾,萧郎相见目成时。

笺注

"潜夫"句:刘克庄(1187—1269),字潜夫,号后村,莆田(今属福建)人。淳祐六年(1246),赐进士出身,官龙图龙阁直学士。有词集《后村别调》一卷。

"舞错"二句:刘克庄《清平乐·顷在维扬,陈师文参议家舞姬绝妙,赋此》词:"宫腰束素,只怕能轻举。好筑避风台护取,莫遣惊鸿飞去。一团香玉温柔,笑颦俱有风流。贪与萧郎眉语,不知舞错伊州"句。目成,通过眉目传情来结成亲好。《楚辞·九歌·少司命》:"满堂兮美人,忽独与余兮目成。"朱熹集注:"言美人并会,盈满于堂,而司命独与我睨而相视,以成亲好。"

二十九

不放闲愁入酒酣,王孙芳草怨江南。

夕阳红湿苍波底,送尽归云赵介庵。

笺注

"不放"句:赵彦端《谒金门》词有"酒醒愁又入"句。

王孙芳草:《楚辞·招隐士》:"王孙游兮不归,芳草生兮萋萋。"王夫之通释:"王孙,隐士也。秦汉以上,士皆王侯之裔,故称王孙。"

"夕阳"二句:赵彦端有《谒金门》词:"休相忆,明夜远如今日。楼外绿烟村幂幂。花飞如许急。 柳岸晚来船集,波底斜阳红湿。送尽去云成独立。酒醒愁又入。"赵彦端（1121—1175），字德庄，号介庵，魏王廷美七世孙，鄱阳人。绍兴八年（1138）进士。历官左修职郎、钱塘县主簿、江南东路转运副使、福建路转运副使、太常少卿等。有《介庵集》，不传。

三十

潇洒南湖上将孙，渐移伐阅作青门。

掞天一序标宗旨，尽泄天机雷斧痕。

笺注

"潇洒"句：张镃（1153—1211），字功甫，号约斋，西秦（今陕西省）人，居临安。张俊诸孙。历官大理司直、婺州通判、司农寺主簿、司农寺丞、司农少卿等。有《南湖集》《玉照堂词》。张俊曾为高宗朝名臣，历官至枢密使，故曰"上将孙"。

伐阅：功绩和资历。《史记·高祖功臣侯者年表序》："古者人臣功有五品，以德立宗庙定社稷曰勋，以言曰劳，用力曰功，明其等曰伐，积日曰阅。"《汉书·车千秋传》："千秋无他材能术学，又无伐阅功劳。"

青门：汉长安城东南门。本名霸城门，因其门色青，故俗呼为"青门"或"青城门"。《三辅黄图·都城十二门》："长安城东，出南头第一门曰霸城门。民见门色青，名曰青城门，或曰青门。门外旧出佳瓜，广陵人召平为秦东陵侯，秦破，为布衣，种瓜青门外。"后泛指退隐之处。

"掞天"句：张镃曾为史达祖《梅溪词》作序。掞天，光芒照天。〔南朝梁〕庾肩吾《侍宴宣猷堂应令》诗："副君德将圣，陈王才掞天。"

雷斧：传说中雷神用以发霹雳的工具。其形如斧，故称。〔宋〕苏轼《次韵滕大夫·雪浪石》诗："画师争摹雪浪势，天工不见雷斧痕。"王十朋集注："陈藏器《本草》云：'霹雳砧，伺候震处，掘地三尺得之，其形非一，亦有似斧刃者。'"

三十一

野史亭边咏古风，空群冀北道园同。

正声不愧诗人笔，只有遗山继放翁。

笺注

野史亭：金代元好问之亭名。《金史·文艺传下·元好问》："晚年尤以著作自任，以金源氏有天下，典章法度几及汉唐，国亡史作，己所当任。时金国实录在顺天张万户家，乃言于张，愿为撰述，既而为乐夔所沮而止。好问曰：'不可令一代之迹泯而不传。'乃构亭于家，著述其上，因名曰'野史'……纂修《金史》，多本其所著云。"

空群冀北：〔唐〕韩愈《送温处士赴河阳军序》："伯乐一过冀北之野，而马群遂空。"后因以冀群空、"空群"比喻人才被选拔一空。〔宋〕汪元量《别杨附马》诗："去去马空冀北，行行鹤度辽东。"

道园：虞集（1272-1348），字伯生，号道园。别署青城山樵，人称邵庵先生。

正声：谓符合音律的标准乐声。《六韬·五音》："宫、商、角、徵、羽，此其正声也。"

放翁：陆游，自号放翁。

三十二

催雪新篇咏蜕岩，梧桐秋老客衣添。

周郎格调姜郎笔，比似词家韵更严。

（仲举韵最严，近时朱、陈、樊榭亦然。故知豪杰之士，不随俗波靡也）

笺注

"催雪"二句：张翥（1287-1368），字仲举，号蜕庵，晋宁（今山西临汾）人。官至翰林学士承旨，封潞国公。有《蜕庵集》五卷，《蜕岩词》二卷。张翥《绮罗香·雨中舟次洹上》词："燕子梁深，秋千院冷，半湿垂杨烟缕。怯试春衫，长恨踏青期阻。梅子后、馀润留寒，藕花外、嫩凉消暑。渐惊他、秋老梧桐，萧萧金井断蛩暮。　薰篝须待被暖，催雪新词未稳，重寻笙谱。水阁云窗，总是惯曾听处。曾信有、客里关河，又怎禁、夜深风雨。一声声、滴在疏篷，做成情味苦。"

"周郎"二句：谓张翥词取法周邦彦、姜夔。〔清〕陈廷焯《云韶集》卷一评："仲举词自是祖述清真，取法白石。其一种清逸之趣，渊深之致，固自不减梦窗。南宋自姜白石出，词乃有大宗，后有作者，总难越其范围，梦窗诸人师之于前，仲举效之于后，词至是推极盛焉。"〔清〕刘熙载《词概》："张仲举词，大抵导源白石，时或以稼轩济之。"

三十三

一代新声一代人，犁眉小令写清真。

古音今调无相袭，不道中间隔几尘。

笺注

"犁眉"句：刘基，字伯温，有诗集《犁眉公集》，词集《写情集》。〔明〕陈霆《渚山堂词话》卷一："刘伯温有《写情集》，皆词曲也。惟其大阕颇窒滞，惟小令数首，觉有风味。故予所选小令独多，然视宋人亦远矣。"

"不道"句：〔明〕王世贞《弇州山人词评》："刘诚意伯温秾纤有致，去宋尚隔一尘。"

三十四

谪戍南迁万里途，永昌僻郡尠藏书。

用修自谱胸中调，按拍真应格律疏。

笺注

"谪戍"二句：杨慎（1488—1559），字用修，号升庵，新都（今属四川）人。正德六年（1511）状元，翰林院修撰。嘉靖三年（1524）因议礼被贬云南永昌卫。勘，少。

"用修"二句：〔清〕万树《词律·发凡》："世所脍炙之娄东、新都两家，撷芳可佩，就轨则多歧，按律之学未精，自度之腔乃出。虽云自我作古，实则英雄欺人。"

三十五

《弇州四部》富文翰，大海回风走激湍。

绮思骚情都不尽，更于小令卷波澜。

笺注

"弇州"句：王世贞，字元美，太仓人。自号凤洲，又号弇州山人。明嘉靖二十六年（1547）进士，历官浙江右参政、山西按察使、广西右布政使、太仆寺卿、应天府尹、南京兵部右侍郎、南京刑部尚书等，有诗文集《弇州山人四部稿》等。

大海回风：王世贞《自述诗》云："野夫兴就不复删，大海回风吹紫澜。"

绮思：美妙的文思。

三十六

黄门逸气具湘真，旖旎温柔百态新。

几社风情高复社，却令同日作完人。

笺注

"黄门"句：陈子龙（1608—1647），字卧子，号大樽，松江华亭（今属上海）人，先世颍川人。崇祯十年（1637）进士。明亡后，参与抗清复明活动，后事泄被俘，不屈而死。有词集《湘真阁词》。逸气，超脱世俗的气概、气度。三国魏曹丕《与吴质书》："公干有逸气，但未遒耳。"

旖旎：旌旗从风飘扬貌。引申为宛转柔顺貌。

几社：明末的文社组织。名为"几社"者，盖取"知几其神"之义。主要成员有陈子龙、夏允彝、徐孚远、何刚等人。其文学主张颇受前后七子影响，作品则对政治的溷浊、民生的疾苦有所揭露。明亡后，陈子龙等数人曾致力抗清。

复社：明末江南士大夫主张改良政治的文学结社之一。明天启时江南张溥、陈贞慧等初结应社。崇祯六年又集合南北文社中人，会于苏州虎丘，取兴复绝学之义，成立复社。继东林党之后，以讲学批评时政。南明弘光时，屡受马士英、阮大铖的迫害。清军南下，复社主要人物吴应箕、陈子龙等参加抗清，殉难。顺治九年（1652），复社被清政府取缔解散。

完人：指德行完美的人。

三十七

一片笙歌咏太平，渔洋唱叹意分明。

《衍波》一卷饶清艳，开出人间雅颂声。

笺注

笙歌：合笙之歌。亦谓吹笙唱歌。《礼记·檀弓上》："孔子既祥，五日弹琴而不成声，十日而成笙歌。"泛指奏乐唱歌。

衍波：即《衍波词》。王士禛（1634—1711）字贻上，号阮亭，又号渔洋山人。新城（今山东桓台）人。历官至刑部尚书。有词集《衍波词》。

清艳：清秀艳丽。〔宋〕蔡絛《西清诗话·红梅》："紫梅清艳两绝，昔独盛于姑苏。"

雅颂：指盛世之乐、庙堂之乐。《礼记·乐记》："故听其雅颂之声，志意得广焉。"孔颖达疏："雅以施正道，颂以赞成功，若听其声，则淫邪不入，故志意得广焉。"

三十八

倚声小集爱程村，搜剔幽奇花样翻。

狡狯神通正法眼，莫言别调是傍门。

笺注

"倚声"句：邹祗谟，字讦士，号程村，武进人。顺治十五年（1658）进士，有《远志斋集》。邹祗谟与王士禛同编《倚声初集》，选录明万历至清顺治词人475位，词作1914首。

搜剔：搜寻。〔唐〕杜牧《黄州准赦祭百神文》："绍功嗣德，搜剔幽昧。"

正法眼：即正法眼藏，佛教语。禅宗用来指全体佛法（正法）。朗照宇宙谓眼，包含万有谓藏。相传释迦牟尼以正法眼藏付与大弟子迦叶，是为禅宗初祖，为佛教"以心传心"授法的开始。借指事物的诀要或精义。

傍门：道家以修炼金丹、全身保真为正道，馀皆为"傍门"，不能得正果。

三十九

巧思无妨作雅音，等闲秀折入幽深。

清新五字桐花凤，却是新城最赏心。

笺注

"清新"句：〔清〕李佳《左庵词话》卷上："王渔洋词有云：'郎似桐花，妾似桐花凤。'人因呼之为王桐花。吴石华云：'瘦尽桐花，苦忆桐花凤。'不让渔洋山人，专美于前也。"〔清〕谢章铤《赌棋山庄词话》卷八："阮亭沿凤洲、大樽绪论，心摹手追，半在《花间》，虽未尽倚声之变，而敷辞选字,极费推敲。且其平日著作,体骨俱秀,故入词即常语浅语,亦自娓娓动听。其'郎似桐花,妾似桐花凤'之句,最为擅名,然起结少味,殊非完璧。"

新城:王士禛,新城(今山东桓台)人,故称。

四十

定论多应出至公,浙西风调六家同。

竹垞高唱迦陵和,可似曹刘角两雄。

笺注

至公:科举时代对主考官的敬称。朱彝尊康熙二十年(1686)曾任江南乡试主考,故称。

"浙西"句:康熙十八年(1679),龚翔麟将朱彝尊《江湖载酒集》三卷、李良年《秋锦山房词》一卷、沈皞日《柘西精舍集》一卷、李符《耒边词》二卷、沈岸登《黑蝶斋词》一卷,以及自己的《红藕庄词》二卷合为一辑,付与剞氏,是为《浙西六家词》。由此形成了清代词史上影响最大的一个词派——浙西词派。

竹垞:朱彝尊字锡鬯,号竹垞,晚号小长芦钓鱼师,又号金风亭长。秀水(今浙江嘉兴)人。

迦陵:陈维崧字其年,号迦陵。宜兴(今属江苏)人。

曹刘:曹操、刘备的并称。〔晋〕陆机《辩亡论上》:"夫曹刘之将,非一世所选。"〔宋〕辛弃疾《南乡子·登京口北固亭有怀》词:"天下英雄谁敌手?曹刘。生子当如孙仲谋。"

四十一

琴瑟筝琶调不同,扫除氛祲见王功。

温寻大雅追姜史,何似西湖厉太鸿。

笺注

氛祲：雾气。

王功：辅佐人君成就王业的功绩。《周礼·夏官·司勋》："王功曰勋，国功曰功，民功曰庸，事功曰劳，治功曰力，战功曰多。"郑玄注："王功，辅成王业，若周公。"

温寻：犹温习。

姜史：南宋词人姜夔、史达祖。〔清〕陈廷焯《白雨斋词话》卷四："厉樊榭词，幽香冷艳，如万花谷中，杂以芳兰。在国朝词人中，可谓超然独绝者矣。论者谓其沐浴于白石（姜夔）、梅溪（史达祖）。"

厉太鸿：厉鹗，字太鸿，号樊榭，钱塘人。

四十二

平仄均匀可是难，一编《词律》比申韩。

不妨自置琴书侧，当作商君约法看。

笺注

词律：清人万树有《词律》20卷。

申韩：战国时法家申不害和韩非的并称。后世以"申韩"代表法家。亦以称申韩之学。《史记·李斯列传》："若此然后可谓能明申韩之术而修商君之法。"

商君：即战国时期卫之商鞅，在秦施行变法，史称"商鞅变法"。

郭书俊
《题南唐后主宫词后》

作者简介

郭书俊（1773—1837），字遴甫，号蓼莘，亦字章民，号渔仲，又号念劬，山东潍县（今属潍坊）人。有《蓼莘诗存》八卷。

一

石头城下水潺湲，六代烟花一梦间。

翻得新声刚入破，深宫齐唱《念家山》。

笺注

石头城：古城名。又名石首城。故址在今江苏省南京市清凉山。本楚金陵城，汉建安十七年（212）孙权重筑改名。城负山面江，南临秦淮河口，当交通要冲，六朝时为建康军事重镇。唐以后，城废。《文选·谢灵运〈初发石首城〉诗》李善注引伏韬《北征记》："石头城，建康西界临江城也，是曰京师。"〔宋〕岳珂《桯史·石城堡寨》："六朝建国江左，台城为天阙，复筑石头城于右，宿师以守，盖如古人连营之制。"

潺湲：河水慢流之貌。《楚辞·九歌·湘夫人》："慌忽兮远望，观流水兮潺湲。"〔唐〕王涣《惆怅》诗之十："仙山目断无寻处，流水潺湲日渐西。"

入破：唐宋大曲的专用语。大曲每套都有十馀遍，归入散序、中序、破三大段。入破即为破这一段的第一遍。唐白居易《卧听法曲霓裳》诗："朦胧闲梦初成后，宛转柔声入破时。"《新唐书·五行志二》："至其曲遍繁声，皆谓之'入破'……破者，盖破碎云。"〔宋〕张端义《贵耳集》卷上："天宝后，曲遍繁声，皆名入破。破者，破碎之义也。"吴熊和《唐宋词通论·词调》："中序多慢拍，入破以后则节奏加快，转为快拍。"

念家山：词牌名。南唐李煜自度曲。今失传。〔宋〕马令《南唐书·后主纪》："旧曲有《念家山》，王亲演为《念家山破》，其声焦杀，而其名不祥，乃败征也。"〔清〕吴伟业《题冒辟疆名姬董白小像》诗之六："《念家山破》《定风波》，郎按新词妾唱歌。恨杀南朝阮司马，累侬夫婿病愁多。"

二

苦将花月继陈隋，半壁江山势莫支。

此后澄心堂上月，阿谁更与写新词？

笺注

花月：花和月。泛指美好的景色。〔唐〕王勃《山扉夜坐》诗："林塘花月下，别似一家春。"

陈隋：指南朝陈与隋朝。

澄心堂：本南唐开国之主李昪的堂号。〔宋〕郑文宝《江表志》："（南唐）后主奉竺乾之教，多不茹荤，常买禽鱼为放生。北苑水心西有清辉殿，署学士事。太子少傅徐邈、太子太保文安郡公徐游别置一院于后，谓之澄心堂。"

三

剪剪春冰带爪痕，神仙玉貌漫重论。

伤心最是牵机药，不听啼猿也断魂。

笺注

剪剪：形容风轻微而带寒意。〔唐〕韩偓《寒食夜》诗："测测轻寒剪剪风，杏花飘雪小桃红。"这里用来形容冰。张炎《临江仙》词："剪剪春冰出万壑，和春带出芳丛。"

牵机药：〔清〕王奕清《历代词话》卷三引《乐府纪闻》谓："后主归宋后，与故宫人书云：'此中日夕，只以眼泪洗面。'每怀故国，词调愈工。其赋《浪淘沙》有云：'梦里不知身是客，一晌贪欢。''流水落花春去也，天上人间。'其赋《虞美人》有云：'问君能有几多愁，恰似一江春水向东流。'旧臣闻之，有泣下者。七夕在赐第作乐，太宗闻之怒，更得其词，故有赐牵机药之事。"

啼猿：悲啼之猿。因其啼声凄清，故此谓断魂。

四

风流谁话旧因缘，江上琵琶过别船。

破镜难圆春梦了，一杯凉雪祭张仙。

笺注

"江上"句：〔元〕龙仁夫《陈平章席上题琵琶亭》："老大蛾眉负所天，忍将离恨寄哀弦。江心正好看明月，却抱琵琶过别船。"〔明〕叶子奇《草木子》："吕文焕游浔阳琵琶亭，龙麟洲见之，吕令赋诗，麟洲即席为诗曰：'老大蛾眉负所天……'吕见之，大惭，盖讥其负宋而降元也。"

侯云松
《题蒋敦复填词图》

作者简介

　　侯云松（1774—1853），字观白，号青甫，上元（今江苏南京）人。嘉庆三年（1798）举人，曾官安徽教谕，与汤贻汾、马士图等作诗画会。有《薄游草》。

一

　　心于碧落袅游丝，容易能成绝妙词。
　　道得人人意中语，千回百折费寻思。

笺注

　　碧落：道教语。天空，青天。〔唐〕杨炯《和辅先入昊天观星瞻》："碧落三干外，黄图四海中。"〔唐〕白居易《长恨歌》有"上穷碧落下黄泉"句。
　　游丝：飘动着的蛛丝。〔南朝梁〕沈约《三月三日率尔成篇》诗："游丝映空转，高杨拂地垂。"〔清〕蒋敦复《芬陀利室词话》卷二：题余《填词图》者，侯青甫广文诗云："心于碧落袅游丝……"

二

　　词人能得似君无，妙手传神兴不孤。
　　三十年间饶眼福，陈迦陵后又斯图。

笺注

　　陈迦陵：陈维崧，号迦陵。《清史稿》载陈维崧编有《填词图题咏》一卷。

汤贻汾
《赠蒋敦复四绝句》

作者简介

汤贻汾（1778—1853），字若仪，一字雨生，晚号粥翁，江苏武进人。袭云骑尉世职，官至浙江乐清协副将，后寓居南京，太平天国攻破金陵时，投池而死。谥贞愍。有《琴隐园诗词集》《画筌析览》等。《清史稿》有传。

一

那待簪花赋鹿鸣，方回姓氏重公卿。

一锥不得君休慨，已见楼台七宝成。

笺注

簪花：谓插花于冠。《宋史·礼志十五》："礼毕，从驾官、应奉官、禁卫等并簪花从驾还内。"〔清〕陈康祺《郎潜纪闻》卷三："新进士释褐于国子监，祭酒、司业皆坐彝伦堂，行拜谒簪花礼。"

鹿鸣：古代宴群臣嘉宾所用的乐歌。源于《诗经·小雅·鹿鸣》。据清代学者研究，《鹿鸣》的乐曲至魏、晋间尚存，后即失传。《仪礼·大射》："小乐正立于西阶东，乃歌《鹿鸣》三终。"〔三国魏〕嵇康《琴赋》："若次其曲引所宜，则《广陵》《止息》《东武》《太山》《飞龙》《鹿鸣》《鹍鸡》《游弦》。"〔宋〕王灼《碧鸡漫志》卷一："古曲音辞存者四：曰《鹿鸣》《驺虞》《伐檀》《文王》。"后科举时代，以举人中式为赋鹿鸣。〔唐〕韩愈《送杨少尹序》："杨侯始冠，举于其乡，歌鹿鸣而来也。"

一锥：比喻极小的地方。

楼台七宝：指词。〔宋〕张炎《词源》卷下谓："吴梦窗词如七宝楼台，眩人眼目，碎拆下来，不成片段。"

按:〔清〕蒋敦复《芬陀利室词话》卷二"雨生与余论词":"壬子秋,雨翁与余论词,至有厚入无间,辄敛手推服曰,昔者吾友董晋卿每云,词以无厚入有间,此南宋及金元人妙处。吾子所言,乃唐、五代、北宋人不传之秘。惜晋卿久亡,不克握麈一堂,互证所得也。为余作《填词图》,并赠四绝句云:'那待簪花赋鹿鸣……'爱我之深,欲歌欲泣。临别谓余曰:'吾老矣,身后名托君以传,何如?'孰知公舍生取义,大节凛然。而以经济才期望余者,风尘沦落,益复无聊,年过五十,无所建立,安能传公。"

二

辛苦天津一锦囊,眼前何处少豺狼。

逃儒逃墨难逃世,见说桃源也战场。

笺注

锦囊:用锦制成的袋子。古人多用以藏诗稿或机密文件。《南史·徐湛之传》:"以锦囊盛武帝纳衣,掷地以示上。"《新唐书·文艺传下·李贺》:"每旦日出,骑弱马,从小奚奴,背古锦囊,遇所得,书投囊中。"

见说:听说。

逃儒逃墨:《孟子·尽收下》:"逃墨必归于杨,逃杨必归于儒。"

桃源:即桃花源,晋陶潜作《桃花源记》,谓有渔人从桃花源入一山洞,见秦时避乱者的后裔居其间,"土地平旷,屋舍俨然。有良田、美池、桑竹之属。阡陌交通,鸡犬相闻。其中往来种作,男女衣着,悉如外人。黄发垂髫,并怡然自乐。"渔人出洞归,后再往寻找,遂迷不复得路。后遂用以指避世隐居的地方,亦指理想的境地。

三

晓风残月木兰舟,只为青山作浪游。

铁板铜琶空一世,寒毡破衲总千秋。

笺注

"晓风"句：柳永《雨霖铃》词有"留恋处,兰舟催发"及"杨柳岸,晓风残月"句。

浪游：漫游,四方游荡。

铁板铜琶：见前第113页注。

衲：僧衣。因其常用许多碎布拼缀而成,故称。〔唐〕白居易《赠僧·自远禅师》诗:"自出家来长自在,缘身一衲一绳床。"

四

痛饮狂歌亦可哀,几人知尔不凡才。

世间只有黄金贵,误杀生涯故纸堆。

笺注

痛饮狂歌：欢畅地饮酒,纵情地歌唱。〔唐〕杜甫《赠李白》诗:"痛饮狂歌空度日,飞扬跋扈为谁雄。"

故纸堆：指数量很多的古旧书籍、资料。〔宋〕朱熹《答吕子约书》之三一:"岂可一向汩溺于故纸堆中,使精神昏弊,失后忘前,而可以谓之学乎?"

宋翔凤
《论词绝句二十首》

作者简介

宋翔凤（1779—1860），字于庭，长洲（今江苏苏州）人，庄述祖之外甥。嘉庆举人，官湖南新宁知县。著有《论语说义》十卷、《论语郑注》十卷、《孟子赵注补正》六卷、《小尔雅训纂》六卷、《过庭录》十六卷等。

一

风雅飘零乐府传，前开太白后《金荃》。

引申自有无穷意，端赖张侯作郑笺。

（张皋文先生《词选》申太白、飞卿之意，托兴绵远，不必作者如是。是词之精者，可以仁者见仁，智者见智者也）

笺注

风雅：指《诗经》中的《国风》和《大雅》《小雅》。

太白：李白字太白，《菩萨蛮》《忆秦娥》二首据传为李白所作，《花庵词选》谓其为"百代词曲之祖"。

金荃：《新唐书·艺文志》载，温庭筠著有《握兰集》三卷、《金荃集》十卷，今皆不传。

张侯：即自注中所谓"张皋文"。张惠言（1761—1802），原名一鸣，字皋文，武进（今江苏常州）人。嘉庆四年（1799）进士，改庶吉士，充实录馆纂修官。有《茗柯文》五卷等。

郑笺：东汉郑玄所作《〈毛诗传〉笺》的简称。郑玄兼通经今古文学，他以《毛传》为主，兼采今文三家诗说，加以疏解。他作《毛诗笺》，谦敬不敢言注，但云表明古人之意或断以己意，使可识别，故曰笺。书出后，

《毛诗》日盛，三家诗渐废。〔宋〕梅尧臣《代书寄欧阳永叔》诗："问《传》轻何学，言《诗》诋郑笺。"泛指对古籍的笺注。金元好问《论诗绝句》之十二："诗家总爱西昆好，独恨无人作郑笺。"

二

十国河山破碎情，君臣不敢语分明。

后来惆怅重湖月，赢得词人白发生。

笺注

十国：是在唐朝之后，与五代几乎同时存在的十个相对较小的割据政权的统称。即：吴、南唐、吴越、楚、前蜀、后蜀、南汉、南平（荆南）、闽、北汉。〔明〕杨慎《词品》卷二："五代僭伪十国之主，蜀之王衍、孟昶，南唐之李璟、李煜，吴越之钱俶，皆能文，而小词尤工。如王衍之'月明如水浸宫殿'，元人用之为传奇曲子。孟昶之《洞仙歌》，东坡极称之。钱俶'金凤欲飞遭掣搦，情脉脉、行即玉楼云雨隔'。为宋艺祖所赏，惜不见其全篇。"

重湖：洞庭湖的别称。洞庭湖南与青草湖相通，故称。〔宋〕张孝祥《念奴娇》词："星沙初下，望重湖远水，长云漠漠。"

三

庐陵馀力非游戏，小令篇篇积远思。

都可诬成轻薄意，何论堂上簸钱时。

笺注

庐陵：欧阳修（1007—1073），字永叔，号醉翁，又号六一居士，吉州永丰（今属江西）人。欧阳修自称庐陵人，因为吉州原属庐陵郡，故称。

远思：指深远的思虑。〔明〕高启《晚晴远眺》诗："楚天无物不堪诗，登眺唯愁动远思。"

堂上簸钱：〔清〕宋翔凤《乐府馀论》引《词苑》曰："王铚《默记》载欧阳《望江南》双调云：'江南柳，叶小未成阴。人为丝轻那忍折，莺怜枝嫩不胜吟。留取待春深。　十四五，闲抱琵琶寻。堂上簸钱堂下走，恁时相见已留心。何况到如今。'初奸党诬公盗甥，公上表自白云：'丧厥夫而无托，携孤女以来归。张氏此时年方十岁。'钱穆父素恨公，笑曰：'此正学簸钱时也。'欧知贡举，下第举人，复作《醉蓬莱》讥之。按欧公此词，出钱氏私志，盖钱世昭因公《五代史》中，多毁吴越，故丑诋之。其词之猥弱，必非公作，不足信也。按此词极佳，当别有寄托，盖以尝为人口实，故编集去之。然缘情绮靡之作，必欲附会秽事，则凡在词人，皆无全行，正不必为欧公辩也。"

四

不精宫角谈词律，总在模黏影响间。

铁拨鹍弦无恙在，几人能唱古阳关。

笺注

宫角：古代五音中的宫音和角音。《南齐书·乐志》："时奏宫角，杂以徵羽。"指代乐音。

影响：犹模糊。

铁拨：弹拨弦乐器的工具。铁制而成，故名。〔唐〕段安节《乐府杂录·琵琶》："开元中有贺怀智，其乐器以石为槽，鹍鸡筋作弦，用铁拨弹之。"

鹍弦：用鹍鸡筋做的琵琶弦。〔南朝梁〕刘孝绰《夜听妓赋得乌夜啼》诗："鹍弦且辍弄，《鹤操》暂停徽。"〔宋〕苏轼《古缠头曲》诗："鹍弦铁拨世无有，乐府旧工惟尚叟。"

阳关：古曲《阳关三叠》的省称。亦泛指离别时唱的歌曲。〔唐〕李商隐《饮席戏赠同舍》诗："唱尽《阳关》无限叠，半杯松叶冻颇黎。"〔宋〕柳永《少年游》词："一曲《阳关》，断肠声尽，独自上兰桡。"

五

摩诃池上夜如何，玉骨清凉语未多。

别出旧词全隐括，细吟那及《洞仙歌》。

（东坡《洞仙歌序》明言：老尼本蜀宫女，得首二句而续成。后人即东坡全词隐括作小令，托为蜀主原词。竹垞舍苏词而录之，是有意翻《草堂》之案也）

笺注

摩诃池：池名。在今四川省成都市东南十二里。相传隋蜀王秀取土筑广子城，因为池。有一僧见之曰："摩诃宫毗罗。"盖胡僧谓摩诃为大宫，毗罗为龙，谓其池广大有龙，因名"摩诃池"。一说，为隋萧摩诃所置，故名。〔唐〕高骈《残春遣兴》诗："画舸轻桡柳色新，摩诃池上醉青春。"

"别出"二句：〔清〕叶申芗《本事词》谓："后蜀主孟昶，令罗城上尽种芙蓉，周四十里，盛开。时语左右曰：'古以蜀为锦城，今观之，真锦城也。'尝夜同花蕊夫人避暑摩诃池上，因作《玉楼春》云：'冰肌玉骨清无汗，水殿风来暗香满。绣帘一点月窥人，欹枕钗横云鬓乱。　起来琼户启无声，时见疏星度河汉。屈指西风几时来，只恐流年暗中换。'此即苏长公因忆朱姓老尼所述，而衍为《洞仙歌》者。乃赵闻礼《阳春白雪》又载蜀帅谢元明，因浚摩诃池，得古石刻。孟主《洞仙歌》原词云：'冰肌玉骨，自清凉无汗。贝阙琳宫恨初远。玉阑干倚遍。怯尽朝寒。回首处，何必留连穆满。　芙蓉开过也，楼阁香融，千片红英泛波面。洞房深深锁，莫放轻舟瑶台去，甘与尘寰路断。更莫遣流红到人间，怕一似当时，误他刘阮。'是盖传闻异辞，姑录之以备考云。"〔清〕宋翔凤《乐府馀论》辨《洞仙歌》谓："《渔隐丛话》

曰:《漫叟诗话》云:杨元素作《本事曲》,记《洞仙歌》:'冰肌玉骨,自清凉无汗。水殿风来暗香满。绣帘开,一点明月窥人,人未寝,欹枕钗横鬓乱。 起来携素手,庭户无声,时见疏星渡河汉。试问夜如何,夜已三更,金波淡、玉绳低转。但屈指西风几时来,又不道流年,暗中偷换。'钱塘一老尼,能诵后主诗首章两句,后人为足其意,以填此词。余尝见一士人诵全篇云:'冰肌玉骨清无汗,水殿风来暗香暖。帘开明月独窥人,欹枕钗横云鬓乱。起来琼户启无声,时见疏星渡河汉。屈指西风几时来,只恐流年暗中换。'东坡《洞仙歌序》云:'仆七岁时,见眉州老尼,姓朱,忘其名,年九十馀。自言尝随其师入蜀主孟昶宫中。一日大热,蜀主与花蕊夫人夜起避暑摩诃池上,作一词,朱具能记之。今四十年来,朱已死矣,人无知此词者。独记其首两句云:"冰肌玉骨,自清凉无汗。"暇日寻味,岂《洞仙歌令》乎。乃为足之云。'《苕溪渔隐》曰:'《漫叟诗话》所载《本事曲》云:钱塘一老尼,能诵后主诗首章两句,与东坡《洞仙歌序》全然不同,当以序为正也。'按《丛话》载《漫叟诗话》而辩之甚备,则元素《本事曲》,仍是东坡词。所谓'见一士人诵全篇'云云者,乃《漫叟诗话》之言,不出元素也。元素与东坡同时,先后知杭州。东坡是追忆幼时词,当在杭足成之。元素至杭,闻歌此词,未审为东坡所足,事皆有之。东坡所见者蜀尼,故能记蜀宫词。若钱塘尼,何自得闻之也,《本事曲》已误。至所传'冰肌玉骨清无汗'一词,不过隐括苏词,然删去数虚字,语遂平直,了无意味。盖宋自南渡,典籍散亡,小书杂出,真伪互见,《丛话》多有别白。而竹垞《词综》,顾弃此录彼,意欲变《草堂》之所选,然亦千虑之一失矣。"

六

三唐诗变出耆卿,抗坠终能合正声。

就使浅斟低唱去,伤心一样托浮名。

笺注

　　三唐:诗家论唐人诗作,多以初、盛、中、晚分期,或以中唐分属盛、晚,谓之"三唐"。〔清〕顾有孝《江左三大家诗钞序》:"虽体要不同,莫不源流六义,含咀三唐,成一家之言,擅千秋之目。"

耆卿:柳永,字耆卿,初名三变。

抗坠:指音调的高低清浊。语出《礼记·乐记》:"故歌者上如抗,下如队。"孙希旦集解引方悫曰:"抗,言声之发扬;队,言声之重浊。"队,后作"坠"。〔南朝梁〕刘勰《文心雕龙·章句》:"歌声靡曼,而有抗坠之节也。"

"就使"二句:柳永《鹤冲天》词有"忍把浮名,换了浅斟低唱"句。

七

一钩残月夜迢迢,玉佩丁东意更消。
总为斜阳浑易暮,不关好色是无聊。

(秦词"杜鹃声里斜阳暮",按:斜阳是日斜时,暮是日没时。暮,《说文》作"莫",日且莫也。言自日斜至日没,杜鹃之声亦云苦矣。山谷未解暮字之义,以斜阳、暮为重出,非也)

笺注

迢迢:时间久长貌。唐戴叔伦《雨》诗:"历历愁心乱,迢迢独夜长。"

"总为"句:见作者自注。又,清沈雄《古今词话》"词辨"上卷:"《古今词话》曰:春旅词云:'雾失楼台,月迷津渡。桃源望断无寻处。可堪孤馆闭春寒,杜鹃声里斜阳暮。 驿寄梅花,鱼传尺素。砌成此恨无重数。郴江幸自绕郴山,为谁流下湘江去。'少游《踏莎行》也。东坡独爱其尾两句,及闻其死,东坡曰:'少游已矣,虽万人何赎。'黄山谷曰:'绝似刘宾客楚蜀间语。'"〔明〕杨慎《词品》卷三:"秦少游《踏莎行》'杜鹃声里斜阳暮',极为东坡所赏。而后人病其斜阳暮,似重复,非也。见斜阳而知日暮,非复也。犹韦应物诗'须臾风暖朝日暾',既曰朝日,又曰暾,当亦为宋人所讥矣。此非知诗者。古诗'明月皎夜光',明,皎,光,非复乎?李商隐诗'日向花间留返照',皆然。又唐诗'青山万里一孤舟',又'沧溟千万里,日夜一孤舟',宋人亦言'一孤舟'为复,而唐人累用之,不以为复也。"〔清〕宋翔凤《乐府馀论》:"《渔隐丛话》曰:'少游《踏莎行》,为郴州旅舍作也。'黄山谷曰:'此词高绝,但斜阳暮为重出,欲改斜阳为帘栊。'范元实曰:'只看孤馆闭春寒,似无帘栊。'山谷曰:'亭传虽未有帘栊,有亦无碍。'范曰:'词本摹写牢落之状,若曰帘栊,恐损初意。'今《郴州志》竟改作斜阳度。余谓斜阳属日,暮属时,不为累,何必改。东坡'回首斜阳暮',美成'雁背斜阳红欲暮',可法也。按引东坡、美成语是也。分属日,时,则尚欠明析。《说文》:莫,日且冥也,从日在草中。(今作暮者俗。)是斜阳为日斜时,暮为日入时,言自日昃至暮,杜鹃之声,亦云苦矣。山谷未解暮字,遂生缪辀。"

八

寒鸦数点正斜阳,淮海当年独断肠。

何意西湖湖水上,尊前重改《满庭芳》。

笺注

"寒鸦"句:秦观《满庭芳》词有"斜阳外,寒鸦数点,流水绕孤村"句。

淮海:秦观,字少游,号淮海居士。

"何意"二句:〔清〕叶申芗《本事词》卷上载:"琴操者,钱塘营妓也,慧而知书。尝侍宴湖上,郡倅有误歌少游'山抹微云'词,作'画角声断斜阳'者。琴操云:'谯门非斜阳也。'倅戏谓曰:'汝能改作阳韵否。'琴操略不思索,即歌曰:'山抹微云,天粘衰草,画角声断斜阳。暂停征辔,聊共引离觞。多少蓬莱旧事,空回首、烟霭茫茫。孤村里,寒鸦万点,流水绕红墙。 魂伤。当此际,轻分罗带,暗解香囊。漫赢得青楼,薄幸名狂。此去何时见也,襟袖上、空有馀香。伤心处,高城望断,灯火已昏黄。'东坡闻而赏之,操后竟削发为尼云。"

九

清真妙语出珠玑,便有微词合刺讥。

闻说内人红袖湿,漫怜一个李明妃。

(李师师入宫号明妃,见《宣和遗事》)

笺注

"**清真**"二句:〔南宋〕张端义《贵耳集》卷下:"道君(宋徽宗)幸李师师家,偶周邦彦先在焉,知道君至,遂匿于床下。道君自携新橙一颗,云'江南初进来',遂与师师谑语,邦彦悉闻之,隐括成《少年游》云:'并刀如水,吴盐胜雪,纤手破新橙。……'"按:王国维在《清真先生遗事》中已辨明其妄。清真,周邦彦,字美成,号清真。

李明妃:《大宋宣和遗事》载:"徽宗悉听诸奸簸弄,册李师师做李明妃,改金线巷唤做小御街;将卖茶周秀除泗州茶提举。盖宣和六年事也。"

十

红杏绿杨俞国宝,风帘露井陆辰州。

妙词已足成佳话,何用当年本事留。

笺注

"**红杏**"句:〔清〕王奕清《历代词话》卷七引《中兴词话》:"淳熙间,御舟过断桥,见酒肆屏风上有《风入松》词云:'一春常费买花钱。日日醉湖边。玉骢惯识西湖路,骄嘶过、沽酒楼前。红杏香中歌舞,绿杨影里秋千。　暖风十里丽人天。花压鬓云偏。画船载得春归去,馀情付、湖水湖烟。明日重扶残醉,来寻陌上花钿。'高宗称赏良久,宣问何人所作。乃太学生俞国宝也。'重扶残醉',原词作'重携残酒',高宗笑曰:'此句不免寒酸气。'因改为'扶残醉',即日予释褐。"

"**风帘**"句:〔清〕叶申芗《本事词》卷下:"南渡后,南班宗子有居会稽者，其园亭甲于浙东，坐客皆一时之秀，陆子逸与焉。宗子侍姬名盼盼者，色艺殊绝，陆尝顾之。一日宴客，盼盼偶未在捧觞之列。陆询之，以昼眠答，旋亦呼至。枕痕在颊，媚态愈增。陆为赋《瑞鹤仙》云：'脸霞红印枕。睡觉时，冠儿还是不整。屏间麝煤冷。但眉峰压翠，泪珠弹粉。堂深昼永燕交飞，风帘藻井。恨无人、说与相思，近日带围宽尽。　重省。残灯朱幌，淡月纱窗，那时风景。阳台路回。云雨梦、便无准。待归时，先指花梢教看，却把心期细问。问等闲、过了青春，怎生意稳。'此词一时传唱，后盼盼竟归陆氏云。子逸名淞，曾刺辰州，放翁之弟也。"

十一

抱得胸中郁郁思，流莺消息不教知。

伤春伤别总无赖，生面重开南渡词。

笺注

"**抱得**"句：〔清〕江顺诒《词学集成》附录："《词苑丛谈》，梨庄云：'辛稼轩当弱宋末造，负管乐之才，不能尽展其用，一腔忠愤，无处发泄。观其与陈同甫抵掌谈论，是何等人物。故其悲歌慷慨，抑郁无聊之气，一寄之于词。今乃欲与搔头傅粉者比，是岂知稼轩者。'羡门云：'稼轩词胸有万卷，笔无点尘，激昂排宕，不可一世。'（诒）案：稼轩仙才，亦霸才也。"

"**流莺**"句：辛弃疾《满江红·暮春》词："家住江南，又过了、清明寒食。花径里、一番风雨，一番狼藉。流水暗随红粉去，园林渐觉清阴密。算年年、落尽刺桐花，寒无力。　庭院静，空相忆。无说处，闲愁极。怕流莺乳燕，得知消息。尺素如今何处也，彩云依旧无踪迹。谩教人、羞去上层楼，平芜碧。"

十二

四上分明极声变，粗豪无迹胜缠绵。

稼翁白发尊前泪，尽付云屏一枕边。

笺注

四上：指四种上乘的音乐。《楚辞·大招》："代秦郑卫，鸣竽张只。伏戏《驾辩》，楚《劳商》只。讴和《扬阿》，赵箫倡只……四上竞气，极声变只。"洪兴祖补注："四上，谓声之上者有四，谓代秦郑卫之鸣竽也，伏戏之《驾辩》也，楚之《劳商》也，赵之箫也。"《初学记》卷十五引南朝梁王暕《观乐应诏》诗："参差陈九夏，依迟分四上。"一说：四、上，为笛色谱中两种音调。四即宫，上即商。"四上竞气，极声变只"，谓宫声由商而争上，至极而变。见蒋骥《山带阁注楚辞·馀论下》引清毛奇龄《竟山乐录》。

"稼翁"二句：辛弃疾《念奴娇·书东流村壁》词："野棠花落，又匆匆、过了清明时节。刬地东风欺客梦，一夜云屏寒怯。曲岸持觞，垂杨系马，此地曾轻别。楼空人去，旧游飞燕能说。　闻道绮陌东头，行人长见，帘底纤纤月。旧恨春江流未断，新恨云山千叠。料得明朝，尊前重见，镜里花难折。也应惊问，近来多少华发。"

十三

垂虹亭畔老词人，缝月裁云意总真。

赖得《词源》三卷在，异时法曲识传薪。

（扬州陆氏重刻宋本《白石词集》，旁注谱，近人罕解，后秦编修刻张叔夏《词源》足本，其说皆在，可以通白石之谱矣）

笺注

垂虹：姜夔有《过垂虹》诗："自作新词韵最娇，小红低唱我吹箫。曲终过尽松陵路，回首烟波十四桥。"陆友仁《砚北杂志》："小红，顺阳公（指范成大）青衣也，有色艺。顺阳公之请老，姜尧章诣之。一日，授简徵新声，尧章制《暗香》《疏影》二曲，公使二妓习之，音节清婉。公寻以小红赠之。其夕大雪，过垂虹，赋诗曰……尧章每喜自度曲，小红辄歌而和之。"

缝月裁云：缝补月亮，裁剪行云。比喻裁剪技艺精妙新巧。

法曲：古代乐曲。东晋南北朝称作法乐。因其用于佛教法会而得名。原为含有外来音乐成分的西域各族音乐，后与汉族的清商乐结合，并逐渐成为隋朝的法曲。其乐器有铙钹、钟、磬、幢箫、琵琶。至唐朝又搀杂道曲而发展至极盛阶段。著名的曲子有《赤白桃李花》《霓裳羽衣》等。〔唐〕白居易《江南遇天宝乐叟》诗："能弹琵琶和法曲，多在华清随至尊。"〔清〕洪升《长生殿·闻乐》："好凭一枕游仙梦，暗授千秋法曲音。"吴梅《读吴梅村〈秣陵春〉乐府》诗："法曲凄凉谁按拍，不堪流涕说兴衰。"参见《新唐书·礼乐志十二》。

传薪：传火于薪，前薪尽而火又传于后薪，火种传续不绝。语出《庄子·养生主》："指穷于为薪，火传也，不知其尽也。"〔唐〕李子卿《水萤赋》："览于心乃止水之常静，烛于物靡传薪之无绝。"

十四

诗从杜曲波愈阔，词到鄱阳音太希。

纵有玉田相鼓吹，还当无缝逊天衣。

笺注

鄱阳：姜夔，字尧章，号白石道人，江西鄱阳人。

"纵有"句：张炎对姜夔词颇为推许，其《词源》卷下谓："白石词如《疏影》《暗香》《扬州慢》《一萼红》《琵琶仙》《探春》《八归》《淡黄柳》等曲，不惟清空，又且骚雅，读之使人神观飞越。"

"还当"句：《太平广记》卷六八引前蜀牛峤《灵怪录·郭翰》："稍闻香气渐浓，翰甚怪之，仰视空中，见有人冉冉而下，直至翰前，乃一少女……徐视其衣并无缝。翰问之，谓翰曰：'天衣本非针线为也。'"后因以"天衣无缝"喻诗文自然浑成，或事物周密完美，泯然无迹。此句谓姜夔词未臻于天衣无缝之妙境。

十五

无端软语去商量,昔日差池今断肠。

丞相堂前存故吏,怪渠词意尽低昂。

(史邦卿为韩侂胄堂吏,侂胄意在恢复,故史词托兴亦在此也)

笺注

"无端"二句:史达祖《双双燕·咏燕》词:"过春社了,度帘幕中间,去年尘冷。差池欲住,试入旧巢相并。还相雕梁藻井。又软语、商量不定。飘然快拂花梢,翠尾分开红影。　芳径。芹泥雨润。爱贴地争飞,竞夸轻俊。红楼归晚,看足柳昏花暝。应自栖香正稳。便忘了、天涯芳信。愁损翠黛双蛾,日日画阑独凭。"

"丞相"句:见作者自注。

低昂:起伏,升降。

十六

说尽无聊《六一词》,黄昏月上是何时。

《断肠集》里谁编入,也动人间万种疑。

笺注

六一词:欧阳修词集名。

"黄昏"句:《生查子》词:"去年元夜时,花市灯如昼。月上柳梢头,人约黄昏后。　今年元夜时,月与灯依旧。不见去年人,泪湿春衫袖。"

"断肠集"二句:〔明〕杨慎《词品》卷二:"朱淑真元夕《生查子》云:'去年元夜时……'词则佳矣,岂良人家妇所宜邪。又其《元夕》诗云:'火树银花触目红,极天歌吹暖春风。新欢入手愁忙里,旧事经心忆梦中。但愿暂成人缱绻,不妨长任月朦胧。赏灯那得工夫醉,未必明年此会同。'与其词意相合,则其行可知矣。"〔清〕胡薇元《岁寒居词话》:"海宁朱淑真,乃文公族侄女,有《断肠词》,亦清婉作。传乃因误入欧阳永叔《生查子》一首'月上柳梢头,人约黄昏后'云云,遂诬以桑濮之行,指为白璧微瑕。此词今尚见《六一集》中,奈何以冤淑真。宋两女才人著作所传,乃均造谤以诬之,遂为千载口食。而心地欹斜者,则不信辨白之据,喜闻污蔑之言,尤不知是何心肝矣。"

十七

易安豪宕一时无,剑器公孙胜大夫。

但是有才天已妒,却传晚景咏蘼芜。

笺注

易安:李清照,号易安居士。

豪宕:谓意气洋溢,器量阔大。

"剑器"句:杜甫《观公孙大娘弟子舞剑器行并序》序谓:"大历二年十月十九日,夔府别驾元持宅见临颍李十二娘舞剑器,壮其蔚跂。问其所师,曰:'余公孙大娘弟子也。'开元五载,余尚童稚,记于郾城观公孙氏舞剑器浑脱,浏漓顿挫,独头冠时。自高头宜春、梨园二伎坊内人,洎外供奉舞女,晓是舞者,圣文神武皇帝初,公孙一人而已。玉貌锦衣,况余白首。今兹弟子,亦匪盛颜。既辨其由来,知波澜莫二。抚事慷慨,聊为《剑器行》。往者吴人张旭,善草书书帖,数常于邺县见公孙大娘舞西河剑器,自此草书长进,豪荡感激,即公孙可知矣。"〔唐〕郑处诲《明皇杂录》亦载:"上(玄宗)素晓音律,时有公孙大娘者,善舞剑,能为邻里曲、裴将军满堂势、西河剑器浑脱,遗妍妙,皆冠绝于时。"

十八

南宋风流近未存,浙西词客欲销魂。

沉吟可奈情俱浅,片片空留蘗积痕。

笺注

浙西词客：指以朱彝尊等人为代表的浙西词派词人。

襞积：亦作"襞绩"，重复，堆砌。〔宋〕王安石《上邵学士书》："某尝悉近世之文，辞弗顾于理，理弗顾于事，以襞积故实为有学，以雕绘语句为精新。"徐珂《近词丛话》："乾嘉之际，作词者约分浙西、常州二派。浙西派始于厉鹗，常州派始于武进张惠言。鹗词宗彝尊，而数用新事，世多未见，故重其富，后生效之，每以捃摭为工，后遂浸淫，而及于大江南北，然钞撮堆砌，音节顿挫之妙，未免荡然。"

十九

雅词亡后《草堂》兴，也道修箫月底曾。

果使稗官登乐府，才从江左数迦陵。

笺注

修箫月底：《月底修箫谱》，即《祝英台近》。

稗官：小官。小说家出于稗官，后因称野史小说为稗官。《汉书·艺文志》："小说家者流，盖出于稗官。街谈巷语，道听途说者之所造也。"颜师古注："稗官，小官。如淳曰：'细米为稗，街谈巷说，其细碎之言也。王者欲知闾巷风俗，故立稗官使称说之。'"

迦陵：陈维崧，号迦陵。

二十

识曲曾传《菉斐轩》，古今声律本同原。

近来苦苦分词韵，何不精求陆法言。

（今传元人《菉斐轩词韵》，乃专明以入声配入三声之法，为论北曲者所必需，是曲韵，非词韵也。词不当别有韵，持其部分支岔如无、魂、庚、耕之类，不可兼用方能合律，故但用唐韵已得）

笺注

箓斐轩：即作者自注所谓《箓斐轩词韵》。〔清〕陈廷焯《白雨斋词话》卷七："《箓斐轩词韵》，以上、去、入三声均隶于平韵中。盖专为北曲而设，决非宋人所订正。惜大晟乐府久已失传，无从考证其谬。樊榭遽以为宋人词韵，失之未考也。"

陆法言：隋朝音韵学家，名词，以字行，临漳（今河北临漳南）人。有《切韵》五卷。

周之琦

《题心日斋十六家词》

作者简介

周之琦（1782—1862），字稚圭，号退庵，祥符（今河南开封）人。嘉庆十三年（1808）进士，翰林院编修，累官广西巡抚。辑有《心日斋十六家词录》，其自为词有《心日斋词》《金梁梦月词》等四种。

一

方山憔悴彼何人，《兰畹》《金荃》托兴新。

绝代风流《乾馔子》，前生合是楚灵均。

笺注

方山：即方城山，《新唐书》作"方山"，在今湖北竹山县东，温庭筠曾被贬方城尉。《旧唐书》卷一九〇载："庭筠自至长安，致书公卿间雪冤。属徐商知政事，颇为言之。无何，商罢相出镇，杨收怒之，贬为方城尉。""宣宗微服遇之（温庭筠），傲慢不以礼待，遂谪方城尉。"纪唐夫有《送温庭筠尉方城》诗："何事明时泣玉频，长安不见杏园春。凤凰诏下虽沾命，鹦鹉才高却累身。且尽绿醽销积恨，莫辞黄绶拂行尘。方城若比长沙路，犹隔千山与万津。"（《全唐诗》卷五四二）

兰畹：《兰畹集》，宋孔方平编，收唐、五代、北宋诸名家词。

金荃：《新唐书·艺文志》载，温庭筠著有《握兰集》三卷、《金荃集》十卷，今皆不传。

乾馔子：温庭筠有小说《乾馔子》三卷，今不传，遗文见于《太平广记》，仅录事略，简率无可观，与其诗赋之艳丽者不类。

合是：应是。

灵均：屈原字。《离骚》："皇览揆余初度兮，肇锡余以嘉名。名余曰正则兮，字余曰灵均。"将温比拟为屈原，着眼点在于认为温词中的"托兴"和屈原《楚辞》中借香草美人以寄托寓意之传统有承继关系。可见张惠言比兴寄托说在当时词坛的影响，体现了常州词派理论中尊体重古的倾向。

二

玉楼瑶殿枉回头，天上人间恨未休。

不用流珠询旧谱，一江春水足千秋。

笺注

玉楼瑶殿：李煜《浪淘沙·往事只堪哀》词有"想得玉楼瑶殿影，空照秦淮"句。

天上人间：李煜《浪淘沙·帘外雨潺潺》词有"流水落花春去也，天上人间"句。

流珠：亦谓泣珠，指神话传说中鲛人流泪成珠。亦指鲛人流泪所成之珠。旧题〔汉〕郭宪《洞冥记》卷二："（吠勒国人）乘象入海底取宝，宿于鲛人之舍，得泪珠，则鲛所泣之珠也，亦曰泣珠。"

一江春水：李煜《虞美人》词有"问君能有几多愁，恰似一江春水向东流"句。

三

《浣花集》写浣花笺，消得孤篷听雨眠。

顾曲临川还草草，负他春水碧于天。

笺注

浣花集：韦庄词集名。

浣花笺：唐薛涛家居成都浣花溪旁，以溪水造十色笺，名薛涛笺，又名浣花笺。

"消得""负他"二句：韦庄《菩萨蛮》词其二曰："人人尽说江南好，游人只合江南老。春水碧于天，画船听雨眠。　垆边人似月，皓腕凝霜雪。未老莫还乡，还乡须断肠。"

草草：草率，苟简。

四

杂传纷纷定几人，秀才高节抗峨岷。

扣舷自唱《南乡子》，翻是波斯有逸民。

笺注

"杂传"句：除词人李珣外，唐睿宗李旦长子李成器的第五个儿子也叫李珣（见《旧唐书》卷九十五）。

秀才：〔清〕沈辰垣等编《历代诗馀》卷一一三引《茅亭客话》曰："珣有诗名，以秀才豫宾贡，事蜀主王衍。"

峨岷：峨嵋山和岷山。岷山山脉有两支，其南一支为峨嵋山，峨岷，泛指蜀中。

"扣舷"句：李珣词中有《南乡子》词17首，其三曰："归路近，扣舷歌，采真珠处水风多。曲岸小桥山月过，烟深锁，豆蔻花垂千万朵。"

"翻是"句：李珣，字德润，梓州（今四川三台）人。其先为波斯人，后入蜀中，故称"波斯有逸民"。逸民，指避世隐居之人。

五

一庭疏雨善言愁，佣笔荆台耐薄游。

最苦相思留不得，春衫如雪去扬州。

笺注

"一庭"句：孙光宪《浣溪沙》词："揽镜无言泪欲流，凝情半日懒梳头。一庭疏雨湿春愁。　杨柳只知伤怨别，杏花应信损娇羞。泪沾魂断轸离忧。"况周颐《选巷丛谈》卷二："周稚圭中丞撰录十六家词，各系一诗。其系孙孟文一首：'一庭……'神韵独绝，与渔洋红桥词'北郭青溪'阕可称媲美。"　按：况周颐所云渔洋词乃王士禛《浣溪沙》词："北郭青溪一带流，红桥风物眼中秋。绿杨城廓是扬州。　西望雷塘何处是，香魂零落使人愁。淡烟芳草旧迷楼。"

"佣笔"句：孙光宪仕荆南，官至御史中丞，曾著有《荆台佣稿》。

"最苦"二句：孙光宪《谒金门》词："留不得！留得也应无益。白纻春衫如雪色。扬州初去日。　轻别离，甘抛掷，江上满帆风疾。却羡彩鸳三十六，孤鸾还一只。"

六

宣华宫本少人知，《珠玉》传家有此儿。
道得红罗亭上语，后来惟有《小山词》。

笺注

"宣华"句：宣华，五代西蜀宫殿名。蜀宫人有"今日楼台浑不识，只馀古木记宣华"(《月夜吟》)。后主王衍有《宫词》："辉辉赫赫浮玉云，宣华池上月华新。"此当指蜀花蕊夫人宫词。花蕊夫人，徐氏，青城人。幼能文，尤长于宫词，得幸蜀主孟昶，赐号花蕊夫人。所作宫词，写宣华宫游乐故事，世称《花蕊夫人宫词》。

"珠玉"句：晏几道父晏殊有词集《珠玉集》。

"道得"句：红罗亭，南唐宫城内，建有崇德宫、避暑宫、清晖殿，以及百尺楼、红罗亭、饮香亭等建筑。红罗亭上语，或指南唐词风。

"后来"句：《小山词》，晏几道词集名。

七

淮海风流旧有名,红梅香韵本天生。

痴人不解陈无己,黄九如何得抗衡。

笺注

淮海:秦观,字少游,号淮海居士。

陈无己:陈师道(1053—1102),字履常,一字无己,号后山居士,彭城(今江苏徐州)人。

"黄九"句:〔宋〕陈师道《后山诗话》:"今代词手,惟秦七黄九耳,唐诸人不迨也。"〔清〕彭孙遹《金粟词话》:"词家每以秦七黄九并称,其实黄不及秦甚远。犹高之视史,刘之视辛,虽齐名一时,而优劣自不可掩。"〔清〕李调元《雨村词话》卷一:"万氏《词律》,少游《河传》词末句云:'闷损人,天不管。'按:山谷和秦尾句云:'好杀人,天不管。'自注云:因少游词,戏以'好'字易'瘦'字。是秦词应作'瘦杀人',今刊本皆作'闷损人',盖由未见山谷词也。然巧拙亦于此一字见之,黄九不敌秦七,亦是一证。"

八

雕琼镂玉出新裁,屈宋嫱施众妙该。

他日四明工琢句,瓣香应自庆湖来。

笺注

雕琼镂玉:欧阳炯《花间集序》:"雕玉镂琼,拟化工而迥巧。"

"屈宋"句:张耒《东山词序》曰:"《东山乐府》妙绝一世,盛丽如游金、张之堂,妖冶如揽嫱、施之祛,幽洁如屈、宋,悲壮如苏、李。"

"他日"二句:四明,吴文英,号梦窗,四明(今浙江宁波)人。〔宋〕张炎《词源》卷下曰:"贺方回、吴梦窗,皆善于炼字面者,多于李长吉、温庭筠诗中来。"〔清〕戈载《七家词选》云:"梦窗从吴履斋诸公游,晚年好填词,以绵丽为尚,运意徐远,用笔幽邃,炼字炼句,迥不犹人。貌观之雕缋满眼,而实有灵气行乎其间。细心吟绎,觉味美方回,引人入胜,既不病其晦涩,亦不见其堆垛,此与清真、梅溪、白石并为词学之正宗,一脉真传,特稍变其面目耳。犹之玉溪生之诗,藻采组织,而神韵流转,旨趣永长,未可妄讥其獭祭也。"〔清〕田同之《西圃词说》:"昔人云,填词小道,然鲁直谓晏叔原乐府为高唐、洛神之流,张文潜谓贺方回'幽洁如屈、宋,悲壮如苏、李',夫屈、宋,《三百》之苗裔,苏、李,五言之鼻祖,而谓晏、贺之词似之,世亦无疑二公之言为过情者,然则填词非小道可知也。〔清〕陈廷焯《词坛丛话》:"方回词,笔墨之妙,其乃一片化工。《离骚》耶,《七发》耶,乐府耶,杜诗耶,吾乌乎测其所至。" 又曰:"昔人谓方回词妖冶如揽嫱、施之袂,富艳如游金、张之堂,幽索如屈、宋,悲壮如苏、李,此犹论其貌耳。若论其神,则如云缥缈,不可方物。集中所选不多,然已足见此老面目。" 陈廷焯《白雨斋词话》卷一:"方回词,胸中眼中,另有一种伤心说不出处,全得力于楚骚,而运以变化,允推神品。" 又曰:"方回词极沉郁,而笔势却又飞舞,变化无端,不可方物,吾乌乎测其所至。方回《踏莎行》(荷花)云:'断无蜂蝶慕幽香,红衣脱尽芳心苦。'下云:'当年不肯嫁东风,无端却被秋风误。'此词骚情雅意,哀怨无端,读者亦不自知何以心醉,何以泪堕。《浣溪沙》云:'记得西楼凝醉眼,昔年风物似而今。只无人与共登临。'只用数虚字盘旋唱叹,而情事毕现,神乎技矣。世第赏其'梅子黄时雨'一章,犹是耳食之见。" 王国维《人间词话删稿》:"北宋名家以贺方回为最次,其词如历下、新城之诗,非不华赡,惜少真味。"

九

宫调精研字字珠,开山妙手讵容诬。

后生学语矜南渡,牙慧能知协律无。

笺注

"宫调"句:《四库全书总目提要·片玉词提要》:"邦彦妙解声律,为词家之冠,所制诸调,非独音之平仄宜遵,即仄字中上、去、入三音,亦不容相混。所谓分州节度,深契微芒,故千里和词,字字奉为标准。"(千里,方千里,有《和清真词》)〔清〕刘体仁《七颂堂词绎》云:"千里遍和美成词,非不甚工,总是堆垛法,不动宕。"〔清〕冯煦《蒿庵论词》云:"千里和清真,亦步亦趋,可谓谨严。然貌合神离,且有袭迹,非真清真也。"宫调,历代称宫、商、角、变徵、徵、羽、变宫为七声,凡以宫为主的调式称宫,以其他各声为主的则称调,统称"宫调"。〔清〕陈廷焯《白雨斋词话》卷二:"美成、白石各有至处,不必过为轩轾。顿挫之妙,理法之精,千古词宗,自属美成。而气体之超妙,则白石独有千古,美成亦不能至。"

牙慧:〔南朝宋〕刘义庆《世说新语·文学》:"殷中军云:'康伯未得我牙后慧。'"原谓言外的理趣,后以"牙慧"指旧有的观点、见解和说法等。

十

洞天山水写清音,千古词坛合铸金。

怪底纤儿诮生硬,野云无迹本难寻。

笺注

洞天:道教称神仙的居处,意谓洞中别有天地。后常泛指风景胜地。

清音:清越的声音。《淮南子·兵略训》:"夫景不为曲物直,响不为清音浊。"〔晋〕左思《招隐诗》:"非必有丝竹,山水有清音。"

"怪底"句:〔宋〕沈义父《乐府指迷》:"姜白石清劲知音,亦未免有生硬处。"〔清〕许昂霄《词综偶评》:"词中之有白石,犹文中之有昌黎也。世固也以昌黎为穿凿生割者,则以白石为生硬也亦宜。"怪底,难怪。纤儿,犹小儿。含鄙视意。《晋书·陆纳传》:"时会稽王道子以少年专政,委任群小,纳望阙而叹:'好家居,纤儿欲撞坏之邪!'"〔清〕周济《宋四家词选目录序论》:"白石脱胎稼轩,变雄健为清刚,变驰骤为疏宕。盖二公皆极热中,故气味吻合。辛宽姜窄,宽故容蓄;窄故斗硬。白石号为宗工,然亦有俗滥处、寒酸处、补凑处、敷衍处、支处、复处,不可不知。白石小序甚可观,苦与词复。若序其缘起,不犯词境,斯为两美已。"〔清〕刘熙载《词概》:"姜白石词幽韵冷香,令人挹之无尽。拟诸形容,在乐则琴,在花则梅也。"又,"词家称白石曰白石老仙,或问毕竟与何仙相似,曰:'藐姑冰雪,盖为近之。'"〔清〕陈廷焯《白雨斋词话》卷二:"白石词以清虚为体,而时有阴冷处,格调最高。沈伯时讥其生硬,不知白石者也。黄叔旸叹为美成所不及,亦漫为可否者也,惟赵子固云:白石词家之申、韩也,真刺骨语。"

"野云"句:〔宋〕张炎《词源》卷下:"词要清空,不要质实。清空则古雅峭拔,质实则凝涩晦昧。姜白石词如野云孤飞,去留无迹。……白石词如《暗香》《疏影》《扬州慢》《一萼红》《琵琶仙》《探春》《八归》《淡黄柳》等曲,不惟清空,又且骚雅,读之使人神观飞越。"

按:周之琦借用元好问诗句将姜夔比为开创一代风气的陈子昂。元好问《论诗绝句》中有"论功若准平吴例,合著黄金铸子昂"句,周之琦认为在词坛则合著黄金铸姜夔。

十一

长安索米漫郗歔,秘省申呈不负渠。

泉底织绡尘去眼,当时侍从较何如。

笺注

长安索米:《汉书·东方朔传》:"臣朔饥欲死。臣言可用,幸异其礼;不可用,罢之,无令但索长安米也。"后因以"索米"称谋生。

郗歔:叹息声。

"秘省"句:〔宋〕叶绍翁《四朝闻见录》云:"韩侂胄为平章,专倚省吏史达祖奉行文字,拟帖拟旨,俱出其手,侍从柬札,至用申呈。韩退,遂黥焉。"

"泉底"句:〔宋〕张镃《梅溪词序》:"(史)生之作,辞情俱到,织绡泉底,去尘眼中,妥贴轻圆,特其馀事。至于夺苕艳于春景,起悲音于商素,有瑰奇、警迈、清新、闲婉之长,而无诡荡污淫之失。端可以分镳清真,平睨方回,而纷纷三变行辈,几不足比数。"〔清〕郭麐《灵芬馆词话》卷二:(张序)"洵非虚誉。"

按:〔清〕陈廷焯《白雨斋词话》卷五:"诗词原可观人品,而亦不尽然……词中如刘改之辈,词本卑鄙,虽负一时重名,然观其词,即可知其人之不足取。独怪史梅溪之沉郁顿挫,温厚缠绵,似其人气节文章,可以并传不朽。而乃甘作权相堂吏,致与耿柽、董如璧辈并送大理,身败名裂。其才虽佳,其人无足称矣。"〔清〕胡薇元《岁寒居词话》:"《梅溪词》,史达祖邦卿作。汴人。《西湖志》称其为韩侂胄堂吏。考玉津园事,张镃虽预其谋,镃实侂胄之客,故于满头花生辰得移厨张乐于韩邸。《梅溪词》,有张镃序。梅溪词极工,镃称其'分镳清真,平睨方回,三变行辈,不足比数',则未免推奖溢美矣。姜尧章云:'邦卿词奇秀清逸,融情景于一家,会句意于两得。'此论平允。"

十二

月斧吴刚最上层,天机独茧自缫冰。

世人耳食张春水,七宝楼台见未曾。

笺注

吴刚:〔唐〕段成式《酉阳杂俎·天咫》:"旧言月中有桂,有蟾蜍,故异书言,月桂高五百丈,下有一人常斫之,树创随合。人姓吴名刚,西河人,学仙有过,谪令伐树。"〔明〕无名氏《金雀记·玩灯》:"嫦娥真可想,伐木有吴刚。"

缫冰:抽冰蚕所结的茧。常用作普通蚕茧的美称。〔唐〕王起《冰蚕赋》:"蚕事登矣,必因之而剖冰茧。"〔宋〕范成大《咏吴中二灯·琉璃毬》:"龙综缫冰茧,鱼文缕玉英。"

耳食:谓不加省察,徒信传闻。《史记·六国年表序》:"学者牵于所闻,见秦在帝位日浅,不察其终始,因举而笑之,不敢道,此与以耳食无异。"司马贞索隐:"言俗学浅识,举而笑秦,此犹耳食不能知味也。"

张春水:张炎。〔清〕冯金伯《词苑萃编》卷五:"叔夏'春水'一词,绝唱今古,人以'张春水'目之。"

七宝楼台:〔宋〕张炎《词源》卷下谓:"吴梦窗词如七宝楼台,眩人眼目,碎拆下来,不成片段。"

十三

碧山才调剧翩翩,风格鄱阳好并肩。

姜史姜张饶耳目,人间别有藐姑仙。

笺注

碧山:王沂孙,字圣与,号碧山,有《碧山乐府》。

鄱阳:姜夔,字尧章,号白石道人,江西鄱阳人。

姜史:姜夔、史达祖之并称。

姜张:姜夔、张炎之并称。

藐姑仙:《庄子·逍遥游》:"藐姑射之山有神人居焉,肌肤若冰雪,绰约若处子。"

十四

阳羡鹅笼涕泪多,清辞一卷黍离歌。

红牙彩扇开元句,故国凄凉唤奈何。

笺注

阳羡鹅笼:〔南朝梁〕吴均《续齐谐记》载:阳羡许彦负鹅笼而行,遇一书生以脚痛求寄笼中。至一树下,书生出,从口中吐出器具肴馔,与彦共饮,并吐一女子共坐。书生醉卧,女子吐一男子。女子卧,男子复吐一女子共酌。书生欲觉,女子又吐锦帐遮掩书生,即入内共眠。男子另吐一女子酌戏。后次第各吞所吐,书生以铜盘一赠彦而去。情节乃据《旧杂譬喻经》改头换面而成。后用作幻中生幻,变化无常之典。〔清〕吴骞《〈扶风传信录〉序》:"昔东晋时阳羡许彦,遇鹅笼书生于绥安山下,离奇诡变,至今人称道之。"〔清〕纪昀《阅微草堂笔记·如是我闻一》:"然阳羡鹅笼,幻中出幻,乃辗转相生,安知说此鬼者,不又即鬼耶?"按:蒋捷为阳羡人,这里用以借指。

黍离:本为《诗经·王风》中的篇名。《诗经·王风·黍离序》:"《黍离》,闵宗周也。周大夫行役,至于宗周,过故宗庙宫室,尽为禾黍,闵周室之颠覆,彷徨不忍去而作是诗也。"后遂用作感慨亡国之词。

"红牙"句:蒋捷《贺新郎》词:"梦冷黄金屋。叹秦筝、斜鸿阵里,素弦尘扑。化作娇莺飞归去,犹认纱窗旧绿。正过雨、荆桃如菽。此恨难平君知否,似琼台、涌起弹棋局。消瘦影,嫌明烛。 鸳楼碎泻东西玉。问芳悰、何时再展,翠钗难卜。待把宫眉横云样,描上生绡画幅。怕不是、新来妆束。彩扇红牙今都在,恨无人、解听开元曲。空掩袖,倚寒竹。"

十五

但说清空恐未堪,灵机毕竟雅音涵。

故家人物沧桑录,老泪禁他郑所南。

笺注

"但说"句:张炎论词力主清空,《词源》卷下谓:"词要清空,不要质实。清空则古雅峭拔,质实则凝涩晦昧。"

灵机:灵巧的心思。

雅音:正音,有益于风教的诗歌和音乐。

郑所南：郑思肖（1241—1318），字忆翁，号所南，连江（今属福建）人。名与字、号皆宋亡后所改，寓不忘宋室之意。宋末太学生，元兵南下，曾扣阍上书，不报。入元，居吴下，自号三外野人。有《所南先生文集》，又有《心史》七卷。郑思肖《玉田词题辞》谓："吾识张循王孙玉田先辈，喜其三十年汗漫南北数千里，一片空狂怀抱，日日化雨为醉。自仰攀姜尧章、史邦卿、卢蒲江、吴梦窗诸名胜，互相鼓吹春声于繁华世界。飘飘徵情，节节弄拍。嘲明月以谑乐，卖落花而陪笑。能令后三十年，西湖锦绣山水，犹生清响。"

十六

谁把传灯接宋贤，长街掉臂故超然。

雨淋一鹤冲霄去，寂寞骚坛五百年。

笺注

"**谁把**"句：〔清〕吴衡照《莲子居词话》："张仲举词出南宋，而兼诸公之长。"〔清〕陈廷焯《白雨斋词话》："张仲举规模南宋，为一代正声。"又谓："元词之不亡者，赖有仲举耳。"〔清〕刘熙载《词概》："大抵导源白石，时或以稼轩济之。"传灯，佛家指传法。佛法犹如明灯，能破除迷暗，故称。〔唐〕崔颢《赠怀一上人》诗："传灯遍都邑，杖锡游王公。"

"**长街**"句、"**雨淋**"二句：〔明〕瞿祐《归田诗话》卷下："张仲举，至正初为集庆路学训导，御史下学点视廪膳，邻斋出对云：'豸冠点馔。'是日适用驴肉，仲举戏续云：'驴肉作羹。'御史闻之大怒，欲逮捕之，乘夜逃奔扬州。时扬州方全盛，众素闻其名，皆延致之。仲举肢体昂藏，行则偏竦一肩，众为诗以讥笑之。惟韩介玉一绝云：'垂柳阴阴翠拂檐，倚栏红袖玉纤纤。先生掉臂长街上，十里朱楼尽下帘。'坐中皆失笑。时有相士在座，或曰：'仲举病鹤形也。'相士曰：'不然，此雨淋鹤形，雨霁则冲霄矣。'后入大都，致位贵显，果如其言。"

按：周之琦自题跋语曰"录十六家词，各系一诗。余性好倚声，此皆平生得力所自。辑而录之，取便观览，非谓古人佳制尽于是也。道光癸卯秋仲稚圭周之琦自识。"陈匪石《声执》卷下："《心日斋十六家词录》，周之琦所选。时在道光二十三年，所录为温庭筠、李煜、韦庄、李珣、孙光宪、晏几道、秦观、贺铸、周邦彦、姜夔、史达祖、吴文英、王沂孙、蒋捷、张炎、张翥十六家。自言为平生得力所自，故辑而录之。末各缀一绝句，皆能得其真诠。清真以降，不录令曲，而其旨则于贺铸下发之。愚以为宋人令曲，每以慢词做法为之。即有合于令曲者，仍不能出五代之范围，而自辟蹊径。周氏之论至当，惟未必无抑扬抗坠之音而已。对于梦窗，特加论断，虽不能如周、戈之深粹，而所言颇中肯綮。且与戈氏不谋而合者，则取史、吴两家也。殿以蜕岩，且元人只此一家。而于苏、辛一派，均无所取，则仍浙西家法耳。此书只家刻本，流传不多，然所选颇精，足与戈《选》同资诵习。盖限定家数之总集，只戈《选》、周《录》。而周之异于戈者，则上起唐代，下迄于元。北宋增小晏、秦、贺，虽似不出温柔敦厚之范围，而门户加宽，且已知崇北宋矣。"按：道光二十三年为癸卯年，即公元1843年。

方　熊
《题李清照〈漱玉集〉朱淑真〈断肠集〉》

作者简介

方熊（1783—1860），字子渔，琴川（今江苏常熟）人，贡生，有《绣屏风馆诗集》十卷。

《云麓漫钞》载清照投綦处厚启，语甚不经，几令后人疑清照晚节不终。后见陈云伯《颐道堂集》有题查伯葵《易安论》后云"谈娘善诉语何诬，卓女琴心事本无。赖有琵琶查十八，清商一曲慰罗敷。"又杨升庵《词品》载淑真《生查子》一阕有"月上柳梢头，人约黄昏后"之句，遂令后人疑淑真为佚女。不知此词是欧公所作，见《庐陵集》。后见潘人龙《清芬堂集》有题句云："幽栖一卷《断肠词》，家世文公擅淑姿。谁把庐陵真本误，柳梢月上约人时。"前谤皆为一雪。因阅二家词为并志之。按：原列第二的绝句云："人间鸦凤本非伦，阁泪抛书怨句新。宽尽带围愁不解，一生刻意为伤春。（阁泪抛书卷、带围宽褪小腰身，皆淑真伤春句也）"所论乃朱淑真诗，故删去。将原第三首列为其二。

一

金石摩挲语笑亲，归来堂上绝纤尘。

深秋一曲声声慢，不见当年□茗人。

笺注

"金石"句：李清照婚后与赵明诚共收金石，悉心研摩，夫妇二人志趣相投，情谊笃好。合撰《金石录》三十卷。

归来堂：见前第 228 页注。

纤尘：微尘。

"深秋"句：李清照有《声声慢》词，叙说南迁后深秋时所见所闻所感，语颇凄凉。

"不见"句：李清照《金石录后序》："余性偶强记，每饭罢，坐归来堂烹茶，指堆积书史，言某事在某书某卷第几叶第几行，以中否角胜负，为饮茶先后。中即举杯大笑，至茶倾覆怀中，反不得饮而起。"

二

桑榆暮景投綦启，人约黄昏元夜词。

似此沉冤难尽雪，生才不幸是蛾眉。

笺注

"桑榆"句：〔宋〕胡仔《苕溪渔隐丛话》前集卷六十："易安再适张汝舟，未几反目，有《启事》与綦处厚云：'猥以桑榆之晚景，配兹驵侩之下材。'传者无不笑之。"

"人约"句：欧阳修《生查子·元夕》词有"月上柳梢头，人约黄昏后"句。

蛾眉：美女的代称。〔南朝梁〕高爽《咏镜》诗："初上凤皇墀，此镜照蛾眉。言照长相守，不照长相思。"

张祥河
《论词绝句十首专赋闺人》

作者简介

张祥河（1785—1862），原名公璠，娄县（今上海松江）人。字元卿，号诗舲，一号鹤在，又号法华山人。官至工部尚书，有《小重山房诗词全集》四种32卷。

一

南唐后主蕊宫修，捣练声中易感秋。

红锦地衣随步皱，无言独自上西楼。

笺注

南唐后主：李煜，字重光。

蕊宫：蕊珠宫之省称。道教经典中所说的仙宫。〔唐〕顾云《华清词》诗："相公清斋朝蕊宫，太上符箓龙蛇踪。"

"捣练"句：李煜有《捣练子令》词："深院静，小庭空。断续寒砧断续风。无奈夜长人不寐，数声和月到帘栊。"

"红锦"句：李煜《浣溪沙》词有"红锦地衣随步皱"句。

"无言"句：李煜《乌夜啼》词有"无言独上西楼"句。

按：此首与下面一首绝句都是论南唐李后主词的，作者题为"专赋闺人"，有误。

二

梦里不知身是客,人间天上落花俱。

红茸嚼烂真无赖,唱断楼头《一斛珠》。

笺注

"梦里"二句:李煜《浪淘沙》词:"帘外雨潺潺,春意阑珊。罗衾不暖五更寒。梦里不知身是客,一晌贪欢。 独自莫凭栏,无限关山。别时容易见时难。流水落花归去也,天上人间。"

"红茸"二句:李煜《一斛珠》词:"晓妆初过,沈檀轻注些儿个。向人微露丁香颗。一曲清歌,暂引樱桃破。 罗袖裛残殷色可,杯深旋被香醪涴。绣床斜凭娇无那。烂嚼红茸,笑向檀郎唾。"

三

花风廿四字翻新,先露枝头一点春。

谁唱隋宫看梅曲,梅花怜汝隔帘颦。

笺注

花风廿四:即二十四番花信风。应花期而来的风。自小寒至谷雨,凡四月,共八个节气,一百二十日,每五日一候,计二十四候,每候应以一种花的信风。每气三番。小寒:梅花、山茶、水仙;大寒:瑞香、兰花、山矾;立春:迎春、樱桃、望春;雨水:菜花、杏花、李花;惊蛰:桃花、棣棠、蔷薇;春分:海棠、梨花、木兰;清明:桐花、麦花、柳花;谷雨:牡丹、酴醾、楝花。参阅南朝梁宗懔《荆楚岁时记》、宋程大昌《演繁露·花信风》、宋王逵《蠡海集·气候类》。一说,每月有两番花的信风,一年有二十四番花信风。见明杨慎《二十四番花信风》引南朝梁元帝《纂要》。

"先露"句、"梅花"二句:隋朝侯夫人《春日看梅》诗:"砌雪无消日,卷帘时自攀。庭梅对我有怜意，先露枝头一点春。"

按：这是论隋朝侯夫人咏梅诗的绝句，应该不能算论词绝句。特注明。

四

龙舟未许隔花迎，闽后裁笺空复情。

持比吴城小龙女，荆州泪眼不曾晴。

笺注

"龙舟"句：闽后陈氏《乐游曲》词："龙舟摇曳东复东，采莲湖上红更红。波澹澹，水溶溶。奴隔荷花路不通。"闽后，陈氏，名金凤，闽嗣主王廷钧之后。

"持比"二句：〔宋〕黄升《花庵词选》："黄鲁直登荆州亭，柱间有此词，鲁直凄然曰：'似为余发也，笔势类女子，又有"泪眼不曾晴"之语，疑其鬼也。'是夕有女子见梦曰：'我家豫章吴城山，附客舟至此堕水死，登江亭有感而作，不意公能识之。'鲁直惊悟，曰：'此必吴城小龙女也。'"

五

嫩柳轻云句可人，沉香舞袖舛花茵。

太真自擅《阿那曲》，艳语清平本不伦。

笺注

"嫩柳"二句：题为杨玉环的《阿那曲》："罗袖动香香不已，红蕖袅袅秋烟里。轻云岭上乍摇风，嫩柳池边初拂水。"王兆鹏谓："（此词）始见于《太平广记》卷六十九《张云容》引《传记》（按：即裴铏《传奇》），小说中女鬼张云容说是杨贵妃'赠我诗'。这本是《传奇》作者裴铏所拟作，宋洪迈《万首唐人绝句》信以为实而收作杨贵妃诗，题作《赠张云容舞》。洪氏所题尚符合原意，但不应题杨贵妃作。原本与词无涉，《传奇》即明言是'诗'。《古今词统》卷一始录作杨贵妃词，调作《阿那曲》。其后《全唐诗》卷八九九、《历代诗馀》卷一、《词律》卷一、沈雄《古今词话》'词话上卷'俱因之作杨妃词。其实唐宋词籍、乐籍都没有《阿那曲》词调的记载，也未曾收此首作《阿那曲》词，纯粹是明人无中生有。清人竟相沿袭，一误再误。林大椿也不辨其非，而径录作杨贵妃词。"（《〈全唐五代词〉编后絮语》，《书品》2001年第2期）

艳语：指传为杨玉环作的《阿那曲》。

清平：指李白的《清平调》。

六

远道难将锦字题，伊川小令语含凄。

空房灯影梧桐暗，肠断金凤范仲妻。

笺注

"远道"句：范仲胤（一作允）妻《伊川令》词有"人情音信难托。鱼雁成耽阁"句。

"伊川"句、"空房"二句：〔清〕叶申芗《本事词》卷上："范仲允为相州录事，久不归。其妻寄以《伊州令》云：'西风昨夜穿帘幕。闺院添萧索。才是梧桐零落时，又迤逦、秋光过却。 人情音信难托。鱼雁成耽阁。教依（一作"奴"）独自守空房，泪珠与、灯花共落。'其妻来书，伊字误作尹字，范答词，嘲以'料想伊家不要人'。妻复答以'共伊间别几多时，身边少个人儿睡。'此亦闺秀中之慧而辩者也。"

七

海棠开后到而今，罗袜花阴底用寻。

请读双肩单枕句，闺中孙魏合知音。

笺注

"海棠"二句：〔清〕王奕清《历代词话》卷七引《古杭杂记》云："太学服膺斋上舍郑文，秀州人，其妻寄以《忆秦娥》云：'花深深，一钩罗袜行花阴。行花阴。闲将柳带，试结同心。　日边消息空沉沉，画眉楼上愁登临。愁登临。海棠开后，望到如今。'此词为同舍所见，一时传播，酒楼妓馆皆歌之。"

双肩单枕：魏夫人《系裙腰》词有"谁念我，就单枕，皱双眉"句。按：此"双肩"当为"双眉"之误。

八

柳结同心为别离，镜中人老计犹痴。

归来欲诉还休诉，草草宫妆彼一时。

笺注

柳结同心：郑文妻孙氏《忆秦娥》有"闲将柳带，试结同心"句。

"**镜中**"句、"**归来**"二句：〔清〕冯金伯《词苑萃编》卷二十四："孙夫人寄外《风中柳》词云：'销减芳容，端的为郎烦恼。鬓慵梳、宫妆草草。别离情绪，待归来都告。怕伤郎、又还休道。　利锁名缰，几阻当年欢笑。更那堪、鳞鸿信杳。蟾枝高折，愿从今须早。莫辜负、镜中人老。'（裴按：此孙夫人，即太学服膺斋上舍郑文妻，有寄外《忆秦娥》词，见卷五。）"

九

武陵春远即天涯，宝枕纱厨感物华。

非为悲秋非病酒，西风赢得瘦如花。

笺注

武陵春远：李清照《凤凰台上忆吹箫》词有"念武陵春晚,云锁重楼"句。

"宝枕"句：李清照《醉花阴》词有"玉枕纱幮,半夜凉初透"句。物华,自然景物。

"非为"句：李清照《凤凰台上忆吹箫》词有"今年瘦,非干病酒,不是悲秋"句。

"西风"句：李清照《醉花阴》词有"帘卷西风,人比黄花瘦"句。

十

锦书雁字善言愁,红藕香残玉簟秋。

愁似藕丝缠不断,眉头才下又心头。

笺注

"锦书"二句：李清照《一剪梅》上阕:"红藕香残玉簟秋。轻解罗裳,独上兰舟。云中谁寄锦书来,雁字回时,月满西楼。"

"愁似"二句：李清照《一剪梅》下阕:"花自飘零水自流。一种相思,两处闲愁。此情无计可消除,才下眉头,却上心头。"

王僧保
《论词绝句三十六首》

作者简介

王僧保(1792—1853),字西御,号秋莲子,江苏仪征人。诸生。咸丰三年(1853),太平军陷扬州,毁其书屋,遂绝食而死。有《秋莲子词》三卷、《论词绝句》一卷等七种,汇为《词林丛著》,凡十卷。另有《西御诗存》一卷、《暂园集》一卷、《爪雪集》一卷等。

一

消息直从乐府传,六朝风气已开先。

审声定律心能会,字字宫商总自然。

笺注

乐府:诗体名。此指乐府官署所采制的诗歌。

审声:古指辨别宫、商、角、徵、羽五声。此指通晓声韵、格律。

宫商:五音中的宫音与商音。《毛诗序》"声成文"东汉郑玄笺:"声成文者,宫商上下相应。"〔唐〕吴兢《乐府古题要解》卷下:"我情与君,亦犹形影宫商之不离也。"泛指音律。

二

倚声宋代始专家,情致唐贤小小夸。

刘白温韦工令曲,谪仙谁与并才华。

笺注

倚声:指按谱填词。

刘白温韦：唐五代词人刘禹锡、白居易、温庭筠、韦庄。

谪仙：谪居世间的仙人。常用以称誉才学优异的人。此指李白。李白《对酒忆贺监二首》诗："四明有狂客,风流贺季真。长安一相见,呼我谪仙人。"〔唐〕孟棨《本事诗·高逸》："李太白初自蜀至京师,舍于逆旅。贺监知章闻其名,首访之。既奇其姿,复请所为文。出《蜀道难》以示之。读未竟,称叹者数四,号为'谪仙'。"

三

落花流水寄嗟欷,如此才情绝世稀。

谁遣斯人作天子,江山满目泪沾衣。

笺注

落花流水：南唐后主李煜《浪淘沙》词有"流水落花春去也,天上人间"句。

嗟欷：欷嘘悲叹。

"谁遣"句：李煜为南唐后主。〔清〕余怀《玉琴斋词序》："李重光风流才子,误作人主,至有入宋牵机之恨。其所作之词,一字一珠,非他家所能及也。"

四

缥缈孤云漾太清,定知冰雪净聪明。

凄凉一曲《长亭怨》,擅绝千秋白石名。

笺注

太清：太空。

长亭怨：姜夔有《长亭怨慢》词，《词综偶评》评之曰："[是处人家四句。]先言别时之景。[阅人多矣，谁得似长亭树。树若有情时，不会得青青如此。]借树以言别时之情。阅人既多，安得尚有情耶。一笑。此字借叶。[日暮。望高城不见，只见乱山无数。]别后。何记室诗：'日夕望高城，缈缈青云外。'[韦郎去也四句。]望其早归。韦皋与玉箫别，留玉指环，约七年再会。以其地在江夏，故用之。后遂沿为通用语。[算只有并刀二句。]总收。"清先著、程洪《词洁辑评》卷四评之曰："'时'字凑'不会得'三字，呆。'韦郎'二句，口气不雅。'只'疑误，'只'字唤不起'难'字。白石人工镕炼特至，此一二笔，容是率处。"梁启超《饮冰室评词·附录·宋词》评之曰："麦丈云：浑灏流转，夺胎稼轩。"

五

易安才调美无伦，百代才人拜后尘。

比似禅宗参实意，文殊女子定中身。

笺注

才调：犹才气。多指文才。《晋书·王接传》："王接才调秀出，见赏知音，惜其夭枉，未申骥足。"

后尘：走路时后面扬起来的尘土，比喻在他人之后。

参实：验证，合适。〔晋〕袁宏《后汉纪·桓帝纪》："臣以今日促迫，故先举所闻，其未审者，方当参实，以除凶类。"

文殊：佛教菩萨名。文殊师利或曼殊室利的省称。意译为"妙吉祥"、"妙德"等。其形顶结五髻，象征大日如来的五智；持剑，骑青狮，象征智慧锐利威猛。为释迦牟尼佛的左胁侍，与司"理"的普贤菩萨相对。

按：〔明〕杨慎《词品》卷二："宋人中填词，李易安亦称冠绝。使在衣冠，当与秦七、黄九争雄，不独雄于闺阁也。其词名《漱玉集》，寻之未得。《声声慢》一词，最为婉妙。其词云：……皆以寻常言语，度入音律。炼句精巧则易,平淡入妙者难。山谷所谓以故为新,以俗为雅者,易安先得之矣。"〔清〕沈谦《填词杂说》:"男中李后主,女中李易安,极是当行本色。前此李白,故称词家三李。"〔清〕刘体仁《七颂堂词绎》:"柳七最尖颖,时有俳狎,故子瞻以是呵少游,若山谷亦不免,如我不合太捆就类,下此则蒜酪体也。惟易安居士'最难将息,怎一个愁字了得',深妙稳雅,不落蒜酪,亦不落绝句,真此道本色当行第一人也。"〔清〕王士祯《花草蒙拾》:"俞仲茅小词云:'轮到相思没处辞,眉间露一丝。'视易安'才下眉头,却上心头',可谓此儿善盗。然易安亦从范希文'都来此事,眉间心上,无计相回避'语脱胎。李特工耳。"又,"张南湖论词派有二:一曰婉约,一曰豪放。仆谓婉约以易安为宗,豪放惟幼安称首,皆吾济南人,难乎为继矣。"〔清〕彭孙遹《金粟词话》:"李易安'被冷香销新梦觉,不许愁人不起'、'守着窗儿,独自怎生得黑',皆用浅俗之语发清新之思,词意并工,闺情绝调。"〔清〕李调元《雨村词话》卷三:"易安在宋诸媛中,自卓然一家,不在秦七、黄九之下。词无一首不工。其炼处可夺梦窗之席,其丽处直参片玉之班。盖不徒俯视巾帼,直欲压倒须眉。"〔清〕黄蓼园《蓼园词评》评李易安《如梦令》(昨夜雨疏风骤):"一问极有情,答以'依旧',答得极澹,跌出'知否'二句来。而'红肥绿瘦',无限凄婉,却又妙在含蓄。短幅中藏无限曲折,自是圣于词者。"

六

前辈风流玉照堂,翩翩公子妙词章。

千金散尽身飘泊,对酒当歌不是狂。

([徐]穆按:张叔夏生于淳祐。循王五子,叔夏未知谁出,《宋史》不载,故无考。袁桷:"疏空怀,玉照风流。"玉照,张镃功甫堂名。镃为王诸孙,则叔夏出功甫后。父枢所作词六首,见《绝妙好词》十八。序其先世皆钟鸣鼎食,江湖才士,出入其门,千金之裘,谭笑可得。及途穷境变,去来道路。酒酣,往往取所为词慷慨歌之。今之陈其年,其流亚也)

笺注

玉照堂：张镃有词集《玉照堂词》，张镃为循王张俊之曾孙，于张炎为前辈。

翩翩公子：张炎为循王张俊六世孙。

"千金"句：张炎年轻时生活甚为优裕，宋亡后，家道败落，难以自给。

对酒当歌：曹操《短歌行》诗有"对酒当歌，人生几何"句。

七

慷慨黄州一梦中，铜弦铁板唱坡公。

何人创立苏辛派，两字粗豪恐未工。

笺注

"慷慨"句：指苏轼在黄州所作的《念奴娇·赤壁怀古》词。词中有"人生如梦，一尊还酹江月"句。词气慷慨。

铜弦铁板：见前第113页"铜琶"注。

"何人"二句：〔清〕周济《介存斋论词杂著》："稼轩不平之鸣，随处辄发，有英雄语，无学问语，故往往锋颖太露。然其才情富艳，思力果锐，南北两朝，实无其匹，无怪流传之广且久也。世以苏、辛并称，苏之自在处，辛偶能到；辛之当行处，苏必不能到。二公之词，不可同日语也。后人以粗豪学稼轩，非徒无其才，并无其情。稼轩固是才大，然情至处，后人万不能及。""人赏东坡粗豪，吾赏东坡韶秀。韶秀是东坡佳处，粗豪则病也。"〔清〕刘熙载《艺概》"苏、辛皆至情至性人，故其词潇洒卓荦，悉出于温柔敦厚。世或以粗犷论苏、辛，固宜有视苏、辛为别调者矣。"〔清〕陈廷焯《白雨斋词话》卷六："东坡心地光明磊落，忠爱根于性生，固词极超旷，而意极和平。稼轩有吞吐八荒之概，而机会不来。……故词极豪雄，而意极悲郁。苏、辛两家，各有不同。后人无东坡胸襟，又无稼轩气概，漫为规模，适形粗鄙耳。"又，卷八："东坡词全是王道。稼轩则兼有霸气，犹不悖于王也……稼轩求胜于东坡，豪壮或过之，而逊其清超，逊其忠厚。"〔清〕田同之《西圃词说》："陈眉公曰：'幽思曲想，张、柳之词工矣，然其失则俗而腻也。伤时吊古，苏、辛之词工矣，然其失则莽而俚，两家各有其美，亦各有其病。'斯为词论之至公。"〔清〕郭麐《灵芬馆词话》卷一："（词）至东坡以横绝一代之才，凌厉一世之气，间作倚声，意若不屑，雄词高唱，别为一宗。辛、刘则粗豪太甚矣。"〔清〕吴衡照《莲子居词话》云："苏、辛并称，辛之于苏，亦犹诗中之山谷之视东坡也。东坡之大，与白石之高，殆不可以学而至。"〔宋〕朱弁《曲洧旧闻》："东坡词如毛嫱西子，净洗却面，与天下妇人斗好，馀人讵可比哉。"〔清〕先著、程洪《词洁辑评》卷六："稼轩词于宋人中自辟门户，要不可少。有绝佳者，不得以粗豪二字蔽之。如此种创建，以为新奇，流传遂成恶习。存一（按：指辛弃疾《沁园春》"叠嶂西驰"）概其馀。世以苏、辛并称，辛非苏类，稼轩之次则后村、龙洲，是其偏裨也。" 王国维《人间词话》："东坡之词旷，稼轩之词豪。无二人之胸襟而学其词，犹东施之效捧心也。读东坡、稼轩词，须观其雅量高致，有伯夷、柳下惠之风。""苏、辛，词中之狂。""近人……学幼安者，率祖其粗犷滑稽，以其粗犷滑稽处可学，佳处不可学也。幼安之佳处，在有性情，有境界。"

八

短衣匹马气偏豪，泪洒英雄壮志消。

最是野棠花落后，新词传唱《念奴娇》。

（穆按：稼轩词当以《念奴娇》为第一，"野棠花落"云云）

笺注

"短衣"句：〔清〕沈谦《填词杂说》："稼轩词以激扬奋厉为工，至'宝钗分，桃叶渡'一曲，昵狎温柔，魂销意尽，才人伎俩，真不可测。昔人论画云，'能寸人豆马，可作千丈松'，知言哉。"〔清〕黄蓼园《蓼园词评》评《水龙吟》"渡江天马南来"词曰：幼安助耿京起义，克复东平。由山东间道赴行在奏事。忠义之气，根于肺腑，见南涧，而劝以功名，亦犹寿史致远之意也。〔清〕李佳《左庵词话》卷下："（稼轩词）用笔如龙跳虎卧，不可羁勒，才情横溢，海天鼓浪，然以音律绳之，岂能细意熨帖？"

"**最是**"二句：辛弃疾《念奴娇·书东流村壁》词："野棠花落，又匆匆、过了清明时节。刬地东风欺客梦，一夜云屏寒怯。曲岸持觞，垂杨系马，此地曾轻别。楼空人去，旧游飞燕能说。 闻道绮陌东头，行人长见，帘底纤纤月。旧恨春江流未断，新恨云山千叠。料得明朝，尊前重见，镜里花难折。也应惊问，近来多少华发。"

九

功业文章不朽传，闲情偶尔到吟边。

平山杨柳今依旧，太守风流五百年。

笺注

"**功业**"二句：〔宋〕罗泌《六一词跋》："公尝致意于诗，为之本义，温柔宽厚，所谓深矣。吟咏之馀，溢为歌词，有《平山集》盛传于世。" 又，清冯煦《六十一家词选例言》："宋至文忠文始复古，天下翕然师尊之，风尚为之一变。即以词言，亦疏隽开子瞻，深婉开少游。"

"**平山**"二句：〔宋〕王象之《舆地纪胜》：（平山堂）"在大明寺侧，负堂而望，江南诸山，拱列檐下，故名。" 又，清王士禛《花草蒙拾》："平山堂一抔土耳，亦无片石可语。然以欧、苏词，遂令地重。"欧阳修《朝中措》词："平山栏槛倚晴空，山色有无中。手种堂前垂柳，别来几度春风。 文章太守，挥毫万字，一饮千钟。行乐直须年少，尊前看取衰翁。" 苏轼《西江月·平山堂》词曰："三过平山堂下，半生弹指声中。十年不见老仙翁，壁上龙蛇飞动。 欲吊文章太守，仍歌杨柳春风。休言万事转头空，未转头时皆梦。"

十

深情缱绻怨湘春,芳草天涯妙入神。

名士无双堪伯仲,却怜空谷有佳人。

(穆按:黄雪舟《湘春夜月》:"近清明,翠禽枝上销魂。"李琳《六么令》:"依约天涯芳草,染得春风碧。")

笺注

"深情"句:黄雪舟《湘春夜月》词:"近清明,翠禽枝上消(一作销)魂。可惜一片清歌,都付与黄昏。欲共柳花低诉,怕柳花轻薄,不解伤春。念楚乡旅宿,柔情别绪,谁与温存。　空樽夜泣,青山不语,残月当门。翠玉楼前,惟是有、一波湘水,摇荡湘云。天长梦短,问甚时、重见桃根。这次第,算人间没个并刀,剪断心上愁痕。"黄雪舟,黄孝迈(生卒年不详),南宋人,字德夫,号雪舟。有《雪舟长短句》。

芳草天涯:李琳《六么令·京中清明》词:"淡烟疏雨,香径渺啼鴂。新晴画帘闲卷,燕外寒犹力。依约天涯芳草,染得春风碧。人间陈迹?斜阳今古,几缕游丝趁飞蝶。　柳向尊前起舞,又觉春如客。翠袖折取嫣红,笑与簪华发。回首青山一点,檐外寒云叠。梨花淡白,柳花飞絮,梦绕阑干一株雪。"李琳,号梅溪,长沙人。咸淳十年(1274)进士。

十一

精心音律有清真,往复低徊独怆神。

若与梅溪评格调,略嫌脂粉污佳人。

(穆按:《片玉词》多自度腔。张功甫序《梅溪词》称其"分镳清真,平睨方回")

笺注

"精心"句:〔清〕刘熙载《艺概》:"周美成词,或称其无美不备。余谓论词莫先于品,美成词富艳精工,只是当不得个'贞'字。是以士大夫不肯学之,学之则不知终日意萦何处矣。"又曰:"周美成音律最精审,史邦卿句最警练,然未得为君子之词者,周旨荡,而史意贪也。"

"若与"二句:〔宋〕张镃《梅溪词序》:"(史)生之作,辞情俱到,织绡泉底,去尘眼中,妥贴轻圆,特其馀事。至于夺苕艳于春景,起悲音于商素,有瑰奇、警迈、清新、闲婉之长,而无诡荡污淫之失。端可分镳清真,平睨方回,而纷纷三变行辈,几不足比数。"〔清〕陈廷焯《白雨斋词话》卷六:"美成艳词,如《少年游》《点绛唇》《望江南》等篇,别有一种姿态。句句洒脱,香奁泛话,吐弃殆尽。"

十二

须知妙谛在清空,金碧檀栾语太工。

岂有楼台能拆碎,赏心蕉叶两声中。

笺注

妙谛:精妙之真谛。〔清〕袁枚《随园诗话补遗》卷六:"'八千里外常扶杖,五十年来不上朝',将杖朝二字拆开一用,便成妙谛。"

金碧檀栾:吴梦窗《声声慢》词有"檀栾金碧,婀娜蓬莱,游云不蘸芳洲"句。

"岂有"二句:〔宋〕张炎《词源》卷下:"词要清空,不要质实。清空则古雅峭拔,质实则凝涩晦昧。姜白石词如野云孤飞,去留无迹。吴梦窗词如七宝楼台,眩人眼目,碎拆下来,不成片段。此清空质实之说。梦窗《声声慢》云:'檀栾金碧,婀娜蓬莱,游云不蘸芳洲。'前八字恐亦太涩。如《唐多令》云:'何处合成愁。离人心上秋。纵芭蕉不雨也飕飕。都道晚凉天气好,有明月、怕登楼。　前事梦中休,花空烟水流。燕辞归、客尚淹留。垂柳不萦裙带住,谩长是,系行舟。'此词疏快,却不质实。如是者集中尚有,惜不多耳。"

十三

唾壶击碎剑光寒,一座欷歔墨未干。

别有心胸殊历落,不同花月寄悲欢。

(穆按,张于湖在建康留守席上赋《六州歌头》,感慨淋漓,主人为之罢席)

笺注

"**唾壶**"句:《世说新语·豪爽》载:"王处仲(敦)每酒后,辄咏'老骥伏枥,志在千里。烈士暮年,壮心不已。'以如意打唾壶,壶口尽缺。"

"**别有**"二句:〔清〕查礼《铜鼓书堂词话》:"张安国,号于湖,……著有《于湖词》一卷。声律宏迈,音节振拔,气雄而调雅,意缓而语峭。"〔清〕冯煦《蒿庵论词》:"于湖在建康留守席上赋《六州歌头》,感愤淋漓,主人为之罢席。他若《水调歌头》之'雪洗虏尘静'一首、《木兰花慢》之'拥貔貅万骑'一首、《浣溪沙》之'霜日明霄'一首,率皆睠怀君国之作。"历落,犹言磊落。《世说新语·容止》:"周伯仁道桓茂伦嶔崎历落,可笑人。或云谢幼舆言。"

十四

功名福泽及来兹,剩有闲愁写别离。

愧煞男儿真薄倖,平生原不解相思。

笺注

福泽:犹福禄。〔宋〕张载《西铭》:"富贵福泽,所以大奉于我,而使吾之为善也。"

来兹:来年。泛指今后。

薄倖:薄情,负心。〔唐〕杜牧《遣怀》诗:"十年一觉扬州梦,赢得青楼薄倖名。"

十五

惜花恨柳太无聊,幽思沉吟裂洞箫。

峭折秋山攲一角,赏心到此亦寥寥。

笺注

洞箫:管乐器,简称箫。古代的箫以竹管编排而成,称为排箫。排箫以蜡蜜封底,无封底者称洞箫。后称单管直吹、正面五孔、背面一孔者为洞箫。发音清幽凄婉。《汉书·元帝纪赞》:"元帝多材艺,善史书,鼓琴瑟,吹洞箫。"颜师古注引如淳曰:"箫之无底者。"〔元〕仇远《宿集庆寺》诗:"听彻洞箫清不寐,月明正照古松枝。"

攲:"欹"的讹字。倾斜不正之义。

十六

红近阑干韵最娇,泥人香艳易魂销。

春风词笔浑无赖,独抱孤芳耐寂寥。

(穆按:蒋竹山词极秾丽,其人则抱节终身,有足多者。《虞美人》云:"海棠红近绿阑干。")

笺注

红近阑干:蒋捷《虞美人·梳楼》词:"丝丝杨柳丝丝雨,春在溟濛处。楼儿忒小不藏愁。几度和云飞去、觅归舟。 天怜客子乡关远,借与花消遣。海棠红近绿阑干。才卷朱帘却又、晚风寒。"

"独抱"句:〔清〕吴衡照《莲子居词话》卷一:"陈西麓尝为制置司参议官。宋亡,有告庆元遗老通于海上,西麓为魁,幸而得脱。蒋竹山,元大德间宪使臧梦解、陆垕交章荐其才,卒不起。生平著述,多以义理为主,有《小学详断》。观二公轶事,足见品谊之高,不止为填词家也。"

十七

韵事吟梅宋广平,当歌此老亦多情。

梦魂又踏杨花去,不愧风流济美名。

(穆按:晏同叔性极刚方而词格特为婉丽,小山词云:"梦魂惯得无拘检,又踏杨花过谢桥。"虽伊川程子亦赏之)

笺注

"韵事"二句:宋璟(663—737),唐睿宗时为宰相,后因奏请太平公主出居东都,被贬职。开元四年(716)冬,继姚崇居相位。八年,罢相,封广平郡公,世称"宋广平"。有《梅花赋》,中有:"若夫琼英缀雪,绛萼着霜,俨如傅粉,是谓何郎。清香潜袭,疏蕊暗臭,又如窃香,是谓韩寿。"文辞艳丽。

"梦魂"二句:晏几道《鹧鸪天》词云:"小令尊前见玉箫,《银灯》一曲太妖娆。歌中醉倒谁能恨,唱罢归来酒未消。 春悄悄,夜迢迢,碧云天共楚宫遥。梦魂惯得无拘检,又踏杨花过谢桥。"

十八

淮海词人思斐然,春风熨帖上吟笺。

输君坐领湖山长,消受莺花几席前。

笺注

淮海:秦观,字少游,号淮海居士。

斐然:文彩貌;显著貌。《汉书·礼乐志》:"九歌毕奏斐然殊,鸣琴竽瑟会轩朱。"

熨帖:贴切,妥帖。

吟笺:写诗用的纸。

湖山：湖水与山峦。〔唐〕元稹《酬郑从事四年九月宴望海亭》诗："湖山四面争气色，旷望不与人间同。"

莺花：莺啼花开。泛指春日景色。〔唐〕杜甫《陪李梓州等四使君登惠义寺》诗："莺花随世界，楼阁倚山巅。"秦观《踏莎行》词有"莺花著意催春事，东风不管倦游人"句。

十九

波翻太液名虚负，只博当筵买笑钱。

不是晓风残月句，未应一代有屯田。

笺注

"**波翻**"句：〔宋〕黄升《花庵词选》："永为屯田员外郎，会太史奏老人星见，时秋霁宴禁中，仁宗命左右词臣为乐章，内侍属柳应制，柳方冀进用，作此词奏呈。上见首有'渐'字，色若不怿。读至'宸游凤辇何处'，乃与御制《真宗挽词》暗合，上惨然。又读至'太液波翻'，曰：'何不言波澄？'投之于地，自此不复擢用。"按：柳永《醉蓬莱》曰："渐亭皋叶下，陇首云飞，素秋新霁。华阙中天，锁葱葱佳气。嫩菊黄深。拒霜红浅，近宝阶香砌。玉宇无尘，金茎有露，碧天如水。 正值升平，万岁多暇，夜色澄鲜，漏声迢递。南极星中，有老人呈瑞。此际宸游，凤辇何处，度管弦清脆。太液波翻，披香帘卷，月明风细。"

"**只博**"句：〔宋〕胡仔《苕溪渔隐丛话》后集卷三十九引《艺苑雌黄》云："柳三变字景庄，一名永，字耆卿，喜作小词，薄于操行，当时有荐其才者，上曰：'得非填词柳三变乎？'曰：'然。'上曰：'且去填词。'由是不得志，日与猥子纵游娼馆酒楼间，无复检约，自称云'奉旨填词柳三变'。"

"**不是**"二句：〔明〕王世贞《艺苑卮言》："'今宵酒醒何处，杨柳岸、晓风残月。'与秦少游'酒醒处，残阳乱鸦'，同一景事，而柳尤胜。"〔清〕王士禛《花草蒙拾》曰："柳七葬真州西仙人掌，仆尝有诗云'残月晓风仙掌路，何人为吊柳屯田。'"〔清〕贺裳《皱水轩词筌》云："柳屯田'今宵酒醒何处，杨柳岸、晓风残月。'自是古今俊句。或讥为梢公登溷诗，此轻薄儿语，不足听也。"〔清〕谢章铤《赌棋山庄词话》："微妙则耐思，而景中有情，'寒鸦数点，流水绕孤村'、'杨柳岸、晓风残月'所以脍炙人口也。"〔清〕刘熙载《艺概》云："柳耆卿《雨淋铃》云：'多情自古伤离别，更那堪、冷落清秋节。今宵酒醒可处，杨柳岸、晓风残月。'上二句点出离别。冷落、今宵二句，乃就上二句意染之。点染之间，不得有他语相隔。隔则警句亦成死灰矣。"

二十

绝无雅韵黄山谷，尚有豪情陆放翁。

游戏何关心性事，为君吟咏《望江东》。

（穆按：山谷《望江东》词："江水西头隔烟树"云云，清丽芊绵，卓然作者）

笺注

"绝无"句：〔清〕李调元《雨村词话》卷一："黄山谷词多用俳语，杂以俗谚，多可笑之句。……如别词中奚落、忔憎、吵、嗽等字，皆俗俳语也，元人曲有之，皆不宜入词。"〔清〕周济《宋四家词选目录序论》曰："周、柳、黄、晁，皆喜为曲中俚语，山谷尤甚。此当时之软平勾领，原非雅音。若托体近俳，而择言尤雅，是名本色俊语，又不可抹煞矣。"〔清〕谢章铤《赌棋山庄词话》卷三曰："词之原出古乐府，乐府多杂俗谚，如豨妃沦浡之类。填词者效之而每放愈下，稍近鄙亵。又以其道之通于曲也，因而则个、什么、呆坐、快活等字，无不阑入，而词品坏矣。推波助澜，山谷无乃罪过，此白石所以以雅字为宗旨。"

望江东：黄庭坚《望江东》词曰："江水西头隔烟树，望不见、江东路。思量只有梦来去，更不怕、江阑住。　灯前写了书无数，算没个、人传与。直饶寻得雁分付，又还是、秋将暮。"

二十一

自有吟怀妙合宜，空山月破况清奇。

苏词误入诚何据，才弱声流或可疑。

（穆按：程垓《书舟词·瑶阶草》云："空山子规叫，月破黄昏冷。"《意难忘》《一剪梅》诸阕，毛晋刻六十家词定为苏长公作，不知何据）

笺注

"苏词"句：〔明〕毛晋《宋六十名家词·书舟词跋》曰："正伯与子瞻中表兄弟也，故集中多混苏作，如《意难忘》《一剪梅》之类，今悉删正。其《酷相思》《四代好》《折红英》诸阕，词家皆极欣赏，谓秦七、黄九莫及也。"〔明〕杨慎《词品》卷三："程正伯，号书舟，眉山人，东坡之中表也。其《酷相思》词云：'月挂霜林寒欲坠。正门外，催人起。奈别离、如今真个是。欲住也，无留计。欲去也，来无计。　马上离情衣上泪，各自供憔悴。问江路梅花开也未。春到也，须频寄。人到也，须频寄。'其《四代好》《折红英》，皆佳。见本集。"（[唐圭璋]案程正伯非东坡之中表。正伯盖与王季平同时，季平有《书舟词序》作于绍熙五年甲寅）〔清〕李调元《雨村词话》卷二："程正伯为子瞻中表兄，工于词。如《酷相思》云：'月挂霜林寒欲坠……'此以白描擅长者。"〔清〕许昂霄《词综偶评》评程垓《酷相思》曰："人人之所欲言，却是人人之所不能言，此之谓本色，无笔力者，未许妄作邯郸。"〔清〕冯煦《蒿庵论词》："程正伯凄婉绵丽，与草窗所录《绝妙好词》家法相近，故是正锋。虽与子瞻为中表昆弟，而门径绝不相入。若其《四代好》《闺怨无闷》《酷相思》诸阕，在《书舟集》中极俳薄，不类其他作，而升庵乃亟称之，真物色牝牡骊黄外矣！"（唐圭璋案：正伯乃绍熙间人，并非与子瞻为中表昆弟）〔清〕陈廷焯《白雨斋词话》卷六："程正伯与子瞻中表兄弟，有《书舟雅词》一卷。余观其词浅薄者多，高者笔意尚闲雅，去坡仙何止万里。"又曰："竹垞谓正伯词有与坡仙相乱者。余谓两人词，一洪一纤，一深一浅，如冰炭之不相入。无俟辨而可明，何虑其相乱也。"〔清〕陈锐《裛碧斋词话》："词有南北宋，如诗之有中晚唐，界限分明。独周公谨之于程书舟，微觉波澜莫二。"

二十二

眼前有景赋愁思，信手拈来意自怡。

词客竞传佳话说，须知妙悟熟梅时。

笺注

"词客"二句：贺铸《青玉案》词有"梅子黄时雨"句，甚为诸家所赏。熟梅，《埤雅》云："四五月间，梅欲黄落则木润土溽，柱础皆湿，蒸郁成雨，谓之梅雨。三月雨为迎梅，五月雨为熟梅。"〔清〕先著、程洪《词洁辑评》："（方回《青玉案》词）工妙之至，无迹可寻，语句思路，亦在目前，而千人万人不能凑泊。山谷云：'解道江南断肠句，只今惟有贺方回。'其为当时称许如此。"〔清〕黄蓼园《蓼园词选》曰："所居横塘，断无宓妃到。然波光清幽，亦常目送芳尘；第孤寂自守，无与为欢，唯有春风相慰藉而已。后段言幽居肠断，不尽穷愁，唯见烟草风絮，梅雨如雾，共此旦晚，无非写此境之郁勃岑寂耳。"〔清〕贺裳《皱水轩词筌》云："词家须使读者如身履其地，亲见其人，方为蓬山顶上。如……贺方回'约略整鬟钗影动，迟回顾步佩声微'，……真觉俨然如在目前，疑于化工之笔。"〔清〕周济《宋四家词选目录序论·附录》："耆卿于写景中见情，故淡远；方回于言情中布景，故秾至。"

二十三

词人多半善言愁，月露连篇欲语羞。

梦觉银屏春太瘦，垂杨应不减风流。

（穆按："银屏梦觉"，陈西麓《垂杨》词句也）

笺注

月露：月光下的露滴。〔唐〕杜甫《贻华阳柳少府》诗："火云洗月露，绝壁上朝暾。"仇兆鳌注："月下之露，洗出火云。"

"梦觉"二句：陈允平《垂杨》词："银屏梦觉。渐浅黄嫩绿，一声莺小。细雨轻尘，建章初闭东风悄。依然千树长安道。翠云锁、玉窗深窈。断桥人、空倚斜阳，带旧愁多少。　还是清明过了。任烟缕露条，碧纤青袅。恨隔天涯，几回惆怅苏堤晓。飞花满地谁为扫。甚薄倖、随波缥缈。纵啼鹃、不唤春归，人自老。"又，陈允平多以"瘦"字入词，且多以"瘦"字喻春。

二十四

笛声吹彻想风情，酒馆青旂别绪萦。

最著尚书春意闹，一枝红杏最知名。

（穆按：陈简斋《临江仙》云："杏花疏影里，吹笛到天明。"谢无逸《江神子》云："杏花村馆酒旂风。"宋祁词"红杏枝头春意闹"，从古咏杏花者，未有若此三人也）

笺注

"笛声"句：陈与义《临江仙·夜登小阁，忆洛中旧游》词："忆昔午桥桥上饮，坐中多是豪英。长沟流月去无声。杏花疏影里，吹笛到天明。　二十馀年如一梦，此身虽在堪惊。闲登小阁看新晴。古今多少事，渔唱起三更。"

"酒馆"句：谢逸《江神子》词云："杏花村馆酒旗风。水溶溶，扬残红。野渡舟横，杨柳绿阴浓。望断江南山色远，人不见，草连空。　夕阳楼外晚烟笼。粉香融，淡眉峰。记得年时，相见画屏中。只有关山今夜月，千里外，素光同。"〔清〕沈雄《古今词话》"词评上卷"：《复斋漫录》曰："临川谢无逸，尝过黄州杏花村馆，题《江神子》于驿壁。过者索笔于馆卒，卒苦之，因以泥涂焉。其为人之赏重可知。"谢逸，字无逸，号溪堂，北宋临川人。

二十五

东堂觞咏自风流,语欠清新浪墨浮。
孤负坡公相赏识,一官忍向蔡京求。

笺注

"**东堂**"**句**:〔宋〕毛滂(字泽民)《蓦山溪》词序谓:"东堂,武康县令舍尽心堂也,仆改名东堂。治平中,越人王震所作。自吴兴刺史府与五县令舍,无得与东堂争广丽者。去年仆来,见其突兀出翳荟间,而菌生梁上,鼠走户内,东西两便室,蛛网黏尘,蒙络窗户。守舍者云:前大夫忧民劳苦,眠饭于簿书狱讼间。是堂也,盖无有丈夫履声,姑以为田廪耳。又县圃有屋二十馀间,倾挠于蒿艾中,鸱啸其上,狐吟其下,磨镰淬斧,以十夫日往夷之,才可入。欲以居人,则有覆压之患。取以为薪,则又可怜。试择其蟠虬之馀,加以斧斤,乃能为亭二,为庵、为斋、为楼各一,虽卑隘仅可容膝,然清泉修竹,便有远韵。又伐恶木十许根,而好山不约自至矣。乃以生远名楼、画舫名斋、潜玉名庵、寒秀、阳春名亭、花名坞、蝶名径。而叠石为渔矶,编竹为鹤巢,皆在北池上。独阳春西窗得山最多,又有酴醾一架。仆顷少时喜笔砚浅事,徒能诵古人纸上语,未尝与天下史师游,以故邑人甚愚其令,不乃寄枉直。虽有疾苦,曾不以告也。庭院萧然,鸟雀相呼,仆乃得饱食晏眠,无所用心于东堂之上。戏作长短句一首,托其声于《蓦山溪》云。"〔清〕沈雄《古今词话》"词评上卷":"《古今词话》曰毛滂字泽民,为武康令,更葺廨舍。自言庭院萧然,饶食晏眠无所事,于东堂之上作《蓦山溪》以见意,有《东堂集》。"觞咏,语本晋王羲之《兰亭集序》:"一觞一咏,亦足以畅叙幽情。"后以"觞咏"谓饮酒赋诗。

"**孤负**"**句**:〔清〕沈雄《古今词话》"词辨上卷"引《乐府纪闻》曰:"东坡守杭,毛滂为法曹掾,与一妓善。秩满当辞,流连惜别。明日,东坡宴客,妓即歌《惜分飞》以侑酒云:'泪湿阑干花着露,愁到眉峰碧聚。此恨平分取,更无言语空相觑。 断云残雨无意绪,寂寞朝朝暮暮。今夜山深处,断魂分付潮回去。'东坡问是谁作,妓愀然以毛法曹对。东坡语坐客曰:'郡寮有词人而不及知,某之罪也。'折柬追还,为之延誉,滂以此得名。"〔清〕张宗橚《词林纪事》:"楼敬思书毛滂《惜分飞》词后,《东堂集》'泪湿阑干'词,花庵词客采入《唐宋绝妙词》。其《词话》云:'元祐中,东坡守钱塘,泽民为法曹掾,秩满辞去。是夕宴客,有妓歌此词,坡问谁所作,妓以毛法曹对。坡语坐客曰:郡寮有词人不及知,某之罪也。翌日,折柬追还,留连数月。泽民因此得名。'余谓黄升宋人,其援据不应若是之疏也。按苏公诗集有《次韵毛滂法曹感雨诗》:'公子岂我徒,衣钵传一簪。定非郊与岛,笔势江湖宽。悲吟古寺中,穿帷雪漫漫。他年记此味,芋火对懒残。'所谓古寺,度即是富阳水寺也。公以郊、岛目滂,以韩自况,衣钵云云,倾倒者至矣。然则苏公知滂,不在《惜分飞》词,而滂之受知于苏公,又岂待《惜分飞》哉?"〔宋〕周辉《清波杂志》卷九:"秦少游发郴州,反顾有所属,其词曰:'雾失楼台'云云。山谷云:'语意极似刘梦得楚、蜀间语。''泪湿阑干花着露'云云,毛泽民元祐间罢杭州法曹,至富阳所作《赠别》也。因是受知东坡。语尽而意不尽,意尽而情不尽,何酷似少游也!乾道间,舅氏张仁仲宰武康,辉往,见留三日,遍览东堂之胜,盖泽民尝宰是邑,于彼老士人见《别语》墨迹。"〔清〕叶申芗《本事词》卷上:"毛泽民颇工乐府,《惜分飞》一阕,为东坡所赏,声采遂著。其顾曲之赠亦多,尝于衢守孙公素席上,侑歌者以七急拍七拜劝酒,为赋《剔银灯》云:'帘下风光自足,春到席间屏曲。瑶瓮酥融,羽觞蚁斗,花映鄮湖寒绿。汨罗愁独。又何似、红围翠簇。 聚散悲欢箭速。不易一杯相属。频剔银灯,别听牙板,尚有龙膏堪续。罗熏绣馥。锦瑟畔、低迷醉玉。'又夜集陈兴宗馆中,其爱姬侑觞,为赋《踏莎行》云:'天质婵娟,妆光荡漾。御酥做出娇模样。夭桃繁杏本妖妍,文鸳彩凤能偎傍。 艾绿浓香,鹅黄新酿。缘云清切歌声上。夜寒不近绣芙蓉,醉中只觉春相向。'又官妓有名小者乞词,为赋《虞美人》云:'柳枝却学腰支袅,好似江东小。春风吹绿上眉峰,秀色欲流不断眼波融。 檐前月上灯花堕,风递馀香过。小欢云散已难收,到处冷烟寒雨为君愁。'又戏赠醉妓,为赋《青玉案》云:'玉人为我殷勤醉。向醉里、添姿媚。偏著冠儿钗欲坠。桃花气暖,露浓烟重,不自禁春意。 绿榆阴下东行水。渐渐近、凄凉地。明月侵床愁不睡。眉儿吃皱,为谁无语,阁住阳关泪。'"〔清〕吴衡照《莲子居词话》卷一:"东坡守钱塘，毛滂为法曹掾。既辞去，以赠妓《惜分飞》词，激赏于东坡，遂折柬追回，留连数月。说见黄升《绝妙词选》。按《东坡集》施元之注，元祐初，公在翰苑，滂自浙入京师，以诗文谒见。公出守钱塘，滂适为掾云云。是公与滂在翰苑日已知之，不自守钱塘始也。公尺牍中答滂者七，其一、其二皆翰苑时作，尤为可据。至滂在元祐初为知名士，同时如孙使君、贾耘老、沈文伯咸与交。以公之礼贤爱才，顾俟既去，始见其词而激赏追回，应无是理。升南宋人，考证若是之疏，不可解也。"又卷二曰："《山房随笔》载刘改之见辛幼安，朱子、张南轩为之地云云，与《宋史》不合。幼安两知绍兴府，皆在庆元四年以后。朱子官浙东，乃淳熙八九年间。南轩初未尝官浙东也，又何得为之地乎？正与《绝妙词选》载毛泽民见苏子瞻事，同为无稽之言也。"

"一官"句：〔宋〕蔡絛《铁围山丛谈》卷二："昔我先人鲁公遭逢圣主，立政建事以致康泰，每区区其间。有毛滂者泽民者有时名，上一词甚伟丽，而骤得进用。"〔清〕冯煦《蒿庵论词》："词为文章末技，固不人品分升降。然如毛滂之附蔡京，史达祖之依侂胄，王安中之反覆，曾觌之邪佞，所造虽深，识者薄之。"〔清〕胡薇元《岁寒居词话》："毛滂《东堂词》。其罢杭州法曹别妓《惜分飞》'今夜山深处，断魂分付潮回去'句，见赏于东坡。《铁围山丛谈》，蔡絛记其父京柄政时，滂献词伟丽，今集中太师生辰数首，盖虽由东坡得名，而其得官则附京。士人徒擅才华，而随人作计，人品亦在中下。"〔宋〕王明清《挥麈后录》卷七："毛泽民受知曾文肃，擢置馆阁，文肃南迁，坐党与得罪，流落久之。蔡元度镇润州，与泽民俱临川王氏婿，泽民倾心事之惟谨。一日家集，观池中鸳鸯，元度席上赋诗，末句云：'莫学饥鹰饱便飞。'泽民即席和以呈元度曰：'贪恋恩波未肯飞。'元度夫人笑曰：'岂非适从曾相公池上飞过者耶？'泽民惭，不能举首。"

二十六

竹坡何事亦工愁，海野悲凉汴水流。

须识文章关气节，才名终与秽名留。

笺注

"竹坡"句：周紫芝，字少隐，号竹坡，有《竹坡词》。宋高邮孙竞序《竹坡词》曰："竹坡乐章，清丽婉曲，非苦心刻意为之。"〔清〕冯煦《蒿庵论词》："周少隐自言少喜小晏，时有似其体制者，晚年歌之，不甚如人意。今观其所指之三篇，在《竹坡集》中，诚非极诣。若以为有类小山，则殊未尽然。盖少隐误认几道为清倩一派，比其晚作，自觉未逮。不知北宋大家，每从空际盘旋，故无椎凿之迹。至竹坡、无住诸君子出，渐于字句间凝练求工，而昔贤疏宕之致微矣。此亦南北之关键也。"周紫芝《踏莎行》曰："情似游丝，人如飞絮。泪珠阁定空相觑。一溪烟柳万丝垂，无因系得兰舟住。　雁过斜阳，草迷烟渚。如今已是愁无数。明朝且做莫思量，如何过得今宵去。"

"海野"句：〔明〕杨慎《词品》卷四："曾觌，字纯甫，号海野。东都故老，见汴都之盛，故词多感慨，《金人捧露盘》是也。《采桑子》云：'花里游蜂，宿粉栖香锦绣中。'为当时传歌。"曾觌有词集《海野词》，其《金人捧露盘·庚寅岁春奉使过京师感怀作》词云："记神京、繁华地，旧游踪。正御沟、春水溶溶。平康巷陌，绣鞍金勒跃青骢。解衣沽酒醉弦管，柳绿花红。　到如今、馀霜鬓，嗟前事、梦魂中。但寒烟、满目飞蓬。雕栏玉砌，空锁三十六离宫。塞笳惊起暮天雁，寂寞东风。"

"须识"二句：周紫芝绍兴十七年（1147）十二月为枢密院编修官。时已在暮年，仍阿谀秦桧、秦熺父子。为秦氏父子生日所作的诗词有几十首之多，甚至称秦桧为"元臣良弼"。《四库全书总目提要》称其"老而无耻，贻玷汗青"。而曾觌，《四库全书总目提要》谓其"尝见东都之盛，故奉使过京作《金人捧露盘》，邯郸道上作《忆秦娥》，重到临安作《感皇恩》等曲。黄升《花庵词选》谓其语多感慨，凄然有黍离之悲。虽与龙大渊朋比作奸，名列《宋史·佞幸传》中，为谈艺者所不齿，而才华富艳，实有可观"。

二十七

遗编巨集富搜罗，审择精详信不讹。
自订新词谁媲美，亲尝甘苦意如何。

（穆按：黄升《花庵词选》二十卷，并自录其词四十首）

笺注

"遗编"二句：黄升编有《唐宋名贤绝妙词选》十卷，《中兴以来绝妙词选》十卷，合称《花庵词选》。遗编，指前人留下的著作。《旧唐书·章怀太子贤传》："往圣遗编，咸穷壶奥。"

"自订"二句：黄升在《花庵词选》二十卷中，录自作词四十首。黄升有自作词《散花庵词》一卷。〔清〕李调元《雨村词话》卷三："花庵黄升，自号玉林，尝辑《绝妙词选》，附以自制，其词工于炼字。"

二十八

身世悲凉阅盛衰，关山梦里涕淋漓。

苍茫独立谁今古，屈子《离骚》变雅遗。

（穆按：张蜕岩以一身阅元之盛衰，悯乱忧时，故其词慷慨悲凉，独有千古。《陌上花》云："关山梦里，归来还又、岁华催晚。"）

笺注

"身世"句：张翥生于1287，卒于1368，几与元代（1279—1368）相始终，故言"阅盛衰"。著有《蜕岩词》。

"关山"句：张翥《陌上花》词云："关山梦里，归来还又、岁华催晚。马影鸡声，谙尽卷邮荒馆。绿笺密记多情事，一看一回肠断。待殷勤寄与，旧游莺燕，水流云散。　满罗衫是酒，香痕凝处，唾碧啼红相半。只恐梅花，瘦倚夜寒谁暖。不成便没相逢日，重整钗鸾筝雁。但何郎，纵有春风词笔，病怀浑懒。"

雅遗：骚雅之遗音。

二十九

风流相尚溯当年，不少名家简牍传。

论断若无心得处，依人作计亦徒然。

笺注

简牍：古代书写用的竹木片。亦泛指书写用品。《艺文类聚》卷五八引〔三国吴〕谢承《后汉书》："王充于宅内门户炉柱，各置笔砚简牍，见事而作，著《论衡》八十五篇。"〔晋〕杜预《〈春秋经传集解〉序》："诸侯亦各有国史，大事书之于策，小事简牍而已。"这里指前世名家流传下来的词集。

依人：依附他人。

作计：谋划；考虑。

三十

残葩剩粉亦堪珍，或恐飘零委劫尘。

字字打从心坎上，此中自有赏心人。

笺注

残葩：残花。〔唐〕柳宗元《同刘二十八院长述旧赠二君子》诗："贮愁听夜雨，隔泪数残葩。"这里用以比喻残存至今的词集文献。

劫尘：凡尘，人世。〔清〕黄宗羲《陈定生先生墓志铭》："贞元朝士无多，劫尘冷落。"

三十一

南北诸贤既渺然，寥寥同调最堪怜。

瓣香未坠从人乞，吟断回肠悟秘诠。

笺注

渺然：因久远而形影模糊以至消失。〔唐〕杨凌《送客往睦州》诗："水阔尽南天，孤舟去渺然。"

瓣香：犹一瓣香，即一炷香。佛教禅宗长老开堂讲道，烧至第三炷香时，长老即云这一瓣香敬献传授道法的某某法师。后以"一瓣香"指师承或仰慕某人。〔宋〕陈师道《观兖文忠公家六一堂图书》诗："向来一瓣香，敬为曾南丰。"也比喻崇敬的心意。

三十二

人人弄笔强知音，孤负霜豪莫浪吟。

千载春花与秋月，一经寄托便遥深。

笺注

霜豪：即霜毫，毛笔。"豪"，古通"毫"。《墨子·天志中》"若豪之末"。

春花与秋月：春天的花，秋天的月。指春秋佳景或泛指美好的时光。〔南唐〕李煜《虞美人》词有"春花秋月何时了？往事知多少"句。

遥深：犹深远。〔南朝梁〕刘勰《文心雕龙·明诗》："唯嵇志清峻，阮旨遥深，故能标焉。"

三十三

儿女恩情感易深，更兼怨别思沉沉。

美人芳草多香泽，不是《离骚》意亦淫。

笺注

美人芳草：即美人香草，喻国君及诸贤臣。〔汉〕王逸《〈离骚〉序》："《离骚》之文，依《诗》取兴，引类譬谕，故善鸟香草，以配忠贞；恶禽臭物，以比谗佞；灵修美人，以媲于君。"后因称《离骚》文为美人香草之辞，并以美人香草象征忠君爱国思想。

三十四

沉思渺虑窈通神，一片清光结撰成。

岂许人间轻薄子，柔弦曼管写私情。

笺注

沉思渺虑：深思细想。

清光：清亮的光辉。多指月光、灯光之类。〔南朝齐〕谢朓《侍宴华光殿曲水》诗："欢饫终日，清光欲暮。"

轻薄子：轻佻浮薄之人。

柔弦曼管：柔曼的音乐。

三十五

裁红剪绿亦寻常，字字珍珠欲断肠。

别有心情人不识，春秾秋艳要思量。

笺注

裁红剪绿：比喻选择华丽的辞藻。

春秾秋艳：花木繁盛茂密的春天与秋天，谓春秋之美景。

三十六

百编寻思总未安，真源自在语知难。

高山流水无人处，幽咽秋弦独自弹。

笺注

真源：谓本源，本性。〔南朝梁〕刘潜《和昭明太子钟山解讲》诗："回舆下重阁,降道访真源。"

高山流水:《列子·汤问》:"伯牙善鼓琴,钟子期善听。伯牙鼓琴,志在高山。钟子期曰:'善哉!峨峨兮若泰山!'志在流水。锺子期曰:'善哉!洋洋兮若江河!'"后以"高山流水"为知音相赏或知音难遇之典,或比喻乐典高妙。

幽咽:谓声音低沉、轻微。常形容水声和哭泣声。〔唐〕白居易《琵琶行》:"间关莺语花底滑,幽咽泉流冰下难。"

谭 莹
《论词绝句一百首》

作者简介

谭莹(1800—1871),字兆仁,号玉生。广州人。道光二十四年(1844)中举人。历任肇庆府学、琼州府学教授,曲江、博罗县学教谕,化州、嘉应州学训导,曾任广东最高学府学海堂学长30馀年。有《乐志堂诗文集》32卷等。

一

对酒歌难兴转豪,由来乐府本风骚。

承诗启曲端倪在,苦为分明却不劳。

笺注

对酒:曹操《短歌行》诗首二句:"对酒当歌,人生几何。"

乐府:诗体名。初指乐府官署所采制的诗歌,后将魏晋至唐可以入乐的诗歌,以及仿乐府古题的作品统称乐府。宋郭茂倩搜辑汉魏以迄唐、五代合乐或不合乐以及摹拟之作的乐府歌辞,总成一书,题作《乐府诗集》。宋以后的词、散曲、剧曲,因配乐,有时也称乐府。

风骚:指《诗》中的《国风》和《楚辞》中的《离骚》。《宋书·谢灵运传论》:"原其飙流所始,莫不同祖《风》《骚》。"

端倪:头绪;迹象。《庄子·大宗师》:"反复终始,不知端倪。"朱骏声《说文通训定声·解部》"倪":"《庄子·大宗师》'不知端倪',按耑者,草之微始;兒者,人之微始也。"

二

谪仙人语独称诗，《菩萨蛮》推绝妙词。

并《忆秦娥》疑赝作，盍将风格比温岐。（李白）

笺注

谪仙：指李白。见前第300页注。

"菩萨蛮"句、"并忆"二句：《菩萨蛮》"平林漠漠烟如织"与《忆秦娥》"箫声咽"，传为李白所作，〔宋〕黄升《唐宋诸贤绝妙词选》推为"百代词曲之祖"。然后世多有疑其为假托李白之作。赝作，伪托的作品。〔宋〕陆游《入蜀记》卷三："然观太白此歌，高妙乃尔，则知《姑熟十咏》决为赝作也。"

盍：表示反诘，犹何不。

温岐：(801？—866)，字飞卿，后改名温庭筠。

三

七言律少五言多，偶按新声奈若何。

《清平乐令》真衰飒，纵入《花庵》选亦讹。（李白）

笺注

七言律少：〔明〕杨慎《升庵诗话》卷五："李太白论诗云：'兴寄深微，五言不如四言，七言又其靡也，况使束于声调俳优哉？'故其赠杜甫诗有'饭颗'之句，盖讥其拘束也。余观李太白七言律绝少，以此言之，未窥六甲，先制七言者，视此可省矣。"

按：弹奏。

新声：新作的乐曲；新颖美妙的乐音。

"清平乐令"二句：〔宋〕黄升《唐宋诸贤绝妙词选》（按：此与《中兴以来绝妙词选》，合称《花庵词选》）辑录李白《清平乐令》二首，词牌下注："翰林应制"。并加按语曰："唐吕鹏《遏云集》，载太白应制词四首，以后二首无清逸气韵，疑非太白所作。"衰飒，衰落萧索。〔唐〕张九龄《登古阳云台》诗："庭树日衰飒，风霜未云已。"

四

二李^{（君虞、昌谷）}诗歌供奉传，体成长庆亦缠绵。

潇潇暮雨吴娘唱，制曲端由白乐天。（白居易）

笺注

二李：指李益和李贺。李益，字君虞，凉州姑臧（今甘肃武威）人。大历进士。其诗音律和美，为当时乐工所传唱。李贺，字长吉，福昌（今河南宜阳）人。著有《昌谷集》。

供奉：在皇帝左右供职的人。

体成长庆：指唐诗人元稹、白居易的诗风。两人是好友，诗歌风格亦相近。其作品皆于穆宗长庆年间编集，元稹有《元氏长庆集》，白居易有《白氏长庆集》，故有此称。〔宋〕许顗《彦周诗话》："高秀实又云：'元氏艳诗，丽而有骨，韩偓《香奁集》丽而无骨。'"〔宋〕洪迈《容斋随笔》卷十五云："元微之、白乐天在唐元和、长庆间齐名，其赋咏天宝时事，《连昌宫词》《长恨歌》皆脍炙人口，使读之者情性荡摇，如身生其时，亲见其事，殆未易以优劣论也。"〔宋〕张戒《岁寒堂诗话》卷上："杜牧之云：'多情却是总无情，惟觉尊前笑不成。'意非不佳，然而词意浅露，略无馀蕴。元、白、张籍，其病正在此。"〔明〕陆时雍《诗镜总论》："元、白以潦倒成家，意必尽言，言必尽兴，然其力足以达之。微之多深着色，乐天多浅着趣。趣近自然，而色亦非貌取也。总皆降格为之，凡意欲其近，体欲其轻，色欲其妍，声欲其脆，此数者格之所由降也。元、白偷快意，则纵肆为之矣。"〔清〕薛雪《一瓢诗话》五九："元、白诗，言浅而思深，意微而词显，风人之能事也。至于属对精警，使事严切，章法变化，条理井然，其俚俗处而雅亦在其中。杜浣花之后，不可多得者也。盖因元和、长庆间与开元、天宝时，诗之运会，又当一变，故知之者少。而其即用现前俚语，如'矮张'、'短李'之类，端不可学。"

"潇潇"句：白居易有《长相思》词："深画眉，浅画眉，蝉鬓鬅鬙云满衣，阳台行雨回。　巫山高，巫山低，暮雨潇潇郎不归。空房独守时。"另有《寄殷协律》："五岁优游同过日，一朝消散似浮云。琴诗酒伴皆抛我，雪月花时最忆君。几度听鸡歌白日，亦曾骑马咏红裙。吴娘暮雨潇潇曲，自别江南更不闻。"〔清〕陈廷焯《闲情集》卷一："好在'暮雨潇潇'四字，妙。"〔清〕叶申芗《本事词》："吴二娘，江南名姬也，善歌。白香山守苏时，尝制《长相思》'深画眉'一阕云云。吴喜歌之。故香山有'吴娘暮雨潇潇曲，自别江南更不闻'之咏，盖指此也。"按：此首《长相思》又传为吴二娘作，《词苑萃编》卷二十四引《乐府纪闻》谓："吴二娘《长相思》云：'深画眉……'白乐天诗：'吴娘暮雨潇潇曲，自别江南久不闻。'盖指此词也。"〔明〕卓人月《古今词统》亦将此首列于吴二娘名下。

"制曲"句：谓《长相思》词调乃白居易所制。端，果真。按：《长相思》，原为唐教坊曲名，后为词调。又名《吴山青》《双红豆》《忆多娇》等。三十六字，前后片各三平韵，一叠韵。

五

臣本烟波一钓徒，风斜雨细景谁摹？

《日湖渔唱》蘋洲笛，渔父词还似此无。

（陈允平、周密、张志和）

笺注

"臣本"句：张志和自称"烟波钓徒"。

"风斜"句：张志和《渔父》词五首，其一曰："西塞山前白鹭飞，桃花流水鳜鱼肥。青箬笠，绿蓑衣，斜风细雨不须归。"

日湖渔唱：南宋词人陈允平，四明（今浙江宁波）人，有《日湖渔唱》一卷。然集中并无《渔歌子》词，亦无咏渔人生活词，仅词集名称有"渔唱"字样。

蘋洲笛：南宋词人周密词集有《蘋洲渔笛谱》。按，周密词集《蘋洲渔笛谱》，仅词集名称有"渔"等字样，集中并无《渔父》《渔歌子》及描写渔人生活词；所以谭莹这里的比拟并不恰当。

六

章台柳折太多情，寒食东风句未精。

若使君王知此曲，曲兼诗并署韩翃。（韩翃）

笺注

"章台柳"句：韩翃《章台柳》词曰："章台柳，章台柳。往日依依今在否？纵使长条似旧垂，也应攀折他人手。"

"寒食"句：韩翃《寒食》诗："春城无处不飞花，寒食东风御柳斜。日暮汉宫传蜡烛，轻烟散入五侯家。"

"若使"二句：〔唐〕孟棨《本事诗》"情感"第一载，唐德宗很赏识《寒食》诗，"制诰缺人，中书两进名，御笔不点出。又请之，德宗批曰：与韩翃。时有与翃同姓名者，为江淮刺史。又具二人同进。御笔复批曰：春城无处不飞花，寒食东风御柳斜。日暮汉宫传蜡烛，轻烟散入五侯家。又批云：与此韩翃。"

七

温李诗名旧日齐，樊南绮语说《无题》。

《金荃》不谱梧桐树，恐并《花间集》也低。

（温庭筠）

笺注

"温李"句：温庭筠诗与李商隐齐名，世称"温李"。

"樊南"句：李商隐号玉溪生，又号樊南子。其著作集为《樊南文集》。李商隐是晚唐的代表诗人，其诗歌的主导风格是绮丽缠绵，《无题》是其诗歌的代表。

梧桐树：温庭筠有《更漏子》词曰："玉炉香，红烛泪，偏照画堂秋思。眉翠薄，鬓云残，夜长衾枕寒。　梧桐树，三更雨，不道离情正苦。一叶叶，一声声，空阶滴到明。"

花间集：五代时后蜀赵崇祚所辑，收录晚唐五代十八家词人词共500首。此书是传世的第一部文人词总集，被宋人奉为词的鼻祖，其婉约绮靡的总体风格，对词的发展影响深远。

八

猩色屏风画折枝，已凉天气未寒时。

《香奁》语绝无人俪，奈仅《生查子》一词。（韩偓）

笺注

"猩色"二句：〔唐〕韩偓《已凉》诗曰："碧阑干外绣帘垂，猩色屏风画折枝。八尺龙须方锦褥，已凉天气未寒时。"

"《香奁》"句：〔宋〕葛立方《韵阳秋语》："韩偓《香奁集》百篇，皆艳词也。"〔宋〕严羽《沧浪诗话·诗体》："香奁体，韩偓之诗，皆裾裙脂粉之语，有《香奁集》。"

俪：偕，并。

《生查子》：〔唐〕韩偓《坐查子》词曰："侍女动妆奁，故故惊人睡。那知本未眠，背面偷垂泪。　懒卸凤凰钗，羞入鸳鸯被。时复见残灯，和烟坠金穗。"〔清〕陈廷焯《闲情集》卷一评曰："柔情蜜意。"又，〔清〕贺裳《皱水轩词筌》曰："凡写迷离之况者，止须述景。如'小窗斜日到芭蕉'、

'半林斜月疏钟后',不言愁而愁自见。因思韩致光'空楼雁一声,远屏灯半灭',已足色悲凉,何必又赘'眉山正愁绝'耶?"按:贺裳所评词为韩偓另一首《生查子》,全篇为:"秋雨五更头,桐竹鸣骚屑。却似残春间,断送花时节。 空楼雁一声,远屏灯半灭。绣被拥娇寒,眉山正愁绝。"

九

摩诃避暑有全词,花蕊风流恐愿师。

何俟《洞仙歌》隐括,点金成铁使人疑。（蜀主孟昶）

笺注

"摩诃"句:摩诃池,隋时建,五代前蜀时改名为龙跃池、宣华池。今成都城外昭觉寺,相传为其故址。一日大热,蜀主孟昶与花蕊夫人夜纳凉摩诃池上,共作《木兰花》词,孟词曰:"冰肌玉骨清无汗,水殿风来暗香满。帘开明月独窥人,欹枕钗横云鬓乱。 起来琼户启无声,时见疏星渡河汉。屈指西风几时来,只恐流年暗中换。"

花蕊:花蕊夫人,姓徐,一说姓费,有文才,孟昶封为贵妃,别号"花蕊夫人"。

"何俟"句:见前第266页宋翔凤《论词绝句》其五注。

点金成铁:禅门喻开示不对机,增人惑乱。《景德传灯录·真觉大师灵照》:"问:'还丹一粒,点铁成金;至理一言,点凡成圣。请师一点。'师曰:'还知齐云点金成铁吗?'曰:'点金成铁,未之前闻。至理一言,敢希垂示!'"后用以比喻把好文章改坏。

十

能使《阳春集》价低,《浣溪沙》曲手亲题。

一池春水干卿事,酷似空梁落燕泥。

（南唐中主李璟）

笺注

阳春集：〔南唐〕冯延巳词集名。

浣溪沙：指中主李璟的两首词。〔宋〕马令《南唐书》卷二十五："王感化善讴歌，……元宗尝作《浣溪沙》二阕，手写赐感化。后主即位，感化以其词札上之。后主感动，赏赉感化甚优。"又，〔清〕沈辰垣等编《历代诗馀》卷一一三引《耆旧续闻》："金陵妓王感化，善词翰。元宗手写《山花子》二阕赐之。"

"一池春水"句：《南唐书》卷二十一载："元宗乐府词有'小楼吹彻玉笙寒'，延巳有'风乍起，吹皱一池春水'之句，皆为警策。元宗尝戏延巳曰：'吹皱一池春水'，干卿何事？延巳对曰：未如陛下'小楼吹彻玉笙寒'。元宗悦。"

"酷似"句：薛道衡《昔昔盐》中有名句"暗牖悬蛛网，空梁落燕泥"。《资治通鉴》卷一八二载，隋炀帝"善属文，不欲人出其右。薛道衡死，帝曰：更能作'空梁落燕泥'否！"又，〔宋〕吴曾《能改斋漫录》卷四引潘远《纪闻》亦载："隋炀帝作诗有押'泥'字者，群臣皆以为难和。薛道衡后至，诗成，有'空梁落燕泥'之句，帝恶其出己上，因事诛之。临刑问：'复能道得"空梁落燕泥"否？'"

十一

伤心秋月与春花，独自凭栏度年华。

便作词人秦柳上，如何偏属帝王家。（南唐后主李煜）

笺注

"伤心"句：李煜《虞美人》词有"春花秋月何时了"句。

"独自"句：李煜《浪淘沙》词有"独自莫凭栏"句。

"便作"二句：〔清〕沈雄《古今词话》引沈谦云："后主疏于治国，在词中犹不失南面王，觉张郎中、宋尚书，直衙官耳。"〔清〕余怀《玉琴斋词序》:"李重光风流才子,误作人主,至有入宋牵机之恨。其所作之词,一字一珠,非他家所能及也。"王国维《人间词话》:"词人者,不失其赤子之心者也。故坐于深宫之中,长于妇人之手,是后主为人君所短处,亦即为词人所长处。"秦柳,秦观、柳永之并称。

十二

念家山破了南唐,亡国音哀事可伤。

叔宝后身身世似,端如诗里说陈王。（李煜）

笺注

念家山破:词牌名。南唐李煜自度曲。今失传。〔宋〕马令《南唐书·后主纪》:"旧曲有《念家山》,王亲演为《念家山破》,其声焦杀,而其名不祥,乃败征也。"〔清〕吴伟业《题冒辟疆名姬董白小像》诗之六:"《念家山破》《定风波》,郎按新词妾唱歌。恨杀南朝阮司马,累侬夫婿病愁多。"

"亡国"句:〔清〕冯金伯《词苑萃编》卷三:"后主《临江仙》词云:'樱桃落尽春归去,蝶翻轻粉双飞。子规啼月小楼西。玉钩罗幕,惆怅暮烟垂。别巷寂寥人散后,望残烟草低迷。炉香闲袅凤凰儿,空持罗带,回首恨依依。'苏子由云:'凄凉怨慕,真亡国之音也。'(《耆旧续闻》)裴按:竹垞云:'是词相传后主在围城中,赋未就而城破,阙后三句。刘延仲补之云:何时重听玉骢嘶,扑帘柳絮,依约梦回时。'而《耆旧续闻》所载固是全什,当从之。"

叔宝:陈后主(553—604),名陈叔宝,字元秀,南朝陈国皇帝,亡国之君。

陈王:即陈叔宝。

十三

《香奁》佳句少年时,度曲偏令异域知。

不论生平论词藻,也应名姓彻丹墀。（和凝）

笺注

香奁:〔宋〕薛居正《旧五代史》卷一二七:"(和凝)平生为文章,长于短歌艳曲,尤好声誉。有集百卷,自篆于版,模印数百帙,分惠于人焉。"〔宋〕江少虞《宋朝类苑》:"和鲁公凝有艳词一编,名《香奁集》。凝后贵,乃嫁其名为韩偓,今世传韩偓《香奁集》,乃凝所为也。"

"度曲"句:〔宋〕孙允宪《北梦琐言》卷六:"(和)凝少年时,好为曲子词,……契丹入夷门,号为'曲子相公'。"

丹墀:古代宫殿前的石阶,漆成红色,称为丹墀。〔汉〕张衡《西京赋》:"左平右墄,青琐丹墀。"

十四

《醉妆词》作又何年,韦相才名两蜀先。

徵到《小重山》故事,遭逢宵壤《鹧鸪天》。(韦庄)

笺注

醉妆词:王衍词。〔清〕叶申芗《本事词》卷上:"前蜀主王衍好裹小巾,其尖如锥。宫妓多衣道服,簪莲花冠,施燕支夹粉,号醉妆。自制《醉妆词》云:'者边走,那边走,只是寻花柳。那边走,者边走,莫厌金杯酒。'末年好道愈笃,常祷青城山,随行宫人皆衣画云霞道服,自制《甘州曲》,亲与宫人唱之,音甚哀怨。词云:'画罗裙。能结束,称腰身。柳眉桃脸不胜春。薄媚足精神。可惜许,沦落在风尘。'衍本意,谓神仙而在凡尘耳。后降中原,其宫人多沦落民间,始应其识云。"

韦相:韦庄曾任前蜀宰相,故称。

《小重山》故事:〔宋〕杨湜《古今词话》:"韦庄以才名寓蜀,王建割据,遂羁留之。庄有宠人,资质艳丽,兼善词翰。建闻之,托以教内人为词,强庄夺去。庄追念悒怏,作《小重山》及《空相忆》云:'空相忆,无计得传消息。天上嫦娥人不识。寄书何处觅。 新睡觉来无力,不忍把伊书迹。满院花落春寂寂，断肠芳草碧。'情意凄怨，人相传播，姬后传闻之，遂不食而卒。"其《小重山》词云："一闭昭阳春又春。夜寒宫漏永、梦君恩。卧思陈事暗消魂。罗衣湿、红袂有啼痕。　歌吹隔重闉。绕庭芳草绿、倚长门。万般惆怅向谁论。凝情立、宫殿欲黄昏。"

霄壤：天和地，天地之间。比喻相去极远，差别很大。

十五

孟婆风紧太郎当，谁忆君王更断肠。

说到故宫无梦去，三生端是李重光。（宋徽宗）

笺注

"孟婆"句：《全宋词》辑〔宋〕赵彦卫《云麓漫钞》卷四所载徽宗词《月上海棠》残句："孟婆且与我，做些方便。"其后有唐圭璋案语谓："《云舟脞语》引宋徽宗词作'孟婆、孟婆，你做些方便，吹个船儿倒转'。《词品》卷五引宋徽宗词作'孟婆好做些方便，吹个船儿倒转'。《瓮牖闲评》卷五引无名氏词作'孟婆且告你，与我佐些方便。风色转，吹个船儿倒转'。"孟婆，传说中的风神。郎当，这里有潦倒、狼狈意。

"谁忆"句：〔明〕杨慎《词品》卷五："徽宗被虏北行，谢克家作《忆君王》词云：'依依宫柳拂宫墙，宫殿无人春昼长。燕子归来依旧忙，忆君王。月照黄昏人断肠。'忠愤之气，寓于声律，宜表出之。其调即《忆王孙》也。"〔清〕王弈清《历代词话》卷六引《鼠璞》曰："谢克家作《忆君王》词曰：'……'语意悲凉，读之使人堕泪，真忧君忧国之语。"

"说到"句：〔宋〕赵佶《燕山亭》词："裁剪冰绡，打叠数重，冷淡燕脂匀注。新样靓妆，艳溢香融，羞杀蕊珠宫女。易得凋零，更多少、无情风雨。愁苦。闲院落凄凉，几番春暮。　凭寄离恨重重，这双燕，何曾会人言语。天遥地远，万水千山，知他故宫何处。怎不思量，除梦里、有时曾去。无据。和梦也、有时不做。"

三生：佛家所说的三世转生，即前生、今生和来生。

李重光：李煜字重光。

按：〔宋〕吴曾《能改斋词话》卷一："徽宗天才甚高，于诗文之外，尤工于长短句。"〔明〕陈霆《渚山堂词话》卷三："宋二帝北狩，金人徙之云州。一日，夜宿林下，时碛月微明，有胡雏吹笛，其声呜咽。太上因口占《眼儿媚》云：'玉京曾记旧繁华。……'此词少帝有和篇，意更凄怆，不欲并载。吾谓其父子至此，虽噬脐无及矣。每一批阅，为酸鼻焉。"〔明〕杨慎《词品》卷五："宋徽宗北随金虏，后见杏花，作《燕山亭》一词云：'……'词极凄惋，亦可怜矣。……又戏作小词云：''孟婆、孟婆，你做些方便。吹个船儿倒转。'"又："俗谓风曰孟婆，蒋捷词云：'春雨如丝，绣出花枝红袅。怎禁他孟婆合早。'宋徽宗词云：'孟婆好做些方便，吹个船儿倒转。'江南七月间有大风，甚于舶趠，野人相传以为孟婆发怒。按北齐李騊駼聘陈，问陆士秀，江南有孟婆，是何神也。士秀曰：'《山海经》，帝之二女，游于江中，出入必以风雨自随，以帝女，故曰孟婆。犹《郊祀志》以地神为泰媪。'此言虽鄙俚，亦有自来矣。"〔清〕贺裳《皱水轩词筌》："南唐（后）主《浪淘沙》曰：'梦里不知身是客，一晌贪欢。'至宣和帝《燕山亭》则曰：'无据。和梦也、有时不做。'其情更惨矣。呜呼，此犹麦秀之后有黍离也。"〔清〕孙兆溎《片玉山房词话》："南唐后主于围城中尚作长短句，未终阕而城破。词云：'樱桃落尽春归去，蝶翻金粉飞。子规啼月小楼西。曲栏金箔，惆怅卷金泥。门巷寂寥人去后，望残阳烟草低迷。'艺祖曰：'李煜若以作词手去治国事，岂为吾虏。'又，徽宗亦工长短句，方北去，在舟中作小词云：'孟婆孟婆，你做些方便。吹个船儿倒转。'或曰：徽宗即李煜后身。其然乎，其然乎。" 王国维《人间词话》："尼采谓：'一切文学，余爱以血书者。'后主之词，真所谓以血书者也。宋道君皇帝《燕山亭》词亦略似之。然道君不过自道身世之戚，后主则俨有释迦、基督，担荷人类罪恶之意，其大小固不同矣。" 梁启超《饮冰室评词》云："《燕山亭》'裁剪冰绡'，昔人言宋徽宗为李后主后身，此词感均顽艳，亦不减'帘外雨潺潺'诸作。"

十六

制《舞杨花》曲最工，花王谁比问东风。

须知三殿欢娱日，五国城中雪未融。（宋高宗）

笺注

《舞杨花》：唐圭璋《全宋词》认为是康与之词，见《贵耳集》卷下，《词林纪事》卷三作宋高宗赵构词。唐氏认为误，谭氏认为是。其词曰："牡丹半坼初经雨，雕槛翠幕朝阳。娇困倚东风，羞谢了群芳。洗烟凝露向清晓，步瑶台、月底霓裳。轻笑淡拂宫黄。浅拟飞燕新妆。　杨柳啼鸦昼永，正秋千庭馆，风絮池塘。三十六宫，簪艳粉浓香。慈宁玉殿庆清赏，占东君、谁比花王。良夜万烛荧煌。影里留住年光。"〔清〕王弈清《历代词话》卷七引廖莹中《江行杂录》："……至于一时闲适寓景而作，则有《渔父词》十五章，又清新简远，备骚雅之体。……词不能尽载。观此数篇，虽古之骚人词客，老于江湖，擅名一时者，不能企及。"又引《贵耳录》："慈宁殿赏牡丹时，椒房受册，三殿极欢。高宗洞达音律，自制曲，赐名《舞杨花》，停觞命小臣赋词，令内人歌之，以玉卮侑酒为寿，左右皆呼万岁，词云：'牡丹半坼……'此康伯可乐府所载。高宗又尝使御前画工写曾海野喜容带牡丹一枝，命吕本中作赞，云：'一枝国艳，两鬓东风。'高宗大喜。"

五国城：古地名。亦称五国头城。宋徽宗被金兵所俘，囚死于此。所在地在今黑龙江省依兰县一带，一说在今黑龙江宁安县东北。〔清〕赵翼《汴梁杂诗》："谁知他日临潢徙，五国城中等泪垂。"

十七

唤柘枝颠亦自娱，能称曲子相公无。

柔情不断如春水，认作唐音恐太谀。（寇准）

笺注

柘枝颠：谓酷爱柘枝舞者。指宋寇准。〔宋〕沈括《梦溪笔谈·乐律一》云："寇莱公好柘枝舞，会客必舞柘枝，每舞必尽日，时谓之'柘枝颠'。"按：柘枝舞，乃唐代西北民族舞蹈，自西域石国（今中亚塔什干一带）传来。最初为女子独舞，舞姿矫健，节奏多变，大多以鼓伴奏。后来有双人舞名《双柘枝》。宋时发展为多人对舞。

曲子相公：五代晋相和凝的绰号。〔宋〕孙光宪《北梦琐言》卷六："凝少年时，好为曲子词，布于汴、洛，洎入相，专托人收拾焚毁不暇。然相国厚重有德，终为艳词玷之。契丹入夷门，号为'曲子相公'。"

"柔情"二句：寇准《夜度娘》曰："烟波渺渺一千里，白蘋香散东风起。日暮汀洲一望时，柔情不断如春水。"〔宋〕朱胜非《秀水居闲录》："此陈与义《秋夜诗》也，置之唐音，不复可辨。"〔清〕沈雄《古今词话》"词话上卷"云："杨慎曰：宋人作诗与唐远，作词不愧唐人。尝书寇准、杜衍、张耒、刘才邵数词，试诸人，人不能辨，皆《阿那曲》也。"又同上书"词评上卷"云："《词品》曰：莱公小词数首，率皆清丽，如《江南春》《阳关引》《阿那曲》，作词不愧唐人。"（按：《词话丛编》所收杨慎《词品》中无此条）〔清〕王弈清《历代词话》卷四引《蓼花洲闲录》云："寇莱公诗，若'野水无人渡，孤舟尽日横。'之句，深入唐人三昧。"〔清〕先著、程洪撰《词洁辑评》卷一云："宋初去五代不远，莱公《江南春》《点绛唇》二调，体制高妙，不减《花间》。"唐音，指唐诗及其风格。谀，谄媚；奉承。

十八

杨柳桃花调亦陈，三家村里住无因。

歌词许似冯延巳，语语原因类妇人。（晏殊）

笺注

"杨柳"句：晏几道《鹧鸪天》中有句曰："舞低杨柳楼心月，歌尽桃花扇底风。"按：谭氏"杨柳桃花"或将小晏词句误为大晏词句，或认为此《鹧鸪天》词乃晏殊词。〔北宋〕赵令畤《侯鲭录》卷七载晁补之云："晏叔原（按：晏几道字叔原）不蹈袭人语，而风调闲雅，自是一家。如'舞低杨柳楼心月，歌尽桃花扇底风'，自可知此人不生在三家村中也。"〔宋〕胡仔《苕溪渔隐丛话》后集卷三十三引《雪浪斋日记》云："晏叔原工于小词，'舞低杨柳楼心月，歌罢桃花扇底风'，不愧六朝宫掖体。无咎评乐章，乃以为元献词，误也。"三家村，指偏僻的小乡村。唐王季友《代贺若令誉赠沈千运》诗："山上双松长不改，百年难有三家村。"

"歌词"句：〔宋〕刘攽《贡父诗话》："元献尤喜冯延巳歌辞，其所自作，亦不减延巳乐府。"

"语语"句：〔宋〕魏庆之《魏庆之词话》曰："晏叔原见蒲传正，言先公平日小词虽多，未尝作妇人语也。传正云：'绿杨芳草长亭路，年少抛人容易去，岂非妇人语乎？'晏曰：'公谓年少为何语。'传正曰：'岂不谓其所欢乎？'晏曰：'因公之言，遂晓乐天诗两句云："欲留所欢待富贵，富贵不来所欢去。"'传正笑而悟。然如此语意，自高雅耳。"

十九

萋萋芳草遍天涯，何预孤山处士家。

更谱《长相思》一阕，未应孤冷伴梅花。（林逋）

笺注

"萋萋"二句：〔宋〕魏庆之《魏庆之词话》云："林和靖工于诗文，善为词。尝作《点绛唇》词云：'金谷年年，乱生春色谁为主。馀花落处，满地和烟雨。　又是离歌，一阕长亭暮。王孙去，萋萋无数，南北东西路。'乃草词耳，但终篇无草字。"（原注：《云溪友议》据明刊本删）〔清〕沈雄《古今词话》"词话上卷"云："和靖卒，张子野为诗以吊之：'湖山隐后家空在，烟雨词亡草自青。'其词只《点绛唇·咏草》一首。"（按：今见唐圭璋所辑《全宋词》中有林逋词三首）〔清〕王弈清《历代词话》卷四引《古今词话》

云:"林君复结庐孤山,二十年足不及城市,真宗赐以粟帛,诏长吏岁时存问。"〔清〕先著、程洪《词洁辑评》卷一评林逋"金谷年年"一阕云:"于所咏之意,该括略尽,高远无痕,得神之作。"〔清〕黄蓼园《蓼园词评》:"《诗话总龟》云:林和靖不特工于诗,尤工于词。如作《点绛唇》,乃咏草耳,终篇不出一草字,更得所以咏之情。按罗邺诗:'不似萋萋南浦见,晚来烟雨正相和。'和字咏草入细。'南北东西路'句,宜缓读。一字一读,恰是无数二字神味。"〔清〕许昂霄《词综偶评》评《点绛唇》云:"言短意长,所以为佳。若徒称其终篇不出一草字,此儿童之见也。"

"更谱"二句:〔明〕杨慎《词品》卷三:"康伯可(与之)西湖《长相思》云:'南高峰,北高峰,一片湖光烟霭中。春来愁杀侬。 郎意浓,妾意浓,油壁车轻郎马骢。相逢九里松。'盖效林和靖'吴山青'之调也。二词可谓敌手。"〔清〕陈廷焯《白雨斋词话》卷五:"闲情之作,虽属词中下乘,然亦不易工。盖摹色绘声,碍难著笔。第言姚冶,易近纤佻。兼写幽贞,又病迂腐。然则何为而可,曰:'根柢于风骚,涵泳于温、韦,以之作正声也可,以之作艳体亦无不可。'古人词如毛熙震之'暗思闲梦,何处逐云行';晏元献之'楼头残梦五更钟,花底离愁三月雨';林和靖之'罗带同心结未成,江头潮已平';……似此则婉转缠绵,情深一往,丽而有则,耐人玩味。"

二十

《点绛唇》歌不自聊,闲情偏赋乱红飘。

安阳出镇萧闲甚,回首春风廿四桥。(韩琦)

笺注

"《点绛唇》"二句:韩琦《点绛唇》词曰:"病起恹恹,庭前花影添憔悴。乱红飘砌,滴尽真珠泪。 惆怅前春,谁向花前醉。愁无际。武陵回睇。人远波空翠。"

"安阳"二句:〔清〕王弈清《历代词话》卷四引吴曾语曰:"皇祐(1049—1054)初,魏公镇守扬州,撰《维扬好》四章,所谓'二十四桥千步柳,春风十里上珠帘'者是也。后罢相出镇安阳,复作《安阳好》词十章,皆《望江南》调也。"萧闲,萧洒悠闲。

二十一

大范勋华有定评,小词传唱《御街行》。

至言酒化相思泪,转觉专门浪得名。（范仲淹）

笺注

"大范"句:〔宋〕朱熹《五朝名臣言行录》卷七《参政范文正公仲淹》:"公领延安,阅兵选将,日夕训练。又请戒诸路养兵蓄锐,毋得轻动,夏人闻之,相诫曰:'无以延州为意,今小范老子腹中自有数万甲兵,不比大范老子可欺也。'戎人呼知州为老子,大范谓雍也。""小范"本指范仲淹,"大范"指其前任范雍。这里反其语而呼为"大范",显系尊崇。勋华,功勋才华。

御街行:词牌名。范仲淹有《御街行》词曰:"纷纷坠叶飘香砌。夜寂静,寒声碎。真珠帘卷玉楼空,天淡银河垂地。年年今夜,月华如练,长是人千里。　愁肠已断无由醉。酒未到,先成泪。残灯明灭枕头欹,谙尽孤眠滋味。都来此事,眉间心上,无计相回避。"〔明〕杨慎《词品》卷三云:"韩魏公(琦)《点绛唇》词云:'……'范文正公《御街行》云:'……'二公一时勋德重望,而词亦情致如此。大抵人自情中生,焉能无情,但不过甚而已。宋儒云:'禅家有为绝欲之说者,欲之所以益炽也。道家有为忘情之说者,情之所以益荡也。圣贤但云寡欲养心,约情合中而已。'"〔清〕沈谦《填词杂说》云:"范希文'真珠帘卷玉楼空,天淡银河垂地'及'芳草无情,又在斜阳外',虽是赋景,情已跃然。"

"至言"二句:范仲淹《苏幕遮》词云:"碧云天,黄叶地。秋色连波,波上寒烟翠。山映斜阳天接水。芳草无情,更在斜阳外。　黯乡魂,追旅思。夜夜除非,好梦留人睡。明月楼高休独倚,酒入愁肠,化作相思泪。"专门,这里指填词专门家。浪得名,白白地得到虚名。〔清〕彭孙遹《金粟词话》：" 范希文《苏幕遮》一调，前段多入丽语，后段纯写柔情，遂成绝唱。"〔清〕谭献《词辨》卷二云："大笔振迅。"〔清〕王弈清《历代词话》引《词苑》云："范文正公《苏幕遮》词云云，公之正气塞天地，而情语入妙至此。"〔清〕许昂霄《词综偶评》评"酒入愁肠"二句云："铁石心肠人，亦作此消魂语。"

二十二

广平拟议恐非伦，赋有《梅花》事却真。

司马温公人物似，《西江月》又《锦堂春》。

（司马光）

笺注

"广平"二句：〔清〕王士祯《花草蒙拾》："'堂上簸钱堂下走'，小人以蔑欧阳。'有情争似无情'，忌者以诬司马。至'谙尽孤眠滋味'及'落花流水别离多'，范、赵二钜公作如许语，又非但广平梅花之比矣。"〔清〕彭孙遹《金粟词话》："词以艳丽为本色，要是体制使然。如韩魏公（琦）、寇莱公（准）、赵忠简（鼎），非不冰心铁骨，勋德才望，照映千古。而所作小词，有'人远波空翠'（按：韩琦《点绛唇》词中句）、'柔情不断如春水'（按：寇准《夜度娘》中句，见《古今词统》卷一。然此乃诗而非词，见《忠愍公诗集》卷上，题作《追思柳恽汀洲之咏尚有馀妍回书一绝》）、'梦回鸳帐馀香嫩'（按：赵鼎《点绛唇·春愁》词中句）等语，皆极有情致，尽态穷妍。乃知广平《梅花》，政自无碍，竖儒辄以为怪事耳。司马温公亦有"宝髻松"（按：指《西江月》，首句为"宝髻松松挽就"）一阕，姜明叔力辨其非，此岂足以诬温公，真赝要不可论也。"

"司马"二句：〔明〕杨慎《词品》卷三："世传司马温公有席上所赋《西江月》词云：'宝髻松松挽就，铅华淡淡妆成。轻烟翠雾罩轻盈。飞絮游丝无定。　相见争如不见，有情何似无情。笙歌散后酒初醒。深院月斜人静。'仁和姜叔明云:'此词决非温公所作。宣和间,耻温公独为君子,作此诬之,不待识者而后能辨也。'"〔明〕陈霆《渚山堂词话》卷三:"《锦堂春》长阕,乃司马温公感旧之作。全篇云:'红日迟迟,虚廊转影,槐阴迤逦西斜。彩笔工夫,难状晚景烟霞。蝶尚不知春去,漫绕幽砌寻花。奈猛风过后,纵有残红,飞落谁家? 始知青萍无价,叹飘零宦路,荏苒年华。今日笙歌丛里,特地咨嗟。席上青衫湿透,算感怀、何止琵琶。怎不教人易老,多少离愁,散在天涯。'公端劲有守,所赋妩媚凄婉,殆不能忘情,岂其少年所作耶。古云贤者未能免俗,正谓此耳。"〔清〕冯金伯《词苑萃编》卷四引《古今词话》云:"范文正公、司马温公、韩魏公,皆一时名德重望。范《御街行》云:'……'温公《西江月》云:'……'人非太上,未免有情,不当以此类其白璧也。"〔清〕张德瀛《词徵》卷五云:"司马温公《西江月》词,《侯鲭录》载之,《本事曲》亦载之……一阕之工,争相传播,可云盛矣。"〔清〕丁绍仪《听秋声馆词话》卷十九:"司马温公《西江月》云:'……'极艳冶之致。或谓决非公作,此如欧阳文忠'堂上簸钱'词,当时忌者托名以相浼耳。抑知靖节闲情,何伤盛德。同时范文正、韩忠献均有丽词,安知不别有寄托。若谓绮语不宜犯,以训子弟则可,不应以律前贤。"

二十三

不妨妙语本天成,红杏尚书说子京。

博得内人呼小宋,无题诗借玉溪生。（宋祁）

笺注

"**不妨**"二句:〔清〕王弈清《历代词话》卷四引《古今词话》云:"宋景文过子野家,将命者曰:'尚书欲见云破月来花弄影郎中。'子野曰:'得非红杏枝头春意闹尚书耶?'"按:或以为此句非天成之妙语,清贺裳《皱水轩词筌》引《词苑丛谈》卷一云:"词虽以险丽为工,实不及本色语之妙。如李易安'眼波才动被人猜'……观此种句,觉红杏枝头春意闹尚书,安排一个字,费许大力气。"

"**博得**"句:〔清〕沈雄《古今词话》"词话上卷"引《词林海错》曰:"宋祁为学士,一日遇内家车子数辆于繁台街,不及避。中有搴帘呼'小宋'者,祁惊讶不已,为作《鹧鸪天》曰:'画毂雕轮狭路逢,一声肠断绣帘中。身无彩凤双飞翼,心有灵犀一点通。 金作屋,玉为笼,车如流水马犹龙。刘郎已恨蓬山远,更隔蓬山一万重。'传唱达禁中,仁宗闻之,问第几车子,内人自陈。顷宣学士侍宴,召祁从容语之,祁惶惧。仁宗曰:'蓬山不远。'因以内家赐之。"

"**无题**"句:玉溪生,唐诗人李商隐号,其《无题》诗有一首曰:"昨夜星辰昨夜风,画楼西畔桂堂东。身无彩凤双飞翼,心有灵犀一点通。隔座送钩春酒暖,分曹射覆蜡灯红。嗟余听鼓应官去,走马兰台类转蓬。"另一首《无题》诗曰:"来是空言去绝踪,月斜楼上五更钟。梦为远别啼难唤,书被催成墨未浓。蜡照半笼金翡翠,麝熏微度绣芙蓉。刘郎已恨蓬山远,更隔蓬山一万重。"按:宋祁《鹧鸪天》词上下片结句,全袭李商隐《无题》诗中句。

二十四

儒宗自命却风流,人到无名又可仇。

浮艳欲删疑误入,《踏莎行》与《少年游》。(欧阳修)

笺注

"**儒宗**"句:〔宋〕曾慥《乐府雅词序》云:"欧公一代儒宗,风流自命,词章窈眇,世所矜式。" 又,〔宋〕杨绘《时贤本事曲子集》云:"欧阳文忠公,文章之宗师也;其于小词,尤脍炙人口。"儒宗,儒者的宗师。汉以后亦泛指为读书人所宗仰的学者。

"**人到**"句:〔宋〕陈振孙《直斋书录解题》云:"《六一词》,一卷,欧阳文忠公修撰。其间多有与《花间》《阳春》相混者,亦有鄙亵之语一二厕其中,当是仇人无名子所为也。" 又,〔元〕吴师道《吴礼部词话》云:"欧公小词,间见诸词集。陈氏《书录》云一卷。其间多有与《阳春》《花间》相杂者,亦有鄙亵之语一二厕其中,当是仇人无名子所为。近有《醉翁琴趣外篇》凡六卷二百馀首,所谓鄙亵之语,往往而是,不止一二也。" 又,〔宋〕王灼《碧鸡漫志》卷二:"欧阳永叔所集歌词,自作者三之一耳。其间他人数章,群小因指为永叔,起暧昧之谤。"

"浮艳"句:〔清〕沈雄《古今词话》:"《西清诗话》云:'欧阳词之浅近者,谓是刘煇伪作。'又云:'元丰中,崔公度跋冯正中《阳春录》,其间有入《六一词》者。今柳三变词,亦有杂入《平山堂集》者。则浮艳者皆非公作也。'"

"《踏莎行》"句:欧阳修《踏莎行》词共四首。谭氏所指当为以下两首:"碧藓回廊,绿杨深院。偷期夜入帘犹卷。照人无奈月华明,潜身却恨花深浅。 密约如沉,前欢未便。看看掷尽金壶箭。阑干敲遍不应人,分明帘下闻裁剪。"(《全宋词》唐圭璋按:此首别误作〔明〕袁宏道词,见《古今别肠词选》卷二)"云母屏低,流苏帐小,矮床薄被秋将晓。乍凉天气未寒时,平明窗外闻啼鸟。 困㿟榴花,香添蕙草,佳期须及朱颜好。莫言多病为多情,此心甘向情中老。"又,欧阳修《少年游》词共五首,谭氏所指当为:"绿云双鬟插金翘,年纪正妖娆。汉妃束素,小蛮垂柳,都占洛城腰。 锦屏春过衣初减,香雪暖凝消。试问当筵眼波恨,滴滴为谁娇。""阑干十二独凭春,晴碧远连云。千里万里,二月三月,行色苦愁人。 谢家池上,江淹浦畔,吟魄与离魂。那堪疏雨滴黄昏。更特地、忆王孙。"(《全宋词》唐圭璋按:《词律》卷五此首误作梅尧臣词)

二十五

空传饮水能歌处,谁使言翻太液波。

诗学杜诗词学柳,千秋论定却如何。(柳永)

笺注

"空传"句:〔宋〕叶梦得《避暑录话》曰:"柳耆卿为举子时,多游狭邪，善为歌辞，教坊乐工，每得新腔，必求永为辞，始行于世，于是声传一时。余仕丹徒，尝见一西夏归朝官云：'凡有井水饮处，即能歌柳词。'"

"谁使"句：见前第 311 页王僧保《论词绝句》其十九注。

"诗学"二句：《四库全书总目提要·乐章集提要》云："张端义《贵耳集》亦曰：'项平斋言：诗当学杜诗，词当学柳词。杜诗、柳词，皆无表德，只是实说云云。'盖词本管弦冶荡之音，而永所作旖旎近情，使人易入。虽颇以俗为病，然好之者终不绝也。"

二十六

便有人刊《冠柳词》，霜风凄紧各相思。

纵难遽许唐人语，谱入红牙板最宜。（柳永）

笺注

"便有"句：宋人王观词集名《冠柳集》。王观词风格近于柳永，工细轻柔，妩媚妥贴，又兼才气豪健，新丽清狂，足以惊人。以"冠柳"名词集，虽显自负，良有以也。

"霜风"句、"纵难"二句：〔宋〕赵令畤《侯鲭录》卷七曰：东坡云："人皆言柳耆卿词俗，然如'霜风凄紧，关河冷落，残照当楼'，唐人佳处，不过如此。"（按：宋吴曾《能改斋漫录》以此为晁补之语，字句稍有出入。）又，〔清〕刘体仁《七颂堂词绎》云："词有与古诗同妙者：'问甚时同赋，三十六陂秋色'（按：姜夔词《惜红衣》中句），即灞岸（按：王粲《七哀诗》："南登灞陵岸，回首望长安。"）之兴也。'关河冷落，残照当楼'，即《敕勒》之歌也。"遽，仓猝。

红牙板：乐器名。奏乐时打击的拍板，因多用紫檀木做成，红色，呈月牙形，故称。

二十七

歌词馀技岂知音，三影名胡擅古今。

《碧牡丹》才歌一曲，顿令同叔也情深。（张先）

笺注

"歌词"二句：〔宋〕胡仔《苕溪渔隐丛话》前集卷三十七引《古今诗话》曰："有客谓子野曰：'人皆谓公张三中，即心中事，眼中泪，意中人也'。子野曰：'何不目之为"张三影"？'客不晓，公曰：'云破月来花弄影；娇柔懒起，帘压卷花影；柳径无人，堕风絮无影：此余生平所得意也。'"又引《遯斋闲览》曰："张子野郎中，以乐章擅名一时。宋子京尚书奇其才，先往见之。遣将命者，谓曰：'尚书欲见云破月来花弄影郎中。'子野屏后呼曰：'得非红杏枝头春意闹尚书邪？'遂出，置酒尽欢。盖二人所举，皆其警策也。"〔宋〕刘攽《贡父诗话》曰："欧阳文忠公见张安陆，迎谓曰：'好，云破月来花弄影。'" 又，〔宋〕陈师道《后山诗话》引王安石语云："尚书郎张先善著词，有云：'云破月来花弄影'，不如李冠'朦胧淡月云来去'也。"（按：李冠《蝶恋花》词云："遥夜亭皋闲信步。才过清明，渐觉伤春暮。数点雨声风约住，朦胧淡月云来去。 桃杏依稀香暗度。谁在秋千，笑里轻轻语。一寸相思千万绪，人间没个安排处。"） 又，〔宋〕吴开《优古堂诗话》云："张子野长短句'云破月来花弄影'，往往以为古今绝唱，然予读古乐府唐氏谣《暗别离》云：'朱弦暗度不见人，风动花枝月中影。'意子野本此。" 又，〔明〕卓人月《词统》曰："张先以'三影'名者，因其词中有三'影'字，故自誉也。然以'云破月来花弄影'为最，馀二影字不及。" 又，〔清〕朱彝尊《静志居诗话》云："张子野'吴兴寒食'词（按：指《木兰花·乙卯吴兴寒食》）：'中庭月色正清明，无数杨花过无影。'余尝叹其工绝，在世所传'三影'之上。" 又，〔清〕李调元《雨村词话》云："'张三影'已胜称人口矣，尚有一词云：'无数杨花过无影'，合之应名'四影'。"

"《碧牡丹》"二句：〔宋〕杨湜《古今词话》云："晏元献之子小晏，善词章，颇有父风。有宠人善歌舞，晏每作新词，先使宠人歌之。张子野与小晏厚善,每称赏宠人善歌。偶一日,宠人触小晏细君之怒,遂出之。子野作《碧牡丹》一曲以戏小晏曰:'步帐摇红绮,晓月堕、沉烟砌。缓板香檀,唱彻伊家新制。怨入眉头,敛黛峰横翠。芭蕉寒,雨声碎。 镜华翳,闲照孤鸾戏。思量去时容易。钿盒瑶钗,至今冷落轻弃。望极蓝桥,空暮云千里。几重山,几重水。'小晏见之,凄然与子野曰:'人生以适意为贵,吾何咎之有。'乃多以金帛赎姬,及归,使歌子野之词。"唐圭璋按曰:"《绿窗词话》引上节,不注所本,以他节例之,知亦从《古今词话》出也。又案《道山清话》云:晏元献公为京兆辟张先为通判。新纳侍儿,公甚属意。先字子野,能为诗词,公雅重之。每张来,即令侍儿出侑觞,往往歌张子野之词。其后王夫人寝不容,公即出之。一日,子野至,公与之饮。子野作《碧牡丹》词,令营妓歌之,有云'望极蓝桥,但暮云千里。几重山,几重水'之句。公闻之,怃然曰:'人生行乐耳,何自苦如此。'亟命于宅库支钱若干,复取前所出侍儿。既来,夫人亦不复谁何也。与《古今词话》正同,唯《清话》以此事属元献,此云小晏为异耳。"按:〔明〕陈耀文《花草粹编》卷八亦题作《碧牡丹·晏同叔出姬》。晏殊,字同叔,谥元献,世称"晏元献"。谭氏亦认为《碧牡丹》词与大晏(同叔)有关。

二十八

词同《珠玉集》俱传,直过《花间》恐未然。

人似伊川称鬼语,君王却赏《鹧鸪天》。(晏几道)

笺注

"词同"句:况周颐《蕙风词话》云:"《小山词》从《珠玉》出,而成就不同,体貌各具。《珠玉》比花中之牡丹,《小山》其文杏乎?"

"直过"句:〔宋〕陈振孙《直斋书录解题》卷二十一:"(叔原)词在诸名胜中,独可追逼《花间》,高处或过之。"〔明〕毛晋汲古阁本《小山词》跋:"诸名胜词集,删选相半,独小山集直逼《花间》,字字婷婷袅袅,如揽嫱、施之袂,恨不能起莲、鸿、苹、云,按红牙唱和一过。晏氏父子俱足追配李氏父子云。"又,〔清〕周济《宋四家词选目录序论》云:"晏氏父子仍步温、韦,小晏精力尤胜。"〔清〕陈廷焯《白雨斋词话》卷七:"晏元献、欧阳文忠皆工词,而皆出小山下,专精之诣,因应让渠独步。然小山虽工词,而卒不能比肩温、韦,方驾正中者,以情溢词外,未能意蕴言中也。故悦人甚易,而复古则不足。"〔清〕冯煦《宋六十一家词选例言》:"淮南、小山,真古之伤心人也。其淡语皆有味,浅语皆有致。求之两宋词人,实罕其匹。子晋欲以晏氏父子追配李氏父子,诚为知言。"〔清〕陈廷焯《词坛丛话》:"北宋之晏叔原,南宋之刘改之,一以韵胜,一以气胜,别于清真、白石之外,自成大家。"〔清〕陈廷焯《白雨斋词话》卷三:"叔原《鹧鸪天》,为艳体中极致。"又卷五云:"闲情之作,虽属词中下乘,然亦不易工。盖摹色绘声,碍难着笔。第言姚冶,易近纤佻。兼写幽贞,又病迂腐。然则何为而可,曰:'根柢于风骚,涵泳于温、韦,以之作正声也可,以之作艳体亦无不可。'古人词如……晏小山之'落花人独立,微雨燕双飞',又'当时明月在,曾照彩云归',又'从别后,忆相逢。几回魂梦与君同。今宵剩把银釭照,犹恐相逢是梦中',又'春思重,晓妆迟,寻思残梦中'。"〔清〕况周颐《蕙风词话》卷二:"小山词《阮郎归》云:'天边金掌露成霜,云随雁字长。绿杯红袖趁重阳,人情似故乡。 兰佩紫,菊簪黄,殷勤理旧狂。欲将沉醉换悲凉,清歌莫断肠。''绿杯'二句,意已厚矣。'殷勤理旧狂'五字三层意。'狂'者,所谓一肚皮不合时宜,发见于外者也。狂已旧矣,而理之,而殷勤理之,其狂若有甚不得已者。'欲将沉醉换悲凉',是上句注脚。'清歌莫断肠',仍含不尽之意。此词沉著厚重,得此结句,便觉竟体空灵。小晏神仙中人,重以名父之贻,贤师友相与沆瀣,其独造处,岂凡夫肉眼所能见及。'梦魂惯得无拘检,又逐杨花过谢桥',以是为至,乌足以论《小山词》耶?"

"人似"句:〔宋〕邵雍《邵氏闻见后录》卷十九载:"程叔微云:伊川闻诵晏叔原'梦魂惯得无拘检,又踏杨花过谢桥',笑曰:'鬼语也。'意亦赏之。"伊川,即程颐。

"君王"句:晏几道有《鹧鸪天》词曰:"小令尊前唱玉箫,银灯一曲太妖娆,歌中醉倒谁能恨,唱罢归来酒未消。 春悄悄,夜迢迢。碧云天共楚宫遥。梦魂惯得无拘检,又踏杨花过谢桥。"

二十九

大江东去亦情多,燕子楼词鬼窃歌。

唱竟天涯芳草语,晓风残月较如何。（苏轼）

笺注

"大江"句:〔清〕冯金伯《词苑萃编》卷二十一:"苏东坡'大江东去',有铜将军铁绰板之讥,柳七'晓风残月',谓可令十七八女郎按红牙檀板歌之。此袁绹语也。后人遂奉为美谈。然仆谓东坡词自有横槊气概,固是英雄本色。柳纤艳处,亦丽以淫耳。况'杨柳岸'句,又本魏承班《渔歌子》'窗外晓莺残月',只改二字增一字,焉得独擅千古。" 苏轼《念奴娇·赤壁怀古》词:"大江东去,浪淘尽,千古风流人物。故垒西边,人道是、三国周郎赤壁。乱石穿空,惊涛拍岸,卷起千堆雪。江山如画,一时多少豪杰。 遥想公瑾当年,小乔初嫁了,雄姿英发。羽扇纶巾,谈笑间、强虏（一作"樯橹"）灰飞烟灭。故国神游,多情应笑我,早生华发。人生如梦,一尊还酹江月。"

"燕子楼"句:燕子楼,在江苏徐州市。唐贞元中,张尚书镇徐州,筑楼以居家妓关盼盼。张死后,盼盼不嫁,居此楼十馀年。苏轼《永遇乐·彭城夜宿燕子楼,梦盼盼,因作此词》词:"明月如霜,好风如水,清景无限。曲港跳鱼,圆荷泻露,寂寞无人见。紞如三鼓,铿然一叶,黯黯梦云惊断。夜茫茫,重寻无处,觉来小园行遍。 天涯倦客,山中归路,望断故园心眼。燕子楼空,佳人何在？空锁楼中燕。古今如梦,何曾梦觉？但有旧欢新怨。异时对、黄楼夜景,为余浩叹。"〔宋〕曾敏行《独醒杂志》卷三:"东坡守徐州,作'燕子楼'乐章,方具稿,人未知之,一日,忽哄传于城中。东坡讶焉,诘其所从来,乃谓发端于逻卒。东坡召而问之。对曰:'某稍知音律,尝夜宿张建封庙,闻有歌声,细听,乃此词也,记而传之,初不知何谓。'东坡笑而遣之。"

"唱竟"句:苏轼《蝶恋花》词:"花褪残红青杏小。燕子飞时,绿水人家绕。枝上柳绵吹又少,天涯何处无芳草。 墙里秋千墙外道。墙外行人,墙里佳人笑。笑渐不闻声渐悄,多情却被无情恼。"

"晓风残月"句:晓风残月,柳永《雨霖铃》词中有"杨柳岸、晓风残月"句。〔金〕王若虚《滹南诗话》云:"晁无咎云:'眉山公之词短于情,盖不更此境耳。'陈后山曰:'宋玉不识巫山神女,而能赋之,岂待更而后知。'是直以公为不及于情也。呜呼!风韵如东坡,而谓不及于情,可乎?彼高人逸才,正当如是,其溢为小词而间及于脂粉之间,所谓滑稽玩戏,聊复尔尔者也。若乃纤艳淫媟,入人骨髓,如田中行、柳耆卿辈,岂公之雅趣也哉?"〔明〕俞彦《爰园词话》云:"子瞻词无一语着人间烟火,此自大罗天上一种,不必与少游、易安辈较量体裁也。其豪放亦止'大江东去'一词。何物袁绹,妄加品骘,后代奉为美谈,似欲以概子瞻生平。不知万顷波涛,来自万里,吞天浴日,古豪杰英爽都在,使屯田此际操觚,果可以'杨柳岸晓风残月'命句否?"〔清〕王士禛《花草蒙拾》曰:"'枝上柳绵',恐屯田(柳永)缘情绮靡,未必能过。"又云:"名家当行,固有二派。苏公自云:'吾醉后作草书,觉酒气拂拂,从十指间出。'黄鲁直亦云:'东坡书挟海上风涛之气。'读坡词当作如是观。琐琐与柳七较锱铢,无乃为髯公所笑。"

三十

海雨天风极壮观,教坊本色复谁看。

杨花点点离人泪,却恐周秦下笔难。(苏轼)

笺注

海雨天风:苏轼《鹊桥仙·七夕送陈令举》词:"缑山仙子,高情云渺,不学痴牛骏女。凤箫声断月明中,举手谢、时人欲去。 客槎曾犯,银河波(一作微)浪,尚带天风海雨。相逢一醉是前缘,风雨散、飘然何处。"〔宋〕陆游《渭南文集》云:"世言东坡不能歌,故所作乐府,多不协律。晁以道谓:'绍圣初,与东坡别于汴上,东坡酒酣,自歌《阳关曲》。'则公非不能歌,但豪放,不喜裁剪以就声律耳。试取东坡诸词歌之,曲终,觉天风海雨逼人。" 夏敬观《映庵手批东坡词》云:"东坡词如春花散空,不着迹象,使柳枝歌之,正如天风海涛之曲,中多幽咽怨断之音,此其上乘也。"

"**教坊**"句:唐代掌管女乐的官署名。唐高祖于禁中置内教坊。掌教习音乐,其官隶属太常。〔清〕李调元《雨村词话》卷一:"人谓东坡长短句不工媚词,少谐音律,非也,特才大不肯受束缚而然。间作媚词,却洗尽铅华,非少游女娘语所及。如有感《南乡子》词云:'冰雪透香肌。姑射仙人不似伊。濯锦江头新样锦,非宜。都着寻常淡薄衣。 暖日下重帏。春睡香凝索起迟。曼倩风流缘底事,当时。爱被西真唤作儿。''唤作儿'三字出自先生笔,却如此大雅。"

"**杨花**"句:苏轼《水龙吟》:"似花还似非花,也无人惜从教坠。抛家傍路,思量却是,无情有思。萦损柔肠,困酣娇眼,欲开还闭。梦随风万里,寻郎去处,又还被莺呼起。 不恨此花飞尽,恨西园、落红难缀。晓来雨过,遗踪何在?一池萍碎。春色三分,二分尘土,一分流水。细看来、不是杨花,点点是离人泪。"

"**却恐**"句:〔清〕王弈清《历代词话》卷五引《坡仙集外纪》:"东坡问陈无己:'我词何如少游。'无己曰:'学士小词似诗,少游诗似小词。'"〔清〕陈廷焯《白雨斋词话》卷一:"东坡、少游,皆情馀于词。""东坡之词,纯以情胜,情之至者,词亦至。" 又,卷六曰:"和婉中见忠厚易,超旷中见忠厚难,此坡仙所以独绝千古也。"

三十一

诃凭法秀浪相夸,迥脱恒蹊玉有瑕。

黄九定非秦七比,后山仍未算词家。(黄庭坚)

笺注

"**诃凭**"句:〔清〕冯金伯《词苑萃编》卷二十三"馀编"中引《苕溪渔隐丛话》云:"黄鲁直少时喜造纤淫之句,法秀诃曰:'应堕犁舌地狱。'鲁直答云:'空中语耳。'晚年戏效宝宁勇禅师咏古德灵云遗事作《渔家傲》云:'三十年来无孔窍,几回得眼还迷照。一见桃花参学了。呈法要。无弦琴上单于调。摘叶寻枝虚半老,拈花特地重年少。今后水云人欲晓。非元妙。灵云合破桃花笑。'会得此意,直是临去秋波那一转,应许老僧共参也。"〔明〕毛晋《琴趣外篇跋》:"无咎虽游戏小词,不作绮艳语,殆因法秀禅师谆谆戒山谷老人,不敢以笔墨劝淫邪?"〔明〕俞彦《爰园词话》曰:"佛有十戒,口业居四,绮语、诳语与焉。诗词皆绮语,词较甚。山谷尝喜作小词,后为泥犁狱所慑,罢作,可笑也。"〔清〕沈谦《填词杂说》:"山谷喜为艳曲,秀法师以泥犁吓之,月痕花影,亦坐深文,吾不知以何罪待诨诣之辈。"〔清〕邹祗谟《远志斋词衷》曰:"广陵寓舍,一日,彭十金粟雨中过,集读《云华》《蓉渡》诸词曰,此非秀法师所诃耶。如此泥犁,安得有空日。又曰:自山谷来,泥犁尽如我辈,此中便无俗物败人意,为之绝倒。"〔清〕沈雄《古今词话》"词评上卷"引《柳塘词话》曰:"鲁直少时,使酒玩世,喜作词。法云秀诫之曰:笔墨劝淫,乃欲堕泥犁中耶。鲁直曰:空中语也。后以桂香无隐,因缘有省,居官一如浮屠法。间作小词,绝不似桃叶、团扇斗妖丽者。"

恒蹊:指人们常走的路。

"黄九"句:〔宋〕陈师道(后山)曰:"今代词手,惟秦七、黄九耳。唐诸人不逮也。"(见《苕溪渔隐丛话后集》卷三十三)〔清〕冯煦《宋六十一家词选例言》曰:"后山以秦七、黄九并称,其实黄非秦匹也。若以比柳,差为得之。盖其得也,则柳词明媚,黄词疏宕;而亵诨之作,所失亦均。"夏敬观《手批山谷词》曰:"后山称:'今代词手,惟秦七、黄九。'少游清丽,山谷重拙,自是一时敌手。至用谚语作俳体,时移世易,语言变迁,后之阅者渐不能明,此亦自然之势。试检扬子云绝代语,有能一一释其义者乎?以市井语入词,始于柳耆卿;少游、山谷各有数篇,山谷特甚之又甚,至不可句读,若此类者,学者可不必步趋耳。曩疑山谷词太生硬,今细读,悟其不然。'超轶绝尘,独立万物之表;驭风骑气,以与造物者游。'东坡誉山谷之语也。吾于其词亦云。"〔清〕彭孙遹《金粟词话》:"词家每以秦七、黄九并称,其实黄不及秦甚远。犹高(观国)之视史(达祖)、刘(过)之视辛(弃疾),虽齐名一时,而优劣自不可掩。"〔清〕沈曾植《菌阁琐谈》批此语云:"当时并未齐名。明世诸公,无聊比附耳。"〔清〕陈廷焯《白雨斋词话》卷一:"秦七、黄九,并重当时。然黄之视秦,奚啻碔砆之与美玉?

词贵缠绵，贵忠爱，贵沉郁，黄之鄙俚者无论矣。即以其高者而论，亦不过于倔强中见姿态耳！于倔强中见姿态，以之作诗，尚未必尽合，况以之为词耶？"又曰："黄九于词，直是门外汉，匪独不及秦、苏，亦去耆卿远甚。"〔清〕李调元《雨村词话》卷一："万氏《词律》，少游《河传》词末句云：'闷损人，天不管。'按：山谷和秦尾句云：'好杀人，天不管。'自注云：因少游词，戏以'好'字易'瘦'字。是秦词应作'瘦杀人'，今刊本皆作'闷损人'，盖由未见山谷词也。然巧拙亦于此一字见之，黄九不敌秦七，亦是一证。"

"后山"句：〔清〕王奕清《历代词话》卷五引胡仔《苕溪渔隐丛话》曰："陈后山自谓他文未能及人，独词不减秦七、黄九。其自矜如此。"

按：〔宋〕吴曾《能改斋漫录》卷十六引晁补之语："黄鲁直间作小词，固高妙，然不是当行家语，是着腔子唱好诗。"〔宋〕吴曾《能改斋词话》卷一："（山谷）乃取张、顾二词（按：指张志和《渔父词》和顾况《渔父词》）合而为《浣溪沙》曰：'新妇矶边眉黛愁。女儿浦口眼波秋。惊鱼错认月沉钩。　青箬笠前无限事，绿蓑衣底一时休。斜风细雨转船头。'东坡跋云：'鲁直此词，清新婉丽，其最得意处，以山光水色替却玉肌花貌，真得渔父家风也。然才出新妇矶，便入女儿浦，此渔父无乃太澜浪乎！'山谷晚年亦悔前作之未工。"〔宋〕黄山谷《小山词序》曰："嬉弄于乐府之馀，而寓以诗人之句法，清壮顿挫，能动摇人心。"又云："狭邪之大雅，豪士之鼓吹，其合者，高唐、洛神之流，其下者，不减桃叶、团扇。""若乃妙年美士，近知酒色之虞，苦节臞儒，晚悟裙裾之乐。鼓之舞之，使晏安鸩毒而不悔，是则叔原之罪也哉？"〔清〕贺裳《皱水轩词筌》云："黄九时出俚语，如口不能言，心下快活，可谓伧夫之甚。然如'钗胃袖，云堆臂。灯斜明媚眼，汗浃昝腾醉'，前三语犹可入画，第四语恐顾、陆不能著笔耳。黄又有'春来透，花枝瘦，正是愁时候'，新俏亦非秦所能作。"〔清〕田同之《西圃词说》："小调不学花间，则当学欧、晏、秦、黄，欧、晏蕴藉，秦、黄生动，一唱三叹，总以不尽为佳。"〔清〕江顺诒《词学集成》卷五："陶篁村自序云：'倚声之作，莫盛于宋，亦莫衰于宋。尝惜秦、黄、周、柳之才，徒以绮语柔情，竞夸艳冶。从而效之者加厉焉。遂使郑、卫之音，泛滥于六七百年，而雅奏几乎绝矣。'诒按：词之坏，坏于秦、黄、周、柳之淫靡，非有巨识，孰敢议宋人耶。"

三十二

天生好语阿㲯同，不碍诗词句各工。

流下潇湘常语耳，万身奚赎过推崇。（秦观）

笺注

"天生"句：〔宋〕吴曾《能改斋漫录》引晁补之语曰："近世以来，作者皆不及秦少游，如'斜阳外，寒鸦万点，流水绕孤村'，虽不识字人，亦知是天生好言语。"〔宋〕叶梦得《避暑录话》卷三："秦少游善为乐府，语工而入律，知乐者谓之作家歌。元丰间，盛行于淮、楚。'寒鸦千万点，流水绕孤村'，本隋炀帝诗也。"阿㲯，隋炀帝的乳名。〔唐〕苏鹗《杜阳杂编》卷中："阿㲯，炀帝小字也。"小字，即小名，乳名。

"流下"二句：〔宋〕魏庆之《魏庆之词话》："少游到郴州作长短句云：'雾失楼台，月迷津渡。桃源望断无寻处。可堪孤馆闭春寒，杜鹃声里斜阳暮。　驿寄梅花，鱼传尺素。砌成此恨无重数。郴江幸自绕郴山，为谁流下潇湘去。'东坡绝爱其尾声两句，自书于扇曰：'少游已矣，虽万人何赎。'"

三十三

山抹微云都下唱，独怜知己在长沙。

一代盛名公论协，揄扬翻出蔡京家。（秦观）

笺注

"山抹"句：〔宋〕黄升《花庵词选》："后秦少游自会稽入京，见东坡。坡云：'久别当作文甚胜，都下盛唱公'山抹微云'之词。'秦逊谢。坡遽云：'不意别后，公却学柳七作词。'秦答曰：'某虽无识，亦不至是。先生之言，无乃过乎？'坡云：'销魂当此际，非柳词句法乎？'秦惭服。然已流传，不复可改矣。"

"独怜"句：〔宋〕洪迈《夷坚志补》卷二载，长沙有一义倡，颇喜歌秦观词，及少游南迁，道经长沙，与之往来，"一别数年，少游竟死于藤。倡虽处风尘中，为人婉娩有气节。既与少游约，因闭门谢客，独与媪处。官府有召，辞不获，然后往，誓不以身负少游也。一日，昼寝寤，惊泣曰：'自吾与秦学士别，未尝见梦，今梦来别，非吉兆也，秦其死乎！'亟遣仆顺途觇之。数日得报，秦果死矣！乃谓媪曰：'吾昔以此身许秦学士，今不可以死故背之。'遂衰服以赴。行数百里，遇于旅馆。将入，门者御焉，告之故而后入。临其丧，拊棺绕之三周，举声一恸而绝。左右惊救，已死矣！湖南人至今传之，以为奇事。"按：然洪迈《容斋四笔》卷九"辩秦少游义倡"条又谓："《夷坚己志》载潭州义倡事，谓秦少游南迁过潭，与之往来，后倡竟为秦死。常州教授钟将之得其说于李结次山，为作传。予反复思之，定无此事，当时失于审订，然悔之不及矣。"

"揄扬"句：〔宋〕蔡絛《铁围山丛谈》卷四："（范）温尝预贵人家会，贵人有侍儿，善歌秦少游长短句，坐间略不顾温。温亦谨不敢吐一语。及酒酣欢洽，侍儿者始问：'此郎何人耶？'温遽起叉手而对曰：'某乃山抹微云女婿也。'闻者多绝倒。"蔡絛为蔡京之子，故言蔡京家。揄扬，称引，赞扬。

三十四

未逊秦黄语略偏，《买陂塘》曲世先传。

欧苏张柳评量当，位置生平岂漫然。（晁补之）

笺注

"未逊"句：〔宋〕陈振孙《直斋书录解题》卷二十一："晁尝云：'今代词手，唯秦七、黄九，他人不能及也。'然二公之词，亦自有不同者。若晁无咎佳者，固未逊也。"

买陂塘：即《摸鱼儿》。晁补之《摸鱼儿·东皋寓居》词："买陂塘、旋栽杨柳，依稀淮岸江浦。东皋嘉雨新痕涨，沙觜鹭来鸥聚。堪爱处，最好是、一川夜月光流渚。无人独舞。任翠幄张天，柔茵藉地，酒尽未能去。

青绫被，莫忆金闺故步。儒冠曾把身误。弓刀千骑成何事？荒了邵平瓜圃。君试觑，满青镜、星星鬓影今如许！功名浪语。便似得班超，封侯万里，归计恐迟暮。"〔清〕黄蓼园《蓼园词评》云："花庵词客云：晁无咎《摸鱼儿》真能道急流勇退之意。真西山（真德秀）极爱赏之。观'休忆金闺故步'句，是由翰林迁谪后作也。语意峻切，而风调自清迥拔俗。故真西山极赏之。孙仲益云：轩冕之荣，造物于人，不甚爱惜。而一丘一壑，未尝轻以与人。言之有味。"

"欧苏"句：〔宋〕吴曾《能改斋漫录》卷十六云："晁无咎评本朝乐章，不具载诸集，今载于此云：世言柳耆卿曲俗，非也，如《八声甘州》云：'霜风凄紧，关河冷落，残照当楼。'此真唐人语，不减高处矣。欧阳永叔《浣溪沙》云：'堤上游人逐画船，拍堤春水四垂天，绿杨楼外出秋千。'要皆绝妙。然只一'出'字，自是后人道不到处。苏东坡词，人谓多不谐音律，然居士词，横放杰出，自是曲子中缚不住者。黄鲁直间作小词，固高妙，然不是当行家语，是着腔子唱好诗。晏元献不蹈袭人语，而风调闲雅。如'舞低杨柳楼心月，歌尽桃花扇底风'，知此人不住三家村也。张子野与柳耆卿齐名，而时以子野不及耆卿，然子野韵高，是耆卿所乏处。近世以来，作者皆不及秦少游。如'斜阳外，寒鸦万点，流水绕孤村'，虽不识字人，亦知是天生好言语。"（按：《苕溪渔隐丛话》后集卷三十三引《复斋漫录》文字小有出入。）

"位置"句：〔清〕谢章铤《赌棋山庄词话》卷十："元许文忠（有壬）置园池于相州，与弟可行（有孚）、子元干（桢）、门客马明初（熙）分题唱和，有《圭塘欸乃集》，凡诗二百馀篇，词八十馀首。其填《摸鱼儿》调，皆用晁补之'买陂塘、旋栽杨柳'为起句，各十阕。"〔清〕陈廷焯《词坛丛话》云："晁无咎词，名不逮秦、柳诸家，而本领不在其下。"〔清〕胡薇元《岁寒居词话》云："无咎为苏门四学士之一，其词神资高秀，可与坡老肩随。" 况周颐《蕙风词话》卷二云："有宋熙丰间，词学称极盛。苏长公提倡风雅，为一代山斗。黄山谷、秦少游、晁无咎,皆长公之客也。山谷、无咎皆工倚声,体格于长公为近。唯少游自辟蹊径,卓然名家。"

三十五

亭皋木叶正悲秋,元祐词家得《宛丘》。

著墨无多风格最,绮怀不独《少年游》。(张耒)

笺注

"亭皋"句:张耒《风流子》词:"木叶亭皋下,重阳近,又是捣衣秋。奈愁入庾肠,老侵潘鬓,谩簪黄菊,花也应羞。楚天晚,白苹烟尽处,红蓼水边头。芳草有情,夕阳无语,雁横南浦,人倚西楼。 玉容,知安否,香笺共锦字,两处悠悠。空恨碧云离合,青鸟沉浮。向风前懊恼,芳心一点,寸眉两叶,禁甚闲愁。情到不堪言处,分付东流。"

元祐:宋哲宗赵煦年号(1086—1094)。

宛丘:张耒少时从苏轼游,与黄庭坚、秦观、晁补之号称"苏门四学士"。耒晚年居陈州宛丘为陈州邑名,因名其集曰《宛丘集》)。

著墨无多:张耒词作留存不多,《全宋词》收词六首,断句三。

绮怀:犹言风月情怀。

少年游:张耒《少年游》词:"含羞倚醉不成歌。纤手掩香罗。偎花映烛,偷传深意,酒思入横波。 看朱成碧心迷乱,翻脉脉、敛双蛾。相见时稀隔别多。又春尽、奈愁何。"〔宋〕吴曾《能改斋漫录》卷十九:"右史张文潜,初官许州,喜官妓刘淑奴,张作《少年游令》:'含羞倚歌……'其后去任,又为《秋蕊香·寓意》云:'帘幕疏疏风透,一线香飘金兽。朱栏倚遍黄昏后,廊上月华如昼。 别离滋味浓如酒,著人瘦。此情不及墙东柳,春色年年如旧。'元祐诸公皆有乐府,唯张仅见此二词。味其句意,不在诸公下矣。"

三十六

词笔真能屈宋偕，鬼头善盗各安排。

也知本寇巴东语，梅子黄时雨特佳。（贺铸）

笺注

"词笔"句：见前第282页张耒《东山词序》注。

"鬼头"句：〔宋〕陆游《老学庵笔记》云："方回状貌奇丑，谓之贺鬼头。"《宋史》本传云，贺铸"长七尺，面铁色，眉目耸拔。……尤长于度曲，掇拾人所弃遗，少加隐括，皆为新奇。尝言：'吾笔端驱使李商隐、温庭筠常奔命不暇。'"〔宋〕王灼《碧鸡漫志》卷二："前辈云：'《离骚》寂寞千年后，《戚氏》凄凉一曲终。'《戚氏》，柳永所作也。柳何敢知世间有《离骚》，惟贺方回、周美成时时得知。贺《六州歌头》《望湘人》《吴音子》诸曲，周《大酺》《兰陵王》诸曲，最奇崛。"〔清〕刘体仁《七颂堂词绎》云："唯片言而居要，乃一篇之警策，词有警句，则全首俱动。若贺方回非不楚楚，总拾人牙慧，何足比数。"〔清〕贺裳《皱水轩词筌》："贺方回'鹜外红绡一缕霞'，俊句也。实从子安脱胎，固是慧贼。"〔清〕冯金伯《词苑萃编》卷二一"辨证"中引《丹铅续录》曰："贺方回《晚景》云：'鹜外红绡一缕霞。淡黄杨柳带栖鸦。玉人和月折梅花。　笑捻粉香归绣户，半垂罗幕护窗纱。东风寒似夜来些。'其起句本王子安《滕王阁赋》，此子可云善盗。"（按：王勃《滕王阁序》中有"落霞与孤鹜齐飞，秋水共长天一色"句。）

"也知"二句：寇准（961-1023），字平仲，下邽（今陕西渭南）人。北宋名相，曾官巴东令。故这里称寇巴东。〔宋〕周紫芝《竹坡诗话》：贺方回尝作《青玉案》，有"梅子黄时雨"之句，人皆服其工，士大夫谓之"贺梅子"。〔宋〕潘淳《潘子真诗话》云："世推方回所作'梅子黄时雨'为绝唱，盖用莱公语也。寇诗云：'杜鹃啼处血成花，梅子黄时雨如雾。'"黄庭坚《寄贺方回》诗："少游醉卧古藤下，谁与愁眉唱一杯？解作江南断肠句，只今唯有贺方回。"〔宋〕魏庆之《诗人玉屑》卷二十："贺方回妙于小词，吐语皆蝉蜕尘埃之表。"

三十七

《惜分飞》见赏坡翁,伟丽词多祝相公。

枫落吴江真压卷,《东堂》全集也徒工。（毛滂）

笺注

"《**惜分飞**》"句:见前第316页王僧保《论词绝句》其二十五注。

枫落吴江:《新唐书》卷二〇一《崔信明传》:"尝矜其文,谓过李百药,议者不许。扬州录事参军郑世翼者,亦骜倨,数诋轻忤物,遇信明江中,谓曰:'闻公有"枫落吴江冷",愿见其馀。'信明欣然多出众篇,世翼览未终,曰:'所见不逮所闻!'投诸水,引舟去。"后因用"枫落"句代指诗文的警句。

东堂:毛滂词集名《东堂词》。

三十八

海棠开后燕来时,《烛影摇红》《片玉词》。

此是大晟新乐府,荣安原唱盍相思。（王诜）

笺注

"**海棠**"句:王诜《忆故人》词:"烛影摇红向夜阑。乍酒醒、心情懒。尊前谁为唱阳关,离恨天涯远。 无奈云沉雨散。凭阑干、东风泪眼。海棠开后,燕子来时,黄昏庭院。"

"**烛影**"句:〔宋〕吴曾《能改斋漫录》云:"王都尉有《忆故人》词云:'……'徽宗喜其词意,犹以不丰容宛转为恨,遂令大晟别撰腔。周美成增损其词,而以首句为名,谓之《烛影摇红》云:'芳脸匀红,黛眉巧画宫妆浅。风流天付与精神,全在娇波眼。早是萦心可惯。向尊前、频频顾盼。几回相见,见了还休,争如不见。 烛影摇红,夜阑饮散春宵短。当时谁会唱阳关,离恨天涯远。争奈云收雨散。凭阑干、东风泪满。海棠开后,燕子来时,黄昏深院。'"《片玉词》,周邦彦词集名。

"**此是**"句:大晟,北宋时掌管音乐的官署,宋徽宗时创立。周邦彦曾为其提举官,即大晟乐府的主管。

荣安:王诜死后谥荣安。

按:〔清〕沈雄《古今词话》"词评上卷"载:"《西清诗话》曰:都尉王晋卿,歌姬名啭春莺。得罪外谪,姬为密县人所得。晋卿南还,汝阴道中,闻歌声曰,此啭春莺也。访之果然。赋诗云:'佳人已属沙吒利,义士曾无古押衙。'有足成之者云:'回首音尘两沉绝,春莺休啭上林花。'寻劾得之,归于晋卿。晋卿有《人月圆》《烛影摇红》《花发沁园春》诸调。""黄鲁直曰:晋卿乐府清丽幽远,工在江南诸贤季孟之间。"

三十九

各推《菩萨蛮》词好,实使东坡到海南。

各各赏音同此调,我朝贻上宋《花庵》。(舒亶)

笺注

"**各推**"句:舒亶《菩萨蛮》词:"画船搥鼓催君去。高楼把酒留君住。去住若为情,西江潮欲平。 江潮容易得,只是人南北。今日此樽空,知君何日同。"

"**实使**"句:指绍圣初舒亶同李定劾苏轼为歌诗议讪时事,酿成"乌台诗案",致使苏轼贬官黄州,后又贬官英州,寻降一官,未至,贬宁远军节度副使,惠州安置。居三年,泊然无所蒂芥,人无贤愚,皆得其欢心。又贬琼州别驾,居昌化。〔宋〕王灼《碧鸡漫志》卷二云:"舒信道、李元膺,思致妍密,要是波澜小。"

"**我朝**"句:〔清〕王士禛字贻上,其《花草蒙拾》评舒亶曰:"'空得郁金裙,酒痕和泪痕',舒亶语也。钟退谷评间邱晓诗,谓具此手段,方能杀王龙标。此等语乃出渠辈手,岂不可惜。仆每读严分宜钤山堂诗,至佳处,辄作此叹。" 宋花庵,宋人黄升,字叔旸,因所居有玉林又近散花庵,故号玉林,又号花庵词客。所编《花庵词选》共二十卷,前十卷名为《唐宋诸贤绝妙词选》,后十卷名为《中兴以来绝妙词选》。中收舒信道词五首,第一首《菩萨蛮》,评曰:"此词极有味。"〔清〕徐𫘦《词苑丛谈》卷三云:"舒信道名亶,神宗朝御史与李定同陷东坡于罪者。尝作《菩萨蛮》词云:'江梅未放枝头结。江楼已见山头雪。待得此花开,知君来不来。 风帆双画鹢,小雨随行色。空得郁金裙。酒痕和泪痕。'王阮亭(王士祯)极赏此词。尝曰……"〔清〕丁绍仪《听秋声馆词话》卷二评:"舒亶字信道,与苏门学士同时,词亦不减秦、黄。《花庵词选》录其《菩萨蛮》云:'……'《乐府雅词》录其《蝶恋花》云:'最是西风吹不断,心头往事歌中怨。'《木兰花》云:'西湖一顷白菱花,惆怅行云无觅处。'《虞美人》云:'背飞双燕贴云寒。独向小楼东畔倚栏看。'纵不识字人,亦知是天生好语。人因其倾陷坡公,己亦不免被斥,恶其人,并陋其词。此如蔡京之书,严嵩之诗,马士英之画,初不识蔡君谟、王元美、董香光诸公,今词坛艺苑中绝无齿及者。在小人得意之秋,率意迳行,非不煊赫一时,卒之身败名裂,即有寸长,曾不如豹皮雀尾,犹足供人玩惜。与杨伯夔丈谈及此,丈笑曰:'此所谓醉里且贪欢笑,要愁那得功夫。使秦人而知自哀,亦不为秦人矣。'"

四十

论到舒王逊一筹,海棠未雨(雾句)却风流。

李郎(冠)月淡云来去,果胜郎中旧句不。(王安石)

笺注

舒王:王安石曾封舒国公。

"海棠"句:〔清〕沈雄《古今词话》"词辨上卷":"王荆公子雱多病,因令其妻楼居而独处。荆公别嫁之。雱念之,为作《秋波媚》词云:'杨柳丝丝弄轻柔。烟缕织成愁。海棠未雨,梨花先雪,一半春休。 而今往事难重省,归梦绕秦楼。相思只在,丁香枝上,豆蔻梢头。'"按:此首词唐圭璋《全宋词》列为存目,有按语谓:"《类编草堂诗馀》卷二有《眼儿媚》'杨柳丝丝弄轻柔'一首,乃无名氏作,见《草堂诗馀》前集卷上。"

"李郎"二句:〔清〕王弈清《历代词话》卷六引王安石语:"李冠《蝶恋花》词云:'遥夜亭皋闲信步。……朦胧淡月云来去。'张子野'云破月来花弄影',不如(李)冠之'朦胧淡月云来去'也。"李冠《蝶恋花·春暮》词云:"遥夜亭皋闲信步。才过清明,渐觉伤春暮。数点雨声风约住,朦胧淡月云来去。　桃李依依香暗度。谁在秋千,笑里轻轻语。一寸相思千万绪,人间没个安排处。"按:唐圭璋《全宋词》录此词时下有按语曰:"此首《尊前集》作李煜词,而《后山诗话》引王安石、南唐二主引杨绘《本事曲》并以为李冠,或较是。"郎中,张先曾官都官郎中。其《天仙子·时为嘉禾小倅,以病眠,不赴府会》词云:"水调数声持酒听,午醉醒来愁未醒。送春春去几时回?临晚镜,伤流景,往事后期空记省。　沙上并禽池上暝,云破月来花弄影。重重帘幕密遮灯,风不定,人初静,明日落红应满径。"按:谭氏认为王安石词不如其子王雱;并认为张先"云破月来花弄影"胜李冠"朦胧淡月云来去"。

四十一

是佳公子自翩翩,调雨催冰格宛然。

舞《郁轮袍》仍逐客,浅斟低唱柳屯田。（王观）

笺注

"是佳公子"句:〔清〕沈雄《古今词话》"词评上卷"引黄玉林曰:"通叟风流楚楚,词林中之佳公子,世谓耆卿,工为浮艳之词,考之此集,得名《冠柳》,岂偶然哉!"(《蓼园词评》引此后另有"春游踏青"一词,又不独冠柳词之上者也。)又引陈直斋曰:"逐客词格不高,以冠柳自名,概可知矣。"〔清〕王弈清《历代词话》卷六引《古今词话》云:"王通叟游宦长安,负不羁之才,颇饶逸韵,辇下欣慕者众。后数年复至,旧游多有存者,仍寓意焉。遂作《感皇恩》一曲,有'长安重到,人面依然似花好'之句。"〔清〕先著、程洪《词洁辑评》卷四评王观《庆清朝慢》("调雨为酥"):"玉林云:'风流楚楚,词林中之佳公子也。'然不可无一,不可有二,学步则非。韶美轻俊,恐一转便入流俗,故词先辨品。"〔清〕陈廷焯《白雨斋词话》卷六:"王通叟词名《冠柳》,北宋词家极多,独云'冠柳',仍是震于耆卿名,而入其彀中耳。观其命名,即可知其词之不足重。嗣后以《清平乐》一词被谪,不亦宜乎。"

"调雨"句:王观《庆清朝慢·踏青》词:"调雨为酥,催冰做水,东君分付春还。何人便将轻暖,点破残寒。结伴踏青去好,平头鞋子小双鸾。烟郊外,望中秀色,如有无间。 晴则个,阴则个,饧钉得天气,有许多般。须教镂花拨柳,争要先看。不道吴绫绣袜,香泥斜沁几行斑。东风巧,尽收翠绿,吹在眉山。"

"舞郁轮袍"句:郁轮袍,曲名。唐人小说记,王维未冠而有文名,又谙于音律,妙能琵琶,为岐王所重,引至安乐公主第,进新曲号《郁轮袍》,主人奇之,为之说项,王维遂得登第。〔明〕王衡因作《郁轮袍传奇》。逐客,宋吴曾《能改斋漫录》卷十七云:"王观学士尝应制撰《清平乐》词云:'黄金殿里,烛影双龙戏。劝得官家真个醉,进酒犹呼万岁。 折旋舞彻伊州,君恩与整搔头。一夜御前宣住,六宫多少人愁。'高太后以为媟渎神宗,翌日罢职,世遂有逐客之号。今集本乃以为拟李太白应制,非也。"

"浅斟低唱"句:〔宋〕吴曾《能改斋漫录》卷十六载:"初,进士柳三变好为淫冶讴歌之曲,传播四方。尝有《鹤冲天》词云:'忍把浮名,换了浅斟低唱'。及皇帝临轩放榜,特落之曰:'且去浅斟低唱,何要浮名!'"

四十二

有人爱比夜光珠,《多丽》词传到海隅。

谁说桐花丝柳遍,仲春时候绿阴无。(聂冠卿)

笺注

"有人"二句：聂冠卿之词不多见。〔宋〕黄升《花庵词选》卷五云："如此篇（按：指《多丽》）亦可谓才情富丽矣。其'露洗华桐'四句，又所谓玉中之拱璧，珠中之夜光。每一观之，抚玩无斁。"〔宋〕吴曾《能改斋词话》卷一云："翰林学士聂冠卿，尝于李良定公席上赋《多丽》词云：'想人生，美景良辰堪惜。问其间、赏心乐事，就中难是并得。况东城、凤台沙苑，泛晴波、浅照金碧。露洗华桐，烟霏丝柳，绿阴摇曳，荡春一色。画堂迥，玉簪琼佩，高会尽辞客。清欢久，重然绛蜡，别就瑶席。 有翩若惊鸿体态，暮为行雨标格。逞朱唇、缓歌妖丽，似听流莺乱花隔。慢舞萦回，娇鬟低亸，腰肢纤细困无力。忍分散、彩云归后，何处更寻觅。休辞醉，明月好花，莫漫轻掷。'蔡君谟时知泉州，寄定公书云：近传《多丽》词，述宴游之娱，使病夫举首增叹耳。又近者有客至自京师，言诸公春日多会于天伯园池，因念昔游，辄形篇咏。'绿渠春水走潺湲。画阁峰峦映碧鲜。酒令已行金盏侧，乐声初认翠裙圆。清游盛事传都下，《多丽》新词到海边。曾是尊前沉醉客，天涯回首重依然。'"

"谁说"二句：〔宋〕胡仔《苕溪渔隐词话》卷二云："冠卿词有'露洗华桐，烟霏丝柳'之句，下句乃云'绿阴摇曳，荡春一色'，其时未有绿阴，真语病也。"〔清〕宋翔凤《乐府馀论》云："谓绿意轻未成阴，故曰'绿阴摇曳'。若真成绿阴，则'摇曳'二字便不稳。" 刘毓盘谓："盖北宋慢词，始于聂冠卿《多丽》词，至宣和而特盛。"这首词在词史上有重要价值。

四十三

听《喜迁莺》竟召还，有《渔家傲》不须删。

归来献寿将军事，须念征人老玉关。（蔡挺）

笺注

"听《喜迁莺》"句：〔清〕冯金伯《词苑萃编》卷十二引《能改斋漫录》云："元丰间，蔡挺自西掖出镇平阳，经数载，意欲归，作《喜迁莺》一阕云：'霜天秋（按：《全宋词》录《挥麈馀话》中载此词作"清"。下括号中字同此）晓。正（望）紫塞故（古）垒，黄（寒）云衰草。汉（汗）马嘶风，边鸿叫（翻）月，陇（垅）上铁衣寒早。剑歌骑曲悲壮，尽道君恩须（难）报。塞垣乐，尽橐（双）鞬锦领（带），山西年少。　谈笑。刁斗静，烽火一把，时报（常送）平安耗。圣主忧边，威怀（灵）遐布，骄虏尚宽天讨。岁华向晚愁思，谁念玉关人老。太平也，且欢娱，莫（不）惜金尊频倒。'时有中使至平阳，挺使倡优歌之，遂达于宫掖。上因语吕丞相曰：'蔡挺欲归。'遂以西掖召还。"〔清〕沈雄《古今词话》"词辨下卷"云："花庵词客曰：元丰中，蔡挺自西掖出镇平阳，经数岁，作《喜迁莺》词播中都。上语吕丞相曰：'蔡挺欲归。'遂以西掖召还，若康与之作，是媚灶之语，不足存也。"又《古今词话》"词话上卷"云："曹元宠曰：熙宁中，蔡挺帅平凉，作《喜迁莺》《霜天清晓》云云。示子矇，偶遗，为应门卒得之，特令笔吏辨之。适郡之娼魁素习之。会赐衣袄中使至，挺开宴，娼尊前执板歌此。挺怒，送狱根治。娼祈哀于中使为援，中使得其本以归。宫女辈争相传授，歌声彻于宸听，乃知挺所制。裕陵（按：神宗陵本名永裕陵，宋人因以称神宗。）即索纸批云：'玉关人老，朕甚念之，枢筦（按：同"枢管"，宋代特指枢密院。）有缺，留以待汝。'即内召。"

"有《渔家傲》"句：意谓同时有范仲淹以边塞为题材的《渔家傲》词，比同题材的《喜迁莺》词因别具特色而不须删去。

"归来"二句：〔宋〕魏泰《东轩笔录》卷十一云："范文正公守边日，作《渔家傲》乐歌数阕，皆以'塞下秋来'为首句，颇述边镇之劳苦，欧阳公尝呼为穷塞主之词。及王尚书素出守平凉，文忠亦作《渔家傲》一词以送之，其断章曰：'战胜归来飞捷奏，倾贺酒，玉阶遥献南山寿。'顾谓王曰：'此真元帅之事也。'"

四十四

斜川居士世东坡，自作新词自按歌。

一队畜生言太酷，教人无奈晓鸦何。（苏过）

笺注

斜川居士：苏轼子苏过（1072—1123），字叔党，号斜川居士。

"一队"二句：〔宋〕吴曾《能改斋漫录》卷十六："汪彦章在翰苑，屡致言者。尝作《点绛唇》云：'永夜厌厌，画檐低月山衔斗。起来搔首。梅影横窗瘦。　好个霜天，闲却传杯手。君知否，晓鸦啼后，归梦浓如酒。'或问曰：'归梦浓如酒，何以在晓鸦啼后。'公曰：'无奈这一队畜生聒噪何！'"按：唐圭璋《全宋词》录此词于苏过名下，且有按语曰："此首《能改斋漫录》卷十六、《玉照新志》卷四并作汪藻词，黄公度《知稼轩词》有和词。惟黄升以为苏过作，且云：'此词作时，方禁坡文，故隐其名以传于世。今或以为汪彦章所作，非也。'黄升当另有所本，兹两收之。"〔明〕杨慎《词品》卷三："叔党名过，东坡少子。草堂词所载《点绛唇》'高柳蝉嘶'及'新月娟娟'，皆叔党作也。是时方禁坡文。故隐其名。相传之久，遂以为汪彦章，非也。"〔清〕贺裳《皱水轩词筌》曰："'新月娟娟，夜寒江静山衔斗。起来搔首。梅影横窗瘦。　好个霜天，闲却传杯手。君知否。乱鸦啼后。归兴浓如酒。'花庵以为苏过叔党作，注曰，此时方禁坡文，故隐其名，以传于世。或以为汪彦章所作，非也。按稗史，称彦章在京师时赋此。绍兴中，知徽州，仍令席闲歌之。坐客有挟怨者，亟纳桧相，指为新制以讥桧。桧怒讥言者，迁之于永。观此说，则又系汪作无疑。此亦事之聚讼而不能决者也。"

四十五

杏花村馆有词题，驿壁曾烦驿卒泥。

未览《溪堂词》一卷，但名蝴蝶品流低。（谢逸）

笺注

"杏花"二句：谢逸有《江神子》词曰："杏花村馆酒旗风。水溶溶。飏残红。野渡舟横，杨柳绿阴浓。望断江南山色远，人不见，草连空。　夕阳楼外晚烟笼。粉香融。淡眉峰。记得年时,相见画屏中。只有关山今夜月,千里外,素光同。"〔清〕沈雄《古今词话》"词评上卷":"《复斋漫录》曰:临川谢无逸尝过黄州杏花村馆,题《江神子》于驿壁。过者索笔于驿卒,卒苦之,因以泥涂焉。其为人赏重可知。"〔清〕先著、程洪《词洁辑评》卷二:"调亦易工,但欲动荡合拍。"

"未览"二句:谢逸,字无逸,有《溪堂词》一卷,尝作咏蝶诗三百首,人呼"谢蝴蝶"。〔宋〕王灼《碧鸡漫志》卷二:"谢无逸字字求工,不敢辄下一语,如刻削通草人,都无筋骨,要是力不足。〔清〕冯金伯《词苑萃编》卷四"品藻":"临川谢无逸尝作咏蝶诗三百首,其警句云:'飞随柳絮有时见,舞入梨花何处寻。'人盛称之,因呼为'谢蝴蝶'。有《卜算子》词曰:'烟雨幕横塘,绀色涵清浅。谁把并州快剪刀,剪取吴江半。 隐几岸乌巾,细葛含风软。不见柴桑避俗翁,心共孤云远。'标致隽永,全无香泽,可称逸调。" 又,引《汲古阁词跋》"《溪堂词》六十三阕,皆小令,轻倩可人。"〔清〕黄蓼园《蓼园词评》:"谢无逸'秋水无痕清见底'"(按:指谢逸《渔家傲》词:"秋水无痕清见底。蓼花汀上西风起,一叶小舟烟雾里。兰棹舣,柳条带雨穿双鲤。 自叹直钩无处使。笛声吹彻云山翠。脍落霜刀红缕细,新酒美。醉来独枕莎衣睡。"),沈际飞曰:"雨条穿鲤,霜刀落脍,冷中取热,渔父不落寞也。"又曰:"古之渔隐,大抵感时愤事,胸中有大不得已者也,岂在渔哉。自叹直钩,老渔知心。黄氏按:无逸第进士后,郁郁不得志,尝作《花心动》词。中有句曰:'香饵悬钩,鱼不轻吞,辜负钓儿虚设。'其即'直钩无处使'之意乎。此词借渔父以写其牢落自慰自解,亦不得已有托而逃者乎?可思其志。"〔清〕冯煦《蒿庵论词》曰:"《溪堂》清雅有致,于此事蕴酿甚深。子晋只称其轻倩,犹为未尽。《樵隐》胜处不减《溪堂》,惟情味差薄耳。"

四十六

敢说流苏百宝装,唐人诗语总无妨。

移宫换羽关神解,似此宜开顾曲堂。(周邦彦)

笺注

"敢说"二句：〔宋〕魏庆之《诗人玉屑》曰："李义山如百宝流苏，千丝铁网，绮密环妍，要非适用。"〔宋〕陈振孙《直斋书录解题》卷二十一："美成词多用唐人诗隐括入律，浑然天成，长调尤善铺叙，富艳精工，词人之甲乙也。"〔宋〕张炎《词源》卷下："美成词只当看他浑成处，于软媚中有气魄。采唐诗融化如自己者，乃其所长。"〔宋〕周密《浩然斋词话》："周美成长短句，纯用唐人诗句，如'低鬟蝉影动，私语口脂香'，此乃元白全句。"〔清〕彭孙遹《金粟词话》曰："美成词如十三女子，玉艳珠鲜，政未可以其软媚而少之也。" 郑文焯《片玉词记》："清真风骨，原于唐诗人刘梦得、韩致光，与屯田所作异甚而同工，其格调之奇高，文采之深美，亦相与颉颃，未易轩轾也。"流苏，用各种色彩的丝线和羽毛等编制成的穗状垂饰物。常饰于车马、帷帐等物上。《倦游录》云："流苏者，乃盘线绘组之毯，五色错为之，同心而下垂者也。" 百宝装，用各种珍宝装饰的装束。

"移宫"二句：移宫换羽，谓乐曲换调。"宫"、"商"、"羽"均为古代乐曲中之音调名。周邦彦《意难忘·美人》词："解移宫换羽，未怕周郎。"〔宋〕张炎《词源》卷下曰："美成诸人又复演慢曲、引、近，或移宫换羽，为三犯、四犯之曲，按月律为之，其曲遂繁。"〔宋〕楼钥《清真先生文集序》曰："清真乐府播传，风流自命，顾曲名堂，不能自已。"〔清〕陈廷焯《词坛丛话》："美成词，镕化成句，工炼无比，然不借此见长。此老自有真面目，不以缀拾为能也。" 王国维《人间词话》附录："楼忠简谓（周邦彦）先生'妙解音律'。惟王晦叔《碧鸡漫志》谓'江南某氏者，解音律，时时度曲。周美成与有瓜葛。每得一解，即为制词。故周集中多新声。'则集中新曲，非尽自度。然顾曲名堂，不能自已，固非不知音者。故先生之词，文字之外，须兼味其音律。惟词中所注宫调，不出教坊十八调之外，则其音非大晟乐府之新声，而为隋唐以来之燕乐，固可知也。今其声虽亡，读其词者，犹觉拗怒之中，自饶和婉。曼声促节，繁会相宜，清浊抑扬，辘轳交往。两宋之间，一人而已。"

四十七

新词学士贵人宜,独步尤难市侩知。

唱竟《兰陵王》一阕,君王任访李师师。(周邦彦)

笺注

"新词"二句:〔宋〕陈郁《藏一话腴》称:"邦彦以乐府独步,学士、贵人、市侩、伎女皆知其词为可爱。"〔宋〕强焕《片玉词序》:"暇日从容,式燕嘉宾,歌者在上,果以公之词为首唱。"市侩,泛指商人。亦借指贪图私利、投机取巧的人。

《兰陵王》:周邦彦《兰陵王·柳》:"柳阴直,烟里丝丝弄碧。隋堤上,曾见几番。拂水飘绵送行色。登临望故国。谁识,京华倦客?长亭路,年去岁来,应折柔条过千尺。 闲寻旧踪迹。又酒趁哀弦,灯照离席。梨花榆火催寒食。愁一箭风快,半篙波暖。回头迢递便数驿,望人在天北。 凄恻,恨堆积。渐别浦萦回,津堠岑寂,斜阳冉冉春无极。念月榭携手,露桥闻笛。沉思前事,似梦里,泪暗滴。"〔宋〕毛开《樵隐笔录》云:"绍兴初,都下盛行周清真咏柳《兰陵王慢》,西楼南瓦皆歌之,谓之'渭城三叠'。以周词凡三换头,至末段声尤激越。惟教坊老笛师,能倚之以节歌者,其谱传自赵忠简家。忠简于建炎丁未九日南渡,泊舟仪真江口,遇宣和大晟乐府协律郎某,叩获九重故谱,因令家伎习之,遂流传于外。"

"君王"句:〔清〕沈雄《古今词话》"词话上卷"引《耆旧续闻》曰:"周美成至汴京,主角妓李师师家,为作《洛阳春》,师师欲委身而未能也,与同起止。美成复作《凤来朝》云:'逗晓看娇面。小窗深,弄明未辨。爱残妆宿粉云鬟乱。畅好是,帐中见。 说梦双蛾微敛。锦衾温、兽香未断。待起难抛舍。任日炙,画楼暖。'一夕,徽宗幸师师家,美成仓卒不能出,匿复壁间,遂制《少年游》以纪其事。徽宗知而遣发之,师师钱送,美成作《兰陵王》云:'应折柔条过千尺。'至'斜阳冉冉春无极',人尽以为咏柳,淡宕有情,不知为别师师而作,便觉离愁在目。徽宗又至,师师归迟,更诵《兰陵王》别曲,含泪以告,乃留为大晟府待制。"〔清〕叶申芗《本事词》卷上:"周美成精于音律,每制新调,教坊竞相传唱。游汴,尝主李师师家,为赋《洛阳春》云:'眉共春山争秀。可怜长皱。莫将清泪湿花枝,恐花也、如人瘦。　清润玉箫闲久。知音稀有。欲知日日倚阑愁,但问取、亭前柳。'李尝欲委身而未能也。一夕,道君幸师师家,美成仓卒不及避,匿复壁间。道君自携新橙一颗云:'江南新进者。'相与谑语。周悉闻之,因成《少年游》云:'并刀如水,吴盐胜雪,纤指破新橙。锦幄初温,兽香不断,相对坐调笙。　低声问向谁行宿,城上已三更。马滑霜浓,不如休去,直是少人行。'他日师师为道君歌之,询是谁作,以美成对。道君大怒,即令押出国门。越日道君复幸师师家,不遇,坐待初更始归。啼眉泪眼,愁态可掬。道君诘之,答以周邦彦得罪去国,略致杯酒郊饯,不知官家到来。道君问有词否,答云:'有《兰陵王》词。'道君云:'唱一遍看。'师师乃整袂捧觞而歌云:……道君大悦,即命召还为大晟乐正。嗟乎,君人者举动若此,宜其相传为李重光后身,似不诬也。"〔清〕吴衡照《莲子居词话》卷一:"小说,周美成以《少年游》得罪外谪。考《浩然斋雅谈》,周时为太学生,因此词遂与解褐,未有外谪之事。既而上问《六丑》之义,教坊使袁裪进曰:'起居舍人新知潞州周邦彦所作也。'召而讯之,对曰:'此犯六调,皆声之美者,然绝难歌。昔高阳氏有子六人,才而丑,故以比之。'上喜,意将留行。会起居郎张果与之不咸,廉知周尝于亲王席上赋词歌鬟,为蔡京道其事。上知之,自此得罪。是周之得罪,由于张果。蔡京之谮,非为《少年游》词,因亲王席上妓,非师师也。弁阳翁之言较小说家差核实可据。《六丑》杨用修易为《个侬》,殆未喻清真之义耶。"

四十八

碧山乐府世交称,独二郎神得未曾。

搅碎一帘花影语,张郎中后竟谁能。（徐伸）

笺注

"碧山乐府"二句:按:"碧"字应为"青"字之误。徐伸有《青山乐府》

一卷，王沂孙有《花外集》，一名《碧山乐府》。《词苑萃编》卷四引花庵词客语曰："徐伸，政和初以知音律为太常典乐，所著《青山乐府》，多杂调，惟《二郎神》一曲，天下称之。"〔宋〕张侃《拙轩词话》："徐干臣侍儿既去，作《转调二郎神》，悉用平日侍儿所道底言语。史志道与干臣善，一见此词，踪迹其所在而归之。使鲁直知此，与之同时，'可惜国香天不管，随缘流落小民家'之句无从而发也。"〔清〕黄蓼园《蓼园词评》："徐伸字干臣，三衢人。政和初，以知音律为太常典乐。出知常州。有《青山乐府》一卷。黄叔旸云：青山多杂调，惟《二郎神》一曲，天下称之。按沈际飞刻《草堂诗馀》本，(《二郎神》)题作《怀去妾》。干臣以太常出知常州，托于去妾以自抒其悃乎。辞意婉曲深致，最耐讽咏。"〔清〕沈雄《古今词话》"词话上卷"引《挥麈录》曰："徐干臣，政和中以知音律为太常典乐，后出知常州。自制《转调二郎神》云云……词成，会李孝寿来牧吴门。李以严治京兆，皆闻风股栗。道出郡下，干臣大合宴乐劳之。喻群娼令讴此词，必待其问乃止。娼如戒，歌至再四。李果询之，干臣蹙额云：'某顷有一侍婢，色艺冠绝，前岁以亡室不容逐去。今闻在苏州一兵官处，屡遣信欲复来，而主者靳之，感慨赋此。词中所叙多其书中语也。今幸公拥麾于彼，不审能为之地否？'李至苏受谒次，怒斥都监不守封疆，取其供牍待奏。待哀恳，李曰：'且还徐典乐之妾来理会。'兵官解其指，舍之。"

"搅碎"句：徐伸《转调二郎神》："闷来弹雀，又搅碎、一帘花影。漫试着春衫，还思纤手，熏彻金炉烬冷。动是愁多如何向，但怪得、新来多病。想旧日沈腰，而今潘鬓，不堪临镜。　重省。别时泪滴，罗衣犹凝。料为我厌厌，日高慵起，长托春醒未醒。雁翼不来，马蹄轻驻，门闭一庭芳景。空伫立，尽日阑干倚遍，昼长人静。"王闿运《香绮楼评词》：(评《二郎神》)"妙手偶得之句。"

"张郎中"句：张先，字子野，乌程人。天圣八年进士，官至都官郎中。工于词。有句："云破月来花弄影"、"娇柔懒起，帘压卷花影"、"柳径无人，堕飞絮无影"，因善于用"影"字，世称"张三影"。

四十九

词隐词多应制成，可容协律（晁端礼）与齐名。

《长相思》曲尤工绝，雨滴芭蕉滴到明。（万俟雅言）

笺注

"词隐"句：〔宋〕黄升《花庵词选》卷七："万俟雅言，自号词隐，崇宁中充大晟府制撰，依月用律制词，故多应制。所作有《大声集》五卷。"〔宋〕王灼《碧鸡漫志》卷二："沈公述、李景元、孔方平、处度叔侄、晁次膺、万俟雅言，皆有佳句，就中雅言又绝出；然六人者，源流从柳氏来，病于无韵。雅言初自集分两体，曰'雅词'、曰'侧艳'，目之曰'胜萱丽藻'，后召试入官，以侧艳体无赖太甚，削去之。再编成集，分五体，曰'应制'、曰'风月脂粉'、曰'雪月风花'、曰'脂粉才情'、曰'杂类'，周美成目之曰'大声'。"又曰："崇宁间，建大晟乐府，周美成作提举官，而制撰官又有七。万俟咏雅言，元祐诗赋科老手也。三舍法行，不复进取，放意歌酒，自称'大梁词隐'。每出一章，信宿喧传都下。政和初，召试补官，置大晟乐府制撰之职。新广八十四调，患谱弗传，雅言请以盛德大业及祥瑞事迹制词实谱。有旨依月用律，月进一曲，自此新谱稍传。"

"可容"句：〔宋〕黄升《花庵词选》卷七："晁端礼，宣和间充大晟府协律郎，与万俟雅言齐名，按月律进词。"〔清〕张德瀛《词徵》卷五"应制词"下："万俟雅言、晁端礼在大晟府，按月律进词。"

"《长相思》"二句：万俟咏《长相思》词："一声声，一更更。窗外芭蕉窗里灯，此时无限情。　梦难成，恨难平。不道愁人不喜听，空阶滴到明。"〔宋〕黄升《唐宋诸贤绝妙词选》卷七："雅言之词，词之圣者也。发妙旨于律吕之中，运巧思于斧凿之外，平而共，和而雅，比诸刻琢句意，而求精丽者远矣。"

五十

周柳居然有替人，圣求诗在益酸辛。

人言未减秦淮海，名字流传竟不真。

（吕滨老，陈振孙《直斋书录解题》作渭老，《词综》因之，今从嘉定壬申赵师岇序）

笺注

"周柳"二句：〔宋〕赵师岇《吕圣求词序》曰："宣和末，有吕圣求者，以诗名，讽咏中率寓爱君忧国意，不但弄笔墨清新俊逸而已。其忧国诗云：'忧国忧身到白头，此生风雨一沙鸥。'又云：'尚喜山河归帝子，可怜麋鹿入王宫。'……一日复得《圣求词集》一编，婉媚深窈，视美成、耆卿伯仲耳。"〔清〕冯煦《宋六十一家词选例言》："赵师岇序吕滨老《圣求词》，谓其'婉媚深窈，视美成、耆卿伯仲'。实只其《扑蝴蝶近》（按：《扑蝴蝶近》词有二首，其一云"分钗绾髻，洞府难分手。离舫短阋，啼痕冰舞袖。马嘶霜滑，桥横路转，人依古柳。晓色渐分星斗。　怎分剖。心儿一似，倾入离愁万千斗。垂鞭伫立，伤心还病酒。十年梦里婵娟，二月花中豆蔻，春风为谁依旧。"其二云："风荷露竹，秋意侵疏鬓。微灯曲几，有帘通桂影。乍凉衣著，轻明微醉，歌声听稳。新愁殢人方寸。　怎不闷。当初欲凭，燕翼西飞寄归信。小窗睡起，梁间都去尽。夜长旅枕先知，秋杪黄花渐近。一成为伊销损。"）之上半在周柳之间，其下阕已不称。此外佳构，亦不过《小重山》《南歌子》数篇，殆又出千里（方千里）下矣。"替人，接替的人。〔唐〕封演《封氏闻见记·推让》："淮例，替人五月五日已前到者，得职田。"

"人言"句：〔清〕沈雄《古今词话》"词辨下卷"："《古今词谱》曰：林钟商调曲，吕圣求《醉蓬莱》词，佳处不减少游。"又"词评上卷"录杨慎曰："圣求在宋不甚著名，而词甚工。《词选》载有《望海潮》，与《醉蓬莱》《扑蝴蝶近》《惜分钗》《薄幸》《选冠子》《百宜娇》《豆叶黄》《鼓笛慢》，佳处不减少游。"

"名字"句：见作者自注。又，〔明〕毛晋《宋六十名家词·圣求词跋》云："吕圣求名渭老，或云滨老，檇李人，有声宣和间。"

五十一

云龛居士有人招，伯可南来不自聊。

反复炎凉谁屑道，文章名盛惜《初寮》。（王安中）

笺注

云龛居士：李邴（1085—1146），字汉老，号云龛，济州任城（今山东济宁）人。崇宁五年（1106）进士，累官翰林学士。有《云龛草堂集》，不传。邴为人正直，敢直言，曾因兄李邺越州失守落职，遇赦，升资政殿学士。绍兴五年（1135）诏问宰执方略，邴条上战阵、守备、措画、绥怀各五事，请求重用李纲、吕颐浩等，加强军备。

伯可：康与之，字伯可。〔清〕张德瀛《词徵》卷五："词人中惟康伯可遭际最奇，高宗驻跸维扬，伯可上中兴十策，洞悉利弊，是范文正、晏元献一辈人物。洎缪相专柄，伯可厕十客之列，附会干进，孝宗奉养上皇，伯可应制为艳词，谄谀乞进，是柳耆卿、曾纯甫一辈人物。士大夫一朝改行，身名败裂，不可复救。程子曰：'节或移于晚，守或失于终，其若人乎？'"

"反复"二句：〔明〕杨慎《词品》卷三："王初寮，字安中，名履道，初为东坡门下士，诗文颇得膏腴。其词有'椽烛垂珠清漏长，迟留春笋缓催觞'之句。又'天与麟符行乐分。缓带轻裘，雅宴催云鬓。翠雾萦纡销篆印，筝声恰度秋鸿阵'，为时所称。其后附蔡京，遂叛东坡。其人不足道也。"〔清〕沈雄《古今词话》"词评上卷"："《古今词话》曰：安中名履道，宣和四年翰林，始为东坡门下士。金人来归，授庆远节度使。郭药师将叛，求召还。绍兴初复附蔡京。有《初寮集》。"又，引花庵词客曰："王履道词有'椽烛垂珠清漏长，庭留春笋缓飞觞。''翠雾萦纡消篆印，筝声恰度秋鸿阵'。知名当世。"

按：〔宋〕王灼《碧鸡漫志》卷二："王辅道、履道善作一种俊语，其失在轻浮。"〔清〕冯煦《蒿庵论词》："词为文章末技，固不以人品分升降。然如毛滂之附蔡京，史达祖之依侂胄，王安中之反覆，曾觌之邪佞，所造虽深，识者薄之。梅溪生平，不载史传，据其《满江红·咏怀》所云'怜牛后、怀鸡肋'，又云'一钱不值贫相逼'，则韩氏省吏之所，或不诬与。"况周颐《蕙风词话》卷四："毛子晋跋《初寮词》云：'履道由东观入掖垣，由乌府至鳌禁，皆天下第一。或谓其受知于蔡元长，密荐于上，故恩遇如此。'又云：'或云：初为东坡门下士，其后附蔡叛苏。'又《幼老春秋》云：'王安中以文章有时名，交结蔡攸。攸引入禁中，赐宴，作《双飞玉燕》诗。'今就二说考证之。毛跋一曰或谓，再曰或云，殆传疑之词，未可深信。赐宴赋诗，事诚有之，讵必蔡攸引入耶。《宋史》安中本传：'有徐禋者，以增广鼓铸之说媚于蔡京。京奏遣禋措置东南九路铜事，且令搜访宝货。禋图绘坑冶，增旧几十倍，且请开洪州严阳山坑，迫有司承岁额数千两。其所烹炼，实得铢两而已。禋术穷，乃妄请得希世珍异与古之宝器，乞归书艺局。京主其言。安中独论禋欺上扰下，宜令九路监司覆之，禋竟得罪。时上方乡神仙之事，蔡京引方士王仔昔以妖术见，朝臣戚里，夤缘关通。安中疏请自今招延山林道术之事，当责所属保任，宣召出入，必令察视其所经由，仍申严臣庶往还之禁。并言京欺君僭上、蠹国害民数事。上悚然纳之。已而再疏京罪。上曰，本欲即行卿章，以近天宁节，俟过此，当为卿罢京。京伺知之，大惧。其子攸日夕侍禁中，泣拜恳祈。上为迁安中翰林学士，又迁承旨'云云。安中对于蔡京，屡持异议。再疏劾京，乃至京惧攸泣，而谓附京结攸者顾如是乎？二家之说，何与史传迥异如是。"

五十二

画像偏教戴牡丹，《阮郎归》赋寿皇欢。

诙谐莫诮曾鹑脯，凄绝《金人捧露盘》。（曾觌）

笺注

"**画像**"句：曾觌《定风波·赏牡丹席上走笔》词曰："上苑秾芳初雨

晴，香风袅袅泛轩楹。犹记洛阳开小宴。娇面，粉光依约认倾城。　流落江南重此会，相对。金蕉蘸甲十分倾。怕见人间春更好。向道，如今老去尚多情。"画像戴牡丹，应与受赏牡丹有关。

阮郎归：〔清〕沈雄《古今词话》"词辨上卷"："花庵词客曰：宋仁宗见新燕掠水，曾觌应制作《阮郎归》词云：'柳阴庭馆占风光……'仁宗极赏其末二句。"（按：今见《花庵词选》中并未有此句，曾觌（1109－1180）非仁宗朝（1023－1063）人，殆沈雄所记误矣。）　又"词辨下卷"："《太平乐府》曰：淳熙三年，孝宗起居上皇赏月，命小刘妃取白玉笙，吹霓裳中序第一。曾觌进《壶中天》卒章云：'金瓯千古无缺。'上皇喜曰：从来月词不曾用金瓯事。赐赉无算。六年三月，又请西宫游聚景园，内宫进泛兰舟曲，张抡进《壶中天》，有'一尘不动，四境无鸣柝'句，赐法锦数事。一日，车驾观浙江潮，命从官各赋《酹江月》，以吴琚为第一。《壶中天》《酹江月》，即《念奴娇》。念奴，唐玄宗宫人名。"　又"词评上卷"："花庵词客曰：曾海野，东都故老，及见中兴之盛者。尝侍上苑应制，进《阮郎归》赋燕，《柳梢青》赋柳，一时推重。其奉使旧京作《上西平》，重到临安作《感皇恩》，感慨淋漓，甚得大体，人所不及也。淳熙中咏月云：'金瓯千古无缺。'高宗喜，谓从来未有道之者。有《海野集》。"《蓼园词评》："《绝妙词选》云：上苑初夏，公侍宴池上，有双飞新燕掠水而去，得旨赋之。按末二句，大有寄托忠爱之心，婉然可想。"

"诙谐"句：〔宋〕陆游《老学庵笔记》卷五："曹咏为浙漕，一日坐客谓徽州汪王灵异者。咏问汪王若为对？有唐永夫昌在坐，遽曰：'可对曹漕。'咏以为工，遂爱之。曾觌字纯甫，偶归正官萧鹧巴来谒。既退，复一客至，其所狎也。因问曰：'萧鹧巴可对何人？'客曰：'正可对曾鹌脯。'觌以为嫚己，大怒，与之绝。"诮，嘲笑，讥刺。

金人捧露盘：曾觌《金人捧露盘·庚寅岁春奉使过京师感怀作》词："记神京、繁华地，旧游踪。正御沟、春水溶溶。平康巷陌，绣鞍金勒跃青骢。解衣沽酒醉弦管，柳绿花红。　到如今、余霜鬓，嗟前事、梦魂中。但寒烟、满目飞蓬。雕栏玉砌，空锁三十六离宫。塞笳惊起暮天雁，寂寞东风。"〔明〕杨慎《词品》卷四："曾觌，字纯甫，号海野。东都故老，见汴都之盛，故词多感慨，《金人捧露盘》是也。《采桑子》云：'花里游蜂，宿粉栖香锦绣中。'为当时传唱。" 又，"曾觌进词赋，遂进《阮郎归》云：'柳阴庭院占风光，呢喃清昼长。碧波新涨小池塘，双双蹴水忙。 萍散漫，絮飞扬。轻盈体态狂。为怜流去落红香，衔将归画梁。'" 又，"曾觌《壶中天》云：'素飙漾碧，看天衢稳送，一轮明月。翠水瀛壶人不到，比似世间秋别。玉手瑶笙，一时同色，小按霓裳叠。天津桥上，有人偷记新阕。 当日谁幻银桥，阿瞒儿戏，一笑成痴绝。肯信群仙高宴处，移下水晶宫阙。云海尘清，山河影满，桂冷吹香雪。何劳玉斧，金瓯千古无缺。'上大喜，曰：'从来月词，不曾用金瓯事，可谓新奇。'赐金束带紫番罗水晶碗。上亦赐宝盏。至一更五点还宫。"《四库全书总目提要》："黄升《花庵词选》谓其语多感慨，凄然有黍离之悲。虽与龙大渊朋比作佞，名列《宋史·佞幸传》，为谈艺者所不齿，而才华富艳，实有可观。"王易《词史·衍流第四》："有《海野词》特工感慨；其过汴京《金人捧露盘》，端人所不废也。"

按：明王世贞《艺苑卮言》："词至辛稼轩而变，其源实自苏长公，至刘改之诸公极矣。南宋如曾觌、张抡辈应制之作，志在铺张，故多雄丽。"〔清〕李调元《雨村词话》卷三："曾纯甫与觌与龙大渊同为孝宗潜邸知客旧人，觞咏酬唱，字而不名，怙宠恃势，纯甫尤甚，故陈俊卿、虞允文交章逐之。然文藻有可观，如京师望丛台诸作，语多感慨，令人生麦秀黍离之感。"〔清〕许昂霄《词综偶评》评曾觌《金人捧露盘》："海野东都故老，词多感慨，惜其人无足称。"〔清〕冯煦《蒿庵论词》："词为文章末技，固不以人品分升降，然如……曾觌之邪佞，所造虽深，识者薄之。"

五十三

伯颜军已破杭州，试问金华梦醒不。

麦秀黍离词客感，销魂真个是天游。（詹天游）

笺注

伯颜：（1236—1295），蒙古八邻部人。元朝大将。曾祖述律哥图、祖阿刺从成吉思汗征战有功，封为八邻部左千户及断事官。至元十一年（1274）十一月，分兵三路进军临安（今杭州市），与右丞相阿塔海取中道，节制诸军并进。十三年（1276），陷临安，俘宋帝、谢太后等北还。

麦秀：指麦子秀发而未实。《史记·宋微子世家》："箕子朝周，过故殷虚，感宫室毁坏，生禾黍，箕子伤之，欲哭则不可，欲泣为其近妇人，乃作《麦秀》之诗以歌咏之。其诗曰：'麦秀渐渐兮，禾黍油油。彼狡童兮，不与我好兮！'"

黍离：本为《诗·王风》中的篇名。《诗·王风·黍离序》："《黍离》，闵宗周也。周大夫行役，至于宗周，过故宗庙宫室，尽为禾黍，闵周室之颠覆，彷徨不忍去而作是诗也。"后遂用作感慨亡国之词。

"销魂"句：〔清〕叶申芗《本事词》："杨都尉震有十姬，皆丽色，而粉儿尤胜。一日，招詹天游宴，悉出佐觞，天游独属意粉儿。饮酣，口占《浣溪纱》赠之云：'淡淡青山两点春。娇羞一点口儿樱，一梭儿玉一窝云。白藕香中见西子，玉梅花下遇昭君。不曾真个也销魂。'杨即以粉儿赠之。且曰：'使天游真个销魂。'真风流豪爽人也。"

五十四

香馀鸳帐冷金猊，名相词传品未低。

唱彻声声《苏武令》，人言作者李梁溪。（赵鼎）

笺注

"香馀"句：赵鼎《点绛唇·春愁》词："香冷金炉，梦回鸳帐馀香嫩。更无人问。一枕江南恨。　消瘦休文，顿觉春衫褪。清明近。杏花吹尽。薄暮东风紧。"《四库全书总目提要》："鼎南渡名臣，屹然重望，气节学术，彪炳史书。本不以词藻争短长，而出其绪馀，无忝作者。盖有物之言，有不待雕章绘句而工者，观于是集，可以见一斑矣。"（《忠正德文集》提要）〔明〕杨慎《词品》卷四："赵鼎，字元镇，宋中兴名将。小词妩媚，不减《花间》《兰畹》。'惨结秋阴'一首（按：指赵之《满江红·丁未九月南渡泊舟仪真江口作》），世皆传诵之矣。"〔清〕王士祯《花草蒙拾》："堂上簸钱堂下走"小人以蔑欧阳（修）。"有情争似无情"，忌者以诬司马（光）。至"谙尽孤眠滋味"及"落花流水别离多"（按：赵鼎《浣溪沙·美人》词曰：艳艳春娇入眼波。劝人金盏缓声歌。不禁粉泪湿香罗。　暮雨朝云相见少，落花流水别离多。寸肠争奈此情何。）范（仲淹）、赵（鼎）二钜公作如许语，又非但广平梅花之比矣。〔清〕彭孙遹《金粟词话》："词以艳丽为本色，要是体制使然。如韩魏公（韩琦）、寇莱公（寇准）、赵忠简（赵鼎），非不冰心铁骨，勋德才望，照映千古，而所作小词，有'人远波空翠'（按：韩琦《点绛唇》词曰："病起恹恹，画堂花谢添憔悴。乱红飘砌，滴尽胭脂泪。　惆怅前春，谁向花前醉。愁无际，武陵回睇，人远波空翠。"），'柔情不断如春水'（按：寇准《夜度娘》："烟波渺渺一千里，白蘋香散东风起。日暮汀洲一望时，柔情不断如春水。"），'梦回鸳帐馀香嫩'（按：赵鼎《点绛唇》，见前引）等语，皆极有情致，尽态穷妍。乃知广平梅花，政自无碍。竖儒辄以为怪事耳。司马温公（光）亦有《宝髻松》一阕，姜明叔力辨其非，此岂足以诬温公，真赝要不可论也。"〔清〕沈雄《古今词话》"词话上卷"："江尚质曰：贤如寇准、晏殊、范仲淹、赵鼎，勋名重臣，不少艳词。……当不以人废言也。"

"唱彻"句：李纲《苏武令》词："塞上风高，渔阳秋早。惆怅翠华音杳。驿使空驰，征鸿归尽，不寄双龙消耗。念白衣、金殿除恩，归黄阁、未成图报。　谁信我、致主丹衷，伤时多故，未作救民方召。调鼎为霖，登坛作将，燕然即须平扫。拥精兵十万，横行沙漠，奉迎天表。"李纲（1083－1140），字伯纪，号梁溪先生。邵武人。著有《梁溪集》，谥忠定。

按：〔清〕陈廷焯《词坛丛话》云："词虽不避艳冶，亦不可流于秽亵。尝见赵忠简词，有'梦回鸳帐馀香嫩'之句；司马温公词有'相见争如不见，有情还似无情'之句；范文正词有'眉间心上，无计相回避'之句；韩魏公词有'愁无际，武陵凝睇，人远波空翠'之句；寇莱公词有'柔情不断如春水'之句；林和靖词有'罗带同心结未成'之句；赵清献诗亦有'春窗恼春思，一枕杜鹃啼'之句。数公勋德才望，昭昭千古，而所作小词，非不尽态极妍，然不涉秽语，故不为法秀道人所呵。后学每以之藉口，竞作丽辞；不知惟立品如数公,乃可偶一为之,若后生小子,沾沾然于此求工,鲜不为心术之累。是集所选艳词,皆以婉雅为宗。"〔清〕陈廷焯《白雨斋词话》卷六:"二帝蒙尘,偷安南渡,苟有人心者,未有不拔剑斫地也。南渡后词,如赵忠简《满江红》云:'欲待忘忧除是酒,奈酒行有尽愁无极。便挽将、江水入尊罍,浇胸臆。'……此类皆慷慨激烈,发欲上指,词境虽不高,然足以使懦夫有立志。"〔清〕况周颐《蕙风词话》卷二:"赵忠简词,王氏四印斋刻入《南宋四名臣词》。清刚沉至,卓然名家。故君故国之思,流溢行间句里。如《鹧鸪天·建康上元作》云:'客路那知岁序移……'《洞仙歌》后段云:'可怜窗外竹……'其它断句尤多促节哀音,不堪卒读。而卷端《蝶恋花》乃有句云:'年少凄凉天付与,更堪春思萦离绪。'闲情绮语,安在为盛德之累耶?"

五十五

序有胡寅未必知,江南江北《酒边词》。

味如元酒心枯木,依旧看花不自持。(向子諲)

笺注

"序有"句:〔宋〕胡寅《酒边词序》:"芗林居士,步趋苏堂而哜其胾者也。观其退江北所作于后,而进江南所作于前,以枯木之心,幻出葩华,酌元酒之尊,而弃醇味,非染而不色,安能及此?……公宏才伟绩,精忠大节,在人耳目,固史载之矣。后之人昧其平生,而听其馀韵,亦犹读《梅花赋》而未知宋广平欤!"

酒边词:向子諲字伯恭,临江(今江西清江)人。有《酒边集》。

元酒:即玄酒。古时祭祀时当酒用的水。《太平御览》卷五九七引汉桓谭《新论》:"元酒不如仓吾之醇。"

按:向子諲《江南新词》中《满庭芳》序曰:"岩桂风韵高古,平生心醉其间。昔转漕淮南,尝手植堂下。芗林此花为多,戏作是词,当邀徐师川诸公同赋。"词曰:"月窟蟠根,云岩分种,绝知不是尘凡。琉璃剪叶,金粟缀花繁。黄菊周旋避舍,友兰蕙、羞杀山樊。清香远,秋风十里,鼻观已先参。　酒阑。听我语,平生半是,江北江南。经行处、无穷绿水青山。常被此花相恼,思共老、结屋中间。不因尔,芗林底事,游戏到人寰。"〔明〕毛晋《酒边词跋》:"其立朝忠节,胡安国、张九成辈极嘉与之。晚忤秦桧意,乃致仕,卜居清江杨遵道故第,竹木池馆占一都之胜,又绕屋手植岩桂,颜其堂曰'芗林',自咏云:须知道,天教尤物,相伴老江乡。又绝笔云:真香妙质,不耐世间风与日。米颠所谓众香国中来,众香国中去,芗林亦庶几耶。"〔清〕郭麐《灵芬馆词话》卷二:"《酒边词》二卷,其中赠伎之作最多,其名小桃、小兰、轻轻、贺全真、陈宋邻、赵总怜、王称心,不一而足,所谓承平王孙故态者耶。"〔清〕王弈清《历代词话》卷六引《古今词话》云:"向子諲有《梅花引》,戏代李师明作,即所传'花如颊,眉如叶。小时笑弄阶前月'是也。又有席上赠侍儿轻轻《殢人娇》词曰:'白似雪花,柔于柳絮。胡蝶儿、镇长一处。春风骀荡,蓦然吹去。争得倩游丝,半空惹住。　波上精神,掌中态度。分明是、彩云团做。当年飞燕,从今不数。只恐是、高唐梦中神女。'"〔清〕叶申芗《本事词》卷下:"向子諲伯恭,自号芗林居士,故都贵戚,工于乐章。有《酒边词》,自分为江南新词、江北旧词。文采风流,恒多顾曲之赠。"

五十六

轻诋苏黄太刻深,倚声一事却倾心。

流莺不语啼莺语,狡狯真怜叶石林。（叶梦得）

笺注

"轻诋"句:〔宋〕叶少蕴《石林诗话》卷上:"诗终篇有操纵,不可拘用一律。苏子瞻'林行婆家初闭户,翟夫子舍尚留关'。始读,殆未测其意,盖下有'娟娟缺月黄昏后,袅袅新居紫翠间。系潓岂无罗带水,割愁还有剑铓山'四句,则入头不怕放行,宁伤于拙也。然系潓罗带,割愁剑铓之语,大是险诨,亦何可屡打。"　又,卷中:"苏子瞻尝两用孔稚圭鸣蛙事,如'水底笙簧蛙两部,山中奴婢桔千头'。虽以笙簧易鼓吹,不碍其意同。至'已遣乱蛙成两部,更邀明月作三人',则成两部不知为何物,亦是歇后。故用事宁与出处语小异而意同,不可尽牵出处语而意不显也。"〔清〕冯煦《宋六十一家词选例言》:"叶少蕴主持王学,所著《石林诗话》,阴抑苏、黄,而其词顾挹苏氏之馀波,岂此道与所向学固多歧出耶?"

"倚声"句:〔宋〕关注(字子东)《石林词跋》:"右丞叶公,以经术文章为世宗儒。翰墨之馀,作为歌词,亦妙天下。味其词,婉丽绰有温、李之风。晚岁落其华而实之,能于简淡时出雄杰,合处不减靖节、东坡之妙,岂近世乐府之流哉?"〔明〕毛晋《石林词跋》:"少蕴自号石林居士,晚年居卞山下,奇林森列,藏书数万卷,啸咏自娱。所撰诗文甚富……《石林词》一卷,与苏、柳并传,绰有林下风,不作柔语殢人,真词家逸品也。"倚声,依照歌曲的声律节奏。《新唐书·刘禹锡传》:"禹锡谓屈原居沅、湘间作《九歌》,使楚人以迎送神,乃倚其声,作《竹枝辞》十馀篇。"张耒《贺方回乐府序》:"予友贺方回博学业文,而乐府之词,高绝一世,携其一编示余,大抵倚声而为之词,皆可歌也。"

"流莺"句:〔宋〕叶少蕴《贺新郎》词:"睡起流莺语。掩青苔、房栊向晚,乱红无数。吹尽残花无人见,惟有垂杨自舞。渐暖霭、初回轻暑。宝扇重寻明月影,暗尘侵、尚有乘鸾女。惊旧恨、遽如许。　江南梦断横江渚。浪沾天、葡萄涨绿,半空烟雨。无限楼前沧波意,谁采蘋花寄与。但怅望、兰舟容与。万里云帆何时到,送孤鸿、目断千山阻。谁为我、唱金缕。"〔宋〕王楙《野客丛书》卷二十八:"章茂深尝得其妇翁石林所书《贺新郎》词。首曰:'睡起流莺语。'章疑其误,颇诘之。石林曰:'老夫尝考之矣。流莺不解语,啼莺解语,见《禽经》。'"〔宋〕张侃《拙轩词话》:"苏文忠《赤壁赋》不尽语,裁成《大江东去》词,过处云:'人道是,三国周郎赤壁。'赤壁有五处,嘉鱼、汉川、汉阳、江夏、黄州,周瑜以火败操在乌林,《后汉书·水经》载已详悉。陆三山《入蜀记》载韩子苍云:'此地能令阿瞒走。'则直指为公瑾之赤壁。又黄人谓赤壁曰赤鼻,后人取词中《酹江月》三字名之。叶石林'睡起流莺语'词,平日得意之作也,名振一时,虽游女亦知爱重。帅颍日,其侣乞词,石林书此词赠之。后人亦取'金缕'二字名词。虽然豪逸而迫近人情，纤丽而摇动闺思。二公之名俱不朽，识者盍深考焉。"〔明〕杨慎《词品》卷四："叶少蕴名梦得，号石林居士。妙龄秀发，有文章盛名。《石林词》一卷传于世。《贺新郎》'睡起流莺语'，《虞美人》'落花已作风前舞'，皆其词之入选者也。中秋宴客《念奴娇》末句云：'广寒宫殿，为予聊借琼林。'英英独照者。"〔清〕黄蓼园《蓼园词评》中引沈际飞云："（'睡起流莺语'一词）一意一机，自语自话。草木花鸟字面迭来，不见质实，受知于蔡元长，宜也。"

按：〔宋〕王灼《碧鸡漫志》卷二："后来学东坡者，叶少蕴、蒲大受亦得其六七，其才力比晁、黄差劣。"〔清〕李调元《雨村词话》卷三："叶梦得少蕴《鹧鸪天》词：'一曲青山映小池，绿荷阴尽雨离披。何人解识秋堪美，莫为悲秋浪赋诗。　携浊酒，绕东篱，菊残犹有傲霜枝。一年好景君须记，正是橙黄橘绿时。'自注：梁范坚常谓欣成惜败者，物之情。秋为万物成功之时，宋玉作悲秋，非是，乃作《美秋赋》云。'秋堪美'三字如此不轻下，然何后三句全用东坡诗，只少'荷尽已无擎雨盖'句耳，如此作词，太容易也。"

五十七

敢信坡仙垒可摩，词名无住却无多。

杏花影里人吹笛，竟到天明奈若何。（陈与义）

笺注

"**敢信**"二句：〔宋〕黄升《中兴以来绝妙词选》卷一："《无住词》一卷，词虽不多，语意超绝，识者谓其摩坡仙之垒也。"〔明〕沈际飞《草堂诗馀正集》："意思超越，腕力排奡，可摩坡仙之垒。"

"**杏花**"二句：陈与义《临江仙》词："忆昔午桥桥上饮，座中多是豪英。长沟流月去无声。杏花疏影里，吹笛到天明。　二十馀年如一梦，此身虽在堪惊。闲登小阁看新晴。古今多少事，渔唱起三更。"〔宋〕胡仔《苕溪渔隐丛话》后集卷三十四评上片云："此数语奇丽。《简斋集》后载数词，惟此词最优。"〔宋〕张炎《词源》卷下："若陈简斋'杏花疏影里，吹笛到天明'之句，真是自然。"〔清〕刘熙载《艺概》卷四："词之好处，有在句中者，有在句之前后际者。陈去非《虞美人》：'吟诗日日待春风，及至桃花开后却匆匆。'此好在句中者也。《临江仙》：'杏花疏影里，吹笛到天明。'此因仰承'忆昔'，俯注'一梦'，故此二句不觉豪酣。转成怅悒，所谓好在句外者也。倘谓现在如此，则骏甚矣。"〔清〕陈廷焯《白雨斋词话》卷一：陈简斋《无住词》，未臻高境，唯《临江仙》云："……"笔意超旷，逼近大苏。

按：〔明〕杨慎《词品》卷四："陈去非，蜀之青神人，陈季常之孙也，徙居河南。宋南渡后，又居建业。诗为高宗所眷注，而词亦佳。语意超绝，笔力排奡，识者谓其摩坡仙之垒，非溢美云。《草堂词》惟载'忆昔午桥'一首。其闽中《渔家傲》云：'今日山头云欲举，青蛟素凤移时舞。行到石桥闻细雨。听还住，风吹却过溪西去。 我欲寻诗宽久旅，桃花落尽春无所。渺渺篮舆穿翠楚。悠然处，高林忽送黄鹂语。'又《虞美人》云：'吟诗日日待春风，及至桃花开后、却匆匆。'又《点绛唇》云：'愁无那，短歌谁和，风动梨花朵。'《南柯子》云：'阑干三面看晴空。背插浮图，千尺冷烟中。'皆绝似坡仙语。"〔清〕胡薇元《岁寒居词话》："陈与义简斋《无住词》十八首，而首首可传。简斋师杜少陵，与山谷、后山为三宗。其词吐言天拔，无蔬笋气，然山谷词利钝互见，后山则勉强学步，迥非与义之敌。"〔清〕许昂霄《词综偶评》评《临江仙》："神到之作，无容拾袭。渔隐称为清婉奇丽，玉田称为自然而然，不虚也。"〔清〕张德瀛《词徵》卷五："徐釚《词苑丛谈》云：'子瞻与谁同坐，明月清风我'，'明月几时有，把酒问青天'快语也。'大江东去浪淘尽，千古风流人物'，壮语也。'杏花疏影里，吹笛到天明'，爽语也。其词在浓与淡之间耳。徐氏所引'杏花疏影'二句，盖陈去非词，非子瞻所作。"

五十八

《西江月》好足名家，直许微尘点不加。

三卷《樵歌》名士语，此才端合赋梅花。（朱敦儒）

笺注

《西江月》：朱敦儒《西江月》词："世事短如春梦，人情薄似秋云。不须计较苦劳心，万事原来有命。　幸遇三杯酒好，况逢一朵花新。片时欢笑且相亲，明日阴晴未定。"〔宋〕魏庆之《魏庆之词话》附录《中兴词话》："朱希真有《西江月》词云：'……'辞虽浅近，意甚深远，可以警世之役役于非望之福者，非止旷达而已。"〔明〕杨慎《词品》卷四："朱希真名敦儒，博物洽闻，东都名士也。天资旷远，有神仙风致。其《西江月》二首，词浅意深，可以警世之役役于非望之福者。《草堂》入选矣。"

"直许"句：〔宋〕汪莘《方壶诗馀自序》云："余于词所爱者三人焉，盖至东坡而一变，其豪妙之气，隐隐然流出言外，天然绝世，不假振作；二变而为朱希真，多尘外之想，虽杂以微尘，而其清气自不可没；三变而为辛稼轩，乃写其胸中事，尤好称陶渊明。此词之三变也。"

赋梅花：朱敦儒有《卜算子》词云："古涧一枝梅，免被园林锁。路远山深不怕寒，似共春相赴。　幽思有谁知，托契都难可。独自风流独自香，明月来寻我。"　又，《鹧鸪天》词（题为《西都作》）云："我是清都山水郎，天教分付与疏狂。曾批给雨支风券，累上留云借月章。　诗万首，酒千觞。几曾着眼看侯王。玉楼金阙慵归去，且插梅花醉洛阳。"　又《鹧鸪天》："曾为梅花醉不归，佳人挽袖乞新词。轻红遍写鸳鸯带，浓碧争翦翡翠巵。　人已老，事皆非。花前不饮泪沾衣。如今但欲关门睡，一任梅花作雪飞。"　又《鹊桥仙》："溪清水浅，月胧烟澹，玉破梅梢未遍。横枝依约影如无，但风里、空香数点。　乘风欲偶，凌波难住，谁见红愁粉怨。夜深青女湿微霜，暗香散、广寒宫殿。"　又《木兰花》："前日寻梅椒样缀，今日瓯梅蜂已至。乍开绛萼欲生香，略绽粉苞先有意。　故人今日升沉异，定是江南无驿使。自调弦管自开尊，笑把花枝花下醉。"〔清〕贺裳《皱水轩词筌》："朱希真《鹧鸪天》云：'道人还了鸳鸯债，纸帐梅花醉梦间。'咸谓朱素心之士。然其《念奴娇》末云：'料得文君，重帘不卷，且等闲消息。不如归去，受他真个怜惜。'如此风情，周、柳定当把臂。此亦子瞻所云鹦鹉禅五通气毬，皋陶所不能平反也。而语则妙矣。"〔清〕沈雄《古今词话》"词话上卷"："朱希真名敦儒，天资旷达，有神仙风致。居东都日，作《鹧鸪天》自述云："'曾批给雨支风券，屡上留云借月章。'有朋侪诣之，闻笛声自烟波起，顷之，棹小舟与客俱归。室中悬琴筑阮咸之属，篮缶贮果实脯醢，皆平日所留意者。南渡后，作《鹧鸪天》遣兴云：'道人还了鸳鸯债，纸帐梅花醉梦间。'是真素心之士。" 又《古今词话》"词评上卷"引张正夫曰："希真赋月词：'插天翠柳，被何人推上一轮明月。'赋梅词：'横枝销瘦一如无，但空里疏花数点。'词意奇绝，似不食烟火人语。"

按：〔宋〕周必大《二老堂诗话》："希真诗词，独步一世。"〔清〕邓廷桢《双砚斋词话》："评梅花诗者，以庾子山之'枝高出手寒'、苏子瞻之'竹外一枝斜更好'、林君复之'疏影横斜水清浅，暗香浮动月黄昏'为千古绝调。余谓词亦有之。朱希真之'引魂枝消瘦一如无，但空里疏花数点'，姜石帚之'长记曾携手处，千树压西湖寒碧'，一状梅之少，一状梅之多，皆神情超越，不可思议，写生独步也。"〔清〕黄蓼园《蓼园词评》评朱词《孤鸾》（"天然标格"）曰："按汪叔耕曰：希真词多尘外之想。虽杂以微尘，而其清气自不可没。黄叔旸曰：希真东都名士，词章擅名。天资旷远，有神仙风致。观此词后阕，幽思绵渺，一往而深。无一习见语扰其笔端，清隽处可夺梅魄矣。"（按：此首《孤鸾》《全宋词》列入"存目词"，陈钟秀本《草堂诗馀》卷下作"无名氏作"，见《草堂诗馀》后集卷下。） 又评朱《念奴娇》（"见梅惊笑"）曰："希真急流勇退，人品自尔清高。观'受了多少凄凉风月'句，或有不能见用，不得已而托于求退者乎？且读至'和羹心在'，可以知其志矣。希真作梅词最多，以其性之所近也。此作尤奇矫无匹。起处作问答语，便自起隽异常。次阕起处，亦自高雅。'岂是无情'一折，意更周密。结语黯然。"〔清〕陈廷焯《白雨斋词话》卷一："朱希真'春雨细如尘'一阕，饶有古意。至《渔父》五篇，虽为皋文所赏，然譬彼清流之中，杂以微尘，如四章结句'有何人留得'五章结句，'有何人相识'，一经道破，转嫌痕迹，不如并删去为妙。余最爱其次章结句云：'昨夜一江风雨，都不曾听得。'此中有真乐，未许俗人问津。又三章结句云：'经过子陵滩半，得梅花消息。'静中生动，妙合天机，亦先生晚遇之兆。"〔清〕张德瀛《词徵》卷五：朱希真词品高洁，妍思幽窅，殆类储光羲诗体，读其词，可想见其人。然希真守节不终，首鼠两端，贻讥国史，视魏了翁、徐仲车诸人，相距远矣。（按：指晚年朱之子与秦桧子熺交好，敦儒因而官至鸿胪少卿。桧死，敦儒亦废，士人讥议其晚节不终。）梁启超《饮冰室评词》评《好事近》（"摇首出红尘"）："五词飘飘有出尘想，读之令人意境翛远。"

五十九

红罗百匹总无嫌，想亦无心学子瞻。

至使魏公缘罢酒，一腔忠愤洗香奁。（张孝祥）

笺注

"红罗"句：〔清〕冯金伯《词苑萃编》卷十三"纪事"中引《癸辛杂识》曰："张于湖知京口，王宣子代之。多景楼落成，于湖为大书楼扁，公库送银二百两为润笔，于湖却之，但需红罗百匹。于是大宴合乐，酒酣，于湖赋词，命伎合唱甚欢，遂以红罗百匹犒之。"

"至使"句：〔元〕陶宗仪《说郛·朝野遗记》："安国在建康留守席上赋此，歌阕（按：即《六州歌头》"长淮望断"），魏公为之罢席而入。"魏公，张浚，南宋初著名主战派人物，孝宗时都督江淮兵马，封魏国公。〔明〕陈霆《渚山堂词话》卷一："张安国在沿江帅府幕。一日预宴，赋《六州歌头》云云，歌罢，魏公流涕而起，掩袂而入。"〔清〕陈廷焯《白雨斋词话》卷六云："张孝祥《六州歌头》一阕，淋漓痛快，笔饱墨酣，读之令人起舞。" 又卷一："张安国词，热肠郁思，可想见其为人。"〔清〕刘熙载《艺概》卷四："词莫要于有关系，张元干仲宗因胡邦衡谪新州，作《贺新郎》送之，坐是除名，然身虽黜而义不可没也。张孝祥安国于建康留守席上赋《六州歌头》，致感重臣罢席。然则词之兴、观、群、怨，岂下于诗哉。"〔清〕冯煦《蒿庵论词》："于湖在建康留守席上赋《六州歌头》，感愤淋漓，主人为之罢席。他若《水调歌头》之'雪洗虏尘静'，一首，《木兰花慢》之'拥貔貅万骑'一首，《浣溪沙》之'霜月明霄'一首，率皆眷怀国君之作。"

香奁：妇女妆具。盛放香粉、镜子等物的匣子。这里指香奁体。凡诗词专以妇女身边琐事为题材，多绮罗脂粉之语者，称香奁体。又称艳体。〔宋〕严羽《沧浪诗话·诗体》："香奁体，韩偓之诗，皆裾裙脂粉之语，有《香奁集》。"

按：〔宋〕汤衡《张紫薇雅词序》："其后元祐诸公，嬉弄乐府，寓以诗人句法，无一毫浮靡之气，实自东坡发之也。于湖紫微张公之词，同一关键。……与'大江东去'之词相为雄长，……衡尝获从公游，见公平昔为词，未尝著稿，笔酣兴健，顷刻即成。初若不经意，反复究观，未有一字无来处。"〔宋〕陈应行《于湖先生雅词序》："比游荆、湖间，得公《于湖集》所作长短句，凡数百篇，读之泠然洒然，真非烟火食人辞语。予虽不及识荆，然其潇散出尘之姿，自在如神之笔，迈往凌云之气，犹可想见也。"王闿运《湘绮楼评词》评张孝祥《念奴娇》"洞庭青草"："飘飘有凌云之气，觉东坡《水调》有尘心。"

六十

小晏秦郎实正声，词诗词论亦佳评。

此才变态真横绝，多恐端明转让卿。（辛弃疾）

笺注

"小晏"句：刘克庄《辛稼轩集序》："公所作，大声镗鞳，小声铿鍧，横绝六合，扫空万古，自有苍生以来所无。其秾丽绵密者，亦不在小晏、秦郎之下。"

"词诗"句：〔明〕杨慎《词品》云："近日作词者，惟说周美成、姜尧章，而以东坡为词诗，稼轩为词论，此说固当，盖曲者曲也，固当以委曲为体。然徒狃于风情婉娈，则亦易厌。回视稼轩所作，岂非万古一清风哉！"

"此才"句：〔宋〕范开《稼轩词序》："其词之为体，如张乐洞庭之野，无首无尾，不主故常；又如春云浮空，卷舒起灭，随所变态，无非可观。"

端明：苏轼，嘉祐二年（1057）进士，累除中书舍人翰林学士，历端明殿学士礼部尚书。

按：〔宋〕魏庆之《中兴词话》："'宝钗分……'此辛稼轩词也。风流妩媚,富于才情,若不类其为人矣。至于贺王宣子平寇则云:'白羽风生貔虎噪,青溪路断猩鼯泣。'……等语,则铁石心肠发于词气间,凛凛也。盖其天才既高,如李白之圣于诗,无适而不宜,故能如此。"〔宋〕张炎《词源》卷下:"辛稼轩、刘改之作豪气词,非雅词也。于文章馀暇,戏弄笔墨,为长短句之诗耳。"〔明〕王世贞《艺苑卮言》:"词至辛稼轩而变,其源实自苏长公,至刘改之诸公极矣。南宋如曾觌、张抡辈应别之作,志在铺张,故多雄丽。稼轩辈抚时之作,意存感慨,故饶明爽。然而秾情致语,几于尽矣。"〔明〕俞彦《爰园词话》:"唐诗三变愈下,宋词殊不然。欧、苏、秦、黄,足当高、岑、王、李;南渡以后,矫矫陡健,即不得称中宋、晚宋也。惟辛稼轩自度粱肉不胜前哲,特出奇险为珍错供,与刘后村辈俱曹洞旁出。学者正可钦佩,不必反唇并捧心也。"〔明〕杨慎《词品》:"庐陵陈子宏云:蔡光工于词,靖康中陷虏庭。辛幼安尝以诗词谒之,蔡曰:'子之诗则未也,他日当以词名。'故稼轩归宋,晚年词笔尤高。尝作《贺新郎》云:'绿树听鹈鴂。更那堪、鹧鸪声住,杜鹃声切。啼到春归无寻处,苦恨芳菲都歇。算未抵、人间离别。马上琵琶关塞黑,更长门、翠辇辞金阙。看燕燕,送归妾。

将军百战声名裂。向河梁、回头万里,故人长绝。易水萧萧西风冷,满座衣冠似雪。正壮士、悲歌未彻。啼鸟还知如许恨,料不啼清泪,长啼血。谁伴我,醉明月。'此词尽集许多怨事,全与李太白拟《恨赋》手段相似。又止酒《沁园春》云:'杯、汝来前,老子今朝,点检形骸。甚长年抱渴,咽如焦釜,于今喜溢,气似奔雷。漫说刘伶,古今达者,醉后何妨死便埋。浑如此,叹汝于知己,真少恩哉! 更凭歌舞为媒。算合作、人间鸩毒猜。况怨无大小,生于所爱,物无美恶,过则为灾。与汝成言,勿留亟退,吾力犹能肆汝杯。杯再拜,道麾之即去,有召须来。'此又如《宾戏》《解嘲》等作,乃是把做古文手段寓之于词。赋筑偃湖云:'叠嶂西驰,万马回旋,众山欲东。正惊湍直下,跳珠倒溅,小桥横截,新月初弓。老合投闲,天教多事,检校长身十万松。吾庐小、在龙蛇影外,风雨声中。 争先见面重重。看爽气,朝来三四峰。似谢家子弟,衣冠磊落,相如庭户,车骑雍容。我觉其间,雄深雅健,如对文章太史公。新堤路,问偃湖何日,烟雨水濛濛。'且说松,而及谢家、相如、太史公,自非脱落故常者,未易闯其堂奥。刘改之所作《沁园春》,虽颇似其豪,而未免于粗。近日作词者,惟说周美成、姜尧章，而以东坡为词诗，稼轩为词论。此说固当，盖曲者曲也，固当以委曲为体，然徒狃于风情婉娈，则亦易厌。回视稼轩所作，岂非万古一清风哉。或云周、姜晓音律，自能撰词调，故人尤服之。"〔清〕先著、程洪《词洁辑评》："升庵评《永遇乐》'千古江山'曰：稼轩词中第一，发端便欲涕落，后段一气奔注，笔不得遏，廉颇自拟，慷慨壮怀，如闻其声。"〔清〕李调元《雨村词话》卷三："稼轩词肝胆激烈，有奇气，腹有诗书，足以运之。"〔清〕周济《介存斋论词杂著》："稼轩不平之鸣，随处辄发，有英雄语，无学问语，故往往锋颖太露；然其才情富艳，思力果锐，南北两朝，实无其匹，无怪流传之广且久也。世以苏、辛并称，苏之自在处，辛偶能到；辛之当行处，苏必不能到，二公之词，不可同日语也。后人以粗豪学稼轩，非徒无其才，并无其情。稼轩固是才大，然情至处，后人万不能及。"〔清〕刘体仁《七颂堂词绎》："稼轩'杯汝前来'，《毛颖传》也。'谁共我，醉明月'，《恨赋》也。皆非词家本色。" 又，"文字总要生动，镂金错采，所以为笨伯也。词尤不可参一死句，辛稼轩非不自立门户，但是散仙入圣，非正法眼藏。改之处处吹影，乃博刀圭之讥，宜矣。"〔清〕王士禛《花草蒙拾》："弇州谓苏、黄、稼轩为词之变体。" 又，"石勒云：'大丈夫磊磊落落，终不学曹孟德、司马仲达狐媚。'读稼轩词当作是观。"〔清〕吴衡照《莲子居词话》卷四："苏、辛并称，辛之于苏，亦犹诗中山谷之视东坡也。"〔清〕陈廷焯《词坛丛话》："稼轩词，粗粗莽莽，桀傲雄奇，出坡老之上。" 又，陈廷焯《白雨斋词话》卷一："苏、辛并称，然两人绝不相似。魄力之大，苏不如辛。气体之高，辛不逮苏远矣。东坡词寓意高远，运笔空灵，措语忠厚，其独至处，美成、白石亦不能到。昔人谓东坡词非正声，此特拘于音调言之，而不究本原之所在。眼光如豆，不足与之辩也。" 又，卷六："东坡心地光明磊落，忠爱根于性生，故词极超旷，而意极和平。稼轩有吞吐八荒之概，而机会不来。正则可以为郭、李，为岳、韩，变则即桓温之流亚。故词极豪雄，而意极悲郁。苏辛两家，各自不同。后人无东坡胸襟，又无稼轩气概，漫为规模，适形粗鄙耳。"〔清〕张德瀛《词徵》卷五："苏、辛二家，昔人名之曰词诗、词论。愚以古词衡之曰，不用之时全体在，用即拈来，万象周沙界。" 王国维《人间词话》："东坡之词旷，稼轩之词豪，无二人之胸襟而学其词，犹东施之效捧心也。" 陈洵《海绡说词》："东坡独崇气格，箴规柳、秦，词体之尊，自东坡始。南渡而后，稼轩崛起，斜阳烟柳，与故国明月相望于二百年中，词之流变，至此止矣。"

六十一

斜阳烟柳话当年，秾丽词工又屑传。

谨谢夫君言亦误，两词沉痼实依然。（辛弃疾）

笺注

"斜阳"句：辛词《摸鱼儿》词曰："闲愁最苦，休去倚危栏，斜阳正在，烟柳断肠处。"

"谨谢"句：〔宋〕岳珂《桯史》卷三云："稼轩以词名，每燕必命侍伎歌其所作。特好歌《贺新郎》一词，自诵其警句曰：'我见青山多妩媚，料青山见我应如是。'又曰：'不恨古人吾不见，恨古人不见吾狂耳。'每至此，辄拊髀自笑，顾问坐客何如，皆叹誉如出一口。既而又作一《永遇乐》，序北府事，首章曰：'千古江山，英雄无觅孙仲谋处。'又曰：'寻常巷陌，人道寄奴曾住。'其寓感慨者，则曰：'不堪回首，佛狸祠下，一片神鸦社鼓。凭谁问，廉颇老矣，尚能饭否？'特置酒召数客，使妓迭歌，益自击节，遍问客，必使摘其疵，孙谢不可。客或措一二辞，不契其意，又弗答，然挥羽四视不止。余时年少，勇于言，偶坐于席侧，稼轩因诵启语，顾问再四。余率然对曰：'待制词句，脱去今古轸辙，每见集中有解道此句，真宰上诉，天应嗔耳之序，尝以为其言不诬。童子何知，而敢有议？然必欲如范文正以千金求《严陵祠记》一字之易，则晚进尚窃有疑也。'稼轩喜，促膝亟使毕其说。余曰：'前篇豪视一世，独首尾两腔，警语差相似；新作微觉用事多耳。'于是大喜，酌酒而谓坐中曰：'夫君实中予痼。'乃味（或作"咏"）改其语，日数十易，累月犹未竟，其刻意如此。"

按：〔宋〕张侃《拙轩词话》："康伯可《曲游春》词头句云：'脸薄难藏泪，恨柳风不与，吹断行色。'惜别之意已尽。辛幼安《摸鱼儿》词头句云：'更能消几番风雨，匆匆春又归去。'惜春之意亦尽。二公才调绝人，不被腔律拘缚。至'但掩袖，转面啼红，无言应得'与'闲愁最苦。休去倚危阑，斜阳正在，烟柳断肠处'，其惜别惜春之意，愈无穷。顷见范元卿杜诗说，载上韦左丞一诗，假如大宅第，自厅而堂，自堂而房，悉依次序，便不成文章。前二词不止如范所云，而末后馀意愈出愈有，不可以小伎而忽焉。韩子苍茶筅子绝句：'簜簜干霄百尺高，晚年何事困铅刀。看君眉宇真龙种，犹解横身战雪涛。'此从竹之初生，及作筅子，以至点瀹，四句中包括得尽，此其所以高妙。"〔清〕贺裳《皱水轩词筌》："如'锦字偷裁，立尽西风雁不来'，风致何妍媚也，乃出自稼轩之手，文人固不可测。" 又曰："稼轩虽入粗豪，尚饶气骨。其不堪者，如：'以手推松曰去'、'一松一竹真朋友，山鸟山花好弟兄'及'检点人间快活人，未有如翁者'等句耳。"〔清〕沈雄《古今词话》"词辨下卷"："《鹤林玉露》曰：辛幼安《摸鱼儿》词意殊怨，'斜阳烟柳'之句，其与'未须愁日暮，天际乍轻盈'者异矣。使在汉唐时，宁不贾种荳种桃之祸哉。闻寿皇见之不怿，然终不加罪也。"〔清〕郭麐《灵芬馆词话》："（词）至东坡以横绝一代之才，凌厉一世之气，间作倚声，意若不屑，雄词高唱，别为一宗。辛、刘则粗豪太甚矣。"〔清〕邓廷桢《双砚斋词话》："世称词之豪迈者，动曰苏、辛。不知稼轩词，自有两派，当分别观之。如《金缕曲》之'听我三章约'、'甚矣吾衰矣'二首，及《沁园春》《水调歌头》诸作，诚不免一意迅驰，专用骄兵。若《祝英台近》之'是他春带愁来，春归何处。却不解带将愁去'，《摸鱼儿》发端之'更能消几番风雨，匆匆春又归去'，结语之'休去倚危阑，斜阳正在，烟柳断肠处'，《百字令》之'旧恨春江流不尽，新恨云山千叠'，《水龙吟》之'楚天千里清秋，水随天去，秋无际。遥岑远目，献愁供恨，玉簪螺髻'，《满江红》之'怕流莺乳燕，得知消息'，《汉宫春》之'年时燕子，料今宵梦到西园'，皆独茧初抽，柔毛欲腐，平欺秦、柳，下轹张、王。宗之者固仅袭皮毛，诋之者亦未分肌理也。"〔清〕黄蓼园《蓼园词评》评辛《摸鱼儿》："辞意似过于激切。第南渡之初，危如累卵。'斜阳'句，亦危言耸听之意耳。持重者多危词，赤心人少甘语，亦可以谅其志哉。"〔清〕李佳《左庵词话》："辛稼轩词，慷慨豪放，一时无两，为词家别调。集中多寓意作，如《摸鱼儿》：'更能消几番风雨……'等。"

六十二

集中偏爱伎名垂,一代宗英作者谁。

波底夕阳红湿句,我家人语阜陵推。（赵彦端）

笺注

"集中"句：赵彦端有《鹧鸪天》词十一首，其序曰："羊城天下最号都会，风轩月馆，艳姬角妓，倍于他所，人以群仙目之，因赋十阕《鹧鸪天》。"按：十首分咏萧秀、萧莹、欧懿、桑雅、刘雅、欧倩、文秀、王婉、杨兰。末一首"总咏"。

"波底"句：赵彦端《谒金门》词八首其三曰："休相忆，明夜远如今日。楼外绿烟村幂幂，花飞如许急。　柳岸晚来船集，波底斜阳红湿。送尽去云成独立，酒醒愁又入。"

"我家"句：〔清〕沈雄《古今词话》"词话上卷"："淳熙间，赵彦端字德庄者赋西湖，有'波底夕阳红湿'为阜陵欣赏，曰：'我家里人，也会作此等语。'"阜陵，宋孝宗（赵昚）的陵墓永阜陵的省称。在浙江绍兴宝山。《宋史·乐志九》："开禧三年成肃皇后祔庙一首……归从阜陵，登祔太宫。"后宋人因以称孝宗。〔清〕冯金伯《词苑萃编》卷五"品藻"引《贵耳集》曰："赵介庵名彦端，宗室之秀，有赋西湖词'波底夕阳红湿'。阜陵问谁作，左右云：'彦端。'曰：'我家里人，也会作此等语。'喜甚。"〔清〕叶申芗《本事词》卷下："赵彦端德庄，有《介庵词》，为宗室之秀。其'波底夕阳红湿'句，甚为阜陵所赏。居京口时，见其风轩月馆，名妓艳姬，倍于他所，人皆以群仙目之，各赋《鹧鸪天》赠之。"

六十三

天下皆歌又禁中,赏音能与古琴同。

鬼名点遍胡为者,一语当师岳倦翁。（刘过）

笺注

"天下"句：〔清〕王弈清《历代词话》卷八："刘过自记"："《贺新郎》'老去相如倦'一阕，去年秋，余试牒四明赠老妓者，至今天下与禁中皆歌之，江西人来以为邓南秀词，非也。"

"赏音"句：〔清〕沈雄《古今词话》"词辨下卷"："《古今词话》曰：刘改之《天仙子》，游戏词耳。唯'雪迷村店酒旗斜'为佳句。《艳异编》曰：淳熙甲午，改之赴试，赋《天仙子》过麻姑山下，使小僮歌以侑酒。夜有美媛，执拍来唱一词，即赓前调者，有云：'别酒未斟心已醉，忍听阳关辞故里。'又云：'蔡邕博识爨桐声，君抱负却如是，酒满金杯来劝你。'改之与偕东，擢第后过临江。道士熊若水密谓随车女子非人也。改之具以告，道士作法使改之紧抱焉，则一琴也。为赵知军前葬麻姑山下，令焚之。"况周颐《蕙风词话》卷二引《词苑丛谈》云："刘改之一妾，爱甚。淳熙甲午，赴省试，在道赋《天仙子》词。到建昌游麻姑山，使小童歌之，至于堕泪。二更后，有美人执拍板来，愿唱曲劝酒。即赓前韵'别酒未斟心已醉'云云。刘喜与之偕东。其后临江道士熊若水为刘作法，则并枕人乃一琴耳。携至麻姑山焚之。改之忍乎哉，是可忍也，孰不可忍也。此物良不俗。虽曰灵怪，即亦何负于改之。世间万事万物，形形色色，孰为非幻。改之得唱曲美人，辄忘甚爱之妾，则其所赋之词，所堕之泪，举不得谓真。非真即幻，于琴何责焉。焚琴鬻鹤，伧父所为，不图出之改之，吾为斯琴悲，遇人之不淑。何物临江道士，尤当深恶痛绝者也。龙洲词变易体格，迎合稼轩，与琴精幻形求合何以异。吾谓改之宜先自焚其稿。"

"鬼名"二句：〔清〕李调元《雨村词话》卷二："余阅刘过龙洲词集，有学辛稼轩而粗之评。其寄辛稼轩《沁园春》词设为白香山、林和靖、苏东坡问答，有'被香山居士约林和靖，与东坡老，坡谓西湖，正如西子。二公者皆掉头不顾'。（按：刘过原词作"被香山居士，约林和靖，与东坡老，驾勒吾回。坡谓西湖，正如西子，浓抹淡妆临镜台。二公者，皆掉头不顾，只管衔杯。"）又'逋曰不然，须径去，访稼轩未晚，且此徘徊'等句，（按：刘过原词作"逋曰不然，暗香浮动，争似孤山先探梅。须晴去，访稼轩未晚，且此徘徊。"）余初阅即批'白日见鬼'四字。后阅《草堂别集》，岳亦斋云：

'出王勃体而又变之。余时与之饮西园,改之中席自言,掀髯有得色。余率然应之曰:"词句固佳,然恨无刀圭疗君白日见鬼耳。"坐中哄然一笑。'又升庵谓改之似辛轩稼之豪,而未免粗。此评真不能为改之讳。词至宋末,多堕恶道,有目人所共知。又窃幸余与升庵论之若合符也。"〔清〕吴衡照《莲子居词话》卷二:"'云中鸡犬刘郎过,月下笙歌炀帝归。'罗江东句也,人谓之见鬼诗。然则岳倦翁笑刘改之白日见鬼,语亦有本。"

六十四

生平经济托微言,文似龙川意可原。

亦有翠绡封泪语,散花庵选集无存。（陈亮）

笺注

"生平"句:〔宋〕叶适《书龙川集后》:"(陈亮)有长短句四卷,每一章就,辄自叹曰:'平生经济之怀略已陈矣!'余所谓'微言'多类此也。"〔清〕沈雄《古今词话》"词评上卷":"陈同甫擅文名,负气节,寻擢光宗朝第一。未遇时,遂与辛幼安交,每好谈天下事。《龙川词》疏宕可喜。"〔清〕冯煦《蒿庵论词》:"龙川痛心北房,亦屡见于辞,如《水调歌头》云:'尧之都,舜之壤,禹之封,于今应有,一个半个耻和（按:《全宋词》作"臣"。）戎。'《念奴娇》云:'因笑王谢诸人,登高怀远,也学英雄涕。'《贺新郎》云:'举目江河休感涕,念有君如此何愁虏。'又,'涕出女吴成倒转,问鲁为齐弱何年月。'忠愤之气,随笔涌出,并足唤醒当时聋聩,正不必论词之工拙也。"〔清〕陈廷焯《白雨斋词话》卷一:"陈同甫豪气纵横,稼轩几为所挫。而《龙川词》一卷,合者寥寥,则去稼轩远矣。" 又曰:"同甫《水调歌头》云:'尧之都,舜之壤,禹之封,于今应有,一个半个耻和戎。'精警奇肆,几乎握拳透爪。可作中兴露布读,就词论,则非高调。"〔清〕沈祥龙《词论随笔》:"以词为小技,此非深知词者。词至南宋,如稼轩、同甫之慷慨悲凉,碧山、玉田之微婉顿挫,皆伤时感事,上与风骚同旨,可薄为小技乎。"〔清〕张德瀛《词徵》:"陈同甫幼有国士之目,孝宗淳熙五年,诣阙上书，于古今沿革政治得失，指事直陈，如龟之灼。然挥霍自恣，识者或以夸大少之。其发而为词，乃若天衣飞扬，满壁风动。惜其每有成议，辄招妒口，故肮脏不平之气，辄寓于长短句中。读其词，益悲其人之不遇已。"

"亦有"句：陈亮《水龙吟·春恨》词："闹花深处层楼，画帘半卷东风软。春归翠陌，平莎茸嫩，垂杨金浅。迟日催花，淡云阁雨，轻寒轻暖。恨芳菲世界，游人未赏，都付与、莺和燕。　寂寞凭高念远。向南楼、一声归雁。金钗斗草，青丝勒马，风流云散。罗绶分香，翠绡封泪，几多幽怨。正销魂，又是疏烟淡月，子规声断。"〔清〕刘熙载《艺概》评此词曰："同甫《水龙吟》云：'恨芳菲世界，游人未赏，都付予、莺和燕。'言近旨远，直有宗留守（泽）大呼渡河之意。"〔清〕王弈清《历代词话》卷八引《词苑》曰："陈同父开拓万古之心胸，推倒一世之豪杰，而作词乃复幽秀。其《水龙吟》云：'闹花深处……'"〔清〕黄蓼园《蓼园词评》评陈亮《水龙吟》词曰："同父，永康人。淳熙间诣阙上书，孝宗欲官之，亟渡江归。至光宗策进士，擢第一。史称其千言立就，气迈才雄，推倒智功，开拓心胸。授金书建康府判官厅公事，未至官而卒。其策言恢复之事甚剀切，无当事者，志图逸乐，狃于苟安，此春恨词所以作也。"

六十五

玉照堂开夜不扃，海盐腔衍与谁听。

满身花影词工绝，将种何须蟋蟀经。（张镃）

笺注

"玉照堂"句：张镃，字功甫，有《玉照堂词》一卷。〔明〕杨慎《词品》卷四："张功甫，名镃，有《玉照堂词》一卷。玉照堂以种梅得名，其词多赏梅之作。其佳处如'光摇动，一川银浪，九霄珂月'，又，'宿雨初干，舞梢烟瘦金丝袅。粉围香阵拥诗心，战退春寒峭'，皆咏梅之作。虽不惊人，而风味殊可喜。"〔清〕冯金伯《词苑萃编》卷十四"纪事"引薛梦桂《荪壁琐言》："戚里郑君光锡语余：'往岁赴张功甫南湖园春燕，置酒听莺亭。亭外垂柳数十株，柔荑初绿。酒半，出家伎十馀辈，悉衣鹅黄宫锦半臂，并歌唐人《柳枝词》，作贴地舞。歌竟，又易十馀辈，悉衣浅碧蜀锦裙，手执柳枝，唱名流咏柳乐府。送客诸伎笼灯者以百计。'"

"海盐"句：〔明〕李日华《紫桃轩杂录》云："张功甫豪侈而有清尚，尝来吾郡海盐作园亭自恣，令歌儿衍曲，务为新声，所谓海盐腔也。"〔清〕张德瀛《词徵》卷五："南宋时有海盐腔，循王孙张功甫居海盐时所创。见《紫桃轩杂录》。"

"满身"二句：张镃《满庭芳·促织儿》词："月洗高梧，露漙幽草，宝钗楼外秋深。土花沿翠，萤火坠墙阴。静听寒声断续，微韵转、凄咽悲沉。争求侣，殷勤劝织，促破晓机心。　儿时，曾记得，呼灯灌穴，敛步随音。任满身花影，犹自追寻。携向华堂戏斗，亭台小、笼巧妆金。今休说，从渠床下，凉夜伴孤吟。"〔清〕王奕清《历代词话》卷七："花庵词客曰：杨万里极称功甫之词。《玉照堂词》以种梅得名，如'光摇动、一川银浪，九霄珂月'是也。周密曰：张功甫，西秦人，其'月洗高梧'一阕，乃咏物之入神者，此白石论史邦卿词而及之。"〔清〕贺裳《皱水轩词筌》："稗史称韩干画马，人入其斋，见干身作马形，凝思之极，理或然也。作诗文亦必如此始工。如史邦卿咏燕，几于形神俱似矣。次则姜白石咏蟋蟀：'露湿铜铺……'又云：'西窗又吹暗雨。为谁频断续，相和砧杵。'数语刻画亦工。蟋蟀无可言，而言听蟋蟀者，正姚铉所谓赋水不当仅言水，而言水之前后左右也。然尚不如张功甫'月洗高梧……'不惟曼声胜其高调，兼形容处心细如丝发，皆姜词所未发。常观姜论史词，不称其'软语商量'，而赏其'柳昏花暝'，固知不免项羽学兵法之恨。"将种，张镃乃南宋武将张俊诸孙，故称。

六十六

莲花博士曲新翻，合是诗人总断魂。

飞上锦裀红绉语，千秋遗恨记南园。（陆游）

笺注

"莲花"句:〔清〕徐钫《词苑丛谈》卷七:"陆放翁恃酒颓放,一夕梦故人语曰:'我为莲花博士,镜湖新置官也。'陆遂赋《鹊桥仙·感旧》:'华灯纵博,雕鞍驰射,谁记当年豪举?酒徒一一取封侯,独去作江边渔父。轻舟八尺,低篷三扇,占断蘋洲烟雨。镜湖元自属闲人,又何必、官家赐与。'"〔清〕吴衡照《莲子居词话》卷二:"徐钫《词苑丛谈》其引书不注所出,殊嫌攘翰。脱漏错谬,全未经雠勘。如……卷七陆放翁梦莲花博士一条,……尤其甚者。"

"合是"句:〔宋〕陆游《剑门道中遇微雨》诗:"衣上征尘杂酒痕,远游无处不消魂。此身合是诗人未,细雨骑驴入剑门。"

"飞上"二句:〔宋〕叶绍翁《四朝闻见录》"陆放翁"条:"韩(侂胄)喜陆(游)附己,至出其所爱四夫人擘阮琴起舞,索公为词,有'飞上锦裀红绉'之语。……慈福赐韩以南园,韩求记于公。公记曰:'天下知公之功而不知公之志……'"所谓"遗恨南园",盖指陆游附韩侂胄,为之作《南园记》,遗讥千古。〔清〕吴衡照《莲子居词话》卷一:"《四朝闻见录》,放翁致仕后,韩侂胄固欲其出,公勉应之。韩喜陆附己,至出其所爱四夫人擘阮琴起舞,索公为词,有'飞上锦裀红绉'之语。今放翁集无此词。四夫人,侂胄新进之妾,亦见《四朝闻见录》。《词林纪事》引《续资治通鉴》张、谭、王、陈四知郡夫人者,误也。"

按:〔宋〕魏庆之《魏庆之词话》:"杨诚斋尝称陆放翁之诗敷腴,尤梁溪复称其诗俊逸,余观放翁之词,尤其敷腴俊逸者也。如《水龙吟》云:'韶光妍媚……'如《夜游宫》云:'璧月何妨夜夜满……'如《临江仙》:'鸠雨催成新绿……'皆思致精妙,超出近世乐府。至于《月照梨花》一词:'霁景风软……'此篇杂之唐人《花间集》中,虽具眼未知乌之雌雄也。"〔明〕杨慎《词品》卷五:"放翁词纤丽处似淮海,雄慨处似东坡。"〔明〕毛晋《陆放翁词跋》:"杨用修云:'纤丽处似淮海,雄慨处似东坡',予谓超爽处更似稼轩耳。"〔清〕冯金伯《词苑萃编》卷五"品藻"引《鹤林玉露》云:"陆务观,农师之孙,有诗名,恃酒颓放,因自号放翁。作词云:'桥如虹,水如空,一叶飘然烟雨中,天教称放翁。'晚年和平粹美,有中原承平时气象，朱文公称美之。"〔清〕冯煦《蒿庵论词》："剑南屏除纤艳，独往独来，其遒峭沉郁之概，求之有宋诸家无可方比。《提要》以为诗人之言，终为近雅，与词人之冶荡有殊，是也。至谓游欲驿骑东坡、淮海之间，故奄有其胜，而皆不能造其极，则或非放翁之本意欤。"

六十七

韩邸词家一大宗，四方善颂可无庸。

早知冰脑防难及，颤袅周旋守《个侬》。（廖莹中）

笺注

韩邸：〔清〕胡薇元《岁寒居词话》："梅溪词，史达祖邦卿作。汴人。《西湖志》称其为韩侂胄堂吏。考玉津园事，张镒虽预其谋，镒实侂胄之客，故于满头花生辰得移厨张乐于韩邸。"

"早知"句：〔宋〕周密《癸辛杂识》"廖莹中仰药"载："贾师宪还越之后，居家待罪，日不遑安。翘馆诸客悉已散去，独廖群玉莹中馆于贾府之别业，仍朝夕从不舍。乙亥七月一夕，与贾公痛饮终夕，悲歌雨泣，到五鼓方罢。廖归舍不复寝，命爱姬煎茶以进，自于笈中取冰脑一握服之。既而药力不应，而业已求死，又命姬曰：'更欲得热酒一杯饮之。'姬复以金杯进酒，仍于笈中再取片脑数握服之。姬觉其异，急前救之，则脑酒已入喉中矣，仅落数片于衣袂间。姬于是垂泣相持，廖语之曰：'汝勿用哭我，我从丞相，必有南行之命，我命亦恐不免。年老如此，岂复能自若？今得善死矣。吾平生无负于主，天地亦能鉴之也。'于是分付身后大概，言未既，九窍流血而毙。"

"颤袅"句：廖莹中《个侬》词："恨个侬无赖，卖娇眼、春心偷掷。苍苔花落，先印下一双春迹。花不知名，香才闻气，似月下箜篌，蒋山倾国。半解罗襟，蕙薰微度，镇宿粉、栖香双蝶。语态眠情，感多情、轻怜细阅。体问望宋墙高，窥韩路隔。　寻寻觅觅。又暮雨凝碧。花径横烟，红扉映月，尽一刻、千金堪值。卸袜熏笼，藏灯衣桁，任裹臂金斜，搔头玉滑。更恨檀郎，恶怜深惜。尽颤袅、周旋倾侧。软玉香钩，怪无端、凤珠微脱。多少怕晓听钟，琼钗暗擘。"

六十八

酒肆屏风果墨缘，尚扶残醉玉音宣。
断桥迥异桥南路，赋玉珑璁竟不还。（俞国宝）

笺注

"酒肆"二句：〔宋〕周密《武林旧事》："一日，御舟经断桥，桥旁有小酒肆，颇雅洁，中饰素屏，书《风入松》一词于上，光尧驻目称赏久之，宣问何人所作，乃太学生俞国宝醉笔也。其词云：'一春长费买花钱，日日醉湖边。玉骢惯识西泠路（宋刻'湖边路'），骄嘶过、沽酒楼前。红杏香中歌舞，绿杨影里秋千。东风（宋刻作'晚风'）十里丽人天，花压鬓云偏。画船载取春归去，馀情在（宋刻作'付'），湖水湖烟。明日再（宋作刻'重'）携残酒，来寻陌上花钿。'上笑曰：'此词甚好，但末句未免儒酸。'因为改定云'明日重扶残醉'，则迥不同矣。即日命解褐云。"〔明〕王世贞《艺苑卮言》："高宗在德寿宫游乐景园，偶步入一酒肆，见素屏有俞国宝书《风入松》一词，嗟赏之。诵至'明日重携残酒，来寻陌上花钿'，曰：'未免酸气。'改'明日重扶残醉'，乃即日予释褐。此词之遇者也。……重扶残醉胜初语数倍。"〔清〕况周颐《蕙风词话》卷二："淳熙间，太学生俞国宝以题断桥酒肆屏风上《风入松》词'一春常费买花钱'云云，为高宗所称赏，即日予释褐。此则屡经记载，稍涉倚声者知之。其实赵词近沉着，俞第流美而已。以体格论，俞殊不逮赵。顾当时盛称，以其句丽可喜，又谐适便口诵，故称述者多。文字以投时为宜，词虽小道，可以窥显晦之故。"

"断桥"二句：〔宋〕吴曾《能改斋漫录》载："近有士人常于钱塘江涨桥为狭邪之游，作乐府名《玉珑璁》云：'城南路，桥南路，玉钩帘卷香横雾。新相识，旧相识，浅颦低拍，嫩红轻碧。惜、惜、惜。　刘郎去，阮郎住，为云为雨朝还暮。心相忆，空相忆，露荷心性，柳花踪迹。得、得、得。'其后朝廷复收河南，士人者陷而不返。其友作诗寄之，且附以《龙涎香》。诗云：'江涨桥连花发时，故人曾共著征衣。请君莫唱桥南曲，花已飘零人不归。'士人在河南得诗，酬之云：'认得吴家心字香，玉窗春梦紫罗囊。馀薰未歇人何许，洗被征衣更断肠。'"

六十九

竹斋名藉《草堂》存，沉郁苍凉一代论。

刻翠剪红原不屑，唱酬唯有岳王孙。（黄机）

笺注

"竹斋"句：黄机字几仲，一云字几叔，东阳人。尝仕宦州郡，与岳珂唱酬。有《竹斋诗馀》一卷。〔清〕李调元《雨村词话》卷二："黄机《竹斋诗馀》，清真不减美成，而《草堂》集竟不选一字。竹垞谓《草堂》'最下，最传'，信然。"

"沉郁"句：〔清〕冯煦《蒿庵论词》："黄机《竹斋诗馀》，亦幼安同调也。"

"唱酬"句：黄机词中多有与岳飞之孙岳珂唱和之作，如《木兰花慢·次岳总干韵》词等。

七十

果被梅花累十年，《后村别调》有人传。

与郎眉语伊州错，快语何尝不可怜。（刘克庄）

笺注

"果被"句：《两宋名贤小集》卷三百十一："刘克庄，字潜夫，号后村。

嘉定二年以恩补宣教郎,知建阳县。言官李知孝、梁成大摭其所咏落梅诗,以为谤讪,郑清之力辨,得释。"

后村别调：刘克庄有词集《后村别调》一卷。

"与郎"句：刘克庄《清平乐·赠陈参议师文侍儿》词："宫腰束素,只怕能轻举。好筑避风台护取,莫遣惊鸿飞去。 一团香玉温柔,笑颦俱有风流。贪与萧郎眉语,不知舞错伊州。"

七十一

平江伎唱蒲江曲,春色原无主属谁。

可有渊源关绮语,大防文集四灵诗。（卢祖皋）

笺注

"平江"二句：卢祖皋（约1174—1224）,字申之,一字次夔,号蒲江,永嘉（今浙江温州）人。有《蒲江词稿》。卢祖皋《贺新郎》词："春色元无主。荷东君、着意看承,等闲分付。多少无情风与浪,又那更、蝶欺蜂妒。算燕雀、眼前无数。纵便帘栊能爱护,到如今、已是成迟暮。芳草碧,遮归路。 看看做到难言处。怕宣郎、轻转旌旗,易歌襦袴。月满西楼弦索静,云蔽昆城阃府。便恁地、一帆轻举。独倚阑干愁拍碎,惨玉容、泪眼如红雨。去与住,两难诉。"唐圭璋《全宋词》辑此词下有按语曰："《豹隐纪谈》载平江妓送太守词,引或云：是蒲江卢申之作。"谭氏认为卢作,平江妓乃唱卢之词也。

绮语：佛教语。涉及闺门、爱欲等华艳辞藻及一切杂秽语。亦指纤婉言情之辞。

大防：楼钥字大防,有《攻媿集》,卢祖皋为楼钥之甥。

四灵：南宋中期生长于永嘉（今浙江温州）的四位诗人：徐照、徐玑、翁卷、赵师秀,四人同出叶适之门,旨趣相投,诗格相类,字号中都带有"灵"字,故称永嘉四灵。卢曾与永嘉四灵游。黄升曰："蒲江乃赵紫芝、翁灵舒诸贤之诗友。其词甚工，字字可入律吕，浙东西皆歌之。"

按：〔宋〕张端义《贵耳集》卷上："蒲江貌宇修整，作小词纤雅，诗如《舟中独酌》云：'山川似旧客怀老，天地何言春事深'，及《玉堂有感》《松江别诗》，余领先生词外之旨。"〔宋〕魏庆之《中兴词话》："彭传师于吴江三高堂之前作钓雪亭，蒲江为之赋词云：'挽住风前柳。问鸥鹚、当日扁舟，近曾来否？月落潮生无限事，零乱茶烟未久。漫留得、莼鲈依旧。可是从来功名误，抚荒祠、谁继风流后！今古恨，一搔首。　江涵雁影梅花瘦。四无尘、雪飞风起，夜窗如昼。万里乾坤清绝处，付与渔翁钓叟。又恰是、题诗时候。猛拍阑干呼鸥鹭，道他年、我亦垂纶手。飞过我，共尊酒。'无一字不佳。每一咏之，所谓如行山阴道中，山水映发，使人应接不暇也。"〔明〕杨慎《词品》卷四："卢申之，有《蒲江词》一卷，乐章甚工，字字可入律吕。"

七十二

石帚词工两宋稀，去留无迹野云飞。

旧时月色人何在，戛玉敲金拟恐非。（姜夔）

笺注

石帚：石帚乃宋末元初杭州士子，并非姜白石之别称，清人多有误用，此处即为谭氏之误用，详参夏承焘先生《姜白石词编年笺校》之《行实考·石帚辨》。〔清〕宋翔凤《乐府馀论》亦曰："词家之有姜石帚，犹诗家之有杜少陵，继往开来，文中关键，其流落江湖，不忘君国，皆借托比兴于长短句寄之。"

戛玉敲金：〔明〕毛晋《白石词跋》："范石湖评尧章诗云：'有裁云缝月之手，敲金戛玉之奇声。'予于其词亦云。"〔清〕沈雄《古今词话》"词品下卷"引《词综》曰："填词风雅，无过石帚一集。"〔清〕李调元《雨村词话》卷二："姜白石夔《鹧鸪天》词三首，如'鸳鸯独宿何曾惯，化作西楼一缕云'，不但韵高，亦曲笔妙。何必石湖所赞自制曲之敲金戛玉声，裁云缝月手也。"〔清〕邓廷桢《双砚斋词话》："词家之有白石，犹书家之有逸少，诗家之有浣花。盖缘识趣既高，兴象自别。其时临安半壁，相率恬熙。白石来往江淮，缘情触绪，百端交集，托意哀丝。故舞席歌场，时有击碎唾壶之意。如《扬州慢》之'自胡马窥江去后，废池乔木，犹厌言兵。渐黄昏清角吹寒，都在空城'，《齐天乐》之'候馆吟秋，离宫吊月，别有伤心无数。幽诗漫与。笑篱落呼镫，世间儿女'，《凄凉犯》之'马嘶渐远，人归甚处，戍楼吹角。情怀正恶。更衰草寒烟淡薄。似当时将军部曲，迤逦度沙漠'，《惜红衣》之'维舟试望，故国渺天北'，则周京离黍之感也。《疏影》前阕之'昭君不惯胡沙远，但暗忆江南江北。想佩环月下归来，化作此花幽独'，后阕之'还教一片随波去，又却怨玉龙哀曲'，《长亭怨慢》之'第一是早早归来，怕红萼无人为主'，乃为北庭后宫言之，则卫风燕燕之旨也。读者以意逆志，是为得之。至其运笔之曲，如'阅人多矣。争得似长亭树。树若有情时，不会得青青如此。'琢句之工，如'天涯情味，仗酒祓清愁，花销英气'，'二十四桥仍在，波心荡、冷月无声'，则如堂下斫轮，鼻端施垩。若夫新声自度，筝柱旋移，则如郢中之歌，引商刻羽，杂以流征矣。以此辉映湖山，指挥坛坫，百家腾跃，尽入环中。评者称其有缝云剪月之奇，戛玉敲金之妙，非过情也。"〔清〕陈廷焯《白雨斋词话》卷二："美成词于浑灏流转中，下字用意，皆有法度。白石则如白云在空，随风变灭。所谓各有独至处。"

七十三

前无古更后无今，可向尊前一集寻。

锦瑟未知终不信，小红低唱有馀音。（姜夔）

笺注

"前无"二句：〔清〕谢章铤《赌棋山庄词话》卷十一："雍正、乾隆间，词学奉樊榭为赤帜，家白石而户梅溪矣。又，卷十二：白石道人为词中大宗，论定久矣。"〔清〕冯煦《蒿庵论词》："白石为南渡一人，千秋论定，无俟扬榷。《乐府指迷》独称其《暗香》《疏影》《扬州慢》《一萼红》《琵琶仙》《探春慢》《淡黄柳》等曲;《词品》则以咏蟋蟀《齐天乐》一阕为最胜。

其实石帚所作,超脱蹊径,天籁人力,两臻绝顶,笔之所至,神韵俱到;非如乐笑、二窗辈,可以奇对警句相与标目;又何事于诸调中强分轩轾也?孤云野飞,去留无迹,彼读姜词者,必欲求下手处,则先自俗处能雅,滑处能涩始。"〔清〕陈廷焯《词坛丛话》:"词中之有白石,犹诗中之有渊明也。琢句炼字,归于纯雅。不独冠绝南宋,直欲度越千古。清真集后,首推白石。" 又曰:"白石词中之仙也。"

锦瑟:漆有织锦纹的瑟。李商隐有《无题》诗有"锦瑟无端五十弦,一弦一柱思华年"句。

七十四

赤壁词谁眼更青,剑南诗法未凋零。

豪情壮采东坡似,低首天台戴石屏。（戴复古）

笺注

"**赤壁**"句:戴复古《满江红》词:"赤壁矶头,一番过、一番怀古。想当时、周郎年少,气吞区宇。万骑临江貔虎噪,千艘列炬鱼龙怒。卷长波、一鼓困曹瞒,今如许。　江上渡,江边路。形胜地,兴亡处。览遗踪,胜读史书言语。几度东风吹世换,千年往事随潮去。问道傍、杨柳为谁春,摇金缕。"

剑南:陆游字务观,号放翁,有《剑南诗稿》。

按:〔宋〕魏庆之《中兴词话》:"戴石屏《赤壁怀古》词云:'……'沧州陈公尝大书于庐山寺。王潜斋复为赋诗云:'千古登临赤壁矶,百年脍炙雪堂词。沧州醉墨石屏句,又作江山一段奇。'坡仙一词,古今绝唱,今二公为石屏拈出,其当与之并行于世耶。"〔明〕杨慎《词品》卷五:"戴石屏,名复古,字式之,能诗,江湖四灵之一也。词一卷,唯赤壁怀古《满江红》一首,句有'万骑临江貔虎噪,千艘列炬鱼龙舞','几度东风吹世换,千年往事随潮去',而全篇不称,《临江仙》一首差可。见予所选万珠明珠。馀无可取者。方虚谷议其胸中无百字成诵书故也。"〔清〕纪昀《四库全书总目提要·石屏词提要》:"今观其词,亦音韵天成,不费斧凿。其《望江南》自嘲第一首云:'贾岛形模元自瘦,杜陵言语不妨村,谁解学西昆?'复古论诗之宗旨,于此具见。宜其以诗为词,时出新意,无一语蹈袭也。"〔清〕李调元《雨村词话》卷二:"戴复古石屏《望江南》有'壶山好'四首'石屏老'三首,一时推名作。余尤爱其二词云:'壶山好,文字满胸中。诗律变成长庆体,歌词渐有稼轩风。最会说穷通。 中年后,虽老未成翁。儿大相传书种在,客来不放酒尊空。相对醉颜红。''石屏老,长忆少年游。自谓虎头须食肉,谁知猿臂不封侯。身世一虚舟。 平生事,说著也堪羞。四海九州双脚底,千愁万恨两眉头。白发早归休。'稼轩谓辛弃疾也,与石屏同时,其名重如此。"〔清〕况周颐《蕙风词话》卷一:"石屏词往往作豪放语,绵丽是其本色。"

七十五

和天也瘦语真痴,语未经人竹屋词。

端恐梅溪无此语,为春瘦却怕春知。(高观国)

笺注

"和天"句:秦观《水龙吟》("小楼连远横空")词中有"名缰利锁,天还知道,和天也瘦"。高观国词中喜用"寒""瘦"字,《全宋词》所收108首中,用到"寒"字共36个,"瘦"字共11个。有些"瘦"字用得很好,如为人所欣赏的《金人捧露盘·水仙花》词中云:"新愁万斛,为春瘦、却怕春知。"又《玉楼春·海棠题寅斋挂轴》:"玉清冰瘦,洗妆初见,春风头面"等等。但无"和天也瘦",此句乃秦观词句,疑为谭莹氏误记为高词。〔清〕查礼《铜鼓书堂词话》:"刘后村跋《雪舟乐章》(按:黄孝迈词集)谓其清丽、叔原、方回不能加;其绵密,骎骎秦郎'和天也瘦'之作。后村可为雪舟之知音。"

"语未"句:〔宋〕陈恺序高观国词云:"高竹屋,与史梅溪皆周秦之词,所作要是不经人道语;其妙处,少游、美成亦未及也。"〔清〕陈廷焯《白雨斋词话》卷二：" 竹屋、梅溪并称，竹屋不及梅溪远矣。" 又，" 竹屋词最隽快，然亦有含蓄处，抗行梅溪则不可，要非竹山所及。" 又 " 陈唐卿云：' 竹屋、梅溪词，要是不经人道语，其妙处，少游、美成亦未能及也。' 此论殊谬。夫梅溪求为少游、美成而不足者，竹屋则去之愈远，乌得谓周、秦所不及。且作词只论是非，何论人道与不道。若不观全体，不究本原，徒取一二聪明新巧语，遂叹为少游、美成所不能及，是亦妄人也已矣。"〔清〕胡薇元《岁寒居词话》："竹屋痴语，高观国宾王词。……自白石而后，句琢字炼，始归雅纯，而竹屋、梅溪为之羽翼。故张炎谓其格调不凡，句法挺异，特立清新，删削靡曼。……竹屋与梅溪酬唱，旗鼓足以相当。……陈唐卿云：' 竹屋词要是不经人道语，其妙处，少游、美成亦未及也。' 语虽过当，要亦格调不凡耳。"

"为春"句：〔清〕李佳《左庵词话》卷下："词家有作，往往未能竟体无疵。每首中，要亦不乏警句，摘而出之，遂觉片羽可珍。如……高竹屋云：' 新愁万斛，为春瘦，却怕春知。'"

七十六

清真难俪况方回，掾吏居然觑此才。

纵使未堪昌谷比，断肠挑菜或归来。（史达祖）

笺注

"清真"句：〔清〕戈载《梅溪词跋》："周清真善运化唐人诗句，最为词中神妙之境。而梅溪亦擅其长，笔意更为相近。予尝谓梅溪乃清真之附庸，若仿张为作词家主客图，周为主，史为客，未始非定论也。"

掾吏：官府中辅助官吏的通称。〔汉〕班固《东观汉记·吴良传》："为郡议曹掾。岁旦，与掾吏入贺。"史达祖曾为韩侂胄堂吏，负责撰拟文书。

昌谷：李贺有《昌谷集》。

"断肠"句：史达祖《东风第一枝·咏春雪》词："巧沁兰心，偷黏草甲，东风欲障新暖。谩凝碧瓦难留，信知暮寒轻浅。行天入镜，做弄出、轻松纤软。料故园、不卷重帘,误了乍来双燕。 青未了、柳回白眼。红欲断、杏开素面。旧游忆著山阴,厚盟遂妨上苑。寒炉重暖,便放慢、春衫针线。恐凤靴,挑菜归来,万一灞桥相见。"

七十七

绮语能工债亦酬,一分憔悴一人秋。

鄱阳词法兼诗法,怪说词家第一流。（张辑）

笺注

"绮语"句:张辑字宗瑞,号东泽,有词集《东泽绮语债》。

"一分"句:张辑《疏帘淡月·寓桂枝香秋思》词中有"悠悠岁月天涯醉。一分秋、一分憔悴"句。

"鄱阳"句:〔清〕黄蓼园《蓼园词评》:"朱湛卢曰:东泽得诗法于姜尧章,世谓谪仙复作,不知其又能词也。东泽,辑集名。"

七十八

道家装束恨难寻,许国生平却不禁。

和《摸鱼儿》挥泪别,怜才始侑百星金。（吴潜）

笺注

"道家"句:〔清〕叶申芗《本事词》:"徐清叟未遇时,尝赠建州官妓唐玉诗云:'上国新行巧样花,一枝柳插鬓边斜。娇羞未肯从郎意,爱把芳容故故遮。'吴履斋见之,亦为赋《贺新郎》云:'可意人如玉。小帘栊、轻匀淡抹,道家装束。长恨春归无寻处,全在波明黛绿。看冶叶倡条浑俗。比似江梅清有韵,更临风、对月斜依行。看不足,咏不足。 曲屏半掩春山簇。正轻寒、夜深花睡,半欹残烛。缥缈九霞光梦里,香在衣裳剩馥。又只恐铜壶声促。试问送人归云海后,对一奁、花影垂金粟。肠易断,恨难续。'"

许国：吴潜于宋理宗开庆元年（1259）封庆国公，后改为许国公。

"和《摸鱼儿》"二句：〔宋〕周密《齐东野语》卷二十：刘震孙长卿号朔斋。知宛陵日，吴毅夫潜丞相方闲居，刘日陪午桥之游，奉之亦甚至。尝携具开宴，自撰乐语一联云："入则孔明，出则元亮，副平生自许之心；兄为东坡，弟为栾城，无晚岁相违之恨。"毅夫大为击节。刘后以召还，吴饯之郊外，刘赋《摸鱼儿》一词为别，末云："怕绿野堂边，刘郎去后，谁伴老裴度。"毅夫为之挥泪。继遣一价，追和此词，并以小盒侑之，送数十里外。启之，精金百星也。前辈怜才赏音如此，近世所无。"

七十九

四卷词编而补遗，梦窗词比义山诗。

得君乐府迷能指，履贯谁传沈伯时。（吴文英）

笺注

"四卷"句：吴文英字君特，号梦窗，有《梦窗词甲乙丙丁稿》四卷及补遗一卷。

义山：李商隐字义山，号玉溪生。

"得君"二句：〔宋〕沈义父《乐府指迷》谓："余自幼好吟诗。壬寅秋，始识静翁于泽滨。癸卯，识梦窗。暇日相与倡酬，率多填词，因讲论作词之法。然后知词之作难于诗。盖音律欲其协，不协则成长短之诗。下字欲其雅，不雅则近乎缠令之体。用字不可太露，露则直突而无深长之味。发意不可太高，高则狂怪而失柔婉之意。思此，则知所以为难。子侄辈往往求其法于余，姑以得之所闻，条列下方。观于此，则思过半矣。"履贯，犹事迹籍贯。沈伯时，沈义父字伯时。《四库全书总目提要》中记载"义父字伯时，履贯未详"。

八十

梨花好梦不曾圆,忙恨东风咏水仙。

辛苦后村评鹭当,雪舟相识十年前。（黄孝迈）

笺注

"梨花"句：黄孝迈《水龙吟》词有"梨花满地。二十年好梦,不曾圆合,而今老、都休矣"句。

"忙恨"句：黄孝迈《水龙吟·咏水仙》词有"恨东风、忙去熏桃染柳,不念淡妆人冷"句。

"辛苦"二句：〔宋〕刘克庄《再题黄孝迈长短句》："十年前曾评君乐章,耄矣,复睹新腔一卷,赋梨花云：'一春花下,幽恨重重。又愁晴,又愁雨,又愁风。'水仙花云：'自侧金卮,临风一笑,酒容吹尽。恨东风,忙去薰桃染柳,不念淡妆人冷。'又云：'惊鸿去后,轻抛素袜。杳无音信,细看来,只怕蕊仙不肯,让梅花俊。'暮春云：'店舍无烟,关山有月,梨花满地。二十年好梦,不曾圆合。而今老、都休矣。'其清丽,叔原、方回不能加；其绵密,骎骎秦郎'和天也瘦'之作矣。昔和凝贵显时,称'曲子相公'；韩偓抗节唐季,犹以《香奁》为累。推本朝庐陵、临淄二公,于高文大册之外,时出一二,存于集者可见也。君他文皆工,余恐其为乐章所掩,因以笺之。"

八十一

此中甘苦剧难言,选得新词廿卷存。

果《散花庵词》特妙,羊车过也又黄昏。（黄升）

笺注

"选得"句：黄升有《花庵词选》二十卷。

《散花庵词》：黄升有词集《散花庵词》一卷。

"羊车"句：黄升《清平乐·宫怨》词："珠帘寂寂。愁背银釭泣。记得少年初选入。三十六宫第一。　当年掌上承恩。而今冷落长门。又是羊车过也，月明花落黄昏。"羊车，宫中用羊牵引的小车。《晋书·后妃传上·胡贵嫔》："（晋武帝）常乘羊车，恣其所之，至便宴寝。宫人乃取竹叶插户，以盐汁洒地，而引帝车。"后常以羊车降临表示宫人得宠；不见羊车表示宫怨。金人王若虚《宫女围棋图》诗："尽日羊车不见过，春来雨露向谁多。"

八十二

江湖遁迹竟忘还，词品尤推蒋竹山。

心折春潮春恨语，扁舟风雨宿闲湾。（蒋捷）

笺注

"江湖"句：蒋捷字胜欲，自号竹山，宋咸淳十年（1274）进士。宋亡后遁迹江湖，不复出仕。

"心折"二句：蒋捷《行香子·舟宿兰湾》词："红了樱桃，绿了芭蕉。送春归、客尚蓬飘。昨宵谷水，今夜兰皋。奈云溶溶，风淡淡，雨潇潇。银字笙调，心字香烧。料芳悰、乍整还凋。待将春恨，都付春潮。过窈娘堤，秋娘渡，泰娘桥。"

八十三

归去山中卧白云，王孙憔悴总能文。

不名孤雁名春水，岂藉揄扬始重君。（张炎）

笺注

"归去"二句：张炎南宋初年名臣张循六世孙，宋亡后落拓而终，有词集《山中白云词》。

"不名"句：〔宋〕张炎《词源》附录中载〔清〕南海伍崇曜跋语："炎字叔夏、玉田，又号乐笑翁，临安人，张循王五世孙。宋亡后，纵游浙东西，落拓而卒。工长短句，邓牧心伯牙琴，称其以春水词得名，人称'张春水'。孔行素至正直记，称其孤雁词得名，人称'张孤雁'。厉樊榭《山中白云词跋》并引之。其实玉田词三百首，几于无一不工，所长原不止此也。"揄扬，宣扬。

八十四

悲凉激楚不胜情，秀冠江东擅倚声。

词格若将诗格例，玉溪生让玉田生。（张炎）

笺注

激楚：激愤悲痛。

倚声：即倚声填词。

词格：专指词的品格。〔清〕陈廷焯《白雨斋词话》卷二："词法之密，无过清真。词格之高，无过白石。"

玉溪生：李商隐，字义山，号玉溪生。

八十五

晓起帘栊翠渐交，莺声春在杏花梢。

独将雅正张炎语评西麓，剩粉零金语欲抛。（陈允平）

笺注

"晓起"句：陈允平《恋绣衾》词有"银鸳金凤画暗销。晓帘栊、新翠渐交"句。

"莺声"句：陈允平《菩萨蛮》词有："杏花枝上莺声嫩。凤屏倦倚人初困"句。

"独将"句：〔宋〕张炎《词源》卷下："近代陈西麓所作，本制平正，亦有佳者。"陈允平字君衡，号西麓。

八十六

相思无处说相思，妾欲移心恨未知。

谁谓山民工小令，至今人说四灵诗。（徐照）

笺注

"相思"句：徐照有《南歌子》词："帘影筛金线，炊烟篆翠丝。菰芽新出满盆池，唤起玉瓶添水、养鱼儿。　意取钗虫碧，慵梳鬓翅垂。相思无处说相思，笑把画罗小、觅春词。"

"妾欲"句：徐照《阮郎归》词："绿杨庭户静沉沉，杨花吹满襟。晚来闲向水边寻，惊飞双浴禽。　分别后，忍登临。暮寒天气阴。妾心移得在君心，方知人恨深。"〔元〕陆辅之《词旨》卷下警句九十二则中，选了徐照两则，即上二首中的"相思"及"妾心"句。〔清〕王士禛《花草蒙拾》："顾太尉'换我心，为你心，始知相忆深'，自是透骨情语。徐山民'妾心移得在君心，方知人恨深'，全袭此。然已为柳七一派滥觞。"

山民：徐照字道晖，又字灵晖，号山民。

八十七

观者直求形似外，弁阳不为一词言。

梦轻怕被愁遮住，似此能无斧凿痕。（周密）

笺注

弁阳：周密自号弁阳啸翁，又号四水潜夫，晚号弁阳老人。

"梦轻"句：周密《高阳台·寄越中诸友》词有"梦魂欲渡苍茫去，怕梦轻、还被愁遮"句。

斧凿痕：用斧凿削刻留下的痕迹。比喻诗文刻意造作的痕迹。

八十八

旧选中兴绝妙词，更名《绝妙好词》为。

效颦十解人人拟，直比文通杂体诗。（周密）

笺注

"旧选"二句：黄升有《中兴以来绝妙词选》十卷。周密继之编有《绝妙好词》七卷。收录词人132家，词作390首，始于张孝祥，终于仇远。为，助词。用在句末，表示疑问或反诘。

效颦十解：周密有《效颦十解》拟花间、稼轩等十家。

"直比"句：江淹（444-505），字文通，南朝诗人，有《杂体诗三十首》，钟嵘《诗品》谓："文通诗体总杂，善于摹拟。"

八十九

弃官长短句工吟，故事花翁集里寻。

人物语应无市井，当留此论作词箴。（孙惟信）

笺注

"弃官"句：孙惟信（1179-1243），字季蕃，号花翁，原籍开封，居婺州（今浙江金华）。以荫入仕，光宗时弃官隐居西湖。

"人物"句：〔宋〕沈义父《乐府指迷》："孙花翁有好词，亦善运意。但雅正中忽有一两句市井句，可惜。"

箴：规谏，告诫。

按：〔清〕沈雄《古今词话》"词品下卷"引朱彝尊曰："施乘之、孙季蕃，盛以词鸣，沈伯时《乐府指迷》亦为矜誉，今求其集，不可复睹。"又"词评上卷"："沈雄曰：《昼锦堂》一阕，如'柳裁云剪腰支小，凤盘鸦耸鬓鬘偏'与'杏梢空闹相思眼，燕翎难系断肠笺'，周挚纤艳，已为极则。但卒章云：'银屏下，争信有人，真个病也天天。'情至之语，又开一种俳调也，奈何。"〔清〕查礼《铜鼓书堂词话》："孙花翁惟信字季蕃，在江湖颇有标致。多见前辈，多闻旧事，善雅谈。长短句尤工，有《花翁词》一卷。《夜合花·闺情》云：'风叶敲窗，露蛩吟甃，谢娘庭院秋宵。'又云：'断魂留梦，烟迷楚驿，月冷蓝桥。'又云：'罗衫暗折，兰痕粉迹都销。'又云：'几时重凭，玉骢过处，小袖轻招。'又《烛影摇红·咏牡丹》云：'对花临景，为景牵情，因花感旧。'又云：'絮飞春尽，天远书沉，日长人瘦。'又《南乡子·感旧》云：'霜冷阑干天似水，扬州。薄幸声名总是愁。'又云：'一梦觉来三十载，风流。空对梅花白了头。'词之情味缠绵，笔力幽秀，读之令人涵泳不尽。案：刘后村《孙花翁墓志》云：'(季蕃)贯开封，曾祖升，祖可，父颙，皆武爵。季蕃少受祖泽，调监当不乐，弃去，始婚于婺。后去婺游，留苏杭最久。一榻之外无长物，躬爨而食。书无乞米之帖，文无逐贫之赋，终其身如此。名重江浙公卿间，闻花翁至，争倒屣。所谈非山水风月，一不挂口。长身缊袍，意度疏旷，见者疑为侠客异人。其倚声度曲，公瑾之妙。散发横笛，野王之逸。奋袖起舞，越石之壮。'"

九十

《花间集》外名《花外》，直欲填词继历朝。

闻雁秋灯秋雨里，故山归去总魂销。（王沂孙）

笺注

《花外》：王沂孙有词集《花外集》。

"闻雁"二句：王沂孙《醉蓬莱·旧故山》词："扫西风门径，黄叶凋零，白云萧散。柳换枯阴，赋归来何晚。爽气霏霏，翠蛾眉妩，聊慰登临眼。

故国如尘,故人如梦,登高还懒。 数点寒英,为谁零落,楚魄难招,暮寒堪揽。步屧荒篱,谁念幽芳远。一室秋灯,一庭秋雨,更一声秋雁。试引芳樽,不知消得,几多依黯。"

九十一

独为秋娘感慨深,三生杜牧李南金。

《贺新郎》谱青衫湿,沦落天涯自古今。

(李南金)

笺注

"独为"二句:〔清〕叶申芗《本事词》:"李南金自号三溪冰雪翁。有良家女流落可叹者,李为感赋《贺新郎》云:'流落今如许。我亦三生杜牧,为秋娘著句。先自多愁多感慨,更值江南春暮。君看取、落花飞絮。也有吹来穿绣幌,有因风、飘坠随尘土。人世事,总无据。 佳人命薄君休诉。若说与、英雄心事,一生更苦。且尽尊前今日意,休记绿窗眉妩。但春到、儿家庭户。幽恨一帘烟月晓,恐明朝、燕(按:一作"雁")亦无寻处。浑欲倩,莺留住。'悲凉感叹,想南金亦自写其流落之意欤。"

青衫湿:白居易《琵琶行》诗中有"座中泣下谁最多,江州司马青衫湿"句。

沦落天涯:白居易《琵琶行》诗中有"同是天涯沦落人,相逢何必曾相识"句。

九十二

从容柴市曲偏工,声倚昭仪驿壁中。

未有无情忠与孝,《沁园春》即《满江红》。

(文天祥)

笺注

从容柴市：文天祥被俘后，就义于大都南郊的"柴市"刑场。

"声倚"句：〔明〕杨慎《词品》卷六："王昭仪之词，传播中原。文天祥读至末句，叹曰：'惜也，夫人于此少商量矣。'为之代作一篇云：'试问琵琶，胡沙外、怎生风色。最苦是，姚黄一朵，移根仙阙。王母欢阑琼宴罢，仙人泪满金盘侧。听行宫、半夜雨淋铃，声声歇。　彩云散，香尘灭。铜驼恨，那堪说。想男儿慷慨，嚼穿龈血。回首昭阳离落日，伤心铜雀迎新月。算妾身不愿似天家，金瓯缺。'又和云：'燕子楼中，又捱过、几番秋色。相思处，青年如梦，乘鸾仙阙。肌玉暗消衣带缓，泪珠斜透花钿侧。最无端、蕉影上窗纱，青灯歇。　曲池合，高台灭。人间事，何堪说。向南阳阡上，满襟清血。世态便如翻覆雨，妾身元是分明月。唉乐昌一段好风流，菱花缺。'附王昭仪词：'太液芙蓉，浑不是、旧时颜色。曾记得，恩承雨露，玉楼金阙。名播兰簪妃后里，晕潮莲脸君王侧。忽一朝鼙鼓揭天来，繁华歇。　龙虎散，风云灭。千古恨，凭谁说。对山河百二，泪沾襟血。驿馆夜惊尘土梦，宫车晚辗关山月。愿嫦娥、相顾肯相容，随圆缺。'"

"未有"二句：文天祥《沁园春·至元间留燕山作》词曰："为子死孝，为臣死忠，死又何妨。自光岳气分，士无全节，君臣义缺，谁负刚肠。骂贼睢阳，爱君许远，留得名声万古香。后来者，无二公之操，百炼之钢。　人生翕欻云亡。好烈烈轰轰做一场。使当时卖国，甘心降虏；受人唾骂，安得留芳。古庙幽沉，仪容俨雅，枯木寒鸦几夕阳。邮亭下，有奸雄过此，仔细思量。"按：作者认为文天祥这首《沁园春》就是岳飞的《满江红》。

九十三

参政何人竟北留，《木兰花慢》送归舟。

杜鹃教我归何处，各极芊绵一样愁。

（陈参政）

笺注

"参政"二句:〔清〕沈雄《古今词话》"词话上卷":"宋词有陈参政失名者,词云:'北归人未老,喜依旧,著南冠。正雪暗潭沱,云迷芒砀,梦落邯郸。乡心促、日行万里,幸此身生入玉门关。多少秦烟陇雾,西湖净洗征衫。 燕山。望不见吴山。回首一征鞍。慨故宫离黍,故家乔木,那忍重看。钧天紫薇何处,问瑶池、八骏几时还。谁在天津桥上,杜鹃声里阑干。'盖《木兰花慢》也。沈雄曰:此非宋季词,乃南渡以前人,北归时为二帝北狩作也。"

"杜鹃"句:李处全《菩萨蛮》词:"杜鹃只管催归去,知渠教我归何处。故国泪生痕,那堪枕上闻。 严装吾已具,泛宅吴中路。弭棹唤东邻,江东日暮云。"

芊绵:谓富有文采。〔清〕袁枚《随园诗话》卷十:"己卯秋,过龙潭,见旅壁题四绝,清丽芊绵。"

九十四

词工咏物半遗黎,乐府何劳更补遗。

易世恐兴文字狱,子规谁许尽情啼。

(《乐府补题》)

笺注

"词工咏物"句:《乐府补题》所辑王沂孙、周密等14位遗民词人37首咏物之作。遗黎,亡国之民。《晋书·地理志下》:"自中原乱离,遗黎南渡,并侨置牧司,在广陵丹徒南城,非旧土也。"

子规:杜鹃鸟的别名。传说为蜀帝杜宇的魂魄所化。常夜鸣,声音凄切,故借以抒悲苦哀怨之情。《埤雅·释鸟》:"杜鹃,一名子规。"杜甫《子规》诗:"两边山木合,终日子规啼。"

九十五

绿肥红瘦语嫣然,人比黄花更可怜。

若并诗中论位置,易安居士李青莲。（李清照）

笺注

绿肥红瘦：李清照《如梦令》词有"应是绿肥红瘦"句。

人比黄花：李清照《醉花阴》词有"莫道不销魂,帘卷西风,人比黄花瘦"句。

"若并"二句：〔清〕陈廷焯《词坛丛话》："李易安词,风神气格,冠绝一时,直欲与白石老仙相鼓吹,妇人能词者,代有其人,未有如易安之空绝前后者。"〔清〕陈廷焯《白雨斋词话》卷二："李易安词,独辟门径,居然可观,其源自从淮海、大晟来,而铸语则多深造,妇人有此,可谓奇矣。"又曰："易安佳句,如《一剪梅》起七字云：'红藕香残玉簟秋。'精秀独绝,真不食人间烟火者。"〔清〕李佳《左庵词话》卷上："李易安《漱玉词》,匪特闺阁无此清才,即求之词家能手亦罕。"蔡嵩云《柯亭词论》云："叠字句法,创自易安。以《声声慢》系叠字调名,故当时涉笔成趣。一起连叠十四字,后人以为绝唱。究之非填词正轨,易流于纤巧一路,只可让弄才女子偶一为之。王湘绮云：诸家赏其七叠,亦以初见故新,效之则可呕。诚然。否则两宋不少名家,后竟无继声者。岂才均不若易安乎,其故可思矣。"〔清〕吴衡照《莲子居词话》卷二："易安《武陵春》,其作于祭湖州以后欤？悲深婉笃,犹令人感伉俪之重。叶文庄乃谓语言文字,诚所谓不祥之具,遗讥千古者矣。不察之论也。南康谢苏潭方伯启昆《咏史》诗云：'风鬟尚怯胥江冷,雨泣应含杞妇悲。回首静治堂旧事,翻茶校帖最相思。'"李青莲,李白,号青莲居士。按：作者以诗中李白比拟词中李清照。

九十六

一瓶一钵可归来，寻寻觅觅亦写哀。

自是百年钟间气，张秦周柳总清才。（李清照）

笺注

一瓶一钵：〔清〕彭端淑《为学》文中曰："蜀之鄙有二僧，其一贫，其一富。贫者语于富者曰：'吾欲之南海，何如？'富者曰：'子何恃而往？'曰：'吾一瓶一钵足矣。'富者曰：'吾数年来欲买舟而下，犹未能也。子何恃而往？'越明年，贫者自南海还，以告富者。富者有惭色。西蜀之去南海，不知几千里也，僧富者不能至而贫者至焉。人之立志，顾不如蜀鄙之僧哉！"

寻寻觅觅：李清照《声声慢》词："寻寻觅觅，冷冷清清，凄凄惨惨戚戚。乍暖还寒时候，最难将息。三杯两盏淡酒，怎敌他、晚来风急？雁过也，正伤心，却是旧时相识。 满地黄花堆积。憔悴损，如今有谁堪摘？守着窗儿，独自怎生得黑？梧桐更兼细雨，到黄昏、点点滴滴。这次第，怎一个、愁字了得！"

钟：聚集。杜甫《望岳》诗中有"造化钟神秀"句。

间气：旧谓英雄伟人，上应星象，禀天地特殊之气，间世而出，故称。亦作"闲气"。《太平御览》卷三百六十引《春秋孔演图》："正气为帝，间气为臣，宫商为姓，秀气为人。"宋均注："间气则不苞一行，各受一星一生。"〔唐〕曹唐《勘剑》："垂情不用将闲气，恼乱司空犯斗牛。"

"张秦"句：谓张先、秦观、周邦彦、柳永都是词坛清才。清才，卓越的才能。〔晋〕潘岳《杨仲武诔》："清才隽茂，盛德日新。"〔唐〕刘禹锡《裴相公大学士见示因命追作》诗："不与王侯与词客，知轻富贵重清才。"

九十七

幽栖居士惜芳时,人约黄昏莫更疑。

未必断肠漱玉似,送春风雨总怜伊。（朱淑真）

笺注

"人约"句:〔明〕杨慎《词品》卷二:"朱淑真元夕《生查子》云:'去年……'词则佳矣,岂良人家妇所宜邪?又其《元夕》诗云:'火烛银花触目红,揭天吹鼓斗春风。新欢入手愁忙里,旧事惊心忆梦中。但愿暂成人缱绻,不妨常任月朦胧。赏灯那待工夫醉,未必明年此会同。'与此词相合。则其行可知矣。"（唐圭璋按《元夕》词乃欧阳修作,见《庐陵集》卷一百三十一）〔清〕谢章铤《赌棋山庄词话》卷十二:"朱淑真《生查子》一词,传者疑其失德。然《池北偶谈》曰:是词见《欧阳文忠公集》一百三十一卷,然则非朱氏之作明矣。"〔清〕陈廷焯《词坛丛话》云:"'去年元夜'一词,本欧阳公作,后人误编入《断肠集》,遂疑朱淑真为泆女,皆不可不辨。案'去年元夜'一词,当是永叔少年笔墨。渔洋辨之于前,云伯辨之于后,俱有挽扶风教之心。余谓古人托兴言情,无端寄慨,非必实有其事;此词即为朱淑真作,亦不见是泆女,辨不辨皆可也。"又,"朱淑真词,风致之佳,情词之妙,真不亚于易安。宋妇人能诗词者不少,易安为冠,次则朱淑真,次则魏夫人也。"〔清〕胡薇元《岁寒居词话》:"又海宁朱淑真,乃文公族侄女,有《断肠词》,亦清婉作。传乃因误入欧阳永叔《生查子》一首'月上柳梢头,人约黄昏后'云云,遂诬以桑濮之行,指为白璧微瑕。此词今尚见《六一集》中,奈何以冤淑真。宋两才女才人著作所传,乃均造谤以诬之,遂为千载口食。而心地欹斜者,则不信辨白之据,喜闻污蔑之言,尤不知是何心肝矣。"

"未必"句:〔宋〕魏仲恭《断肠集》序曰:"比往武陵,见旅邸仲好事者往往传诵朱淑真词,每窃听之,清新婉丽,蓄思含情,能道人意中事,岂泛泛者所能及,未尝不一唱而三叹也。"〔明〕陈霆《渚山堂词话》卷二:"闻之前辈,朱淑真才色冠一时,然所适非偶。故形之篇章,往往多怨恨之句。

世因题其稿曰《断肠集》。大抵佳人命薄,自古而然,断肠独斯人哉。古妇人之能词章者,如李易安、孙夫人辈,皆有集行世。淑真继其后,所谓代不乏贤。其词曲颇多,予精选之,得四五首。咏雪《念奴娇》云:'斜倚东风、浑漫漫,顷刻也须盈尺。'已尽雪之态度。继云:'担阁梁吟,寂寥楚舞,空有狮儿只。'复道尽雪字,又觉蕴藉也。咏梅云:'湿云不渡溪桥冷,嫩寒初破霜风影。溪下水声长,一枝和月香。'别阕云:'拂拂风前度暗香,月色侵花冷。'梨花云:'粉泪共宿雨阑珊,清梦与寒云寂寞。'凡皆清楚流丽,有才士所不到。而彼顾优然道之,是安可易其为妇人语也。"〔清〕沈雄《古今词话》"词评上卷"引《女红志馀》曰:"钱塘朱淑真自以所适非偶,词多幽怨。每到春时下帏趺坐。人询之,则云,我不忍见春光邪。宛陵魏端礼为辑其词曰《断肠集》。"〔清〕吴衡照《莲子居词话》卷二:"易安'雁波才动被人猜',矜持得妙。淑真'娇痴不怕人猜',放诞得妙。均善于言情。"〔清〕陈廷焯《白雨斋词话》卷二:"朱淑真词,才力不逮易安,然规模唐、五代,不失分寸。如'年年玉镜台'及'春已半'等篇,殊不让和凝、李珣辈。唯骨韵不高,可称小品。"

"送春"句:朱淑真《蝶恋花》词:"楼外垂杨千万缕。欲系青春,少住春还去。独自风前飘柳絮,随春且看归何处。 绿满山川闻杜宇。便做无情,莫也愁人苦。把酒送春春不语,黄昏却下潇潇雨。"

九十八

寄《忆秦娥》语不深,海棠开后到如今。

酒楼伎馆皆传播,信是旗亭独赏音。

(郑文妻孙氏)

笺注

"**寄《忆秦娥》**"二句:郑文妻孙氏《忆秦娥》词:"花深深,一钩罗袜行花阴。行花阴。闲将柳带,细结同心。 日边消息空沉沉。画眉楼上愁登临。愁登临。海棠开后,望到如今。"

"酒楼"二句：〔清〕王奕清《历代词话》卷七："太学服膺斋上舍郑文，秀州人，其妻寄以《忆秦娥》云：'花深深……'此词为同舍所见，一时传播，酒楼妓馆皆歌之。"旗亭，酒楼。悬旗为酒招，故称。

九十九

天台伎合赋桃花，限韵词供益作家。

怪得有人心如醉，鹊桥已驾恐缘差。（严蕊）

笺注

"天台"句：严蕊《如梦令》词："道是梨花不是，道是杏花不是。白白与红红，别是东风情味。曾记，曾记，人在武陵微醉。"〔清〕沈雄《古今词话》"词辨上卷"引《青楼雅述》："唐仲友守台，命营妓严蕊作红白桃花《如梦令》（按：《如梦令》词见上引），赏以双缣。后朱晦庵为节使，欲摭仲友之罪，置蕊于狱，蕊曰：'身为贱妓，不敢妄言以污士大夫也。'岳霖为宪，怜蕊无辜，猝命作词。蕊口占《卜算子》云：'不是爱风尘，似被前缘误。花落花开自有时，总赖东君主。　去也还须去，住也如何住？若得山花插满头，便是侬归处。'立命出之。"〔清〕王奕清《历代词话》卷八引《雪舟脞语》："唐仲友知台州，晦庵为浙东提举，互相申奏。寿皇问宰执两人曲直。对曰：'秀才争闲气耳。'仲友眷官妓严蕊奴，晦庵系治之。及晦庵移去，提刑岳霖行部至台，蕊乞自便。岳问曰：'去将安归？'蕊赋《卜算子》云：'去也终须去，住也如何住？若得山花插满头，莫问奴归处。'岳笑而释之。"王国维《人间词话删稿》："宋人小说多不足信。如《雪舟脞语》谓：'……'案此词系仲友戚高宣教作，使蕊歌以侑觞者，见朱子纠唐仲友奏牍。则《齐东野语》所纪朱唐公案，恐亦未可信也。"〔清〕叶申芗《本事词》卷下："严蕊小词"条载其事迹最详，可参。〔清〕江顺诒辑《词学集成》附录：（载严蕊事迹后）江顺诒按曰："此事宋人说部鲜载之者。蕊以一妓，宁备受棰楚，而不肯污蔑士大夫，其节亦可见矣。彼污蔑而欲摭其罪者，诚何心哉。"

"**怪得**"二句：严蕊《鹊桥仙》词云："碧梧初坠，桂香才吐，池上水花初谢。穿针人在合欢楼，正月露玉盘高泻。　蛛忙鹊懒，耕慵织倦，空做古今佳话。人间刚到隔年期，指天上、方才隔夜。"（故事参见〔宋〕周密《齐东野语》卷二十）

一〇〇

果属唐人未可知，禁中传得《撷芳词》。

燕来时也无消息，一语令人十日思。（论无名氏词）

笺注

"**禁中**"句：〔清〕叶申芗《本事词》："《撷芳词》传自禁中，时有妓之姥，曾嫁伶官，常入内廷教歌舞，得其声，遂传于外。一时爱之，争相歌唱。其词云：'风摇动。……'此调后遂名为《钗头凤》，而未加叠字焉。"

"**燕来**"句：《撷芳词》词曰："风摇荡，雨濛茸。翠条柔弱花头重。春衫窄，香肌湿。记得年时，共伊曾摘。　都如梦，何曾共。可怜孤似钗头凤。关山隔，晚云碧。燕儿来也，又无消息。"

一〇一

倚声谁敢陋金元，由宋追唐体较尊。

且待稍偿文字债，紫藤花底试重论。

笺注

倚声：依照歌曲的声律节奏。指按谱填词。

陋：鄙视，轻视。

《又三十六首·专论岭南人》

一

竟传仙去亦多情，得近佳人死也荣^(见《历代诗馀》)。

谁谓益之能直谏，生平愿作乐中筝^(见阮《通志》)。

（黄损）

笺注

"竟传"二句：〔清〕叶申芗《本事词》记载："贾人女裴玉娥，善弹筝，与黄损有婚姻之约，后为吕用之劫归第中，赖胡僧神术取回。损尝赋筝词云：'无所愿（按：《全唐诗·附词》作"平生愿"），愿作乐中筝。得近佳人纤手里，砑罗裙上放娇声。便死也为荣。'"（按：《全唐诗》所载此词为崔怀宝作，题为《忆江南》。卓人月《词统》卷一亦载，题黄损作。）

"谁谓"二句：〔宋〕张君房《丽情集》云："薛琼琼，唐开元宫中第一筝手。清明日，上令宫妓踏青。狂生崔怀玉（按：玉，一作宝）窃窥琼琼，悦之，因乐供奉杨羔潜得之。羔令作小词，方得见薛。崔乃吟曰：……（按：首句作"今生无所愿"）因各赐薰机酒一杯。崔后调补荆南司录参军，琼琼因理筝，为监军所取赴阙。明皇赐琼琼为崔妻。"

二

但许词家品已低，推崇独说李文溪。

出师拜表如忠武，《水调歌头》剑阁题^(见《崔清献集》李昂英跋)。

（崔与之）

笺注

李文溪：李昂英（1201—1257），广州人，有《文溪存稿》。

"出师"句：蜀相诸葛亮有前后《出师表》。忠武，诸葛亮谥号。

"水调"句：崔与之《水调歌头·题剑阁》词："万里云间戍，立马剑门关。乱山极目无际，直北是长安。人苦百年涂炭，鬼哭三边锋镝，天道久应还。手写留屯奏，炯炯寸心丹。 对青灯，搔白发，漏声残。老来勋业未就，妨却一身闲。梅岭绿阴青子，蒲涧清泉白石，怪我旧盟寒。烽火平安夜，归梦到家山。"麦蜕庵称此词"菊坡虽不以词名，然此词豪迈，不减稼轩。"（见《艺衡馆词选》）〔清〕许昂霄《词综偶评》评崔《水调歌头》："填此调者，类用壮语，想亦音节应尔耶。"〔清〕张德瀛《词徵》卷一："词之见于粤东石刻者，崔清献《水调歌头》、文信国《沁园春》，凡二阕。崔词有刘介龄跋，今存白云山浦涧寺，万历丁亥摹勒上石。……"又，"崔菊坡词，刘后村七用其韵。" 潘飞声《粤词雅》："吾禺崔清献公有《菊坡集》，其词载《宋词选》《词综》。《水调歌头》一阕《题剑阁》云：'……'此词起四句，雄壮极矣，虽苏、辛亦无以过之。昔杭堇甫论粤诗云：'尚得古贤雄直气，岭南犹觉胜江南。'余谓崔词，非雄直而何？" 又，"增城有增江口，以昌黎'增江灭无口'句为名。相传崔清献公曾家于此。景元（陈纪字）先生有重九登增江凤台，望崔清献故居，调《满江红》云：'风去台空，庭叶下、嫩寒初透。人世上、几番风雨，几番重九。列岫迢迢供远目，晴空荡荡容长袖。把中年、怀抱更登台，秋知否。 天也老，山应瘦。时易失，欢难久。到如今，惟有黄花依旧。岁晚凄其诸葛恨，乾坤只可渊明酒。忆坡头、老菊晚香寒，空搔首。'"崔与之（1158—1239），字正子，一字正之，号菊坡，广州人，南宋丞相，谥号清献。有《菊坡集》。

三

不知履贯亦称工^{（杨升庵《词品》谓：昂英，资州盘石人。《兰陵王》一词绝妙）}，忠简生平六一同。独说《兰陵王》一阕，晓风残月柳郎中^{（见《文溪集》孙文灿跋）}。

（李昂英）

笺注

忠简：李昴英字俊明，卒谥忠简。

六一：指欧阳修。欧阳修自称六一居士。

"独说"句：〔明〕杨慎《词品》卷五："李公昴，名昴英，号文溪，资州盘石人。送太守词，'有脚艳阳难驻'一词得名。然其佳处不在此。文溪全集，予家有之。其《兰陵王》一首绝妙，可并秦、周。其词云：'燕穿幕。春在深深院落。单衣试、龙沫旋熏，又怕东风晓寒薄。别来情绪恶。瘦得腰围柳弱。清明近，正似海棠怯雨，芳疏任飘泊。　钗留去年约。恨易老娇莺，多误灵鹊。碧云杳杳天涯各。望不断芳草，又迷香絮，回文强写字屡错。泪欲注还阁。　孤酌。信春脚。更彩局谁欢，宝辇慵学。阶除拾取飞花嚼。是多少春恨，等闲吞却。猛拍阑干，叹命薄。悔旧诺。'"

"晓风"句：柳永《雨霖铃》词中有"杨柳岸、晓风残月"句。按：作者将李昴英《兰陵王》词与柳永《雨霖铃》词相提并论。

四

柳周辛陆事兼能（刘潜夫语见《花庵绝妙词选》并《绝妙好词笺》），论到随如得未曾。

岂独后村平骘当，心倾周密又黄升。（刘镇）

笺注

"柳周"句：〔宋〕刘克庄《后村题跋》卷二："叔安刘君落笔妙天下，间为乐府，丽不至亵，新不犯陈，借花卉以发骚人墨客之豪，托闺怨以寓放臣逐子之感。周、柳、辛、陆之能事。庶乎兼之。"黄升《中兴以来绝妙词选》卷八选叔安词二十二首。刘克庄字潜夫，号后村。

平骘：同"评骘"，评定。平，通"评"。

按：〔明〕杨慎《词品》卷五："刘叔安，名镇，号随如，元夕《庆春泽》一首，入《草堂选》。又有《阮郎归》云：'寒阴漠漠夜来霜，……'亦清丽可诵。其咏茉莉云：'月浸阑干天似水，谁伴秋娘窗户。'评者以为不言茉莉,而想像可得,他花不能承当也。又春宴云:'庭花弄影,一帘月娟娟。'有富贵蕴藉之味。饯元宵春二词皆奇,南渡填词钜工也。"〔清〕沈雄《古今词话》"词评上卷"引《柳塘词话》曰:"泰定中,进士刘叔安有《随如百咏》,富贵蕴藉,不屑为无意味句者。其词皆时令物情之什。" 潘飞声《粤词雅》:"刘叔安先生,名镇,南海人。嘉泰壬戌进士,自号随如子,有《随如百咏》,其词格高气远,情致绵邈,而才足以运之,为宋代词家特出。《沁园春·题西宗云山楼》云:'爽气西来……'又,《花心动·题临安新亭》云:'鸠雨催晴……'此等用意摛藻,宛转浑雅,总不轻下一笔,真是大家手笔。又曰:茉莉一名小南强,夏夜花开,清馥与素馨无异。《随如先生集》中有《念奴娇》一调赋茉莉云:'调冰弄雪……'赋物小题,而托体高华,此宋人与元明人异处。"

五

《念奴娇》曲赋梅花<small>(见《广东文选》)</small>,谱《贺新郎》听琵琶<small>(见《词综》)</small>。《绝妙好词》偏未选,咸淳以后足名家。<small>(陈纪)</small>

笺注

念奴娇:陈纪(1254—1315),字景元,东莞人。咸淳十年(1274)进士,官通直郎。宋亡,隐居不仕。有《秋江欸乃》,不传。陈纪《念奴娇·梅花》词:"断桥流水,见横斜清浅,一枝孤裛。清气乾坤能有几,都被梅花占了。玉质生香,冰肌不粟,韵在霜天晓。林间姑射,高情迥出尘表。除是孤竹夷齐,商山四皓,与尔方同调。世上纷纷巡檐者,尔辈何堪一笑。风雨忧愁,年来何逊,孤负渠多少。参横月落,有怀付与青鸟。"

贺新郎:陈纪《贺新郎·听琵琶》词:"趁拍哀弦促。听泠泠、弦间细语,手间推覆。莺语间关花底滑,急雨斜穿梧竹。又涧底、松风簌簌。铁拨鹍弦春夜永,对金钗钟乳人如玉。敲象板,剪银烛。 六幺声断凉州续。怅梅花、岁晚天寒,佳人空谷。有限弦声无限意,沦落天涯幽独。顿唤起、闲愁千斛。贺老定场无处问,到如今、只鼓昭君曲。呼羯鼓,泻醽醁。"

绝妙好词：宋周密所编，共7卷，其选始自张孝祥，终于仇远，共132家，收词390首。

咸淳：宋度宗年号（1265—1274）。

六

感到沧桑《覆瓿》(集名)宜，秋娘犹在足相思("旧日秋娘犹在否"，集中《苏幕遮》"钱唐避暑忆旧"语)。集中多用清真韵，《秋晓词》(集名)同《片玉词》。（赵必𤩪）

笺注

覆瓿：赵必𤩪（1245—1294），字玉渊，号秋晓，商王元份九世孙，家东莞。咸淳元年（1265），与父同登进士，任南康县丞。文天祥开府潮惠，辟摄军事判官。入元，隐居不仕。有《覆瓿集》。词有《秋晓词》。

"秋娘"句：赵必𤩪《苏幕遮·钱塘避暑忆旧用美成韵》词："远迎风，回避暑。人似荷花，笑隔荷花语。无限情云并意雨。惊散鸳鸯，兰棹波心举。　约重游，轻别去。断桥风月，梦断飘蓬旅。旧日秋娘犹在否。雁足不来，声断衡阳浦。"

片玉词：周邦彦词集名。

七

老树嫣然也着花，秫坡仍未算词家。

薄情莺燕偏相恼，(秫坡先生词集中《风入松》词语)诗学西庵(见《献徵录》)竟不差。

（黎贞）

笺注

秫坡：黎贞（1350？—1408？），字彦晦，号陶陶生，晚号秫坡，学者称秫坡先生，广东新会人。有《秫坡诗稿》七卷，附录一卷。

"薄情"句：黎贞《风入松》词中有"凤孤鸾只怎生熬。鲸守困蓬蒿。薄情莺燕偏相恼"句。

西庵：孙蕡（1334—1393），字仲衍，号西庵，南海人，有《西庵集》。

八

风韵何尝乐府殊，白沙远过邵尧夫。

春风沂水人千古，也学烟波旧钓徒。

（按《白沙集》有长短句一门，实杂体诗也，无诗馀。然钓徒一首题云"效张志和体"。志和原作，各家词选俱收，调名《渔歌子》。而白沙谱之，殆诗馀矣）

（陈献章）

笺注

白沙：陈献章（1428—1500），又名陈白沙，字公甫，号石斋，别号碧玉老人、玉台居士、江门渔父、南海樵夫、黄云老人等，广东新会人。

邵尧夫：邵雍（1011—1077），字尧夫，又称安乐先生、百源先生，谥康节，北宋理学家。

春风沂水：指放情自然，旷达高尚的生活乐趣。《论语·先进》："暮春者，春服既成，冠者五六人，童子六七人，浴乎沂，风乎舞雩，咏而归。"

"也学"句：陈献章有《钓鱼效张志和体》词："红蓼风起白鸥飞。大网拦江鱼正肥。微雨过，又斜晖。村北村南买醉归。"

九

石屏家世独文章，靖节先生（见《粤大记》）总擅场。

新酒谅难降旧恨，宋人风格《满庭芳》（见《广东文选》及《词综》）。

（戴珖）

笺注

石屏：戴复古（1167—1248），字式之。自号石屏，天台黄岩（今属浙江台州）人。有《石屏词》。

靖节：戴璡字汝器，广东南海人。明英宗正统三年（1438）举人，官训导。有《靖节集》。

"新酒"二句：戴璡《满庭芳》词："竹隐寒烟，菊凝晚露，空阶霜月微明。小窗寂静，四壁响虫声。风细金炉香袅，穿花影、数点飞萤。良夜永，闷无情绪，独坐对长檠。 玉人。音声断，巫山云锁，洛浦烟横。奈鱼沉雁杳，谁诉衷情。新酒难降旧恨，佳期误、檐鹊无凭。愁人处，更阑酒醒，孤枕梦难成。"

十

却金亭筑表清风（使朝鲜时事，见黄《通志》），伟丽词传应制同。

蛮徽弓衣应织遍，《满朝欢》又《满江红》。（见《广东文选》）

（祁顺）

笺注

却金亭：祁顺（1434—1497），字致和，号巽川，东莞梨川人。明天顺四年（1460）进士，历官江西左参政、石阡府知府、云南知府、山西右参政、福建右布政使、江西左布政使等，有《巽川集》二十卷。成化间，祁顺被赐一品服使朝鲜，惟单骑就馆，凡舆马、金缯、声伎之奉，悉不取；三韩君臣，相顾骇异，为筑却金亭。

蛮徽：蛮地、边徼。泛指边远地区。这里指朝鲜。

弓衣：装弓的袋。《礼记·檀弓下》"赴车不载櫜韔"汉郑玄注："韔，弓衣。"〔宋〕欧阳修《六一诗话》："苏子瞻学士，蜀人也。尝于渠井监得西南夷人所卖蛮布弓衣，其文织成梅圣俞《春雪》诗。"

"《满朝欢》"句：《广东文选》辑录祁顺词两首，一首为《满江红》，一首为《归朝欢》。《归朝欢》词曰："昨捧纶音过鸭绿，五色麒麟明绣服。番王稽首觐天威，欢声尽效封人祝。宣恩兼问俗。阳春到处生寒谷。爱三韩，海山清胜，收拾归遐瞩。　不学张骞携苜蓿，只有诗囊珠万斛。北山□事底须嗟，皇华篇什行当续。旋装何太速。江湖望□萦心曲。向长安，九重宫阙，恩献千秋录。"按：《满朝欢》疑为《归朝欢》之误。《满江红·自送彭都宪》词曰："光岳生贤，非但是、秀钟闽峤。谁不羡、超群器识，济时才调。奏疏忠诚裨三主，维蕃德泽覃边徼。喜九天、嘉会际风云，登枢要。　恩命下，黄麻诏。纲纪重，乌台表。使苍生惬望，诗文增耀。时节暂分南国寄，趣装行应金銮召。问平生、正气竟如何，秋天杳。"

十一

双槐手植（见黄《通志》）兴萧然，著述何须乐府先。

宋末补题工咏物，持螯曾谱《鹊桥仙》。（见杨子《卮言闰集》）

（黄瑜）

笺注

双槐：黄瑜（1426—1497），字廷美，号前琴堂傲吏，祖籍筠州（今四川筠连），后迁香山（今广州中山）。官至福建长乐县知事，因秉性鲠直，任满后辞职退隐，专事读书与著述。家中建有一亭，前植双槐，故又号双槐老人。有《双槐集》《双槐岁钞》。

"宋末"句：指《乐府补题》之辑录。

"持螯"句：〔明〕杨慎《词品》卷二："近时东莞方彦卿[俊]正月六日于俞君玉席上，擘糟蟹荐酒，寿其友人黄瑜，亦依此调。其词云：'草头八足，一团大腹，持螯笑向俞君玉。花灯预赏为先生，生日是、新正初六。今宵过了，七人八榖。又七日天官赐福。福禄（按：《全明词》作"如"）东海寿如（按：《全明词》作"南"）山，愿岁岁、春盘（按：《全明词》作"杯"）盈绿。'瑜字廷美，香山人。"按：此词所用调即《鹊桥仙》，唯上下阕的第三句通例均为六个字，而这里均为七个字。

十二

倚声屈指到文庄，人似流莺语可商（"人似流莺老"，稿中《青玉案》词语）。

春思宛然秋思好，《生查子》与《应天长》（《琼台汇稿》存词十九阕，唯三阕稍工耳）。

（邱濬）

笺注

文庄：邱濬（1421—1495），字仲深，号琛庵，又号玉峰、琼台，别号海山道人，世以"琼山"尊之，也称琼台先生。琼山人。死后赠太傅，谥文庄公。有《琼台稿》《琼台会稿诗馀》等。

"人似"句：邱濬《青玉案·夏日即事》词有"佳期悄悄，人似流莺老"句。

"春思"二句：邱濬有《应天长·春思》与《卜算子·秋思》，《卜算子》这里误作《生查子》。《卜算子·秋思》词曰："云散岭头光，叶落山形瘦。目断遥空雁不来，正是悲秋候。　雨滴水痕圆，风蹙波纹皱。顾影徘徊落小池，顿觉人非旧。"《应天长·春思》词曰："午窗闲展湘纹簟，春梦醒来眉作敛。珠帘卷，重门掩。情事不堪重点检。　晚山青似染，望眼年年频减。惆怅流光荏苒，芳心无半点。"

十三

《水调歌头》调独佳，（《渭厓集》存词廿一阕，俱填此调）谁容奋笔写胸怀。

以人存亦谈诗例，未甚倾心霍渭厓。

（霍韬）

笺注

霍渭厓：霍韬（1487—1540），字渭先，始号兀厓，后更号渭厓，广东南海人。正德进士。累官至礼部尚书。著有《西汉笔评》《渭厓集》《渭厓家训》等。按：今人所编《全明词》中收有霍韬之子霍与瑕词，无霍韬词。

十四

文章官职逊而翁,偏至填词格调同。^{见《勉斋集》}

自郐无讥谁过刻,前明乐府鲜宗工。

（霍与瑕）

笺注

"文章"句：谓霍与瑕文章官阶俱逊于其父霍韬,故言。霍与瑕（1522—1588?）,字勉衷,号勉斋,渭厓（霍韬）次子。嘉靖三十八年（1559）进士,任慈溪知县,终广西佥事。有《勉斋集》。

自郐无讥：表示自此以下的不值得评论。《左传·襄公二十九年》："（吴公子札）请观欲周乐,使工为之歌《周南》《召南》,曰：'美哉！始基之矣,犹未也,然勤而不怨矣。'……自郐以下无讥焉。"

十五

西园词稿不须添,著等身书韵偶拈。

独钓罢时还独泛^{见《西园存稿》},喜无一语近《香奁》。

（张萱）

笺注

西园：张萱字孟奇,别号九岳、西园,广东博罗人。明万历中举人,历官户部郎中,平越知府。好学博识,经史百氏,靡不淹通。能画,书法兼通诸体。有《秘阁藏书录》《东坡寓惠集》《西园闻见录》《西园画评》及《疑曜》等。

著等身书：张萱一生著述甚丰,有《西园存稿》《汇雅前后编》《古韵》《疑耀（一作"曜"）》《汇史》《史馀闻见录》《六书故》等多种。

"独钓"句：张萱《望海潮·独钓》词曰："春暖风和,日高烟敛,新绿洄潆。拨喇如梳，呛喁似贯，戏牵荇带荷茎。净扫矶头兀坐，却逢旧识，隔水叫声。摇头不语，为沉香饵怕鱼惊。　年来无姓无名，笑飞熊入梦，逋客为星。总是恋浮荣。但一竿长把，柳岸芦汀。终日临渊，谁人知道羡鱼情。"其《念奴娇·独泛》词曰："浮家一叶，向白蘋红蓼，笠风簑雨。短棹遡流花片片，不问桃源何许。欲伴眠鸥，恐惊落雁，懒泊孤青屿。且载香炉茗椀，绿杨深处。　有问云水萍踪，往来无定，付笛声说与。醉卧蒲帆舷是枕，梦里老龙传语。击楫英雄，飘蓬估客，早劝归来去。心闲身健，且为烟波作主。"

香奁：韩偓诗集名，以香艳见长。

十六

《千秋岁》又《桂枝香》，脑满肠肥尽吉祥。

赋罢郊居（见本集）蛮峒死（见阮《通志》），敢占文福四留堂。（《四留堂稿》附词七阕）（卢龙云）

笺注

"**《千秋岁》**"句：卢龙云《千秋岁·寿人七十》词曰："万绿千碧，岁寒自松柏。迈稀龄，贲泉石。势利总不关，渔樵方傲迹。世莫知，丹丘自有神仙客。　无营甘处廓，聚顺天伦乐。童颜驻，老堪却。远志等冥鸿，幽姿如海鹤。寿筵开，春酒年年花下酌。"其《桂枝香·喜友人报捷》词曰："秋高气肃。喜月桂初攀，天香万斛。争看海上风云，鹏程迅速。宾筵乍听歌鸣鹿。际会昌、鸣驺出谷。十载山中，几咏菁莪，同赓棫朴。　人道是、昆丘片玉。当为国呈珍，应时剖璞。礼乐三千，都是明时储育。五色祥光炫朝旭，重喜慰、天朝梦卜。大展经纶，勉副主知，苍生望足。"卢龙云，字少从，沙头镇人。万历十一年（1583）进士。南海人。历官马平、邯郸、长乐知县、南京大理寺副、户部员外郎、贵州参议，有《四留堂稿》三十卷等。

蛮峒：指南方少数民族聚居的地区。亦指这一地区的人。《广东通志》卷二八二载：卢龙云"升贵州参议，时苗众猖獗，下车即访苗情，条其款要于中丞,恩威并及,慴服有法,往来嶘峒,力瘁成病,遂不起。中丞疏功奉旨,有白金文绮之赐"。

十七

海目诗存十手钞^(前明吾粤区氏称许者数家,而海目先生称最,无词),见泉词律略推敲。

《满江红》外无多调^(《见泉集》附词十阕,俱填此调),范履霜能与解嘲。

（区元晋）

笺注

海目：区大相（？—1614），字用孺,号海目,高明人。万历十七年（1589）进士,选庶吉士,授检讨,历赞善、中允,改太仆丞。有《太史集》二十七卷。

范履霜：范仲淹,陆游《老学庵笔记》："范文正公酷好弹琴,唯有一曲《履霜》,时人故号'范履霜'。"

十八

感切兴亡问著书,北田遗集附诗馀。

曼词未敢相推许,小令铿然《不去庐》^(集名)。

（何绛）

笺注

北田：何绛（1627—1712），字不偕,号孟门。顺德人。布衣。好读书,淹通群籍。明亡,入罗浮、西樵山中,不复出,而未忘恢复。有《不去庐集》《皇明纪略》。明亡后与其兄衡及陈恭尹、陶璜、梁琏同隐居于顺德北田乡,称北田五子。

铿然：声音响亮貌。

不去庐：何绛有《不去庐集》。

十九

《长相思》与《浪淘沙》(见《历代诗馀》),不为忠魂许作家。

第一才人(见阮《通志》)馀技称,死生消息有莲花(见《番禺志》)。

(韩上桂)

笺注

第一才人:韩上桂(1572—1644),字芬男,一字孟郁,号月峰,番禺人。有《朵云山房遗稿》。韩上桂有"万历间岭南第一才子"之称。

二十

不唱吴歈唱岭歈(集名),堂开顾曲(见薛始亨撰传)也须叟。

金琅玕(传奇)写桄榔下(见《中洲草堂集》附词自序),实与升庵格调殊(王阮亭谓乔生诗似用慎修格调)。

(陈子升)

笺注

"不唱"句:陈子升,字乔生,号中洲,广东南海人。生卒年均不详,约明崇祯十年前后在世。有《中洲草堂遗集》。陈子升于吴语、吴歌、昆曲颇为熟稔,创作有大量昆山腔曲子,留存至今的仅得13首,结集命名《岭歈》。其《旧刻杂剧弁言》云:"仆岭南人也,生非吴音,安用作吴歈哉?唯少年嬉游,因习成声,因声成文,是今日适吴而昔至也。"又,《岭歈题词》云:"予弱冠时,嗜声歌,作传奇数种。因经患难,刻本散失,仅存清曲数阕,名曰《岭歈》。"

薛始亨(1617—1686):字刚生,号剑公,别署甘蔗生、剑道人、二樵山人,龙江人。明亡后,隐居西樵山,后入罗浮山为道士。著有《南枝堂集》。

升庵:〔明〕杨慎(1488—1566),字用修,号升庵,有《升庵集》。

二十一

国初抗手小长芦，除是番禺屈华夫。

读竟《道援堂》一集，彭(孙遹)邹(祗谟)说擅倚声无。

（屈大均）

笺注

抗手：犹匹敌。

小长芦：朱彝尊晚号小长芦钓鱼师，又号金风亭长。

屈华夫：屈大均（1630—1696），字翁山、介子，号冷君、华夫等，广东番禺人。初名绍隆，遇变为僧，中年返初服。工诗，高浑兀鼎，有《翁山诗文集》《道援堂词》。〔清〕丁绍仪《听秋声馆词话》卷十六："番禺屈翁山大均，国初披缁为僧，继返初服，所著《道援堂集》，颇近青莲，顾多触犯本朝语，嘉庆以来禁弛，其集始行。然如《戊辰元日》《壬戌清明》《广州吊古》《酹贪泉》《猛虎行》诸作，几类醉汉骂街。至咏古中谓管、蔡之叛为忘亲殉国，而责微、箕不为羽翼，持论尤谬。后人刻其集，删之为是。集后附词一卷，远不如诗，可存者数词而已。" 又，卷二十："南海谭玉生广文莹《乐志堂集》中论词绝句，至一百七十六首，抉扬间有未当。如訾少游'为谁流下潇湘去'，谓是常语。并谓白石'旧时月色，人何处'，夔玉敲金拟恐非。而推崇戴玉屏与本朝之毛西河、屈翁山，谓屈词足以抗手竹垞。此与番禺张南山司马维屏服膺郑板桥、蒋藏园词，同似门外人语。"〔清〕张德瀛《词徵》："屈翁山词，有《九歌》《九辩》遗旨，故以骚屑名篇。观其潼关感旧、榆林镇吊诸忠烈诸阕，激昂慷慨。" 况周颐《蕙风词话》卷五："明屈翁山落叶词，余卅年前即喜诵之，'悲落叶，叶落绝归期。纵使归时花满树，新枝不是旧时枝。且逐水流迟。'末五字含有无限凄婉，令人不忍寻味，却又不容已于寻味。"

"彭邹"句：彭孙遹《金粟词话》论清初词人中未及屈大均，邹祗谟《远志斋词衷》中亦未及。

二十二

岭外论诗笔斩新,《六莹堂》冠我朝人。

倚声仅有《山花子》(见《国朝词综》),不吊湘妃吊洛神(见《国朝词雅六莹堂集》附存词十八阕而两阕俱不存)。

(梁佩兰)

笺注

斩新:崭新,全新。〔唐〕杜甫《三绝句》诗之一,"楸树馨香倚钓矶,斩新花蕊未应飞。"〔宋〕苏轼《再和杨公济梅花》诗之六:"斩新一朵含风露,恰似西厢待月来。"

"六莹堂"句:梁佩兰(1630—1705),字芝五,号药亭,别署漫溪翁、柴翁、二楞居士,晚号郁州,卒后私谥文介先生。顺治十四年(1657)乡试第一,康熙三十一年始成进士,年六十矣。佩兰夙负诗名。既选庶吉士,馆中推为祭酒。结兰湖社,与同邑程可则、番禺王邦畿、方殿元及恭尹等称"岭南七子"。有《六莹堂集》。邓之诚《清诗纪事初编》卷八:"屡上眷官不第,乃砥砺文字,究心诗事,声称藉甚。……事见《清史列传·文苑传》。……佩兰才大无垠,早岁之作,尚不脱七子窠臼,及交王士禛、朱彝尊,始参以眉山、剑南;晚岁犹驰逐风气,与后进争名。"

山花子:梁佩兰《山花子·湘妃庙》词:"水阔潇湘见二妃。江空露白少人知。一望渚烟迷到处,暗灵旗。 太息雅琴成绝调,并弹瑶瑟寄相思。奈有九峰遥对起。至今疑。"

二十三

千秋得失也须公,独漉诗名盖代雄。

祝寿饯离兼咏物,(《独漉堂集》附诗馀一卷类多此等题)倚声何敢过推崇。

(陈恭尹)

笺注

独漉：陈恭尹（1631—1700），字元孝，别号独漉，顺德人。恭尹少孤，能为诗，习闻忠孝大节。弃家出游，赋姑苏怀古诸篇，倾动一时。与陶窳、梁无技及何衡、何绛相砥砺，世称"北田五子"。著《独漉堂集》。〔清〕王士禛《带经堂诗话》卷十二："南海耆旧，屈大均翁山，梁佩兰药亭，陈恭尹元孝齐名，号'三君'。元孝尤清迥绝俗。其诗如'离忧在湘水，古色满衡阳'、'帆随南岳转，雁背碧湘飞'、'映花溪路闭，漱水石根虚'、'梧榔过雨垂空地，瑇瑁乘湖上古城'、'家山小别吟兼梦，水驿多情浪与风'之类，皆得唐人三昧，而平生游迹，不出岭南，故知之者较少于屈、梁。尤工书法。尝以端石寄余，手自篆刻云：'独漉所贻，渔洋宝之。'独漉，元孝别号也。"

"祝寿"句：陈恭尹词多祝寿、饯行及咏物之作。

二十四

岭南竟有玉田生，翻觉称诗浪得名。

试览南樵初二集（初集附词十六阕 二集附词三阕），流闻尤藉赋风筝（见《广州府志》）。

（梁无技）

笺注

玉田生：张炎字叔夏，号玉田。

"试览"句：梁无技，字王顾，广东番禺人，康熙时贡生，有《南樵初集》十四卷、《二集》十一卷。

"流闻"句：梁无技年十一能诗，以咏风筝知名。

二十五

芙蓉月下丽人来，剪剪西风对菊开（见《四桐园存稿》《眼儿媚》《一斛珠》两词）。

有四桐园工小令，不教苦子（名璜，铿之兄）擅诗才。

（陶铿）

笺注

剪剪：形容风轻微而带有寒意。

四桐园：陶锽字眽兹，号云池，陶天球之子，广东新会人。有《四桐园存稿》。

苦子：陶璜（1637—1689），字握山，改名窳，字苦子。番禺人。有《慨独斋遗稿》《握山堂集》。

二十六

门掩梨花雨打声，至今肠断《摘红英》。

真吾阁在伊人死，谁谱孤舟棹月明（《真吾阁集》词唯《摘红英》《明月棹孤舟》两阕最工）。

（许遂）

笺注

"门掩"二句：许遂，字扬云，号随庵，广东番禺人。康熙三十五年（1696）举人。有《真吾阁集》（今不传）、《随庵文集》。许遂《摘红英》词有"门掩梨花，声声暗打"句。

"谁谱"句：许遂《明月棹孤舟》词有"柂歌频起，明月照人难寐"句。

二十七

《琵琶楔子》（传奇）寄闲情，合大樗堂外集评。

解赋无题诗百首（见《番禺志》），固当秦七是前生。（王隼）

笺注

"《琵琶楔子》"二句：王隼（1644—1700），字蒲衣，番禺人。父邦畿，明副贡生。隐居罗浮，岭南七子之一。有《耳鸣集》《大樗堂初集》十二卷。王隼著有《琵琶楔子》。清人廖燕《琵琶楔子题词》："此予友王子□□（蒲

442

衣）病后戏墨也。□□（蒲衣）为吾粤通才，尤精韵学，作填词数十种，兹复以其词谱入琵琶，题曰《琵琶楔子》，岂以声音为文章也。"（《二十七松堂文集》卷五）〔清〕张德瀛《词徵》卷六："吾粤当国初时，如陈恭尹、屈大均、梁佩兰、王隼皆以诗鸣，有四大家之称。屈词最夥，陈与梁下之，惟王隼词未见。故老谓其好弹琵琶，撰新乐府，即志中所称《琵琶楔子》。意必有令慢诸作，或遗佚既久，遂无可考欤。"

秦七：北宋词人秦观。

二十八

《日上坡亭》（集名）日按歌，瓣香当属易秋河。

才名足动张文烈（见《鹤山县草志》），绮靡新声奈汝何。

（易宏）

笺注

按歌：按乐而歌。前蜀花蕊夫人《宫词》之十："夜夜月明花树底，傍池长有按歌声。"

瓣香：师承；仰慕。

易秋河：易宏，字渭远，号秋河，一号云华，广东新会人。有《坡亭词钞》一卷。易宏有《鹧鸪天·闺情》词云："宿雨初消日未红，冷吟声在落花中，云皆近海终为水，叶已辞枝只任风。　从别后，忆相逢。几多春恨上眉峰。无端溢起蓬莱水，似隔仙源几万重。"邓之诚《清诗纪事初编》卷八："易弘，字渭远，号坡亭，又号云华君，新会人。少工诗，为陈恭尹奖许，以'十年王谢半为僧'句，得总督吴兴祚激赏，招为上客。后邀之出塞，遂涉历西北，以暨江海，五岳登其四。……无家无子，卧肇庆法轮寺，谢绝人事，以著述自娱。……每游必与妓偕，最善赵执信，两人牢落有同嗜也。其诗实有才语。"

张文烈：张家玉（1615—1647），字玄子，号芷园，广东东莞人。南明抗清领袖，死后谥"文烈"。有《张文烈公军中遗稿》《张文烈公遗集》。

二十九

耆旧凋零得报之,菊芳园集有填词。

《移橙闲话》人收取,说《紫棉楼乐府》谁(《菊芳园诗文集》《移橙闲话》《紫棉楼乐府》并梦瑶撰)。

(何梦瑶)

笺注

耆旧:年高望重者。

凋零:死亡;多指老年人。

报之:何梦瑶,字报之,南海人。惠士奇视学广东,一以通经学古为教。梦瑶与同里劳孝舆、吴世忠,顺德罗天尺、苏珥、陈世和、陈海六,番禺吴秋一时并起,有"惠门八子"之目。雍正八年(1730)成进士,出宰粤西,治狱明慎,终奉天辽阳知州。性长于诗,兼通音律算术。又著算迪,述梅氏之学,兼阐数理精蕴、历象考成之旨。有《菊芳园诗馀》等。

三十

对此茫茫谱曲宜,无多心血好男儿。

词人北宋推黄九(并《逃虚阁》《买陂塘》词语),未解逃虚阁所师。

(张锦芳)

笺注

黄九:宋代文人黄庭坚。

逃虚阁:张锦芳(1747—1792),字粲夫,又字花田,号药房。龙江乡人。乾隆四十五年(1780)广东乡试解元,五十四年(1789)成进士,点庶吉士,授翰林编修。以诗、书、画名世。与同县胡亦常、钦州冯敏昌合称诗界"岭南三子",后来又与同县黎简、黄丹书与番禺吕坚并称"岭南四家"。有《逃虚阁诗钞》《南雪轩文钞》《南雪轩诗馀》。

三十一

樵夫情韵特缠绵,小阁何因署药烟。

少作《芙蓉亭乐府》,中年哀乐总鏖然。

(《药烟阁词钞》,二樵著,阁缘妇病得名,二樵,少客邕州,著《芙蓉亭乐府》)
(黎简)

笺注

药烟:黎简(1747—1799),原名桂锦,字简民,又字未裁,号二樵,弼教村人。清代著名诗人兼书画家。在艺术上富于创新精神,诗歌的成就尤为突出,喜用新奇语汇和笔法,创造曲折幽深的意境。作品风格峻拔清峭,洪亮吉称赞其诗"如怒猊饮涧,激电搜林"、"造境造意"、"拔戟自成一队"。绘画擅长山水竹石,书法擅长行草。著有《五百四峰堂诗钞》《五百四峰堂文钞》《药烟阁词钞》《芙蓉亭乐府》等。

鏖然:清楚,分明。

三十二

秘书郎(自镌上清秘书郎小印)许鲁灵光,便署阳春(阳春人)录不妨。

三叠柳枝谁为唱,《听云楼》(集名)圮月如霜(著有《柳枝词》九十首三叠平韵)。

(谭敬昭)

笺注

鲁灵光:即"鲁殿灵光"。汉代鲁恭王建有灵光殿,屡经战乱而岿然独存,后因以"鲁殿灵光"称硕果仅存的人或事物。〔汉〕王延寿《鲁灵光殿赋》序:"鲁灵光殿者,盖景帝程姬之子恭王之所立也,……遭汉中微,盗贼奔突,自西京未央,建章之殿皆见隳坏,而灵光岿然独存。"

听云楼:谭敬昭,字子晋,阳春人。顺德黎简者,以诗名海内,敬昭赋《鹏鹤篇》投之,简叹为异才。嘉庆二十二年(1817)进士,官户部主事。

著《听云楼集》。〔清〕张德瀛《词徵》卷六:"谭康侯敬昭词,如野桃含风,风趣独绝。"

圮:毁坏,倒塌。

三十三

曲付玲珑旧酒徒,官场滋味困倪迂。(并《茶崼舍词稿》《花犯》观剧戏作语)

茆烟箐雨茶崼舍,便算罗浮与鼎湖。(见《味辛堂诗钞》自序)

(倪济远)

笺注

茶崼舍:倪济远,字秋查,广东南海人。生卒年不详,嘉庆二十二年(1817)进士。历官广西恭城、荔蒲、贺县知县。有所见闻,辄以诗记之。性伉直,时与上官龃龉。好读书,诗才超轶,卓然自成一家。著有《味辛堂诗存》四卷,《茶崼舍词稿》一卷。

罗浮:山名。在广东增城、博罗,河源等县间,长达百馀公里,风景秀丽,为粤中名山。相传罗山之西有浮山,为蓬莱之一阜,浮海而至,与罗山并体,故曰罗浮。传称晋葛洪于此得仙术。山上有洞,道教列为第七洞天。

鼎湖:古代传说,黄帝酬鼎于荆山,鼎成,有龙垂于胡须迎黄帝上天。后世因名其处曰鼎湖。

按:〔清〕张德瀛《词徵》卷六:"倪秋槎词,如女郎踏青,时闻娇喘。"

三十四

倚声猿鸟助萧骚,过客能来美汝曹。

生长最佳山水处,读书台与钓台高。

(黄球,太学生,有读书台怀古《忆君王》一阕,黄藒观,诸生,有峡中渔《步蟾宫》一阕,欧嘉逢,有游飞来纳凉菩提树下梦回偶调《渔歌子》一阕。并国朝清远人,并见《禺峡山志》)

笺注

萧骚：萧条凄凉。〔唐〕祖咏《晚泊金陵水亭》诗："江亭当废国，秋景倍萧骚。"

汝曹：你们。《后汉书·马援传》："汝曹知吾恶之甚矣，所以复言者，施衿结褵，申父母之戒，欲使汝曹不忘之耳。"

三十五

落落寒云独倚楼，远怀如画一天秋（并见《明词综》得程民部诗却寄《小重山》词语）。

此才不让程民部，佛屋填词也白头。

（今释）

笺注

"落落"二句：今释（1614—1680），字澹归，杭州人。俗姓金氏，名堡。明崇祯十三年（1640）进士。清顺治五年（1648）桂林破，薙发为僧，住韶州丹霞山寺。著《遍行堂集》附词三卷。今释《小重山·得程周量民部诗却寄》词："落落寒云晓不流。是谁能寄语、竹窗幽。远怀如画一天秋。钟徐歇、独自倚层楼。　点点鬓霜稠。十年山水梦、未全收。相期人在别峰头。闲鸥鹭、烟雨又扁舟。"

程民部：程可则（1627—1676），字周量，南海人。九年会试第一，累升郎中，因程可则曾任户部郎中，故称。

三十六

偷觑鸳鸯不自知，偶然心事上双眉（分见《莲香集》《如梦令》《风入松》两词）。

男儿惯作蓉城主，鳞屋龙堂合嫁伊（亦见《莲香集》）。

（张乔）

笺注

"偶然"句:张乔字乔婧,号二乔,原籍江苏,生于广州,明末著名歌伎。张乔《风入松·忆旧》词中有"只是偶然心事,如何动上双眉"句。

鳞屋龙堂:《楚辞》曰:"鱼鳞屋兮龙堂,紫贝阙兮朱宫。"

《又四十首·专论国朝人》

一

白发飘萧事可知,江南祭酒独称诗。
闲官大有沧桑感,宋玉微词莫更疑。

(吴伟业)

笺注

飘萧:发白稀疏貌,杜甫《义鹘行》诗:"飘萧觉素发,凛欲冲儒冠。"

江南祭酒:吴伟业(1609—1672),先世居昆山,祖父始迁太仓(今皆属江苏)。崇祯四年(1631)进士。明亡后仕清,官至国子监祭酒,故称。

沧桑:沧海桑田的略语。大海变成农田,农田变成大海。语本晋葛洪《神仙传·王远》:"麻姑自说云:'接侍以来,已见东海三为桑田。'"后以"沧桑"比喻世事变化巨大。

宋玉:宋玉,又名子渊,战国时鄢人。相传所作辞赋甚多,有《九辩》《风赋》《高唐赋》《登徒子好色赋》等。

微词:即微辞。委婉而隐含讽谕的言辞,隐晦的批评。《公羊传·定公元年》:"定哀多微辞。"孔广森通义:"微辞者,意有所论而辞不显,唯察其微者,乃能知之。"

按：吴伟业（1609—1671），字骏公，号梅村，江苏太仓人。明崇祯四年（1631）进士，入清后应召，官至国子监祭酒。有《梅村诗馀》二卷。〔清〕尤侗《梅村词序》曰："（梅村）词虽不多作，要皆合于国风好色、小雅怨诽之致。"〔清〕陈廷焯《白雨斋词话》曰："吴梅村词，虽非专长，然其高处有令人不可捉摸者，此亦身世之感使然。"

二

涂泽为工足寄情，生香真色殆分明。

海棠开否芭蕉绿，一品官闲独倚声。

（梁清标）

笺注

涂泽：修饰容貌。犹化妆。《新唐书·后妃传上·则天武皇后》："太后虽春秋高，善自涂泽，虽左右不悟其衰。"

生香：散发香气。〔唐〕薛能《杏花》诗："活色生香第一流，手中移得近青楼。"

真色：犹言本色。张先《少年游·井桃》词："银瓶素绠，玉泉金甃，真色浸朝红。"

"海棠"句：梁清标号"棠村"，又号"蕉林"，似喜海棠、芭蕉。其《减字木兰花·冯庄看海棠》词："垂杨别馆，矗矗高楼当翠巘。草绿闲阶，蛱蝶寻芳自往来。　主人何处，客醉金卮愁日暮。燕入谁家，落尽东风第一花。"称海棠为"东风第一花"，喜爱之情溢于言表。又，《雨中花第四体·听雨》词曰："百尺楼中香一缕，梦乍醒，庄生栩栩。栖半亩烟云，几竿修竹，咫尺潇湘浦。　趺坐垂帘浑不语。听淅沥，落英无数。怪风袅孤灯，凉生彩袖，多是芭蕉雨。"

一品官：梁清标于康熙年间曾官至保和殿大学士。

三

穷始能工到乐章,曼声哀艳越齐梁。

诗文望重遭逢惨,凄绝莱阳宋荔裳。

（宋琬）

笺注

穷始能工：韩愈《荆谭唱和诗序》："夫和平之音淡薄,而愁思之声要眇,欢愉之词难工,而穷苦之言易好也。"欧阳修《梅圣俞墓志铭序》："世谓诗人少达而多穷,盖非诗能穷人,殆穷者而后工也。"

"曼声"句：〔清〕郭麐《灵芬馆词话》卷二："邗上赵友沂,任侠好事,多长者游。宋玉叔有过其故居词云：'竹西亭,歌吹地。廿四桥头,曾络青丝骑。坐上秋娘兼季次。侠客名姝,夜夜春风醉。　孝廉船,丞相第。弦管凄凉,苔老朱门闭。燕子近从王谢例。太息回车,多少羊昙泪。'语意恻怆,调为《苏幕遮》。"〔清〕董俞《二乡亭序》曰："莱阳宋荔裳先生,以文章名海内久矣。乃人称其登临宴集之暇,好为小词,甫脱稿,辄为好事袖去,尚书红杏、郎中花影之句,恒津津人齿颊间云……已而置酒名园,银屏绛蜡,掩映于花榭与竹屿间,檀板红牙,肉唱丝和；先生复出其小令,为曼声歌之,如新筝乍调,雏莺初啭,尖佻新艳,不数齐、梁《子夜》《读曲》诸歌。噫！观止焉。"〔清〕沈雄《古今词话》"词评下卷"："沈雄曰：闻荔裳观察,只闭门两月,而竟为填词老手,余最服其赋情之真挚,用语之苍古,足以夙学之淹贯,而溢为声歌,故不难也。"

遭逢：犹际遇。

宋荔裳：宋琬（1614—1674）,字玉叔,号荔裳,山东莱阳人。琬少能诗,有才名。顺治四年（1647）进士,授户部主事,累迁吏部郎中。十八年（1661）,擢按察使。时登州于七为乱。琬同族子怀宿憾,因告变,诬琬与于七通,立逮下狱,并系妻子。逾三载,下督抚外讯。巡抚蒋国柱白其诬,康熙三年（1664）放归。十一年（1672）,有诏起用,授四川按察使。其诗格合声谐,明靓温润。既构难,时作凄清激宕之调,而亦不戾于和。王士禛点定其集为三十卷。尝举闰章相况,目为"南施北宋"。殁后诗散佚,族孙邦宪缀辑之为六卷。

按:〔清〕冯金伯《词苑萃编》卷八"品藻"引陆荩思曰:"棠村词极秾艳,而无绮罗芗泽之态,所谓生香真色人难学也。"〔清〕徐釚《词苑丛谈》:"莱阳宋观察荔裳,登南京燕子矶,望大江,作《贺新凉》词,慷慨激昂,仿佛曹公'乌鹊南飞'之句,傥呼铜将军铁绰板与髯仙共唱,应使大江鼎沸。"

四

怯月凄花不可伦,即焚绮语(见《东皋杂钞》)亦周秦。

大科名重千秋在,开国填词第一人(见《倚声集》)。

(彭孙遹)

笺注

"**怯月**"二句:〔清〕谢章铤《赌棋山庄词话》卷八:"迦陵之豪宕,竹垞之醇雅,羡门之妍秀,攻倚声者所当酬金事之,缺一不可。"〔清〕沈雄《古今词话》"词评下卷":"词衷曰:彭十是艳词尚家。王阮亭曰:每当十郎,辄自觉伧父。沈去矜、宗梅岑诸子亦云,夫一字之工,能生百媚,即欲拂然不受,其可得耶。"周秦,指周邦彦、秦观。

"**大科**"句:唐制,取士之科,由皇帝自诏者曰制举,其科目随皇帝临时所定,如贤良方正、直言极谏等。宋人谓之大科。清代的制举如博学鸿词科亦称"大科"。〔清〕陈康祺《郎潜纪闻》卷三:"康熙朝初开大科,一时名士率皆怀刺跨马,日夜诣司枋者之门,乞声誉以进。"彭孙遹于康熙十八年(1679)召试博学鸿词,以第一人授编修。故曰:"大科名重千秋在。"

"**开国**"句:彭孙遹(1631—1700),字骏生,号羡门,浙江海盐人。顺治十六年(1659)进士。七岁即有神童之号。〔清〕丁绍仪《听秋声馆词话》:"或推为本朝第一,或訾为浪得才名,皆非笃论。"

五

我朝供奉典裁诗，大笔淋漓顾曲宜。

艳说君侯肠断句，王扬州亦少年时。（王士正）

笺注

供奉：官职名。清朝称南书房行走为内廷供奉。

典裁：典庄而有体制。《南史·王俭传》："俭寡嗜欲，唯以经国为务，车服尘素，家无遗财。手笔典裁，为当时所重。"

大笔淋漓：指文笔酣畅有力。

艳说：艳羡地评说。洪亮吉《漫赋裁句》诗之三："才人艳说李深之，束发能题七字诗。"

王扬州：王士禛曾于顺治十六年（1659）任扬州推官，故称。因避雍正皇帝之讳，被改名王士正。（其时王已死十馀年）

六

千秋功论试评量，南渡词人特擅场。

十五家同收四库，定知谁许鲁灵光（我朝词集四库所收者唯《珂雪词》《十五家词》，馀俱存目耳）。

（曹贞吉）

笺注

擅场：张衡《东京赋》："秦政利觜长距终得擅场。"薛综注："言秦以天下为大场，喻七雄为斗鸡，利喙常距者终擅一场也。"谓强者胜过弱者，专据一场，后谓技艺超群。

十五家：即《十五家词》，清孙默所编，收录吴伟业等清初词人词集共十五家。

鲁灵光：见前第445页注。

七

语本天然笔不休,将军射虎也封侯。

老名士是真才子,法曲飘零总泪流。

(尤侗)

笺注

"将军"句:反用汉飞将军李广射虎不封侯的典故。尤侗有《虎头石》诗曰:"将军射虎阳山下,视之石也虎所化。至今石虎尚狰狞,当日将军何叱咤。数奇不遇高皇封,时去反遭醉尉骂。世上谁无万户侯,过此张弓不敢射。"

老名士:尤侗(1618-1704),字展成,号悔庵,长洲(江苏苏州)人。少补诸生,以贡谒选。除永平推官,守法不挠。坐挞旗丁镌级归。侗天才富赡,诗文多新警之思,杂以谐谑,每一篇出,传诵遍人口。康熙十八年(1679),试鸿博列二等,授检讨,与修《明史》。初,世祖于禁中览侗诗篇,以才子目之。后入翰林,圣祖称之曰"老名士"。著《西堂集》《鹤栖堂集》,凡百馀卷。词集名《百末词》。

法曲:一种古代乐曲。东晋南北朝称作法乐。因其用于佛教法会而得名。原为含有外来音乐成分的西域各族音乐,后与汉族的清商乐结合,并逐渐成为隋朝的法曲。至唐朝又搀杂道曲而发展至极盛阶段。著名的曲子有《赤白桃李花》《霓裳羽衣》等。

按:〔清〕曹尔堪《百末词序》:"悔庵古文词,下笔妙天下,……其所为词供奉于内庭,流传于酒楼邮壁,天然绮艳,粉黛生妍,未许元微、杜牧独擅风流也。"〔清〕邹祗谟《远志斋词衷》:"近如嵇叔叔子、尤展成、许有介、王山长诸集,类皆瑰姿逸颖,体裁别出。"〔清〕沈雄《古今词话》"词评下卷"引《倚声集》曰:"展成所作,字字隽脱,有瑶天笙鹤之致。西堂杂俎诸刻,自尔欣艳宸寰也。"〔清〕冯金伯《词苑萃编》卷八"品藻":"曹顾庵曰:悔庵词流丽圆转,如细管临风,新莺啼树。至其感慨诙谐,流传酒楼邮壁,又天然工妙,直兼苏、辛、秦、柳诸家所长。"〔清〕陈廷焯《白雨斋词话》卷三:"西堂词曲,擅名一时。然皆不见佳。力量既薄,意境亦浅。专恃一二聪明语,以新奇独得之秘,不值有识之士一笑。" 又,"西堂《菩萨蛮·丁巳九月病中有感》八章,源出温、韦。身世兴衰之感,略见于此,而词意不免浅显。……吴薗次太守跋其后云:'阮生失路,浇泪无端,屈子问天,寄愁何处。水以不平而激,木因有郁而奇,情有所之,理固然矣。吾友悔庵,文高于命,宦薄于名。艳曲三章,欲醉沉香之酒。奇才两字,不分归院之灯。孤竹崖前,空随射虎;百花洲上,徒共眠鸥。刘公干高卧清漳,王仲宣哀吟荆楚,爰以沉郁之意,写为秾丽之音。此病中八首所由作也。夫生而识字,即种愁根;长解言文,原非善气。惺惺自合人奴,咄咄何堪令仆,吾侪若此,复何怪耶。子善吹箫,请命小红而按节;我为拔剑,聊浮大白以倚声。'可谓深得悔庵之心者。" 又,卷六:"尤展成云:'近日词家闺襜,易流狎昵;蹈扬湖海,动涉叫嚣,二者交病。'西堂此论,可谓深中词人之弊。顾自言之而自蹈之,何耶?"

八

奉敕填词教小伶,人非曾觌(海野)却曾经。

我如十五双鬟女,把酒东风祝不停。

(吴绮)

笺注

曾觌:字纯甫(1109—1180),有《海野词》。因父任补官,绍兴三十年(1160),以寄班祗候与龙大渊同为建王内知客。曾觌用事二十年,先与龙大渊朋比为奸,龙大渊死后,与王抃、甘昇相勾转,文武要职多出其门,权震朝野,工词。《四库全书总目提要》称:"黄升《花庵词选》谓其语多感慨,凄然有黍离之悲。虽与龙大渊朋比作奸,名列《宋史·佞臣传》中,为谈艺者所不齿,而才华富艳,实有可观。"

"把酒"句:吴绮(1619—1694),字薗次,一字丰南,号听翁,又号菰叟,江都(今江苏扬州)人。顺、康间,以骈文称。维崧导源庾信,泛滥于初唐四杰,故气脉雄厚。绮则追步李商隐,才地视维崧为弱,而秀逸特甚。顺治十一年(1654)拔贡生,荐授中书舍人。奉诏谱杨继盛乐府,迁兵部主事,即以继盛官官之也。出知湖州府,有吏能。人谓其多风力,尚风节,饶风趣,称为"三风太守"。未几,罢归。贫无田屯,购废圃以居。有匄诗文者,以花木润笔,因颜其圃曰种字林。著《林蕙堂集》。词最有名,妇孺皆能习之。以有"把酒祝东风,种出双红豆"之句,又称"红豆词人"。吴绮《醉花间·春闺》词:"思时候,忆时候,时与春相凑。把酒祝东风,种出双红豆。 鸦啼门外柳,逐渐教人瘦。花影暗窗纱,最怕黄昏又。"〔清〕彭孙遹《词苑丛谈》卷九:"吴湖州有'把酒祝东风,种出双红豆',梁溪顾氏女见而悦之,日夕讽咏,四壁皆书二语,人因目湖州为'红豆词人'。"〔清〕丁绍仪《听秋声馆词话》卷十二:"周叔云给谏《东鸥词》中有句云:'月在樱桃树底黄。'与吴薗次太守绮'雪在山楂树上红'句同一思致,'红'、'黄'二韵,非深于词者不能押。其妙正在可解不可解间。太守由贡生官中书,奉诏谱《椒山乐府》,特邀称赏,迁武选司员外郎,盖即以椒山原官官之,其宠眷如此。旋出守湖州,锄强扶弱,不受请托,致失上官意,以诗酒不事事罢官。早岁有'把酒祝东风,种出双红豆'句,因之得名,惜全阕不称。所著《艺香词》已录入《四库全书》。其'吴兴感事'《相见欢》云:'西风落日登台,眼重开。无数绕城山色,送青来。 今古事,吴越地,几雄才。一片项王马勒乱山堆。'音馀言外,足冠全编,他词未能称是。"〔清〕沈雄《古今词话》"词评下卷":"吴悔庵曰:吴兴有艺香山,为西施种兰处。家园次适守是邦,取以名词者也。其深丽绵密,集周、秦诸家而为大成。海内操觚家,堪语此者且少。"

九

无情谁许作词人,情挚恶能语逼真。

远寄汉槎金缕曲,山阳思旧恐难伦。

(顾贞观)

笺注

恶：副词，表程度，相当于"甚"、"很"。如李煜《浣溪沙》词句曰："酒恶时拈花蕊嗅。"

"远寄"句：顾贞观有《金缕曲·寄吴汉槎宁古塔，以词代书。丙辰冬，寓京师千佛寺，冰雪中作》词二首。末附跋语云："二词容若见之，为泣下数行，曰：河梁生别之诗，山阳死友之传，得此而三……"

山阳：〔三国魏〕向秀《思旧赋》："将命适于远京兮，遂旋反而北徂。济黄河以泛舟兮，经山阳之旧居。瞻旷野之萧条兮，息余驾乎城隅。践二子之遗迹兮，历穷巷之空庐。……栋宇存而弗毁兮，形神逝其焉如？"李善注："《汉书》，河内郡有山阳县。……二子谓吕安、嵇康也。"按：谭氏认为，向秀《思旧赋》恐怕难以与顾贞观《金缕曲》相类比。

伦：辈，类；引申为相类，等比。

按：顾贞观（1637—1714），字华峰，号果汾，江苏无锡人。有《弹指词》。〔清〕杜诏《弹指词序》云："弹指则极情之致，出入南北两宋，而奄有众长，词之集大成者也。"〔清〕陈廷焯《白雨斋词话》："顾华峰词，全以情胜，是高人一著处。至其用笔，亦甚圆朗，然不悟沉郁之妙，终非上乘。"

十

家世文章第一流，如猿啼夕雁吟秋。

纵王内史生平似（见《茶馀客话》），何必言愁也欲愁。

（纳兰性德）

笺注

"家世"句：纳兰性德（1655—1685），字容若，号楞人。满洲正黄旗人，叶赫那拉氏，康熙十五年（1676）进士，为武英殿大学士明珠长子，其词成就甚高，故称。

"如猿"句：纳兰性德《满庭芳·题元人芦洲聚雁图》词中有"似有猿

啼,更无渔唱,依稀落尽丹枫"句。又,《金缕曲·姜西溟言别赋此赠之》词中有"滚滚长江萧萧木,送遥天、白雁哀鸣去。黄叶下,秋如许"句。

内史:官名。秦掌京师,汉掌民政。古行政区名。秦代京畿附近由内史治理,即以官名为名,不称郡。

十一

沈博文章点笔成,酒楼妓馆倏知名。

陈周徐庾唐温李,转作词家总正声。

(毛奇龄)

笺注

沈博:渊深广博。〔清〕沈涛《交翠轩笔记》卷二:"钱塘吴君更生,以沈博婣雅之才,处栖迟零落之境。"

徐庾:南朝陈徐陵和北周庾信的并称。

温李:晚唐诗人温庭筠、李商隐的并称。两人作品同属绮丽风格,在当时齐名,故称。

按:〔清〕陈廷焯《白雨斋词话》卷三:"西河经术湛深,而作诗却能谨守唐贤绳墨,词亦在五代、宋初之间;但造境未深,运思多巧;境不深尚可,思多巧则有伤大雅矣。"〔清〕冯金伯《词苑萃编》卷八"品藻"引姜汝长曰:"毛大可河右词,其旨精深,其体温丽。'户网粘虫,枕声停钏,吹篝苦唇朱之落,梦欢愁臂红之销。腰慵结带,时作萦回。镜喜看花,暗相转侧。'此真靡曼之玮辞,夫岂纤庸之佚调。" 又卷十八纪事引《词苑丛谈》曰:"毛奇龄,性瑰奇,负才任达,与人坦然无所忤,贤者多爱其才,暱就之。善诗歌乐府填词,所为大率托之美人香草,以写其骚激之意。缠绵绮丽,按节而歌,使人凄婉。又能吹箫度曲。"按:毛奇龄(1623—1716),字大可,号西河等,浙江萧山人。著书数百卷,尤致力于经学音韵。有《毛翰林词》,收入《清名家词》。

十二

偶然声价重鸡林,《词苑丛谈》说赏音。

此事何尝关阅历,《秋笳》(集名)穷塞人孤吟。

（徐釚、吴兆骞）

笺注

"偶然"句：〔清〕冯金伯《词苑萃编》卷十八："康熙十七年，吴江吴孝廉兆骞，因丁酉科场事，久戍宁古塔，将《菊庄词》及成容若《侧帽词》、顾梁汾《弹指词》三本，与骁骑校带至会宁地方。有东国会宁都护府记官仇元吉、前观察判官徐良崎见之，用金一饼购去，仍各题一绝于左。其仇元吉题《菊庄词》云云。徐良崎题《弹指》、《侧帽》二词云云。以高丽纸书之，仍令骁骑带回中国，遂盛传之。新城王侍郎阮亭有'新传春雪咏，蛮檄织弓衣'之句。今载渔洋山人续集中。"鸡林，本古国名。即新罗。朝鲜半岛三国之一。东汉永平八年（65），新罗王夜闻金城西始林间有鸡声，遂更名鸡林。鸡林亦指鸡林贾，古代对新罗商人的称呼。语本《新唐书·白居易传》："居易于文章精切，然最工诗。初，颇以规讽得失，及其多，更下偶俗好，至数千篇，当时士人争传。鸡林行贾售其国相，率篇易一金。"后亦用为文章精美，为人购求之典。〔宋〕姜夔《白石诗话》："一家之语，自有一家之风味……模仿者语虽似之，韵亦无矣。鸡林岂可欺哉。"

词苑丛谈：徐釚论词之作。徐釚有《菊庄词》。

秋笳：吴兆骞有《秋笳集》八卷。

十三

齐名当代说王朱，乐府还能抗手无。

少日桐花名丽绝，也应心折小长芦。

（朱彝尊）

笺注

王朱：王士禛与朱彝尊。朱彝尊诗宗明七子，晚参黄庭坚，尝选《明诗综》以标宗旨，与王士禛齐名，有"北王南朱"之称。又有"王爱好，朱贪多"（赵执信《谈龙录》语）之诮。

抗手：犹匹敌。

桐花：王士禛《蝶恋花·和〈漱玉词〉》词中有"郎似桐花，妾是桐花凤"句，人艳称"王桐花"。

小长芦：朱彝尊自号小长芦钓鱼师。

十四

载酒江湖竟让谁，疏狂不减杜分司。

铜琵铁板红牙拍，各叶迦陵绝妙词。

（陈维崧）

笺注

载酒江湖：朱彝尊有词集《江湖载酒集》。

疏狂：豪放，不受拘束。〔唐〕白居易《代书诗寄微之》诗："疏狂属年少，闲散为官卑。"

杜分司：晚唐诗人杜牧，曾为监察御史，分司洛阳，人称杜分司。有《遣怀》诗："落魄江湖载酒行，楚腰纤细掌中轻。十年一觉扬州梦，赢得青楼薄倖名。"

迦陵：陈维崧（1625—1682），字其年，号迦陵，江苏宜兴人。〔清〕陈廷焯《白雨斋词话》曰："国初词家，断以迦陵为巨擘。"

十五

人如倪瓒特萧闲（见《本事诗》），绮靡缘情语早删。

小令见推樊榭老，固当标格异《花间》。

（严绳孙）

笺注

倪瓒：(1301—1374)，字元镇，号云林，江苏无锡人。元末画家，善画山水，多为水墨之作，以幽远简淡为宗，与黄公望、王蒙、吴镇并称元末四大家。

萧闲：萧洒悠闲。〔宋〕林逋《送思齐上人之宣城》诗："萧闲水西寺，驻锡莫忘归。"

绮靡缘情：指诗文风格浮艳柔弱。〔晋〕陆机《文赋》："诗缘情而绮靡，赋体物而浏亮。"缘情，抒发感情。

"小令"句：厉鹗论严绳孙绝句云："独有藕渔工小令，不教贺老占江南。"樊榭，厉鹗，号樊榭。

十六

诗名不贱竟何如（见《秋锦山房集》序），二李名齐足起予。

人似武曾须学步，梦窗绵密玉田疏。

（李武曾）

笺注

"诗名"句：〔清〕曹贞吉《秋锦山房词序》："秋锦数游都下，与予论诗，相倡和。……出都时，自吟断句云：'还家未敢焚诗草，翻恐人疑是不平。'又云：'儿童莫笑诗名贱，已博君王一饭来。'其意致洒然，不近于荣利如此。"

二李：李良年与李符兄弟。李良年(1635—1694)，又名法远、兆潢，字武曾,号秋锦,晚号芋田叟。浙江秀水人。李符(1639—1689),原名符远,字分虎,号耕客,又号桃乡,李良年弟。

起予:《论语·八佾》:"子曰:'起予者商也,始可与言《诗》已矣。'"何晏集解引包咸曰:"孔子言子夏能发明我意,可与其言《诗》。"后因用为启发自己之意。

"梦窗"句:〔清〕冯金伯《词苑萃编》卷八引曹贞吉语曰:"秋锦论词,必尽扫蹊径,独露本色。尝谓南宋词人,如梦窗之密,玉田之疏,必兼之乃工。今读是集,洵非虚语。"

十七

倦圃(秋岳)人归有《耒边》(集名),朔南万里倚声先。
反从北宋追南宋,朱十言夸殆未然。

(李符)

笺注

倦圃:曹溶(1613—1685),字秋岳,号倦圃。浙江嘉兴人。有《静惕堂词》。

耒边:李符词集曰《耒边词》。

"朔南"句:〔清〕冯金伯《词苑萃编》卷八"品藻":"朱竹垞曰:二十年来,诗人多寓声为词。逮予客大同,与曹使君秋岳相倡和,其后所作日多,谬为四方推许。使君既归倦圃,李子分虎时时过从,相与论词。其后分虎游屐所向,南朔万里,词帙之富,不减予曩日,殆善学北宋者。顷复示予近稿,益精研于南宋诸名家,而分虎之词愈变而愈工。" 又,"高二鲍曰:《耒边词》能扫尽臼科,独露本色,在宋人中绝似竹山。"按:李符字分虎,号耕客。浙江嘉兴人。

"反从"二句:〔清〕朱彝尊《耒边词序》称李符词"精研于南宋诸名家,而分虎之词,愈变而极工,方之武曾、无异埙篪之迭和也"。(埙篪:皆古代乐器,二者合奏时声音相应和。因常以埙篪比喻兄弟亲密和睦。《诗经·小雅·何人斯》："伯氏吹埙,仲氏吹篪。"郑玄笺："伯仲,喻兄弟也。我与女恩如兄弟,其相应和如埙篪,以言俱为王臣,宜相亲爱。"孔颖达疏："其恩亦当如伯仲之为兄弟,其情志亦当如埙篪之相应和。"）〔清〕谢章铤《赌棋山庄词话》卷十一："词从南宋入手,时多浮漫,分虎先学北宋,故无此病。"〔清〕陈廷焯《白雨斋词话》卷三："国初多宗北宋,竹垞独取南宋,分虎、符曾佐之,而风气一变。然北宋、南宋,不可偏废。"朱十,即朱彝尊。

十八

积书多亦如书簏,况仅词家备宋元。

读到小方壶一集,居然作者莫同论。

（汪森）

笺注

"积书"二句：〔清〕冯金伯《词苑萃编》卷十八"纪事"引《曝书亭集》："休宁汪晋贤森,居桐乡县治东偏,筑裘杼楼,积书万卷其上。……四方名流企其风尚,挐舟至者,户外履满。有西溪小筑,《忆秦娥》词云：'城隅嫩柳浮烟色。溪桥一带花遮宅。花遮宅。峭寒风雨,最难禁得。　半篙新涨沙痕碧。篱根细糁苍苔迹。苍苔迹。春泥藜杖,到来吴客。'颇有宋元遗响。"　王昶《国朝词综》卷十一："朱竹垞云：晋贤居桐乡筑裘杼楼,积书万卷其上,而哲昆周土治别业鸥波亭北,令弟季青侨居雉城,往来酬唱,不出户庭。名流秀望,企其风尚。家藏宋元人词集最多,取而研究之,故其词能标举新异,一洗《花间》《草堂》陋习。"书簏,藏书用的竹箱子。后亦讥讽读书虽多而不解书义或不善运用的人,谓之书簏。

"读到"二句：汪森有《小方壶存稿》十五卷,《桐扣词》三卷。〔清〕沈雄《古今词话》"词评下卷"："沈雄曰：晋贤与竹垞搜辑宋元未见词章,刻为《词综》三十卷,以广见闻,俾倚声之有所宗,大有功于词者。《月河》一刻不下百篇,而整洁自好,亦自成家,故其人亦如之。余访之于梧桐乡,赠答《百字令》,信知名下无虚也。"

十九

妾是无盐君太冲,善言儿女竟谁同。

易安居士谈何易,（宋牧仲语,见《词苑丛谈》）殆宋尚书曲未工。

（董以宁）

笺注

无盐：亦称"无盐女",即战国时齐宣王后钟离春,因是无盐人,故名。为人有德而貌丑。后常用为丑女的代称。汉刘向《列女传·齐钟离春》："钟离春者,齐无盐邑之女,宣王之正后也。其为人极丑无双。"董以宁《蓉渡词》中有《清平乐·私语》词曰："已将身许,敢比风中絮。可奈檀郎疑又虑,未肯轻信侬言语。　便将一缕心烟,花间敛衽告天。若负小窗欢约,来生丑似无盐。"《蓉渡词》大半嫣然以媚,婉约多思,曲传艳态,无微不至,王士禛誉为艳情中之绘风手。

太冲：左思字太冲,齐国临淄（今山东淄博）人。西晋著名文学家。有《娇女诗》三首。

"易安"句：〔清〕冯金伯《词苑萃编》卷八"品藻"引《词苑丛谈》："董文友《一剪梅》云：'惯得相携花下游,苏大风流,苏小风流。而今别况冷于秋,燕去南楼,人去南楼。　等闲平判十分愁,侬在心头,卿在眉头。少年心事总悠悠,一曲扬州,一梦苏州。'商邱宋牧仲,谓其殆似李易安。"按：宋荦,字牧仲,号漫堂,又号西陂,康熙中,累擢至江苏巡抚,内升吏部尚书。

二十

词家人竞说尧章,端恐前明仿盛唐。

买菜岂须求益者,无多著撰实姜张。

（沈岸登）

笺注

尧章：姜夔字尧章。

"买菜"句：东汉司徒侯霸遣侯子道奉书严光。子道求报书，光口授之，嫌少，请更增足。光曰："买菜乎？求益也。"（见晋皇甫谧《高士传》下）

"无多"句：〔清〕冯金伯《词苑萃编》卷八引朱彝尊语："词莫善于姜夔。梅溪、玉田、碧山诸家，皆具夔之一体。自后得其门者寡矣。吾友覃九（按：沈岸登字覃九，号南淳，一字黑蝶，又号惰耕叟，浙江平湖布衣。）词，可谓学姜氏而得其神明者。"

二十一

粉署仙郎爱读书，湖山归梦也终虚。

江南江北相思惯，《红藕庄词》比藕渔。

（龚翔麟）

笺注

粉署：即粉省。尚书省的别称。〔唐〕牛僧孺《席上赠刘梦得》诗："粉署为郎四十春，近来名辈更无人。"因龚翔麟累官至陕西道监察御史。故以"粉署仙郎"称之。

"湖山"句：〔清〕李符《红藕庄词序》："尽观所制，大率以石帚为宗，而旁及梅溪、碧山、玉田、蘋洲、蜕岩、西麓诸家之体格。……蘅圃（龚翔麟号）家钱塘，少长京师，会方在盛年，需次郎署，然一丘一壑之想，与林薮逸民，且有同好，间返里门，吊南渡以来诸词人，觞咏陈迹，感湖山之寂寞，辄低徊不能去。"

红藕庄词：龚翔麟词集名。

藕渔：严绳孙号藕塘渔人，江苏无锡人。

二十二

同居咸籍(见陈其年《浙西六家词序》)也名齐，饮水能歌独柘西。

自许玉田差近者(集中再题《蕃锦集》语)，低徊《蕃锦集》重题。

（沈皞日）

笺注

"同居"句：〔清〕陈维崧《浙西六家词序》："柘湖既咸籍同居，秋锦亦机云不别。"

"饮水"句：沈皞日字融谷，号茶星，平湖人，贡生，曾在湖南为官，有《柘西精舍词》。龚翔麟《柘西精舍词》序："吾友沈子融谷，工于词久矣……况之古人，殆类王中仙、张叔夏。叔夏尝谓中仙词极娴雅，有白石意趣。仇山村亦云：叔夏词律吕协洽，当与白石老仙相鼓吹。是二家之词，非深于情者，未必能好；即好之而不善学，亦未必能似。今融谷情之所至，发为声音，莫不缠绵谐婉，诵之可以忘倦。虽其博综乐府，兼括众长，固不尽出于二家，然体格各有所近，不位置融谷于二家之间，不可也。融谷足迹半天下，从前篇帙最富，若尽出以传，吾知有井水饮处，咸歌柘西之词矣。"

"自许"二句：沈皞日《柘西精舍词》中有《疏影·再题〈蕃锦集〉》词曰："丹霞惜别，寄蛮烟障雨，画图一阕。枫影秋江，梅影春江，尽入离愁时节。最高楼处歌金缕，将凤纸、吹花题叶。记罗浮、道士相逢，句里斜阳曾说。　自许玉田差近，向碧城梦里，飞下清绝。七孔神针，缝六铢衣，襻带多安无缺。笔床垂老心情在，好付与、满庭香雪。倩虫虫，宛转红牙，不数晓风残月。"《蕃锦集》：朱彝尊词分《江湖载酒集》《静志居琴趣》《茶烟阁体物集》《蕃锦集》四种，总曰《曝书亭词》。

二十三

帘波诗事(见《东皋杂钞》)特风流，《历代诗馀》命纂修。

南宋瓣香谁较近，蓉湖渔笛谱蘋洲。（杜诏）

笺注

帘波诗事:〔清〕董潮《东皋杂钞》卷一:"锡山杜太史云川诏,江甫名宿也。在木天时,某尚书家一青衣甚艳,集诸名士赋诗,约入格者相赠。太史赋《帘波诗》,有'银蒜琼钩'之句,尚书大赏,竟如约。"

"《历代诗馀》"句:杜诏曾与楼俨同入武英殿辑《历代诗馀》。〔清〕丁绍仪《听秋声馆词话》卷一:"吾邑杜云川太史诏,先以监生膺荐,食七品俸。预《历代诗馀》,蒙恩赐进士。复与诸词臣纂修《词谱》,逮授庶吉士,即乞养归。生平恬退寡营,少时从顾梁汾、严藕渔两先生游,故其词如水碧金膏,纤尘不染。"

"南宋"二句:杜诏字紫纶,号云川,别号浣花词客、蓉湖词隐,江苏无锡人。有词集《蓉湖渔笛谱》等。〔清〕冯金伯《词苑萃编》卷八"品藻"引宋牧仲曰:"紫纶词,脱去凡艳,品格在草窗、玉田之间。"蘋洲,周密词集曰《蘋洲渔笛谱》。

二十四

大宗谁并曝书亭,盖代才同浙水灵。

竟是我朝张叔夏,至今风法未凋零。

(厉鹗)

笺注

曝书亭:朱彝尊有《曝书亭集》。

张叔夏:张炎,字叔夏,号玉田,有《山中白云词》。〔清〕陈廷焯《白雨斋词话》卷四:"大抵其年、锡鬯、太鸿三人,负其才力,皆欲于宋贤外别开天地。"

风法:谓风标规范。《陈书·王玚传》:"世祖顾谓冲曰:'所以久留玚于水华,此欲使太子微有玚风法耳。'"

二十五

绿阴如幄又江南，琴鹤倏然理共参（见《蒲褐山房诗话》）。

似学道人工绮语，幻花庵亦散花庵。

（张梁）

笺注

"绿阴"二句：王昶《蒲褐山房诗话》卷上引《湖海诗传》卷一谓："先生卜居吾里，有保闲堂、淡吟楼、学圃居、丛桂读书堂、鹤径风漪草堂、花阴馆、藕香亭、一松斋、书巢，备水竹花药之胜，又兄农部别业，本高文恪公竹窗，在杭州西溪，是梅竹最深处。每年上元后，辄往探梅，至杂花俱谢，绿阴如幄乃归。过中秋，复往看秋山红叶，岁以为常。工琴，遇好山水及花月佳时，一弹再鼓，鹤为起舞。望之以拟柴桑之处士，松陵之散人。"倏然，无拘无束貌，超脱貌。《庄子·大宗师》："倏然而往，倏然而来而已矣。"成玄英疏："倏然，无系貌也。"

幻花：张梁，字大木，一字奕山，号幻花，江苏华亭（今属上海）人，有《幻花词钞》八卷。〔清〕冯金伯《词苑萃编》卷八"品藻"引柯南陔曰："幻花老人诗，旨趣在王、孟间，而暇为长短句，又能宗尚石帚、玉田，刊落凡艳。宋之色香味之外，而独领其妙。平生专修净土，去来如意，凡有所作，皆从静境流出，故不假思惟，自然各臻其妙。"又，引赵鹤埜语曰："予读陆缪雪、庄西霞二子词，情真语挚，寓端庄于流丽，逞绮靡于缠绵。可与大木先生《幻花庵词》鼎峙于骚坛。"

散花庵：黄升字叔旸，号玉林，又号花庵词客。有《散花庵词》。

二十六

押帘（集名）风致亦嫣然，把臂知从石帚先。

荠菜孟尝君莫笑，人推《绝妙好词笺》。

（查为仁）

笺注

押帘：查为仁（1695—1749），一名成苏，字心榖，号莲坡，又号花海翁，顺天宛平人。康熙五十年（1711）举人，有《押帘词》一卷。

"把臂"句：〔清〕冯金伯《词苑萃编》卷八"品藻"引陈对鸥曰："自浙西六家词出，瓣香南宋，另开生面。于是四方承学之士，从风附响，知所指归。予己未夏北游，假馆于莲坡澹宜书屋，每风晨雨夕，酒边烛外，时同搯韵。而莲坡于声律之微，必抉根溯源，究其旨奥。至于抽丝扻藻，总在汰去侈蔓，一归清真。故其所制激响空明，华而不靡，刻而不露，如幽湍之鸣，如虚林之籁，一本天然也。"又，吴陈琰曰："词有四声五音均拍轻重清浊之别，其为之也较难于诗。予友莲坡，才思超俊，履险能夷。其新制抽妍骋秘，宫协律谐，且尽洗草堂、花间之馀习，而出之以雅正，洵乎能为其难矣。"

荠菜孟尝：朱启钤《女红传徵略》："当时吴江名士顾茂伦住在雪滩，四方宾客云集，被江南人士称为'荠菜孟尝'。沈关关曾为顾茂伦绣一幅《雪滩濯足图》。"又，清末山阳曹子求，擅诗文，雅好客，家贫无子。所烹野菜极精，一时有"荠菜孟尝"之誉。四方寒士友人过淮，多宿其甘白斋中，诗咏迭作，汇为《甘白斋集》。

绝妙好词笺：〔清〕谢章铤《赌棋山庄词话》卷十二："近宛平查心榖为仁与钱塘厉樊榭同笺《绝妙好词》，然搜采佚闻，虽名为笺，与纪事相类。"

二十七

论诗能废盛唐无，北宋何尝不可摹。

颇爱太仓王抱翼，耻偕同社逐时趋。

（王时翔）

笺注

"北宋"句：〔清〕吴衡照《莲子居词话》卷四："太仓自梅村祭酒以后，

风雅之道不绝。王小山时翔与同里毛鹤汀张健、顾玉停陈埁倡词社。又有王汉舒策、素威辂、颖山嵩、存素愫、徐冏怀庚辈起而应之,几于人人有集。小山自跋云:'余年十五,爱欧阳文忠、晏叔原、秦少游之作,摹其艳制,得二百馀首。'盖意主北宋,而以格韵自赏者。"〔清〕谢章铤《赌棋山庄词话》卷十一:"雍正、乾隆间,词学奉樊榭为赤帜,家白石而户梅溪矣。惟王小山太守时翔及其侄汉舒秀才策独倡温、李、晏、秦之学,其时和之者,顾玉停行人陈埁、毛鹤汀博士健、徐冏怀秀才庚,又有素威辂、颖山嵩、存素愫三秀才,皆王门一姓之俊。笙磬同音,埙篪迭奏,欲语羞雷同,诚所谓豪杰之士矣。太仓自吴祭酒而后,风雅于兹再盛。小山有《香涛》《绀寒》《青绡》《初禅》等集。其自跋云:词至南宋始称极工,诚属创见。然笃而论之,细丽密切,无如南宋。而格高韵远,以少胜多,北宋诸君,往往高拔南宋之上。余年十五,爱欧阳、晏、秦之作,摹其艳制,得二百馀首。年来与里中举词社,强效南宋不能工也。余最喜其《苏幕遮》……皆可诵者,其自期许为不诬矣。" 又,"汉舒著《香雪词》,比之小山,更觉胜场。小山短调较工,汉舒长篇亦美,即小山亦盛推之,谓逸尘而奔,几欲驾两宋诸名家而出其上也。" 又,"近小山亦谓'梦窗之奇丽而不免于晦,草窗之淡逸而或近于平'(王颖山《别花人语》序),此言乃学南宋者之金针也。"〔清〕陈廷焯《词坛丛话》:"王小山词,艳而清,微而远,语不深而情至。时诸家皆效法南宋,小山独宗北宋,而亦兼有南宋之长。" 陈廷焯《白雨斋词话》卷四:"太仓诸王皆工词,汉舒尤为杰出。次则小山,小山工为绮语,才不高而情胜,措语亦自婉雅,无绮罗恶态。" 又,"小山词,如'病容扶起淡黄时'。又,'燕子寻人,巷口斜阳记不真。'又,'一双红豆寄相思,远帆点点春江路。'又'画屏离思远,罗袖泪痕浓。'又,'一双燕子夕阳中,莫衔残鬓影,吹向落花风'。又,'灯微屏背影,泪暗枕留痕。'又,'小园春雨过,扶病问残春。'又,'眼波低剪篆丝风。'又,'一弯秋丝驻螺峰。'皆情词凄婉,晏、欧之流亚也。"

"颇爱"二句:徐珂《近词丛话》:"太仓王时翔、王策诸人,独轶出朱、陈两家之外,以晏、欧为宗。时翔字抱翼,其词凄婉动人。"

二十八

词品群推第一宜,潇湘听雨未还时(著有《潇湘听雨录》)。

由来绚烂归平淡,苦学《花间》一辈知。

（江昱）

笺注

"潇湘"句：江昱，字宾谷，号松泉，江苏仪征人。有《梅鹤词》四卷，集外词一卷，《考证蘋洲渔笛谱》二卷，《疏证山中白云集》八卷，《潇湘听雨录》等。〔清〕冯金伯《词苑萃编》卷八"品藻"引刁去瑕曰："江宾谷雅好南宋人词，尤爱其中一二家最平淡者。平日论词，及所自为，并能追其所见。"又，赵秋谷曰："宾谷《梅边琴泛》一卷，追清石帚，继响玉田。昔南史称柳公双锁为琴品第一，若《梅边琴泛》者，其亦第一词品乎？"〔清〕陈廷焯《词坛丛话》："琢春、梅鹤两家，词骨最高。集中所录不多，而已可见一斑。"〔清〕陈廷焯《白雨斋词话》卷四："江宾谷词，亦得南宋人遗意。虽未臻深厚，却与浅俗者迥别。""研南学南宋，合者得其神理。宾谷学南宋，合者得其意趣。皆出陆南芗之右，而皆未能深厚。"

二十九

苦心孤诣得清空，橙里居然乐笑翁。

句集一家成一卷(集《山中白云词》一卷)，竹垞蕃《锦说》天工。

（江昉）

笺注

"苦心孤诣"二句：〔清〕冯金伯《词苑萃编》卷八"品藻"引沈沃田曰："江橙里嗜倚声，饶有清致，刿鉥肝肾，磨濯心志，盖几几乎追南渡之作者而与之并。虽自汰甚严，所存不啻半铢一粟，而其苦心孤诣，善学古人，审音者固望而可知也。练溪在歙之北乡，江氏世居于此，故以名其词云。"《淮海英灵集》曰:"橙里意境清远,慕姜白石、张叔夏之风,其词清空蕴藉,无繁丽昵亵之情,除激昂嚣号之习,可谓卓然名家。"〔清〕陈廷焯《白雨斋词话》卷四:"江橙里词,清远而蕴藉。沈沃田称其刿鉥肝肾,磨濯心志,苦心孤诣以为词,可谓难矣。然余观练溪渔唱,句琢字练,归于纯雅,只是不能深厚。盖知学南宋,而不得其本原。本原何在,沉郁之谓也,不本诸风骚,焉得沉郁。国朝词家,多犯此病。故骤览之,居然姜、史复生;深求之,皆姜、史之糟粕。惟陈迦陵兕吼熊啼,悍然不顾,虽非正声,不得谓非豪杰士。"

橙里:江昉(1727—1793),字旭东,号橙里,又号砚农。江都(今江苏扬州)人。

乐笑翁:宋张炎号。

"竹垞"句:朱彝尊有集句词集《蕃锦集》。

三十

不付兜娘欲与谁,当年樊榭窃相推。

红牙久寂红阑(阁名)折,可有人传薛镜词。

(张云锦)

笺注

"不付"二句:〔清〕冯金伯《词苑萃编》卷十八纪事引厉樊榭曰:"龙威有和予《续乐府补题》五阕,其《天香·赋薛镜》云:'粉洁休磨,尘轻不染,识取夜来名字。'深有感于余怀也。题二绝句其后云:'纵迹江湖燕尾船,一回相见一流连。新词合付兜娘唱,可惜红牙久寂然。''乐笑翁今不可回,补题五阕属清才。薛家镜子尘昏后,凄绝何人唤夜来。'"

按:〔清〕吴衡照《莲子居词话》卷四:"厉樊榭序当湖张龙威云锦《红兰阁》词,称其咏宋故宫芙蓉石云:'指一抹墙角残阳,不照蓬莱旧城阙。'咏秋柳云:'莫再问灵和,剩秃发髡髡如此。'咏芦花云:'有谁能画出,楚天秋晚'等句,直与白石胜于毫厘。"〔清〕谢章铤《赌棋山庄词话》卷一:

"星村（李应庚）与台江张锦云善，有长生七夕之约，所居曰：'餐霞楼'，朝夕二人书声与钗声相间也。其赠餐霞楼主七古云：'……'未三年而锦云竟死。星村图其影为长卷，为之葬于天宁山。山对面有酒楼，星村饮其上，必酾酒隔江遥酹之，岁时致祭如其私。其视墓七律云：'……'戊申秋，余暂归自东洋，星村出其长卷属题，余为填《乳燕飞》一阕，中有句云：'天壤怜才能几辈，便相怜、未必真知己，又孤负一年三入梦，梦醒时，枕簟凉如水。'星村读竟，泪汪汪欲坠。锦云有女曰月清，现依某姬求活，星村赠以四绝云：'……'北里间多传诵者。"〔清〕陈廷焯《词坛丛话》："竹香以词名武陵，渔川以词名临潼，橙里以词名安徽。位存、龙威两雄相峙。俱能出入两宋，变化三唐。余每病诸公，家数近小，只可称名家，不足称大家也。得史位存起而囊括之，而国初诸老之风，有见于乾隆初矣。"〔清〕陈廷焯《白雨斋词话》卷四："任淡存词措语婉妙，味亦隽永，可为位存之亚、遂佺之匹。（朱云翔，字遂佺，元和人，有《蝶梦词》。）同时张龙威，亦以词名，然有枝而不物之弊，不及任、朱也。"

三十一

江珧柱更荔枝添，日日停琴对不嫌（尝以韦左司有对琴无一事语作对，琴图复以对琴自号）。

自是唐堂工奖借，松溪渔唱殆难兼。

（汪棣）

笺注

"**江珧柱**"句：江珧柱，即江瑶柱，江瑶的肉柱。即江瑶的闭壳肌。是一种名贵的海味。〔唐〕刘恂《岭表录异》卷下："马甲柱，即江瑶柱。"〔清〕冯金伯《词苑萃编》卷八"品藻"引黄唐堂曰："汪对琴词，如入武夷啖荔枝，鲜美独绝。又如馔设江瑶柱，与群肴错迥别。"又，张渔川曰："对琴每于酒边花下，闲作倚声，如闻空山琴语，松下幽泉，使人不复作尘想。"汪棣，号对琴。

按：〔清〕陈廷焯《白雨斋词话》卷四："汪对琴《琵琶仙·金阊晚泊》

一章,有议论,有感慨,有识力,渊渊作金石声,可为《春华阁词》压卷。词云:'斜日扬舲,堞楼下、一片荒凉吴苑。珠幌犹蔽何乡,秋空片云卷。风渐急、横塘乍渡,便穿入、虎山西崦。野草低迷,寒鸦上下,浑是凄怨。

看胥口、波面灵旗,未输尔、鸱夷五湖远。无限乱山衔碧,闪烟樯斜展。排多少、荒台废馆。只望中破楚门键。料得遥夜钟声,梦回难遣。'"

三十二

盖代诗名山斗重,崎嵚磊落更淋漓。

便将诗笔为词笔,热血填胸一洒之。

(蒋士铨)

笺注

山斗:泰山、北斗的合称。犹言泰斗。比喻为世人所钦仰的人。

崎嵚:犹坎坷。困顿不得志。

按:〔清〕李宝嘉《南亭词话》曰:"蒋心馀少年时,在鄂西林座中,咏黄莺儿偷花一阕,传诵于时。人因以'黄莺探花'呼之。偶至扬州,游于妓馆,有一校书名蔷香者,谛视心馀曰:'此黄莺探花也。'蒋惊问之,校书复诵其词曰:'相思不相识,尝尽孤眠滋味。'又曰:'舍不得卿卿,行不得哥哥。怎奈如何。'蒋忽起立,握其手大笑曰:'此不减"黄河远上白云间"也。'举杯痛饮,不觉大醉。醒则校书尚侍其侧也。忽问蒋曰:'探花郎知侬意否。'蒋曰:'可不言喻矣。'校书曰:'君勿落下乘禅也。'言已,出绣巾一幅,中里玉柄团扇,垂泪谓心馀曰:'愿题诗为侬吐气。'心馀曰:'孰奚落卿者。'校书复自枕函中,取出一纸,则袁简斋诗也。心馀遂题一诗曰:'黄莺小小探花来,拣得蔷薇带雨开。衔到金铃枝上挂,一鸣飞转入蓬莱。'题罢,蔷香拜谢曰:'一首诗抵得十万金铃矣。'蒋流连数日而去。蔷香之名,因是复噪。"〔清〕江顺诒《词学集成》附录:"蒋心馀先生云:'大凡人之性情气节,文字中再掩不住。词曲虽游戏之文,其中慷慨激昂,即是一个血性丈夫。写情至死不变,正是借以自况,其愚不可及也。'江顺诒案:临川一生品谊,心馀先生于四梦中见之。先生之高洁,不又于香雪九种见之乎。临川梦廿出，尤多见道之言，令今古才人读之，一齐下泪。"〔清〕谢章铤《赌棋山庄词话》卷二："咏事之词，有通阕述其事而美刺自见者，有上半阕述其事，下半阕或议论或赞叹者，其法皆与古文家纪传相通。至于咏节义，述忠孝，则刚健婀娜之笔，婉转慷慨之情，四者缺一，难免负题。余最爱心馀明馀杭知县府谷苏公万元殉节词，填《贺新凉》云：'寇至无人抗。叹孤城、丸泥失守，谁当屏障。旧令归田遗一老，肯复去先民望。露白刃，与公相向。乱世之人为贼好，劝先生、冠改黄巾样。得富贵，且无恙。公怒裂眦气何壮。看微臣，此时心目，海天空旷。愿脱齿牙为剑戟，一骂豖蛇都丧。贼顾曰，是真倔强。尔不我从须赂耳，奈穷官、壁立无封藏。但斫此，好头项。''利刃环而下。血淋漓，浩然之气，与刀相射。贼技如斯堪一唾，公乃凭虚而驾。看府谷荒城斗大。中有孤魂垂白练，照河山、不许秦关夜。衷宏恨，岂能化。　乡宜义烈南雷亚。惜当时，寸权尺土，一无凭藉。过客哀歌还击缶，泪涌渭桥清坝。公有后，士之良者。作令寻公遗爱去，向馀杭、酹酒公祠舍。述祖德，定悲诧。'[公裔孙遇龙，壬申进士龙泉令。]廉顽立懦，端推此种。遇龙，字德水，亦风雅士，尝刻元叶子奇草木子行于世。吴逆之乱，广西巡抚马文毅公[雄镇]死之。初，吴逆欲文毅降，囚之土室四年，作《汇草辨疑》十二卷。妾顾氏按字为之旁训，后顾氏亦死，死者凡四十馀人。心馀填桂林霜院本记之。钱塘顾瓒园[孝威]之妾姚梦兰，既定聘，其父利厚贽，欲夺其志，梦兰不屈，寻死者三。及归顾，善和上下，治家事井井，且好周人之急，卒年二十九。心馀填空谷香院本记之。其事则如天如日，其文则可歌可泣，日置案头，诚生人多少情，助人多少气。心馀填词处曰红雪楼，四面皆梅花，其孙小榭客岭外三年，不得归，图以志忆。吴石华尝以《绮罗香》题之，见《桐花阁词集》。"〔清〕陈廷焯《词坛丛话》："心馀太史，才名盖代。其传奇各种，脍炙人口久矣。词不逮曲，然倔强盘曲，自是奇才。""心馀词取法其年。虽未入室，然亦骎骎乎升其年之堂矣。""心馀词，桀骜不驯，然其气自不可掩。彼好为艳丽句者，对之汗颜无地矣。""读板桥词，使人龌龊消尽。读心馀词，使人骨气顿高。皆能动人之性情者。"〔清〕张德瀛《词徵》卷六："乾隆三十三年，两淮运使提行事发生，王昶与赵文哲，坐言语不密，罢职。赵词'江湖未改难驯性，肯负旧盟鸥鹭'，盖有所指。赵后游戏幕间，与江果毅公阿里衮温尚书福相得，代撰奏记，文字欹歆磊落，遭师溃与于难。蒋铅山后续怀人诗'从军草露布，兵溃中书死。诗卷存英风，灵爽著忠祀。庸庸为令仆，斯人竟传矣。'盖谓此也。"

三十三

苍茫放笔转欷歔，诗画书名却未如。

文到入情端不朽，直将词集当家书。

（郑燮）

笺注

欷歔：叹息声，抽咽声。

"诗画"句：〔清〕查礼《铜鼓书堂词话》："郑燮字克柔，号板桥，扬州兴化人。乾隆丙辰进士，除山左潍县令，才识放浪，磊落不羁。能诗古文，长短句别有意趣。未遇时，曾谱《沁园春·书怀》一阕云：'花亦无知，月亦无聊，酒亦无灵。把夭桃斫断，煞他风景，鹦哥煮熟，佐我杯羹。焚砚烧书，椎琴裂画，毁尽文章抹尽名。荥阳郑，有教歌家世，乞食风情。　单寒骨相难更。笑席帽青衫太瘦生。看蓬门秋草，年年破巷，疏窗细雨，夜夜孤灯。难道天公，还箝恨口，不许长吁一两声。颠狂甚，取乌丝百幅，细写凄清。'其风神豪迈，气势空灵，直逼古人。板桥工书，行楷中笔多隶法，意之所之，随笔挥洒，遒劲古拙，另具高致。善画兰竹，不离不接，每见疏淡超脱。画幅间常用一印，曰'七品官耳'，又一印曰'康熙秀才雍正举人乾隆进士'。"〔清〕谢章铤《赌棋山庄词话》卷九："扬州郑板桥〔燮〕大令，书画步武青藤山人，自称其书为六分半。又有'徐文长门下走狗郑燮'私印。诗文琐亵不入格，词独胜。自叙云：'燮年三十至四十，气盛而学勤，阅前作辄欲焚去。至四十五六，便觉得前作好，至五十外读一过便大得意，忘已丑而信前是，可知其心力日浅。'又云：'为文再三更改，无伤也，然改而善者十之七，改而谬者亦十之三，乖隔晦拙，反走入荆棘丛中去，要不可以废改，是学人一片苦心也。'又云：'少年游冶学秦柳，中年感慨学苏辛，老年淡忘学刘蒋,皆与时推移,而不自知者,人亦何能逃气数也。'此皆身历艰苦之言,不止长短句一道为然也。……《满江红·思家》云:'我梦扬州,便想到、扬州梦我。第一是隋堤绿柳,不堪烟锁。潮打三更瓜步月,云荒十里虹桥火。更红鲜、冷淡不成团,樱桃颗。 何日向,江村躲。何时上,江楼卧。有诗人某某,酒人个个。花径不无新点缀,河鸥颇有闲功课。将白头、供作折腰人,将毋左。'"〔清〕陈廷焯《云韶集》:"板桥词摆去羁缚,独树一帜,其源亦出苏、辛、刘、蒋,而更以一百二十分恣肆,真词坛霹雳手也。" 又云:"板桥词,粗粗莽莽,有旋转乾坤,飞沙走石手段,在倚声中当的一快字。"〔清〕陈廷焯《白雨斋词话》卷四云:"板桥词,颇多握拳透爪之处,然却有魄力,惜乎其未纯也。若再加以浩瀚之气,便可亚于迦陵。" 又,"板桥诗境颇高,间有杜陵暗合处,词则已落下乘矣。然毕竟尚有气魄,尚可支持。" 陈廷焯《词坛丛话》:"板桥词,远祖稼轩,近师其年,别创一格,不与稼轩、其年沿袭,其有独往独来之概。" 又,"板桥词,淋漓酣畅,色舞眉飞。每一字下,如生铁铸成,不可移易,真一代奇才。" 又,"板桥词,无一字不直截痛快。佳处在此,可议处亦在此,以其少含蓄之神也。"

"直将"句:郑燮的《家书》,被誉为"不可磨灭文字"。

三十四

纤秾谁信作忠魂,《媕雅堂词》一代论。

莫向丽华祠畔唱,苌宏血碧事难言。

(赵文哲)

笺注

纤秾:指富丽优美的文艺风格。

媕雅堂词:赵文哲,字璞函,号损之,上海人。乾隆二十七年(1762)召试,官户部主事。有《媕雅堂词》四卷。

"莫向"二句:赵文哲词中有《台城路·张丽华祠》词,音调凄婉。张丽华，南朝陈后主贵妃，陈亡后被隋军所杀。后人哀之，在行刑地为她建祠。苌宏，亦作"苌弘"，人名。《左传·哀公三年》载：字叔，又称苌叔。周景王、敬王的大臣刘文公所属大夫。刘氏与晋范氏世为婚姻，在晋卿内讧中，由于帮助了范氏，晋卿赵鞅为此声讨，苌弘被周人杀死。传说死后三年，其血化为碧玉。后亦用以借指屈死者的形象。

按：〔清〕冯金伯《词苑萃编》卷八引吴竹屿曰："赵璞函词瓣香于碧山、蜕岩，故轻圆俊美，调协律谐。以近词家论之，大堪接武竹垞，分镳樊榭。"〔清〕陈廷焯《词坛丛话》："璞函词，芊绵温雅，貌似南宋，骨似北宋，学博才大，冠绝一时。与竹垞代兴可也。""璞函著词最富，然不矜才，不使气，温厚和平，婉而多讽。词贵细婉而忌粗疏，璞函当无此讥。" 陈廷焯《白雨斋词话》卷四："赵璞函词，措语秾至，用笔清虚，规模亦甚宏远，可与竹垞、樊榭并驱争先。璞函词，秾艳是其本色。然能规抚古人，不离分寸。故雅而不晦，丽而有则，视国初名家，正不多让。""璞函《台城路·张丽华祠》云：'璧树飞蝉，袿裳化蝶，欲问故宫无路。残钟几度。只遗曲犹传，隔江商女。回首雷塘，暮鸦啼更苦。'音调凄婉，措词大雅，所谓丽而有则。""璞函艳词，情最深，味最浓，笔力却绝遒。与竹垞分道扬镳，各有千古。"

三十五

无端绮语债谁偿（朱吉人谓君有《香奁词》一卷，惜为人假手，不能传播艺林），现到昙华（集名）总擅场。词客千秋同此恨，为他人作嫁衣裳。

（张熙纯）

笺注

昙华：张熙纯，字策时，一字少华。好敬亭，上海人。乾隆二十七年（1762）举人。三十年（1765）召试授内阁中书，有《昙阁词》二卷。一名《华海堂词》。

按：〔清〕冯金伯《词苑萃编》卷八"品藻"引朱吉人曰："张少华襟怀爽飒，而填词又极缠绵，故以韵胜也。有《香奁》一卷，惜为人假手，不能传播艺林。"

三十六

头衔未署柳屯田，袁蒋诗工合让先。

却被浅斟低唱误，如何情韵不芊绵。

（黄景仁）

笺注

"袁蒋"句：〔清〕陈廷焯《白雨斋词话》卷八："袁（枚）、赵（翼）、蒋士铨盛负时名，而其诗无可贵。"

芊绵：谓富有文采。

按：〔清〕张德瀛《词徵》云："仲则小令情辞兼胜，慢声颇多楚调，岂以有幽、并士气，而于词一泄之耶。"〔清〕谢章铤《赌棋山庄词话》卷二："五伦非情不亲，情之用大矣，世徒以儿女之私当之，误矣。然君父之前，语有体裁，观情者要必自儿女之私始，故余于诸家著作，凡寄内及艳体，每喜观之。黄仲则十六夜忆内《踏莎行》云：'珠斗斜擎，云罗浅熨，蟾盘偷减分之一。重圆又是一年看，明年看否谁人必。 今夜兰闺，痴儿娇女，那知阿母消魂极。拟将归棹趁秋江，秋江又近潮生日。'"又，《赌棋山庄词话》续编一："仲则诗名最盛，其《竹眠词》为王兰泉司寇所刊定。仲则曾及司寇之门，以词论，殊觉青胜于蓝，冰寒于水。"〔清〕陈廷焯《白雨斋词话》卷四："黄仲则《竹眠词》鄙俚成俗，不类其诗。"〔清〕谭献《复堂词话》："春光渐老，诵黄仲则词'日日登楼，一换一番春色，者似卷如流春日，谁道迟迟。'不禁黯然，初月侵帘，逡巡徐步，遂出南门旷野舒眺，安得拉竹林诸人，作幕天席地之游。"

三十七

二陆才多擅倚声,文章碧海掣长鲸。

颇嫌乐府香奁语,孤负冰天雪窖行。（杨芳灿、杨揆）

笺注

二陆：陆机、陆云。此比杨芳灿、杨揆。

"文章"句：以碧海掣长鲸,比喻文章高手。

"颇嫌"句：杨芳灿《菩萨蛮》似花间香奁语,词曰："无情燕嘴衔花去,多情蛛网粘花住。去住总销魂,红巾凝泪痕。　水晶帘押静,寒浸春人影。新恨压眉头,娇波横不流。"

按：〔清〕吴衡照《莲子居词话》卷四："咏物如画家写意,要得生动之趣,方为逸品。金匮杨蓉裳先生《芦花》云：'正半钩微月淡如烟,空江冷。'荔裳（即杨揆）先生燕子云：'软踏帘钩,细雨诉愁回。一片落红看不得,飞去也又衔来。'一以神韵胜,一以姿致胜,俱从前传神所未到。"〔清〕丁绍仪《听秋声馆词话》卷六："双溪公（按：即顾奎光）三甥,长杨蓉裳农部芳灿,次荔裳方伯揆,均受业谔斋公门下,蔚为通人。……二公词,司寇已选刻《琴画楼词钞》,并录入《词综》二集。三为萝裳司马英灿,生稍后,词亦稍逊。"〔清〕谢章铤《赌棋山庄词话》卷四："金匮杨蓉裳芳灿,荔裳揆,兄弟并名,而蓉裳尤见擅场。其长调颇近阳羡生,有《芙蓉山馆稿》……二杨俱长于用兵,蓉裳以拔萃试高等,得伏羌令,田五之乱,防御极有功。荔裳亦以中书舍人从征廓尔喀,著绩擢甘肃藩司。比之双丁、两到,盖不独文字称为二难也。"

三十八

巧独天工不可阶,镂冰剪雪费安排。

我朝亦有吴君特,七宝楼台拆尽佳。（吴锡麒）

笺注

不可阶：《论语·子张》："犹天之不可阶而升也。"阶，攀登，升登。

镂冰剪雪：犹"镂冰剧雪"，比喻构思新颖精巧。

吴君特：宋吴文英，字君特，号梦窗。张炎对其词有"七宝楼台"之评。

按：〔清〕谭献《箧中词》评云："祭酒明德清才，矜式后起，诗规渔洋，词学樊榭，可云正宗。而笔脆才弱，成就甚少。"〔清〕毛大瀛《西鸥居词话》："钱塘吴锡麒毂人有《正味斋琴言》云：城东瓦子巷，本南宋时勾栏。吴君特《玉楼春》词有云：'问称家住城东陌。欲买千金应不惜。归来困顿滞春眠，犹梦婆娑斜趁拍。'盖纪实也。今则委巷萧然，知者殆寡。"〔清〕吴衡照《莲子居词话》卷四："毂人先生词，有高妙语，有幽秀语。……先生属对俱精，可入陆辅之《词旨》。"〔清〕谢章铤《赌棋山庄词话》卷九："钱唐吴毂人锡麒祭酒应制诗赋，一时纸贵，而有《正味斋集》颇伤雕琢。洪稚存所谓清绿溪山，尚未苍古也。惟长短句，则洵为作手。"〔清〕陈廷焯《词坛丛话》："乾嘉之际，吴毂人一时独步。纯雅中而有眉飞色舞之致，当与竹垞把臂入林。""毂人著作，一以雅正为寄。论者讥其有过练之弊，转伤真气。独倚声炼字炼句，归于纯雅。亦间有疏朗处，以畅其机，尽美矣，又尽善也。" 又，陈廷焯《白雨斋词话》卷四："词欲雅而正，故国初自秀水后，大半效法南宋，而得其形似。毂人先生，天生一枝大雅之笔，益以才藻，合者可亚于樊榭，微嫌才气稍逊。""毂人词，如《月华清》后半云：'不愁美人迟暮，怨水远山遥，梦来都阻。翠被香消，莫话青鸾前度。剩醉魂、一片迷离，绕不了、天涯红树。谁语，正高楼横笛，数声清苦。'此类亦居然草窗矣。"

三十九

文工选体笔崚嶒，馀事填词得未曾。

时论固知君不囿（见《小谟觞馆词集》自序），一空依傍转无凭。

（彭兆荪）

笺注

崚嶒：高耸突兀。比喻特出不凡。〔明〕温璜《弟子问》："凡为文者，必有文章之骨，意象崚嶒。"

"时论"句：彭兆荪《小谟觞馆诗馀》序曰："填词至近日，几于家祝姜、张，户尸朱、厉。予方心沓舌，无志与诸子争长，而浏览所及，颇不欲囿于时论，少作壮悔，久付炱蟫，掇拾之馀，仅得十一。强颜存之，所谓遂非文之过也。"

按：〔清〕郭麐《灵芬馆词话》卷一："甘亭词，慢调兼学南北宋，小令亦不屑作温韦语，而情韵自胜。"〔清〕张德瀛《词徵》卷六："彭甘亭词，如碧眼胡儿，贩采奇宝。"〔清〕丁绍仪《听秋声馆词话》卷十五："'问何物金钱，恁无情、尽天上人间，坐他离别。'此镇洋彭甘亭上舍兆荪七夕《洞仙歌》后结也，意为人所同具，语则人所未有，一'坐'字意犹沉痛。所著《小谟觞馆词》，视之如古锦斑烂，仍运以疏宕之气。如《点绛唇》云：'一径荒荒，断无人处阑干亚。重帘不挂，漠漠苔花惹。　性爱闲行，生怕闲亭榭。销魂乍。碧梧桐下，残月昏黄夜。'……均能自辟畦径。"〔清〕蒋敦复《芬陀利室词话》卷一："吾州彭甘亭征君擅长骈体，《小谟觞馆文集》，几与石笥山房卷葹阁争胜。诗亦古藻纷披。词不多作……宗旨似在梦窗、草窗间。"彭兆荪（1769—1821），字甘亭，镇洋人。

四十

起居八座也伶俜，出塞能还绣佛灵。

文似易安人道韫，教谁不服到心形。（徐灿）

笺注

八座：封建时代中央政府的八种高级官员。清代则用作六部尚书的称呼。后世文字作品多以指称尚书之类高官。徐灿的丈夫陈之遴曾官相国，故云。

伶俜：孤单貌。

"出塞"句：《清史稿·陈之遴妻徐传》："之遴得罪，再遣戍，徐从出塞。……徐晚学佛，更号紫䆳。"施淑仪《诗人徵略》卷二："（湘蘋）夫人工诗词，精绘事，尝以从宦不获供奉吴太夫人甘旨，手画大士像五千四百有八幅，以祈姑寿，世争宝贵。"

"文似"句：易安，李清照，号易安居士，南北宋时女词人。〔清〕陈廷焯《白雨斋词话》卷五："国朝闺秀工词者，自以徐湘蘋为第一。李纫兰、吴蘋香等相去甚远。湘蘋《踏莎行》云：'碧云犹叠旧河山，月痕休到深深处。'既超逸，又和雅，笔意在五代北宋间。闺秀工为词者，前副李易安，后则徐湘蘋。明末叶少鸾，较胜于朱淑真，可为李、徐之亚。""词尤工，陈维崧推为南宋后闺秀第一。画得北宋法。"（见《清史稿·陈之遴妻徐传》）道韫，谢道韫，东晋名才女。

按：〔清〕沈雄《古今词话》"词话下卷"引曹秋岳曰："故相国陈素庵徐夫人名灿者，有《湘蘋词》百首。"〔清〕李调元《雨村词话》卷四："近来才女，应以徐灿为第一。灿字湘蘋，长洲人，归海宁陈素庵之遴，所著有《拙政园词》，皆绝工艳流丽。"〔清〕冯金伯《词苑萃编》卷八"品藻"："徐湘蘋才锋遒丽，生平著小词绝佳，盖南宋以来闺房之秀，一人而已。其词娣视淑真，姒蓄清照，至'道是愁心春带来，春又来何处'，又'衰杨霜遍灞陵桥，何处是前朝'等语，缠绵辛苦，兼撮屯田、淮海诸胜。"〔清〕张德瀛《词徵》卷六："陈素庵室徐湘蘋，晚年皈依佛法，号紫䆳氏。曾制《青玉案》吊古词，为世传诵，即《林下词选》所云得北宋风调者。蘋香词，辑商缀羽，不失分寸，尝写饮酒读骚图，自制乐府，名曰乔影，其中为事者被之管弦，一时传唱，遂遍大江南北。倚声之外，不废吟咏，有和王仲瞿《西楚霸王墓》二律，其警句云：'青史但援成败例，白云长作古今愁。美人报主名先得，功狗邀封悔之多。'皆可诵也。" 朱孝臧《忆江南》词："双飞翼，悔杀到瀛洲。词是易安人道韫，可堪伤逝又工愁。肠断塞垣秋。"

三 晚清近代论词绝句

华长卿
《论词绝句》

作者简介

华长卿（1804—1881），原名长柳，字枚宗，号梅庄，直隶天津人，有《梅庄诗钞》《熏香馆词钞》。

一

乐府遗音久寂寥，谪仙新体创唐朝。

词家鼻祖传千载，合祀骚坛永不祧。（李白）

笺注

谪仙：指李白。李白《对酒忆贺监二首》诗："四明有狂客，风流贺季真。长安一相见，呼我谪仙人。"〔唐〕孟棨《本事诗·高逸》："李太白初自蜀至京师，舍于逆旅。贺监知章闻其名，首访之。既奇其姿，复请所为文。出《蜀道难》以示之。读未竟，称叹者数四，号为'谪仙'。"

"词家"句：〔宋〕黄升《唐宋诣贤绝妙词选》卷一称李白"《菩萨蛮》《忆素娥》二词，为百代词曲之祖"。

合祀：合于一处祭祀。

骚坛：诗坛。引申为文坛。

不祧：古代帝王的宗庙分家庙和远祖庙，远祖庙称祧。家庙中的神主，除始祖外，凡辈分远的要依次迁入祧庙中合祭；永不迁移的叫做"不祧"。

二

香山梦得与张王,流派无人较短长。

名氏不传词更妙,莫将艳体认冬郎。

(白居易、刘禹锡、张志和、王建、韩偓)

笺注

"香山"句:香山,白居易,号香山居士。梦得,刘禹锡,字梦得。张王,指张志和、王建。

艳体:〔清〕叶申芗《本事词·自序》:"盖自《玉台新咏》专录艳词,《乐府解题》备征故实。韩偓著《香奁》之集,托青楼柳巷而言情。"

冬郎:唐代诗人韩偓的小名。〔宋〕钱易《南部新书》乙:"韩偓,即瞻之子也,兄仪。瞻与李义山同年集中谓之韩冬郎是也。故题偓云:'七岁裁诗走马成。'冬郎,偓小名。偓,字致光。"

三

獭祭曾嗤李义山,何如词藻冠《花间》。

雕琼镂玉《金荃集》,小令争歌《菩萨蛮》。(温庭筠)

笺注

"獭祭"句:〔宋〕吴炯《五总志》:"唐李商隐为文,多检阅书史,鳞次堆集左右,时谓为獭祭鱼。"獭祭,獭喜欢吃鱼,经常将捕到的鱼排列在岸上。比喻罗列故实,堆砌成文。李义山,李商隐,字义山。

雕琼镂玉:比喻刻意修饰文辞。

金荃集:温庭筠有《金荃集》,已佚。

菩萨蛮:《花间集》录温庭筠《菩萨蛮》词十五首。

四

西川天子尽无愁,争似王郎与孟侯。

唱到冰肌无汗句,摩诃池上气如秋。（蜀主王衍、后蜀主孟昶）

笺注

王郎：前蜀后主王衍（899—926），字化源,王建第十一子,许州舞阳（今属河南）人。《新五代史·前蜀世家》谓其"颇知学问,能为浮艳之辞"。

孟侯：后蜀末代皇帝孟昶（919—965）,初名仁赞,字保元,祖籍邢州龙岗（今河北邢台沙河孟石岗）,出生于晋阳城（今山西太原西南）。五代后蜀高祖孟知祥第三子。

"唱到"二句：孟昶《木兰花·避暑摩诃池上作》："冰肌玉骨清无汗,水殿风来暗香暖。帘开明月独窥人,欹枕钗横云鬓乱。　起来琼户寂无声,时见疏星渡河汉。屈指西风几时来,只恐流年暗中换。"

五

羁魂何日度函关,韦相神伤泪暗潸。

绝代佳人难再得,那堪填到《小重山》。（韦庄）

笺注

"羁魂"句：韦庄,字端己,京兆杜陵（今陕西西安东南）人。天复元年（901）六十六岁,应王建之聘入川为掌书记。后终身仕蜀,未曾得归。

韦相：韦庄曾任前蜀宰相,故称。

"绝代"二句：〔清〕叶申芗《本事词》卷上："韦庄字端己,以才名寓蜀。王建割据,遂羁留之。庄有宠人,姿质艳丽,兼擅词翰。建闻之,托以教内人为辞,强夺去。庄追念悒怏,每寄之吟咏,《荷叶杯》《小重山》《谒金门》诸篇,皆为是姬作也。其词情意凄惋,人相传诵,姬后闻之,不食而卒。……《小重山》词云：'一闭昭阳春又春。夜寒宫漏永，忆君恩。细思陈事黯销魂。罗衣湿，红袖有啼痕。　歌吹隔重阍。绕阶芳草绿，倚长门。万般惆怅向谁论。凝情立，宫殿欲黄昏。'"

六

一卷琼瑶妙剪裁，巫山云气雨中来。

毛牛顾鹿皆浮艳，谁及波斯李秀才。

（李珣、毛文锡、牛峤、牛希济、顾敻、鹿虔扆）

笺注

"一卷"句：李珣著有《琼瑶集》，已佚。

"巫山"句：李珣有《巫山一段云》词曰："有客经巫峡，停桡向水湄。楚王曾此梦瑶姬，一梦杳无期。　尘暗珠帘卷，香消翠帷垂。西风回首不胜悲，暮雨洒空祠。"巫山，战国宋玉《高唐赋》序："昔者先王尝游高唐，怠而昼寝。梦见一妇人，曰：'妾巫山之女也，为高唐之客。闻君游高唐，愿荐枕席。'王因幸之。去而辞曰：'妾在巫山之阳，高丘之阻，旦为朝云，暮为行雨，朝朝暮暮，阳台之下。'旦朝视之，如言，故为之立庙，号曰朝云。"后遂用为男女幽会的典实。

毛牛顾鹿：毛文锡、牛峤、牛希济、顾敻、鹿虔扆，五人俱为西蜀词人。

浮艳：指文辞华而不实。

波斯李秀才：李珣（生卒不详），字德润，其祖先为波斯人，后家梓州。

七

哀音亡国总堪嗟，惆怅江南小李家。

金粉六朝流水去，可怜玉树后庭花。

（南唐后主李煜）

笺注

"哀音"句:《礼记·乐记》:"亡国之音哀以思,其民困。"

"惆怅"句:南唐(937—975)是五代十国的十国之一,都于金陵(今江苏南京),有先主李昪、中主李璟和后主李煜三位帝王。江南小李,指南唐后主李煜。

金粉:喻指繁华绮丽的生活。〔清〕吴伟业《残画》诗:"六朝金粉地,落木更萧萧。"

玉树后庭花:南朝陈后主制。其辞轻荡,而其音甚哀,故后多用以称亡国之音。

八

五鬼才华数大冯,阳春歌罢曲弥工。

剧怜庭院深深句,窜入庐陵别调中。（冯延巳）

笺注

五鬼:《新五代史·南唐世家》:"景以冯延巳、常梦锡为翰林学士,冯延鲁为中书舍人,陈觉为枢密使,魏岑、查文徽为副使。梦锡直宣政殿,专掌密命,而延巳等皆以邪佞用事,吴人谓之'五鬼'。"

大冯:冯延巳(903—960),字正中,广陵(今江苏扬州)人。有词集名《阳春集》。

"剧怜"二句:〔清〕陈廷焯《白雨斋词话》卷一:"冯正中词,极沉郁之致,穷顿挫之妙,缠绵忠厚,与温、韦相伯仲也。《蝶恋花》四章,古今绝构。词选本李易安词序,指'庭院深深'一章为欧阳公作,他本亦多作永叔词。惟《词综》独云冯延巳作。竹垞博极群书,必有所据。且细味此阕,与上三章笔墨,的是一色,欧公无此手笔。"

九

橘斋刺史黄州老,未得行吟到汴京。

笑杀荆南高赖子,那知减字与偷声。（孙光宪）

笺注

"橘斋"句：孙光宪（约900—968），五代词人。字孟文，号葆光子，陵州贵平县（今属仁寿）人。历事南平高氏三世，累官至检校秘书监兼御史大夫。入宋后，为黄州刺史。有《荆台集》《笔佣集》《橘斋集》《北梦琐言》等书。现存仅《北梦琐言》一种。

高赖子：《新五代史·南平世家》："荆南地狭兵弱,介于吴、楚,为小国。自吴称帝,而南汉、闽、楚皆奉梁正朔,岁时贡奉,皆假道荆南。季兴、从诲常邀留其使者,掠取其物,而诸道以书责诮,或发兵加讨,即复还之而无愧。其后南汉与闽、蜀皆称帝,从诲所向称臣,盖利其赐予。俚俗语谓夺攘苟得无愧耻者为赖子,犹言无赖也,故诸国皆目为'高赖子'。"

减字：唐宋曲子词中的术语。词的句度和声韵,都须按谱填写,不能变换。但当时音乐家在声腔方面,仍有所伸缩,因旧曲为新声。如《木兰花》原为七言八句,后将一、三、五、七句各减去末三字,成为《减字木兰花》。〔清〕金农《五月二日吴孝廉瀚上舍濂招饮醉成此诗》："君家兄弟工谱曲,减字偷声皆乐录。"

偷声：唐宋词曲术语。唐代绝句多配乐歌唱。歌唱常用和声、散声、偷声等方法以调节声调的抑扬缓急。偷声,即在一句中偷去一字。如张志和《渔歌子》词第三句"青箬笠,绿蓑衣",即把七字句省去一字,分为三字二句。因而偷声和减字常连用。

十

舞低杨柳楼心月,歌尽桃花扇底风。

倘在三家村里住,何能珠玉串玲珑。（晏殊）

笺注

"舞低"二句：此二句为晏几道的《鹧鸪天》词上阕中的句子："彩袖殷勤捧玉钟，当年拚却醉颜红。舞低杨柳楼心月，歌尽桃花扇底风。"华氏引为晏殊之词，误矣。

三家村：偏僻的小乡村。〔唐〕王季友《代贺若令誉赠沈千运》诗："山上双松长不改，百年唯有三家村。"〔宋〕苏轼《用旧韵送鲁元翰知洺州》："永谢十年旧，老死三家村。"〔清〕沈雄《古今词话》"词评上卷"："晁无咎曰：叔原不蹈袭人语，风度闲雅，自是一家。如'舞低杨柳楼心月，歌罢桃花扇底风'，乃知此人，必不生于三家村中者。"

十一

文章六一有丰神，词意缠绵更可亲。

颇恨行闲多亵语，碔玞混玉是何人。（欧阳修）

笺注

六一：欧阳修（1007—1073），字永叔，号醉翁，又号六一居士。

亵语：污秽的语言。

碔玞混玉：比喻以假乱真，似是实非。碔玞，似玉之石。玞，同"砆"。

十二

小山赋骨绍家传，神似高唐宋玉篇。

梦过谢桥参鬼语，竟邀青眼到伊川。（晏几道）

笺注

"小山"句：谓晏几道词承其父晏殊之词风。小山，晏几道（1038—1110），字叔原，号小山，北宋临川（今属南昌进贤）人。晏殊第七子。绍，承继。

高唐宋玉篇：战国时宋玉有《高唐赋》等名篇。

"梦过"二句：〔清〕沈雄《古今词话》"词评上卷"："程叔微曰：伊川闻诵叔原词'梦魂惯得无拘锁，又逐杨花过谢桥'，乃笑曰：鬼语也。意颇赏之。"

十三

忍教低唱换浮名，井水村村学倚声。

残月晓风杨柳岸，教坊倾倒是耆卿。（柳永）

笺注

"忍教"句：柳永《鹤冲天》词有"忍把浮名，换了浅斟低唱"句。

"井水"句：〔清〕沈雄《古今词话》"词评上卷"："叶少蕴曰：尝见一西夏归朝官云：凡有井水饮处即能歌柳词。"

"残月"句：柳永《雨霖铃》词有"杨柳岸、晓风残月"句。

"教坊"句：〔宋〕叶梦得《避暑录话》卷三："（柳）永为举子时，多游狭邪，善为歌辞。教坊乐工，每得新腔，必求永为辞，始行于世。"柳永，字耆卿。

十四

拚改三中作三影，侑觞度曲昵红颜。

牡丹一阕销魂否，赎得文姬返汉关。（张先）

笺注

"拚改"句：〔清〕沈雄《古今词话》"词评上卷"："《乐府纪闻》：客谓

子野曰,人咸目公为'张三中',心中事,眼中泪,意中人也。子野曰:何不谓之'张三影'。客不喻。子野曰:'云破月来花弄影'、'娇柔懒起,帘压卷花影'、'柳径无人,坠飞絮无影',此平生得意者。"

"**牡丹**"二句:〔宋〕张先《剪牡丹·舟中闻双琵琶》词:"野绿连空,天青垂水,素色溶漾都净。柔柳摇摇,坠轻絮无影。汀洲日落人归,修巾薄袂,撷香拾翠相竞。如解凌波,泊烟渚春暝。 彩绦朱索新整。宿绣屏、画船风定。金凤响双槽,弹出今古幽思谁省。玉盘大小乱珠迸。酒上妆面,花艳媚相并。重听。尽汉妃一曲,江空月静。"按:词中"汉妃",即蔡文姬。

文姬:蔡琰(177-约249),原字昭姬,晋时避司马昭讳,改字文姬,陈留圉(今河南杞县)人,蔡邕之女。博学能文,兼通音律。汉末社会动荡,蔡文姬被掳到了南匈奴,嫁给了匈奴左贤王。后为曹操以重金赎回。

十五

逼人海雨激天风,推倒词坛一世雄。

洗尽绮罗儿女态,铜琶高唱大江东。(苏轼)

笺注

"**逼人**"句:〔宋〕陆游《跋东坡七夕词后》云:"歌之曲终,觉天风海雨逼人。"

"**洗尽**"句:〔宋〕胡寅《酒边词序》:"及眉山苏氏,一洗绮罗香泽之态,摆脱绸缪宛转之度,使人登高望远,举首高歌,而逸怀浩气,超然乎尘垢之外。于是花间为皂隶,而柳氏为舆台矣!"

"**铜琶**"句:〔宋〕俞文豹《吹剑续录》:"子瞻在玉堂日,有幕士善歌。因问:'我词何如柳七?'对曰:'柳郎中词,只合十七八女郎,执红牙板,歌"杨柳岸晓风残月"。学士词,须关西大汉,铜琵琶、铁绰板,唱"大江东去"。'东坡为之绝倒。"

十六

残阳鸦点水边村,目不知丁亦断魂。

黄九那如秦七好,休将学士抹微云。（秦观、黄庭坚）

笺注

"残阳"二句：〔清〕沈雄《古今词话》"词评上卷"："晁无咎曰：比来作者皆不及少游,如'斜阳外,寒鸦数点,流水绕孤村',虽不识字人,亦知为天生好语也。"

"黄九"句：〔清〕彭孙遹《金粟词话》："词家每以秦七、黄九并称,其实黄不及秦甚远。犹高之视史,刘之视辛,虽齐名一时,而优劣自不可掩。"〔清〕陈廷焯《白雨斋词话》卷一："秦七、黄九,并重当时。然黄之视秦,奚啻碔砆之与美玉。"

"休将"句：〔清〕陈廷焯《词坛丛话》："秦、柳自是作家,然却有可议处。东坡诗云'山抹微云秦学士,露华倒影柳屯田',微以气格为病也。"

十七

一寸芭蕉易惹愁,横塘台榭水东流。

满城风絮黄梅雨,肠断江南贺鬼头。（贺铸）

笺注

"一寸"句：贺铸《石州引》词有"欲知方寸,共有几许清愁,芭蕉不展丁香结"句。

横塘：贺铸退居吴下,筑室于横塘,自号庆湖遗老。

"满城风絮"句：贺铸《青玉案》词有"一川烟草,满城风絮,梅子黄时雨"句。

肠断：贺铸《青玉案》词有"彩笔新题断肠句"句。

贺鬼头：贺铸体长七尺，面铁色，眉目耸拔。人称"贺鬼头"。

十八

省识东堂绝妙辞，坡仙心赏几人知。

平分此恨无言语，词客何容媚太师。（毛滂）

笺注

"省识"二句、"平分"句：〔清〕胡薇元《岁寒居词话》："毛滂《东堂词》。其罢杭州法曹别妓《惜分飞》'今夜山深处，断魂分付潮回去'句，见赏于东坡。"〔清〕叶申芗《本事词》卷上："子瞻守杭时，毛泽民为法曹，公以众人遇之。泽民与营妓琼芳善，届秩满去官，作《惜分飞》词以志别云：'泪湿阑干花着露，愁到眉峰碧聚。此恨平分取，更无言语空相觑。 断雨零云无意绪，寂寞朝朝暮暮。今夜山深处，断魂分付潮归去。'适子瞻宴客，琼芳辄歌此词。子瞻询为谁作，以泽民对。子瞻叹曰：'郡僚中有词人而不知，是吾过也。'折简追回，款洽数月。"

"词客"句：《四库全书总目提要》谓毛滂"虽由（苏）轼得名，实附（蔡）京以得官，徒擅才华，本非端士"。蔡京，字元长，兴化仙游人，熙宁三年（1070）状元，历官累加太师。

十九

镕铸诗歌妙入神，词家牙旷是清真。

伤心衣袂东风泪，洒湿苏州岳楚云。（周邦彦）

笺注

牙旷：伯牙和师旷的并称。二人皆春秋时著名音乐高手。泛指精通音乐的人。

"伤心"二句：〔宋〕洪迈《夷坚支志》："周美成在姑苏，与营妓岳楚云相恋，后从京师过吴，则岳已从人久矣。因饮于太守蔡峦子高坐上见其妹，作《点绛唇》词寄之云：'辽鹤西归，故人多少伤心事。短书不寄，鱼浪空千里。　凭仗桃根，说与相思意。愁何际？旧时衣袂，犹有东风泪。'楚云读之，感泣者累日。"

二十

插天翠柳月明高，饶有髯苏意气豪。

不食人间烟火语，东都名士混渔樵。（朱敦儒）

笺注

"插天"句：朱敦儒《念奴娇》词有"插天翠柳，被何人、推上一轮明月"句。

髯苏：苏轼的别称，以其多髯故。〔宋〕苏轼《客位假寐》诗："同僚不解事，愠色见髯苏。"

"不食"句：〔宋〕张端义《贵耳集》上卷："（朱希真）赋梅词如不食人间烟火语，'横枝销瘦一如无，但空里疏花数点'，语意奇绝。"〔清〕沈雄《古今词话》"词评上卷"："张正夫曰：希真赋月词：'插天翠柳，被何人、推上一轮明月。'赋梅词：'横枝销瘦一如无，但空里疏花数点。'词意奇绝，似不食烟火人语。"

"东都"句：东都，指洛阳。朱敦儒字希真，东都洛阳人。早岁隐居，以志行高洁为朝野所称，故称东都名士。有词集《樵歌》三卷。

二十一

一段离愁付画眉，搓酥滴粉太情痴。

老来重上西湖路，仿佛邯郸入梦时。（左誉）

笺注

"一段"二句：左誉，字与言，天台人。大观三年（1109）进士，仕终湖州通判，后弃官为浮屠。所著词名《筠翁长短句》。〔清〕叶申芗《本事词》卷下："左誉与言策名后，佐幕钱塘。杭籍名姝张芸者，其女名秾，色艺妙天下。左甚眷之，为赋《眼儿媚》云：'楼上黄昏杏花寒。斜月小阑干。一双燕子，两行征雁，画角声残。 绮窗人在东风里，洒泪对春闲。也应似旧，盈盈秋水，淡淡春山。'又：'一段离愁堪画处，横风斜雨浥衰柳。'及'帷云剪水，滴粉搓酥'诸篇，皆为秾作也。后秾归张俊，易姓为章，疏封大国矣。绍兴中，左因觅官行都，暇日，独游西湖两山间。忽逢车舆甚盛，中有丽人，搴帷顾左而謦曰：'如今试把菱花照，犹恐相逢是梦中。'左凝睇之，乃秾也。左恍然若失，即拂衣东返，一意空门。花庵以此词为阮闳休作者，误矣。"〔清〕陈廷焯《白雨斋词话》卷六："词人好作精艳语。如左与言之'滴粉搓酥'，姜白石之'柳怯云松'，李易安之'绿肥红瘦'、'宠柳娇花'等类，造句虽工，然非大雅。"

"老来"句：当指《本事词》所言绍兴中入杭州之事。〔宋〕王明清《玉照新志》载："左与言，天台之名士也。……承平之日，钱塘幕府乐籍有名姝张芸女名秾者，色艺妙天下。君颇顾之，如'无所事，盈盈秋水，淡淡春山'，与'一段离愁堪画处，横风斜雨挹垂杨'，及'帷云剪水，滴粉搓酥'，皆为秾而作。当时都人有'晓风残月柳三变，滴粉搓酥左与言'之对，其风流人物，可以想象。俶扰之后，秾委身于立勋大将家，易姓章，遂疏封大国。绍兴中，因觅官行阙，暇日访西湖两山间。忽逢车舆甚盛。中睹一丽人，搴帘顾君而謦曰：'如今若把菱花照，犹恐相逢是梦中。'视之，乃秾也。君醒然悟入，即拂衣东渡，一意空门，不复以名利关心。"

二十二

《惜香乐府》号仙源，恬淡高风万古存。

寄语吴兴松雪老，姓名惭否赵王孙。

（赵长卿、赵孟頫）

笺注

"惜香"句：赵长卿，宋宗室，号仙源居士，南丰人。有词集《惜香乐府》10卷。

松雪：赵孟頫（1254—1322），字子昂，号松雪，松雪道人等，宋太祖赵匡胤十一世孙，秦王德芳之后，吴兴人。元代著名书画家。

"姓名"句：指赵孟頫入元后气节不保，仕元拜翰林学士承旨。

二十三

谁信词人老战场，忠肝义胆溢骚肠。

玉环飞燕皆尘土，此语安能悟寿皇。（辛弃疾）

笺注

忠肝义胆：辛弃疾《永遇乐·戏赋辛字送十二弟赴都》词有"烈日秋霜，忠肝义胆，千载家谱"句。

"玉环"二句：〔清〕冯金伯《词苑萃编》卷十三："辛稼轩《摸鱼儿》春晚词云：'更能消几番风雨。匆匆春又归去。惜春常怕花开早，何况落红无数。春且住。见说道、天涯芳草迷归路。怨春不语。算只有殷勤，画檐蛛网，尽日惹飞絮。　长门事，准拟佳期又误。蛾眉曾有人妒。千金纵买相如赋。脉脉此情谁诉。君莫舞。君不见、玉环飞燕皆尘土。闲愁最苦。休去倚危阑，斜阳正在，烟柳断肠处。'其词可谓怨之至矣。闻寿王见此词，颇不悦；然终不加罪，若遇汉、唐，宁不贾种豆、种桃之祸哉。"寿皇，宋孝宗于淳熙十六年传位于子光宗，光宗上孝宗尊号为"至尊寿皇圣帝"，见《宋史·孝宗纪》。省称"寿皇"。

二十四

南渡无人说中兴，状元忠愤气填膺。

千金一字《于湖集》，来历何人注少陵。（张孝祥）

笺注

"状元"句：张孝祥（1132—1169），字安国，别号于湖居士，历阳乌江（今安徽省和县）人。绍兴二十四年（1154）廷试，高宗亲擢为进士第一（状元）。历官承事郎、签书镇东军节度判官、秘书郎、著作郎、集英殿修撰、中书舍人等职。有《于湖居士文集》《于湖词》传世。张孝祥名作《六州歌头》有"忠愤气填膺"句。〔清〕陈廷焯《白雨斋词话》卷六："张孝祥《六州歌头》一阕，淋漓痛快，笔饱墨酣，读之令人起舞。"

二十五

缝月裁云推妙手，敲金戛玉诩奇声。

咏梅绝调高千古，岂止词华媲美成。（姜夔）

笺注

"缝月裁云"二句：〔清〕江顺诒《词学集成》卷五："范石湖云：'白石有裁云缝月之妙手，敲金戛玉之奇声。'"

"咏梅"句：姜夔有咏梅之作《暗香》《疏影》。王国维《人间词话》："咏物之词，自以东坡《水龙吟》为最工，邦卿《双双燕》次之。白石《暗香》《疏影》，格调虽高，然无一语道着，视古人'江连一树垂垂发'等句何如耶。"

"岂止"句：〔清〕王奕清《历代词话》卷八引《词品》云："姜白石，诗家名流，词尤精妙，不减清真乐府，其间高处有美成所不能及者。"

二十六

剑南词笔辟仙根，修月全无斧凿痕。

却怪时时掉书袋，惊他栲腹过雷门。（陆游）

笺注

修月：古代传说月由七宝合成，人间常有八万二千户给它修治。见唐段成式《酉阳杂俎·天咫》。

斧凿：以斧凿加工。亦喻指诗文雕琢过甚，造作不自然。

时时掉书袋：〔清〕冯金伯《词苑萃编》卷九引刘克庄语云："放翁、稼轩，一扫纤艳，不事斧凿，高则高矣，但时时掉书袋，要是一癖。"

枵腹：空腹。谓饥饿。

雷门：古代会稽（今浙江绍兴）城门名。因悬有大鼓，声震如雷，故称。

二十七

宾王痴语胜蒲江，迥异梅溪与草窗。

神妙未经人道过，群花作梦句无双。（高观国）

笺注

宾王：高观国，字宾王，号竹屋，山阴（今浙江绍兴）人。

蒲江：卢祖皋，字申之，又字次夔，号蒲江，永嘉人。

梅溪：史达祖，字邦卿，号梅溪，汴（今河南开封）人。

草窗：周密，字公谨，号草窗，济南人。流寓吴兴，居弁山，自号弁阳啸翁，又号四水潜夫。

"群花"句：高观国《贺新郎·赋梅》词有"开遍西湖春意烂，算群花、正作江山梦"句。

二十八

警迈瑰奇自一家，织绡泉底净无沙。

甘心枉作权奸用，平睨方回未足夸。（史达祖）

笺注

"警迈"二句:〔宋〕张镃《题梅溪词》:"史生词织绡泉底,去尘眼中,妥贴轻圆,辞情俱到,有瑰奇、警迈、清新、闲婉之长,而无诡荡、污淫之失。"

"甘心"句:韩侂胄当国时,史达祖曾为其最亲信的堂吏,负责撰拟文书。

"平睨"句:〔宋〕张镃《题梅溪词》:"史生词织绡泉底,……端可分镳清真,平睨方回。"

二十九

玉林彩笔擅词场,手辑《花庵》细品量。

冷暖自知工琢句,晴空冰柱镂秋房。（黄升）

笺注

"玉林"二句:黄升字叔旸,号玉林,又号花庵词客,晋江（今属福建）人。有《散花庵词》,辑有《唐宋诸贤绝妙词选》《中兴以来绝妙词选》各十卷,后人统称《花庵词选》。

"晴空"句:〔清〕沈雄《古今词话》"词评上卷":"胡德方序曰:玉林早弃制科,雅意歌咏。阁学游受斋称赏其诗为'晴空冰柱'。闽帅楼秋房,闻其与魏菊庄为友,以泉石清士目之。其人如此,其才可知。"

三十

片玉真传得异才,眩人七宝幻楼台。

知音独有周公谨,频听蘋洲渔笛来。

（吴文英、周密）

笺注

片玉：周邦彦有《片玉词》。〔明〕杨慎《词品》卷四："吴梦窗，名文英，字君特，四明人。尹君焕序其词云：'求词于吾宋，前有清真，后有梦窗，此非焕之言，四海之公言也。'"

"眩人"句：〔宋〕张炎《词源》卷下谓："吴梦窗词如七宝楼台，眩人眼目，碎拆下来，不成片段。"

周公谨：周密字公谨，号草窗，济南人。

蘋洲渔笛：周密有词集《蘋洲渔笛谱》。

三十一

竹山名共碧山传，苍莽悲凉有玉田。

白石老翁相鼓吹，赋成春水倍凄然。

（蒋捷、王沂孙、张炎）

笺注

竹山：蒋捷，字胜欲，自号竹山，阳羡（今江苏宜兴人），咸淳十年（1274）进士。有《竹山词》。

碧山：王沂孙，字圣与，号碧山，又号中仙，又号玉笥山人，会稽（今浙江绍兴）人。有《碧山乐府》，又名《花外集》。

玉田：张炎，字叔夏，号玉田，又号乐笑翁。有《山中白云词》。

白石：姜夔，字尧章，号白石道人。

春水：张炎有《南浦·春水》词："波暖绿鳞鳞，燕飞来、好是苏堤才晓。鱼没浪痕圆，流红去、翻笑东风难扫。荒桥断浦，柳阴撑出扁舟小。回首池塘青欲遍，绝似梦中芳草。　和云流出空山，甚年年净洗，花香不了。新渌乍生时，孤村路、犹忆那回曾到。馀情渺渺。茂林觞咏如今悄。前度刘郎归去后，溪上碧桃多少。"

三十二

任他谣诼嫁时身，巾帼丛中第一人。

鲁国男儿争下拜，瓣香供奉藕花神。（李清照）

笺注

"任他"句：谣诼，造谣毁谤。〔清〕吴衡照《莲子居词话》卷二："世传易安居士再适张汝舟，卒至对簿，有与綦处厚启云云，为时讪笑。今以《金石录后序》考之，易安之归德甫，在建中辛巳，时年一十有八。后二年癸未，德甫出仕宦越。二十三年靖康丙午，德甫守淄川。其明年建炎丁未，奔母丧。又明年戊申，德甫起复，知建康府。又明年己酉春，罢职。夏，被旨知湖州。秋，德甫遂病不起。时易安年四十有六矣。越五年，绍兴甲寅，作《金石录后序》，时年五十有一。其明年乙卯，有上韩、胡二公诗，犹自称闾阎嫠妇，时年五十有二。岂有就木之龄已过，隳城之泪方深，顾为此不得已之为，如汉文姬故事？意必当时嫉元祐君子者，攻之不已，而及其后。而文叔之女多才，尤适供谣诼之喙。致使世家帷簿，百世而下，蒙诟抱诬，可慨也已。"

"鲁国"二句：李清照《如梦令》词有"争渡争渡，误入藕花深处"句，后济南人于大明湖畔立藕花祠，奉李清照为藕花神。

三十三

吴郎乐府名天下，江北争传《人月圆》。

底事乌衣新燕子，不来王谢旧堂前。（吴激）

笺注

"吴郎"句：元好问《中州集》："彦高北迁后，为故宫人赋此。时宇文叔通亦赋《念奴娇》，先成，而颇近鄙俚，及见彦高此作，茫然自失。是后人有求作乐府者,叔通即批云:'吴郎近以乐府名天下,可往求之。'"

"江北"句、"底事"二句:吴激《人月圆》词:"南朝千古伤心事,犹唱《后庭花》。旧时王谢,堂前燕子,飞向谁家? 恍然一梦,仙肌胜雪,宫髻堆鸦。江州司马,青衫泪湿,同是天涯。"

三十四

遗山诗派踞金源,中调尤多感慨存。

更有嗣音《天籁集》,令人一读一销魂。

(元好问、白朴)

笺注

"遗山"句:元好问(1190—1257),字裕之,号遗山。〔清〕刘熙载《词概》:"金元遗山,诗兼杜、韩、苏、黄之胜,俨有集大成之意。以词而论,疏快之中,自饶深婉,亦可谓集两宋之大成者矣。"

天籁集:白朴(1226—1306)原名恒,字仁甫,后改名朴,字太素,号兰谷。有词集《天籁集》。

三十五

读罢蜕岩长短句,不禁掩卷费疑猜。

外孙齑臼饶馀韵,郐下无人解爱才。(张翥)

笺注

蜕岩:张翥(1287—1368),字仲举,晋宁(今山西临汾)人。有词集《蜕岩词》。

外孙齑臼:"好辞"的隐语。出自《世说新语·捷悟》。

郐下:自郐以下。《左传·襄公二十九年》:"吴公子札来聘……为之歌

《陈》，曰'国无主，其能久乎！'自《郐》以下无讥焉。"杜预注："《郐》第十三，《曹》第十四。言季子闻此二国歌，不复讥论之，以其微也。"

三十六

紫色蛙声尽唱酬，朱明一代废歌讴。

千秋绝学传三杰，竹垞梅村湖海楼。

（朱彝尊、吴伟业、陈维崧）

笺注

紫色蛙声：紫色，古代人认为不是正色（朱是正色）；蛙声，不合正统乐律的声音。闲色和邪音。比喻用假的冒充真的。《汉书·王莽传》："紫色蛙声，馀分闰位。"注："应劭曰：'紫，闲色；蛙，邪音也。'蛙者，乐之淫声，非正曲也。"〔北齐〕颜之推《颜氏家训·勉学》："《汉书·王莽传》云：'紫色蛙声，馀分闰位。'谓以伪乱真耳。"

竹垞：朱彝尊（1629—1709），清代诗人、词人、学者。字锡鬯，号竹垞，晚号小长芦钓鱼师，又号金风亭长。秀水（今浙江嘉兴市）人。

梅村：吴伟业（1609—1672），字骏公，号梅村，别署鹿樵生大云道人等。江苏太仓人。

湖海楼：陈维崧（1625—1682），字其年，号迦陵。宜兴人。有词集《湖海楼词》。

范　坰

《柳絮泉诗》

作者简介

范坰,道光间诗人,继乾隆年间诗人王初桐、嘉庆间诗人董芸之后,仿《齐音》体例,成《广齐音》,有《济南竹枝词》《风沦集》。

《漱玉》清词玉版笺,易安居士有遗篇。

远齐道韫应无愧,故宅犹称柳絮泉。

(宅在柳絮泉上,泉沫纷翻如柳絮飞舞)

笺注

漱玉:李清照有词集名《漱玉词》。

道韫:谢道韫,东晋才女,王凝之之妻,有咏雪名句"未若柳絮因风起"。

陈 澧
《论词绝句》

作者简介

陈澧（1810—1882），字兰甫、兰浦，号东塾，人称东塾先生，广州人。清道光十二年（1832）举人，先后受聘为学海堂学长、菊坡精舍山长。著述达120余种，词集有《忆江南馆词》。

一

月色秦楼绮思新，西风陵阙转嶙峋。

青莲只手持双管，秦柳苏辛总后尘。

笺注

月色秦楼：李白《忆秦娥》词有"秦娥梦断秦楼月"句。

西风陵阙：李白《忆秦娥》词有"西风残照，汉家陵阙"句。

"青莲"二句：谓李白开后世婉约与豪放之秦柳苏辛等人之先河。黄升《花庵词选》谓李白《菩萨蛮》《忆秦娥》二词为"百代词曲之祖"。李白（701—762），字太白，晚年自号青莲居士。

二

冰肌玉骨洞仙歌，九字何曾记忆讹。

删取七言成赝鼎，枉教朱十笑东坡。

笺注

"冰肌玉骨"二句：〔清〕叶申芗《本事词》卷上："后蜀主孟昶，令罗城上尽种芙蓉，周四十里，盛开。时语左右曰：'古以蜀为锦城，今观之，真锦城也。'尝夜同花蕊夫人避暑摩诃池上,因作《玉楼春》云:'冰肌玉骨清无汗,水殿风来暗香满。绣帘一点月窥人,欹枕钗横云鬓乱。　起来琼户启无声,时见疏星度河汉。屈指西风几时来,只恐流年暗中换。'此即苏长公因忆朱姓老尼所述,而衍为《洞仙歌》者。乃赵闻礼《阳春白雪》又载蜀帅谢元明,因浚摩诃池,得古石刻。孟主《洞仙歌》原词云:'冰肌玉骨,自清凉无汗。贝阙琳宫恨初远。玉阑干倚遍。怯尽朝寒。回首处,何必留连穆满。　芙蓉开过也,楼阁香融,千片红英泛波面。洞房深深锁,莫放轻舟瑶台去,甘与尘寰路断。更莫遣流红到人间,怕一似当时,误他刘阮。'是盖传闻异辞,姑录之以备考云。"

"**删取**"二句:〔清〕冯金伯《词苑萃编》卷三引《词综》谓:"蜀主孟昶有夜起避暑摩诃池上作《玉楼春》词云:'冰肌玉骨清无汗,水殿风来暗香满。绣帘一点月窥人,欹枕钗横云鬓乱。　起来琼户启无声,时见疏星渡河汉。屈指西风几时来,只恐流年暗中换。'苏子瞻《洞仙歌》本檃括此词,然未免反有点金之憾。"〔清〕宋翔凤《乐府馀论》"辨《洞仙歌》"一条云:"《渔隐丛话》曰:《漫叟诗话》云:'杨元素作《本事曲》,记《洞仙歌》:"冰肌玉骨,自清凉无汗。水殿风来暗香满。绣帘开,一点明月窥人,人未寝,欹枕钗横鬓乱。　起来携素手,庭户无声,时见疏星渡河汉。试问夜如何,夜已三更,金波淡、玉绳低转。但屈指西风几时来,又不道流年,暗中偷换。"钱塘一老尼,能诵后主诗首章两句,后人为足其意,以填此词。余尝见一士人诵全篇云:"冰肌玉骨清无汗,水殿风来暗香暖。帘开明月独窥人,欹枕钗横云鬓乱。　起来琼户启无声,时见疏星渡河汉。屈指西风几时来,只恐流年暗中换。"'东坡《洞仙歌序》云:'仆七岁时,见眉州老尼,姓朱,忘其名,年九十馀。自言尝随其师入蜀主孟昶宫中。一日大热,蜀主与花蕊夫人夜起避暑摩诃池上,作一词,朱具能记之。今四十年来,朱已死矣,人无知此词者。独记其首两句云:"冰肌玉骨,自清凉无汗。"暇日寻味,岂《洞仙歌令》乎?乃为足之云。'《苕溪渔隐》曰:'《漫叟诗话》所载《本事曲》云:钱塘一老尼,能诵后主诗首章两句,与东坡《洞仙歌序》全然不同,当以序为正也。'按《丛话》载《漫叟诗话》而辩之甚备,则元素《本事曲》,仍是东坡词。所谓"见一士人诵全篇"云云者,乃《漫叟诗话》之言,不出元素也。元素与东坡同时,先后知杭州。东坡是追忆幼时词,当在杭足成之。元素至杭,闻歌此词,未审为东坡所足,事皆有之。东坡所见者蜀尼,故能记蜀宫词。若钱塘尼,何自得闻之也?《本事曲》已误。至所传'冰肌玉骨清无汗'一词,不过檃括苏词,然删去数虚字,语遂平直,了无意味,盖宋自南渡,典籍散亡,小书杂出,真伪互见,《丛话》多有别白。而竹垞《词综》,顾弃此录彼,意欲变草堂之所选,然亦千虑之一失矣。"赝鼎,《韩非子·说林下》:"齐伐鲁,索谗鼎,鲁以其雁往,齐人曰:'雁也。'鲁人曰:'真也。'"后因以"赝鼎"指仿造或伪托之物。

三

自琢新词白石仙,暗香疏影写清妍。

无端忽触胡沙感,争怪经师作郑笺。

(张皋文谓《疏影》词为二帝之愤)

笺注

"自琢"句:〔清〕沈雄《古今词话》"词评上卷":"花庵词客曰:尧章中兴名流,善吹箫,自度曲。初则率意为长短句,其后协以音律,不减清真乐府。"

清妍:美好。〔晋〕葛洪《抱朴子·汉过》:"和口小辩,希指巧言者,谓之标领清妍。"

"无端"句:姜夔《疏影》词有"昭君不惯胡沙远,但暗忆、江南江北"句。

郑笺:〔汉〕郑玄所作《〈毛诗传〉笺》的简称。郑玄兼通经今古文学,他以《毛传》为主,兼采今文三家诗说,加以疏解。他作《毛诗笺》,谦敬不敢言注,但云表明古人之意或断以己意,使可识别,故曰笺。书出后,《毛诗》日盛,三家诗渐废。〔宋〕梅尧臣《代书寄欧阳永叔》诗:"问《传》轻何学,言《诗》诋郑笺。"泛指对古籍的笺注。〔金〕元好问《论诗绝句》之十二:"诗家总爱西昆好,独恨无人作郑笺。"

张皋文:张惠言(1761—1802),字皋文,号茗柯,江苏武进人。曾与其弟琦合辑《词选》,开常州词派。

四

道学西山继考亭,文章独以正宗名。

吟成花又娇无语,却比词人倍有情。

笺注

"道学"句:真德秀(1178—1235),字景元,号西山,世称西山先生,浦城长乐里(今仙阳镇)人。真德秀为南宋后期大儒,祖述朱熹(号考亭先生),尊之为"百代宗师"。著有《西山文集》《大学衍义》等。

"文章"句:真德秀编有《文章正宗》二十四卷,《四库全书存目提要》谓其"集分辞令、议论、叙事、诗歌四类,录《左传》《国语》以下,至于唐末之作。其持论甚严,大意主于论理,而不论文"。

"吟成"句:真德秀《蝶恋花》词有"问花花又娇无语"句。

五

也解雕镂也自然,灯前雨外极缠绵。

何因独赏《唐多令》,只为清疏似玉田。

笺注

雕镂:刻意修饰文辞。〔明〕朱鼎《玉镜台记·开场》:"古今词传,纷纷迭出、雕镂矫揉,虫技轰轰。"

"灯前"句:吴文英《高阳台·丰乐楼分韵得如字》词有"伤春不在高楼上,在灯前欹枕,雨外熏炉"句。

"何因"二句:〔宋〕张炎《词源》卷下:"词要清空,不要质实。清空则古雅峭拔,质实则凝涩晦昧。姜白石词如野云孤飞,去留无迹。吴梦窗词如七宝楼台,眩人眼目,碎拆下来,不成片段。此清空质实之说。梦窗《声声慢》云:'檀栾金碧,婀娜蓬莱,游云不蘸芳洲。'前八字恐亦太涩。如《唐多令》云：'何处合成愁，离人心上秋。纵芭蕉不雨也飕飕。都道晚凉天气好，有明月、怕登楼。　前事梦中休。花空烟水流。燕辞归、客尚淹留。垂柳不萦裙带住，谩长是，系行舟。'此词疏快，却不质实。"〔清〕陈廷焯《白雨斋词话》卷二："张皋文《词选》，独不收梦窗词，以苏、辛为正声，却有巨识。而以梦窗与耆卿、山谷、改之辈同列，不知梦窗者也。至董氏《续词选》，只取梦窗《唐多令》《忆旧游》两篇，此二篇绝非梦窗高诣。《唐多令》一篇，几于油腔滑调，在梦窗集中，最属下乘。《续选》独取此两篇，岂故收其下者，以实皋文以言耶，[董毅为皋文外甥。] 谬矣。" 蔡嵩云《柯亭词论》："清真令曲，闲婉似叔原，而沉着亦近之。慢词疏宕类耆卿，而精湛则过之。于以见其作法非同一机杼矣。梦窗亦然，慢词极凝炼，令曲却极流利。故玉田于其慢词，讥为凝涩晦昧，谓如七宝楼台，碎拆下来，不成片段。而独赏其《唐多令》之疏快，以为不质实。集中尚有。又以其令曲妙处与贺方回并称。令曲慢词，截然两途，观此益信。"玉田，张炎字叔夏，号玉田。

六

赵元谁似玉田生，爱取唐诗剪裁成。

无限沧桑身世感，新词多半说渊明。

（玉田词多用唐人诗句）

笺注

赵元：即宋元，张炎身历宋元二代。

"爱取"句：谓张炎喜剪裁唐人诗句入词。如《朝中措》词中有"清明时节雨声哗"句，《风入松》词中有"却笑牧童遥指，杏花深处人家"句等。

"新词"句：张炎词中多有咏陶渊明者。如《如梦令·渊明行径》词："苔径独行清昼，瑟瑟松风如旧。出岫本无心，迟种门前杨柳。回首，回首，篱下白衣来否。" 又，《新雁过妆楼》词中有"陶潜尚存菊径，且休羡松风陶隐居"句，《摸鱼儿》词中有"岂料山中秦晋，桃源今度难认"句等。

刘熙载
《歌张志和词为绝句以当和》

作者简介

刘熙载（1813—1881），清代文学家，字伯简，号融斋，晚号寤崖子，江苏兴化人。道光进士，官至左春坊左中允、广东学政。著有《艺概》等。

扁舟浪迹元真子，白鹭飞飞傍钓衣。

天地古今同宅舍，问何归与不曾归。

笺注

元真子：即玄真子。元，同"玄"。宋人为避始祖玄朗讳，清人为避康熙名玄烨讳，遇"玄"均改作"元"。玄真子，乃张志和号。

白鹭飞飞：张志和《渔歌子》词其一曰："西塞山前白鹭飞，桃花流水鳜鱼肥。青箬笠，绿蓑衣，斜风细雨不须归。"

"天地"二句：谓以天地自然青山绿水为宅室房舍，还用问什么归与不归呢？"问何"句乃呼应"斜风细雨不须归"而言。宅舍，〔清〕沈辰垣等辑《历代诗馀》引《乐府纪闻》曰："张志和自称烟波钓徒，尝谒颜真卿于湖州，以舴艋敝，请更之，愿为浮家泛宅，往来苕霅间。作《渔歌子》词。"

沈世良
《案头杂置诸词集戏题四绝句》

作者简介

沈世良（1823—1860），字伯眉，广东番禺人。与叶衍兰、汪瑔并称"粤东三子"，有《小祇陀庵诗钞》《楞华室词》等。

一

稼轩玉局气拏云，字字华严劫外身。

夜半传衣谁得髓，可怜人爱说苏辛。（稼轩、东坡）

笺注

稼轩：辛弃疾字幼安，号稼轩。

玉局：苏轼曾任玉局观提举，后人遂以"玉局"称苏轼。

拏云：犹凌云。〔唐〕僧鸾《赠李粲秀才》诗："骏如健鹘鹗与雕，拏云猎野翻重霄。"〔唐〕李贺《致酒行》诗有"少年心事当拏云"句。亦喻志向高远。

华严：《大方广佛华严经》的简称。

传衣：谓传授师法或继承师业。〔唐〕李商隐《谢书》诗："微意何曾有一毫，空携笔砚奉龙韬。自蒙半夜传衣后，不羡王祥得佩刀。"

二

老辈朱陈树鼓旗，家家传写遍乌丝。

谁知天授非人力，别有聪明《饮水词》。

（竹垞、迦陵、容若）

笺注

朱陈：指朱彝尊和陈维崧。〔清〕陈廷焯《词坛丛话》："词至国朝，直追两宋，而等而上之。作者如林，要以竹垞、其年为冠。朱、陈外，首推太鸿。譬之唐诗，朱、陈犹李、杜，太鸿犹昌黎。作者虽多，无出三家之右。"

乌丝：即乌丝栏。指上下以乌丝织成栏，其间用朱墨界行的绢素。后亦指有墨线格子的笺纸。又，陈维崧有词集《乌丝词》。

饮水词：纳兰容若有词集《饮水词》。

三

角巾西第思投老，白发征车耐退闲。

《花外集》兼樊榭集，一双词笔四明山。（碧山、樊榭）

笺注

角巾：方巾，有棱角的头巾。为古代隐士冠饰。《晋书·王导传》："则如君言，元规若来，吾便角巾还第，复何惧哉！"〔元〕揭傒斯《赠淳真子张太古》诗："飞驷服五龙，角巾摇三花。"〔清〕戴名世《一壶先生传》："一壶先生……衣破衣，戴角巾，佯狂自放。"借指隐士或布衣。

投老：告老。〔晋〕王羲之《十七帖》："实望投老，得尽田里骨肉之欢。"

征车：古代征召贤达使用的车子。

退闲：退职闲居。

花外集：王沂孙，字圣与，号碧山、中仙、玉笥山人。会稽（今浙江绍兴）人。有词集《花外集》，又名《碧山乐府》。

樊谢集：厉鹗著有《樊谢山房集》。

四明山：《延祐四明志》载："至元中，王沂孙庆元路学正。"厉鹗字太鸿，号樊榭，钱塘人，其先世家于慈溪，故以四明山樊榭为号。

四

跌宕风怀老未删，狂名鹊起大江南。

若将书品参词品，瘦硬通神郭十三。（频伽）

笺注

鹊起：比喻名声兴起。

通神：通于神灵。形容本领极大、才能非凡。

郭十三：郭麐（1767—1831），字祥伯，号频伽。江苏吴江人。著有《灵芬馆词》。陈鸿寿序其词集曰："吾友郭子频伽少习倚声，长娴诗教；走马碛碣塞上，沽酒乌丸城边。回肠荡气，摇曳情灵。既而端忧多暇，杂以变徵；盖蓄隐而意愉，实怀愁而慕思也。"

汪芑

《题〈林下词〉》

作者简介

汪芑（1830—1889），字燕庭，号茶磨山人，江苏吴县人，有《茶磨山人诗抄》。按：汪所题《林下词》，乃清人周铭编选的《林下词选》，十三卷，补遗一卷。一至四卷录宋代女词人词，馀为元明清女词人词。

一

鬅慵袜刬黯伤春，守着窗儿只自颦。

帘卷西风花比瘦，故应压倒魏夫人。（李清照）

笺注

"鬅慵"句：李清照《浣溪沙》词有"髻子伤春慵更梳"句。又，李清照《点绛唇》词中有"见客入来，袜刬金钗溜"句。

"守着"句：李清照《声声慢》词有"守着窗儿，独自怎生得黑"句。

"帘卷"句：李清照《醉花阴》词有"莫道不消魂，帘卷西风，人比黄花瘦"句。

魏夫人：名玩，字玉汝，北宋女词人。曾布之妻，魏泰之姊，封鲁国夫人。襄阳（今湖北襄樊）人。《全宋词》录其词14首。

二

柳梢月上约人时，艳思空教放诞疑。

留得宛陵《断肠集》，漫嗟彩凤逐鸦嬉。（朱淑真）

笺注

"柳梢"句：欧阳修《生查子》词有"月上柳梢头，人约黄昏后"句。按：一作朱淑真词。

"留得"二句：宛陵《断肠集》，明田汝成《西湖游览志》："淑真钱塘人，幼警惠，善读书，工诗，风流蕴藉。早年，父母无识，嫁市井民家。淑真抑郁不得志，抱恚而死。父母复以佛法并其平生著作荼毗之。临安王唐佐为之立传。宛陵魏端礼辑其诗词，名曰《断肠集》。"彩凤逐鸦，犹"彩凤随鸦"，比喻淑女嫁鄙男。〔明〕汤显祖《紫钗记·哭收钗燕》："终不然到嫁了人，那里有彩凤去随鸦，老鹳戏弹牙。"这里指朱淑真嫁市井男。

三

白雪阳春枉擅名，愁多难著小心情。
玉簪坠地缘重续，至竟韦皋不再生。（吴淑姬）

笺注

白雪阳春：吴淑姬有《阳春白雪词》五卷。〔宋〕洪迈的《夷坚支志》："父为秀才。家贫，貌美，慧而能诗词。为富家子年据，或投郡诉其奸淫，时王十朋为太守（按：王十朋为湖州守，在乾道中），逮系司理狱，既伏罪，且受徒刑。郡僚相与诣理院观之，仍具酒引使至席，风格倾一座。遂命脱枷侍饮，谕之曰：'知汝能长知句，宜以一章自咏，当宛转白待制，为汝解脱。不然危矣！'女即请题。时冬雪末消，春日且至，命道此景作《长相思》令。提笔成，曰：'烟霏霏，雨霏霏，雪向梅花枝上堆。春从何处回？ 醉眼开，睡眼开，疏影横斜安在哉，从教塞管催。'众皆叹赏。明日，以告十朋，言其冤，十朋淳直不疑人欺，亟使释放，其后无人肯礼娶。后为周介卿之子买以为妾，名曰淑姬。"

"愁多"句：吴淑姬《小重山·春愁》词中有"心儿小，难著许多愁"句。按：此吴淑姬乃北宋人，与洪迈《夷坚支志》中所载当非一人。

"玉簪"句：〔宋〕杨万里（一作"〔元〕林坤"）《诚斋杂记》："汾阴女子吴淑姬未嫁夫亡。未亡时晨兴靧面，玉簪坠地而折，已而夫亡。其父以其少年，欲嫁之，女誓曰：'玉簪重合则嫁。'居久之，见士子杨子治诗，讽而悦之，使侍儿用计觅得一卷，心动，欲与之合，启奁视之，簪已合矣。遂以寄子治，结为夫妇焉。后嫁子治，优于内治，里中称之。子治仕至兰陵太守。"按：此中吴淑姬与洪迈《夷坚支志》所载吴淑姬当非一人。

　　韦皋：字城武（746—806），京兆万年（今陕西西安）人。历官陇州刺史、左金吾卫将军、大将军、剑南西川节度使、南康郡王等，以文翰之美，冠于一时。

四

　　郎非薄幸妾情深，钗凤分飞鉴此心。

　　惆怅红酥手一曲，相如翻作《白头吟》。（唐氏）

笺注

　　"郎非"二句、"惆怅"句：〔清〕叶申芗《本事词》卷下："陆放翁娶唐氏闳之女，于其母夫人为姑侄，伉俪甚笃，而弗获于姑。既出，而未忍绝，为置别馆，时往焉。其姑知而掩之，虽先时挈去，然终不相安。自是恩谊遂绝。唐后改适宗子士程，尝以春日出游，与陆相遇于禹迹寺南之沈园。唐语赵为致酒殽焉。陆怅然，感赋《钗头凤》云：'红酥手，黄縢酒，满城春色宫墙柳。东风恶，欢情薄。一怀愁绪，几年离索。错、错、错。　春如旧，人空瘦，泪痕红浥鲛绡透。桃花落，闲池阁。山盟虽在，锦书难托。莫、莫、莫。'唐亦善词翰，见而和之云：'世情薄，人情恶，雨送黄昏花易落。晓风干，泪痕残。欲笺心事，独语斜阑。难、难、难。　人成各，今非昨，病魂常似秋千索。角声寒，夜阑珊。怕人寻问，咽泪装欢。瞒、瞒、瞒。'唐寻亦以恨卒。"

　　白头吟：〔晋〕葛洪《西京杂记》卷三："相如（司马相如）将聘茂陵人女为妾，卓文君作《白头吟》以自绝，相如乃止。"

冯 煦

《论词绝句十六首》

作者简介

冯煦（1843—1927），字梦华，号蒿庵，江苏金坛人。官至安徽巡抚。入民国，任参议院参政。有《蒿庵词》。

一

谪仙去后风流歇，一集《金荃》或庶几。

又是潇湘春雁尽，海棠谢也雨霏霏。（温飞卿）

笺注

"谪仙"句：谪仙，指李白。〔唐〕孟棨《本事诗》记："李太白初至京师，舍于逆旅。贺监知章闻其名，首访之。既奇其姿，复请所为文，出《蜀道难》以示之。读未竟，称赏者数四，号为谪仙。"从此李白被称为"谪仙人"。据传李白有词《忆秦娥》《菩萨蛮》等传世，李白因此被认为是填词之祖。风流歇，指在李白之后填词之风消歇。

金荃：见前第58页注。

庶几：相近，差不多。

"又是"二句：温庭筠《遐方怨》词："凭绣槛，解罗帏。未得君书，断肠潇湘春雁飞。不知征马几时归，海棠花谢也，雨霏霏。"

二

梦编罗衾夜未央，秦淮一碧照兴亡。

落花流水春归去，一种销魂是李郎。（李后主）

笺注

"梦编"句：李煜《浪淘沙令》词有"罗衾不耐五更寒。梦里不知身是客，一晌贪欢"句。未央，未半。《诗经·小雅·庭燎》："夜如何其？夜未央。"

"秦淮"句：李煜《浪淘沙》词有"想得玉楼瑶殿影，空照秦淮"句。

"落花"句：李煜《浪淘沙令》词有"流水落花春去也，天上人间"句。

三

吾家正中才绝代，罗衣行地胃残熏。

东风吹皱一池水，不分人传成幼文。（冯正中）

笺注

"吾家"句：冯延巳字正中，与冯煦同姓，故言。

"罗衣"句：冯延巳《清平乐》词曰："雨晴烟晚，绿水新池满。双燕飞来垂柳院，小阁画帘高卷。　黄昏独倚朱阑，西南新月眉弯。砌下落花风起，罗衣特地春寒。"胃，挂也，取也。残熏，残花。

"东风"二句：〔宋〕胡仔《苕溪渔隐词话》："《古今诗话》云：'江南成幼文为大理卿，词曲妙绝。尝作《谒金门》云：风乍起，吹皱一池春水。中主闻之，因案狱稽滞，召诘之。且谓曰：卿职在典刑，一池春水，又何干于卿？幼文顿首。'又《本事曲》云：'南唐李国主，尝责其臣曰：吹皱一池春水，干卿何事？'盖赵公所撰《谒金门》辞，有此一句，最警策。其臣即对曰：'未如陛下"小楼吹彻玉笙寒"。'若《本事曲》所记，但云赵公，初无其名，所传必误。惟《南唐书》与《古今诗话》二说不同，未详孰是。"又，〔宋〕马令《南唐书》卷二十一："元宗乐府词云：'小楼吹彻玉笙寒'，延巳有'风乍起，吹皱一池春水'之句，皆为警策。元宗尝戏延巳曰：'"吹皱一池春水"，干卿何事？'延巳曰：'未如陛下"小楼吹彻玉笙寒"。'元宗悦。"

四

晓风残月剧凄清,三影郎中浪得名。

却怪西湖老居士,强将子野右耆卿。（张子野、柳耆卿）

笺注

"晓风"二句：柳永《雨霖铃》词中为人传诵的名句："杨柳岸、晓风残月。"三影郎中，指张先。浪，徒然，白白地。

"却怪"二句：西湖老居士，指厉鹗，钱塘人。前引厉氏《论词绝句》中抑柳扬张；冯氏与之相左。右耆卿，意谓张先右于柳永，即高于柳永。古时尚右，故以右指较高的地位。按：关于张先与柳永相比较的评价，〔宋〕吴曾《能改斋漫录》卷十六载："晁无咎评本朝乐章，不具诸集，今载于此云：……'张子野与柳耆卿齐名，而时以子野不及耆卿。然子野韵高，是耆卿所乏处。'"〔宋〕魏庆之《诗人玉屑》卷二十一载《艺苑雌黄》云："柳之乐章，人多称之，然大概非羁旅穷愁之词，则闺门淫媟之语，若以欧阳永叔、晏叔原、苏子瞻、黄鲁直、张子野、秦少游辈较之，万万相辽。彼其所以传名者，直以言多近俗，俗子易晓故也。"〔清〕王弈清《历代诗话》卷四引蔡伯世曰："子野词胜乎情，耆卿情胜乎词，情词相称，少游一人而已。"〔清〕陈廷焯《词坛丛话》云："张子野词，才不大而情有馀，别于秦、柳、晏、欧诸家，独开妙境，词坛中不可无此一家。"

五

大江东去月明多,更有孤鸿缥缈过。

后起铜琶兼铁拨,莫教初祖谤东坡。（苏东坡）

笺注

"大江"句：大江东去，苏轼《念奴娇·赤壁怀古》词有"大江东去，浪淘尽、千古风流人物"句；月明多，苏轼《水调歌头·丙辰中秋，欢饮达旦，大醉，作此篇，兼怀子由》词有"明月几时有"句。〔宋〕胡仔《苕溪渔隐丛话》云："中秋词自东坡《水调歌头》一出，馀词尽废。"〔明〕卓人月《词统》曰："'明月几时有'一词，画家大斧皴，书家劈窠体也。"

"更有"句：〔宋〕吴曾《能改斋漫录》云："东坡先生谪居黄州，作《卜算子》词云：'缺月挂疏桐，漏断人初静。谁见幽人独往来，飘渺孤鸿影。惊起却回头，有恨无人省。拣尽寒枝不肯栖，寂寞沙洲冷。'其托意盖自有在，读者不能解。张右史文潜继贬黄州，访潘邠老，尝得其详。题诗以志之云：'空江月明鱼龙眠，月中孤鸿影翩翩。有人清吟立江边，葛巾藜杖眼窥天。夜冷月堕幽虫泣，鸿影翘沙衣露湿。仙人采诗作步虚，玉皇饮之碧琳腴。'"〔宋〕黄庭坚《山谷题跋》有云："东坡《卜算子》词，语意高妙，似非吃人间烟火食人语。"〔宋〕胡仔《苕溪渔隐丛话》云："山谷云：'东坡道人在黄州作《卜算子》，有"拣尽寒枝不肯栖"之句。'或云：'鸿雁未尝栖宿树枝，惟在田野苇丛间，此亦语病也。'此词本咏夜景，至换头但只说雁，正如《贺新郎》词'乳燕飞华屋'，本咏夏景，至换头但只说榴花。盖其文章之妙，语意不到处即为之，不可限以绳墨也。"〔清〕沈雄《古今词话》载《女红馀志》云："惠州温氏女超超，年及笄，不肯字人，闻东坡至，喜曰：'我婿也。'日徘徊窗外听公吟咏，觉而亟去。东坡知之，乃曰：'吾将呼王郎与子为姻。'东坡渡海归，超超已卒，葬于沙际。公因作《卜算子》，有'拣尽寒枝不肯栖'之句。按，词为咏雁，当别有寄托，何得以俗情傅会也。"〔清〕张惠言《论词》："《卜算子》（缺月挂疏桐），此东坡在黄州作。鲖阳居士云：'缺月'，刺明微也。'断漏'，暗时也。'幽人'，不得志也。'独往来'，无助也。'惊鸿'，贤人不安也。'回头'，爱君不知也。'无人省'，君不察也。'拣尽寒枝不肯栖'，不偷安于高位也。'寂寞沙洲冷'，非所安也。此词与考槃诗极相似。"〔清〕谢章铤《赌棋山庄词话续编》引张皋文《词选》云："东坡《卜算子》云：'……'时东坡在黄州，固不无沦落天涯之感。而鲖阳居士释之曰：'……'字笺句解，果谁语而谁知之。虽作者未必无此意，而作者亦未必定有此意。可神会而不可言传，断章取义，则是刻舟求剑，则大非矣。"

"莫教"句：〔清〕邓廷桢《双砚斋词话》云："东坡以龙骥不羁之才，树松桧特立之操，故其词清刚隽上，囊括群英。院吏所云：'学士词须关西大汉，铜琶铁板，高唱大江东去。'语虽近谑，实为知音。然如《卜算子》云：'缺月挂疏桐，漏断人初静。谁见幽人独往来，飘渺孤鸿影。惊起却回头，有恨无人省。拣尽寒枝不肯栖，寂寞沙洲冷。'则明漪绝底，芗泽不闻，宜涪翁称之为不食人间烟火。而造言者谓此词为惠州温都监女作，又或谓为黄州王氏女作。夫东坡何如人，而作墙东宋玉哉。至如《蝶恋花》之'枝上柳绵飞又少，天涯何处无芳草'……皆能簸之揉之，高华沉痛。遂为石帚导师。譬之慧能肇启南宗，实传黄梅衣钵矣。"〔清〕贺裳《皱水轩词筌》云："苏子瞻有铜琶铁板之讥，然其《浣溪沙·春闺》云：'彩索身轻常趁燕，红窗睡重不闻莺。'如此风调，令十七八女郎歌之，岂在'晓风残月'之下。"

六

楚天凉雨破寒初，我亦迢迢清夜徂。

凄绝柳州秦学士，衡阳犹有雁传书。（秦少游）

笺注

"楚天"二句、"衡阳"句：秦观《阮郎归》词："湘天风雨破寒初，深沉庭院虚。丽谯吹罢小单于，迢迢清夜徂。　乡梦断，旅魂孤，峥嵘岁又除。衡阳犹有雁传书，郴阳和雁无。"清夜徂，杜甫《倦夜》诗："万事干戈里，空悲清夜徂。"徂，流逝。衡阳有回雁峰，据传雁飞至此不再南飞，〔宋〕王象之《舆地纪胜》卷五十五《荆湖南路·衡州》载：（回雁峰）在州城南，或曰：'雁不过衡阳。'或曰：'峰势如雁之回。'"

七

大晟乐府宗风扇，袍质怀文孰与多。

若使词中参圣谛，斯人真不愧清和。（周美成）

笺注

"大晟"句：大晟乐府，北宋时掌管音乐的官署，宋徽宗崇宁（1102—1106）中创立。〔宋〕张炎《词源》卷下："崇宁立大晟府，命周美成诸人讨论古音，审定古调。"《宋史·乐志四》："宜令大晟府议颁新乐。使雅正之声被于四海。"〔清〕先著、程洪《词洁辑评》："词学正宗，则秦少游、周美成，然秦之去周，不止三舍。宋末诸家皆从美成出。"又曰："美成词，乍近之觉疏朴苦涩，不甚悦口。含咀之久，则舌本生津。"〔清〕陈廷焯《词坛丛话》："美成乐府，开阖动荡，独有千古。南宋白石、梅溪，皆祖清真，而能出入变化者。又曰：美成词浑灏流转中，下字用意皆有法度，故其词名《清真集》，盖清真二字最难，美成真千古词坛领袖。"〔清〕郑文焯《清真词校后录要》："其提举大晟，每制一曲，名流辄依律赓唱。"〔清〕郑文焯《鹤道人论词书》："至美成提举大晟，演为曼声，三犯四犯变调綦繁，美且备已。"宗风，原指佛教各宗系特有的风格、传统，多用于禅宗。有时也用以泛指道教或文学艺术各流派独有的风格和思想。亦犹宗尚。

"袍质"句：〔三国魏〕曹丕《与吴质书》："而伟长（按：徐干，字伟长。）独怀文抱质，恬淡寡欲，有箕山之志，可谓彬彬君子者矣。"按：袍质，疑为"抱质"之误。

圣谛：即神圣的真理。佛教基本教义之一。《俱舍论·分别贤圣品六之一》："何义经中说为圣谛，是圣者谛，故得圣名。"佛教以苦、集、灭、道为四圣谛。为释迦牟尼最初说教的内容，苦为生老病死等；集为妄心能生起种种之惑业，惑招苦果；灭为灭惑业或离生死之苦；道为八正道等，以能通于涅槃。

"斯人"句：〔宋〕张炎《词源》卷下："美成负一代词名，所作之词，浑厚和雅。"王国维《清真先生遗事》云："读先生之词，于文字之外，须更味其音律。今其声虽亡，读其词者，犹觉拗怒之中，自饶和婉，曼声促节，繁会相宜，清浊抑扬，辘轳交往，两宋之间，一人而已。"清和，指诗文清新和顺。苏轼《邵茂诚诗集叙》："余读之弥月不厌，其文清和妙丽，如晋宋间人。"

八

一程烟草一程愁，岁晚将归鬓已秋。

怪底梅溪蹑珠履，解吟双燕月当楼。（史邦卿）

笺注

"一程"句：史达祖《鹧鸪天·卫县道中，有怀其人》词："雁足无书古塞幽，一程烟草一程愁。帽檐尘重风吹野，帐角香销月满楼。　情思乱，梦魂浮，缃裙多忆敞貂裘。官河水静阑干暖，徙倚斜阳怨晚秋。"

珠履：珠饰之履。《史记·春申君列传》："春申君客三千馀人，其上客皆蹑珠履。"亦指有谋略的门客。〔唐〕李白《寄韦南陵冰》诗："堂上三千珠履客，瓮中百斛金陵春。"

"解吟"句：史达祖《临江仙·闺思》词："愁与西风应有约，年年同赴清秋。旧游帘幕记扬州。一灯人著梦，双燕月当楼。　罗带鸳鸯尘暗澹，更须整顿风流。天涯万一见温柔。瘦应因此瘦，羞亦为郎羞。"

九

垂虹亭子笛绵绵，吸露餐风解蜕蝉。

洗尽人间烟火气，更无人是石湖仙。（姜白石）

笺注

"垂虹亭"二句：垂虹亭，在江苏吴县长桥上，宋仁宗庆历年间县令李问建。苏轼自杭州移高密时，曾与张先等人在此亭饮酒。〔宋〕王安石《送裴如晦宰吴江》诗："他时散发处，最爱垂虹亭。"　刘过《念奴娇·留别辛稼轩》词："多景楼前，垂虹亭下，一枕秋雨。"　姜夔《庆宫春》词小序："绍熙辛亥除夕，余别石湖归吴兴，雪后夜过垂虹尝赋诗云：'笠泽茫茫雁影微,玉峰重叠护云衣。长桥寂寞春寒夜,只有诗人一舸归。'后五年冬,复与俞商卿、张平甫、铦朴翁自封禺同载诣梁溪。道经吴松,山寒天迥,云浪四合,中夕相呼步垂虹,星斗下垂,错杂渔火,朔吹凛凛,厄酒不能支。朴翁以衾自缠,犹相与行吟,因赋此阕,盖过旬,涂稿乃定。朴翁咎予无益,然意所耽,不能自已也。平甫、商卿、朴翁皆工于诗,所出奇诡;予亦强追逐之,此行既归,各得五十馀解。"长桥乃俗名,本名利往桥,因上有垂虹亭,故又名垂虹桥,姜序中垂虹即指垂虹桥。王国维《人间词话》:"读东坡、稼轩词,须观其雅量高致,有伯夷、柳下惠之风。白石虽似蝉蜕尘埃,然终不免局促辕下。"

"更无"句:姜夔《石湖仙·寿石湖居士》词:"松江烟浦,是千古三高,游衍佳处。须信石湖仙,似鸱夷、翩然引去。浮云安在,我自爱、绿香红舞。容与,看世间、几度今古。　卢沟旧曾驻马,为黄花、闲吟秀句。见说胡儿,也学纶巾敲羽。玉友金蕉,玉人金缕。缓移筝柱,闻好语,明年定在槐府。"范成大号石湖居士。有《石湖词》。〔清〕陈廷焯《白雨斋词话》卷二:"白石《石湖仙》一阕,自是有感而作,词亦超妙入神。惟'玉友金蕉,玉人金缕'八字,鄙俚纤俗,与通篇不类。正如贤人高士中,著一伧父,愈觉俗不可耐。"

十

七宝楼台迥不殊,周姜而外此华腴。

雁声都在斜阳许,馀子纷纷道得无。（吴梦窗）

笺注

七宝楼台:〔宋〕张炎《词源》卷下:"吴梦窗词如七宝楼台,眩人眼目,碎拆下来,不成片段。"

周姜:周邦彦、姜夔。

华腴:本指衣食丰美。这里指文辞的华美。

"雁声"句：吴文英《浪淘沙·九日从吴见山觅酒》词："山远翠眉长，高处凄凉。菊花清瘦杜秋娘。净洗绿杯牵露井，聊荐幽香。 乌帽压吴霜，风力偏狂。一年佳节过西厢。秋色雁声愁几许，都在斜阳。"

十一

弁阳啸翁谱渔笛，艳歌芳酒太阑珊。

可堪人比垂杨瘦，独倚西窗第几栏。（周草窗）

笺注

"弁阳"句：周密，号草窗。流寓吴兴，居弁山，自号弁阳啸翁。词集曰《蘋洲渔笛谱》。

阑珊：衰减，消沉。〔唐〕白居易《咏怀》诗："白发满头归得也，诗情酒兴渐阑珊。"

"可堪"二句：周密《玲珑四犯·戏调梦窗》词有："凭问柳陌旧莺，人比似、垂杨谁瘦。倚画阑无语，春恨远、频回首"句。

十二

青禽一梦春无著，颇爱中仙绝妙辞。

一自冷云埋玉笥，黄金不复铸相思。（王碧山）

笺注

"青禽"句：王沂孙《淡黄柳·甲戌冬，别周公谨丈于孤山中。次冬，公谨游会稽，相会一月。又次冬，公谨自剡还，执手聚别，且复别去。怅然于怀，敬赋此解》词："花边短笛。初结孤山约。雨悄风轻寒漠漠。翠镜秦鬟钗别，同折幽芳怨摇落。 素裳薄。重拈旧红萼。叹携手、转离索。料青禽、一梦春无几，后夜相思，素蟾低照，谁扫花阴共酌。"

玉笥：王沂孙，字圣与，号碧山，又号中仙，又号玉笥山人。

十三

王孙风调极清遒,石老云荒眇眇愁。

犹见贞元朝士否,空弹清泪下西州。（张玉田）

笺注

王孙：封王者的子孙。后泛指贵族子弟。张炎为南宋名臣张俊六世孙，故言。

"石老"句：张炎《疏影·余于辛卯岁北归，与西湖诸友夜酌，因有感于旧游，寄周草窗》词："柳黄未结。放嫩晴消尽，断桥残雪。隔水人家，浑是花阴，曾醉好春时节。轻车几度新堤晓，想如今、燕莺犹说。纵艳游、得似当年，早是旧情都别。　重到翻疑梦醒，弄泉试照影，惊见华发。却笑归来，石老云荒，身世飘然一叶。闭门约住青山色，自容与、吟窗清绝。怕夜寒、吹到梅花，休卷半帘明月。"

"犹见"句：张炎《解连环·拜陈西麓墓》词："句章城郭。问千年往事，几回归鹤。叹贞元、朝士无多，又日冷湖阴，柳边门钥。向北来时，无处认、江南花落。纵荷衣未改，病损茂陵，总是离索。　山中故人去却。但碑寒岘首，旧景如昨。怅二乔、空老春深，正歌断帘空，草暗铜雀。楚魄难招，被万叠、闲云迷著。料犹是、听风听雨，朗吟夜壑。"

"空弹"句：张炎《甘州·辛卯岁，沈尧道同余北归，各处杭越。逾岁，尧道来问寂寞，语笑数日，又复别去。赋此曲，并寄赵学舟（别本尧道作秋江、赵学舟作曾心传）》词："记玉关、踏雪事清游。寒气脆貂裘。傍枯林古道，长河饮马，此意悠悠。短梦依然江表，老泪洒西州。一字无题处，落叶都愁。　载取白云归去，问谁留楚佩，弄影中洲。折芦花赠远，零落一身秋。向寻常野桥流水，待招来、不是旧沙鸥。空怀感，有斜阳处，却怕登楼。"

十四

金石遗文迥出尘，一编《漱玉》亦清新。

玉箫声断人何处，合与南唐作替人。（李易安）

笺注

金石遗文：指李清照《金石录后序》。〔清〕沈雄《古今词话》"词评上卷"："李别号易安居士，适赵明诚。明诚在太学，朔望出质衣，取半千钱市碑文荣实归，相对玩味吟和过日。李有《漱玉集》。"

"玉箫"句：李清照《孤雁儿》序曰："世人作梅词，下笔便俗。予试作一篇，乃知前言不妄耳。"词曰："藤床纸帐朝眠起，说不尽、无佳思。沉香断续玉炉寒，伴我情怀如水。笛里三弄，梅心惊破，多少春情意。　小风疏雨萧萧地，又催下、千行泪。吹箫人去玉楼空，肠断与谁同倚。一枝折得，人间天上，没个人堪寄。"

十五

回肠荡气成容若，小令重翻逸不群。

自折哀弦吟楚些，争禁空谷蕙兰焚。（成容若）

笺注

自折哀弦：指丧妻。哀弦，喻指可怜的妻子。林纾《祭高梧州文》："君出逾年，我搆家难，大丧逋除，哀弦中断。"

楚些：《楚辞·招魂》是沿用楚国民间流行的招魂词的形式而写成，句尾常有"些"字。后因以"楚些"指招魂歌，亦泛指楚地的乐调或《楚辞》。〔宋〕范成大《公安渡江》诗："伴愁多楚些，吟病独吴音。"〔金〕元好问《摸鱼儿·雁丘词》有"招魂楚些何嗟及，山鬼暗啼风雨"句。

争禁：怎么经得起。

空谷：空旷幽深的山谷。郑泽《佩忍初来长沙游麓山即席奉赠》诗："幽兰散芬芳，寡为空谷酬。"这里空谷蕙兰比喻极为难得的贤淑女子。

蕙兰：喻芳洁纯美。多指女子。〔元〕高明《琵琶记·牛相教女》："杏脸桃腮，又当有松筠节操，蕙兰襟怀。"〔清〕蒋士铨《桂林霜移帐》："却喜姬人顾氏，冰雪聪明，蕙兰心性。"蕙兰焚，比喻女子去世，这里指词人妻子亡故。

按：〔清〕冯金伯《词苑萃编》卷八"品藻"引《词苑丛谈》曰："《侧帽词》，有西郊冯氏园看海棠《浣溪沙》云：'谁道飘零不可怜，旧游时节好花天。断肠人去自今年。　一片晕红疑著雨，晚风吹掠鬓云偏。倩魂消尽夕阳前。'盖忆《香严词》有感作也。王俨斋以为柔情一缕，能令九转肠回，虽山抹微云君，不能道也。"〔清〕李佳《左庵词话》卷上："八旗词家，向推纳兰容若《饮水》《侧帽》二词，清微淡远。"〔清〕谢章铤《赌棋山庄词话》卷七："纳兰容若深于情者也。固不必刻划《花间》，俎豆《兰畹》，而一声《河满》，辄令人惆怅欲涕。情致与《弹指》最近，故两人遂成莫逆。读两家短调，觉阮亭脱胎温、李，犹费拟议。其中赠寄梁汾《贺新凉》《大酺》诸阕，念念以来生相订交，情至此，非金石所能比坚。"〔清〕陈廷焯《白雨斋词话》卷六："容若饮水词，才力不足。合者得五代人凄婉之意。余最爱其《临江仙·寒柳》云：'疏疏一树五更寒。爱他明月好，憔悴也相关。'言中有物，几令人感激涕零。容若词亦以此篇为压卷。"

十六

金风亭长诗无敌，更有词名压浙西。

一蹴遗綦樊榭叟，马塍西畔子规啼。

（朱竹垞、厉太鸿）

笺注

金风亭长：朱彝尊，字锡鬯，号竹垞，又号驱芳，晚号小长芦钓鱼师，又号金风亭长。

遗蹝：遗留的履迹、脚印。

马塍：地名，在浙江馀杭县。以产花著名。西马塍，〔元〕陆友《研北杂志》："西马塍皆名人葬处，白石殁后葬此。"

按：〔清〕李调元《雨村词话》卷四："本朝朱彝尊竹垞，词名冠时。"〔清〕郭麐《灵芬馆词话》卷一："本朝词人，以竹垞为至，一废草堂之陋，首阐白石之风。《词综》一书，学别精审，殆无遗憾。其所自为，则才力既富，采择又精，佐以积学，运以灵思，直欲平视花间，奴隶周、柳。姜、张诸子，神韵相同，至下字之典雅，出语之浑成，非其比也。"〔清〕冯金伯《词苑萃编》卷八"品藻"："李分虎曰：竹垞能诗能文章，至于词，亦无所不能，予每叹其才为不可及。集中虽多艳曲，然皆一归雅正，不似屯田乐章，徒以香泽为工者。"〔清〕谢章铤《赌棋山庄词话》续编三："凌廷堪论词曰：……朱竹垞氏专以玉田为模楷，品在众人上。至厉太鸿出，而琢句炼字，含宫咀商，净洗铅华，力除徘鄙，清空绝俗，直欲上摩高、史之垒矣。"〔清〕陈廷焯《词坛丛话》："朱竹垞词，艳而不浮，疏而不流，工丽芊绵中而笔墨飞舞。其源亦出自白石，而绝不相似。盖白石之妙，正如大江无风，波涛自涌。竹垞之妙，其咏物诸作，则杯水可以作波涛，一篑可以成泰山。其感怀诸作，意之所到，笔即随之。笔之所到，信手拈来，都成异彩。是又泰山不辞土壤，河海不择细流也。与白石并峙千古，岂有愧哉。"

王鹏运
《校刊〈稼轩词〉成率成三绝于后》

作者简介

　　王鹏运(约1848—1904),字佑遐,一字幼霞,自号半塘老人,晚年又号鹜翁、半塘僧鹜。临桂(今广西桂林)人。同治九年(1870)举人。历官内阁中书、内阁侍读、江西道监察御史、礼科掌印给事中。著有《半塘定稿》等,汇刻有《四印斋所刻词》。

一

　　晓风残月可人怜,婀娜新词竞管弦。

　　何似三郎催羯鼓,宿酲馀岁一时捐。

笺注

　　晓风残月:柳永《雨霖铃》词有"杨柳岸晓风残月"句。

　　三郎:唐玄宗小字。因其排行第三,故称。〔唐〕郑嵎《津阳门》诗:"三郎紫笛弄烟月,怨如别鹤呼羁雌。"原注:"内中皆以上为三郎。"

　　羯鼓:古代打击乐器的一种。起源于印度,从西域传入,盛行于唐开元、天宝年间。《通典·乐四》:"羯鼓,正如漆桶,两头俱击。以出羯中,故号羯鼓,亦谓之两杖鼓。"

　　宿酲:犹宿醉。《玉篇·酉部》:"酲,醉未觉也。"

二

　　层楼风雨暗伤春,烟柳斜阳独怆神。

　　多少江湖忧乐意,漫呼青兕作词人。

笺注

"烟柳"句：辛弃疾《摸鱼儿》词有"休去倚危楼，斜阳正在，烟柳断肠处"句。

青兕：《宋史·辛弃疾传》："僧义端者，喜谈兵，弃疾间与之游。及在（耿）京军中，义端亦聚众千馀，说下之，使隶京。义端一夕窃印以逃，京大怒，欲杀弃疾。弃疾曰：'丐我三日期，不获，就死未晚。'揣僧必以虚实奔告金帅，急追获之。义端曰：'我识君真相，乃青兕也，力能杀人，幸勿杀我。'弃疾斩其首归报，京益壮之。"

三

信州足本销沉久，汲古丛编亥豕多。
今日雕镌拨云雾，庐山真面问如何。

笺注

信州足本：〔宋〕陈振孙《直斋书录解题》及《宋史·艺文志》著录，谓《稼轩词》南宋有信州十二卷本。

汲古：即汲古阁。毛晋汲古阁刻有《宋六十名家词》，中收《稼轩词》。

亥豕：《吕氏春秋·察传》："子夏之晋，过卫，有读史记者曰：'晋师三豕涉河。'子夏曰：'非也，是己亥也。夫己与三相近，豕与亥相似。'至于晋而问之，则曰晋师己亥涉河也。""亥"和"豕"的篆文字形相似，容易混淆。后用以指书籍传写或刊印中文字因形近而误。

"今日"二句：作者谓自己《四印斋所刻词》中校刊收入的《稼轩词》，乃拨云雾而见庐山真面目之良本。

潘飞声
《论岭南词绝句二十首》

作者简介

潘飞声(1858—1934),字兰史,一字剑士,广东番禺人。工诗词,擅书画。著有《说剑堂诗文词集》《诗话》《笔记》《罗浮游记》若干卷。

一

尚书极谏有时名,底愿平生作乐筝。

要近佳人纤手子,神仙不过是多情。(黄损)

笺注

"尚书"句:黄损累官至尚书仆射,后以极谏忤意,退居永州。

"底愿"句、"要近"二句:黄损《忆江南》词:"无所愿(按,《全唐诗·附词》作'平生愿'),愿作乐中筝。得近玉人纤手子,砑罗裙上放娇声。便死也为荣。"

二

老来勋业畏投闲,极目边愁写乱山。

自有激昂雄直气,高歌立马剑门关。(崔与之)

笺注

投闲:置身于清闲境地。

"极目"句:崔与之《水调歌头·题剑阁》词中有"乱山极目无际,直北是长安"句。

"高歌"句：崔与之《水调歌头·题剑阁》词中有"万里云间戍，立马剑门关"句。

三

红尘醉帽爱金挥，曾美花翁策蹇归。

绝忆青楼题小扇，春愁多半在屏帏（"屏帏半掩，奈梦魂不到愁边"，又"屏山半掩，还别有愁来路"，皆名句）。

（刘镇）

笺注

"红尘"二句、"绝忆"句：刘镇《沁园春·和刘潜夫送孙花翁韵》词中有"谁似花翁，长年湖海，蹇驴弊裘。想红尘醉帽，青楼歌扇，挥金谈笑，惜玉风流"句。

"春愁"句：刘镇《汉宫春》词中有"屏帏半掩，奈梦魂、不到愁边"句。《水龙吟》有"屏山半掩，还别有、愁来路"句。

四

晓风残月酒怀孤，深院春情比似无。

做得芳菲词句好，雕琼全不费工夫。

（孙文璨跋《文溪集》，以《兰陵王》一词比之"晓风残月"，其实不伦也。余最爱忠简《摸鱼儿》调"燕忙莺懒春无赖，懒为好花遮护。浑不顾、费多少工夫、做得芳菲聚"等句。）

（李昴英）

笺注

晓风残月：柳永《雨霖铃》词有"今宵酒醒何处，杨柳岸、晓风残月"句。

"深院"句：李昴英著有《文溪集》，其《兰陵王》词中有"燕穿幕。春在深深院落"句。

"做得"句：见作者自注。

五

南山词调记游春，消得风风雨雨辰。

拈出美成佳句否，心香一瓣在清真。（赵必璩）

笺注

"南山"二句、"拈出"句：赵必璩《绮罗香·和百里春暮游南山》词："办一枝藤，蜡一双屐，纵步翠微深处。无限芳心，付与蜂媒蝶侣。红堆里、杏脸匀妆，翠围外、柳腰娇舞。有吟翁、热恼心肠，肯拈出、美成佳句。九十光阴箭过，趁取芳晴追逐，春风杖屦。消得几番，风和雨、春归去。怅莺老、对景多愁，倩燕语、苦留难住。秋千影里送斜阳，梨花深院宇。"

"心香"句：潘飞声《粤词雅》："秋晓先生志节高超，儒林仰矜。其诗若霜天鹤唳，清气往来，骚屑哀音，寓黍离麦秀之感，皆可传也。词则绮思丽句，取法清真。"心香一瓣，犹一瓣心香。谓心中虔诚敬礼，如燃香供佛。〔宋〕王十朋《行可生日》诗："祝公寿共诗书久，一瓣心香已敬焚。"

六

高卧溪山老岁华，秋江欸乃托渔家。

都将家国无穷感，趁拍哀弦听琵琶。（陈纪）

笺注

岁华：时光，年华。〔南朝梁〕沈约《却东西门行》诗："岁华委徂貌，年霜移暮发。"

"秋江"句：陈纪宋亡后隐居不仕，有词集《秋江欸乃》。欸乃，象声词，摇橹声。〔唐〕元结《欸乃曲》："谁能听欸乃，欸乃感人情。"题注："掉舡之声。"

"趁拍"句：陈纪《贺新郎》词有"趁拍哀弦促。听泠泠、弦间细语，手间推覆"句。

七

天宫花片写归思，醉后骑龙铁笛吹。

静夜玉蟾飞卷下，神光一片海琼词。（葛长庚）

笺注

"天宫"二句：葛长庚《酹江月》词："当初误触，紫微君、谪下神霄玉府。醉后骑龙吹铁笛，酒醒不知何处。绛阙寥寥，红尘扰扰，老泪滂如雨。人间天上，桑田沧海如许。　遥想十二楼前，琪花开已遍，鸾歌鹤舞。梦到三天还又落，愁听空中箫鼓。独倚阑干，笑拈花片，细写思归字。东风还会，为伊吹上天去。"

"静夜"二句：葛长庚，闽人，一云琼州人。自名白玉蟾，入武夷山修道。有《海琼集词》二卷。潘飞声《粤词雅》："葛长庚字如晦，自号白玉蟾，琼州人。居武夷山，嘉定中，诏徵赴阙，馆太乙宫，封清明道真人，后仙去，有《海琼词》。"

八

静里端倪太极图，村南词兴爱行沽。

小匡庐下光风艇，不碍先生作钓徒。（陈献章）

笺注

  "静里"句：陈献章是明代著名的理学家，年轻时即信奉程朱理学，尝师从著名学者吴与弼。《明史》称："白沙之学，以静为主。其教学者，但令端坐澄心，于静中养出端倪。"太极图，旧时用以说明宇宙现象的图。有两种：一种是以圆形的图像表示阴阳对立面的统一体，圆形外周附以八卦方位，道教常用以作标志；另一种为宋周敦颐据《易·系辞》"易有太极，是生两仪。两仪生四象，四象生八卦。八卦定吉凶，吉凶生大业"诸语，取道家象数之说而画的，代表宋代理学对于世界形成、万物终始的一种看法。

  村南：陈献章《渔父词》："红蓼风起白鸥飞，大纲拦江鱼正肥。微雨过，又斜晖，村北村南买醉归。"

  小匡庐：新会陈献章家附近有小庐山。陈献章《伍光宇行状》载："南山之南有大江，君以意为钓艇，置琴一张，诸供其中，题曰'光风艇'。遇良夜，皓魄当空，水天一色，君乘艇独钓，或设茗招予共啜。君悠然在艇尾赋诗，傲睨八极，予亦扣舷而歌，仰天而啸，飘飘乎任情去来，不知天壤之大也。"

九

剩水残山郁作诗，塞门骚屑又填词。

秣陵吊古苍凉甚，可有金笳故国思。（屈大均）

笺注

  剩水残山：谓零散的山水，残破的河山。常指经外来势力蹂躏的土地、景物。〔唐〕戴叔伦《暮春感怀》诗："落花飞絮成春梦，剩水残山异昔游。"

  塞门：边关。《文选·颜延之〈赭白马赋〉》："简伟塞门，献状绛阙。旦刷幽燕，昼秣荆越。"李善注："塞，紫塞也。有关，故曰门。"

  骚屑：屈大均有《道援堂词》，一名《骚屑词》。

  "秣陵"句：屈大均有《秣陵》诗："牛首开天阙，龙岗抱帝宫。六朝春草里,万井落花中。访旧乌衣少,听歌玉树空。如何亡国恨,尽在大江东!"

金笳:笳的美称。古代北方民族常用的一种管乐器。

十

清词滴粉与搓酥,珠海群花拜丽姝。

为识双忠青眼定,莲香终胜柳蘼芜。（丽人曾侍黎忠愍、陈文忠酒）

（张乔）

笺注

滴粉与搓酥:即滴粉搓酥,形容妇女打扮艳丽。这里指词香艳。

"珠海"句:屈大均《广东新语》卷十九载:"近崇祯间,有名姬张乔死,人各种花一本于其冢,凡得数百本,五色烂然,与花田相望,亦曰花冢。予诗:'北同青草冢,南似素馨斜。终古芳魂在,依依为汉家。'冢在白云山梅坳。"

双忠:指黎遂球和陈子壮。黎遂球(1602—1646),字美周,广东番禺人。明天启七年(1627)举人,曾拜参军授兵部职方司主事,清军南下出守赣州,城破,与弟遂淇同殉节,赠兵部尚书,谥忠愍。陈子壮(1596—1647),字集生,号秋涛,南海人。万历四十七年(1619)进士第三名,授翰林院编修。崇祯时,官左春坊左谕德,升礼部侍郎兼侍读学士。弘光时,为礼部尚书。隆武二年(1646),广州城陷,陈子壮与弟陈子升捐资募兵,在南海九江举旗誓师,永历帝授以东阁大学士。后兵败被俘至广州,佟养甲下令将陈子壮锯死,与陈邦彦、张家玉合称广东三忠。谥号文忠。

青眼:指对人喜爱或器重。与"白眼"相对。〔唐〕杜甫《短歌行·赠王郎司直》诗:"仲宣楼头春色深,青眼高歌望吾子。"

柳蘼芜:柳如是(1618—1664),明末清初名妓,秦淮八艳之一,本姓杨,名爱,字蘼芜,又名云娟、影怜,后改姓柳,名隐,又名是,字如是,号我闻室主,人称河东君。后嫁钱谦益。有《湖上草》《戊寅草》等。

十一

烟渚灵旗对九峰,雅琴瑶瑟愧雷同。

六莹诗有青莲笔,题句湘灵恨未工。（梁佩兰）

笺注

"烟渚"二句:梁佩兰《山花子·湘妃庙》词:"水阔潇湘见二妃,江空露下少人知。一望烟渚迷到处,暗灵旗。　太息雅琴成绝调,并弹瑶瑟寄相思。奈有九峰遥对起,至今疑。"

六莹:梁佩兰有《六莹堂集》。

青莲:李白字太白,号青莲居士。

十二

南樵风调柳耆卿,梦断南湖载酒行。

一席花娘能劝醉,玉梅红袖可怜生。（梁无技）

笺注

南樵:梁无技著有《南樵集》。

柳耆卿:柳永字耆卿,北宋词人。

"梦断"句、"一席"二句:梁无技《扬州慢·立春前十日,过蒲衣子南湖赏梅。席上出花娘劝酒,归后却忆,兼寄蒲衣》词:"曾踏春阳,西陵桥畔,梅花尚怯东风。问佳人未嫁,算春思谁浓。怕残夜、谯门画角,玉楼云影,吹落寒空。绕横塘淡月,窥人偷上帘栊。　酒倾红袖,到如今、化泪千重。纵锦瑟弦多,琵琶调促,艳曲难终。芳草有情犹绿,楚江流,月去无踪。似高唐云断,除非好梦相逢。"

十三

尊前亲付雪儿歌,博得微嗔唤奈何。

偏是销魂憔悴日,春衫花气酒痕多。

(《逃虚阁词》最多,爱其"博得微嗔,也都情分","挽断春衫,半是酒痕花气","假如真有销魂日,拚暂为伊憔悴"等句)(张锦芳)

笺注

雪儿:唐李密爱姬。能歌舞。密每见宾僚文章有奇丽入意者,即付雪儿叶音律歌之。事见《太平广记》卷二百引宋孙光宪《北梦琐言·韩守辞》。〔清〕孙枝蔚《对酒》诗:"莺歌雪儿曲,榆坠沈郎钱。"后亦以"雪儿"泛指歌女。

"博得"句、"偏是"二句:皆化用张锦芳《逃虚阁词》中句。参见作者自注。

十四

何人亭下采芙蓉,烟冷湘娥梦不逢。

惆怅海天秋一曲,花枯月黑认樵踪。

(二樵《芙蓉亭乐府》《药烟阁词钞》,皆不传于世。前人刻《粤东词钞》,亦无可搜采。余近从李氏藏二樵画山水卷,录其自题《海天秋》一阕补入《词钞二编》。又许周生《鉴止水斋集》诗注有引二樵"别后花枯月黑"一句耳)

(黎简)

笺注

芙蓉:黎简有戏曲《芙蓉亭乐府》,而非词集,潘氏误。

湘娥:指湘妃。《文选·张衡〈西京赋〉》:"感河冯,怀湘娥。"李善注引王逸曰:"言尧二女,娥皇、女英随舜不及,堕湘水中,因为湘夫人。"

"惆怅"二句:见作者自注。

十五

乐府渊源三百篇，淫哇艳曲枉雕镌。

采桑一曲罗敷媚，敢向桐花笑拍肩（石华《题采桑图》，语意浑厚，真得风诗之遗）。

（吴兰修）

笺注

乐府：诗体名。初指乐府官署所采制的诗歌，后将魏晋至唐可以入乐的诗歌，以及仿乐府古题的作品统称乐府。

三百篇：相传《诗》三千馀篇，经孔子删订存三百一十一篇。内六篇有目无诗，实有诗三百零五篇，举其成数称三百篇。后即以"三百篇"为《诗经》代称。

淫哇：淫邪之声（多指乐曲诗歌）。

艳曲：指内容和曲调淫荡的歌曲。

雕镌：比喻刻意修饰文辞。〔唐〕韩愈《奉和仆射裴相公》诗："摆落遗高论，雕镌出小诗。"

"采桑"二句：〔清〕李佳《左庵词话》卷上："吴兰修，岭南词人，新著《桐花阁稿》，多清新可爱。"又，"吴石华《罗敷媚·题采桑图》云：'谁觉销魂，只管销魂。再不回头看使君。'抵得一首《罗敷行》。"按：吴兰修字石华。

十六

郎君曾读上清书，绝代仙才岭海无。

买断人间天不晓，金钱那惜万缗输。

（康侯自镌"上清秘书郎"小印，其艳词有云"那惜金钱，买断人间不晓天"）

（谭敬昭）

笺注

"郎君"句：谭敬昭字子晋，号康侯，广东阳春人。作者自注中云：康侯自镌"上清秘书郎"小印。上清，道家所称的三清境之一。《云笈七签》卷三："其三清境者，玉清、上清、太清是也。亦名三天，其三天者，清微天、禹馀天、大赤天是也……灵宝君治在上清境，即禹馀天也。"

岭海：指两广地区。其地北倚五岭，南临南海，故名。

"买断"二句：谭敬昭《偷声木兰花·艳词》词："神仙亦为多情死，云锁巫山吹不起。那惜金钱，买断人间不晓天。　银屏隐映芙蓉帐，宵指鸳鸯都两两。羞见东风，只恐梅花也笑侬。"

十七

经师偏解作词谈，朱厉齐驱笔岂惭。

记读真娘凭吊曲，一帘春雨忆江南。

（《忆江南馆词》未刻，有《真娘墓》一阕甚工，《粤东词钞》未采入）
（陈澧）

笺注

"经师"句：陈澧（1810—1882），字兰甫，号东塾，广东番禺人。出汉学家程恩泽门下，淹通群籍，经学词章无不精究。工词，曾手批张炎《山中白云词》。有《忆江南馆词》一卷。〔清〕谭献《复堂词话》："岭南文学，流派最正，近代诗家张黎大宗，馀韵相禅。填词有陈兰甫先生，文儒蔚起，导扬正声。叶南雪为春兰，沈伯眉为秋菊，婆娑二老，并秀一时。约梁君将合二集，益以寓贤汪玉泉，为粤三家词云。"经师，汉代讲授经书的学官。《汉书·平帝纪》："郡国曰学，县、道、邑、侯国曰校。校、学置经师一人。"泛指传授经书的大师或师长。

朱厉：朱彝尊、厉鹗，清代著名词人，二人为浙西词派的重要代表人物。

"一帘"句：陈澧有《忆江南馆词》。卢前论其词曰："经师作，高馆忆江南。尊客论诗词亦可，即知绰有雅音涵。不必沈王参。"

十八

仓皇烽火走山川,白发归来负酒泉。

尽洗词家秾丽习,铜琶铁板唱霜天。（陈良玉）

笺注

酒泉：谓酒多如泉。〔宋〕范成大《约邻人至石湖》诗："荒寒未办招君饮,且吸湖光当酒泉。"

铜琶铁板：形容豪迈激越的文章风格。也作"铁板铜弦"、"铁板铜琶"。

十九

梦里青山寒处描,词工小令本寥寥。

东风不放花成梦,也算销魂写六朝（湘宾工小令。《白门即事》云："东风不放花成梦。"又,"青山梦里寒",皆名句也）。

（李龙孙）

笺注

"东风"二句：李龙孙有《南乡子·白门即事》词："扶醉系兰桡,镜影钗痕认六朝。花外东风成短梦,魂销。粉本如烟没处描。 桃叶已难招,踏遍江头只絮飘。剩有撩人双燕语,今宵。春在秦淮第几桥。"

二十

楚游烟雨吊湘君,肮脏襟期写韵人。

毕竟岭南钟间气,红闺词句似苏辛（小荷为吴中丞荣光女,有《写韵楼词》一卷）。

（吴尚蕙）

笺注

湘君：尧二女，舜妃。《史记·秦始皇本纪》："上问博士曰：'湘君何神？'博士对曰：'闻之，尧女，舜之妻而葬此。'"

肮脏：高亢刚直貌。〔汉〕赵壹《疾邪诗》之二："伊优北堂上，肮脏倚门边。"

襟期：襟怀，志趣。〔北齐〕高澄《与侯景书》："缱绻襟期，绸缪素分。"

红闺：犹红楼。指少女所居之处。

《词家四咏》

一

萧瑟平生万事闲，冰泉酬唱动江关。

沧桑一洒新亭泪，中有词家庾子山。

（江阴金武祥粟香）

笺注

"冰泉"句：金武祥辑有《冰泉唱和集》。冒广生《小三吾亭词话》："江阴金溎生同转丈（武祥），与先祖同官岭南。所著《粟香五笔》，多记乡邦文献及朋辈往还投赠之什。尝引李穆堂语，谓拾人零篇断句，其功德等于掩骼埋胔。五十后，弃官浪游吴趣，芒鞋竹杖，意翛如也。（丈于梧州重建漫泉亭，补刻《次山铭》词，赋诗纪事，和者几遍天下，丈汇刻为《冰泉唱和集》。）"

新亭泪：指怀念故国或忧国伤时的悲愤心情。〔南朝宋〕刘义庆《世说新语·言语》："过江诸人，每至美日，辄相邀新亭，藉卉饮宴。周侯中坐而叹曰：'风景不殊，正自有山河之异！'皆相视流泪。唯王丞相愀然变色曰：

'当共勠力王室，克复神州，何至作楚囚相对！'"

庾子山：庾信（513—581），字子山，南阳新野（今属河南）人。

二

玉箫金琯度玲珑，惆怅芳心与我同。

传遍尊前红豆曲，买丝争绣冒郎中。

（如皋冒广生瓯隐）

笺注

金琯：即金管，指金属制的吹奏乐器。

冒郎中：冒广生（1873—1959），字鹤亭，江苏如皋人。光绪二十年（1894）举人。1912年，冒广生出任温州海关监督，在温州筑瓯隐园，书其斋曰疢斋，有《小三吾亭诗文集》等。

三

霜天切切响檀槽，月静花凉调愈高。

转惜少年同学贵，新声不唱郁轮袍。（仁和姚绍书伯怀）

笺注

檀槽：檀木制成的琵琶、琴等弦乐器上架弦的槽格。亦指琵琶等乐器。〔唐〕李贺《感春》诗："胡琴今日恨，急语向檀槽。"王琦汇解："唐人所谓胡琴，应是五弦琵琶耳。檀槽，谓以紫檀木为琵琶槽。"

"转惜"句：冒广生《小三吾亭词话》卷一："番禺叶兰台先生［衍兰］尝选己作《秋梦庵词》，与沈伯眉丈［世良］《楞华室词》、汪芙生丈［瑔］《随山馆词》，合刻曰《粤东三家词》。先生早岁绮才，有'叶鸳鸯'之目。［其赋鸳鸯诗云："笑我梦寒犹后阙，有人情重不言仙。"有柳翁者见之，诧曰：'有才如此，尚作'不知何处月明多'耶。"以女妻之。]以翰林改官户部，儤直枢密。解组以后，主讲越华院书院十年。余与姚伯怀、潘兰史皆从问字。"又，卷四："会稽姚伯怀观察［绍书］、番禺潘兰史徵君［飞声］与余皆学词于秋梦庵。"

郁轮袍：古曲名。相传为唐王维所作。维未冠而有文名，又精音律，妙能琵琶，为岐王所重。维方将应举，求王庇借。王遂引至公主第，使为伶人。维奏新曲号《郁轮袍》，为公主所激赏，乃为之说项，维遂得高中。事见唐薛用弱《集异记》。〔宋〕苏轼《宋叔达家听琵琶》诗："新曲翻从《玉连琐》，旧声终爱《郁轮袍》。"

四

越山写黛三城绣，潭水量情千尺长。

往日朱颜同白首，酒边琴筑各苍凉。（山阴汪兆铨莘伯）

笺注

汪兆铨（1859—1928）：字莘伯，广东番禺人。光绪十一年（1885）举人。晚号惺默，汪瑔之子。历任海阳教谕、菊坡精舍学长等。有《惺默斋词》一卷。

《题〈淮海词〉四首》

一

孤村流水夕阳时，怕落耆卿格调卑。

一抹微云禅意在，只应琴操续填词。

笺注

"孤村"句：秦观《满庭芳》词有"斜阳外，寒鸦数点，流水绕孤村"句。

"怕落"句：〔宋〕黄升《花庵词选》："后秦少游自会稽入京，见东坡。坡云：'久别当作文甚胜，都下盛唱公"山抹微云"之词。'秦逊谢。坡遽云：'不意别后，公却学柳七作词。'秦答曰：'某虽无识，亦不至是。先生之言，无乃过乎？'坡云："销魂当此际，非柳词句法乎？"秦惭服。然已流传，不复可改矣。"

"一抹"二句：〔清〕叶申芗《本事词》载："琴操者，钱塘营妓也，慧而知书。尝侍宴湖上，郡倅有误歌少游'山抹微云'词，作'画角声断斜阳'者。琴操云：'谯门非斜阳也。'倅戏谓曰：'汝能改作阳韵否？'琴操略不思索，即歌曰：'山抹微云，天粘衰草，画角声断斜阳。暂停征辔，聊共引离觞。多少蓬莱旧事，空回首、烟霭茫茫。孤村里，寒鸦万点，流水绕红墙。魂伤。当此际，轻分罗带，暗解香囊。漫赢得青楼，薄幸名狂。此去何时见也，襟袖上、空有馀香。伤心处，高城望断，灯火已昏黄。'东坡闻而赏之，操后竟削发为尼云。"

二

楼头燕子属谁家？天女维摩好散花。

不信先生偏薄幸，修真何事遣朝华？

笺注

"楼头"句：〔宋〕黄升《花庵词选》："（东坡）又问别作何词，秦举'小楼连苑横空，下窥绣毂雕鞍骤'。坡云：'十三字，只说得一个人骑马楼前过。'秦问先生近著，坡云：'亦有一词说楼上事。'乃举'燕子楼空，佳人何在，空锁楼中燕'，晁无咎在座，云：'三句说尽张建封燕子楼一段事，奇哉。'"

"天女"句：《维摩经·观众生品》："时摩诘室有一天女，见诸大人闻所说说法，便现其身，即以天华散诸菩萨、大弟子上，华至诸菩萨即皆堕落，至大弟子便着不堕。一切弟子神力去华，不能令去。"华，同"花"。本以花是否着身验证诸菩萨、声闻的向道之心，声闻结习未尽，花即着身。后多以"天女散花"形容抛洒东西或大雪纷飞的样子。

薄幸：犹薄情，负心。

"修真"句：〔宋〕张邦基《墨庄漫录》卷三："秦少游侍儿朝华，姓边氏，京师人也。元祐癸酉纳之。尝为诗云：'天风吹月入栏干，乌鹊无声子夜阑。织女星明来枕上，了知身不在人间。'时朝华年十九也。后三年少游欲修真断世缘，遂遣朝华归。……朝华既去二十馀日，使其父来云：'不愿嫁，乞归！'少游怜而复取归。明年，少游出倅钱塘，至淮上，因与道友议论，叹光景之遒。谓朝华曰：'汝不去，吾不得修真矣。'亟使人走京师，呼其父来，遣朝华随去，复作诗云：'玉人前去却重来，此度分携更不回。肠断龟山别离处，夕阳孤塔自崔嵬。'"修真，道教谓学道修行为修真。〔明〕俞弁《逸老堂诗话》卷上，亦简录此事。

三

双鬟传唱感龙标，那似诗魂入梦遥？

千古佳人殉才子，情根入地恐难销。

笺注

"双鬟"句：用王昌龄等人旗亭画壁之典事，见唐薛用弱《集异记》。王昌龄曾贬龙标尉。

"千古"二句：〔宋〕洪迈《容斋四笔》卷九"辩秦少游义倡"条谓："《夷坚己志》载潭州义倡事，谓秦少游南迁过潭，与之往来，后倡竟为秦死，常州教授钟将之得其说于李结次山，为作传。予反复思之，定无此事，当时失于审订，然悔之不及矣。"

四

述祖文章两代雄,藤花开落怨东风。

千年不见秦淮海,绕扇歌云想像中。

笺注

述祖:遵循祖训。〔唐〕柳宗元《送从兄偁罢选归江淮诗序》:"矧吾兄有柔儒之茂质,恢旷之弘量,敢无敬乎;有述祖之美谈,安道之贞节,敢无慕乎!"

"藤花"句:〔宋〕苏轼《书秦少游词后》:"少游昔在虔州,尝梦中作词云:'山路添愁花,花动一山春色。行到小溪深处,有黄鹂千百。飞云当面化龙蛇,夭矫转空碧。醉卧古藤阴下,了不知南北。'……"(《东坡题跋》卷三)

秦淮海:秦观字少游,号淮海居士。

余云焕
《论词绝句三首》

作者简介

余云焕,字凤笙,自号冗翁,湖南监生,湖南平江人。光绪十六年(1890)曾任遵义知府,有《白雨湖庄诗钞》。

一

天上人间句渺茫,新声小令唱南唐。

鼎臣兄弟皆才子,未让君王独擅场。

笺注

天上人间:李煜《浪淘沙》词有"流水落花春去也,天上人间"句。

鼎臣:徐铉(917—992),字鼎臣,广陵(今江苏扬州)人。五代宋初文学家、书法家。历官南唐制诰、翰林学士等,后随后主归宋,官至散骑常侍。与弟锴(920—974)在江南以文翰知名,号二徐。锴字鼐臣,仕于南唐,精通文字学,世称"小徐"。

擅场:《文选·张衡〈东京赋〉》:"秦政利觜长距,终得擅场。"薛综注:"言秦以天下为大场,喻七雄为斗鸡,利喙长距者终擅一场也。"谓强者胜过弱者,专据一场。后谓技艺超群。

二

三千楼阁十二城,满地淡黄纤月明。

录曲阑干夜深立,自扶花影缓吹笙。

笺注

"三千"句：范成大有《白玉楼步虚词六首》，其一中有"玉楼十二倚清空，一片宝光中"句。

"满地"句：范成大《醉落魄》词有"满地淡黄月"句。

录曲：玲珑曲折貌。

"自扶"句：范成大《醉落魄》词有"花久影吹笙"句。

三

题壁易成《金缕曲》，当杯争写《迈陂塘》。

岂知去上分明处，累黍还应细较量。

笺注

"题壁"句：〔清〕丁绍仪《听秋声馆词话》卷六："《竹轩词》二卷，为李玉陛司马作。""《竹轩词》中，附录献县旅舍题壁《金缕曲》云：'百事今宵挂。只匆匆、提壶觅饮，酒钱须假。千里平沙飞雁路，容易竹篱茅舍。更难得、纸窗潇洒。圬就新泥刚半壁，趁蛛丝、牵网参差写。　银烛度，似年夜。弹筝莫问春人冶。伫樽前、一双红袖，艳歌俊雅。陆弟吴郎偏昵酒，蛱蝶狂蜂乱惹。偷卷幕、月光如泻。老我风情随岁减，叹前生、曾是销魂者。依约听，玉钗卸。'"金缕曲，词牌名。又名《贺新郎》、《乳燕飞》。

"当杯"句：未详何典。《迈陂塘》，即《摸鱼儿》，宋晁补之词有"买陂塘、旋栽杨柳"句，"买"后讹为"迈"，故名《迈陂塘》。

累黍：古代以黍粒为计量基准。累黍，谓按一定方式排列黍粒以定分、寸、尺及音律律管的长度；同时定合、升、斗、斛以计容量，定铢、两、斤、钧、石以计重量。三者互相参校。见《汉书·律历志上》。《资治通鉴·隋文帝开皇九年》："（郑译）与邳公世子苏夔累黍定律。"谓数量、差距微小之至。

高　旭
《论词绝句三十首》

作者简介

　　高旭（1877—1925），字天梅，号剑公，别号钝剑、汉剑，又署名慧云、哀蝉等。江苏金山人，南社创始人之一，有《天梅遗集》等。

一

　　残照西风著意愁，苍茫暝色入高楼。

　　词家若论开山祖，端让青莲出一头。（李白）

笺注

　　"残照"句：李白《忆秦娥》词有"西风残照"句。

　　"苍茫"句：李白《菩萨蛮》词有"暝色入高楼"句。

　　"词家"二句：〔宋〕黄升《花庵词选》中谓李白《忆秦娥》与《菩萨蛮》二词为"百代词曲之祖"。

二

　　柳条怕折他人手，话说君平便断肠。

　　更唱《竹枝》刘梦得，夜深瑶瑟怨潇湘。（刘禹锡）

笺注

　　"柳条"二句：韩翃有《章台柳·寄柳氏》词曰："章台柳，章台柳，往日依依今在否。纵使长条似旧垂，也应攀折他人手。"柳氏《杨柳枝》词曰："杨柳枝,杨柳枝,可恨年年赠别离。一叶随风忽报秋,纵使君来岂堪折。"〔清〕陈廷焯《闲情集》卷一:"君平寄词云'也应攀折他人手',此则并不剖白,但云'纵使君来岂堪折',而相忆之情,贞一之志,言外自见。和平温厚,不愧风人。"按:韩翃与姬柳氏事,参见唐许尧佐《柳氏传》和唐孟棨《本事诗》。君平,唐韩翃字君平,南阳人。为"大历十才子"之一。

"更唱"句:刘梦得,刘禹锡(772－842),字梦得,德宗贞元九年(793)进士,又中博学宏词科。历官监察御史、屯田员外郎、连州刺史、苏州刺史、太子宾客等。有《刘梦得文集》。竹枝,刘禹锡作有《竹枝》九篇。

"夜深"句:刘禹锡《潇湘神》有"楚客欲听瑶瑟怨,潇湘深夜月明时"句。

三

始信《离骚》有嗣音,兰荃声调最关情。

就中更爱梧桐句,叶叶声声滴到明。（温庭筠）

笺注

兰荃:当为金荃,温庭筠有词集《金荃集》。今已佚。

"就中"二句:温庭筠《更漏子》词有"梧桐树,三更雨,不道离情正苦。一叶叶,一声声,空阶滴到明。"

四

憔悴韶光不忍看,小楼细雨玉笙寒。

江南帝子牢愁极,菡萏香销泪暗弹。（李璟）

笺注

"憔悴"二句:李璟《浣溪沙》词有"还与韶光共憔悴,不堪看"句。

"小楼"句:李璟《浣溪沙》词有"细雨梦回鸡塞远,小楼吹彻玉笙寒"句。

牢愁：忧愁，忧郁。

"菡萏"句：李璟《浣溪沙》词有"菡萏香销翠叶残，西风愁起碧波间"句。

五

一般滋味在心头，昨夜东风满小楼。

亡国音哀如汝少，子规啼月恨难休。（李煜）

笺注

"一般"句：李煜《乌夜啼》词有"剪不断，理还乱，是离愁。别是一番滋味在心头"句。

"昨夜"句：李煜《虞美人》词有"小楼昨夜又东风，故国不堪回首月明中"句。

"子规"句：李煜《临江仙》词有"子规啼月小楼西"、"回首恨依依"句。

六

浣花词笔老逾工，苦忆江南泪点红。

赢得佳人甘绝粒，休提惆怅旧房栊。（韦庄）

笺注

浣花：韦庄有《浣花集》。

"苦忆"句：韦庄有《菩萨蛮》词五首，其二曰："人人尽说江南好，游人只合江南老。春水碧于天，画船听雨眠。　垆边人似月，皓腕凝双雪。未老莫还乡，还乡须断肠。"

"赢得"句：〔清〕沈辰垣等辑《历代诗馀》卷一一三引杨湜《古今词话》："（韦）庄有宠人，资质艳丽，兼善词翰。（王）建闻之，托以教内人为词，强夺去。庄追念悒怏，作《荷叶杯》《小重山》词，情意悽怨，人相传播，盛行于时。"又引〔明〕蒋一葵《尧山堂外纪》："流传入宫,姬闻之,不食死。"夏承焘《韦庄年谱》认为："杨湜所云,近于附会。……此尤无征难信。"

"休提"句:韦庄《荷叶杯》词有"碧天无路信难通,惆怅旧房栊"句。

七

藕花对泣伤亡国,燕子频惊梦远人。

牛给事中鹿节度,回肠荡气各酸辛。（牛峤）

笺注

"藕花"句:鹿虔扆《临江仙》词有"藕花相向野塘中。暗伤亡国,清露泣香红"句。

"燕子"句:牛峤《菩萨蛮》词其一上阕曰："舞裙香暖金泥凤,画梁语燕惊残梦。门外柳花飞,玉郎犹未归。"

牛给事中:牛峤曾官拜前蜀给事中。

鹿节度:鹿虔扆曾事后蜀为永泰军节度使。

八

几番愁绝《清平调》,一往情深《蝶恋花》。

略具性灵原不易,《阳春》一录是名家。（冯延巳）

笺注

《清平调》:唐大曲名,后用为词牌。相传唐开元中,李白供翰林,时宫中木芍药盛开,玄宗于月夜赏花,召杨贵妃侍酒,以金花笺赐李白,命进新辞《清平调》,白醉中乃成三章。二十八字,七言绝句,平仄不拘。宋词盖因旧曲名,另创新声。按:冯延巳词中无《清平调》词,只有《清平乐》词三首。

《蝶恋花》：冯延巳词中有《鹊踏枝》（即《蝶恋花》）词十四首。王鹏运《半塘丁稿》云："冯正中《鹊踏枝》十四阕，郁伊惝怳，义兼比兴。"

"略具"句：陈世修序《阳春集》云："……观其思深辞丽，均律调新，真清奇飘逸之才也。"

阳春：冯延巳有词集《阳春集》，又称《阳春录》。

九

惨淡燕山夕照中，杏花零落付西风。

小朝南矣君王北，梦里安能觅故宫。（宋徽宗）

笺注

"惨淡"二句：宋徽宗赵佶有《燕山亭·北行见杏花》词，其中写杏花有"易得凋零，更多少无情风雨"句。

"小朝"句：宋钦宗靖康二年（1127），金人攻破汴京，徽、钦二帝被俘北上，北宋灭亡，赵构于应天称帝，改号建炎，是为南宋。

"梦里"句：赵佶《燕山亭》词有"天遥地远，万水千山，知他故宫何处。怎不思量，除梦里、有时曾去"句。

十

秣陵吊古意难平，衰草寒烟恨不禁。

千载低回半山句，干侬底事若为情。（王安石）

笺注

秣陵吊古：王安石有《桂枝香·金陵怀古》词。秣陵，即金陵；秦时称秣陵。今南京市。

衰草寒烟：王安石《桂枝香》词有"六朝旧事随流水,但寒烟、衰草凝碧(一作芳草凝绿)"句。

"千载"句：王安石晚年退居江宁后,号半山;诗风一变,多写山水自然,形式以绝句为主,讲究炼字对仗,意境优美含蓄,人称为"半山体",广为传诵。

底事：何事。〔唐〕刘肃《大唐新语·酷忍》:"天子富有四海,立皇后有何不可,关汝诸人底事,而生异议!"

十一

欧阳居士富风情,晚岁依然绮思横。

痴绝文章老宗伯,水精枕畔听钗声。（欧阳修）

笺注

欧阳居士：欧阳修,字永叔,号六一居士。

绮思：美妙的文思。

宗伯：称文章学问受人尊敬的大师。

"水精"句：欧阳修《临江仙》词有"水精双枕,傍有堕钗横"句。

十二

关西大汉粗豪甚,铁板铜琶未敢夸。

除去乘风归去曲,倾心第一是杨花。（苏轼）

笺注

"关西"二句：俞文豹《吹剑录》载:东坡在玉堂日,有幕士善歌,因问:"我词何如柳七?"对曰:"柳郎中词,只合十七八女郎,执红牙板,歌'杨柳岸、晓风残月';学士词须关西大汉,铜琵琶,铁绰板,唱'大江东去'。"东坡为之绝倒。

乘风归去曲：指苏轼《水调歌头》"明月几时有"词中有"我欲乘风归去，又恐琼楼玉宇，高处不胜寒"句。

杨花：指苏轼《水龙吟·次韵章质夫杨花词》。〔宋〕张炎《词源》卷下："词不宜强和人韵，若倡者之曲韵宽平，庶可赓歌。倘韵险又为人所先，则必牵强赓和，句意安能融贯，徒费苦思，未见有全章妥溜者。东坡次章质夫杨花《水龙吟》韵，机锋相摩，起句便合让东坡出一头地，后片愈出愈奇，真是压倒今古。"

十三

流水寒鸦秦学士，霜风残照柳屯田。

两家才思真凄绝，似向空山闻杜鹃。（秦观、柳永）

笺注

"流水"句：秦观（1049—1100），字少游，一字太虚，号淮海居士，别号邗沟居士，与黄庭坚、晁补之、张耒号为"苏门四学士"。〔清〕沈雄《古今词话》"词话上卷"："苏东坡曰：山抹微云秦学士，露花倒影柳屯田，微以气格为病。"又，《古今词话》"词评上卷"："晁无咎曰：比来作者皆不及少游，如'斜阳外，寒鸦数点，流水绕孤村'。虽不识字人，亦知为天生好语也。"

"霜风"句：柳永《八声甘州》词有"渐霜风凄惨，关河冷落，残照当楼"句。〔宋〕魏庆之《魏庆之词话》："晁无咎评本朝乐章云：'世言柳耆卿之曲俗，非也。如《八声甘州》云：'渐霜风凄惨，关河冷落，残照当楼。'此唐人语，不减高处矣。'"〔清〕王奕清《历代词话》卷四引苏轼语曰："人皆言柳耆卿词俗，然如'霜风凄紧，关河冷落，残照当楼'，唐人佳处，不过如此。"按："霜风凄惨"，一作"霜风凄紧"。

"似向"句：〔唐〕李白《蜀道难》诗中有"又闻子规啼夜月，愁空山"句。

十四

游荡金鞍是泪否,柳花工写浦城愁。

争传梅子黄时雨,输却吴中贺鬼头。（贺铸）

笺注

"游荡"句：章楶《水龙吟》词有"望章台路杳,金鞍游荡,有盈盈泪"句。

浦城：章楶字质夫,浦城人。章楶有《水龙吟》咏杨花词。

梅子黄时雨：贺铸《青玉案》词中有"若问闲愁都几许。一川烟草,满城风絮。梅子黄时雨"句,为人称道。

贺鬼头：贺铸字方回,卫州人,在《庆湖遗老诗集自序》中自称"越人"。体长七尺,面铁色,眉目耸拔。人称"贺鬼头"。

十五

悠悠羌笛倚高楼,听到边声泪忽流。

浊酒孤城闲老范,一天芳草夕阳愁。（范仲淹）

笺注

"悠悠"二句：范仲淹《渔家傲》词有"羌管悠悠霜满地。人不寐,将军白发征夫泪"句；其《苏幕遮》词有"明月楼高休独倚。酒入愁肠,化作相思泪"句。

"浊酒"句：范仲淹《渔家傲》词有"浊酒一杯家万里"及"长烟落日孤城闭"句。

"一天"句：范仲淹《苏幕遮》词有"碧云天,黄叶地。秋色连波,波上寒烟翠。山映斜阳天接水。芳草无情,更在斜阳外"句。

十六

海野词人伤故国,繁华转眼渺空烟。

《黍离》《麦秀》行人恨,重过神京意黯然。（曾觌）

笺注

海野词人：曾觌(1109—1180),字纯甫,汴(今河南开封)人。孝宗时以潜邸旧人除权知阁门事官,至除开府仪同三司,加少保、醴泉观使。有《海野词》。

"繁华"句、"黍离"二句：曾觌有《金人捧露盘·庚寅岁春奉使过京师感怀作》词,为乾道六年(1170)出使金国途经汴京时所作的一首伤怀故国之作,其中有"记神京、繁华地"、"到如今……但寒烟、满目飞蓬"句。黍离,本为《诗·王风》中的篇名。《诗经·王风·黍离序》："《黍离》,闵宗周也。周大夫行役,至于宗周,过故宗庙宫室,尽为禾黍,闵周室之颠覆,彷徨不忍去而作是诗也。"后遂用作感慨亡国之词。麦秀,指麦子秀发而未实。《史记·宋微子世家》："箕子朝周,过故殷虚,感宫室毁坏,生禾黍,箕子伤之,欲哭则不可,欲泣为其近妇人,乃作《麦秀之诗》以歌咏之。其诗曰：'麦秀渐渐兮,禾黍油油。彼狡童兮,不与我好兮！'"

十七

小坡独自倚阑时,雨过凉生意欲痴。

拗相有儿才亦俊,丁香枝上寄相思。（苏过、王雱）

笺注

小坡：苏过(1072—1123),字叔党,轼第三子,号斜川居士,时称为小坡。

"雨过"句：《点绛唇》词曰："高柳蝉嘶,采菱歌断秋风起。晚云如髻,湖上山横翠。　帘卷西楼,过雨凉生袂。天如水。画楼十二,有个人同倚。"

按：《全宋词》录此词入汪藻名下，词后有唐圭璋案语谓："此首别作苏过词，见《词品》卷三。"

拗相：因王安石性格执拗，时人称之为"拗相公"。有子王雱。

"丁香"句：〔清〕沈雄《古今词话》"词辨上卷"："王荆公子雱多病，因令其妻楼居而独处。荆公别嫁之。雱念之，为作《秋波媚》词云：'杨柳丝丝弄轻柔。烟缕织成愁。海棠未雨，梨花先雪，一半春休。　而今往事难重省，归梦绕秦楼。相思只在，丁香枝上，豆蔻梢头。'"按：此词《草堂诗馀前集》卷上作无名氏作。

十八

浮休忠爱陡无端，木落君山不忍看。

回首夕阳红尽处，岳阳楼上望长安。（张舜民）

笺注

浮休：张舜民（？—1100），字芸叟，自号浮休居士，又号矴斋，邠州（今陕西彬县）人。英宗治平二年（1065）进士。历官秘阁校理、监察御史、吏部侍郎、龙图阁待制知同州等。有《画墁集》。

"木落"句：张舜民《卖花声·题岳阳楼》词有"木叶下君山"句。

"回首"二句：张舜民《卖花声·题岳阳楼》词有"回首夕阳红尽处，应是长安"句。〔清〕冯金伯《词苑萃编》卷二十一引《梁溪漫志》云："张芸叟词云：'回首夕阳红尽处，应是长安。'人喜诵之。乐天题岳阳楼诗云：'春岸绿时连梦泽，夕阳红处近长安。'盖芸叟由此换骨也。"

十九

稼轩妙笔几于圣，词界应无抗手人。

侠气柔情双管下，小山亭酒倍酸辛。（辛弃疾）

笺注

抗手：犹匹敌。

小山亭酒：辛弃疾有《摸鱼儿》词，其词序曰："淳熙己亥，自湖北漕移湖南，同官王正之置酒小山亭，为赋。"其词曰："更能消、几番风雨。匆匆春又归去。惜春长恨花开早，何况落红无数。春且住。见说道、天涯芳草迷归路。怨春不语。算只有殷勤，画檐蛛网，尽日惹飞絮。　长门事，准拟佳期又误。蛾眉曾有人妒。千金纵买相如赋，脉脉此情谁诉。君莫舞。君不见、玉环飞燕皆尘土。闲愁最苦。休去倚危楼，斜阳正在，烟柳断肠处。"

二十

翠葆霓旌怅望中，中原遗老愤填胸。

到今听此心犹碎，罢席应非一魏公。（张孝祥）

笺注

"翠葆"句：张孝祥《六州歌头》词有"常南望、翠葆霓旌"句。翠葆霓旌，皇帝仪仗，代指王师。

"罢席"句：〔明〕陈霆《渚山堂词话》卷一："张安国在沿江帅幕。一日宴，赋《六州歌头》云：'长淮望断，关塞莽然平。征尘暗，朔风动，悄边声。黯愁凝。追想当年事，殆天数，非人力，洙泗上，弦歌地，亦膻腥。隔水毡乡，落日牛羊下，区脱纵横。报名王宵猎，骑火一川明。笳鼓悲鸣。遣人惊。　念腰间箭，匣中剑，空埃蠹，竟何成。时易失，心徒壮，岁将零。渺神京。干羽方怀远，靖烽燧，且休兵。冠盖使，纷驰骛，若为情。闻道中原遗老，常南望、翠葆霓旌。遣行人到此，忠愤气填膺。有泪如倾。'歌罢，魏公流涕而起，掩袂而入。"魏公，张浚（1097—1164），字德远，汉州绵竹（今属四川）人，南宋抗金名相，曾封魏国公。

二十一

醒庵扶醉未曾醒，魂系花钿陌上寻。

湖水湖烟春易去，不该惹我屡沉吟。（俞国宝）

笺注

"醒庵"二句、"湖水"句：醒庵，俞国宝，号醒庵。抚州临川（今江西抚州）人。〔宋〕周密《武林旧事》："淳熙间，德寿三殿游幸湖山。一日御舟经断桥旁，有小酒肆颇雅。舟中饰素屏书《风入松》一词于上，光尧驻目称赏久之，宣问：'何人所作？'乃太学生俞国宝醉笔也。上笑曰：'此词甚好，但末句'明日重携残酒'未免儒酸。'因为改定云'明日重扶残醉'，则迥不同矣，即日命解褐云。"〔清〕王奕清《历代词话》卷七引《中兴词话》云："淳熙间，御舟过断桥，见酒肆屏风上有《风入松》词云：'一春常费买花钱。日日醉湖边。玉骢惯识西湖路，骄嘶过、沽酒楼前。红杏香中歌舞，绿杨影里秋千。　暖风十里丽人天。花压鬓云偏。画船载得春归去，馀情付、湖水湖烟。明日重扶残醉，来寻陌上花钿。'高宗称赏良久，宣问何人所作。乃太学生俞国宝也。'重扶残醉'，原词作'重携残酒'，高宗笑曰：'此句不免寒酸气。'因改为'扶残醉'，即日予释褐。"

二十二

白石当年善写生，人间从此有奇音。

梅花清瘦荷花冷，再谱扬州蟋蟀声。（姜夔）

笺注

"梅花"句：姜夔有《暗香》《疏影》二词咏写梅花，为人激赏。又，有《念奴娇》词咏写荷花："闹红一舸，记来时、尝与鸳鸯为侣。三十六陂人未到，水佩风裳无数。翠叶吹凉，玉容销酒，更洒菰蒲雨。嫣然摇动，冷香飞上诗句。 日暮。青盖亭亭,情人不见,争忍凌波去。只恐舞衣寒易落,愁入西风南浦。高柳垂阴,老鱼吹浪,留我花间住。田田多少,几回沙际归路。"

"**再谱**"句:姜夔有《扬州慢》词,词序曰:"淳熙丙申至日,予过维扬。夜雪初霁,荠麦弥望。入其城,则四顾萧条,寒水自碧,暮色渐起,戍角悲吟。予怀怆然,感慨今昔,因自度此曲。千岩老人以为有黍离之悲也。"其词曰:"淮左名都,竹西佳处,解鞍少驻初程。过春风十里,尽荠麦青青。自胡马窥江去后,废池乔木,犹厌言兵。渐黄昏,清角吹寒,都在空城。杜郎俊赏,算而今、重到须惊。纵豆蔻词工,青楼梦好,难赋深情。二十四桥仍在,波心荡、冷月无声。念桥边红药,年年知为谁生。"蟋蟀声,姜夔有《齐天乐》词,词序曰:"丙辰岁,与张功甫会饮张达可之堂,闻屋壁间蟋蟀有声,功甫约予同赋,以授歌者。功甫先成,辞甚美。予裴回末利间,仰见秋月,顿起幽思,寻亦得此。蟋蟀,中都呼为促织,善斗。好事者或以二三十万钱致一枚,镂象齿为楼观以贮之。"其词曰:"庾郎先自吟愁赋,凄凄更闻私语。露湿铜铺,苔侵石井,都是曾听伊处。哀音似诉。正思妇无眠,起寻机杼。曲曲屏山,夜凉独自甚情绪。　西窗又吹暗雨。为谁频断续,相和砧杵。候馆迎秋,离宫吊月,别有伤心无数。豳诗漫与。笑篱落呼灯,世间儿女。写入琴丝,一声声最苦。"

二十三

删除靡曼铸新词,竹屋梅溪梦见之。

微觉浑涵元气失,轻圆闲婉却堪师。（高观国、史达祖）

笺注

靡曼:华美,华丽。引申为轻艳卑弱。〔元〕辛文房《唐才子传·韦应物》:"诗律自沈、宋之下,日益靡曼。"

竹屋:高观国,字宾王,号竹屋。

梅溪:史达祖,字邦卿,号梅溪。

浑涵：博大深沉。《新唐书·文艺传上·杜审言杜甫传赞》："至甫，浑涵汪茫，千汇万状，兼古今而有之。"

按：〔清〕王士禛《花草蒙拾》："宋南渡后，梅溪、白石、竹屋、梦窗诸子，极妍尽态，反有秦、李未到者。虽神韵天然处或减，要自令人有观止之叹，正如唐绝句，至晚唐刘宾客、杜京兆，妙处反进青莲、龙标一尘。"

二十四

秋娘憔悴记当时，疏雨梧桐怨可知。

佳句禁中都唱遍，莫教认作邓家词。（刘过）

笺注

疏雨梧桐：刘过《沁园春·寄孙竹湖》词："问讯竹湖，竹如之何，如何未归。道吴山越水，无非佳处，来无定止，去亦何之。莫是秋来，未能忘耳，心与孤云相伴飞。愁无奈，但北窗寄傲，南涧题诗。　人生万事成痴。算世上久无公是非。恨云台突兀，无君子者，雪堂寥落，有美人兮。疏雨梧桐，微云河汉，钟鼎山林无限悲。阳山县，是昌黎误汝，汝误昌黎。"

"佳句"二句：刘过《贺新郎》词曰："老去相如倦。向文君说似，而今怎生消遣。衣袂京尘曾染处，空有香红尚软。料彼此、魂消肠断。一枕新凉眠客舍，听梧桐、疏雨秋风颤。灯晕冷，记初见。　楼低不放珠帘卷。晚妆残、翠钿狼藉，泪痕凝面。人道愁来须殢酒，无奈愁深酒浅。但寄兴、焦琴纨扇。莫鼓琵琶江上曲，怕荻花、枫叶俱凄怨。云万叠，寸心远。"自跋云："壬子春，余试牒四明，赋赠老娼，至今天下与禁中皆歌之。江西人来，以为邓南秀词，非也。"

二十五

梦窗才藻艳于霞，七宝楼台眼欲花。

心赏蘋洲渔笛谱，白莲花底思无涯。（吴文英、周密）

笺注

七宝楼台：见前第 90 页注。

蘋洲渔笛谱：见前第 75 页注。

白莲：周密有《水龙吟·白莲》词："素鸾飞下青冥，舞衣半惹凉云碎。蓝田种玉，绿房迎晓，一奁秋意。擎露盘深，忆君凉夜，暗倾铅水。想鸳鸯、正结梨云好梦，西风冷、还惊起。　应是飞琼仙会。倚凉飙、碧簪斜坠。轻妆斗白，明珰照影，红衣羞避。霁月三更，粉云千点，静香十里。听湘弦奏彻，冰绡偷剪，聚相思泪。"

二十六

春水粼粼新月明，碧山涉笔总多情。

蝉疏萤暗凄凉甚，故国何堪落叶声。（王沂孙）

笺注

"春水"句：王沂孙《南浦·春水》词有"柳下碧粼粼"句。又有《眉妩·新月》词。

碧山：王沂孙，字圣与，号碧山、中仙、玉笥山人。

"蝉疏"句：王沂孙《齐天乐·蝉》词有"凄凉倦耳"、"顿成凄楚"句，其《齐天乐·萤》词有"汉苑飘苔，秦陵坠叶，千古凄凉不尽"句。

"故国"句：王沂孙《水龙吟·落叶》词曰："晓霜初著青林，望中故国凄凉早。萧萧渐积，纷纷犹坠，门荒径悄。渭水风生，洞庭波起，几番秋杪。想重厓半没，千峰尽出，山中路，无人到。　前度题红杳杳，溯宫沟、暗流空绕。啼螀未歇，飞鸿欲过，此时怀抱。乱影翻窗，碎声敲砌，愁人多少。望吾庐甚处，只应今夜，满庭谁扫。"

二十七

白莲孤雁断肠时,往复低回欲语谁。

弹出一声声入破,令侬醉煞玉田词。(张炎)

笺注

"**白莲**"句:张炎有《水龙吟·白莲》词曰:"仙人掌上芙蓉,涓涓犹滴金盘露。轻装照水,纤裳玉立,飘飘似舞。几度销凝,满湖烟月,一汀鸥鹭。记小舟夜悄,波明香远,浑不见、花开处。 应是浣纱人妒。褪红衣、被谁轻误。闲情淡雅,冶姿清润,凭娇待语。隔浦相逢,偶然倾盖,似传心素。怕湘皋珮解,绿云十里,卷西风去。"又,《解连环·孤雁》词曰:"楚江空晚,怅离群万里,恍然惊散。自顾影欲下寒塘,正沙净草枯,水平天远。写不成书,只寄得相思一点。料因循误了,残毡拥雪,故人心眼。 谁怜旅愁荏苒。漫长门夜悄,锦筝弹怨。想伴侣犹宿芦花,也曾念春前,去程应转。暮雨相呼,怕蓦地玉关重见。未羞他双燕归来,画帘半卷。"按:因这首赋孤雁词中,有"写不成书,只寄得相思一点",人皆称之为"张孤雁"。

入破:唐宋大曲的专用语。大曲每套都有十馀遍,归入散序、中序、破三大段。入破即为破这一段的第一遍。借指乐声骤变为繁碎之音。

二十八

雪舟词句剧消魂,描出湘春夜月痕。

翠玉楼前谁不感,甚时重与见桃根。(黄孝迈)

笺注

雪舟:黄孝迈(生卒年不详),字德夫,号雪舟。有《雪舟长短句》。

湘春夜月:黄孝迈有《湘春夜月》词。

"翠玉"二句：黄孝迈《湘春夜月》词中有"翠玉楼前，惟是有、一波湘水，摇荡湘云。天长梦短，问甚时、重见桃根"句。〔清〕查礼《铜鼓书堂词话》："情有文不能达、诗不能道者，而独于长短句中，可以委宛形容之。如黄雪舟［孝迈］自度《湘春夜月》一解伤春云：'可惜一片清歌，都付与黄昏。欲共柳花低诉，怕柳花轻薄，不解伤春。'又云：'空樽夜泣，青山不语，残月当门。翠玉楼前，惟是有一陂湘水，摇荡湘云。'又云：'这次第，算人间没个并刀，剪断心上愁痕。'又《水龙吟·暮春》云：'店舍无烟，关山有月，梨花满地。二十年好梦，不曾圆合，而今老、都休矣。'又云：'柔肠一寸，七分是恨，三分是泪。'又云：'待问春怎把千红，换得一池绿水。'雪舟才思俊逸，天分高超，握笔神来，当有悟入处，非积学所到也。刘后村跋雪舟乐章，谓其清丽，叔原、方回不能加，其绵密，骎骎秦郎'和天也瘦'之作。后村可为雪舟之知音。"(《铜鼓书堂遗稿》卷三十二)

二十九

《漱玉》女郎真绝世，慧根如许也前缘。

万千心事凭谁寄，拚为妍花宠柳怜。(李清照)

笺注

漱玉：李清照有《漱玉词》。

慧根：佛教语。五根之一。破惑证真为慧；慧能生道，故曰慧根。多指能信入佛法的根机。这里指聪明的天资。

"万千"二句：李清照《念奴娇·春情》词："萧条庭院，又斜风细雨，重门须闭。宠柳娇花寒食近，种种恼人天气险。险韵诗成，扶头酒醒，别是闲滋味。征鸿过尽，万千心事难寄。　楼上几日春寒，帘垂四面，玉阑干慵倚。被冷香消新梦觉，不许愁人不起。清露晨流，新桐初引，多少游春意。日高烟敛，更看今日晴未。"

三十

碧水无情葬翠蛾,徐郎破鉴恨如何。

中原典物伤零落,壁上题成《正气歌》。(文天祥)

笺注

徐郎破鉴:〔唐〕孟棨《本事诗·情感》载:"陈太子舍人徐德言之妻,后主叔宝之妹,封乐昌公主,才色冠绝。时陈政方乱,德言知不相保,谓其妻曰:'以君之才容,国亡必入权豪之家,斯永绝矣!倘情缘未断,犹冀相见,宜有以信之。'乃破一镜,人执其半,约曰:'他日必以正月望日卖于都市,我当在,即以是日访之。'及陈亡,其妻果入越公杨素之家,宠嬖殊厚。德言流离辛苦,仅能至京,遂以正月望日访于都市。有苍头卖半镜者,大高其价,人皆笑之。德言直引至其居,设食,具言其故,出半镜以合之,仍题诗曰:'镜与人俱去,镜归人不归。无复嫦娥影,空留明月辉。'陈氏得诗,涕泣不食。素知之,怆然改容,即召德言,还其妻,仍厚遗之,闻者无不感叹。仍与德言、陈氏偕饮,令陈氏为诗,曰:'今日何迁次,新官对旧官。笑啼俱不敢,方验作人难。'遂与德言归江南,竟以终老。"

典物:指典章制度。《后汉书·宦者传论》:"刑馀之丑……加渐染朝事,颇识典物,故少主凭谨旧之庸,女君资出内之命。"

《正气歌》:文天祥于大都狱中所作,其序曰:"余囚北庭,坐一土室,室广八尺,深可四寻,单扉低小,白间短窄,污下而幽暗。当此夏日,诸气萃然:雨潦四集,浮动床几,时则为水气;涂泥半朝,蒸沤历澜,时则为土气;乍晴暴热,风道四塞,时则为日气;檐阴薪爨,助长炎虐,时则为火气;仓腐寄顿,陈陈逼人,时则为米气;骈肩杂遝,腥臊污垢,时则为人气;或圊溷、或毁尸、或腐鼠,恶气杂出,时则为秽气。叠是数气,当侵沴,鲜不为厉。而予以孱弱,俯仰其间,于兹二年矣,无恙,是殆有养致然。然尔亦安知所养何哉?孟子曰:'吾善养吾浩然之气。'彼气有七,吾气有一,以一敌七,吾何患焉!况浩然者,乃天地之正气也,作《正气歌》一首。"

《十大家词题词》

一

王气江南阒寂，可怜都是伧才。

工文亦复何益，千秋亡国音哀。（李后主）

笺注

王气：旧指象征帝王运数的祥瑞之气。

阒寂：断绝；寂灭。

伧才：平庸鄙俗之辈。伧，粗野。

"千秋"句：李煜有《乌夜啼》词曰："无言独上西楼，月如钩。寂寞梧桐深院锁清秋。　剪不断，理还乱，是离愁。别是一般滋味在心头。"〔宋〕黄升《唐宋诸贤绝妙词选》卷一："此词最悽惋，所谓'亡国之音哀以思。'"

二

此老流离去国，琼楼玉宇多情。

胸怀令人高旷，天风海水泠泠。（苏东坡）

笺注

"此老"句：指苏轼曾一再被贬黄州、惠州、琼州等。流离，流转离散。

琼楼玉宇：苏轼《水调歌头》"明月几时有"词有"我欲乘风归去，又恐琼楼玉宇"句。

天风海水：陆游《跋东坡七夕词后》云："歌之曲终，觉天风海雨逼人。"

三

耆卿晚风残月，十分名重当时。

婉约该推秦七，红牙少女歌之。（秦少游）

笺注

"耆卿"句：柳永《雨霖铃》词有"今宵酒醒何处，杨柳岸、晓风残月"句。

"红牙"句：〔宋〕俞文豹《吹剑录》记载一幕士对苏东坡曰："柳郎中词，只合十七八女郎，执红牙板，歌'杨柳岸、晓风残月'。"红牙，乐器名。檀木制的拍板，用以调节乐曲的节拍。

四

俯仰苍茫吊古，客中愁听悲笳。

如渠善描物态，那不雄视诸家。（周清真）

笺注

"俯仰"句：周邦彦有《西河·金陵怀古》词等。

"客中"句：周邦彦词有《六丑》等伤怀行役之作。〔清〕黄蓼园《蓼园词评》评其《六丑》词曰："自叹年老远宦，意境落漠，借花起兴。以下是花是自己，比兴无端。指与物化，奇情四溢，不可方物。人巧极而天工生矣。结处意致尤缠绵无已，耐人寻绎。"

"如渠"句：王国维《人间词话》卷上评周邦彦《苏幕遮》（"燎沉香"）词曰："'叶上初阳干宿雨。水面清圆，一一风荷举。'此真能得荷之神理者。觉白石《念奴娇》《惜红衣》二词，犹有隔雾看花之恨。"

五

高论断推同甫,狂歌合让剑南。

南渡□人有限,与公鼎立而三。（辛稼轩）

笺注

同甫：陈亮（1143—1194），字同甫，号龙川。婺州永康人。有《龙川文集》《龙川词》。陈亮一生力主恢复，曾多次上书皇帝，倡言恢复之志。〔清〕黄蓼园《蓼园词评》："同父，永康人。淳熙间诣阙上书，孝宗欲官之，亟渡江归。至光宗策进士，擢第一。史称其千言立就，气迈才雄，推倒智功，开拓心胸。授金书建康府判官厅事，未至官而卒。其策言恢复之事甚剀切。无如当事者，志图逸乐，狃于苟安。"

剑南：陆游（1125—1210），字务观，号放翁，越州山阴（今浙江绍兴）人。有《剑南诗稿》《渭南文集》等。〔清〕冯煦《蒿庵论词》："剑南屏除纤艳，独往独来，其逋峭沈郁之概，求之有宋诸家无可方比。《提要》以为诗人之言，终为近雅，与词人之冶荡有殊，是也。至谓游欲驿骑东坡、淮海之间，故奄有其胜，而皆不能造其极，则或非放翁之本意欤。"

六

运以申韩之气,沉雄博大兼赅。

力能镕铸骚雅,生面划然别开。（姜白石）

笺注

申韩：战国时法家申不害和韩非的并称。后世以"申韩"代表法家。亦以称申韩之学。

骚雅：〔宋〕张炎《词源》卷下："白石词如《疏影》《暗香》《扬州慢》《一萼红》《琵琶仙》《探春》《八归》《淡黄柳》等曲，不惟清空，又且骚雅，读之使人神观飞越。"

七

玉田清新可爱,笔端有泪盈盈。

真堪同调白石,宋代此其尾声。（张叔夏）

笺注

玉田：张炎（1248—1320？），字叔夏，号玉田，又号乐笑翁。宋遗民词人，有《山中白云词》。

"笔端"句：张炎词中写到泪的句子颇多，如"短梦依然江表，老泪洒江州"（《甘州》）、"只愁重洒西州泪，问杜曲人家在否"（《月下笛》）、"行云暗与风流散，方信别泪如雨"（《玲珑四犯》）、"几点别馀清泪，尽化作妆楼，断雨残云"（《甘州》）等。

"真堪"句：〔清〕蒋兆兰《词说》："南渡以后，尧章（按：姜夔字尧章，号白石道人。）崛起，清劲遒峭，于美成外别树一帜。张叔夏拟之野云孤飞，去留无迹，可谓善于名状。继之者亦惟《花外》与《山中白云》，差为近之。然论气格，迥非敌手也。"

八

羡杀当年筹笔，驱胡恢复神京。

乃亦凄然如许，教侬无以为情。（刘青田）

笺注

筹笔：运笔筹划。〔唐〕唐彦谦《兴元沈氏庄》诗："江绕武侯筹笔地，雨昏张载勒铭山。"

驱胡：指刘基辅佐朱元璋推翻少数民族政权元朝的统治，建立明朝。

"乃亦"句：刘基佐太祖定天下，乃明朝开国元勋。晚年为左丞相胡惟庸谮毁，忧愤而死。〔清〕沈雄《古今词话》引杨守醇语云："文成（按：刘基谥文成）勋业灿烂，可谓千古人杰，小词亦见一斑。"

九

最怜遁世遗民，字字伤伤故国。

安得谢翱如意，吟上西台痛哭。（王姜斋）

笺注

"最怜"句：王夫之（1619—1692），字而农，号姜斋，别号一壶道人。明亡不仕，晚年遁世，隐居衡阳之石船山，学者称"船山先生"。

"安得"二句：谢翱（1249—1295），字皋羽，号晞发子，南宋遗民。有《西台哭所思》《登西台恸哭记》文。

十

难写回肠荡气，美人香草馨馨。

定公是佛转世，几曾汨没心灵。（龚定庵）

笺注

"难写"二句：龚自珍词多写儿女之情，多缠绵悱恻之气。〔清〕张德瀛《词徵》卷六："龚定庵（自珍）词，如琉璃砚匣，光采夺目。"〔清〕谭献《复堂词话》："阅定庵诗词新刻本，诗佚宕旷邈而豪不就律，终非当家。词绵丽沉扬，意欲合周、辛而一之，奇作也。"〔清〕李宝嘉《南亭词话》："龚定庵《无著词》云：'花底鞋儿花外月，月如弓，人怀同不同。'纤巧极矣。及观《定庵全集》，又皆句奇语重，类商、周人文字，而词之侧艳如此。可知退之《山石》，亦能作女郎诗也。"

"几曾"句：龚自珍《百字令·投袁大琴南》词曰："深情似海，问相逢初度、是何年纪？依约而今还记取，不是前生凤世。放学花前，题诗石上，春水园亭里。逢君一笑，人间无此欢喜。（乃十二岁时情事） 无奈苍狗看云，红羊数劫，惘惘休提起。客气渐多真气少，汨没心灵何已。千古声名，百年担负，事事违初意。心头阁住，儿时那种情味。"

王国维
《题敦煌所出唐人杂书六绝句》之三

作者简介

王国维(1877—1927),字伯隅、静安,号观堂、永观,浙江海宁人。著有《静安文集》《观堂长短句》《人间词话》等。

> 虚声乐府擅缤纷,妙悟新安迥出群。
> 茂倩漫收双绝句,教坊原有《凤归云》。

(《云谣集杂曲子》)

笺注

虚声:古乐府诗均配有曲谱,可以演唱。每一乐句中有曲无词之处,谓之虚声,或称泛声、散声。演唱时虚声处如用他人应和者,则谓之和声。和声之位于曲尾者,谓之送声。泛声就是在"倚声填词"以前,将整齐的诗句配成歌曲时,欲使曲调婉转悦耳,往往增添一些虚声,后以实字代泛声,遂成长短句。

"妙悟"句:吴熊和谓:"指朱熹以实字填泛声便成长短句之说。"(《唐宋词通论》)

茂倩:〔宋〕郭茂倩(1031—1099),字德粲,郓州须城(今山东东平)人。编有《乐府诗集》百卷。

凤归云:词牌名。有押平、仄韵。唐教坊曲名。

张　岳

《论词绝句三首》

作者简介

张岳，字峙亭，清末海南人。

一

一曲高楼最占先，平林漠漠雨如烟。

词人已死流风绝，凭吊青山九百年。（李白）

笺注

"一曲"二句：李白《菩萨蛮》词上阕："平林漠漠烟如织，寒山一带伤心碧。暝色入高楼，有人楼上愁。"

二

一身花月张三影，千古评来此射雕。

俪白妃青词愈妙，好教风调继南朝。（张先）

笺注

张三影：张先，号"张三影"，以其词中多写影。

射雕：喻善射。《史记·李将军列传》："中贵人将骑数十纵，见匈奴三人，与战。三人还射，伤中贵人，杀其骑且尽。中贵人走广，广曰：'是必射雕者也。'"裴骃集解引文颖曰："雕，鸟也，故使善射者射也。"

俪白妃青：指诗文句式整齐，对仗工稳。

三

辞情兼胜合推秦,我念高邮寂寞滨。

三十六家谁可诵,中间指屈为斯人。（秦观）

笺注

"辞情"句：〔清〕陈廷焯《白雨斋词话》卷一："蔡伯世云：'子瞻辞胜乎情,耆卿情胜乎辞,辞情相称者,惟少游而已。'此论陋极。东坡之词,纯以情胜,情之至者,词亦至。只是情得其正,不似耆卿之喁喁儿女私情耳。论古人词,不辩是非,不别邪正,妄为褒贬,吾不谓然。"

吴　灏
《〈名媛词选〉题辞》

作者简介

吴灏，字瀚如，号木石居士，浙江杭州人。有《历代名媛词选》十六卷，号称"五百家名媛词选"，实选录历代女词人480家，词275调，1564首。

一

国风乐府尽天倪，半是闺中思妇词。

短咏长吟皆入律，何曾流衍五言诗。

（国风之后，乐府继之，采诸里巷，播为乐章，皆长短句也，汉乃有五七言诗，故词虽盛于宋，而其源流极远，后人谓为诗余，非确论也）

笺注

天倪：自然的分际。《庄子·齐物论》："何谓和之以天倪？"郭象注："天倪者，自然之分也。"

流衍：广泛流布。

二

粗豪婉约各翻新，本色当行自有人。

听罢双鬟花底唱，李朱端合匹苏辛。

（自宋人说部有铁板、红牙之喻，词家乃分豪放及婉约两派，毛稚黄独以三李为本色当行，其一妇人即易安也，朱之于李，亦犹辛之于苏耳）

笺注

李朱：李清照、朱淑真。

毛稚黄：清初文学家毛先舒（1620—1686），字稚黄，浙江钱塘（今杭州）人。按：关于三李当行本色的说法出自清沈谦的《填词杂说》。

三李：〔清〕张德瀛《词徵》卷六："男中李后主，女中李易安，极是当行出色，前此太白，故称词家三李，此沈去矜说也。"按：沈去矜即沈谦，所著《填词杂说》中有"男中李后主，女中李易安，极是当行本色"语，无"词家三李"说。

三

寻寻觅觅冷清清，好句天然妙手成。

解作黄花帘卷语，傲霜讵负岁寒盟。

（易安天才，后人未易仿效，《声声慢》一阕尤为千古绝唱，至于改嫁之诬，昔贤已有辨之者）

笺注

"寻寻"句：李清照《声声慢》词中有"寻寻觅觅，冷冷清清，凄凄惨惨戚戚"句。

"解作"句：李清照《醉花阴》词有"莫道不消魂，帘卷西风，人比黄花瘦"句。

四

黄昏月上柳梢斜，元夜观灯玩岁华。

女伴相邀等闲事，漫讥白璧有微瑕。

（毛氏刻《断肠词》，指《生查子》为白璧微瑕，亦有谓其误收《六一词》者，宋词互见不一其例，然此词肖妇人之口吻，当为朱氏作无疑，故余仍入之）

笺注

"黄昏"二句:《生查子·元夕》词曰:"去年元夜时,花市灯如昼。月到(一作上)柳梢头,人约黄昏后。 今年元夜时,月与灯依旧。不见去年人,泪满(一作湿)春衫袖。"按:此词作者,一说欧阳修,一说朱淑真,吴氏认为是后者。

五

叶叶流芬午梦堂,天风吹下杜兰香。

广寒亦有修文殿,免在人间见海桑。

(叶氏一门文采辉映,琼章才尤颖异,惜早折,未竟其诣。其父仲韶哀之,汇刊为《午梦堂集》,未几,明室鼎革,仲韶流离兵间,旋亦披缁入道矣)

笺注

午梦堂:即《午梦堂集》,叶绍袁所辑其妻女沈宜修、叶纨纨、叶小纨、叶小鸾等的诗文唱和之作。叶绍袁(1589—1648),字仲韶,晚号天寥道人,吴江分湖人。自幼在袁黄家长大,故名绍袁。叶燮之父。〔清〕陈廷焯《白雨斋词话》卷二曰:"叶小鸾词笔哀艳,不减朱淑真。求诸明代作者,尤不易见也。"卷五曰:"闺秀工为词者,前有李易安,后则徐湘萍,明末叶小鸾较胜于朱淑真,可为李、徐之亚。"

六

望江南罢绝冰弦,塞雁凄凉唳远天。

凤沼渔矶劳位置,可堪憔悴柳条边。

(湘蘋故国之思时于词中流露,"凤沼鱼矶何处是",《满江红》句也,后从夫流徙宁古塔,其生死不可知矣)

笺注

冰弦：琴弦的美称。传说中有用冰蚕丝作的琴弦，故称。〔金〕董解元《西厢记诸宫调》卷四："宝兽沉烟袅碧丝，半折的梨花繁杏枝。妆一胆瓶儿，冰弦重理，声渐辨雄雌。"

"凤沼"句：徐灿《满江红·闻雁》词有"凤沼渔矶何处是，荷衣玉佩凭谁决"句。徐灿，（约1618－1698），字湘蘋，又字明深、明霞，号深明，又号紫䈇，吴县人。海宁陈之遴继妻。有《拙政园诗馀》三卷。

七

雅韵何妨混俗尘，吾家才子扫眉新。

花帘吹彻琼箫月，雪北香南有几人。

（《花帘词》，《香南雪北词》，为蘋香女士所著，其词极工，一时未易抗手，闻其夫仅一庸人，此尤难能而可贵者）

笺注

才子扫眉：即扫眉才子，称有文才的女子。

"花帘"二句：吴藻（1799－1862），字蘋香，自号玉岑子，仁和（今浙江杭州）人。有《香南雪北庐集》《花帘词》等。琼箫，玉箫。

八

初日芙蓉出水新，渔歌争觅太清春。

柳憨花懒阳台路，入梦休疑是楚臣。

（《东海渔歌》时贤遍求未获，近始印行，某君谓太清词绝去雕饰，足见人品，此语洵然。然《阳台路》词亦见惝恍迷离，特不容藉口以定籖钱公案耳）

笺注

太清：顾太清（1799—1876），名春，字梅仙，原姓西林觉罗氏，满洲镶蓝旗人。清代著名女词人。有诗集《天游阁集》五卷、词集《东海渔歌》四卷。王鹏运论清词人，有"男中成容若，女中顾太清"之语（见冒广生《天游阁诗集跋》）。

九

《花庵》起例《草堂》仍，《林下》编成得未曾。

珊网遍搜三百载，《玉台》继起有徐陵。

（词选莫古于《花间集》，未及妇女，《花庵》《草堂》间有采者，自周勒山《林下词选》出，唐以来始有专书，近毗陵徐君刊《百家词》及《词钞》，搜罗近代尤备）

笺注

林下：即《林下词选》，周铭编。周铭，字勒山。吴江人。

珊网：即珊瑚网。捞取珊瑚的铁网。语本《新唐书·西域传下·拂菻》："海中有珊瑚洲，海人乘大舶，堕铁网水底。珊瑚初生盘石上，白如菌，一岁而黄，三岁赤，枝格交错，高三四尺。铁发其根，系网舶上，绞而出之，失时不取即腐。"引申指收罗珍品或人才的措施。〔清〕曹寅《答江村高学士时方求楝园藏画》诗："竟脱珊瑚网，今登玳瑁床。"亦省称"珊网"。

"玉台"句：〔南朝〕徐陵编有《玉台新咏》。

十

幺弦独奏对斜曛，海上成连故未闻。

若向雍门寻白雪，只应拜倒石榴裙。

（余自著词曰《幺弦》，去岁曾选《闺秀百家词》，今仿清绮轩之例，辑隋唐以来迄清代止，曰《历代名媛词选》，凡五百家，都一千五百六十四阕）

笺注

雍门：指雍门子周。古之善琴者，亦称雍门子。《汉书·中山靖王刘胜传》："雍门子壹微吟，孟尝君为之于邑。"颜师古注引张晏曰："齐之贤者，居雍门，因以为号。"〔唐〕李益《闻亡友王七嘉禾寺得素琴》诗："何必雍门奏，然后泪潺湲。"

白雪：古琴曲名。传为春秋晋师旷所作。〔战国楚〕宋玉《讽赋》："中有鸣琴焉，臣援而鼓之，为《幽兰》《白雪》之曲。"

石榴裙：朱红色的裙子。亦泛指妇女的裙子。

《重印〈名媛词选〉题辞》

一

晨窗弄墨暝然脂，编就闺中绝妙词。
今日妆台重把玩，石堪独咏悼亡诗。

笺注

然脂：泛指点燃火炬、灯烛之属。《三国志·魏书·刘馥传》："孙权率十万众攻围合肥……夜然脂照城外，视贼所作而为备。"

二

绛云曾筑选诗楼，彤管篇章闺集留。
莫问荒庄红豆树，依依柳自擅风流。

笺注

绛云：楼名。清初钱谦益藏书之所，后毁于火。〔清〕陈康祺《郎潜纪闻》卷十二："竹垞先生嗜书若命，典试江左时绛云已燹，闻牧斋族子钱遵王撰《读书敏求记》，载宋板元钞，次第完阙甚备，撤棘求一见之。"

彤管：杆身漆朱的笔。古代女史记事用。指女子文墨之事。

闰集：柳如是曾协助钱谦益编辑《列朝诗集》闰集。

"莫问"句：钱谦益晚年曾居红豆山庄。

三

五百名家聚一门，播芳都是美人魂。

悬知地下相逢日，应有蛾眉念旧恩。

笺注

悬知：料想，预知。〔北周〕庾信《和赵王看伎》："悬知曲不误，无事畏周郎。"

蛾眉：美女的代称。〔南朝梁〕高爽《咏镜》："初上凤皇墀，此镜照蛾眉。言照长相守，不照长相思。"

四

蠹冷香残旧简篇，遗踪空自认丹铅。

老夫莫怪襟怀恶，怅触前尘十二年。

笺注

丹铅：指点勘书籍用的朱砂和铅粉。亦借指校订之事。〔唐〕韩愈《秋怀诗》之七："不如觑文字，丹铅事点勘。"

怅触：触犯，触动，感触。

沙曾达
《易安词女》

作者简介

沙曾达，字君敏，号江上散翁，民初江阴人，幼承家学，善文工诗，有《澄江咏古录》。

赵家求妇凤求凰，词女能文梦应祥。
草拔芝芙天作合，乃翁字义费推详。

笺注

"草拔"二句：〔元〕伊世珍《琅嬛记》卷中："赵明诚幼时，其父将为择妇。明诚昼寝，梦诵一书，觉来惟忆三句，云：言与司合，安上已脱，芝芙草拔。以告其父，其父为解曰：汝殆得能文词妇也。言与司合是词字，安上已脱是女字，芝芙草拔是之夫二字。非谓汝为词女之夫乎？后李翁以女女之，即易安也，果有文章。"

姚锡钧
《睬了公论词绝句十二首》

作者简介

姚锡钧（1892—1954），字雄伯，号鹓雏，以号行，笔名龙公，松江人。

一

荼蘼微放快晴时，金线初抛垂柳丝。

谁似城南杨夫子，隐囊乌几坐填词。

笺注

睬：通"示"。出示。

了公：杨锡章（1864—1929），字几园，一字至文，号了公，以号行，松江人，南社成员。

金线：比喻初生柳条。

杨夫子：即杨锡章。

隐囊：供人倚凭的软囊。犹今之靠枕、靠褥之类。〔北齐〕颜之推《颜氏家训·勉学》："梁朝全盛之时，贵游子弟……跟高齿屐，坐棊子方褥，凭斑丝隐囊，列器玩于左右。"王利器集解引卢文弨补注："隐囊如今之靠枕。"

乌几：即乌皮几，乌羔皮裹饰的小几案。古人坐时用以靠身。〔唐〕杜甫《将赴成都草堂途中有作》诗之五："锦官城西生事微，乌皮几在还思归。"仇兆鳌注："《高士传》：'晋宋明不仕，杜门注黄老，孙登惠乌羔皮裹几。'"

二

玉田微削梦窗腴,柳七风神故不虚。

若舍浮华论骨概,龙川一集有谁知。

笺注

"玉田"句:玉田,张炎字叔夏,号玉田,又号乐笑翁。削,犹瘦。梦窗,吴文英字君特,号梦窗。腴,犹丰满肥美。

柳七:柳永。

龙川:陈亮字同甫,号龙川,有《龙川词》。

三

楼台侧畔杨花过,帘幕中间燕子飞。

别有冰心歌水调,新腔一阕《惜红衣》。

笺注

"楼台"二句:〔宋〕吴处厚《青箱杂记》卷五:"晏元献公虽起田里,而文章富贵,出于天然。尝览李庆孙《富贵曲》云:'轴装曲谱金书字,树记花名玉篆牌。'公曰:'此乃乞儿相,未尝谙富贵者。故余每吟咏富贵,不言金玉锦绣,而惟说其气象。若"楼台侧畔杨花过,帘幕中间燕子飞";"梨花院落溶溶月,柳絮池塘淡淡风"之类是也。'故公自以此句语人曰:'穷儿家有这景致也无?'"

"新腔"句:姜夔有"自度曲"《惜红衣》。

四

飞行绝迹定谁俱,七宝楼台密不疏。

区别梦窗和白石,一饶秾致一清虚。

笺注

"飞行"二句：〔宋〕张炎《词源》卷下："词要清空，不要质实。清空则古雅峭拔，质实则凝涩晦昧。姜白石词如野云孤飞，去留无迹。吴梦窗词如七宝楼台，眩人眼目，碎拆下来，不成片段。此清空质实之说。"

秾致：浓艳致密。〔元〕辛文房《唐才子传·李商隐》："时温庭筠、段成式各以秾致相夸，号'三十六体'。"

五

谁将影事谱霜天，语似金铃颗颗圆。

想见岳阳楼上客，玉箫吹彻洞龙眠。

笺注

霜天：深秋的天空。

金铃：金属制成的铃。〔晋〕葛洪《西京杂记》卷一："（壁带）上设九金龙，皆衔九子金铃，五色流苏。"

"玉箫"句：王守仁有《过金山寺》诗："金山一点大如拳，打破维阳水底天。闲依妙高台上月，玉箫吹彻洞龙眠。"洞龙眠，金山多洞，其中有白龙洞，传说有龙眠于洞中。

六

修门词客今谁在，只有云门与复堂。

语秀真能夺山绿，律严差可比军行。

笺注

云门：樊增祥（1846-1931），字嘉父，号云门，别字樊山，湖北恩施人，有《樊山集》。

复堂：谭献（1832—1901），原名廷献，字仲修，号复堂，仁和（今浙江杭州）人，历官歙县、全椒、合肥知县，有《复堂类集》。

"语秀"二句：谓云门与复堂词风清秀，格律严谨。

七

半塘已化纯常死，海内知音渐寂寥。

只有苏州沤尹老，解拈新唱付琼箫。

笺注

半塘：王鹏运（1849—1904），字佑遐，一字幼霞，自号半塘老人，晚年又号鹜翁、半塘僧鹜，临桂（今广西桂林）人。有《半塘词稿》。

纯常：文廷式（1856—1904），字道希，号云阁，别号纯常子、罗霄山人、芗德，萍乡（今属江西）人。有《云起轩词钞》。

沤尹：朱孝臧（1857—1931），原名孝感，字藿生，一字古微，一作古薇，号沤尹，又号彊村，吴兴（今浙江湖州）人。有《彊村丛书》《彊村词》。朱孝臧曾寓居苏州，与郑文焯共主吴中词坛，故曰苏州沤尹老。

琼箫：玉箫。〔唐〕王翰《飞燕篇》："朝弄琼箫下彩云，夜踏金梯上明月。"

八

病起新腔付小红，萧疏老子复谁同。

会稽三绝流传遍，第一词名满洛中。

笺注

小红：人名。原为宋范成大侍婢，能歌。姜夔诣成大，以《暗香》《疏影》二词，命小红肄习，音节清婉。成大因以小红赠夔。姜夔《过垂虹》诗："自作新词韵最娇,小红低唱我吹箫。"即咏此事。参阅元陆友《砚北杂志》卷下。

萧疏:洒脱,自然不拘束。

九

竹垞情眇自难同,笔重其年亦易工。

燕子不来连月雨,鲥鱼如雪一江风。

笺注

竹垞:朱彝尊(1629—1709),字锡鬯,号竹垞,晚号小长芦钓鱼师,又号金风亭长。秀水(今浙江嘉兴)人。

其年:陈维崧,字其年。宜兴人。

"燕子"句:〔元〕赵孟頫《绝句》:"春寒恻恻掩重门,金鸭香残火尚温。燕子不来花又落,一庭风雨自黄昏。"朱彝尊《卖花声·雨花台》词中有"更无人处一凭阑。燕子斜阳来又去,如此江山"句。

"鲥鱼"句:陈维崧《虞美人·无聊》词:"无聊笑拈花枝说,处处鹃啼血。好花须映好楼台,休傍秦关蜀栈战场开。 倚楼极目深愁绪,更对东风语。好风休簸战旗红,早送鲥鱼如雪过江东。"

十

湖海流传饮水词,情深笔眇自多奇。

千年骨髓秦淮海,除却斯人那得知。

笺注

湖海:泛指四方各地。

饮水词:纳兰容若词集名。

秦淮海:秦观(1049—1100),字少游,一字太虚,号淮海居士。

十一

细秀枯清厉太鸿,行吟侧帽自从容。

浙中独服摩奢馆,天马飞行明月中。

笺注

太鸿:厉鹗(1692—1752),字太鸿,又字雄飞,号樊榭、花隐等,钱塘(今浙江杭州)人,有《樊榭山房集》等。

"行吟"句:纳兰容若第一本词集名《侧帽词》。侧帽,斜戴帽子。《周书·独孤信传》:"在秦州,尝因猎,日暮,驰马入城,其帽微侧,诘旦,而吏人有戴帽者,咸慕信而侧帽焉。"后以谓洒脱不羁的装束。

"天马"句:比喻才气横逸,不受拘束。

十二

自将情思证无邪,老树无妨试着花。

更唤虞山庞处士,细斟小句按琵琶。

笺注

"老树"句:梅尧臣《东溪》诗中有"野凫眠岸有闲意,老树着花无丑枝"句。

"更唤"句:虞山,在江苏常熟境内。庞处士,似指庞树柏(1884—1918),字檗子,号苕庵,江苏常熟人。其词受业于朱祖谋。

附录一
被论词人小传

李白(701—762)：字太白，号青莲居士，绵州（今四川江油）人，有《李太白集》。世称"诗仙"。

韩翃：生卒年不详，字君平，南阳（今属河南）人。"大历十才子"之一。天宝十三年（754）进士，有《韩君平诗集》。

张志和(730？—810？)：初名龟龄，字子同，婺州（今浙江金华）人，年十六游太学，举明经，待诏翰林。后因事遭贬，隐居江湖，自号烟波钓徒，又号"玄真子"。有《玄真子集》。

李益(746—829)：字君虞，陕西姑臧（今甘肃武威）人，大历四年（769）进士，初任郑县尉。后迁太子宾客、集贤学士、礼部尚书。

刘禹锡(772—842)：字梦得，洛阳（今属河南）人。贞元九年（793）与柳宗元同榜登进士第，历官渭南县主簿、监察御史、屯田员外郎、连州刺史、夔州刺史、和州刺史、东都尚书省主客郎中、苏州、汝州、同州刺史、太子宾客等。有《刘梦得文集》。

白居易(772—846)：字乐天，晚号香山居士，下邽（今陕西渭南）人。贞元十六年（800）中进士，历官左拾遗、东宫赞善大夫、江州司马、杭州、苏州刺史、太子太傅等。有《白氏长庆集》。

李贺(790—816)：字长吉，祖籍陇西，生于福昌县昌谷（今河南宜阳），有《昌谷集》。世称"诗鬼"。

温庭筠(812？—870)：本名岐，字飞卿，太原祁（今山西祁县）人。唐宣宗朝试宏辞，温庭筠代人作赋，因扰乱科场，贬为隋县尉。后襄阳刺史署为巡官，授检校员外郎，不久离开襄阳，客于江陵。唐懿宗时曾任方城尉，官终国子助教。词有《金荃集》，今已不传；今人刘毓盘辑《金荃词》一卷。《花间集》收其词66首。

韦庄（约836—910）：字端己，长安杜陵（今属陕西长安县）人。五代前蜀诗人、词人。有《浣花集》。《花间集》收其词48首。

韩偓（842—923）：字致尧，一作致光，小名冬郎，号玉山樵人。京兆万年（今陕西西安）人。龙纪元年（889）进士，有《香奁集》。

王建（847—918）：字光图，五代时期前蜀皇帝（907—918年在位），许州舞阳（今河南舞阳）人。曾为唐僖宗时西川节度使、壁州刺史，后建立前蜀王朝。

顾敻：五代时人。生卒年、籍贯及字号均不详。《花间集》收其词55首。

牛峤：字松卿，一字延峰，陇西（今甘肃天水）人。乾符五年（878）进士。历官拾遗，补尚书郎。《花间集》收其词32首。

牛希济：陇西（今甘肃天水）人。牛峤之侄。仕前蜀为起居郎，累官翰林学士、御史中丞。后随前蜀主降于后唐，明宗时拜雍州节度副使。《花间集》收其词11首。

李珣（855？—930？）：字德润，其先为波斯人，后家梓州。《花间集》收其词37首。

李存勖（885—926）：李克用之子。沙陀人，本姓朱邪氏，小名"亚子"，923年在魏州（河北大名府）称帝，国号唐，史称后唐。以勇猛闻名。

黄损：字益之，连州（今广东连县）人，后梁龙德二年（922）进士，仕南汉刘龑为尚书左仆射（宰相）。有《桂香集》。

和凝（898—955）：字成绩，郓州须昌（今山东东平）人。后梁贞明二年（916）进士。后唐时官至中书舍人、工部侍郎。后晋天福五年（940）拜中书侍郎同中书门下平章事。入后汉，封鲁国公。后周时，赠侍中。《花间集》收其词20首。

王衍（899—926）：字化源，王建第十一子，许州舞阳（今属河南）人。《新五代史·前蜀世家》谓其"方颇知学问，能为浮艳之辞"。

孙光宪（901—968）：字孟文，自号葆光子，陵州（今四川仁寿）人。仕南平累官荆南节度副使、朝议郎、检校秘书少监，试御史中丞。入宋，为黄州刺史。有《北梦琐言》传世。《花间集》收其词61首。

冯延巳（903—960）：一名延嗣，字正中，广陵（今江苏扬州）人。曾官拜左仆射，同平章事，其词原名《香奁集》，又名《阳春集》。

李璟（916—961）：字伯玉，原名李景通，徐州人，南唐烈祖李昪长子。升元七年（943）继位，改元保大。后因受到后周威胁，削去帝号，改称国主，史称南唐中主，又为避后周信祖（郭璟）讳而改名李景。死后庙号元宗。

徐铉（917—992）：字鼎臣，广陵（今江苏扬州）人。与弟锴（920—974）在江南以文翰知名，号"二徐"。曾受诏校定《说文解字》。

孟昶（919—965）：初名仁赞，字保元。祖籍邢州龙岗（今河北邢台），出生于晋阳城（今山西太原西南）。五代后蜀高祖孟知祥第三子。后蜀末代皇帝。

花蕊夫人：徐氏，青城人。幼能文，尤长于宫词。得幸蜀主孟昶，赐号花蕊夫人。

毛文锡：字平珪，南阳（今属河南）人。唐时中进士，年十四。后仕前蜀、后蜀。《花间集》收其词31首。

鹿虔扆：生卒年、籍贯、字号均不详。后蜀进士。累官学士，曾任永泰军节度使、进检校太尉、加太保，人称鹿太保。《花间集》收其词6首。

李煜（937—978）：原名李从嘉，字重光。李璟第六子。在位十五年，世称李后主、南唐后主。有明万历吕远刊本《南唐二主词》。

寇准（961—1023）：字平仲，华州下邽（今陕西渭南）人。年十九，举进士。授大理评事，知归州巴东、大名府成安县。累迁殿中丞、通判郓州。召试学士院，授右正言、直史馆，为三司度支推官，转盐铁判官。天禧元年（1017）改山南东道节度使，再起为相（中书侍郎兼吏部尚书、同平章事、景灵宫使）。殁后十一年，复太子太傅，赠中书令、莱国公，后又赐谥曰忠愍。

林逋（967—1028）：字君复，后人称为和靖先生，北宋初年著名隐逸诗人，人称"林处士"、"梅妻鹤子"。

柳永（约987—约1053）：字耆卿，初名三变，崇安（今福建武夷山）人。仁宗景祐元年（1034）进士，官至屯田员外郎。有《乐章集》。

聂冠卿（988—1042）：字长孺，歙州新安（今安徽省歙县）人。大中祥符五年（1012）进士，历官兵部郎中、大理寺丞、刑部郎中等，有《蕲春集》十卷，今不传。

范仲淹（989—1052）：字希文，祖籍彬州（陕西彬县），后迁居平江（江苏吴县）。大中祥符八年（1015）中进士，初授广德军司理参军，历官大理寺丞、秘阁校理、太常博士、右司谏、枢密副使、参知政事等职。谥文正，封楚国公、魏国公，有《范文正公集》。

张先（990—1078）：字子野，乌程（今浙江湖州）人。天圣八年（1030）进士。历任宿州掾、吴江知县、嘉禾判官、永兴军通判，治平元年（1064）以尚书都官郎中致仕。

晏殊（991—1055）：字同叔，临川（今属江西）人，十四岁以神童入试，赐进士出身，命为秘书省正字，迁太常寺奉礼郎、光禄寺丞、翰林学士、左庶子，仁宗即位迁右谏议大夫兼侍读学士加给事中，进礼部侍郎、拜枢密使、参知政事加尚书左丞，庆历中拜集贤殿学士、兵部尚书等，封临淄公，谥号元献。有《珠玉词》。

宋祁（998—1062）：字子京。安州安陆（今湖北安陆）人。天圣二年（1024）与兄宋庠同举进士，累迁同知礼仪院、尚书工部员外郎，知制诰。又改龙图学士、史馆修撰，与欧阳修等合修《新唐书》，拜翰林学士承旨。卒谥景文。与兄宋庠当时称为"二宋"，或"大小宋"。

欧阳修（1007—1073）：字永叔，号醉翁，又号六一居士，谥号文忠，世称欧阳文忠公。吉州永丰（今属江西）人。有《欧阳文忠集》。

韩琦（1008—1075）：字稚圭，自号赣叟，安阳（今属河南）人，天圣五年（1027）进士，授将作监丞、通判淄州（今属山东）。入直集贤院、监左藏库。历官开封府推官、太常博士、集贤殿大学士等，有《安阳集》五十卷。

蔡挺（1014—1079）：字子政，宋城（今河南商丘）人。景祐元年（1034）进士，历官庆州知、渭州知州、枢密副使等。

司马光（1019—1086）：字君实，陕州夏县（今属山西）涑水乡人，世称涑水先生。仁宗宝元二年（1038）进士，官至左仆射兼门下侍郎。赠太师、温国公、谥文正。有《司马文正公集》《资治通鉴》《稽古录》等。

王安石（1021—1086）：字介甫，晚号半山老人，抚州临川（今属江西）人。封荆国公，世人又称王荆公。谥号文。庆历二年（1042）进士，历官淮南判官、鄞县知县、舒州通判、常州知州、提点江东刑狱、知江宁府、翰林学士、参知政事等，从熙宁三年（1070）起，两度任同中书门下平章事，推行新法。熙宁九年罢相。有《临川先生文集》。

晏几道（1030？－1106？）：字叔原，号小山，晏殊第七子。历官颖昌府许田镇监、乾宁军通判、开封府判官等。有《小山词》。

王观（1035－1100）：字通叟，如皋（今属江苏）人。仁宗嘉祐二年（1057）进士。神宗熙宁中，曾以将仕郎守大理寺丞，知扬州江都县事，后官至翰林大学士。有《冠柳集》。

魏夫人：生卒年不详。名玩，字玉汝，北宋女词人。乃曾布之妻，魏泰之姊，封鲁国夫人。襄阳（今湖北襄樊）人。

王诜（1036－1093后，一作1048－1104后）：字晋卿，太原（今属山西）人，后徙开封（今属河南）。熙宁二年（1069）娶英宗女魏国大长公主，拜左卫将军、驸马都尉。元丰二年（1079），因受苏轼牵连贬官，落驸马都尉。责授昭化军节度行军司马，均州安置，移颍州安置。元祐元年（1086）复登州刺史、驸马都尉。卒，赠昭化军节度使，谥荣安。

苏轼（1037－1101）：字子瞻，号东坡居士，眉州眉山（今四川眉山市）人。宋仁宗嘉祐二年（1057）进士，官至翰林学士、知制诰、礼部尚书。有《东坡全集》《东坡乐府》。

张舜民（？－1100）：字芸叟，自号浮休居士，又号矴斋，邠州（今陕西彬县）人。英宗治平二年（1065）进士。历官秘阁校理、监察御史、吏部侍郎、龙图阁待制知同州等。有《画墁集》《画墁录》。

舒亶（1041－1103）：字信道，号懒堂，慈溪（今属浙江）人。治平二年（1065）试礼部第一。历官临海尉、秦凤路提刑、御史中丞、知南康军等，有《舒学士词》。

王雱（1044－1076）：字元泽，抚州临川（今属江西）人。王安石之子。

黄庭坚（1045－1105）：字鲁直，自号山谷道人，晚号涪翁，又称豫章黄先生，洪州分宁（今江西修水）人。英宗治平四年（1067）进士。历官叶县尉、北京国子监教授、校书郎、著作佐郎、秘书丞、涪州别驾黔州安置等。有《山谷集》。

秦观（1049－1100）：字少游，一字太虚，号淮海居士，别号邗沟居士，

"苏门四学士"之一。高邮（今属江苏）人。元丰八年（1085）进士，初为定海主簿、蔡州教授，元祐初苏轼荐为秘书省正字，兼国史院编修官。哲宗时被贬为监处州酒税，徙郴州，编管横州，又徙雷州，至藤州而卒。有《淮海集》。

琴操：北宋时钱塘营妓，生平不详。

贺铸（1052—1125）：字方回，号庆湖遗老，卫州（今河南卫辉）人。有《庆湖遗老前后集》。

晁补之（1053—1110）：字无咎，号归来子，济州巨野（今山东巨野县）人，"苏门四学士"之一。元丰二年（1079）进士，历官澶州司户参军、太学正、著作佐郎、亳州通判、信州酒税等。有《鸡肋集》。

晁冲之：生卒年不详。字叔用，早年字用道。济州巨野（今山东巨野县）人，晁补之堂弟。有《晁具茨先生诗集》。

张耒（1054—1114）：字文潜，号柯山，楚州淮阴（今江苏淮安）人，"苏门四学士"之一。宋神宗熙宁年间进士，历任临淮主簿、著作郎、史馆检讨。哲宗绍圣初，以直龙阁知润州。徽宗初，召为太常少卿。后隶党籍，数遭贬谪，晚居陈州。有《柯山集》《宛邱集》。

周邦彦（1056—1121）：字美成，号清真居士，钱塘（今浙江杭州）人，有《清真居士集》，后人改名为《片玉集》。

毛滂（1060—1124？）：字泽民，号东堂，衢州江山人。有《东堂集》。

谢逸（1068—1113）：字无逸，号溪堂，抚州临川（今属江西）人。终身布衣，有《溪堂集》。

苏过（1072—1123）：字叔党，号斜川居士，眉州眉山（今四川眉山市）人。苏轼第三子，时称为小坡。曾监太原税、知郾城、通判定州。有《斜川集》。

王安中（1075—1134）：字履道，号初寮，中山阳曲（今山西太原）人。哲宗元符三年（1100）进士，历任翰林学士、尚书右丞。以谄事宦官梁师成等，出镇燕山府。后又任建雄军节度使、大名府尹兼北京留守司公事。靖康初，被贬送象州安置。高宗即位，内徙道州，复任左中大夫。

叶梦得（1077—1148）：字少蕴，苏州吴县人。绍圣四年（1097）进士，历官翰林学士、户部尚书、江东安抚大使等。有《石林燕语》《石林词》等。

朱敦儒（1081－1159）：字希真，洛阳人。绍兴三年（1133）以荐补右迪功郎，五年（1135）赐进士出身守秘书省正字，历官兵部郎中、临安府通判、秘书郎、都官员外郎、两浙东路提点刑狱，致仕，居嘉禾。有《樵歌》。

赵佶（1082－1135）：北宋徽宗皇帝，在位二十五年。独创"瘦金体"书法。《元史》评价"诸事皆能，独不能为君"。

徐伸：字干臣，三衢人。生卒年均不详，政和初，以知音律为太常典乐，出知常州。有《青山乐府》一卷。

左誉：字与言，天台人。大观三年（1109）进士，仕终湖州通判，后弃官为浮屠。有词集《筠翁长短句》。

李清照（1084－1155？）：号易安居士，齐州章丘（今山东济南）人，赵明诚之妻，有词集《漱玉词》。

赵鼎（1085－1147）：字元镇，自号得全居士，解州闻喜（今属山西）人。崇宁五年（1106）进士。累洛阳令、权户部员外郎、御史中丞。签书枢密院事，知建州、洪州。绍兴年间因与秦桧论和议不合，罢相，出知泉州。寻谪居兴化军，移漳州、潮州安置。再移吉阳军。居吉阳三年，知不为秦桧所容，遂不食而卒。孝宗朝，谥忠简。

向子諲（1085－1152）：字伯恭，自号芗林居士，临江军清江（今江西清江）人。官至户部侍郎、徽猷阁直学士。因反对和议忤秦桧，致仕闲居十五年。有《酒边词》。

吕渭老：一字滨老，嘉兴（今属浙江）人。有《圣求词》。

吴激（？－1142）：字彦高，号东山，建州（今福建建瓯）人。吴栻子，米芾婿。宣和四年（1122）至钦宗靖康二年（1127）间，使金被留，仕至翰林待制。皇统二年（1142）出知深州（今河北深县），到官三日卒。《金史》有传。

陈与义（1090－1138）：字去非，号简斋，洛阳人。徽宗政和三年（1113）上舍甲科，授开德府教授，累迁太学博士。南渡后，历官礼部侍郎、知湖州、翰林学士、知制诰、参知政事等。有《简斋诗集》。

万俟咏：字雅言，自号词隐、大梁词隐，南北宋之交时词人。

岳飞（1103－1142）：字鹏举，汤阴人。南宋中兴四将之一，绍兴十一年（1142），为秦桧以"莫须有"罪名毒死，宋孝宗时诏复官，谥武穆，宁宗时追封为鄂王，改谥忠武，有《岳武穆集》。

赵构（1107—1187）：字德基，北宋皇帝宋徽宗第九子，宋钦宗之弟，曾被封为"康王"，南宋开国皇帝，1127—1162年在位。

曾觌（1109—1180）：字纯甫，开封人。绍兴中，为建王内知客。孝宗受禅，以潜邸旧人，授权知阁门事。淳熙初，除开府仪同三司，加少保、醴泉观使。有《海野词》。

赵彦端（1121—1175）：字德庄，号介庵。鄱阳（今属江西）人，魏王廷美七世孙。宋高宗绍兴八年（1138）进士。乾道、淳熙间，以直宝文阁知建宁府。有《介庵集》。

陆游（1125—1210）：字务观，号放翁，越州山阴（今浙江绍兴）人。有《剑南诗稿》《渭南文集》等。

朱熹（1130—1200）：字元晦，号晦庵，南宋著名理学家。后人编有《晦庵先生朱文公文集》和《朱子语类》等，有《晦庵词》一卷。

赵长卿：宋宗室，号仙源居士，南丰人。有词集《惜香乐府》十卷。

张孝祥（1132—1169）：字安国，号于湖居士，历阳乌江（今安徽和县）人。绍兴二十四年（1154）廷试第一，授承事郎、签书镇东军节度判官，转秘书省正字，迁校书郎，起居舍人，权中书舍人。二十九年，以御史中丞汪澈劾，自乞宫观，提举江州太平兴国宫。绍兴末，除知抚州。知平江府，迁中书舍人、直学士院，兼都督府参赞军事。领建康府留守。历知静江、广南西路经略安抚使等。有《于湖集》。

朱淑真（1135？—1180？）：号幽栖居士，传为浙江人。有《断肠诗集》《断肠词》。

辛弃疾（1140—1207）：字幼安，号稼轩，历城（今山东济南）人。二十一岁参加耿京领导的抗金起义军，任掌书记，绍兴三十二年（1162）南归，授承务郎，转江阴签判。后任司农寺主簿，出知滁州、知江陵府兼湖北安抚使、知隆兴府兼江西安抚使、湖北转运副使、知潭州兼湖南安抚使等，后被诬落职，先后在信州上饶、铅山两地闲居近二十年。晚年被起用知绍兴府兼浙江安抚使、知镇江府。死后赠少师，谥号忠敏。有《稼轩词》十二卷。

吴淑姬：湖州人，生卒年均不详，宋孝宗淳熙十二年（1185）前后在世。

有《阳春白雪词》五卷。

陈亮（1143—1194）：字同甫，号龙川。婺州永康（今属浙江）人。绍熙四年（1193）进士第一。有《龙川集》。

程垓：字正伯，眉山（今属四川）人。苏轼中表程之才（字正辅）之孙。淳熙年间在世。有《书舟词》。

徐照（？—1211）：南宋诗人，字道晖，一字灵晖，自号山民。永嘉（今浙江温州）人，布衣终身，"永嘉四灵"之一。

张镃（1153—1211）：字功甫，号约斋，西秦（今陕西省）人，居临安。张俊诸孙。历官大理司直、婺州通判、司农寺主簿、司农寺丞、司农少卿等。有《南湖集》《玉照堂词》。

刘过（1154—1206）：字改之，号龙洲道人。吉州太和（今江西泰和县）人。布衣终身。有《龙洲集》。

姜夔（1155—1221）：字尧章，自号"白石道人"，饶州鄱阳（今江西波阳）人。有词集《白石道人歌曲》。

崔与之（1158—1239）：字正子，一字正之，号菊坡。广东增城人。绍熙四年（1193）进士。历官浔州司法参军、淮西提刑司检法官、参知政事、右丞相兼枢密使等。

史达祖（1163—1220？）：字邦卿，号梅溪，汴（今河南开封）人，曾为韩侂胄堂吏，负责撰拟文书。有词集《梅溪词》。

俞国宝：抚州临川（今江西抚州）人，淳熙时太学生。有《醒庵遗珠集》。

高观国：字宾王，号竹屋。山阴（今浙江绍兴）人。有词集《竹屋痴语》。

戴复古（1167—？）：字式之，自号石屏，黄岩（今属浙江台州）人。有《石屏诗集》《石屏词》。

卢祖皋：字申之，又字次夔，号蒲江，永嘉（今属浙江）人。庆元五年（1199）进士。历官秘书省正字、校书郎、秘书郎等。有《蒲江词》一卷。

真德秀（1178—1235）：字景元，号西山，世称西山先生，浦城长乐里（今仙阳镇）人。

孙惟信（1179—1243）：字季蕃，号花翁，开封人。有《花翁词》一卷。

黄孝迈（生卒年不详）：字德文，号雪舟。有《雪舟长短句》。

刘克庄（1187—1269）：字潜夫，号后村。莆田（今属福建）人。历官将仕郎，调靖安簿、枢密院编修官，兼权侍郎官、工部尚书、龙图阁学士等，谥文定。有《后村先生大全集》196卷。

葛长庚（1194—？）：字白叟，号海琼子，闽清（今属福建）人。幼时父亡母嫁，弃家游海上，至雷州，继白氏后，改姓白，名玉蟾，家琼州（今海南海口），后入道武夷山。嘉定中，诏征赴阙，馆太乙宫，封紫清明道真人。有《海琼集》四十卷，词有《玉蟾先生诗馀》一卷。

陈参政：宋人，生平事迹不详。

范仲胤妻：宋人，生平事迹不详。

严蕊：原姓周，字幼芳，南宋中叶人。出身低微，自小习乐礼诗书，沦为台州营妓，改严蕊艺名。

元好问（1190—1257）：字裕之，号遗山，世称遗山先生。山西秀容（今山西忻州）人。兴定五年（1221）进士，不就选。正大元年（1224），中博学宏词科，授儒林郎，充国史院编修，历镇平、南阳、内乡县令、尚书省掾、左司都事，转员外郎。金亡不仕。编有《中州集》十卷，附《中州乐府》，著有《遗山文集》四十卷，《遗山乐府》五卷，《续夷坚志》四卷。

吴潜（1195—1262）：字毅夫，号履斋，宣州宁国（今属安徽）人。宁宗嘉定十年（1217）举进士第一，授承事郎，迁江东安抚留守。理宗淳祐十一年（1251）为参知政事，拜右丞相兼枢密使，封崇国公。次年罢相，开庆元年（1259）元兵南侵攻鄂州，被任为左丞相，封庆国公，后改许国公。被贾似道等人排挤，罢相，谪建昌军，徙潮州、循州。有《履斋遗集》《履斋诗馀》。

吴文英（1200？—1260？）：字君特，号梦窗，晚年又号觉翁，四明（今浙江宁波）人。有《梦窗词》。

李昴英（1201—1257）：字俊明，卒谥忠简。理宗宝庆二年（1226）进士。历官秘书省著作郎、吏部侍郎。有《文溪集》。

李南金：字晋卿，自号三溪冰雪翁，乐平（今属江西）人。理宗宝庆二年（1226）进士，调光化军教授。

黄升：字叔旸，号玉林，又号花庵词客，建安（今属福建建瓯）人。有《散花庵词》，编有《绝妙词选》二十卷，上部为《唐宋诸贤绝妙词选》，十卷；下部为《中兴以来绝妙词选》，十卷。后人统称《花庵词选》。

廖莹中（？—1275）：字群玉，号药洲。邵武（今属福建）人。登科后，为贾似道幕下客。德祐元年（1275）贾似道因事得罪，门客皆散，他相从不愿离开。一日与贾似道一起痛饮，五更归舍，服毒自杀。

李琳：号梅溪，长沙人。咸淳十年（1274）进士。

陈允平：字君衡，一字衡仲，号西麓。四明（今浙江宁波）人。有词集《西麓继周集》《日湖渔唱》二种。

白朴（1226—？）：原名恒，字仁甫，后改名朴，字太素，号兰谷。有词集《天籁集》。

刘辰翁（1232—1297）：字会孟，别号须溪。庐陵灌溪（今江西吉安）人。景定三年（1262）进士。曾任濂溪书院山长、临安府教授。有《须溪先生全集》。

周密（1232—1298）：字公谨，号草窗、萧斋、四水潜夫、弁阳老人等，有词集《蘋洲渔笛谱》。著有《草窗韵语》等，编有《绝妙好词》。

文天祥（1236—1283）：字宋瑞，一字履善，号文山，庐陵（今江西吉安）人。宋理宗宝祐四年（1256）进士第一。历任湖南提刑、知赣州、右丞相兼枢密使。景炎二年（1277）被俘，次年，被押送元大都（今北京），囚禁四年，经历种种严酷考验，始终不屈，后从容就义。有《文山先生全集》。

蒋捷：字胜欲，号竹山，阳羡（今江苏宜兴）人。咸淳十年（1274）进士。有《竹山词》。

张辑：字宗瑞，号东泽，鄱阳（今江西波阳）人。有《东泽绮语债》词二卷。

黄机：字几仲，一云字几叔，东阳人。尝仕宦州郡，与岳珂唱酬。有《竹斋诗馀》一卷。

赵必瑑（1245—1294）：字玉渊，号秋晓，商王元份九世孙，家东莞。咸淳元年（1265），与父同登进士，任南康县丞。文天祥开府潮惠，辟摄军事判官。入元，隐居不仕。有《覆瓿集》。

唐珏（1247—？）：字玉潜，号菊山，会稽（今浙江绍兴）人。少孤贫力学，聚徒教授。景炎三年（1278），元浮屠杨琏真伽发在绍兴之赵帝六陵，珏时年三十二岁，激于义奋，倾家资邀人夜往收贮遗骸，葬兰亭山，上种冬青树为识。

事迹具见陶宗仪《南村辍耕录·唐义士传》。

张炎（1248—1320?）：字叔夏，号玉田，又号乐笑翁。循王张俊六世孙。有词集《山中白云词》。

王沂孙：生卒年不详，字圣与，又字咏道，号碧山，又号中仙、玉笥山人，会稽（今浙江绍兴）人。有词集《花外集》，又名《碧山乐府》。

陈纪（1254—1315）：字景元，号淡交，东莞人。咸淳十年（1274）进士，官至通直郎。宋亡隐居不仕。工于词，《东莞县志》称其有"周美成、康伯可风韵"。有《越斐吟稿》《秋江欸乃》，今不传。

罗志仁：字寿可，号秋壶，清江（今江西樟树）人。度宗咸淳九年（1273）预乡荐。元世祖至元二十四年（1287）应荐为天长书院山长。

宋无名氏：有《九张机》词。

郑文妻：宋太学生秀州人郑文妻，孙氏。

詹玉：字可大，号天游，古郢（今湖北江陵）人。至元间历除翰林应奉、集贤学士，为桑哥党羽。有《天游词》。

赵孟頫（1254—1322）：字子昂，号松雪，松雪道人等，宋太祖赵匡胤十一世孙，秦王德芳之后，吴兴人。

张翥（1287—1368）：字仲举，号蜕庵，晋宁（今山西临汾）人。官至翰林学士承旨，封潞国公。有《蜕庵集》五卷，《蜕岩词》二卷。

刘基（1311—1375）：字伯温，谥曰文成，温州文成县南田人。有诗集《犁眉公集》，词集《写情集》。

杨基（1326—1378）：字孟载，号眉庵。原籍嘉州（今四川乐山），生长于吴中（今江苏苏州）。元末，曾入张士诚幕府，明初为荥阳知县，累官至山西按察使。有《眉庵集》。

孙蕡（1334—1393）：字仲衍，号西庵，南海人，有《西庵集》。

高启（1336—1373）：元末明初诗人，字季迪，自号青丘子，长洲（今江苏苏州）人。有诗集《高太史大全集》、文集《凫藻集》附《扣舷集》词。

黎贞（1350?—1408?）：字彦晦，号陶陶生，晚号秫坡，学者称秫坡先生，广东新会人。有《秫坡诗稿》七卷附录一卷。

戴琏：字汝器，广东南海人。明正统三年（1438）举人，官训导。有《靖节集》。

邱濬（1421—1495）：字仲深，号琛庵，又号玉峰、琼台，别号海山道人，琼山人。死后赠太傅，谥文庄公。有《琼台稿》《琼台会稿诗馀》等。

黄瑜（1426—1497）：字廷美，香山（今广州中山）人。景泰七年（1456）举人，官至福建长乐县知事。有《双槐集》《双槐岁钞》。

陈献章（1428—1500）：又名陈白沙，字公甫，号石斋，别号碧玉老人、玉台居士、江门渔父、南海樵夫、黄云老人等。广东新会人。谥号"文恭"。有《白沙子全集》。

祁顺（1434—1497）：字致和，号巽川，东莞梨川人。明天顺四年（1460）进士，历官江西左参政、石阡府知府、云南知府、山西右参政、福建右布政使、江西左布政使等，有《巽川集》二十卷。

区元晋：广东新会人，嘉靖间任镇南知州。

霍韬（1487—1540）：字渭先，始号兀厓，后更号渭厓，南海人。正德进士。累官至礼部尚书。著有《西汉笔评》《渭厓集》《渭厓家训》等。

张萱：字孟奇，别号九岳、西园，广东博罗人。明万历十年（1582）举人，历官户部郎中、平越知府。有《秘阁藏书录》《东坡寓惠集》《西园闻见录》《西园画评》及《疑曜》等。

杨慎（1488—1559）：字用修，号升庵，新都（今成都市新都区）人。正德六年（1511），殿试第一，授翰林院修撰。世宗朝任经筵讲官。明嘉靖三年（1524），众臣因"大礼议"，违背世宗意愿受廷杖，杨慎谪戍云南永昌卫，居云南30馀年，死于戍地。有《升庵集》。

霍与瑕（1522—1588？）：字勉衷，号勉斋，渭厓（霍韬）次子。嘉靖三十八年（1559）进士，有《勉斋集》。

王世贞（1526—1590）：字元美，号凤洲，又号弇州山人，太仓（今江苏太仓）人。有《弇山堂别集》《弇州山人四部稿》等。

卢龙云：字少从，南海沙头镇人。万历十一年（1583）进士。历官马平、邯郸、长乐知县、南京大理寺副、户部员外郎、贵州参议。有《四留堂稿》三十卷等。

韩上桂（1572—1644）：字芬男，一字孟郁，号月峰，番禺人。有《朵云山房遗稿》。

陈子升：字乔生，号中洲，广东南海人。生卒年均不详，明崇祯十年（1637）前后在世。有《中洲草堂遗集》。

陈子龙（1608—1647）：字卧子，号大樽，松江华亭人，先世颍川人。崇祯十年（1637）进士。明亡后，参与抗清复明活动，后事泄被俘，不屈而死。有《陈忠裕公全集》《湘真阁词》。

吴伟业（1609—1672）：字骏公，号梅村，别署鹿樵生、灌隐主人、大云道人，江苏太仓人，崇祯进士。明崇祯四年（1631）进士，官左庶子。弘光朝，任少詹事。入清，官国子监祭酒。有《梅村家藏稿》《梅村诗馀》。

曹溶（1613—1685）：字秋岳，一字洁躬，亦作鉴躬，号倦圃、钽菜翁，秀水（今浙江嘉兴）人。明崇祯十年（1637）进士，官御史。后仕清，历官河南道御史、顺天学政、左通政、左副都御史、户部右侍郎、广东右布政使等。著有《静惕堂诗词集》。

徐生：杭州人。曹溶同时人，生平事迹不详。

今释（1614—1680）：字澹归，杭州人。俗姓金氏，名堡。明崇祯十三年（1640）进士。1648年桂林破，薙发为僧，住韶州丹霞山寺。著《遍行堂集》附词三卷。

宋琬（1614—1674）：字玉叔，号荔裳，莱阳人。清顺治四年（1647）进士，授户部主事，历官吏部郎中、按察使、四川按察使等。有《二乡亭词》。

张乔（1615—1633）：字乔婧，号二乔，原籍江苏，生于广州，明末著名歌伎。死后，彭孟阳辑其平日所作诗词汇刻成《莲香集》。

龚鼎孳（1615—1673）：字孝生，号芝麓，安徽合肥人。与吴伟业、钱谦益并称为"江左三大家"，有《香严词》《定山堂诗馀》。

徐灿（约1618—1698）：字湘蘋，又字明深、明霞，号深明，又号紫竺，吴县人。海宁陈之遴继妻。有《拙政园诗馀》三卷。

尤侗（1618—1704）：字展成，号悔庵，江苏长洲人。少补诸生，以贡谒选。除永平推官，守法不挠。坐挞旗丁镌级归。清康熙十八年（1679），试鸿博列二等，授检讨，与修《明史》。初，世祖于禁中览侗诗篇，以才子目之。后入翰林，圣祖称之曰"老名士"。卒年八十七。著《西堂集》《鹤栖堂集》，凡百馀卷。

王夫之（1619－1692）：字而农，号姜斋，别号一壶道人，晚年居衡阳之石船山，学者称"船山先生"。后人编有《船山遗书》。

吴绮（1619－1694）：字薗次，一字丰南，号听翁，又号菌叟，江都（今江苏扬州）人。清顺治十一年（1654）拔贡生，荐授中书舍人。奉诏谱杨继盛乐府，迁兵部主事，即以继盛官官之也。出知湖州府，有吏能。人谓其多风力，尚风节，饶风趣，称为"三风太守"。未几，罢归。著《林蕙堂集》。

梁清标（1620－1691）：字玉立，号棠村、蕉林、苍岩，直隶真定（今河北正定）人，明崇祯十六年（1643）进士，清顺治元年补翰林院庶吉士，授编修，历官宏文院编修、国史院侍讲学、兵部尚书、礼部尚书、刑部尚书、户部尚书、保和殿大学士等。有《蕉林诗集》《棠村词》等。

周筼（1623－1687）：初名筠，字青士、公贞，号筜谷，嘉兴人。

严绳孙（1623－1702）：字荪友，号藕渔，又作藕塘渔人，无锡人。康熙时以布衣举鸿博授检讨，为四布衣之一。有《秋水词》。

毛奇龄（1623－1713）：字大可，又名甡，萧山人。总角，陈子龙为推官，奇爱之，遂补诸生。明亡，哭于学宫三日。康熙十八年（1679），荐举博学鸿儒科，试列二等，授翰林院检讨，充明史纂修官。门人蒋枢编辑遗集，分经集、文集二部，经集自仲氏易以下凡五十种，文集合诗、赋、序、记及杂著凡234卷，后人编为《西河合集》。

陈维崧（1625－1682）：字其年，号迦陵，江苏宜兴人。康熙十八年（1679），举博学鸿词，授翰林院检讨。有《湖海楼全集》《迦陵词》等。

王士禄（1626－1673）：字子底，号西樵，山东新城人。有《炊闻词》二卷。

谢良琦（1626－1671）：字石臞，号献庵，明崇祯十五年（1642）举人，入清，历知淳安、蠡县。有《醉白堂文集》《醉白堂词》。

何绛（1627－1712）：字不偕，号孟门。顺德人。布衣。好读书，淹通群籍。明亡，入罗浮、西樵山中，不复出，而未忘恢复。有《不去庐集》《皇明纪略》。

朱彝尊（1629－1709）：字锡鬯，号竹垞，晚号小长芦钓鱼师，又号金风亭长。秀水（今浙江嘉兴）人。康熙十八年（1679）举科博学鸿词，以布衣授翰林院检讨。有《日下旧闻》《经义考》《曝书亭诗文集》等。编有《词综》《明词综》等。

邹祗谟：字讦士，号程村，武进人。顺治十五年（1658）进士。有《远志斋集》。与王士禛同编《倚声初集》，选录明万历至清顺治词人475位，词作凡1914首。有《丽农词》。

梁佩兰（1629—1705）：字芝五，号药亭。南海（今属广东）人。与屈大均、陈恭尹为"岭南三大家"，与程可则等六人称为"岭南七子"。有《六莹堂集》。

屈大均（1630—1696）：字翁山，又字介子，广东番禺人。初名绍隆，遇变为僧，中年返初服。有《翁山诗文集》《道援堂词》。

吴兆骞（1631—1684）：字汉槎，吴江松陵镇人。顺治十四年（1657）中举人，因南闱科场案发流放宁古塔。康熙二十年（1681）得以放归，二十二年（1683）返里省亲。翌年客死京城。有《秋笳集》《归来草堂杂卷》《西曹杂诗》。

陈恭尹（1631—1700）：字元孝，顺德人。恭尹少孤，能为诗，习闻忠孝大节。弃家出游，赋姑苏怀古诸篇，倾动一时。与陶窳、梁无技及何衡、何绛兄弟相砥砺，世称"北田五子"。著《独漉堂集》。王隼取恭尹诗合屈大均、梁佩兰共刻之，为岭南三家集。

彭孙遹（1631—1700）：字骏孙，号羡门，又号金粟山人，浙江海盐人。顺治十六年（1659）进士，授中书舍人。十八年（1661）因"江南奏销案"落职。康熙十八年（1679），召试博学鸿词，得第一名，授翰林院编修。历官国子司业、翰林院侍读、国史馆总裁、吏部右侍郎等。有《松桂堂全集》《南淮集》《延露词》《金粟词话》等。

王士禛（1634—1711）：字贻上，号阮亭，又号渔洋山人，新城（今山东桓台）人。历官至刑部尚书。有《带经堂集》，词集《衍波词》。

高层云（1634—1690）：字二鲍、谡苑、谡园，号菰村，江苏华亭人。有《改虫斋诗略》。

曹贞吉（1634—1698）：字升六，号实庵，安丘（今属山东）人。康熙三年（1664）进士，历官礼部郎中、湖广学政。有《珂雪集》。

董以宁：生卒年不详，字文友，号宛斋，武进人。诸生。康熙年间在世，有《正谊堂诗集》《蓉渡词》。

李良年（1635－1694）：字武曾，号秋锦，浙江秀水人。有《秋锦山房集》。

徐釚（1636－1708）：字电发，号虹亭、鞠庄、拙存，晚号枫江渔父，吴江（今江苏苏州）人。康熙十八年（1679）召试博学鸿词，授翰林院检讨，入史馆纂修明史。因忤权贵，二十五年（1686）归里。有《词苑丛谈》《南州草堂稿》《本事诗》《菊庄词》等。

顾贞观（1637－1714）：原名华文，字华峰，号梁汾，无锡人。有《弹指词》。

李符（1639－1689）：字分虎，号耕客，又号桃乡，李良年之弟。

王隼（1644－1700）：字蒲衣，番禺人。父邦畿，明副贡生。隐居罗浮，岭南七子之一也。有《耳鸣集》。

易宏（1650－1722）：字渭远，号秋河，一号云华子，广东新会人。有《云华阁诗略》《坡亭词钞》等。

汪森（1653－1762）：字晋贤，号碧巢，休宁人，居于浙江桐乡。撰《小方壶存稿》十八卷，其中《填词》三卷，分别为《月河词》《桐扣词》《碧巢词》各一卷。

纳兰性德（1655－1685）：原名成德，字容若，号楞伽山人，避太子讳，改名纳兰性德。满洲正黄旗人，康熙十五年（1676）进士。有《通志堂集》二十卷、《渌水亭杂识》四卷等，词集名《纳兰词》。

沈岸登：字覃九，号南淳，一字黑蝶，又号惰耕叟（一作惰耕），浙江平湖布衣。有《黑蝶斋诗钞》《黑蝶斋词》。

沈暤日：字融谷，号柘西，平湖人，贡生，曾在湖南为官。有《柘西精舍词》。

龚翔麟（1658－1733）：字天石，号蘅圃，浙江仁和人。自副贡生授兵部主事，出榷广东关税。康熙三十三年（1694），考选陕西道御史。与朱彝尊等六人为《浙西六家词》。有《红藕庄词》。

许遂：字扬云，号随庵，广东番禺人。康熙三十五年（1696）举人。有《真吾阁集》(今不传)、《随庵文集》。

姚之骃：字鲁思，钱塘（今杭州）人，康熙四十八年（1709）进士，官至监察御史。

张梁：字大木，一字奕山，号幻花，江苏华亭人，康熙五十二年（1713）进士。有《澹吟楼诗钞》《幻花词钞》八卷。

杜诏（1666—1736）：字紫纶，号云川，别号浣花词客、蓉湖词隐，江苏无锡人。康熙五十一年（1712）进士，改庶吉士，荐举博学鸿词。后入史馆。曾与楼俨同入武英殿辑《历代诗馀》，并修《词谱》，著有《凤髓词》三卷、《浣花词》《蓉湖渔笛谱》各一卷等。

楼俨（1669—1745）：字敬思，号西浦，义乌人。官至提刑按察使。有《蓑笠轩仅存稿》。

王时翔（1675—1744）：字抱翼，一字皋谟，号小山，江苏太仓人。为诸生，绩学未遇。后擢漳州府同知，驻南胜。乾隆元年（1736），以荐起山西蒲州府同知，擢成都知府。有《青涛词》《绀寒集》《青缩乐府》《初禅绮语》《旗亭梦呓》各一卷，总称《小山诗馀》。

吴焯（1676—1733）：字尺凫，号绣谷，钱塘（今杭州）人（一说安徽歙县人）。有《径山游草》《南宋杂事诗》（与厉鹗、赵昱合写）、《药园诗稿》《玲珑帘词》等。

陆培（1686—1752）：字翼风，号南香，平湖人，雍正二年（1724）进士。先东流县令，后主讲当湖、九峰两书院，善填词，致力于诗，著《白蕉词》四卷。

马曰琯（1687—1755）：字秋玉，号嶰谷，安徽祁门县人。从小侨居扬州，以经营盐业为主。有《沙河逸老集》《嶰谷词》。

厉鹗（1692—1752）：字太鸿，号樊榭，浙江钱塘（今杭州）人。有《樊榭山房集》二十卷，集外诗、词、曲、文若干卷，又有《宋诗纪事》一百卷等。

陈章：生卒年不详，字授衣，号缓斋，监生，浙江钱塘（今杭州）人，与厉鹗有唱酬。

何梦瑶（1693—1764）：字报之，南海人。雍正八年（1730）进士，历官义宁、阳朔、岑溪、思恩等县县令、奉天辽阳知州。有词集《匊芳园诗馀》。

梁无技：字王顾，号南樵，广东番禺人。康熙时贡生，有《南樵集》。

陶锽：字畎兹，号云池，广东新会人，有《四桐园存稿》。

万树：字花农，一字红友，宜兴人。约清康熙中前后在世。工词善曲。所作曲，共有二十馀种，有《词律》二十卷。

郑燮（1693—1765）：字板桥，江苏兴化人。乾隆元年（1736）进士，官山东潍县知县，有惠政。辞官鬻画，作兰竹，以草书中竖长撇法为兰叶，书杂分隶法，自号"六分半书"。诗词皆别调，而有挚语。有《板桥词钞》，收在《板桥集》中。

查为仁（1695—1749）：一名成苏，字心谷，号莲坡，又号花海翁，顺天宛平人。康熙五十年（1711）举人。有《押帘词》一卷、《莲坡诗词》三卷等。与厉鹗同校《绝妙好词笺》七卷。

朱昂：字德基，号适庭，又号秋潭，别号香严庵主，安徽休宁人。监生，侨居江苏长洲。有《养云亭诗抄》《绿阴槐夏阁词》四卷等。

张云锦（1704—1769）：字龙威，号铁珊，又号艺舫，平湖人。有《当湖百咏》《兰玉堂诗正续集》《文集》《红兰阁词》等。

江昱（1706—1775）：字宾谷，号松泉，江苏仪征人。有《梅鹤词》四卷，集外词一卷、《考证蘋洲渔笛谱》二卷、《疏证山中白云集》八卷、《潇湘听雨录》等。

马曰璐（1711—1799）：字佩兮，号南斋。马曰琯之弟，兄弟互为师友，人称"扬州二马"。

朱若炳（1715—1755）：字彤章、桐庄，号云亭，乾隆二年（1737）进士，历官长山知县、胶州、德州、九江、南昌等地知府。有《补闲词偶存》。

汪棣（1720—1801）：字韡怀，号对琴，安徽歙县人。贡生，官刑部员外郎，有《春华阁词》二卷。

汪孟锅（1721—1770）：字康古，号厚石，汪森之孙，秀水人。乾隆三十一年（1766）进士，官吏部主事。有《厚石斋集》。

史承谦：字位存，江苏宜兴人。约清高宗乾隆时在世。有《小眠斋词》。

张熙纯：字策时，一字少华，号敬亭，上海人。乾隆二十七年（1762）举人。三十年（1765）召试授内阁中书，有《昙阁词》，一名《华海堂词》。

王初桐（1730—1821）：原名王丕烈，字于扬，嘉定人。监生，乾隆中官至齐河县丞，后又历新城、淄川等知县。其字号及室名甚多，字号计有赓仲、耿仲、无言、竹所、思玄、古香堂、杏花村、爨天阁、红豆痴侬、红犁翠竹山房等。

朱方蔼（1721—1786）：字吉人，号春桥，浙江桐乡人。彝尊族孙，有词集《小长芦渔唱》。

赵文哲（1725—1773）：字升之，一字损之，号璞函，上海人。由廪生应乾隆二十七年（1762）南巡召试，赐举人，授内阁中书，在军机章京上行走。以原任两淮盐运使卢见曾查抄案通信寄顿，褫职。时大军征缅甸，署云南总督阿桂奏请随军，入温福幕。有《媕雅堂词》四卷。

蒋士铨（1725—1784）：字心馀，一字苕生，又号清容居士，晚号定甫，江西铅山人。乾隆二十二年（1757）进士。由举人官中书。有《铜弦词》二卷、《忠雅堂集》。

王昶（1725—1806）：字德甫，号述庵，又号兰泉，青浦（今上海市青浦区）人。乾隆十九年（1754）进士，历官内阁中书、刑部郎中、副都御史、江西按察使、陕西按察使、江西布政使、刑部侍郎等职。

吴蔚光（1743—1803）：字悊甫，一字执虚，自号竹桥，昭文（江苏常熟）人。有《素修堂诗集》《执虚词钞》《小湖田乐府》等。

吴友松：字秋鹤，浙江人，诗才清逸，尤工填词，著有《野花词话》。自少幕游山左，以瘵疾卒，年仅三十六。

许宝善：生卒年均不详，字敩虞，一字穆堂，青浦人。乾隆进士。累官监察御史，有《自怡轩词》。

汪端光（1748—1826）：字剑潭、涧岑，江苏仪征人。历官国子监助教、广西南宁府同知，庆远、镇安府知府等。有《汪剑潭诗稿》《丛睦山房未刻诗稿》等。

冷昭：字春山，广西临桂（今桂林）人。乾隆三十五年（1770）举人，有《春山词》。

唐氏：清黄南溪元配。自号"月中逋客"，早卒。有诗词集若干卷。

汪梅鼎（？—1815）：字映雪，一作映琴，号畹云，一号瀚云，又号蓼塘，安徽休宁人。乾隆五十八年（1793）进士，官御史。

江昉（1727—1793）：字旭东，号橙里，一号砚农，安徽歙县人。有《练溪渔唱》二卷,《集山中白云词》一卷,又与吴娘、程名世等合辑《学宋斋词韵》。

吴锡麒(1746—1818):字圣征,号谷人,钱塘人。性至孝。乾隆四十年(1775)进士,授编修。累迁祭酒,以亲老乞养归。主讲扬州安定乐仪书院。锡麒工应制诗文,兼善倚声。浙中诗派,前有朱彝尊、查慎行,继之者杭世骏、厉鹗。二人殂谢后,推锡麒,艺林奉为圭臬焉。有《正山房集》。

张锦芳(1747—1792):字粲夫,又字花田,号药房。龙江乡人。乾隆四十五年(1780)广东乡试解元,五十四年(1789)成进士,点庶吉士,授翰林编修。以诗、书、画名世。与同县胡亦常、钦州冯敏昌合称诗界"岭南三子",后来又与同县黎简、黄丹书与番禺吕坚并称"岭南四家"。著有《逃虚阁诗钞》《南雪轩文钞》《南雪轩诗馀》。

黎简(1747—1799):字简民,一字未裁,号二樵。广东顺德人。乾隆五十四年(1789)拔贡,将赴廷试,因父丧未行,遂不复应试。一生未出仕,靠卖画、卖文及教馆为生。有《五百四峰堂诗钞》《五百四峰堂续集》《药烟阁词钞》,戏曲《芙蓉亭乐府》等。

汪端光(1748—1826):字剑潭、涧崑,仪征人。历官国子监助教官、广西南宁府同知,庆远、镇安府知府等。有《汪剑潭诗稿》。

黄景仁(1749—1783):字汉镛,一字仲则,号鹿菲子,江苏武进人。屡试乡试不中,二十岁后浪游浙江、安徽等地,为地方幕客。乾隆四十一年(1776),乾隆帝东巡时,召试取二等,授武英殿书签官。有《竹眠词》《两当轩集》。

高文照:字润中,号东井,武康人。乾隆三十九年(1774)举人。有《东井山人遗诗》。

邵葆祺:字寿民,号屿春,大兴人。嘉庆元年(1796)进士,历官吏部员外郎。有《桥东诗草》。

杨芳灿(1753—1815):字才叔,号蓉裳,江苏金匮人。历官羌县知县、户部员外郎等。好为诗,兼善词,有《真率斋稿》《芙蓉山馆词钞》。

杨揆(1760—1804):字同叔,号荔裳,杨芳灿之弟。累官四川布政使。以积劳卒官。有《藤花馆稿》。

张惠言（1761－1802）：原名一鸣，字皋文，武进（今江苏常州）人。嘉庆四年（1799）进士，改庶吉士，充实录馆纂修官。有《茗柯文》五卷等。

郭麐（1767－1831）：字祥伯，号频伽，因右眉全白，又号白眉生、郭白眉，一号邃庵居士、苎萝长者，江苏吴江人。有《灵芬馆诗集》等。

张诩：字渌卿，仁和（今浙江杭州）人，乾隆时人。

彭兆荪（1768－1821）：字湘涵，江苏镇洋人。少有才名，久困无所遇。举道光元年孝廉方正。有《小谟觞馆集》。

孙尔准（1770－1832）：字平叔、莱甫，号戒庵，江苏无锡金匮人，孙永清子。嘉庆十年（1805）进士，选翰林院庶吉士，授编修。历官知福建汀州府、福建布政使、广东布政使、安徽巡抚、任福建巡抚等职。有《泰云堂诗集》十八卷、《泰云堂文集》二卷、《雕云词》一卷、《荔香乐府》一卷、《海棠巢乐府拈题》一卷等。

梁月波：宦门女，有才思，早卒，道光时人。

吴兰修：字石华，广东嘉应州人。清道光初前后在世。嘉庆十三年（1808）举人，著有《桐花阁词》《端溪砚史》等。

吴尚蕙（**《全清词钞》**作吴尚熹）：字小荷，号禄卿，广东南海人。有《写韵楼词》一卷。

倪济远：字孟杭，号秋槎。广东南海人。嘉庆二十二年（1817）进士，官广西恭城县知县。有《味辛堂诗存》《茶嵝精舍词钞》。

谭敬昭：字子晋，号康侯，广东阳春人。嘉庆二十二年（1817）进士。与张维屏、王培芳齐名，并称"粤中三子"。有《云楼诗钞》《词钞》。

龚自珍（1792－1841）：字尔玉，又字璱人，号定庵，仁和（今浙江杭州）人。道光九年（1829）进士，曾任内阁中书、宗人府主事和礼部主事等官职。有《定庵文集》。

周之琦（1782－1862）：字稚圭，号退庵，开封人。嘉庆进士，官至刑部右侍郎、广西巡抚。能词，有《心日斋词》等，辑有《心日斋十六家词录》。

陈本直（？－1838）：字畏三，号古愚，元和人。贡生。有《覆瓿诗草》。

吴藻（1799－1862）：黟县人，字蘋香，自号玉岑子，葆真女，钱唐许振清室。19岁而寡。工诗词。有《香南雪北庐集》《花帘词》等。

顾太清（1799—1876）：名春，字梅仙，一字子春，号太清，自署太清春、西林春。原姓西林觉罗氏，满洲镶蓝旗人。有词集《东海阁集》和诗集《天游阁集》。

蒋敦复（1808—1867）：原名尔锷、字克父，一字剑人，宝山（今属上海）人。有《啸古堂诗文集》《芬陀利室词》。

陈澧（1810—1882）：字兰甫、兰浦，号东塾，人称东塾先生，广州人。清道光十二年（1832）举人，先后受聘为学海堂学长、菊坡精舍山长。著述达120余种，词集有《忆江南馆词》。

陈良玉（1814—1881）：字朗山，一字铁禅，铁岭（今辽宁铁岭）人，隶汉军镶白旗，广州驻防。道光十七年（1837）举人，候选教谕。善诗，工倚声。有《梅窝诗钞》二卷，《词钞》一卷。

孙宗朴：字湘云，吴县人，有《花桥词钞》三卷。

李龙孙：字湘宾，广东嘉应人。咸丰元年（1851）恩科举人，有《绿云山馆词钞》。

金武祥（1841—1924）：字粟香，又字菽乡，江阴人。有《芙蓉江上草堂诗稿》十二卷，《木兰书屋词》一卷等。

汪兆铨（1859—1928）：字莘伯，广东番禺人。光绪十一年（1885）举人。晚号惺默，汪瑔之子。历任海阳教谕、菊坡精舍学长等。有《惺默斋集词》一卷。

杨锡章（1864—1929）：字几园，一字至文，号了公，以号行。松江人。南社成员。

汪忻（1865—1942）：字炼堂，安徽桐城人。光绪十九年（1893）举人。1908年任良乡知县，后任直隶教谕。

冒广生（1873—1959）：字鹤亭，江苏如皋人。光绪二十年（1894）举人。1913年冒广生出任温州海关监督，在温州筑瓯隐园，书其斋曰疚斋。有《小三吾亭诗文集》等。

姚绍书：字伯怀，浙江山阴人，晚清时人。

附录二
域外论词绝句辑录

（1）仇元吉《题菊庄词》一首

中朝寄得菊庄词，读罢烟霞照海湄。
北宋风流何处是，一声铁笛起相思。

《四库全书总目》卷一百九十九《词苑丛谈》提要引《江南通志》称："（徐）釚少刻《菊庄乐府》，朝鲜贡使仇元吉见之，以饼金购去。贻诗曰：'中朝携得《菊庄词》，读罢烟霞照海湄。北宋风流何处是，一声铁笛起相思。'"

（2）徐良崎《题弹指侧帽词》一首

使车昨渡海东偏，携得新词二妙传。
谁料晓风残月后，而今重见柳屯田。

清冯金伯《词苑萃编》卷十八："礼部定例，每年，宁古塔人应往朝鲜国会宁地方交易一次。本朝照例差六品通事一员，七品通事一员，带领宁丁防御一员，骁骑校一员，笔帖式一员，赴会宁地方监看交易。康熙十七年，吴江吴孝廉兆骞，因丁酉科场事，久戍宁古塔，将《菊庄词》及成容若《侧帽词》、顾梁汾《弹指词》三本，与骁骑校带至会宁地方。有东国会宁都护府记官仇元吉，前观察判官徐良崎见之，用金一饼购去，仍各题一绝于左。其仇元吉题《菊庄词》云：'中朝寄得《菊庄词》，读罢烟霞照海湄。北宋风流何处是，一声铁笛起相思。'徐良崎题《弹指》、《侧帽》二词云：'使车昨渡海东偏，携得新词二妙传。谁料晓风残月后，而今重见柳屯田。'以高丽纸书之，仍令骁骑带回中国，遂盛传之。新城王侍郎阮亭有'新传春雪咏，蛮檄织弓衣'之句。今载渔洋山人续集中。[叶舒璐记]"

（3）高野竹隐《小病读词，得十六首》

按：题中所云"十六首"，在日本明治二十年发行的《新新文诗》第23集中，仅采录发表了以下五首，馀皆未见，疑已散佚。

咏苏轼《念奴娇·赤壁怀古》词

江湖载酒吊英雄，六代青山六扇篷。

铁板一声天欲裂，大江东去月明中。

咏岳飞《满江红》词

幕府一时才调工，英雄血滴《满江红》。

西台却怪无赓和，目极燕云塞草空。

咏词人陈维崧

千古苏辛俎豆新，填词图里见横陈。

飞扬青兕三千调，密付铜弦有替人。

咏词人朱竹垞

一瓣玉田差近真，漫从葭莩托朱陈。

北垞也竹南垞竹，心折竹山同里人。

咏蒋心馀

当年如意碎西台,谁向苍烟截笛材。

明月无声秋入破,夜凉制曲独徘徊。

按:这是一首咏《冬青树》作者蒋心馀的绝句。《冬青树》是蒋氏创作的一部历史剧,因此这一首严格地讲不是论词绝句,而是论曲绝句。又,在明治二十年(1887)发行的《新新文诗》杂志第23集中,森槐南在所采录的这五首后评曰:"樊榭《论词绝句》,罕靓嗣响。谁思二百馀年后,日东复出斯人,仆已击节嗟赏,只憾索解人不得耳。"以上参见日本神田喜一郎《日本填词史话》(程郁缀、高野雪译,北京大学出版社2000年版)。

附录三
现当代部分论词绝句辑录

（1）陈声聪《论近代词绝句》

陈声聪（1897—1987），字兼与，号壶因、荷堂，福建闽侯人。毕业于中国大学政治经济科。曾任贵州税务局副局长、福建省直接税务局局长、财政部专门委员。1949年后，被聘为上海文史研究馆馆员。中国书法家协会会员。曾任中华韵文学会副理事长、中华诗词学会顾问。早年即以书法名重于时，曾与沈尹默举办个人书法展。工诗词，亦擅兰竹、山水。著有《兼与阁诗》《壶因词》《兼与阁诗话》《荷堂诗话》《填词要略及词评四篇》《壶因杂记》。按：《论近代词绝句》收在《填词要略及词评四篇》书中，广东人民出版社1986年第1版。又，以下论词绝句后文字，均为作者自注。

一

浙常汇合未为奇，能把三人鼎足推。

更有金针勤度与，珠玑满载《箧中词》。

谭献字复堂，又字仲修，浙江仁和人。清同治丁卯科举人，历任安徽歙县、全椒、合肥等县知县，还乡后，勤述作，曾评点周济《词辨》，著《复堂词话》，又录近人词为《箧中词》，赡富精审，为人圭臬。自武进张惠言以古文家为词，缘情造端，标举风骚，与弟张琦同撰《宛邻词选》，其甥董士锡与周济复从而鼓吹之，称为常州派。献等以浙派词人而喜言惠言之学，于是浙常二派合流，而词体益尊，以吾视之，皆学人之词也。然献谓："蒋鹿潭《水云楼词》与成容若、项莲生三百年间分鼎三足，盖以三人为词人之词，持论甚正。"

献有《复堂类稿》及《复堂词》，陈廷焯曰："仲修小词绝精，长调稍逊，盖于碧山深处，尚少一番涵泳功也。"王国维曰："复堂《蝶恋花》'连理枝头侬与汝，千花百草从渠许'二语，寄兴深微。"

二

四印斋头昼易昏，秋词唱彻五城门。

百年朝局宫商变，领袖群流体益尊。

王鹏运字幼遐，号半塘，晚又号鹜翁，广西临桂人。清同治庚午科举人，历官内阁侍读，监察御史，礼部给事中。后南归，掌扬州仪董学堂。词有《半塘定稿》及续稿。曾汇刻自《花间集》以迄宋、元诸家词为《四印斋所刻词》，叶恭绰谓："幼遐先生于词学独探本原，兼穷奥缊，转移风会，领袖时流。"朱祖谋曰："君词导源碧山，复历稼轩、梦窗以还清真之浑化，与周止庵氏说若合针芥。"王国维曰："半塘定稿中，和冯正中《鹊踏枝》十阕，乃鹜翁词之最精者，'望远愁多休纵目'等阕，郁伊惝恍，令人不能为怀，定稿只存六阕，殊未为允也。"庚子八国联军入侵北京，与朱祖谋等集其寓宅，成《秋词》二卷。

三

坐看云起自披襟，流水鸣琴出大音。

气象与人不同处，断非无病作呻吟。

文廷式字道希，号云阁（作芸阁），江西萍乡人。清光绪壬午科举人，庚寅科进士，殿试第二人及第，授编修，擢侍读学士，以抗直罢官，戊戌政变，几遭不测，东奔日本，后归国，卒于乡。著有《纯常子枝语》《云起楼词钞》。廷式才气兀傲，词多哀时感托之作，故与一般词流殊异。其论词曰："自朱竹垞以玉田为宗，所选《词综》意旨枯寂，后人继之，尤为冗慢，以二窗为祖祢，视辛、刘为仇雠，家法如斯，庸非巨谬。"其宗尚可见。然所作清空而又丽密,豪宕而不犷放,直可追步苏、辛,断非改之所能及其婉妙。清季诸家,吾以为道希与樵风,可称南箕北斗。王鹏评其惜春《摸鱼儿》一阕云:"精粹之至,后遍尤深婉,读此觉北宋稍率,南宋稍弱矣。"夏敬观云:"近人惟文道希,差能学苏。"冒广生云:"云起楼词,浑脱浏漓,有出尘之致,亦可谓出其馀事,足了千人矣。"胡先绣云:"云起轩词,意气飚发,笔力横恣,诚可上拟苏、辛,俯视龙洲,其令词秾丽婉约,则又直入花间之室。至其风骨遒上,并世罕觏。故不从时贤之后,局促于南宋诸家范围,诚如所谓美矣善矣。"

四

铁岭云中大鹤仙,江南作客苦年年。

冷红瘦碧伤春意,都作商声上管弦。

郑文焯字小坡,一字叔问,号大鹤山人,奉天铁岭(今属辽宁)人。清光绪乙亥科举人,官内阁中书,旅居苏州,为巡抚幕客四十馀年。工书画,精音律,词有《瘦碧》《冷红》《比竹馀音》《苕雅馀集》等,后删存为《樵风乐府》,并著有《词源斠律》。文焯在清末诸名家中,气格独高,言宗周姜,实已上窥端己、正中,家世簪华,乃踽踽凉凉,依人作客,盖风雨将至,贤人知警,江湖卖画,吴市吹箫,高尚其志,颓然自放,哀时之泪,托之曼声,此所以尤激越而凄丽也。俞樾曰:"论其身世,微类玉田,其人与词,则雅近清真、白石。"又曰:"君词体洁旨远,句妍韵美。"易顺鼎曰:"追禅两宋,精辨七始,扶微睇奥,梳枷披奏,听于无声,眇忽成律,故能郁伊善感,和平荡听。"谭献曰:"研讨声律,辟灌光气,梦窗善学清真。"又曰:"持论甚高,摘藻绮密,由梦窗以跂清真,近时作手,颇难其匹。"冒广生曰:"神致清闲,怀抱冲远,所著诸词,规枕石帚。本朝词家虽多,若能研究音律,深明管弦声韵之异同,上以考古燕乐之谱者,凌次仲外,此为仅见。"

五

文章节概式词林,岁晚寒松有本心。

疏越朱弦重唱叹,网罗沧海惜遗音。

朱祖谋又名孝臧，字古微，号沤尹，又号彊村，浙江归安人。清光绪壬午科举人，翌年成进士，授编修，累擢至侍讲学士，礼部侍郎。有《彊村语业》二卷。尝校刻唐、宋、金、元人词百六十馀家为《彊村丛书》，又辑《湖州词征》二十四卷，《国朝湖州词征》六卷。又辑近人所作为《沧海遗音集》。辛亥革命后，祖谋江湖肥遁，晚居上海，专力于词，为时宗匠。王国维云："近人词如复堂词之深婉，彊村词之隐秀，皆在半塘老人上。彊村学梦窗，而情味较梦窗反胜。盖有临川、庐陵之高华，而济以白石之疏越者，学人之词，斯为极则，然古人自然神妙处，尚未见及。"冒广生云："朱古微侍郎中岁始填词，而风度矜庄，格调高简。"王幼遐云："世人知学梦窗，知尊梦窗，皆所谓但学兰亭之面，六百年来真得髓者，古微一人而已。"夏敬观云："侍郎词蕴情高夐，含味醇厚，体涩而不滞，语深而不晦，晚亦颇取东坡以疏其气。"张尔田云："先生所为词，拟之有宋，如范，如苏，如欧阳，深文而隐蔚，远旨而近言，三薰三沐，尤近觉翁。"

六

词到常州已变风，天南崛起肯从同。

如何重大兼能拙，商略黄昏有鹜翁。

况周颐字夔笙，号蕙风，广西临桂人。清光绪己卯科举人，官内阁中书，曾入张之洞及端方幕。晚居上海，卖文自给。有词九种，合刊为《第一生修梅花馆词》，后又删定为《蕙风词》，所著《蕙风词话》多精义，为世名著。蕙风词深得王鹏运之规模，亦不能无受茗柯言说之影响，提出拙、重、大三字，为词之旨归。王国维云："蕙风词，小令似叔原，长调亦在清真、梅溪间，而沉痛过之。彊村虽富丽精工，犹逊其真挚也。"

七

宫沟水浅无红叶，汐社星疏数旧人。

谁识遨头前太守，湖山敛黛入眉颦。

夏孙桐字闰枝，一字悔生，号闰庵，江苏江阴人。清光绪壬辰科进士，授编修，历任湖州、宁波、杭州知府。民初入清史馆。有《观所尚斋文存》及《悔龛词》。其词虽无惊人之笔，然珠圆玉润，稳贴有馀。民初京都先后有聊园、趣园、秭园、蛰园诸词社，闰翁攒眉入社，咸与题襟，今此旧人，亦都尽矣。

八

早岁荣归自玉堂，东华坐阅海生桑。

剪红刻翠身难老，陶鞣风花作道场。

俞陛云字阶青，号乐静老人，浙江德清人，曲园老人孙，清光绪戊戌科进士，殿试一甲第三名，授编修，一任四川乡试副考官。入民国后，长居北京，有《乐静词》。柔曼婉贴，吉祥止止，无一毫轻薄怨苦语，故福人也。

九

将军塞外久闻笳，何处春城每忆家。

尚有豪言穷塞主，羁縻骄虏在天涯。

志锐字伯愚，满洲镶红旗人。光绪庚寅科进士，授翰林编修，官至伊犁将军。有《廓轩竹枝词》《穷塞微吟稿》。锐《探春慢》有"堪笑征衣暗裂，只赢得羁縻塞外骄虏"之句。

十

空中传恨枉回肠，玄发终年未着霜。

鲛泣骊愁珠在握，香奁体漫托冬郎。

樊增祥字嘉父，号云门，一号樊山，晚号天琴老人，湖北恩施人。光绪进士，授翰林编修，官至江苏布政使。增祥诗至绮丽，词亦悱恻缠绵，但不多作。谓其师李慈铭云："诗可多作，词不宜多作，日日为回肠荡气语，恐气量日趋卑狭。"陈衍云："樊山自负其艳体之作，谓可方驾冬郎，疑雨集不足道也。"又云："余辑有师友诗录，以君诗美且多，拟专选其艳体诗，使后人见之，疑为若何翩翩年少，岂知其清癯一叟，旁无姬侍，且素不作狎斜游者耶。"又其年过八十，鬓发犹玄云。

十一

才人下笔实堪惊，楚颂湘弦太瘦生。

老去青楼赢薄幸，功名画饼竟无成。

易顺鼎字实甫，号哭盦，湖南龙阳人。光绪乙亥科举人，官至广东钦廉道。有《鸢天影事谱》《楚颂亭词》《丁戊之间行卷词》《湘弦词》《琴台梦语》《摩围阁词》等。"青楼薄幸，画饼无成"二语，增祥评顺鼎者，见其致王世蕭信中。

十二

于世真成一孑遗，诗人词意总为诗。

采薇何处非周粟，爱菊无端署义熙。

陈曾寿字仁先，号苍虬，湖北蕲水人。清光绪癸卯进士，官监察御史，有《苍虬阁词》及词续。张尔田云："阳阿才人之笔，苍虬诗人之思，降而为词，似欠本色。"又曰："苍虬颇能用思，不尚浮藻，然是诗意，非曲意。"

十三

岭南学海老经师，能作芊绵窈窕词。

万木却生东塾后，萧条风雨不同时。

康有为原名祖诒，字长素，号更生，广东南海人。初讲学于万木草堂，光绪十五年,以诸生伏阙上书,戊戌政变失败,逃日本,继游各国。有《万木草堂诗钞》,附词一卷。诗中前二句谓经师陈兰甫,实不相同也。

十四

燕市萧萧易水歌,唾壶击碎欲如何。

讨源斠律辛勤甚,一事栾城胜老坡。

梁启超字卓如,号任公,广东新会人,清举人,南海康有为弟子,戊戌变法,世称康梁,失败后,亡命日本。民国初,一任司法总长,反袁帝制成功,复任财政总长及币制局总裁,后主讲清华大学研究院。卒后,友人辑其所作为《饮冰室全集》,附词一卷。其词非颛门,故不如诗之精,与其师康有为皆所谓贤者无不能之事耳。

十五

风风雨雨世界同,人情宁复有西东。

虞初鞮译分题处,每为红儿揾泪红。

林纾字琴南,号畏庐,福建闽县人。清光绪壬午科举人,京师五城学堂、京师大学堂教习,为古文,学归震川,颇自负,馀事工诗词及画,并以古文译西洋小说多种,著于世。有《畏庐文集》《补柳词》。林氏少即工词,风流骀荡,意气发越,后不多作,惟有译作小说中,题长短句于卷首,如所译《玉雪留痕》之《齐天乐》、《迦音小传》之《摸鱼儿》等是。冒广生云:"闽县林琴南学博(纾),喜译欧西小说,其纪巴黎马克遗事,万口传诵,严幼陵(复)所谓'可怜一部茶花女,销尽支那荡子魂'者也。又工填词。有《补柳词》一卷,闽词多尚豪迈,琴南诸作,殆绝似吾乡王通叟《冠柳词》也。"

十六

狡狯文心百合宜,江山万里赋归时。

才人风调诗人思,两载拼成三卷词。

赵熙字尧生，号香宋，四川荣县人，清光绪庚寅科进士，授编修，转江西道监察御史，著直声。诗才甚捷，百篇挥手立就，风调冠绝一时，有《香宋前集》，为其门人周善培、江庸所辑印，旋周、江相继逝，后集未及印，不知稿在何处。词有三卷，丁巳岁，成都刊本，今不复得。熙初不事填词。辛亥之翌年回四川，两年中，成《香宋词》三卷。文字关人学问，意态系人胸襟，素虽不为词，酝酿于胸中者久矣，故出手便自不凡。夏敬观云："香宋词芬芳悱恻，骚雅之遗，固非詹詹小言也。"

十七

词精诗悍意凌兢，白石前身倘有凭。

流水垂杨桥下宅，骚魂谁与酹花塍。

王允皙字又点，号碧栖，福建闽县人，清举人，入民国，一任安徽婺源县知事，有《碧栖诗词》。其词深婉雅丽，令词尤隽，诗词俱精而不多，人比之姜尧章云。

十八

青山天许置闲身，一室自然为我春。

帘内炉香帘外柳，旧时月色冷于人。

何振岱字梅生，号心与，福建闽侯人，清光绪丁酉科举人，以诗著闻于世，有《觉庐诗集》及《我春室词》。所作皆得静与深二字，词尤冷峭孤微，素不轻示人，身后门人辑之，有油印本，故其传不广云。

十九

诸汪南海旧相看，仿佛珊瑚间木难。

谁似穷年惜孤抱，深镫雨屋不如寒。

汪兆镛字伯序，号憬吾，广东番禺人，清光绪己丑科举人，曾受业陈澧门下，著有《微尚斋诗文集》《雨屋深镫词》。其人志行修洁，学养深醇，词婉贴中，时有重笔，足以名世。

二十

当于词外见工夫，红鹤翻飞一翅殊。

肯作寻常女儿语，审音望古不枝梧。

金天羽，初名天翮，字松岑，号鹤望，又号天放楼主人，吴江人，少补博士弟子员，光绪戊戌荐试经济特科，不赴，肆力经史，旁窥名家述作及舆地兵谋之学，文名籍甚，有《天放楼集》《红鹤词》。天羽词自是学人之词，自成气局，于前人无可比拟。其论四声云："方千里之和清真，四声无变，不知清真于同调之作，四声前后已无墨守之例。彊村、大鹤才高而律谨，然于四声犹不能无参差，就令四声无忒，而平有阴阳，去亦有阴阳，拿侈一异，牵动竟体之律，宫谱亦随之而移。是故立法者主乎严，用法者期乎通，奚必循声逐影，构成破碎不文之作。"是为通论。

二十一

词人牢落一扁舟，载酒江湖始欲愁。

何似翠鬟双岫美，几回携梦上罗浮。

潘飞声字兰史，广东番禺人，有《江湖载酒图》，海内名人，题咏殆遍。其词奇思壮采，不可方物，咏罗浮诸作，尤为精警。

二十二

江上秋华书满楼，能为越谩与吴讴。

沧桑词客沧桑艳，谲正庄谐手并收。

丁传靖字闇公，又号沧桑词客，江苏丹徒人，清举人，久居北京。曾助徐世昌编《晚晴簃诗汇》。诗文词曲皆工，有《秋华堂集》，制《沧桑艳》《霜天碧》诸曲。

二十三

病榻吟秋落井梧，心香一瓣为周吴。

东华尘土中州泪，杳杳山禽响欲无。

邵瑞彭字次公，浙江淳安人，民初，众议院议员，以反对曹锟贿选，著闻于世。后任北京师范大学及河南大学教授。词有《扬荷集》及《山禽馀响》，早刻版行世。瑞彭词，堂构颇大，绮丽之中，气机疏荡，功力甚深。夏敬观云："次公为词，宗尚清真，笔力雄健，藻采丰赡。近自中州寄示所作五词，则体格又稍变，运用典实，如出自然，博综经籍之光，油然于词见之，盖托体高，乃无所不可耳。"叶恭绰云："次公词深浑高华，残膏剩馥，正可沾溉千人。"

二十四

观堂绝学久音希，词品平章意境微。

随手拈来两字诀，自然不隔是天机。

王国维字静安，浙江海宁人，清诸生，留学日本，治经史、词曲及甲骨文字，多所发明，为世大师。主清华大学研究院，年五十，自沉于万寿山昆明湖。著有《观堂全书》《人间词话》《观堂长短句》等。国维于古人词，五代喜李后主、冯正中，北宋喜永叔、子瞻、少游、美成，南宋除稼轩外，少所许可。樊志厚《观堂长短句序》中云："君词往复幽咽，摇动人心，快而能沈，直而能曲，不屑屑于言词之末，而名句间出，往往度越前人。至其言近而旨远，意决而辞婉，自永叔以后，殆未有工如君者也。"吾疑此序乃国维自作，托名于樊，否则不能亲切如此。樊不闻于世，有其人否，亦一疑问也。

二十五

深辞密意海绡词,更为周吴进一思。

自是偏师尊涩体,能言琴带拙声宜。

陈洵字述叔,广东新会人,早岁游宦江右,晚执教中山大学,有《海绡词》。洵词专为梦窗,秾丽不及,而深涩过之,尝言:"昔朱复古善琴,言琴须带拙声,否则与筝阮何异。"朱祖谋云:"海绡词,神骨俱静,此真火传梦窗者。"又云:"善用逆笔,故处处见腾踏之势,清真法乳也。"又云:"新会陈述叔,临桂况夔笙,并世两雄,无与抗手。"叶恭绰云:"述叔词,固非襞积为工者,读之,可知梦窗真谛。"

二十六

看山行遍浙东西,秋雪金风细品题。

哀怨无端成独茧,春心漫托杜鹃啼。

郭则沄字蛰麓,号蛰云,福建侯官人,清翰林,官浙江提学使,温处道,入民国,任国务院秘书长,铨叙局局长。著有《十朝诗乘》《清词玉屑》《龙顾山人诗集》《独茧词》等。则沄三世宦浙,诗文深受浙人影响。词华敷秀逸,尤近樊榭。

二十七

康家桥畔画叉钱,忍古楼头白石仙。

酝酿酸风词意别,亦如诗喜傍梅边。

夏敬观字剑丞,号吷庵,江西新建人,前清署江苏提学使,入民国,任浙江教育厅长。工诗词,能画,有《忍古楼诗集》《词调溯源》《吷庵词》。敬观休官后,曾筑室上海康家桥,小有林木之胜,卖画自给。诗学后山、宛陵,词亦苦涩,别具一格。张尔田云:"述叔、吷庵,各有偏胜。"其说甚是。

二十八

向人肝肺自槎枒，无益聊将遣有涯。

一脉水云遥嗣响，吴沤烟语是传家。

张尔田字孟劬，浙江钱塘人，清季候补知府，民初预修清史，北京大学、燕京大学教授。父上和曾从蒋春霖受词学，侨寓苏州，又与郑文焯为至友，著有《吴沤烟语》。尔田文史学家，著有《史微》《玉谿生年谱会笺》《遁庵文集》《遁庵乐府》等。夏敬观云："君自遭世艰屯，益励士节。其寓思于词也，时一倾吐肝肺芳馨。微吟斗室间，叩于窈冥。诉于真宰，心癯而文茂，旨隐而义正，岂馀子所能几及哉。"叶恭绰云："孟劬词，渊源家学，濡染甚深，与大鹤研讨，复究极精微，故所作亦具《冷红》神理。"近代词大半为学人与诗人之词，尔田力求近古，词意词味，比人似皆差胜。

二十九

几回大道见回车，绿树浮云四面遮。

岁晚向人书乞食，无归词客等无家。

易孺字大厂，又号韦斋，广东鹤山人，留学日本，习师范，历任北京高等师范学校、上海音乐学院教授，晚穷愁潦倒，工诗、词、书、画及篆刻。有《大厂词稿》及《和玉田词》。龙榆生云："孺填词务为生涩，爱取周、吴诸僻调一一依其四声虚实而强填之，用心至苦，自谓'百涩词心不要通'云。"孺词，自取蹊径，迥不犹人，犹诗中之山谷、后山也。

三十

侨置人知名祖（连读）孙，翩翩书翰满京垣。

天涯处处多芳草，玉露移宫梦有痕。

邵章字伯炯，号倬庵，浙江仁和人，为位西先生（懿辰）孙。光绪进士，久客北京，工书，善填词。当移宫前，建福殿焚，有《浪淘沙慢》一阕和美成韵记事，甚著。郭则沄云："倬庵词，考律綦岩，四声不混。"又云："笔势翛然，每寄故国之思。"

三十一

梦回孤抱入清尊，明月窥怖花有痕。

不识谭经问字地，闲愁能抵几黄昏。

黄侃字季刚，湖北蕲春人，余杭章炳麟之门人，早岁留学日本，入同盟会。归国后，历任北京大学、北京高等师范、南京中央大学教授。侃博学，尤精文字声韵之学，著有《声韵通例》《尔雅略说》《文心雕龙札记》《携秋华室词》等书。

三十二

乐府新声数滥觞，漫分词曲各标颺。

霜厓广大宜无敌，才调应过玉茗堂。

吴梅字瞿安，号霜厓，江苏长洲人，历任北京大学、中山大学、中央大学教授，善诗文，深研南北曲。著有《霜厓诗录》《霜厓词录》《霜厓三剧》。夏敬观云："瞿安为曲家泰斗，其词亦不让遗山、牧庵诸公。"叶恭绰云："瞿庵为曲学专家，海内推挹，词其余事，亦高逸不凡。"予以为梅诗词皆足名家，因世治曲者少，乃专以曲学称之，谓"词其馀事"，非知梅者。

三十三

人间波外有风波，咫尺胥江即汨罗。

足把骚馀追屈宋，忍从灰里拨阴何。

乔曾劬字大壮，四川华阳人，曾任监察院参事，中央大学教授。有《波外楼诗》《波外乐章》。岁戊子独游苏州，自沉于江。寿铄云："大壮词，南宋近碧山，北宋近方回"，其说近是。

三十四

淮南燕北意多违，临水登山或忘归。

垂老将离增百感，柳溪一桁满斜晖。

向迪琮字仲坚，四川双流人，上海市文史馆、上海医学文献馆馆员。有《柳溪长短句》。朱祖谋云：'清峻婉密，若吐若茹，虽植体先宋，要其深情奥思，即时时有夔、巫间峰回峡转纡曲幽邃之意。"乔曾劭云："取径尧章、公谨，上及闲斋、小山、无咎诸家，声情兴象，要眇清异，卓然有以自名。近益规取柳、苏、贺、周，朴茂重大，渊然北声。"寿铄云："融情入景，似柳而无其尘下，掩抑低回，若不胜其幽伤憔悴也者，残月晓风而外，又重以斜阳烟柳之思。"按迪琮含宫嚼徵，酝酿姜史，令词似尤胜。

三十五

津桥杨柳乱栖鸦，闻笛心惊日未斜。

底用绮怀争隐轸，有烟水处有风沙。

寿铄字石工，又字印匋，号珏庵，浙江绍兴人。工篆刻，词刻意生涩，自谓近四明，有《珏庵词》。

三十六

诗雅门庭把异芬，玉溪白石欲平分。

提携家国仓皇际，谁识哀时汪水云。

汪东字旭初，号寄庵，江苏吴江人，有《寄庵词》。东为荣宝之弟，荣宝诗学樊南，东词学尧章，华赡苍凉，江东独步。抗战期间，扶病入渝，卧病歌乐山，知者皆惜其才，而怜其遇。

三十七

早岁欣同老宿游，两京才调孰能俦。

风谣剩有劳山集，惆怅春归袖海楼。

黄孝纾字公渚，号匑庵，福建人。山东齐鲁大学教授。工骈体文、诗词及画。有《匑庵文稿》，己亥岁已刊行。诗词未印，惟《劳山集》中有若干首。袖海楼在青岛，为孝纾与弟君坦、公孟三兄弟读书处也。

三十八

少年意气似长虹，南社开山报晓钟。

剑胆琴心秋浩荡，小词能作玉琤玜。

庞树柏字檗子，号芑庵，江苏常熟人。历任江宁思益、苏州木渎及常熟各两等学堂教习。具革命思想，与柳亚子等俱为南社创始者，死年仅三十三岁，有《玉琤玜馆词》，为朱祖谋所点定，树柏诗词有奇气，盖少抱父仇，又感于时世，胸中郁勃之气，一于诗词中发之也。

三十九

平生亦爱说东坡，青眼高歌砚待磨。

独是词源疏凿手，艺林功孰与君多。

龙沐勋字榆生，江西万载人。历任中央大学、上海音乐学院教授。问业于朱祖谋，祖谋以砚授之，作《彊村授砚图》，题咏遍海内。著有《东坡乐府笺》《词曲概论》《唐宋词格律》《忍寒楼词》及编纂《词学季刊》等。

四十

音声南宋讲偏精，春水词源汨汨生。

乐府今谁称协律，一篇《声执》价连城。

陈世宜字匪石，上海人。历任各大学教授，著有《宋词举》《声执》，于词之声律、韵律，有精辟之见解。

四十一

俊赏于人本不同，岭南词曲有宗风。

纫芳一歇吴丝绝，片羽惟馀翰墨工。

陈运彰字蒙庵，广东潮阳人，久居上海，工书法，为况周颐门人，夏敬观《忍古楼词话》，叶恭绰《广箧中词》皆选入其作品。有《纫芳簃词》《吴丝新谱》等词集，陈世宜谓其长调多未协律。吾观其词颇华绚，但觉未甚浑凝耳。未刊印。

四十二

海山词客感伶俜，红萼魂回梦亦醒。

凤哕鸾吪归不得，邓林莫觅瘗花铭。

吕碧城字圣因，安徽旌阳人，姊妹三人并工文藻。中年去国，卜居瑞士雪山，第二次世界大战起，始经美洲回香港，旋卒。初刊《信芳词》，后复删订，益以新作，汇印为《晓珠词》。碧城与樊增祥、费树蔚有文字交往，与费书中谓"死后拟葬邓尉，勒碑以邓尉探梅诗十首镌于上"，事详拙著《兼于阁诗话》闵费故事一则中。

四十三

秋风身世共飘零，凄咽寒蝉那忍听。

但望老师眼如月，长留诗卷镇垂青。

丁宁字怀枫，江苏扬州人，为陈含光、程善之弟子。初随含光学诗，后以屡遭家难，思虑郁煎，乃为小词以自遣，故语多凄怨。晚在淮南，佣书自给，含光诗及善之文钞本数巨册，在伊处，历次丧乱，皆携以自随，得以不失,此种风义,非今日寻常所有也。词有《昙影集》《怀枫集》,后整编为《还轩集》。施蛰存云:"才情高雅,藻翰清醇,琢句遣辞,谨守宋贤法度。制题序引亦隽永古峭,不落明清人凡语,知其人于文学有深诣也。"

四十四

嘉陵江上水泱泱,国难家愁几断肠。

何物鬼车成碎玉,悠悠古道沈斜阳。

沈祖棻字子苾,江苏海盐人,程千帆室,有《涉江词》。抗战时期,展转巴蜀间,备尝险阻,体羸弱,又以腹瘤,经割治。建国(1949年)后,任武汉大学中文系教授。因车祸而殁。其词用"斜阳"二字无不佳,予曾以"沈斜阳"称之。章士钊题其词,有"东吴文学汪夫子,诗律先传沈祖棻"之语,盖祖棻为汪东词弟子也。姚鹓雏则云:"闺襜之秀,虽出寄庵门下,而短章神韵,直欲胜蓝。"

四十五

栩园家世擅词章,小翠春山眉最长。

歌罢数峰人不见,后堂终夜咽寒螀。

陈小翠,浙江钱塘人。为小蝶女,定山妹,善绘事,并工诗词,时拂拂有丈夫气,"文革"期间,不肯屈供,在家引煤气自尽。所作有小印本,特皆一时零篇耳。

以上论词,以吾生所及见,断自谭献以后,得四十五人。有未知者,有知之而未读其词,或未详其人者,均付阙如,不能尽也,鉴者谅诸。

（2）夏承焘《瞿髯论词绝句》

夏承焘（1900－1986），字瞿禅，别号瞿髯，浙江温州人。按：以下《瞿髯论词绝句》98首，录自《夏承焘集》（第二册），浙江古籍出版社、浙江教育出版社1997年第1版。

前　言

予年三十，谒朱彊村先生于上海。先生见予论辛词"青兕词坛一老兵"绝句，问："何不多为之？"中心藏之，因循未能着笔。六十馀岁，禁足居西湖，乃陆续积稿得数十首，亦仓促未写定。一九七三年春，无闻检箧得之，取以相玩，谓稍加理董，或可承教通学。爰以暇日，同斟酌疏释。近三年来，以宿疾来京治疗，出版单位诸同志时来督勉，乃随改随增，至一九七八年初春脱稿，共得八十馀首。上距初谒彊村先生时，将五十年矣。回溯初着笔时，予客钱塘江上之月轮楼，方在壮年。今葳事于北京之天风阁，则垂垂老矣。并世方家，倘蒙指教，片辞之锡，拱璧承之。夏承焘一九七九年春书，时年八十。

唐教坊曲

乐府谁能作补亡，纷纷绮语学高唐。
民间哀怨敦煌曲，一脉真传出教坊。

填词

腕底银河落九天，文章放笔肯言填！
楼台七宝拳椎碎，谁是词家李谪仙？

李白

北里才人记曲名，边关闾巷泪纵横。
青莲妍唱清平调，懊恼宫莺第一声。

张志和

羊裘老子不能诗，苕霅风谣和竹枝。
谁唱箫韶横海去，扶桑千载一竿丝。

温庭筠

朱门莺燕唱花间，紫塞歌声不惨颜。
昌谷樊川摇首去，让君软语作开山。

李珣 1

波斯估客醉巫山，一棹悠然泊水湾。
唱到玄真渔父曲，数声清越出花间。

李珣 2

李家兄妹锦城中，小阕宫词并比工。
待唤周韩商画境，淡眉骑象上屏风。

李煜 1

泪泉洗面枉生才，再世重瞳遇可哀。
唤起温韦看境界，风花挥手大江来。

李煜 2

樱桃落尽破重城，挥泪宫娥去国行。
千古真情一钟隐，肯抛心力写词经。

北宋词风

九重心事共谁论，酒畔兵权语吐吞。
说与玉田能信否？陈桥驿下有《词源》。

林逋

巢居阁下采莲乡，学结同心藕腕香。
谁与老逋和妍唱，南邻忍笑水仙王。

范仲淹

罗胸兵革酒难温，未勒燕然梦叩阍。
莫怪人嗤穷塞主，歌围舞阵正勾魂。

欧阳修、柳永

风庭泪眼乱红时，井水传歌到四陲。
坛坫从他笑欧柳，风花中有大家词。

苏轼 1

猎馀豪气勒燕然，月下悼亡忆弟篇。
一扫风花出肝肺，密州三曲月经天。

苏轼 2

黄州未赦逐臣回，赤壁箫传窈窕哀。
揽辔排阊随梦去，清江白月放船来。

苏轼 3

落手扁舟兴浩然，柏台不死乞谁怜。
黄州学问我能说，狮吼声边猪肉禅。

苏轼 4

雪堂绕枕大江声，入梦蛟龙气未平。
千载才流学豪放，心头庄释笔风霆。

苏轼 5

兹游奇绝负南迁,尚欠龙神词几篇。
万斛莫夸泉涌地,幺弦难谱浪黏天。

苏轼、蔡松年

坡翁家集过燕山,垂老声名满世间。
并世能为苏属国,后身却有蔡萧闲。

秦观

秦郎淮海领宗风,小阕苏门亦代雄。
等是百身难赎语,郴江北去大江东。

贺铸

铁面刚棱古侠俦,肯拈梅子说春愁?
燕山胡角樊楼酒,临逝同谁拍六州!

周邦彦 1

崇宁残局闹笙歌,亡国哀音论不苛。
气短大江东去后,秋娘庭院望斜河。

周邦彦 2

崇宁礼乐比伊周,江水难湔七字羞。
归魄梵村应有愧,钱塘长绕月轮流。

万俟雅言

字字宫商费苦辛,一篇春草变荆榛。
笳铙声里调脂粉,气短朝堂顾曲人。

张元干

格天阁子比天高,万阕投门悯彼曹。
一任纤儿开笑口,堂堂晚盖一人豪。

赵佶

燕山兵火照关红,歌酒樊楼夜正中。
边塞征夫莫遥怨,天街马滑又霜浓。

李清照1

目空欧晏几宗工,身后流言亦意中。
放汝倚声逃伏斧,渡江人敢颂重瞳。

李清照2

西湖台阁气沉沉,雾鬓风鬟感不禁。
唤起过河老宗泽,听君打马渡淮吟。

李清照3

大句轩昂隘九州,么弦稠叠满闺愁。
但怜虽好依然小,看放双溪舴艋舟。

李清照4

扫除疆界望苏门,一脉诗词本不分。
绝代易安谁继起?渡江只手合黄秦。

李清照5

中原父老望旌旗,两戒山河哭子规。
过眼西湖无一句,易安心事岳王知。

李清照6

易安旷代望文姬,悲愤高吟新体诗。
倘使倚声共南渡,黄金合铸两娥眉。

岳飞1

两河父老宝刀寒,半壁君臣恨苟安。
千载瑶琴弦迸泪,和君一曲发冲冠。

岳飞2

黄龙月隔贺兰云,西北当年靖战氛。
玉海舆图曾照眼,笑他耳食万词人。

岳飞3

王髯御鞑唱刀环,朔漠欢声震两间。
八卷鄂王家集在,何曾说取贺兰山?

陆游

许国千篇百涕零,孤村僵卧若为情。
放翁梦境我能说,大散关头铁骑声。

张孝祥1

南朝才子气都灰,我为斯人舞蹈来。
听唱六州弹徵羽,江南重见贺方回。

张孝祥2

江南自号小元祐,塞上谁支大散关?
莫献于湖六州曲,荷风五月好湖山。

辛弃疾 1

青兕词坛一老兵，偶能侧媚亦移情。
好风只在朱阑角，自有千门万户声。

辛弃疾 2

人居平土鱼归海，禹迹苍茫在两间。
谁会词人饥溺意，大江东下望金山。

辛弃疾 3

学种东家树几株，登楼身已要人扶。
谁怜火色鸢肩客，临逝方承急召书。

辛弃疾 4

金荃兰畹各声雌，谁为吟坛建鼓旗？
百丈龙湫雷窸底，他年归读稼轩词。

陈亮、朱熹

号召同仇九域同，龙川硬语自盘空。
菜根嚼出成宫徵，笑看摇头一遁翁。

陈亮 1

永康高论震江关，难解微言友好间。
天外梅花先动色，一枝的烁照蓬山。

陈亮 2

香影孤山莫浪传，梅边知己有龙川。
看花心事排阊句，展卷光芒八百年。

陈亮 3

芒鞋京口客谈兵,京样佳人忽眼青。
风痹一翁应匿笑,文中龙虎学莺声。

张抡

烽烟汴洛隔边愁,留个西湖好赏秋。
防有姮娥弹泪听,销金锅里颂金瓯。

史达祖

辛陆诸公鬓已皤,枕边鼓角绕关河。
江南士气秋蛩曲,白雁声中奈汝何!

张镃

京洛繁华指一弹,过江才子惜春残。
南朝两种花中了,吟过梅花赛牡丹。

刘过

猿臂人弯百石弓,不伤鲁缟见真雄。
江湖剑客矜飞走,越女相逢一笑中。

姜夔 1

一麾湖海望昭陵,慷慨高谈泽潞兵。
付与南人比吟境,二分冷月挂芜城。

姜夔 2

三吴双井雅音函,早岁吟心辨苦甘。
不供温韦寻梦境,春衫冷月过淮南。

姜夔 3

唱和红箫兴未阑,棹歌鉴曲负三山。
山翁碧岳黄流梦,与子忘言晋宋间。

姜夔 4

开禧兵火见流亡,合变词风和鞺鞳。
迟识稼轩翁倘悔,一尊北顾满头霜。

姜夔 5

张柳吟灯满绮罗,侯门一老厌笙歌。
野云那有作峰意,终古江湖贫士多。

刘克庄

莆田一老并龙洲,同坐江湖百尺楼。
要与梅花争傲骨,莫贪眉语错伊州。

元好问 1

纷纷布鼓叩苏门,谁扫刁调返灏浑?
手挽黄河看砥柱,乱流横地一峰尊。

元好问 2

唾手应酬杂笑姗,未容小节议遗山。
高流妙诀无多子,两字传君是勇删。

吴文英 1

小湖北岭屐群群,绿萼沧浪酒几巡。
梦路倘逢过岭客,茄边忍伴斗蛮人。

吴文英 2

横海仙人跨彩鸾，眼前金碧各檀栾。
是谁肯办痴儿事，七宝楼台拆下看。

刘辰翁

稼轩后起有辰翁，旷代词坛峙两雄。
憾事筝琶银甲硬，江西残响倚声中。

周密、王沂孙

草窗花外共沉吟，桑海相望几赏音？
不共玉田入中秘，清初诸老夜扪心。

周密

弁阳一老久低眉，怕和哀歌吊黍离。
授与两编挥汗读，凤林词选谷音诗。

文天祥

宫廷老妇署名降，缧绁孤臣意慨慷。
驿路一词同斧钺，几人生死欠商量。

张炎 1

吟成孤雁人亡国，技尽雕虫句到家。
持比须溪送春什，怜君通体最无瑕。

张炎 2

彩笔传家羡玉田，崚嶒风雪走幽燕。
晚年乐笑缘何事，醉梦听鹃二十年。

张炎 3

金经学写泪偷弹,春雪词成寄恨难。
堕地无香更谁怨,自家原不作花看。

张炎 4

皓首沧桑已厌谈,白云持赠又何堪。
西湖艳说生春水,一杓初尝味较甘。

陈经国

深源夷甫论雍容,坐见吴山映夕烽。
百辟动容雷殷地,江湖游客几真龙。

《乐府补题》

空坑战鼓震天涯,白塔斜阳几吠鸦。
谁起苍头吊黔首,牛羊骨里哭皇家。

金堡

丹霞山色是耶非,谁向西湖问澹归?
叱起蛟龙听大喟,黄巢矶下涤僧衣。

陈子龙

湘真阁子听江开,咫尺终童唱大哀。
慷慨英游携手路,拜鹃诗就戴头来。

夏完淳

艾炙眉头一嗒然,几人忍死到华颠?
几人汗下南冠草?堕地星辰十七年。

王夫之

共谁月窟话神游,难挽天河浣客愁。
凄绝听鹃桥畔客,临终呓语问幽州。

陈维崧

赵魏燕韩指顾中,凉风索索话英雄。
燕丹席上衣冠白,豫让桥头落照红。

朱彝尊 1

朱陈艳说好村名,坡老重经百感并。
琴趣茶烟魂定否?村村野哭过门声。

朱彝尊 2

皕韵风怀系梦思,蒸豚两庑也涎垂。
一心两手扶皇极,马郑家言秦柳词。

顾贞观

销魂季子玉关情,冰雪论交万里程。
何必楼台羡金碧,至情言语即天声。

纳兰性德

思幽韵淡一吟身,冷暖心头记不真。
旷代销魂李钟隐,相怜婀娜六朝人。

厉鹗

身是东南老布衣,凭高弹指看斜晖。
九天人语摇头听,七里滩声纳袖归。

洪亮吉

平分两当与长离,灯影机声又一时。
留与南人看胆气,冰天雪窖有新词。

张惠言

茗柯一派皖南传,高论然疑二百年。
辛苦开宗难起信,虞翻易象满词篇。

周济

稼轩阵脚着坡翁,周济论词恨欠公。
再世于湖如不夭,渡江风雨角双雄。

龚自珍 1

才是红桑一度尘,九州坏劫堕星辰。
谁怜鬓影炉薰畔,遁此非儒非侠人。

龚自珍 2

越世高谈一僇民,肯依常浙作家臣?
但疑霄汉飞仙影,仍是江湖载酒身。

龚自珍 3

词出《公羊》百口疑,深人宧论亦微词。
老来敢议常州学,自剔新灯诘女儿。

陈亮、龚自珍

龙虎文坛孰代雄,永康旗鼓满天东。
九京倘见明良论,身后龚生此恨同。

陈澧

万卷蟠胸一秃翁，江关兵火望中红。
罗浮海澨看奇彩，落落青天廿五峰。

蒋春霖

兵间无路问吟窗，彩笔如椽手独扛。
常浙词流摩眼看，水云一派接长江。

谭献

万方一概晓笳声，语在修眉谁解听。
百阕从教追北宋，一竿自爱占西泠。

朱孝臧

论定彊村胜觉翁，晚年坡老识深衷。
一轮黯淡胡尘里，谁画虞渊落照红？

况周颐

年年雁外梦山河，处处灯前感逝波。
会得相思能驻景，不辞双鬓为君皤。

词坛新境

兰畹花间百辈词，千年流派我然疑。
吟坛拭目看新境，九域鸡声唱晓时。

外编（7首）

樱边觱篥迤风雷，一脉嵯峨孕霸才。
并世温尪应色喜，桃花泛鳜上蓬莱。

（日本嵯峨天皇）

待缝白纻作春衫,要教家人学养蚕。
动我老饕横海兴,莼鲈秋讯似江南。
（日本野村篁园）

情天难补海难填,历劫沧桑哭杜鹃。
唤起龙神听拍曲,美人筝影倚青天。
（日本森槐南）

白须祠畔看眉弯,樊榭风徽梦寐间。
待挽二豪吹尺八,星空照影子陵滩。
（日本高野竹隐）

槐南竹隐两吟翁,梦路何由到海东？
哦得玉池仙子句,白须祠畔泊青篷。
（日本森槐南、高野竹隐）

北行苏学本堂堂,天外峨嵋接太行。
谁画遗山扶一老？同浮鸭绿看金刚。
（朝鲜李齐贤）

前身铁脚吟红萼,垂老蛾眉伴绿缸。
唤起玉田商梦境,深灯写泪欲枯江。
（越南阮绵审）

(3) 缪钺《论词绝句》

缪钺（1904—1995），字彦威，江苏溧阳人。按：以下《论词绝句》37首，录自《灵谿词说》，上海古籍出版社1987年第1版。

总论词体的特质

漫云景物当前语，要眇宜修贵细参。
云影天光摇荡处，微言多少此中涵。

苏辛健笔开新境，言志抒怀体自殊。
须识东坡韶秀处，莫将豪放误粗疏。

论杜牧与秦观《八六子》词

新声一曲《八六子》，筚路功推杜牧之。
更有秦郎才调美，危亭芳草见清词。

论韩偓词

冬郎神似义山诗，雏凤声清旧所知。
沉郁苍凉家国感，如何未见入新词？

《花间》词平议

活色生香情意真，莫将侧艳贬词人。
风骚体制因时变，要眇宜修拓境新。

固多儿女柔情语，亦有风云感慨辞。
红藕野塘亡国泪，残星金甲戍边思。

淮海清真晏小山，发源同是出花间。
滥觞一曲潺湲水，万里波涛自不还。

论范仲淹词

平生忧乐关天下,经略边疆赋壮词。
别有深情流露处,眉间心上耐寻思。

论张先词

南唐遗韵传欧晏,柳永新声已擅场。
子野独标清脆格,能于二者作桥梁。

论晏几道词

论文耻作进士语,仕宦甘居末秩尊。
明月彩云容自得,平生不傍贵人门。

论晏几道《鹧鸪天》词

由来意境相通处,诗画相涵古所知。
更见乐歌银幕趣,一齐融入小山词。

论苏、辛词与《庄》《骚》

超旷豪雄各不同,苏辛词境树新风。
黄流九曲寻源去,都在《庄》《骚》孕育中。

论黄庭坚词

平生不愿随人后,书法诗篇见异才。
馀事填词犹倔强,门墙肯傍大苏来。

不烦绳削而自合,似此高踪未易寻。
纵笔抒怀梅照眼,凄凉去国十年心。

论贺铸词

匡济才能未得施,美人香草寄幽思。
《离骚》寂寞千年后,请读《东山乐府》词。

论李清照词

论词敢作惊人语,恤纬常怀忧国思。
谁似乙庵具真赏,能从神骏识奇姿。

平生伉俪兼知己,铭刻研寻万古情。
一序能传《金石录》,更因离乱见坚贞。

寻常言语谱新声,皎洁芙蓉出水清。
从此流传易安体,稼轩会孟总心倾。

论陈与义词

诗法为词亦一途,简斋于此得骊珠。
杏花疏雨传佳什,自有神情似大苏。

论岳飞词

将军佳作世争传,三十功名路八千。
一种壮怀能蕴藉,请君细读《小重山》。

论张元干词

激昂忠愤歌《金缕》,争诵《芦川》压卷词。
婀娜清刚相济美,不妨花月忆心期。

论张孝祥词

清旷豪雄两擅场,苏辛之际此津梁。
酒酬万象为宾客,肯向尘寰较短长。

中原遗老望霓旌,极目长淮恨未平。
激励重臣能罢席,乐歌一曲振天声。

论姜夔词

江西诗法出新裁,清劲填词别派开。
幽韵冷香风格异,湘皋月坠见红梅。

情辞声律能相济,骚雅清空自一途。
若觅浑成深厚境,令人回首望欧苏。

窥江胡马伤离黍,金鼓长淮寓壮心。
若比稼轩豪宕作,笙箫钟鼓不同音。

论史达祖词

警迈清新咏物词,柳昏花暝见精思。
穷愁晚节趋遒健,江水苍苍又一时。

建瓴一举收鳌极,犹有平戎报国心。
陪节北行问遗老,风沙乔木动悲吟。

论文天祥词

劲节孤忠照两仪,更将馀事赋新词。
妾心元是分明月,取义成仁此誓辞。

几年苦战此馀生，告别江涛恨不平。
自有斗牛奇气在，冲冠怒发欲吞嬴。

论刘辰翁词

碧山叔夏伤离黍，谁及须溪重笔词。
春去知它尚来否，苏堤风雨乱鸦嘶。

易安词句感人深，元夕长吟恸不禁。
宁料三年仍此夜，满村社鼓更哀音。

论张炎词

江湖流落旧王孙，卅载华堂一梦存。
剩水残山凭吊尽，万花吹泪掩闲门。

夜渡黄河记壮游，玉关踏雪脆貂裘。
南人词有幽并气，未许人间第二流。

美成以下论妍媸，两卷《词源》见卓思。
骚雅清空尊白石，无妨转益更多师。

悽怆缠绵是所长，田荒玉老语堪伤。
中仙去后无词笔，此意人间费较量。

论宋人改词

新词涂改动经旬，平淡之中见苦辛。
绣出鸳鸯无限好，金针度与有心人。

（4）启功《论词绝句》

启功（1912—2005），爱新觉罗氏，字元白，满族。曾任北京师范大学教授、中央文史馆馆长、中国书法家协会主席、全国政协常委等。有《启功丛稿》《启功韵语》《古代字体论稿》等。按：以下《论词绝句》20首，录自《启功丛稿》，中华书局1999年第1版。

一

　　暝色高楼听玉箫，一称太白惹喧嚣。
　　千年万里登临处，继响缘何苦寂寥。（李白）

二

　　词成侧艳无雕饰，弦吹音中律自齐。
　　谁识伤心温助教，两行征雁一声鸡。（温庭筠）

三

　　一江春水向东流，命世才人踞上游。
　　末路降王非不幸，两篇绝调即千秋。（李煜）

四

　　新月平林鹊踏枝，风行水上按歌时。
　　郢中唱出吾能解，不必谦称白雪词。（冯延巳）

五

　　词人身世最堪哀，渐字当头际遇乖。
　　岁岁清明群吊柳，仁宗怕死妓怜才。（柳永）

六

　　柔情似水能销骨，珠玉何殊瓦砾堆。
　　官大斥人拈绣线，却甘词费燕归来。（晏殊）

七

潮来万里有情风,浩瀚通明是长公。
无数新声传妙绪,不徒铁板大江东。（苏轼）

八

斗酒雷颠醉未休,小梅花最见风流。
路人但唱黄梅子,愧煞山阴贺鬼头。（贺铸）

九

叔世人文品亦殊,行踪尘杂语含糊。
美成一字三吞吐,不是填词是反刍。（周邦彦）

十

毁誉无端不足论,悲欢漱玉意俱申。
清空如话斯如话,不作藏头露尾人。（李清照）

十一

夕阳红处倚危栏,青兕归朝杀敌难。
意气干云声彻地,群山不许望长安。（辛弃疾）

十二

词仙吹笛放船行,都是敲金戛玉声。
两宋名家谁道着,春风十里麦青青。（姜夔）

十三

顾影求怜苦弄姿,连篇矫揉尽游辞。
史邦卿似周邦彦,笔下云何我不知。（史达祖）

十四

崎岖路绕翠盘龙,七宝楼台蓦地空。
沙里穷披金屑小,隔江人在雨声中。（吴文英）

十五

万绿西泠一抹烟,情深不碍语清圆。
碧山四水难争长,玉老田荒恐未然。（张炎）

十六

欲把英雄说与君,词豪一代几曾闻。
笔端黄叶中原走,多事横图画紫云。（陈维崧）

十七

纳兰词学女儿腔,数典文人病健忘。
伊彻曼殊家咫尺,梭龙何故号诸羌。（纳兰性德）

十八

渔歌响答海天风,南谷齐眉唱和同。
词品欲评听自赞,花枝不作可怜红。（《东海渔歌》）

十九

妄将婉约饰虚夸,句句风情字字花。
可怜老夫今骨立,已无馀肉为君麻。（伪婉约派）

二十

豪放装成意外声,欲教石破复天惊。
闭门自放牛山屁,地下苏辛恐未能。（伪豪放派）

（5）叶嘉莹《论词绝句》

叶嘉莹（1924— ），号迦陵，出生于北京，满族。南开大学中华古典文化研究所所长、博士生导师，加拿大籍中国古典文学专家，加拿大皇家学会院士。曾任台湾大学教授、美国哈佛大学、密歇根大学及哥伦比亚大学客座教授、加拿大不列颠哥伦比亚大学终身教授，并受聘为国内多所大学客座教授，中国社会科学院文学所名誉研究员，中央文史研究馆馆员。按：以下《论词绝句》49首，录自《灵谿词说》，上海古籍出版社1987年第1版。

论词的起源

风诗雅乐久沉冥，六代歌谣亦寝声。
里巷胡夷新曲出，遂教词体擅嘉名。

曾题名字号诗馀，叠唱声辞体自殊。
谁谱新歌长短句，南朝乐府肇胎初。

唐人留写在敦煌，想像当年做道场。
怪底佛经杂艳曲，溯源应许到齐梁。

论温庭筠词

何必牵攀拟楚骚，总缘物美觉情高。
玉楼明月怀人句，无限相思此意遥。

绣阁朝晖掩映金，当春懒起一沉吟。
弄妆仔细匀眉黛，千古佳人寂寞心。

金缕翠翘娇旖旎，藕丝秋色韵参差。
人天绝色凭谁识，离合神光写妙辞。

论韦庄词

水堂西面相逢处，去岁今朝离别时。
个里有人呼欲出，淡妆帘卷见清姿。

谁家陌上堪相许，从嫁甘拚一世休。
终古挚情能似此，楚骚九死谊相侔。

深情曲处偏能直，解会斯言赏最真。
吟到洛阳春好句，斜晖凝恨为何人？

论冯延巳词

缠绵伊郁写微辞，日日花前病酒卮。
多少闲愁抛不得，《阳春》一集耐人思。

《金荃》秾丽《浣花》清，淡扫严妆各擅名。
难比正中堂庑大，静安于此识豪英。

罢相当年向抚州，仕途得失底须忧。
若从词史论勋业，功在江西一派流。

论李璟词

丁香细结引愁长，光景流连自可伤。
纵使《花间》饶旖旎，也应风发属南唐。

凋残翠叶意如何，愁见西风起绿波。
便有美人迟暮感，胜人少许不须多。

论李煜词

悲欢一例付歌吟,乐既沉酣痛亦深。
莫道后先风格异,真情无改是词心。

林花开谢总伤神,风雨无情葬好春。
悟到人生有长恨,血痕杂入泪痕新。

凭栏无限旧江山,叹息东流水不还。
小令能传家国恨,不教词境囿花间。

论晏殊词

临川《珠玉》继《阳春》,更拓词中意境新。
思致融情传好句,不如怜取眼前人。

诗人何必命终穷,节物移人语自工。
细草愁烟花怯露,金风叶叶坠梧桐。

词风变处费人猜,疑想浇愁借酒杯。
一曲标题赠歌者,他乡迟暮有深哀。

论欧阳修词

诗文一代仰宗师,偶写幽怀寄小词。
莫怪尊前咏风月,人生自是有情痴。

四时佳景都堪赏,清颍当年乐事多。
十阕新词《采桑子》,此中豪兴果如何?

西江词笔出南唐,同叔温馨永叔狂。
各有自家真面目,好将流别细参详。

论柳永词

休将俗俚薄屯田,能写悲秋兴象妍。
不减唐人高处在,潇潇暮雨洒江天。

斜阳高柳乱蝉嘶,古道长安怨可知。
受尽世人青白眼,只缘填有乐工词。

平生心事黯销磨,愁诵当年《煮海歌》。
总被后人称腻柳,岂知词境拓东坡?

论晏几道词在词史中之地位

艳曲争传绝妙辞,酒酣狂草付诸儿。
谁知小白长红事,曾向春风感不支?

人间风月本无常,事往繁华尽可伤。
一样纯情兼锐感,叔原何似李重光?

论苏轼词

揽辔登车慕范滂,神人姑射仰蒙庄。
小词馀力开新境,千古豪苏擅胜场。

道是无情是有情,钱塘万里看潮生。
可知天海风涛曲,也杂人间怨断声。

将青捣紫俗偏好,曲港圆荷俪亦工。
莫道先生疏格律,行云流水见高风。

论秦观

花外斜晖柳外楼,宝帘斜挂小银钩。
正缘平淡人难及,一点词心属少游。

少年豪隽气如虹，匹马雄趋仰令公。
何意一经迁谪后，深愁只解怨飞红。

茫茫迷雾失楼台，不见桃源意可哀。
郴水郴山断肠句，万人难赎痛斯才。

论周邦彦词

顾曲周郎赋笔新，惯于钩勒见清真。
不矜感发矜思力，结北开南是此人。

当年转益亦多师，博大精工世所知。
更喜谋篇能拓境，传奇妙写入新词。

早年州里称疏隽，晚岁人看似木鸡。
多少元丰元祐慨，乌纱潮溅露端倪。

论陆游词

散关秋梦沈园春，词笔诗才各有神。
漫说苏秦能驿骑，放翁原具自家真。

渔歌菱唱何须止，绮语《花间》讵可轻。
怪底未能臻极致，正缘着眼欠分明。

论辛弃疾词

少年突骑渡江来，老作词人事可哀。
万里倚天长剑在，欲飞还敛慨风雷。

曾夸苏柳与周秦，能造高峰各有人。
何意山东辛老子，更于峰顶拓途新。

幽情曾识陶彭泽，健笔还思太史公。
莫谓粗豪轻学步，从来画虎最难工。

论吴文英词

楼台七宝漫相讥，谁识觉翁寄兴微。
自有神思人莫及，幽云怪雨一腾飞。

断烟离绪事难寻，辽海蓝霞感亦深。
独上秋山看落照，残云剩水最伤心。

酸咸各嗜味原殊，南北分趋亦异途。
欲溯清真沾溉广，好从空实辨姜吴。

论咏物词之发展及王沂孙之咏物词

纷纷毁誉知谁是，一代词传吟物篇。
欲向斯题论得失，须从诗赋溯源沿。

东坡而后更清真，流衍词中物态新。
白石清空人莫及，梦窗丽密亦能神。

餍心切理碧山词，乐府题留故国思。
阶陛能寻思笔在，介存千古足相知。

离离柳发掩柴门，犹有归来旧菊存。
多少世人轻诋处，遗民涕泪不堪论。

附录四
部分论词词辑录

（1）朱祖谋《望江南·杂题我朝诸名家词集后》

按：以下论词词《望江南》26首，录自陈乃乾辑《清名家词》第十卷，上海书店1982年12月第1版。

屈大均

湘真老，断代殿朱明。不信明珠生海峤，江南哀怨总难平。愁绝庾兰成。

王夫之

苍梧恨，竹泪已平沉。万古湘灵闻乐地，云山韶濩入凄音。字字楚骚心。

毛奇龄

争一字，鹅鸭恼春江。脱手居然新乐府，曲中亦自有齐梁。不忍薄三唐。

顾贞观

云海约，明镜已秋霜。但愿生还吴季子，何曾形秽汉田郎。归老有芦塘。

陈维崧

迦陵韵，哀乐过人多。跋扈颇参青兕气，清扬恰称紫云歌。不管秀师诃。

朱彝尊

江湖老，载酒一年年。体素微妨耽绮语，贪多宁独是诗篇。宗派浙河先。

纳兰容若

兰锜贵，肯作称家儿。解道红罗亭上语，人间宁独小山词。冷暖自家知。

王士禛

消魂极，绝代阮亭诗。见说绿杨城郭畔，游人齐唱冶春词。把笔尽凄迷。

曹贞吉

留客住，绝调鹧鸪篇。脱尽词流芗泽习，相高秋气对南山。骎度衍波前。

李武曾、李分虎

长水畔，二隐比龟溪。不分诗名叨一馔，居然词派有连枝。人道好埙篪。

厉鹗

南湖隐，心折小长芦。拈出空中传恨语，不知探得颔珠无。神悟亦区区。

张惠言

回澜力，标举选家能。自是词源疏凿手，横流一别见淄渑。异议四农生。

周济

金针度，《词辨》止庵精。截断众流穷正变，一灯乐苑此长明。推演四家评。

周之琦

舟如叶，著岸是君恩。一梦金梁馀旧月，千年玉笥有归云。片席蜕岩分。

项鸿祚

无益事，能遣有涯生。自是伤心成结习，不辞累德为闲情。兹意了生平。

严元照

娱亲暇，馀事作词人。廿载柯家山下客，空斋画扇亦前因。成就苦吟身。

王闿运、陈汉章

秋醒意，抱碧契灵襟。生长茝兰工杂佩，较量台鼎让清吟。欣戚导源深。

陈澧

甄诗格，凌沈几家参。若举经儒长短句，岿然高馆忆江南。绰有雅音涵。

庄棫、谭献

皋文说,沆瀣待庄谭。感遇霜飞怜镜子,会心衣润费炉烟。妙不著言诠。

蒋春霖

穷途恨,斫地放歌哀。几许伤春忧国泪,声家天挺杜陵才。辛苦贼中来。

王鹏运

香一瓣,长为半塘翁。得象每兼花外永,起屠差较茗柯雄。岭表此宗风。

郑文焯

招隐处,大鹤洞天开。避客过江成旅逸,哀时无地费仙才。天放一闲来。

文廷式

闲金粉,曹邻不成邦。拔戟异军成特起,非关词派有西江。兀傲故难双。

徐灿

双飞翼,悔杀到瀛洲。词是易安人道韫,可堪伤逝又工愁。肠断塞垣秋。

意犹未尽,再缀二章,红友之律、顺卿之韵,皆足称词苑功臣。新会陈述叔、临桂况夔笙并世两雄,无与抗手也。

谈声律，词笔此权舆。翻谱竹枝归忖度，重雕菉斐费爬梳。持配紫霞无。

雕虫手，千古亦才难。新拜海南为上将，试要临桂角中原。来者孰登坛。

（2）卢前《望江南·饮虹簃论清词百家》

按：以下论词词《望江南》100首，录自陈乃乾辑《清名家词》第十卷，上海中国书店1982年第1版。

读有清百家词，偶有感兴，辄系小令于后，未必能中肯綮也。虽然，蠡测管窥，直书所见，非云短长，聊以自遣而已。二十五年十月冀野卢前记。

李雯

江天暮，红泪满金罍。语似花间才力薄，人如秋梦性情柔。断雁使人愁。

吴伟业

娄东老，白首识孤心。月片龙团都笑语，艾眉瓜鼻换沉吟。故国梦中寻。

曹溶

真男子，痛饮发狂歌。秀水从游薪火在，浙西宗派此先河。六义岂能磨。

宋琬

调筝乍,苍水最知音。动壑哀泉商羽激,雏莺枯树怨思深。眢井古苔侵。

龚鼎孳

飞红雨,门巷叹重来。隔水芙蓉多妩媚,流莺铁马漫疑猜。梦只到妆台。

鲁尔堪

英雄少,竖子竟成名。落笔尚饶湖海气,自家重染绣闺情。一著胜尤生。

尤侗

烧香曲,两字借轻盈。终觉顾庵阿所好,酒楼邮壁亦虚名。圆转让新莺。

吴绮

双红豆,把酒祝东风。不独和平西麓近,有时雅丽玉田同。跌宕一时雄。

徐石麒

拈花笑,托咏越西施。信有转轮容感慨,别无世界许栖迟。还对黍香词。

梁清标

绮罗态,秾艳不相同。好是苾思评鹭语,生香真色定词宗。玉立有家风。

严绳孙

闲陶写,何碍出云蓝。淡处翻浓秋水妙,顾兰风格藕渔参。故应老江南。

毛奇龄

彊村说,一字鸭鹅争。乐府齐梁遗蜕在,斩新机杼出天成。吹籥苦唇樱。

陈维崧

中原走,黄叶称豪风。小令已参青兕意,慢词千首尽能雄。哀乐不言中。

王士禄

沙洲远,逐鹭语能奇。好月怜痴疑烛影,空庭飐雨亦成词。雕琢岂堪师。

朱彝尊

姜张裔,浙派溯先河。蕃锦茶烟无足取,静居载酒未容诃。朱十总贪多。

彭孙遹

论彭十,怨粉与啼香。绝艳公然推独步,若言持律已迷方。岂可拟南唐。

王士祯

扬州客,绝句自名家。把笔填词同法乳,凄迷还似雨中花。碧水映明沙。

宋荦

西陂稿,专力在歌诗。馀事偏工长短句,白头开府尚栖迟。河洛一家辞。

邹祗谟

词衷作,远志旧斋人。不与万戈成沆瀣,程村词句亦能新。出语见勤辛。

董以宁

承徐沈,词话尚能鸣。后起蓉湖为世诵,常州坛坫得先声。齐物仰长明。

董俞

盟鸥阁,小令有馀情。草舍尚容安卷帙,题名苍水况平生。造语出中诚。

董元恺

功名误,垂老不能安。一卷苍梧多古意,百年侘傺许人看。笔下泪汍澜。

曹贞吉

标南宋,始自实庵词。心往手追张叔夏,幽深绵丽已兼之。周贺不同时。

李良年

兼疏密,秋锦有名言。还见埙篪同轨辙,君王一饭大名前。想见太平年。

徐釚

思渔父，早岁诵遗篇。本色清于朱载酒，有时论议拟吴盐，白雨未能先。

顾贞观

怀吴季，词句万人传。身后空名堪自慰，垆塘风月足流连。弹指失天年。

李符

天南北，游屐铸词新。尽扫白科存本色，龟溪二隐想斯人。应比竹山真。

汪懋麟

华年怨，弹指入鹍弦。杨柳弄丝笼雾白，黄鹂对语走珠圆。秋水傍前川。

高士奇

呻吟共，正变已难言。只以中锋抒写好，不归常浙自然妍。情致本缠绵。

沈皞日

王张亚，兼括众人长。蘅圃评题疑不类，柘西身世岂悲凉。浙派费平章。

沈岸登

神明得，覃九足称奇。张史原来分一体，碧山未可与肩齐。此语久然疑。

查慎行

馀波集，言志五言多。别出心裁长短句，诗家俊语让先河。好处不能磨。

纳兰性德

销魂句，应拟小山词。冷暖如人饮水喻，词中甘苦自家知。姑射是仙姿。

龚翔麟

朱门士，灯火见薪传。早岁填词通潞客，故无俗尚绕毫端。绰约与人看。

赵执信

排声谱，词句许谈龙。未必衍波皆上选，饴山境亦不相同。鹿死问谁雄。

厉鹗

空中语，身世隐南湖。月上可怜劳寄托，好将静志比长芦。探骊得明珠。

蒋士铨

铜弦响，鞺鞳想精魂。亦是杀机剑侠气，并同曲品记藏园。此外不须论。

王昶

标南宋，吴下不同科。红叶江村渲染艳，后来琴画亦相和。风气一时多。

王芑孙

琼瑶想，图写苦吟身。双锁公然琴第一，泉声幽咽尽成春。蕴藉胜他人。

吴翌凤

除酸涩，原出六朝文。色泽有馀情韵婉，亦能拔帜独张军。吐气自芳芬。

洪亮吉

伊犁客，一代学人雄。不必新声传后世，即论馀事亦从容。常派失孙洪。

吴锡麒

师樊榭，亦自许清才。终觉力难支拄起，未能风骨予张开。浙派有舆台。

赵怀玉

黄冠语，曲体有专长。白日悠然拈小令，静宁淡泊不寻常。羽扇自登场。

黄景仁

霞塘句，传诵比衣裁。病鹤舞风诗品合，秋虫咽露见词才。何必派中来。

杨芳灿

花间外，尚可采英蓉。赋笔用多于兴比，微言都在国风中。文采半天工。

乐钧

莲裳子，奇丽发文章。别具会心评浙水，倚晴此语细商量。朗秀自登坛。

凌廷堪

成专业，燕乐考隋唐。吹笛梅边伤质实，却从声律订宫商。令曲继乔张。

张惠言

疏凿手，直欲继风骚。虽有四农持异议，宛陵一选挽狂潮。尊体已崇高。

钱枚

推神韵，竟体被兰芳。人为伤心才学佛，微波步武出南唐。知己郭和谭。

刘嗣绾

随园选，此本早流传。幽隽超尘凡艳绝，定评韵甫已当前。清贵在中年。

张琦

难兄弟，唱和更同声。深美欲兼闳约旨，沈醇况复寄深情。常派立山成。

郭麐

雷池步，厮守傍姜张。薄滑遂为浙派病，少年学语渐颓唐。功过两相妨。

彭兆荪

谟觞馆，亦是学人词。广博尚能承乐教，西洲曲子作新辞。鼓吹太平时。

严元照

名言在，婉约复堂称。结想缈绵许雅奏，疏香细艳示修能，乐苑置心灯。

改琦

飞动处，野鹤尚依云。映雪冰壶还玉洁，曹郎评跋久相闻。画笔亦清芬。

赵庆熺

香销后，散曲独擅场。词是末流环渐水，尖新细巧见微长。莺语弄笙簧。

宋翔凤

书馀论，词话启于庭。应与月坡称合璧，后来七子更专精。吴下有新声。

王敬之

传渔唱，此地有词仙。三十六陂人到否，白云白石世争传。俊赏出茶烟。

汤贻汾

诗书画，三绝重当时。大节凛然千古在，虚名犹恐世人知。见道不于词。

叶申芗

行诗法,门径亦深深。高格倘容思量细,过庭《书谱》耐追寻。枝叶不堪吟。

周济

长明盏,推阐四家评。信有传灯《词辨》在,姜张妙处亦天成。对垒始周生。

董士锡

贤宅相,衣钵渭阳来。不独宗周成定论,外言内意出心裁。为释止庵猜。

周之琦

金梁梦,语语善藏锋。北宋瓣香斯未坠,浑融雅正具宗风。并世几家同。

冯登府

花墩下,琴雅发深心。笛谱钓船秋瑟响,浙中一例是南音。今日几人听。

杨夔生

回翔地,常浙雅难分。一阁真松辛苦语,轻涂浅沫似微云。波面起澜纹。

顾翰

才情敛,拜石肯孤行。家法何须传枕秘,一时宗派已难名。姑自写生平。

方履籛

　　从风尚，万善亦奇葩。岂必雕龙追琢出，漫持俊语尽成家。摊卷似平沙。

董祐诚

　　小兰石，馨逸具天真。已足驾方《齐物论》，不须续选继宗人。风味自清新。

龚自珍

　　食螭蛑，动气发风疑。剑客飞仙真绝壁，红禅两字最相宜。梵志岂能齐。

项廷纪

　　有涯生，无益事偏为。浙水中兴凭一手，伤心随意入新词。模拟得神资。

姚燮

　　鸡舞镜，顾影自生怜。跌宕每从宛妙出，野桥埋首不知年。考证著新篇。

黄燮清

　　词综续，辛苦倚晴楼。帝女花传称绝唱，亦如令语雅风流。品格属阴柔。

蒋敦复

　　芬陀利，才似水云清。身处乱离陆务观，词中风度玉田生。二蒋许齐名。

陈澧

经师作，高馆忆江南。莼客论诗词亦可，即知绅有雅音涵。不必沈王参。

龙启瑞

书羁旅，谱慢始耆卿。春柳汉南多画本，喜从行役写闲情。小令偶天成。

承龄

怀渌水，词客八旗俱。侧帽风情年少事，冰蚕骖靳足相于。隽语吐如珠。

周寿昌

陈言去，义法故通词。思益犹能以理胜，别存一格在当时。瑚网未能遗。

王锡振

十家选，压轴马平王。龙壁古文能合辙，粤西词脉已深藏。始信瘦春芳。

杜文澜

收藏富，刊度亦劳心。秀水人才先辈在，有时拥鼻一沉吟。造语密而深。

边浴礼

恢雄概，肮脏想空青。纵不与坡分一席，亦知野史有新亭。击楫叹零丁。

勒方錡

传天籁，太素想元贤。浓淡偏从今古别，后来细腻逾于前。墨戏亦翩翩。

蒋春霖

狂歌处，忠爱在江湖。几许伤心闲涕泪，可知词客杜陵无。身世等沤凫。

薛时雨

藤香老，楹帖俊能腴。偶作令词追小晏，若为长慢厉朱馀。潭上有新庐。

端木埰

居薇省，启迪粤西词。不独辛勤存碧瀣，百年词运赖支持。一代大宗师。

周星誉

东鸥影，覆盖草堂人。积案每多诗画卷，门前又见桂兰新。座语尽生春。

刘履芬

眉山例，乔梓并清奇。绝世红梅与绛濯，还凭鸥梦筑高宧。明允有佳儿。

李慈铭

霞川隐，重不以倚声。词有别才兼本色，非关采藻与风情。博雅未能名。

张鸣珂

灵光在，通谒必先生。位置寒松于浙派，却如梅管视桐城。绝续未亡声。

庄棫

过京口，长念旧词流。天假以年论成就，直从南渡逼秦周。岂独复堂俦。

谭献

炉烟润，佳句箧中藏。感遇霜飞镜子语，出头一地让庄郎。所喜两当行。

王闿运

湘潭水，弯折世犹疑。大海波扬容一汲，入时文字莫驱齐。秋醒独成蹊。

叶大庄

无归附，尚有小玲珑。差近姜张终味薄，寒松词笔略相同。中乘百家中。

冯煦

蒙香室，淮上此宗风。壮语辛刘常笔涉，芊绵不与二窗同。顾盼足称雄。

王鹏运

原临桂，岭表自开疆。作气起屏为世重，如文中叶有湘乡。一瓣蓺心香。

陈锐

承湘绮，未必畏前贤。抱碧灵襟通默契，茝兰杂佩汨罗前。骚雅应流传。

文廷式

彊翁语，傲兀故难双。拔戟信能特地起，自馀曹郐不成邦。立派有西江。

郑文焯

樵风趣，俊逸望如仙。两字英雄虽谑语，谓通律吕信难言。一鹤在中天。

朱祖谋

思悲阁，亲炙忆当年，老去苏吴合一手。词兼重大妙于言。力取复天全。

况周颐

抒甘苦，词话比雕龙。弱岁如莺多婉约，晚年气韵转蓊茏。卓绝蕙风翁。

王国维

人间世，境界义昭然。北宋清音成小令，不须引慢已能传。隔字最通圆。

附录五
论论词绝句论文索引

（以时间近远为序）

沙先一：《论词绝句与清词的经典化》，《江苏师范大学学报》，2013.5

孙赫男：《清代中期论词绝句词学批评特征平议》，《求是学刊》，2011.7

朱存红、沈家庄：《别有境界　自成一家——夏承焘〈瞿髯论词绝句〉刍议》，《文艺评论》，2011.6

韩配阵：《清代论词绝句研究》（硕士论文），暨南大学，2011.4

刘青海：《论夏承焘〈瞿髯论词绝句〉中的词学观》，《中国韵文学刊》，2011.1

王伟勇：《清代论词绝句之整理、研究及价值》，《第二届两岸韵文学学术研讨会论文集》，2010.4

詹杭伦：《潘飞声〈论粤东词绝句〉说略》，《西华师范大学学报（哲学社会科学版）》，2010.1

孙克强、杨传庆：《清代论词绝句的词史观念及价值》，《学术研究》，2009.11

谢永芳：《谭莹的〈论词绝句〉及其学术价值》《图书馆论坛》，2009.4

胡建次：《清代论词绝句的运用类型》，《广西社会科学》，2009.2

王伟勇、郑琇文：《清·江昱〈论词十八首〉探析》，《北京大学中国古文献研究中心集刊》第七集（中国古文献学与文学国际学术研讨会论文集），北京：北京大学出版社，2008.11

邱美琼、胡建次：《论词绝句在清代的运用与发展》《重庆社会科学》，2008.7

赵福勇：《清代〈论词绝句〉论贺铸〈横塘路〉词探析》，《台北大学中文学报》，2008.4

王伟勇、郑琇文：《高旭论〈十大家词〉绝句探析》，第四届国际暨第九届全国清代学术研讨会会议论文，收入《清代学术研讨会论文集》，2008.6

孙克强：《词学理论的重要载体——简论清代论词诗词的价值》，《广州大学学报（社会科学版）》，2008.1

曹明升：《清人论宋词绝句胜说》，《贵州社会科学》，2007.2

王伟勇、林淑华：《陈澧〈论词绝句〉六首探析》，（台湾）《政大中文学报》，2007.6

王伟勇：《清代〈论词绝句〉论温庭筠词探析》，（台湾）《文与哲》，2006.11

王伟勇：《清代〈论词绝句〉论李白词探析》，收入《台湾学术新视野 中国文学之部（二）》，2006.12

王伟勇：《冯煦〈论词绝句〉论南宋词探析》，《第四届宋代文学国际学术研讨会论文集》，2005.9

陶子珍：《清代张祥河〈论词绝句〉十首探析》，《台大中文学报》，2006.12

陶然、刘琦：《清人七家论词绝句述评》，《厦门教育学院学报》，2005.3

程郁缀：《论词绝句笺评——论李煜词》，日本大学文理学部中国文学科年刊《汉学研究》第36号，1998

程郁缀：《论词绝句笺评——论苏轼词》（下），日本神户大学文学部中文研究会年刊《未名》第16号，1998

程郁缀：《论词绝句笺评——论苏轼词》（上），日本神户大学文学部中文研究会年刊《未名》第15号，1997

陶然：《论清代孙尔准、周之琦两家论词绝句》，《文学遗产》，1996.1

范三畏：《试谈厉鹗论词绝句》，《社科纵横》，1995.2

范道济：《从〈论词绝句〉看厉鹗论词"雅正"说》，《黄冈师专学报》，1994.6

神田喜一郎著，彭黎明译：《槐南词话与竹隐论词绝句》，《河北大学学报》，1986.1

附录六
论词绝句所论词人索引

（按被论词人姓氏的汉语拼音排序）

B

白居易, 26, 29, 41, 76, 137, 165, 186, 219, 231—232, 256, 259, 262, 273, 300, 324, 327—328, 417, 458—459, 486, 527, 593

白朴, 504, 603

C

蔡挺, 365—366, 596

曹溶, 13—14, 121, 461, 606, 669

曹贞吉, 140—141, 208, 452, 460—461, 608, 666, 672

晁补之, 86, 229, 339, 346, 354—358, 552, 559, 598

晁冲之, 32, 598

陈本直, 192, 614

陈参政, 418—419, 602

陈恭尹, 437, 440—441, 443, 608

陈纪, 427, 429, 536—537, 604

陈澧, 507, 543, 615, 627, 649, 667, 680

陈良玉, 544, 615

陈亮, 396—397, 573, 588, 601, 642—643, 648

陈维崧, 26, 80, 120, 140—141, 155, 173, 192, 199—200, 254, 259, 276, 459, 465, 482, 505, 514, 591, 607, 617, 647, 658, 666, 671

陈献章, 431, 537—538, 605

陈与义, 315, 338, 384—385, 599, 653

陈允平, 92, 99, 142, 243, 315, 328—329, 413—414, 603

陈章, 172, 217, 610

陈子龙, 77, 251—252, 606—607, 646

陈子升, 438, 539, 606

程垓, 313, 601

崔与之, 426—427, 534—535, 601

D

戴复古, 223, 406—407, 432, 601

戴珊, 431—432, 604

董以宁, 212, 463, 609, 672

杜诏, 456, 465—466, 610

F

范仲淹, 60, 84, 133, 220, 236, 341, 366, 380, 437, 560, 596, 638, 652

范仲胤妻, 602

冯延巳, 59—60, 68, 97, 221, 332, 338—339, 489, 520, 556—557, 595, 656, 660

G

高层云, 215, 608

高观国, 106—107, 126, 136, 149, 222, 246, 407—408, 500, 565, 601

高启, 137—138, 265, 604

高文照, 173, 613

葛长庚, 537, 602

龚鼎孳, 207, 606, 670

龚翔麟, 51, 122, 196, 205, 254, 464—465, 609, 674

龚自珍, 75, 575, 614, 648, 679

顾太清, 583, 615

顾复, 488, 594

顾贞观, 173, 191, 202—204, 455—456, 609, 647, 665, 673

郭麐, 52, 155, 180, 190, 194, 202—203, 212, 286, 304, 382, 393, 450, 481, 515, 531, 614, 676

H

韩翃, 329, 553—554, 593

韩琦, 60, 340, 342, 380, 596

韩上桂, 438, 605

韩偓, 39, 68, 111, 212, 231, 240, 257, 327, 330—331, 334, 388, 411, 436, 486, 594, 651

何绛, 437, 441, 607—608

何梦瑶, 444, 610

和凝, 59, 131, 211, 333—334, 338, 411, 423, 594

贺铸, 17, 32, 44, 47—48, 65, 103, 198, 222, 238, 290, 314, 359, 494—495, 560, 598, 639, 653, 657

花蕊夫人, 31, 96, 266—267, 281, 331, 443, 508, 595

黄机, 402, 603

黄景仁, 174, 478, 613, 675

黄升, 57, 93, 295, 311, 317—320, 326—327, 355, 362, 365, 367, 373, 378, 384, 403, 411—412, 415, 428, 454, 467, 485, 501, 507, 548, 553, 571, 602

黄损, 426, 534, 594

黄庭坚, 24, 35, 50, 79, 86, 121, 201, 204, 206, 212, 240, 312, 352, 358—359, 444, 459, 494, 522, 559, 597, 652

黄孝迈, 306, 407, 411, 568—569, 601

黄瑜, 433, 605

霍韬, 434—435, 605

霍与瑕, 434—435, 605

J

江昉, 470—471, 612

江昱, 83, 158, 172, 470, 611

姜夔, 14, 27, 48, 68, 88, 99, 102, 106, 114, 125, 128, 142, 144, 148, 151, 160, 183, 185, 190, 201, 242—243, 250, 255, 272—273, 285, 287, 290, 301, 346, 404—405, 458, 464, 499, 502, 509, 525—526, 564—565, 574, 588, 590, 601, 643—644, 654, 657

蒋敦复, 77, 156, 176, 189, 259—261, 481, 615, 679

蒋捷, 68, 142, 199, 243, 288, 290, 309, 336, 412, 502, 603

蒋士铨, 179, 473, 478, 530, 612, 674

今释, 447, 606

金武祥, 545, 615

K

寇准, 133, 238, 337—338, 342, 359, 380, 595

L

冷昭，158，612

黎简，444—445，541，613

黎贞，430—431，604

李白，4，9，45，57，62，107，116，166，188，223，231—232，262—263，296，300，302，326—327，390，420，485，507，519，525，540，553，556，559，577，593，636，656

李存勖，30，594

李符，122，141—142，205，254，460—461，464，609，673

李贺，61，74，95，99，107，226，261，327，408，513，546，593

李璟，59—60，130，143，232，264，331—332，489，554—555，595，660

李良年，122，141—142，205，254，460—461，609，672

李琳，306，603

李龙孙，544，615

李昂英，426—428，535—536，602

李南金，417，602

李清照，3—5，8—9，16，18，79，92—93，100，138，145，193，226—228，241，275，291—292，298，420—421，482，503，506，516，529，569，580，599，640—641，653，657

李珣，58，280，290，423，488，594，637

李益，39，327，584，593

李煜，30，39，58，60，96—97，110，130，143，221，233，257，264，279，290，293—294，300，322，332—333，336，363，456，488—489，520，551，555，571，595，637，656，661

厉鹗，45，48，50，54—55，122，162，171，216—218，255，276，460，466，514，521，543，592，610—611，613，647，666，674

梁佩兰，440—441，443，540，608

梁清标，214，449，607，670

梁无技，441，540，608，610

梁月波，158，614

廖莹中，337，400，603

林逋，97，339—340，460，595，638

刘辰翁，51，603，645，655

刘过，35，87，152，394—395，525，566，601，643

刘基，55，250，574，604

刘克庄，87，89，247，389，402—403，411，428，500，602，644

刘禹锡，26，41，65，115，176，232，237，300，383，421，486，553—554，593

柳永，40，46，64—65，89，112，120，133—134，146，183，193，214，235，244，262，266，268，311，333，345—346，351，359，421，428，492，521，532，535，540，559，572，588，595，638，652，656，662

楼俨，123，466，610

卢龙云，436，605

卢祖皋，142，149，243，403，500，601

陆培，127，171，610

陆游，19，36，61，69，76，85，98，102，128，143，159，195，249，326，351，359，377，398—399，406，437，493，499，571，573，600，641，663

鹿虔扆，488，556，595

罗志仁，51，604

吕渭老，104，599

M

马曰琯, 217, 610—611
马曰璐, 217, 611
毛滂, 35, 103, 316—318, 360, 376, 495, 598
毛奇龄, 272, 457, 607, 665, 671
毛文锡, 131, 488, 595
冒广生, 545—546, 583, 615, 621—622, 625
孟昶, 31, 96, 264, 266—267, 281, 331, 487, 507—508, 595

N

纳兰性德, 214, 456, 609
倪济远, 446, 614
聂冠卿, 364—365, 595
牛峤, 273, 488, 556, 594
牛希济, 488, 594

O

欧阳修, 23, 50, 60—61, 79, 84, 132, 205, 216, 236—237, 264—265, 274, 292, 305, 344—345, 422, 428, 432, 450, 491, 517, 558, 581, 596, 638, 661

P

彭孙遹, 103, 133, 139, 207—208, 282, 302, 341—342, 353, 369, 380, 439, 451, 455, 494, 608, 671
彭兆荪, 180, 189, 214, 480—481, 614, 677

Q

祁顺, 432, 605
秦观, 62, 65, 85, 133—134, 146, 183, 212, 269, 282, 290, 310—311, 333, 355—356, 358, 407, 421, 443, 451, 494, 523, 548, 550, 559, 578, 591, 597, 639, 651, 662
琴操, 269, 547—548, 598
邱濬, 434, 605
区元晋, 437, 605
屈大均, 439, 441, 443, 538—539, 608, 665

S

邵葆祺, 613
沈岸登, 122, 141—142, 205, 254, 463—464, 609, 673
沈皥日, 122, 141—142, 205, 254, 465, 609, 673
史承谦, 215, 611
史达祖, 38, 89, 98, 107, 126, 136, 142, 150, 153, 190, 219, 222, 243—244, 248, 255, 274, 285—287, 290, 318, 376, 400, 408, 500—501, 525, 565, 601, 643, 654, 657
舒亶, 65, 361—362, 597
司马光, 60, 117, 186, 224, 342, 596
宋祁, 23, 36, 61, 84, 129, 158, 237, 315, 343—344, 596
宋琬, 208, 450, 606, 670
宋无名氏, 604
苏过, 366—367, 561—562, 598
苏轼, 20, 31, 34, 40, 50, 58, 67, 71, 76, 81, 85, 99, 105, 134, 141, 144, 159, 165, 181, 186, 193, 196, 224, 233, 241, 248, 265, 303, 305, 350—352, 358, 361, 367, 389, 440, 491, 493, 496, 513, 521—522, 524—525, 547, 550, 558—559, 571, 597—598, 601, 617, 638—639, 657, 662
孙尔准, 191, 197, 204, 614
孙蕡, 431, 604
孙光宪, 43, 59, 75, 131, 281, 290, 338, 490, 541, 594

孙惟信，415，601
孙宗朴，191，615

T

谭敬昭，445，542—543，614
唐珏，49，73，218，603
唐氏，158—159，337，347，518，612
陶㙇，441—442，611

W

万树，29，53，78，130，162，209，215—216，251，255，611
万俟咏，373，599
汪棣，472，611
汪端光，174，612—613
汪梅鼎，194，612
汪孟鋗，116—117，119，611
汪森，107，119，124，162，462，609，611
汪炘，615
汪兆铨，547，615
王安石，244，276，347，362—363，525，557—558，562，596—597
王安中，318，375—376，598
王昶，171—172，462，467，474，612，674
王夫之，247，575，607，647，665
王观，346，363—364，597

王建，8，32，41，334，445，486—487，594
王雱，363，561—562，597
王诜，360—361，597
王时翔，25，468—469，610
王士禄，208，607，671
王士禛，4，6，78—79，121，139，162，200，206—208，212，252—254，281，302，305，311，342，351，361—362，380，391，414，440—441，451—452，459，463，566，608，666，671
王世贞，75—77，87，108—109，114，138，150，250—251，311，378，390，401，605
王隼，442—443，608—609
王衍，264，280—281，334，487，594
王沂孙，73，90，99，115，126，142，218，243，287，290，372，416，419，502，514，527，567，604，645，664
王竹所，176
韦庄，97，108，221，279—280，290，300，334，487，555—556，594，660

魏夫人，100，297，422，516，597
温庭筠，45，58，95，111，131，168，188，263，278，282，290，300，326，329—330，359，457，486，519，554，589，593，637，656，659
文天祥，417—418，430，570，603，645，654
吴焯，217，610
吴激，100—101，503—504，599
吴兰修，542，614
吴绮，53，123，454—455，607，670
吴潜，409—410，602
吴尚蕙（吴尚熹），544，614
吴淑姬，517—518，600
吴伟业，207，257，333，448—449，452，489，505，606，669
吴蔚光，171—172，182，184，196，612
吴文英，39，90，106—107，135，142，184，193，243，282，290，410，480，501，510，527，566，588，602，644—645，658，664
吴锡麒，172，479—480，613，675
吴友松，193，612
吴藻，582，614

吴兆骞, 458, 608

X

向子谭, 381—382, 599
谢良琦, 156, 607
谢逸, 315, 367—368, 598
辛弃疾, 33, 50, 87, 105, 134, 152, 189, 241, 254, 271—272, 304—305, 389, 392, 407, 498, 513, 533, 562—563, 600, 642, 657, 663
徐灿, 481—482, 582, 606, 668
徐钒, 52, 88, 103, 210—211, 362, 385, 399, 451, 458, 609, 673
徐伸, 371—372, 599
徐生, 606
徐铉, 551, 595
徐照, 403, 414, 601
许宝善, 176, 193, 612
许遂, 442, 609

Y

严蕊, 424—425, 602
严绳孙, 122, 204, 460, 464, 607, 671
晏几道, 24, 46—47, 68, 84, 98, 132, 234, 281, 290, 310, 338—339, 348—349, 491, 597, 652, 662
晏殊, 68, 84, 98, 132—133, 220, 234, 281, 338—339, 348, 380, 490—491, 596—597, 656, 661
杨芳灿, 172, 175, 479, 613, 675
杨基, 75, 138, 142, 243, 604
杨揆, 175, 479, 613
杨慎, 22, 76—77, 89, 104—105, 108—109, 133, 187, 212, 251, 264, 268, 274, 294, 301, 313, 319, 326, 335—336, 338, 340—342, 367, 374—375, 377, 379, 384—386, 389—390, 397, 399, 404, 406, 418, 422, 428, 433, 438, 502, 605
杨锡章, 587, 615
姚绍书, 546, 615
姚之骃, 25, 610
叶梦得, 37, 40, 65, 113, 117, 134, 345, 355, 382, 384, 492, 598
易宏, 443, 609
尤侗, 210—211, 449, 453, 606, 670
俞国宝, 270, 401, 564, 601
元好问, 50, 68, 101—102, 107, 146, 157, 163, 249, 264, 285, 503—504, 509, 529, 602, 644
岳飞, 69, 402, 418, 599, 617, 641, 653

Z

曾觌, 318—319, 376—378, 390, 454, 561, 600
查为仁(成苏), 467—468, 611,
詹玉, 74, 604
张惠言, 177—178, 263, 276, 279, 509, 522, 614, 619, 648, 667, 676
张辑, 142, 243—244, 409, 603
张锦芳, 444, 541, 613
张耒, 282, 338, 358—359, 383, 559, 598
张梁, 171, 467, 610
张乔, 447—448, 539, 606
张舜民, 562, 597
张熙纯, 172, 477, 611
张先, 23, 37, 46, 81, 84, 98, 133, 237, 347—348, 363, 372, 421, 449, 492—493, 521, 525, 577, 596, 652
张孝祥, 242, 264, 388—389, 415, 430, 498—499, 563, 600, 641, 654

·691·

张谻，194，614
张萱，435，605
张炎，20—21，50，55，73，87—88，90—92，94，99，102，114，119，126—128，135，142，144，146，149，152，154，184—185，191，196，218，221—222，224，241，243，245，257，260，273，282，285，287—288，290，303，307，369，385，390，408，412—414，441，466，471，480，502，510—511，524，526，528，543，559，568，573—574，588—589，604，645—646，655，658
张云锦，55，471，611
张志和，175，210，328，354，431，486，490，512，593，637
张耒，102，142，153，243，249—250，290，320，504，604
张镃，89，222，248，285—286，302—303，307，397—398，400，501，601，643
赵必瑑，430，536，603
赵长卿，497—498，600
赵鼎，342，379—380，599
赵构，337，557，600
赵佶，39，41，233，335，557，599，640
赵孟𫖯，73，497—498，591，604
赵文哲，172—173，217，474，476，612
赵彦端，247—248，394，600
真德秀，357，510，601
郑文妻，64，297，423，604
郑燮，475—476，611
周邦彦，14，86，104，107，146，160，190，221，240，244，250，270，290，361，368—371，421，430，451，495，502，526，572，598，639，657，663
周密，33，73，75，78，91，93，99，114—115，142，151，153，174，184，191，198，218，223，227，243，245—246，273，328—329，369，387，398，400—401，410，414—415，419，425，428，430，466，500—502，527，564，566—567，603，645
周贇，13—14，607
周之琦，220，278，285，289—290，614，667，678
朱昂，172，176，611
朱敦儒，105，385—386，496，599
朱方蔼，125，171—172，612
朱若炳，157，611
朱淑真，101，137，187，241，274—275，291，422—423，482，516—517，580—581，600
朱熹，66，100，187，247，262，341，510，576，600，642
朱彝尊，17，51—52，79，107，115，117，119，122，140，142，157，162，171—172，176，192，196，200—202，205，207，243，254，276，347，416，439—440，458—459，461—462，464—466，471，505，514，530—531，543，591，607，609，613，647，666，671
邹祗谟，139，207—208，212，253，353，439，453，608，672
左誉，105，214，496—497，599

后 记

校了一遍，又校了一遍，又校了一遍，第三遍终于校完全稿，我起身走进小院，一阵寒风迎面扑来，不禁打了一个寒噤。其实我已经穿了很厚很厚的衣服了，怎么还会有这么强烈的寒冷感觉呢？原来寒意来自心里。

《历代论词绝句笺注》已经做了好多年了，现在终于可以告一段落了，本应该高兴才是。但在反复校对的这些日子里，我越来越胆战心惊，如临深渊。校对真是如秋风扫落叶，扫了一大片，又冒出一小片，扫不胜扫，除不胜除也。每校对出一个错别字，后背上就一阵发凉，惊出一身冷汗——幸亏校对出了，不然怎么得了！还感谢郑园博士和管琴博士以及出版社王长民编辑也帮助我一起校对，以尽可能地减少错讹。就这样，现在稿子最后要交出去了，其中肯定还有错讹处：一字之错，贻误读者；一处之误，贻误来者；一旦交出，不能再改——叫我怎么能不打一个寒噤呢？

另外，正如我在《前言》里说过的一个意思，请允许我在这里再重复一次——"要特别说明的就是，因为论词绝句只有短短四句二十八个字，十分简练；有的论词绝句注明了此绝句所论对象，这样的绝句笺注起来有案可稽，比较有把握；但还有一些论词绝句，或者十分概括抽象，所指模糊不明，意旨难以寻绎；或者只是摘取所论词人词作中的某一句词、或半句词、或仅仅某一词中的某一语词，衍成一绝，笺注起来犹如大海捞针，令人茫茫然归趣难求；这些都令我们'战战兢兢，如临深渊，如履薄冰'。本着宁缺毋错（或者尽可能少错）的审慎态度，对这样的论词绝句少注或者不注。所有这些尚未笺注出来遗漏了的、或者笺注不准确的、甚至笺注错了的,在此,我们一并诚恳地希望博雅读者和饱学方家,善意鉴谅,真诚指正,仁德赐示!"

如此实事求是地诚挚地坦陈心境,意在期望读者朋友和专家同仁一者请宽宥见谅;二者请指正赐惠——将您发现的错讹处和需要补充笺注的内容,及时掷下;除衷心致谢外,我们或者采取在发行过程中加页补上的办法,或者在修订再版时改正或增补。凡改正增补处,皆一一注明所赐惠者的尊姓名,不敢掠人之美,真诚扬人之善也!

最后要感谢高秀芹编审,感谢责任编辑于海冰博士,对出版此书的慷慨允诺,以及付出的汗水和辛劳!

恩师袁行霈先生,在百忙中挥毫题写书名,博雅大方,充满浓浓的书卷气,如凤冠夺目;此情此意,当铭肺腑,诚所谓大恩不言谢也!

是为后记。

程郁缀

2013 年 12 月 12 日静园冬阳中